TÉRENCE.

NOTICE

SUR TÉRENCE.

C'est une étrange destinée que celle de Térence. Ses contemporains ont admiré et applaudi ses ouvrages : on a dit qu'il était, avec Homère, Virgile et Ménandre, l'un des quatre princes de la poésie; et, comme s'il fallait à son mérite une sorte de consécration solennelle, de son vivant même l'envie s'est attachée à lui dès son début, et n'a cessé de le poursuivre. Enfin la postérité a confirmé les éloges qui lui ont été donnés; et cependant il n'est rien qu'on ne lui conteste.

Son nom, il n'en a pas; c'est un Africain (Afer), qu'un sénateur romain a daigné affranchir. L'époque de sa naissance est incertaine; on la place entre la seconde et la troisième guerre punique. Sa patrie, on l'ignore : tout ce qu'on ose affirmer, c'est qu'il était originaire d'Afrique. Sa vie est obscure, et à peu près inconnue. Sa mort est diversement racontée. Ses ouvrages enfin, on les attribue à d'autres.

Et ce ne sont pas de vaines et légères accusations, produites par l'envie et la malveillance. Outre que l'incertitude qui règne sur ce personnage ouvre un libre champ aux conjectures, on a invoqué des témoignages fournis par les anciens; on a cherché à établir que Térence était condamné par ses propres aveux, et qu'il reconnaissait lui-même la part que Lélius et Scipion Émilien avaient prise à ses œuvres. Admettons avec *Cornélius Népos* la vérité de l'anecdote qu'il raconte; il déclare tenir de bonne source. Qu'un jour Lélius, arrivant un peu tard pour se mettre à table, dise à sa femme qu'il n'a pas voulu quitter le travail au moment de l'inspiration; qu'il lui récite les vers qu'il vient de composer, et que ces vers soient ceux qui commencent la quatrième scène de l'acte IV de l'*Heautontimoroumenos* : s'ensuit-il que la pièce soit de Lélius, et qu'il ait aidé Térence dans la composition de toutes ses comédies? D'ailleurs, si Térence avait eu besoin de collaborateurs, au lieu de s'adresser à Lélius et à Scipion, tous deux très-jeunes encore, il aurait eu recours à des hommes qui jouissaient d'une réputation littéraire justement acquise, à C. Sulpicius Gallus, à Q. Fabius Labéo, à M. Popilius.

Quant aux aveux qu'on lui oppose, ils n'existent pas. Deux fois Térence parle des bruits répandus sur son compte, et il se contente d'y répondre en faisant un appel au public (Prologue de l'*Heautontimoroumenos*), et en déclarant tout haut qu'il est fier de l'amitié dont les deux patriciens l'honorent. (Prol. des *Adelphes*). Mais de cette amitié à une active collaboration, il y a une grande distance. Déjà du temps de Cicéron ces injustes attaques n'avaient plus cours; car l'orateur romain écrivait à son ami Atticus, en parlant de Térence : *Terentius, cujus fabulæ, propter elegantiam sermonis, putabantur a C. Lælio scribi.*

Cependant Montaigne n'a pas hésité à se ranger parmi les adversaires de Térence. Les raisons sur lesquelles il s'appuie sont curieuses à connaître : « Si la perfection du bien parler, dit-il, pouvoit apporter quelque gloire sortable à un grand personnage, certainement Scipion et Lælius n'eussent pas resigné l'honneur de leurs comedies, et toutes les mignardises et delices du langage latin à un serf africain; car que cet ouvrage soit leur, sa bonté et son excellence le maintient assez.... » Est-il besoin de réfuter cette opinion, fondée sur des préjugés aristocratiques, dont il est si facile de faire justice? Bornons-nous à citer des textes.

Un poëte contemporain de Térence, Volcatius Ségiditus, ne lui conteste pas le mérite d'avoir lui-même composé ses pièces. Il le place seulement au cinquième rang parmi les poëtes comiques, après Cécilius, Plaute, Névius et Licinius. Afranius, qui fut l'un des principaux successeurs de Térence, a dit de lui :

Terentio non similem dicas quempiam.

Cicéron, dans son traité *de l'Amitié*, prête à Lélius les paroles suivantes : « Nescio quomodo verum est quod in Andria familiaris meus Terentius dixit :

Obsequium amicos, veritas odium parit. »

Ailleurs il fait l'éloge de Térence en ces termes :

Tu quoque qui solus lecto sermone, Terenti,
Conversum expressumque latina voce Menandrum
In medio populi sedatis vocibus effers,
Quidquid come loquens, ac omnia dulcia dicens.

Enfin Jules César a dit en s'adressant au poëte :

Tu quoque et in summis, o dimidiate Menander,
Poneris, et merito puri sermonis amator, etc.

Mais il y a quelque chose de plus décisif que tous ces témoignages : c'est cette grâce uniforme du style, cette pureté de goût, cette finesse d'observation, cet art avec lequel tous les caractères sont tracés. On ne peut expliquer un ensemble si parfait, qu'en admettant que les six comédies qui nous sont parvenues sous le nom de Térence sont l'œuvre d'un seul et même homme. Et n'a-t-on pas nié aussi l'existence d'Homère? Ne lui a-t-on pas refusé la gloire d'avoir écrit l'Iliade et l'Odyssée?

Laissons donc de côté ce système de négation, dont on abuse si étrangement de nos jours, et rassemblons les traits épars de la vie de notre poëte.

Térence (Pub. Terentius Afer) naquit en Afrique, probablement à Carthage, vers l'an de Rome 561 (192 av. J. C.), huit ans avant la mort de Plaute, et mourut à l'âge de 35 ans (157 av. J. C.). Sa vie s'est donc écoulée tout entière entre la seconde et la troisième guerre punique. Il était de bonne famille. Enlevé, dit-on, par des pirates, il fut vendu à un Romain, circonstance dont certains commentateurs contestent l'exactitude, en alléguant que les premières relations commerciales entre l'Afrique et l'Italie sont postérieures à la ruine de Carthage. Quoi qu'il en soit, personne n'a jamais révoqué en doute qu'il ait été l'esclave du sénateur Térentius Lucanus. Élevé par les soins de son maître, il profita si bien des leçons qui lui furent données, et se distingua tellement par ses heureuses dispositions et par les qualités de son cœur, que Térentius l'affranchit et lui donna son nom.

On raconte que, lorsqu'il eut composé sa première comédie, l'*Andrienne*, et qu'il l'offrit aux édiles pour en obtenir la représentation, ceux-ci la soumirent au jugement de Cécilius. Le vieux poëte était à table au moment où Térence, jeune encore et inconnu, se présenta chez lui. L'extérieur peu imposant, la complexion délicate, le teint basané du jeune Africain, ne prévenaient pas en sa faveur. Cécilius le fit asseoir sur un petit siége au pied de son lit, et Térence commença sa lecture. Il n'avait pas achevé la première scène, que Cécilius, émerveillé de ce qu'il entendait, l'invita à souper avec lui. Le repas fini, il se fit lire la pièce entière, combla Térence d'éloges, et protégea son début.

L'envie qui poursuivait Térence et le chagrin qu'il éprouvait de se voir calomnier, on, selon d'autres, le désir d'étudier les mœurs des Grecs, le décidèrent à faire un voyage en Grèce, à l'âge de trente-cinq ans. Après un séjour de quelques mois dans cette contrée, qu'il utilisa en traduisant, dit-on, jusqu'à cent huit pièces, il se disposait à revenir en Italie. Arrivé à Patras où il comptait s'embarquer, il apprit le naufrage du bâtiment auquel il avait confié son bagage. La douleur que lui causa la perte de ses œuvres le fit tomber malade, et il mourut à Stymphalis ou Leucade, en Arcadie. Il laissa une fille, qui épousa un chevalier romain et lui apporta en dot vingt arpents de terre sur la voie Appienne, près de la *villa* de Mars.

Nous avons de Térence six comédies :

1° L'*Andrienne*, imitée de deux pièces de Ménandre et représentée aux jeux Mégalésiens l'an de Rome 588 (165 av. J. C.). Elle a été traduite et arrangée pour la scène française par Baron;

2° L'*Eunuque*, qui paraît être une œuvre originale, si l'on en excepte les deux caractères du parasite et du capitaine, empruntés au *Flatteur* de Ménandre; cette pièce eut un si grand succès, qu'il fallut la donner deux fois le même jour. Elle fut représentée cinq ans après l'Andrienne (160 av. J. C.). Elle a été traduite en partie par la Fontaine; et imitée par Brueys et Palaprat, sous le titre du *Muet*;

3° L'*Heautontimoroumenos*, ou le Bourreau de lui-même, imitée de Ménandre, et représentée en 162 av. J. C.;

4° Les *Adelphes*, d'après Ménandre et Diphile, représentée en 159 av. J. C., et imitée par Molière dans l'*École des maris*, par Baron dans l'*École des pères*;

5° *Phormion*, d'après Apollodore, représentée la même année que l'Heautontimoroumenos, et imitée par Molière dans les *Fourberies de Scapin*;

6° L'*Hecyre* ou la Belle-Mère, imitée d'Apollodore; cette pièce échoua et ne put être jouée en entier la première fois. Une seconde représentation eut lieu en 159 av. J. C.

« A l'exemple de Plaute, Térence n'a produit sur la scène que des caractères grecs et des mœurs grecques; mais ses pièces sont plutôt des imitations que des copies. Ses plans sont en général sagement conçus, ses caractères vrais et intéressants; son dialogue est celui de la bonne société. Il montre une grande connaissance du cœur humain et un goût délicat. S'il a moins de verve comique que Plaute, il montre plus d'art et de finesse dans la manière dont il conduit ses intrigues. Ses pièces sont plutôt faites pour plaire à un public instruit et éclairé qu'à la multitude, dont Plaute recherchait surtout les applaudissements. » (Extrait de Schœll.)

L'ANDRIENNE.

PERSONNAGES.

SIMON, vieillard, père de Pamphile. (Ainsi nommé de son nez. Type des grondeurs.)
PAMPHILE, jeune homme, fils de Simon. (De πᾶν, tout, et φίλος, ami, ami de tout le monde.)
DAVE, esclave de Simon. Ainsi nommé de sa patrie : les Daves étaient les mêmes que les Daces.)
DROMON, esclave chargé de fustiger les autres. (De δρόμος, course.)
SOSIE, affranchi de Simon. (De σώζειν, conserver, sauvé dans la guerre.)
CHARINUS, jeune homme, amant de Philumène. (De χάρις, grâce.)
BYRRHIA, esclave de Charinus. (De πυῤῥός, roux.)

CRITON, hôte d'Andros, juge, arbitre. (De κριτής, juge)
CHRÉMÈS, vieillard, père de Philumène (De χρέμπτεσθαι, cracher; habitude de vieillard.)
GLYCÈRE, nommée aussi Pasibule, fille de Chrémès et maîtresse de Pamphile. (De γλυχερός, doux.)
MYSIS, servante de Glycère. (De la Mysie, sa patrie.)
LESBIE, la sage-femme qui a mis au monde Glycère. (De Lesbos, son pays.)

PERSONNAGES MUETS.

ARCHYLIS, servante. (De ἀρχή, à qui l'on commande.)
CHRYSIS, courtisane. (De χρυσὸς, or, qui fait tout pour l'or.)

EXPLICATION
DE L'ANDRIENNE DE TÉRENCE,
PAR C. SULPITIUS APOLLINARIS (1).

Pamphile a séduit Glycère, qui passait pour être la sœur d'une courtisane, Andrienne de naissance. Glycère devient enceinte; Pamphile lui donne sa foi qu'il la prendra pour femme, quoique son père l'ait fiancé à la fille de Chrémès. Ce père, apprenant l'amour de son fils, simule des

(1) D'après Aulu-Gelle, c'était un personnage très-savant, qui enseigna le latin à l'empereur Pertinax.

apprêts de mariage, afin de découvrir par là les sentiments de Pamphile. Celui-ci, sur les conseils de Dave, ne fait aucune résistance. Mais Chrémès, à la vue de l'enfant qu'il a eu de Glycère, rompt le mariage, et ne veut plus de Pamphile pour gendre. Un incident inespéré fait découvrir que Glycère est la fille de Chrémès : il la donne à Pamphile, et marie la seconde à Charinus.

PROLOGUE.

L'auteur, en se décidant à travailler pour le théâtre, s'imaginait que la seule chose dont il dût avoir souci, c'était de mériter les suffrages du public. Il voit maintenant qu'il s'agit de tout autre chose. Il lui faut perdre son temps à écrire des prologues, non pour exposer le sujet de ses pièces, mais pour répondre aux calomnies d'un vieux poëte qui le jalouse. Or écoutez, de grâce, quelle sorte de reproches on lui adresse.

Ménandre a fait l'Andrienne et la Périnthienne. Qui connaît l'une de ces deux pièces connaît l'autre, tant elles se ressemblent pour le fond, bien qu'elles diffèrent quant à la marche et au style. L'auteur a emprunté à la Périnthienne tout ce qui lui paraissait s'adapter heureusement à son Andrienne; il a disposé de ces richesses comme siennes, il l'avoue. Ses ennemis lui en font un crime; ils soutiennent qu'on ne doit pas ainsi confondre plusieurs sujets en un seul. En vérité, en faisant les connaisseurs, ils prouvent qu'ils n'y connaissent rien.

DRAMATIS PERSONÆ.

SIMO, senex, pater PAMPHILI; a simo naso nominatus. Simi iracundi.
PAMPHILUS, adolescens, filius SIMONIS; a πᾶν, et φίλος; omnium amicus.
DAVUS, servus SIMONIS; a patria. Davi enim iidem ac Daci.
DROMO, servus lorarius; a δρόμος, cursus.
SOSIA, libertus SIMONIS; a σώζειν, servare; in bello servatus.
CHARINUS, adolescens, amans PHILUMENAM; a χάρις, gratiosus.
BYRRHIA, servus CHARINI; a πυῤῥός, rufus.
CRITO, hospes Andrius, judex, arbiter; a κριτής, judex.

CHREMES, senex, pater PHILUMENÆ; a χρέμπτεσθαι, screare; quod senes screare solent.
GLYCERIUM, quæ et PASIBULA, filia CHREMETIS et amica PAMPHILI; a γλυχερός, dulcis.
MYSIS, ancilla GLYCERII; a patria Mysia.
LESBIA, obstetrix GLYCERII; a Lesbo patria.

PERSONÆ MUTÆ.

ARCHYLIS, ancilla : ab ἀρχή, cui imperatur.
CHRYSIS, meretrix; a χρυσὸς, quæ auri pretio movetur.

C. SULPITII APOLLINARIS PERIOCHA
IN TERENTII ANDRIAM.

Sororem falso creditam meretriculæ,
Genere Andriæ, Glycerium vitiat Pamphilus;
Gravidaque facta, dat fidem, uxorem sibi
Fore hanc : nam aliam pater ei desponderat,
Gnatam Chremetis; atque, ut amorem comperit,

Simulat futuras nuptias, cupiens, suus
Quid haberet animi filius, cognoscere.
Davi suasu non repugnat Pamphilus.
Sed ex Glycerio natum ut vidit puerulum
Chremes, recusat nuptias, generum abdicat.
Mox filiam Glycerium insperato agnitam
Hanc Pamphilo dat, aliam Charino conjugem.

PROLOGUS.

Poeta, quum primum animum ad scribendum appulit,
Id sibi negoti credidit solum dari,
Populo ut placerent, quas fecisset fabulas.
Verum aliter evenire multo intelligit :
Nam in prologis scribundis operam abutitur,   5
Non qui argumentum narret, sed qui malevoli
Veteris poetæ maledictis respondeat.
Nunc, quam rem vitio dent, quæso, animum advortite.
Menander fecit Andriam et Perinthiam.
Qui utramvis recte norit, ambas noverit.   10
Non ita dissimili sunt argumento, et tamen
Dissimili oratione sunt factæ ac stilo.
Quæ convenere, in Andriam ex Perinthia
Fatetur transtulisse, atque usum pro suis.
Id isti vituperant factum; atque in eo disputant,   15
Contaminari non decere fabulas.
Faciunt, næ, intelligendo, ut nihil intelligant.

L'attaquer à ce propos, n'est-ce pas attaquer aussi Névius, Plaute, Ennius, dont il a suivi l'exemple, et dont il aime mieux d'ailleurs imiter le laisser-aller, que de montrer comme ses ennemis une servile exactitude? Qu'ils se tiennent donc désormais en repos, je les en avertis, et qu'ils fassent trêve à leurs calomnies, s'ils ne veulent pas qu'on dévoile leurs bévues.

Écoutez-nous avec bienveillance et impartialité, afin d'éclairer votre conscience et de savoir si vous devez fonder quelque espoir sur l'auteur, et si les comédies qu'il tirera de son propre fonds mériteront d'être représentées, ou repoussées sans examen.

ACTE PREMIER.

SCÈNE I.

SIMON, SOSIE, ESCLAVES CHARGÉS DE PROVISIONS.

Sim. Portez ceci à la maison, vous autres : allez. Toi, Sosie, demeure; j'ai deux mots à te dire.

Sos. Je sais; vous voulez que j'apprête tout cela comme il faut.

Sim. Oui, et autre chose encore.

Sos. Quel autre service plus important attendez-vous de mon savoir-faire?

Sim. Il n'est pas question de ton savoir-faire pour ce que j'ai en tête. Ce dont j'ai besoin, ce sont ces qualités que j'ai toujours reconnues en toi, la fidélité, la discrétion.

Sos. J'attends que vous vous expliquiez.

Sim. Tu étais tout petit quand je t'achetai, et tu sais si j'ai toujours été pour toi un maître indulgent et juste. D'esclave que tu étais, je t'ai fait mon affranchi, en raison de tes bons et loyaux services.

En un mot, la plus précieuse récompense que je pusse te donner, tu l'as obtenue de moi.

Sos. Je ne l'ai point oublié.

Sim. Et je ne m'en repens pas.

Sos. Je suis heureux d'avoir fait et de faire encore quelque chose qui vous soit agréable, Simon; et puisque vous êtes satisfait de mes services, je n'en demande pas davantage. Mais vos paroles me chagrinent; me rappeler ainsi vos bienfaits, c'est presque me reprocher d'en avoir perdu la mémoire. Allons, dites-moi en deux mots ce que vous me voulez.

Sim. Eh bien! je vais le faire. Je te préviens d'abord d'une chose; ce mariage que tu crois décidé n'est qu'une feinte.

Sos. Et pourquoi cette feinte?

Sim. Écoute : je vais tout te conter d'un bout à l'autre. Tu sauras et la conduite de mon fils, et mes projets, et ce que j'attends de toi en cette occasion. Lorsqu'il fut sorti de l'adolescence, mon cher Sosie, je lui laissai un peu plus de liberté. Car jusqu'alors je n'avais pu connaître et juger son caractère; son âge, sa timidité, la crainte de son maître, tout le tenait dans une sorte de contrainte.

Sos. C'est vrai.

Sim. Presque tous les jeunes gens ont une passion, celle des chevaux, ou des chiens de chasse, ou des philosophes. Lui, je ne le voyais se passionner pour rien; mais il aimait tout modérément. Je m'en félicitais.

Sos. Et vous aviez raison. *Rien de trop*, c'est là, à mon sens, la maxime la plus utile dans la conduite de la vie.

Sim. Quant à sa manière de vivre, il était d'une humeur facile et accommodante pour tout le monde. Ceux dont il faisait sa société, il se donnait à eux tout entier, se pliant à leurs goûts, ne contrariant personne, faisant toujours abnégation de lui-même :

Qui quum hunc accusant, Nævium, Plautum, Ennium
Accusant, quos hic Noster auctores habet :
Quorum æmulari exoptat negligentiam,   20
Potius quam istorum obscuram diligentiam.
Dehinc ut quiescant, porro moneo, et desinant
Maledicere, malefacta ne noscant sua.
Favete, adeste æquo animo, et rem cognoscite,
Ut pernoscatis ecquid spei sit reliquum,   25
Posthac quas faciet de integro comœdias,
Spectandæ an exigendæ sint vobis prius.

ACTUS PRIMUS.

SCENA PRIMA.

SIMO, SOSIA.

Sim. Vos istæc intro auferte; abite. Sosia,
Adesdum : paucis te volo. *Sos.* Dictum puta :
Nempe ut curentur recte hæc. *Sim.* Immo aliud. *Sos.* Quid est,   30
Quod tibi mea ars efficere non possit amplius?
Sim. Nihil istac opus est arte ad hanc rem, quam paro;
Sed iis, quas semper in te intellexi sitas,
Fide et taciturnitate. *Sos.* Exspecto quid velis.
Sim. Ego postquam te emi a parvulo, ut semper tibi   35
Apud me justa et clemens fuerit servitus,
Scis : feci ex servo, ut esses libertus mihi,
Propterea quod serviebas liberaliter.

Quod habui summum pretium, persolvi tibi.
Sos. In memoria habeo. *Sim.* Haud muto factum. *Sos.* Gaudeo,   40
Si tibi quid feci, aut facio, quod placeat, Simo,
Et id gratum fuisse advorsum te, habeo gratiam.
Sed hoc mihi molestum est : nam istæc commemoratio
Quasi exprobratio est immemoris beneficii.
Quin tu uno verbo dic, quid est, quod me velis.   45
Sim. Ita faciam. Hoc primum in hac re prædico tibi :
Quas credis esse has, non sunt veræ nuptiæ.
Sos. Cur simulas igitur? *Sim.* Rem omnem a principio audies.
Eo pacto et gnati vitam et consilium meum
Cognosces, et quid facere in hac re te velim.   50
Nam is postquam excessit ex ephebis, Sosia,
Liberius vivendi fuit potestas : nam antea
Qui scire posses, aut ingenium noscere,
Dum ætas, metus, magister prohibebant? *Sos.* Ita est.
Sim. Quod plerique omnes faciunt adolescentuli,   55
Ut animum ad aliquod studium adjungant, aut equos
Alere, aut canes ad venandum, aut ad philosophos;
Horum ille nihil egregie præter cætera
Studebat; et tamen omnia hæc mediocriter.
Gaudebam. *Sos.* Non injuria : nam id arbitror   60
Adprime in vita esse utile, ut ne quid nimis.
Sim. Sic vita erat : facile omnes perferre ac pati;
Cum quibus erat cumque una, iis sese dedere;
Eorum studiis obsequi; advorsus nemini;
Nunquam præponens se illis : ita facillime   65
Sine invidia laudem invenias, et amicos pares.

excellent moyen pour que chacun s'accorde à faire notre éloge, et pour n'avoir que des amis.

Sos. Oui, c'est un plan de conduite fort sage. Par le temps qui court, la complaisance nous fait des amis, la franchise des ennemis.

Sim. Cependant, il y a trois ans environ, une femme d'Andros vint s'établir ici dans notre voisinage. La misère et l'indifférence de sa famille l'avaient réduite à s'expatrier. Elle était à la fleur de l'âge et d'une beauté remarquable.

Sos. Aïe! j'ai bien peur que cette Andrienne ne nous apporte rien de bon.

Sim. Dans les premiers temps, laborieuse et sage autant que pauvre, elle gagnait péniblement sa vie à filer et à travailler la laine. Mais lorsqu'il se présenta des amants, un d'abord, puis un autre, l'argent à la main, comme la nature humaine est généralement disposée à préférer le plaisir au travail, elle accepta leurs propositions, et se mit à trafiquer de ses charmes. Il arriva que quelques-uns de ces galants entraînèrent mon fils chez elle, ainsi que cela se pratique souvent, pour y souper en leur compagnie. Alors je me dis à moi-même : « Ma foi, le voilà pris : il en tient. » Chaque matin, je voyais leurs petits esclaves aller et venir, et je les questionnais : « Holà! mon garçon, dis-moi, je te prie, qui est-ce qui a eu hier les faveurs de Chrysis? » C'était le nom de l'Andrienne.

Sos. Je comprends.

Sim. Ils me répondaient : Phèdre, ou Clinia, ou Nicératus. Car elle avait alors ces trois amants à la fois. « Et Pamphile? » ajoutais-je. — « Pamphile? Il a payé son écot et soupé. » — Bon, me disais-je. Un autre jour, même demande, même réponse Rien sur le compte de Pamphile. En vérité, l'épreuve me parut suffisante; je regardai mon fils comme un modèle de continence. Car lorsqu'un jeune homme s'est frotté à des gens de cette espèce sans céder à la contagion de l'exemple, on peut être sûr qu'il est capable de se gouverner tout seul. Et d'ailleurs, il n'y avait qu'une voix sur Pamphile; c'était à qui m'en dirait tout le bien possible, à qui vanterait mon bonheur d'avoir un tel fils. Bref, sur le bruit de cette bonne réputation, Chrémès vint m'offrir pour lui la main de sa fille unique, avec une dot considérable. Le parti me convenait; je donnai parole, et c'est aujourd'hui que le mariage devait se faire.

Sos. Et pourquoi ne se ferait-il pas réellement?

Sim. Je vais te le dire. Peu de jours après, Chrysis notre voisine vint à mourir.

Sos. Ah! tant mieux, vous me rassurez; j'avais grand'peur de cette Chrysis.

Sim. Mon fils ne quittait plus la maison de cette femme; de concert avec ses amants, il prenait soin de ses funérailles; il avait l'air triste; parfois même il pleurait. Cela me fit plaisir. « Quoi! me dis-je, pour si peu de temps qu'il l'a connue, il est bien sensible à sa perte. Que serait-ce donc s'il l'avait aimée? Que sera-ce quand il me perdra, moi, son père? » Je prenais tout cela pour l'effet d'un bon cœur; j'y voyais un grand fonds d'humanité. Le dirai-je enfin? pour lui être agréable, j'allai moi-même au convoi, sans soupçonner encore le moindre mal.

Sos. Oh! oh! qu'y a-t-il donc?

Sim. Tu vas le voir. On emporte le corps; nous le suivons. Chemin faisant, j'aperçois par hasard, parmi les femmes qui se trouvaient là, une jeune fille d'une figure....

Sos. Charmante sans doute?

Sim. Et d'un air si modeste, si gracieux, Sosie, qu'on ne pouvait rien voir de mieux. Comme elle paraissait plus affligée que les autres, et qu'il y avait dans son maintien quelque chose de plus distingué et de plus honnête, je m'approchai de ses suivantes, et je leur demandai qui elle était. On me répondit que c'était la sœur de Chrysis. Ce fut comme

---

Sos. Sapienter vitam instituit : namque hoc tempore
Obsequium amicos, veritas odium parit.
Sim. Interea mulier quædam abhinc triennium
Ex Andro commigravit huc viciniæ,   70
Inopia et cognatorum negligentia
Coacta, egregia forma atque ætate integra.
Sos. Hei! vereor ne quid Andria adportet mali.
Sim. Primum hæc pudice vitam parce ac duriter
Agebat, lana ac tela victum quæritans.   75
Sed postquam amans accessit, pretium pollicens,
Unus et item alter; ita ut ingenium est omnium
Hominum ab labore proclive ad libidinem,
Accepit conditionem; dein quæstum occipit.
Qui tum illam amabant, forte, ita ut fit, filium   80
Perduxere illuc, secum ut una esset, meum.
Egomet continuo mecum : « Certe captus est;
Habet. » Observabam mane illorum servulos
Venientes aut abeuntes; rogitabam : heus, puer,
Dic sodes, quis heri Chrysidem habuit? nam Andriæ   85
Illi id erat nomen. *So.* Teneo. *Si.* Phædrum aut Cliniam
Dicebant, aut Niceratum : nam hi tres tum simul
Amabant. Eho, quid Pamphilus? quid? symbolam
Dedit, cœnavit. Gaudebam. Item alio die
Quærebam : comperiebam, nihil ad Pamphilum   90
Quidquam adtinere. Enimvero spectatum satis
Putabam, et magnum exemplum continentiæ :
Nam qui cum ingeniis conflictatur ejusmodi,
Neque commovetur animus in ea re tamen;

Scias posse jam habere ipsum suæ vitæ modum.   95
Quum ill mihi placebat, tum uno ore omnes omnia
Bona dicere, et laudare fortunas meas,
Qui gnatum haberem tali ingenio præditum.
Quid verbis opus est? hac fama impulsus Chremes
Ultro ad me venit, unicam gnatam suam   100
Cum dote summa filio uxorem ut daret.
Placuit; despondi; hic nuptiis dictus est dies.
So. Quid igitur obstat, cur non veræ fiant? *Si.* Audies.
Fere in diebus paucis, quibus hæc acta sunt,
Chrysis vicina hæc moritur. *So.* O factum bene!   105
Beasti : metui a Chryside. *Si.* Ibi tum filius
Cum illis, qui amabant Chrysidem, una aderat frequens;
Curabat una funus; tristis interim,
Nonnunquam conlacrymabat. Placuit tum id mihi.
Sic cogitabam : hic, parvæ consuetudinis   110
Causa, hujus mortem tam fert familiariter :
Quid, si ipse amasset? quid mihi hic faciet patri?
Hæc ego putabam esse omnia humani ingeni,
Mansuetique animi officia; quid multis moror?
Egomet quoque ejus causa in funus prodeo,   115
Nil suspicans etiam mali. *So.* Hem, quid id est? *Si.* Scies.
Effertur; imus. Interea inter mulieres,
Quæ ibi aderant, forte unam adspicio adolescentulam.
Forma... *So.* Bona fortasse? *Si.* Et vultu, Sosia,
Adeo modesto, adeo venusto, ut nil supra.   120
Quæ quum mihi lamentari præter cæteras
Visa est, et quia erat forma præter cæteras

un trait de lumière pour moi. Ah! me dis-je, voilà le secret! C'est pour cela qu'on pleure, c'est pour cela qu'on est si sensible.

Sos. Combien j'appréhende la fin de tout ceci!

Sim. Cependant le convoi marchait; nous avancions. Enfin on arrive au bûcher, on y dépose le corps, on l'allume, et chacun de pleurer. Tout à coup la sœur en question s'approche beaucoup trop de la flamme, sans songer qu'il peut y avoir quelque danger. Pamphile hors de lui laisse éclater alors cet amour qu'il m'avait si bien caché, sur lequel il m'avait donné le change; il s'élance, et prend la jeune fille entre ses bras : « Ma Glycère, lui dit-il, que faites-vous? Voulez-vous mourir? » Et la jeune fille de se rejeter sur lui, tout en larmes, avec un abandon qui révélait un long attachement.

Sos. Que me dites-vous là?

Sim. Je rentre chez moi fort en colère, et gardant rancune à mon fils. Et pourtant je n'étais pas trop en droit de le quereller. Il m'aurait répondu : « Mais qu'ai-je fait, mon père? Où sont mes torts? Quelle est ma faute? Une jeune fille voulait se jeter dans le feu; je l'en ai empêché; je l'ai sauvée. » L'excuse est plausible.

Sos. Vous avez raison. Si l'on querelle un homme qui a sauvé son semblable, que fera-t-on à celui qui lui nuit ou le maltraite?

Sim. Le lendemain, Chrémès arrive chez moi, criant qu'il en a appris de belles; que Pamphile a épousé cette aventurière. Moi de nier fortement la chose; lui d'insister. Enfin nous nous séparons, Chrémès bien décidé à ne plus nous donner sa fille.

Sos. Et votre fils alors, vous ne l'avez pas....

Sim. Mais il n'y avait pas encore là de quoi lui chercher querelle.

Sos. Comment, s'il vous plaît?

Sim. Mon père, m'aurait-il dit, vous avez fixé

vous-même le terme de ma liberté. Voici bientôt le temps où il me faudra vivre au gré d'autrui; jusque-là trouvez bon que je vive un peu à ma guise.

Sos. Quand trouverez-vous donc sujet de le gronder?

Sim. Si pour cette femme il refuse de se marier, c'est un premier tort que je ne lui passerai pas. Et maintenant, en feignant ce mariage, je ne cherche qu'un bon motif pour lui laver la tête en cas de refus. Je veux aussi que ce coquin de Dave, s'il machine quelque chose, épuise en pure perte son arsenal de fourberies, à présent qu'elles ne sauraient me nuire. Car, j'en suis sûr, il jouera des pieds et des mains, et mettra tout en œuvre pour me chagriner, bien plus encore que pour obliger mon fils.

Sos. A quel propos?

Sim. Belle question! Mauvaise tête, mauvais cœur. Mais que je l'y prenne....! Je n'en dis pas davantage. Si, comme je l'espère, je ne rencontre aucun obstacle du côté de Pamphile, il ne me restera plus qu'à gagner Chrémès, et je crois que j'y réussirai. C'est à toi maintenant de bien jouer ton rôle, pour qu'on croie à ce mariage; de faire peur à Dave et de surveiller mon fils, pour savoir ce qu'il fera, et quelles batteries ils dresseront ensemble.

Sos. Il suffit. J'y veillerai. Mais entrons.

Sim. Va devant; je te suis.

SCÈNE II.

SIMON seul.

Point de doute que mon fils ne refuse. Dave m'a paru trop effrayé tout à l'heure au premier mot que je lui ai dit de ce mariage. Mais le voici qui sort.

Honesta et liberali, accedo ad pedissequas :
Quæ sit, rogo. Sororem esse aiunt Chrysidis.
Percussit illico animum : at at ! hoc illud est.   125
Hinc illæ lacrymæ, hæc illa 'st misericordia.
So. Quam timeo quorsum evadas ! *Si.* Funus interim
Procedit; sequimur; ad sepulcrum venimus;
In ignem imposita 'st; fletur. Interea hæc soror,
Quam dixi, ad flammam accessit imprudentius,   130
Sati' cum periclo. Ibi tum exanimatus Pamphilus
Bene dissimulatum amorem et celatum indicat;
Adcurrit; mediam mulierem complectitur.
Mea Glycerium, inquit, quid agis? cur te is perditum?
Tum illa, ut consuetum facile amorem cerneres,   135
Rejecit se in eum flens quam familiariter.
So. Quid ais? *Si.* Redeo inde iratus, atque ægre ferens.
Nec satis ad objurgandum causæ. Diceret :
Quid feci? Quid commerui, aut peccavi, pater?
Quæ sese in ignem injicere voluit, prohibui,   140
Servavi. Honesta oratio est. *So.* Recte putas.
Nam si illum objurges, vitæ qui auxilium tulit;
Quid facias illi, qui dederit damnum aut malum?
Si. Venit Chremes postridie ad me, clamitans
Indignum facinus comperisse; Pamphilum   145
Pro uxore habere hanc peregrinam. Ego illud sedulo
Negare factum : ille instat factum. Denique
Ita tum discedo ab illo, ut qui se filiam
Neget daturum. *So.* Non tu ibi gnatum . . .? *Si.* Ne hæc quidem
Satis vehemens causa ad objurgandum. *So.* Qui, cedo?   150

Si. Tute ipse his rebus finem præscripsti, pater.
Prope adest, quum alieno more vivendum est mihi
Sine nunc meo me vivere interea modo.
Sa. Quis igitur relictus est objurgandi locus?
Si. Si propter amorem uxorem nolet ducere,   155
Ea primum ab illo animadvertenda injuria 'st.
Et nunc id operam do, ut per falsas nuptias
Vera objurgandi causa sit, si deneget;
Simul, sceleratus Davus si quid consili
Habet, ut consumat, nunc quum nihil obsint doli.   160
Quem ego credo manibus pedibusque obnixe omnia
Facturum; magis id adeo, mihi ut incommodet,
Quam ut obsequatur gnato. *Sos.* Quapropter? *Si.* Rogas?
Mala mens, malus animus : quem quidem ego si sensero...
Sed quid opus est verbis? Sin eveniat, quod volo,   165
In Pamphilo ut nil sit moræ; restat Chremes
Qui mi exorandus est : et spero confore.
Nunc tuum est officium, hæc bene ut adsimules nuptias;
Perterrefacias Davum; observes filium,
Quid agat, quid cum illo consili captet. *Sos.* Sat est.   170
Curabo. Eamus jam nunc intro. *Si.* I præ, sequar.

SCENA SECUNDA.

SIMO.

Non dubium 'st quin uxorem nolit filius :
Ita Davum modo timere sensi, ubi nuptias
Futuras esse audivit. Sed ipse exit foras.

SCÈNE III.

DAVE, SIMON.

Dav. (*à part.*) Je m'étonnais que la chose se passât ainsi, et je tremblais de voir où en viendrait le bonhomme avec son imperturbable sang-froid. Quoi! il apprend qu'on ne veut plus de son fils, et il n'en souffle mot à personne! il n'a pas même l'air de s'en fâcher!

Sim. (*à part.*) Mais cela va venir, et tu m'en diras, j'espère, de bonnes nouvelles.

Dav. (*à part.*) Il a voulu nous leurrer d'une fausse joie, et nous faire renaître à l'espérance en dissipant nos craintes, et puis, quand nous serions à bayer aux corneilles, tomber sur nous sans nous laisser le temps de nous retourner, de rompre ce mariage. Pas mal, en vérité!

Sim. (*à part*). Le maraud! comme il parle!

Dav. (*à part.*) C'est mon maître! Et moi, qui ne l'avais pas aperçu!

Sim. (*haut.*) Dave.

Dav. (*sans se retourner.*) Hein! qu'est-ce?

Sim. Ici, approche.

Dav. (*à part.*) Que me veut-il?

Sim. Que dis-tu?

Dav. Qu'y a-t-il pour votre service?

Sim. Ce qu'il y a? tout le monde dit que mon fils a une maîtresse.

Dav. Le monde s'occupe, ma foi, bien de cela!

Sim. M'écoutes-tu, ou non?

Dav. Moi? oui, vraiment.

Sim. Mais ce sont choses dont je ne puis m'inquiéter sans être un père bien despote; car ce qu'il a fait jusqu'ici ne me regarde pas. Tant que son âge l'a permis, je l'ai laissé libre de satisfaire ses goûts. Aujourd'hui il faut adopter un autre genre de vie, d'autres habitudes. J'exige donc, ou, si tu le veux, je supplie, Dave, que tu le remettes dans la bonne voie.

Dav. Si je comprends un mot....

Sim. Tous ceux qui ont quelques amours en tête n'aiment pas qu'on leur parle de mariage.

Dav. On le dit.

Sim. Et s'il arrive qu'ils aient pris pour confident quelque maître fripon, le drôle, pour l'ordinaire, use de son influence sur leur esprit malade pour les pousser au mal.

Dav. D'honneur, je ne comprends pas.

Sim. Ah! tu ne comprends pas?

Dav. Non; je m'appelle Dave et non pas OEdipe.

Sim. Tu veux donc que je te dise catégoriquement ce qui me reste à dire?

Dav. Oui certainement.

Sim. Si je m'aperçois aujourd'hui que tu médites quelque tour de ta façon pour empêcher ce mariage, ou que tu veux faire parade de ton adresse en cette occasion, Dave, mon ami, je te ferai d'abord étriller d'importance, et je t'enverrai ensuite au moulin pour le reste de ta vie, avec un bon serment que, si jamais je t'en fais sortir, j'irai tourner la meule à ta place. Eh bien! as-tu compris maintenant? ou bien n'est-ce pas encore suffisamment....

Dav. Si fait, très-bien. Voilà qui s'appelle parler nettement et sans détours.

Sim. C'est la chose où je souffrirais le moins que l'on me jouât.

Dav. Allons, allons, ne vous échauffez pas.

Sim. Tu te railles, je le vois. Mais ce que j'en dis, c'est pour que tu n'agisses pas à la légère, et que tu ne viennes pas objecter qu'on ne t'avait pas prévenu. Prends y garde.

SCÈNE IV.

DAVE seul.

Allons, Dave, ce n'est pas le moment de se croiser les bras et de s'endormir, autant que j'ai pu comprendre la pensée du bonhomme sur ce ma-

SCENA TERTIA.

DAVUS, SIMO.

Dav. Mirabar hoc si sic abiret, et heri semper-lenitas 175
Verebar quorsum evaderet.
Qui postquam audierat, non datum iri filio uxorem suo,
Nunquam cuiquam nostrum verbum fecit, neque id ægre tulit.
Si. At nunc faciet; neque, ut opinor, sine tuo magno malo.
Dav. Id voluit, nos sic nec opinantes duci falso gaudio, 180
Sperantes jam, amoto metu; interea oscitantes opprimi,
Ne esset spatium cogitandi ad disturbandas nuptias.
Astute! *Si.* Carnifex, quæ loquitur! *Dav.* Herus est, neque providéram.
Si. Dave. *D.* Hem, quid est? *Si.* Ehodum, ad me. *D.* Quid hic volt? *Si.* Quid ais? *D.* Qua de re? *Si.* Rogas?
Meum gnatum rumor est amare. *D.* Id populus curat scilicet. 185
Si. Hoccine agis, an non? *D.* Ego vero istuc. *Si.* Sed nunc ea me exquirere,
Iniqui patris est : nam, quod antehac fecit, nihil ad me adtinet.
Dum tempus ad eam rem tulit, sivi animum ut expleret suum.
Nunc hic dies aliam vitam adfert, alios mores postulat.
Dehinc postulo, sive æquum est, te oro, Dave, ut redeat jam in viam. 190

D. Hoc quid sit? *Si.* Omnes qui amant, graviter sibi dari uxorem ferunt.
D. Ita aiunt. *Si.* Tum, si quis magistrum cepit ad eam rem improbum,
Ipsum animum ægrotum ad deteriorem partem plerumque applicat.
D. Non hercle intelligo. *Si.* Non? hem. *D.* Non : Davus sum, non OEdipus.
Si. Nempe ergo aperte vis, quæ restant, me loqui? *D.* Sane quidem. 195
Si. Si sensero hodie quidquam in his te nuptiis
Fallaciæ conari, quo fiant minus;
Aut velle in ea re ostendi, quam sis callidus :
Verberibus cæsum te in pistrinum, Dave, dedam usque ad necem;
Ea lege atque omine, ut, si te inde exemerim, ego pro te molam. 200
Quid? hoc intellextin'? an nondum etiam ne hoc quidem? *D.* Immo callide.
Si. Ubivis facilius passus sim, quam in hac re, me deludier.
D. Bona verba, quæso. *Si.* Irrides? nihil me fallis, sed dico tibi,
Ne temere facias, neque tu hoc dicas, tibi non prædictum.
Cave. 205

SCENA QUARTA.

DAVUS.

Enimvero, Dave, nihil loci'st segnitiæ, neque socordiæ,

rage. Si nous ne trouvons pas quelque bonne ruse pour l'empêcher, c'est fait de mon maître ou de moi. Que faire? Je ne sais trop. Servir Pamphile ou obéir au vieillard? Si j'abandonne le fils, j'ai tout à craindre pour lui; si je le sers, gare les menaces du père, auquel il n'est pas facile d'en faire accroire! D'abord il a découvert nos amours; il m'en veut, il m'observe, de peur que je n'intrigue le moins du monde contre ce mariage. S'il m'y prend, je suis perdu; que la fantaisie lui en passe seulement par la tête, il saisira le premier prétexte venu, et, à tort ou à raison, il me jettera dans un moulin. Autre malheur encore : cette Andrienne, femme ou maîtresse de Pamphile, se trouve grosse par son fait, et ils ont arrangé un plan d'une audace..... C'est vraiment chose curieuse : un dirait un projet de fous plutôt que d'amoureux. Ils ont résolu d'élever l'enfant dont elle accouchera, fille ou garçon, et ils ont concerté entre eux je ne sais quelle histoire. « Elle est citoyenne d'Athènes. Il y eut autrefois dans cette ville un vieux marchand; ce marchand fit naufrage sur les côtes de l'île d'Andros, et y mourut. Cette fille encore toute petite fut sauvée, et le père de Chrysis recueillit la pauvre orpheline. » A d'autres! pour moi, je n'y vois pas l'ombre de vraisemblance; mais ils sont, eux, enchantés de leur histoire. — Ah! voici Mysis qui sort de chez elle. Je m'en vais de ce pas à la place publique tâcher de trouver Pamphile, afin de le préparer à la nouvelle que son père lui annoncera.

SCÈNE V.

MYSIS seule.

C'est bon, Archylis, c'est bon, je vous entends; vous voulez que j'aille chercher Lesbie : une femme

qui aime le vin, une imprudente, à qui l'on ne devrait pas confier un premier accouchement! Je vous l'amènerai cependant. — Voyez un peu l'entêtement de cette vieille; parce qu'elles s'enivrent ensemble. Dieux! accordez, je vous prie, une heureuse délivrance à ma maîtresse, et que cette Lesbie aille faire ses maladresses ailleurs. Mais que vois-je? Pamphile tout hors de lui. Je crains bien ce que ce peut être. J'attendrai, pour savoir ce qu'un pareil trouble annonce de fâcheux.

SCÈNE VI.

PAMPHILE, MYSIS.

Pam. Y a-t-il dans un pareil trait, dans une telle conduite, la moindre humanité? Est-ce bien là le procédé d'un père?

Mys. (à part.) Qu'y a-t-il donc?

Pam. Au nom des dieux, si ce n'est pas là une indignité, qu'est-ce donc? Puisqu'il avait résolu de me marier aujourd'hui, ne devait-il pas me prévenir? Ne devait-il pas au préalable me communiquer son projet?

Mys. (à part.) Malheureuse! Qu'ai-je entendu?

Pam. Et Chrémès, qui s'était dédit, qui ne voulait plus me donner sa fille? Le voilà qui change, parce qu'il voit que je ne saurais changer! Avec quelle obstination il s'acharne à me séparer de Glycère! Si ce malheur m'arrive, c'est fait de moi. Est-il un homme aussi malheureux en amour, aussi maltraité par le sort, que je le suis? Dieux tout-puissants, ne trouverai-je donc aucun moyen d'échapper à l'alliance de ce Chrémès? Suis-je assez bafoué, honni? Tout était arrangé, conclu. Bon! on me repousse, puis on me reprend; et pourquoi? Je crois bien avoir deviné : leur fille est une espèce

---

Quantum intellexi modo senis sententiam de nuptiis,
Quæ si non astu providentur, me, aut herum pessum dabunt :
Nec, quid agam, certum 'st : Pamphilumne adjutem, an auscultem seni.
Si illum relinquo, ejus vitæ timeo; sin opitulor, hujus minas;   210
Cui verba dare difficile est. Primum jam de amore hoc comperit;
Me infensus servat, ne quam faciam in nuptiis fallaciam.
Si senserit, perii; aut si lubitum fuerit, causam ceperit.
Quo jure, quaque injuria præcipitem me in pistrinum dabit.
Ad hæc mala hoc mihi accedit etiam : hæc Andria,   215
Sive ista uxor, sive amica 'st, gravida e Pamphilo est,
Audireque eorum est operæ pretium audaciam :
Nam inceptio 'st amentium, haud amantium.
Quidquid peperisset, decreverunt tollere :
Et fingunt quamdam inter nunc se fallaciam,   220
Civem Atticam esse hanc : fuit olim hinc quidam senex,
Mercator : navem is fregit apud Andrum insulam :
Is obiit mortem; ibi tum hanc ejectam Chrysidis
Patrem recepisse orbam, parvam. Fabulæ!
Mihi quidem non fit verisimile; at ipsis commentum placet.   225
Sed Mysis ab ea egreditur. At ego hinc me ad forum, ut
Conveniam Pamphilum, ne de hac re pater imprudentem opprimat.

SCENA QUINTA.

MYSIS.

Audio, Archylis, jamdudum : Lesbiam adduci jubes.

Sane pol illa temulenta 'st mulier et temeraria,
Nec sati' digna, cui committas primo partu mulierem :   230
Tamen eam adducam. Importunitatem spectate aniculæ;
Quia compotrix ejus est. Di, date facultatem, obsecro,
Huic pariundi, atque illi in aliis potius peccandi locum.
Sed quidnam Pamphilum exanimatum video? vereor, quid siet.
Opperiar, ut sciam nunc, quidnam hæc turba tristitiæ afferat.   235

SCENA SEXTA.

PAMPHILUS, MYSIS.

Pa. Hoccine 'st humanum factum, aut inceptum? hoccine 'st officium patris?
My. Quid illud est? *Pa.* Proh Deum fidem! quid est, si hoc non contumelia 'st?
Uxorem decrerat dare sese mi hodie; nonne oportuit
Præscisse me ante? nonne prius communicatum oportuit?
My. Miseram me! quod verbum audio?   240
Pa. Quid Chremes? qui denegarat se commissurum mihi
Gnatam suam uxorem; id mutavit, quia me immutatum videt.
Ita obstinate dat operam, ut me a Glycerio miserum abstrahat!
Quod si fit, pereo funditus.
Adeon' hominem esse invenustum, aut infelicem quemquam, ut ego sum?   245
Pro deum atque hominum fidem!
Nullon' ego Chremetis pacto affinitatem effugere potero?
Quot modis contemptus, spretus! facta, transacta omnia.
Hem !

de monstre; comme on ne peut la fourrer à personne, on se rejette sur moi.

Mys. (*à part.*) Je n'ai pas une goutte de sang dans les veines.

Pam. Mais que dire de mon père? Ah! une affaire si grave, la traiter avec si peu de façon! Tout à l'heure, en passant près de moi sur la place : Pamphile, m'a-t-il dit, vous vous mariez aujourd'hui; allez à la maison vous préparer. J'ai cru qu'il me disait : Allez de ce pas vous pendre. Je suis resté anéanti. Pense-t-on que j'aie pu lui répondre un seul mot, lui donner une seule raison, même la plus sotte, la plus fausse, la plus impertinente? Je n'ai pas ouvert la bouche. Ah! si j'avais pu savoir...... Eh! bien qu'aurais-tu fait? J'aurais fait...... tout, plutôt que de faire ce qu'on veut que je fasse. Mais à présent où donner de la tête? Tant de tracas m'assiégent! tant de sentiments contraires me torturent l'esprit! mon amour, la compassion qu'elle m'inspire, ce mariage dont ils me persécutent, mon respect pour un père qui jusqu'à présent m'a traité avec tant de douceur, et m'a laissé faire tout ce que je voulais. Irai-je lui résister? Hélas! je ne sais quel parti prendre.

Mys. (*à part.*) Je tremble de voir où il en viendra avec son *je ne sais quel parti prendre!* Mais il faut absolument qu'il lui parle, ou que je lui parle d'elle. Lorsque l'esprit est en balance, un rien suffit pour le faire pencher d'un côté ou d'un autre.

Pam. Qui parle ici? Ah! Mysis, bonjour.

Mys. Bonjour, Pamphile.

Pam. Comment va-t-elle?

Mys. Comment elle va? Elle est dans les douleurs; et, de plus, la malheureuse se tourmente, parce que c'est aujourd'hui le jour que l'on avait

fixé autrefois pour votre mariage. Elle craint que vous ne l'abandonniez.

Pam. Moi? Pourrais-je seulement en avoir la pensée? Quoi! je souffrirais qu'elle fût cruellement déçue à cause de moi, elle qui m'a livré son cœur et son repos, elle que j'ai toujours regardée et chérie comme la plus tendre épouse! Elle dont l'âme est si pure, si vertueuse, je souffrirais que le besoin la réduisît un jour.... Non, jamais.

Mys. Je ne craindrais rien, si cela ne dépendait que de vous. Mais si l'on vous fait violence.....

Pam. Me crois-tu donc assez lâche, assez ingrat, assez inhumain, assez barbare, pour que ni l'amitié, ni l'amour, ni l'honneur, n'aient de prise sur moi et ne me décident à lui garder ma foi?

Mys. Tout ce que je sais, c'est qu'elle mérite que vous ne l'oubliiez pas.

Pam. L'oublier! Ah! Mysis, Mysis, elles sont encore gravées dans mon cœur les dernières paroles que m'adressa Chrysis en faveur de Glycère. Déjà presque mourante, elle me fit appeler : j'accourus. Là, sans témoins, seuls tous les trois : « Cher Pamphile, me dit-elle, vous voyez sa jeunesse, sa beauté, vous n'ignorez pas combien peu ces deux choses lui serviront à présent pour conserver sa vertu et son patrimoine. Je vous en conjure donc par cette main que je vous tends, par votre génie tutélaire, par votre honneur, par l'abandon où elle va se trouver, de grâce, ne vous séparez pas d'elle, ne la délaissez pas. S'il est vrai que je vous ai toujours chéri à l'égal d'un frère, qu'elle n'a jamais aimé que vous, qu'elle n'a cherché qu'à vous complaire en toutes choses, soyez pour elle un époux, un ami, un tuteur, un père. Je vous laisse tout notre avoir, je le confie à votre honneur. » Puis elle mit la main de Glycère dans

---

Repudiatus repetor : quamobrem? nisi si id est, quod suspicor.

Aliquid monstri alunt. Ea quoniam nemini obtrudi potest, 　　250

Itur ad me. *My.* Oratio hæc me miseram exanimavit metu.

Pa. Nam quid ego dicam nunc de patre? ah,

Tantamne rem tam negligenter agere! prateriens modo,

Mi apud forum : uxor tibi ducenda 'st, Pamphile, hodie, inquit : para;

Abi domum. Id mihi visus est dicere : abi cito, et suspende te. 　　255

Obstupui. Censen' me verbum potuisse ullum proloqui, aut

Ullam causam, saltem ineptam, falsam, iniquam? obmutui.

Quod si ego rescissem id prius, quid facerem si quis nunc me interroget?

Aliquid facerem, ut hoc ne facerem. Sed nunc quid primum exsequar?

Tot me impediunt curæ, quæ meum animum divorse trahunt! 　　260

Amor, misericordia hujus, nuptiarum sollicitatio :

Tum patris pudor, qui me tam leni passus animo est usque adhuc,

Quæ meo cumque animo lubitum 'st, facere : ein' ego ut advorser? Hei mihi!

Incertum 'st, quid agam. *My.* Misera timeo, incertum hoc quorsum accidat.

Sed nunc peropu'st, aut hunc cum ipsa, aut de illa me advorsum hunc loqui. 　　265

Dum in dubio est animus, paulo momento huc vel illuc impellitur.

Pa. Quis hic loquitur? Mysis, salve. *My.* O salve, Pamphile.

Pa. Quid agit? *My.* Rogas?

Laborat e dolore; atque ex hoc misera sollicita 'st, diem

Quia olim hic sunt constitutæ nuptiæ; tum autem hoc timet,

Ne deseras se. *Pa.* Hem, egone istuc conari queam? 　　270

Egon' propter me illam decipi miseram sinam?

Quæ mihi suum animum atque omnem vitam credidit;

Quam ego animo egregie caram pro uxore habuerim;

Bene et pudice ejus doctum atque eductum sinam,

Coactum egestate, ingenium immutarier? 　　275

Non faciam. *My.* Haud verear, si in te sit solo situm;

Sed ut vim queas ferre. *Pa.* Adeone me ignavum putas?

Adeon' porro ingratum, inhumanum, ferum,

Ut neque me consuetudo, neque amor, neque pudor

Commoveat, neque commoneat ut servem fidem? 　　280

My. Unum hoc scio, hanc meritam esse, ut memor esses sui.

Pa. Memor essem? o Mysis, Mysis, etiam nunc mihi

Scripta illa dicta sunt in animo Chrysidis

De Glycerio. Jam ferme moriens, me vocat :

Accessi; vos semotæ; nos soli; incipit : 　　285

Mi Pamphile, hujus formam atque ætatem vides,

Nec clam te est, quam illi utræque res nunc utiles,

Et ad pudicitiam et ad rem tutandam sient.

Quod te ego, per dextram hanc, oro, et per Genium tuum,

Per tuam fidem, perque hujus solitudinem, 　　290

Te obtestor, ne abs te hanc segreges, neu deseras :

Si te in germani fratris dilexi loco,

Sive hæc te solum semper fecit maximi,

Seu tibi morigera fuit in rebus omnibus.

Te isti virum do, amicum, tutorem, patrem. 　　295

Bona nostra hæc tibi permitto, et tuæ mando fidei.

Hanc mihi in manum dat; mors continuo ipsam occupat

la mienne, et rendit aussitôt le dernier soupir. J'ai accepté ce dépôt ; je saurai le garder.

Mys. Je l'espère bien ainsi.

Pam. Mais pourquoi t'éloigner d'elle ?

Mys. Je vais chercher la sage-femme.

Pam. Fais vite. Mais, tu m'entends ? pas un mot de ce mariage. Dans l'état où elle est. ...

Mys. Je comprends.

ACTE DEUXIÈME.

SCÈNE I.

CHARINUS, BYRRHIA.

Char. Que dis-tu, Byrrhia ? On la donne à Pamphile ? Il l'épouse aujourd'hui ?

Byr. Oui.

Char. D'où le sais-tu ?

Byr. C'est Dave qui me l'a dit tout à l'heure sur la place.

Char. Malheureux que je suis ! Jusqu'à ce moment mon cœur avait été partagé entre la crainte et l'espérance ; mais à présent que tout espoir m'est ravi, je n'ai plus ni force, ni courage ; je suis anéanti.

Byr. Allons, allons, Charinus ; quand on ne peut faire ce que l'on veut, il faut vouloir ce que l'on peut.

Char. Je ne veux rien que Philumène.

Byr. Ah ! que vous feriez bien mieux de tâcher à bannir cet amour de votre cœur, que de dire des choses qui ne font qu'irriter votre passion en pure perte !

Char. Il est facile, quand on se porte bien, de donner de bons conseils aux malades. Si tu étais à ma place, tu parlerais autrement.

Byr. Bien, bien, comme il vous plaira.

Accepi : acceptam servabo. *My.* Ita spero quidem.
Pa. Sed cur tu abis ab illa ? *My.* Obstetricem accesso. *Pa.* Propera ;
Atque, audin' ? verbum unum cave de nuptiis,   300
Ne ad morbum hoc etiam. *My.* Teneo.

ACTUS SECUNDUS.

SCENA PRIMA.

CHARINUS, BYRRHIA.

Ch. Quid ais, Byrrhia ? daturne illa Pamphilo hodie nuptum ?
B. Sic est.
Ch. Qui scis ? *B.* Apud forum modo e Davo audivi. *Ch.* Væ misero mihi !
Ut animus in spe atque in timore, usque antehac attentus fuit ;
Ita, postquam adempta spes est, lassus, cura confectus, stupet.   305
B. Quæso, Ædepol, Charine, quando non potest id fieri quod vis,
Id velis, quod possit. *Ch.* Nihil volo aliud, nisi Philumenam.
B. Ah, quanto satius est, te id dare operam, qui istum amorem ex animo amoveas tuo,
Quam id loqui, quo magis lubido frustra incendatur tua !
Ch. Facile omnes, quum valemus, recta consilia ægrotis damus.   310
Tu si hic sis, aliter sentias. *B.* Age, age, ut lubet.

SCÈNE II.

CHARINUS, BYRRHIA, PAMPHILE.

Char. Mais j'aperçois Pamphile. Je suis décidé à tout tenter avant que de périr.

Byr. (*à part.*) Que veut-il faire ?

Char. Je le prierai, je le supplierai, je lui conterai mon amour. J'obtiendrai, j'espère, qu'il retarde son mariage au moins de quelques jours. Pendant ce temps, qui sait ce qui peut arriver ?

Byr. (*à part.*) Ce qui peut arriver ? Rien du tout.

Char. Byrrhia, qu'en dis-tu ? faut-il l'aborder ?

Byr. Pourquoi pas ? Si vous n'obtenez rien, qu'il sache au moins que sa femme a en vous un galant tout prêt, s'il épouse.

Char. La peste t'étouffe avec tes soupçons, maraud !

Pam. Hé ! c'est Charinus. Bonjour.

Char. Bonjour, Pamphile. J'allais à vous : espoir, salut, aide et conseil, j'attends tout de vous.

Pam. Ma foi, je ne suis guère en état de vous donner ni aide ni conseil. Mais de quoi s'agit-il ?

Char. Vous vous mariez aujourd'hui ?

Pam. On le dit.

Char. Pamphile, si cela est, vous me voyez aujourd'hui pour la dernière fois.

Pam. Pourquoi donc ?

Char. Hélas ! je n'ose le dire. Dis-le-lui, Byrrhia, je t'en conjure.

Byr. Moi ? très-volontiers.

Pam. Eh bien ?

Byr. Il aime votre future.

Pam. En ce cas, nous n'avons pas le même goût. Mais dites-moi, Charinus, n'y a-t-il pas eu quelque chose entre elle et vous ?

SCENA SECUNDA.

CHARINUS, BYRRHIA, PAMPHILUS.

Ch. Sed Pamphilum Video ; omnia experiri certum 'st, priusquam pereo. *B.* Quid hic agit ?
Ch. Ipsum hunc orabo, huic supplicabo : amorem huic narrabo meum.
Credo, impetrabo, ut aliquot saltem nuptiis prodat dies.
Interea fiet aliquid, spero. *B.* Id aliquid nihil est. *Ch.* Byrrhia,   315
Quid tibi videtur ? Adeon' ad eum ? *B.* Quidni ? si nihil impetres,
Ut te arbitretur sibi paratum mœchum, si illam duxerit.
Ch. Abin' hinc in malam rem cum suspicione istac, scelus.
P. Charinum video. Salve. *Ch.* O salve, Pamphile ;
Ad te advenio, spem, salutem, auxilium, consilium expetens.   320
P. Neque pol consilii locum habeo, neque auxilii copiam.
Sed istuc quidnam 'st ? *Ch.* Hodie uxorem ducis ? *P.* Aiunt.
Ch. Pamphile,
Si id facis, hodie postremum me vides. *P.* Quid ita ? *Ch.* Hei mihi !
Vereor dicere. Huic dic, quæso, Byrrhia. *B.* Ego dicam.
P. Quid est ?
B. Sponsam hic tuam amat. *P.* Næ iste haud mecum sentit.
Ehodum, dic mihi :   325
Num quidnam amplius tibi cum illa fuit, Charine ? *Ch.* Ah, Pamphile,
Nil. *P.* Quam vellem ! *Ch.* Nunc te per amicitiam et per amorem obsecro,

Char. Ah! Pamphile, rien.

Pam. Tant pis!

Char. Au nom de notre amitié, de mon amour, ce que je vous demande avant toute chose, c'est de ne pas l'épouser.

Pam. J'y ferai mon possible, je vous jure.

Char. Mais si vous ne le pouvez pas, ou si ce mariage vous tient au cœur?

Pam. Au cœur?

Char. Différez-le au moins de quelques jours, que j'aie le temps de partir, pour n'en pas être témoin.

Pam. Voyons, écoutez-moi un peu, Charinus. Je crois que ce n'est pas le fait d'un galant homme de vouloir qu'on lui ait de l'obligation quand il n'a rien fait pour le mériter. Ce mariage, j'ai encore plus envie de m'y soustraire que vous de le conclure.

Char. Vous me rendez la vie.

Pam. Maintenant, si vous y pouvez quelque chose, vous ou votre Byrrhia, mettez-vous à l'œuvre, inventez, fabriquez, agissez pour qu'on vous la donne. Je ferai tout, moi, pour qu'on ne me la donne pas.

Char. Merci.

Pam. Mais voici, Dave, mon meilleur conseil; il arrive à propos.

Char. (à *Byrrhia.*) Je n'en dirai pas autant de toi; tu n'es bon à rien qu'à venir me dire ce que je me passerais fort bien de savoir. Veux-tu te sauver?

Byr. Oui-dà, très-volontiers.

SCÈNE III.

DAVE, CHARINUS, PAMPHILE.

Dav. (à part.) Bons dieux! la bonne nouvelle que j'apporte! Mais où trouver Pamphile, pour le tirer de l'inquiétude où il doit être, et le combler de joie?

Char. (à *Pamphile.*) Il est bien joyeux; je ne sais pourquoi.

Pam. Ce n'est rien; il ne sait pas encore mon malheur.

Dav. (à part.) A l'heure qu'il est, s'il a appris qu'on veut le marier....

Char. Vous l'entendez?

Dav. Je suis sûr que le malheureux court toute la ville pour me chercher. Mais où le trouverai-je? De quel côté me diriger?

Ch. Vous ne lui parlez pas?

Dav. Allons, en route.

Pam. Ici, Dave, arrête!

Dav. Qui est-ce qui me... Ah! Pamphile, c'est vous que je cherche. Bon! Charinus aussi. Vous voici tous deux fort à propos; j'ai à vous....

Pam. Dave, je suis perdu!

Dav. Écoutez-moi donc.

Pam. C'est fait de moi.

Dav. Je sais ce que vous craignez.

Char. Le bonheur de ma vie entière est compromis, en vérité.

Dav. Et vous aussi, je sais.

Pam. Mon mariage....

Dav. Je le sais.

Pam. C'est aujourd'hui....

Dav. Vous me rompez la tête; je sais tout, vous dis-je. Vous craignez, vous de l'épouser, et vous, de ne pas l'épouser.

Char. Tu l'as dit.

Pam. C'est cela même.

Dav. Et cela même n'est pas à craindre, croyez-moi.

Pam. De grâce, délivre-moi au plus vite de cette malheureuse crainte.

Dav. Tenez, voici. Chrémès ne vous donne plus sa fille.

Pam. Comment le sais-tu?

Dav. Vous allez voir. Tantôt votre père m'a tiré

Principio, ut ne ducas. *P.* Dabo equidem operam. *Ch.* Sed si id non potes,
Aut tibi nuptiæ hæ sunt cordi. *P.* Cordi? *Ch.* Saltem aliquot dies
Profer, dum proficiscor aliquo, ne videam. *P.* Audi nunc jam : 330
Ego, Charine, neutiquam officium liberi esse hominis puto, Quum is nil mereat, postulare id gratiæ adponi sibi.
Nuptias effugere ego istas malo, quam tu adipiscier.
Ch. Reddidisti animum. *P.* Nunc si quid potes aut tute, aut hic Byrrhia,
Facite, fingite, invenite, efficite, qui detur tibi. 335
Ego id agam, qui mihi ne detur. *Ch.* Sat habeo. *P.* Davum optume.
Video, cujus consilio fretus sum. *Ch.* At tu hercle haud quidquam mihi,
Nisi ea, quæ nihil opus sunt sciri. Fugin' hinc? *B.* Ego vero, ac lubens.

SCENA TERTIA.

DAVUS, CHARINUS, PAMPHILUS.

Da. Di boni, boni quid porto! Sed ubi inveniam Pamphilum,
Ut metum, in quo nunc est, adimam, atque expleam animum gaudio? 340
Ch. Lætus est, nescio quid. *P.* Nihil est; nondum hæc rescivit mala.

Da. Quem ego nunc credo, si jam audierit sibi paratas nuptias....
Ch. Audin' tu illum? *Da.* Toto me oppido exanimatum quærere.
Sed ubi quæram? aut quo nunc primum intendam? *Ch.* Cessas adloqui?
Da. Abeo. *P.* Dave, ades! resiste! *Da.* Quis homo 'st, qui me?.. o Pamphile! 345
Te ipsum quæro. Euge, Charine, ambo opportune; vos volo.
P. Dave, perii! *Da.* Quin tu hoc audi. *P.* Interii. *Da.* Quid times, scio.
Ch. Mea quidem hercle certe in dubio vita 'st. *Da.* Et quid tu, scio.
P. Nuptiæ mihi.... *Da.* Et id scio. *P.* Hodie. *Da.* Obtundis, tametsi intelligo.
Id paves, ne ducas tu illam; tu autem, ut ducas. *Ch.* Rem tenes. 350
P. Istuc ipsum. *Da.* Atque istuc ipsum, nil pericli est : me vide.
P. Obsecro te, quam primum hoc me libera miserum metu.
Da. Hem, Libero. Uxorem tibi non dat jam Chremes. *P.* Qui scis? *Da.* Scies.
Tuus pater modo prehendit; ait tibi uxorem dare sese
Hodie; item alia multa, quæ nunc non est narrandi locus. 355

en particulier; il m'a dit qu'il vous mariait aujourd'hui, et mille autres choses qu'il est inutile de vous répéter en ce moment. Aussitôt je cours à la place, pour aller vous porter cette nouvelle. Ne vous trouvant pas, je monte sur un endroit élevé; je regarde autour de moi : personne. Je rencontre alors par hasard Byrrhia. — As-tu vu mon maître?—Non, me dit-il. J'enrageais. Que faire? Comme je m'en revenais, un soupçon me passe tout à coup par la tête. Quoi! pensé-je, si peu de provisions!..... le père triste.... un mariage impromptu! Tout cela n'est pas clair.

Pam. Où en veux-tu venir?

Dav. Je cours à l'instant chez Chrémès. Lorsque j'arrive, personne devant sa porte. Bon signe déjà.

Char. Tu as raison.

Pam. Continue.

Dav. J'attends : cependant je ne vois entrer personne, sortir personne; pas une femme; au logis nul apprêt, nul mouvement. Je me suis approché, j'ai regardé dans l'intérieur.

Pam. C'est très-bon signe en effet.

Dav. Cela s'accorde-t-il avec un mariage, dites?

Pam. Mais je ne pense pas, Dave.

Dav. Je ne pense pas, dites-vous? vous n'y entendez rien, la chose est sûre. De plus, en retournant sur mes pas, j'ai rencontré le petit esclave de Chrémès, qui venait d'acheter pour une obole de légumes et de menu poisson pour le souper du bonhomme.

Char. Ah! me voilà sauvé, grâce à toi, Dave.

Dav. Mais pas du tout!

Char. Comment donc? Il est bien certain qu'on ne la donne pas à Pamphile.

Dav. Le drôle de corps! comme s'il s'ensuivait de ce qu'on ne la lui donne pas, qu'on vous la donnera nécessairement. Voyez cependant, tâchez de gagner les amis du bonhomme, faites votre cour.

Char. Le conseil est bon. J'y vais; et pourtant mes

espérances ont été bien souvent déçues à cet égard. Adieu.

SCÈNE IV.

PAMPHILE, DAVE.

Pam. Quel est donc le projet de mon père? Pourquoi cette feinte?

Dav. Je vais vous le dire. S'il se fâchait maintenant contre vous parce que Chrémès ne veut pas vous donner sa fille, il se trouverait lui-même très-injuste, et il aurait raison; car il n'a pas encore sondé vos dispositions au sujet de ce mariage. Mais si vous refusez d'épouser, il rejettera sur vous toute la faute, et c'est alors qu'il fera un beau vacarme.

Pam. Je souffrirai tout, plutôt que de....

Dav. C'est votre père, Pamphile. Il est difficile que.... Et puis cette femme est sans appui. Un mot, un acte, il aura bientôt trouvé un prétexte pour la faire chasser de la ville.

Pam. La faire chasser?

Dav. Et bien vite encore.

Pam. Mais que faire, Dave, que faire?

Dav. Dites que vous épouserez.

Pam. Hein?

Dav. Eh bien! quoi?

Pam. Que je dise cela, moi?

Dav. Pourquoi pas?

Pam. Je n'en ferai rien.

Dav. Ne vous y refusez point.

Pam. Ne m'en parle plus.

Dav. Voyez au moins où cela vous mènerait.

Pam. A être pour toujours séparé d'elle, et empêtré de l'autre.

Dav. Point du tout. Voici, selon moi, comment les choses se passeront : votre père vous dira : J'entends que vous vous mariiez aujourd'hui. Vous lui répondrez : Je me marierai. Dites-moi, sur quoi pourra-t-il vous chercher noise? Par là vous déran-

---

Continuo ad te properans, percurro ad forum, ut dicam tibi hæc.
Ubi te non invenio, escendo in quemdam ibi excelsum locum.
Circumspicio : nusquam es : ibi forte hujus video Byrrhiam.
Rogo; negat vidisse. Mihi molestum. Quid agam, cogito.
Redeunti interea ex ipsa re mi incidit suspicio. Hem,   300
Paululum obsoni; ipsus tristis; de improviso nuptiæ.
Non cohærent. *P.* Quorsumnam istuc? *Da.* Ego me continuo ad Chremem.
Quum illoc advenio, solitudo ante ostium : jam id gaudeo.
Ch. Recte dicis. *P.* Perge. *Da.* Maneo : interea introire neminem
Video, exire neminem; matronam nullam; in ædibus   365
Nil ornati, nil tumulti : accessi, intro aspexi. *P.* Scio,
Magnum signum. *Da.* Num videntur convenire hæc nuptiis?
P. Non, opinor, Dave. *Da.* Opinor, narras? non recte accipis.
Certa res est : etiam puerum inde abiens conveni Chremis,
Olera et pisciculos minutos ferre in cœnam obolo seni.   370
Ch. Liberatus sum hodie, Dave, tua opera. *Da.* Ac nullus quidem.
Ch. Quid ita? nempe huic prorsus illam non dat. *Da.* Ridiculum caput!
Quasi necesse sit, si huic non dat, te illam uxorem ducere :
Nisi vides, nisi senis amicos oras, ambis. *Ch.* Bene mones.

Ibo, etsi hercle sæpe jam me spes hæc frustrata 'st. Vale. 375

SCENA QUARTA.

PAMPHILUS, DAVUS.

P. Quid igitur sibi volt pater? Cur simulat? *D.* Ego dicam tibi.
Si id succenseat nunc, quia non det tibi uxorem Chremes,
Ipsus sibi esse injurius videatur, neque id injuria,
Prius quam tuum, ut sese habeat, animum ad nuptias perspexerit.
Sed si tu negaris ducere, ibi culpam in te transferet. 380
Tum illæ turbæ fient. *P.* Quidvis patiar. *D.* Pater est, Pamphile.
Difficile 'st. Tum hæc sola 'st mulier. Dictum ac factum invenerit
Aliquam causam, quamobrem eam oppido eiciat. *P.* Eiciat? *D.* Ac cito.
P. Cedo igitur, quid faciam, Dave? *D.* Dic te ducturum.
P. Hem! *D.* Quid est?
P. Egon' dicam? *D.* Cur non? *P.* Nunquam faciam. *D.* Ne nega. 385
P. Suadere noli. *D.* Ex ea re quid fiat, vide.
P. Ut ab illa excludar, huc concludar. *D.* Non ita 'st.
Nempe hoc sic esse opinor : dicturum patrem,
Ducas volo hodie uxorem; tu, ducam, inquies.
Cedo, quid jurgabit tecum? Hic reddes omnia, 390
Quæ nunc sunt certa ei consilia, incerta ut sient,

gez tous ses plans, toutes les mesures qu'il a si bien combinées; et cela, sans le moindre risque; car il est hors de doute que Chrémès ne vous donnera pas sa fille. N'en continuez pas moins de faire ce que vous faites, pour qu'il ne s'avise pas de changer d'avis. A votre père dites : Je consens, afin qu'il ne puisse pas, même avec la meilleure volonté du monde, être en droit de se fâcher contre vous. Car il ne faut pas vous faire ce raisonnement, que je renverserais d'un mot : Avec une telle conduite, jamais père ne me donnera sa fille. Il vous en trouverait une sans dot, plutôt que de vous laisser dans le désordre. Au lieu que si vous avez l'air de bien prendre la chose, il y mettra moins d'ardeur; il en cherchera une autre à son aise: pendant ce temps, il peut survenir quelque heureuse circonstance.

Pam. Tu crois?

Dav. Je n'en doute pas un moment.

Pam. Songe bien à quoi tu m'exposes.

Dav. Soyez tranquille.

Pam. J'obéirai. Mais il faut bien se garder qu'il sache que j'ai un enfant d'elle; car j'ai promis de l'élever.

Dav. Quelle folie!

Pam. Elle m'a conjuré de lui en donner ma parole, comme une preuve que je ne l'abandonnerai jamais.

Dav. On y veillera. Mais voici votre père. Prenez garde qu'il ne s'aperçoive que vous êtes soucieux.

SCÈNE V.

SIMON, DAVE, PAMPHILE.

Sim. (*à part.*) Je reviens pour voir un peu ce qu'ils font et quelles mesures ils concertent.

Dav. (*à Pamphile.*) Notre homme ne doute pas en ce moment que vous ne refusiez de vous marier. Il vient de ruminer tout seul quelque part et de

préparer un discours avec lequel il espère vous foudroyer. Tâchez donc de ne pas perdre la tête.

Pam. Pourvu que je le puisse, Dave.

Dav. Encore un coup, Pamphile, croyez-moi, votre père n'aura pas un mot à répliquer, si vous lui dites : Je consens.

SCÈNE VI.

BYRRHIA, SIMON, DAVE, PAMPHILE.

Byr. (*à part.*) Mon maître m'a ordonné d'épier Pamphile aujourd'hui, toute affaire cessante, et de savoir où il en est de son mariage. C'est pourquoi j'arrive sur les pas du vieillard. Mais n'est-ce pas lui que j'aperçois avec Dave? A l'œuvre.

Sim. (*à part.*) Les voici tous deux.

Dav. (*à Pamphile.*) St! attention!

Sim. Pamphile!

Dav. (*à Pamphile.*) Retournez-vous de son côté d'un air étonné.

Pam. Ah! mon père!

Dav. (*à Pamphile.*) Très-bien.

Sim. J'entends, comme je vous l'ai dit, que vous mariiez aujourd'hui.

Byr. (*à part.*) Voici le moment critique pour nous. Que va-t-il répondre?

Pam. En cette occasion, comme en toute autre, mon père, vous me trouverez toujours prêt à vous obéir.

Byr. (*à part.*) Hein?

Dav. (*à Pamphile.*) Le voilà muet.

Byr. (*à part.*) Qu'a-t-il dit?

Sim. Vous ne faites que votre devoir, en m'accordant de bonne grâce ce que j'exige.

Dav. (*à Pamphile.*) Ai-je dit vrai?

Byr. (*à part.*) Mon maître, à ce que je vois, n'a qu'à chercher femme ailleurs.

Sim. Allez, mon fils, rentrez, afin de ne pas vous faire attendre lorsqu'on aura besoin de vous.

Sine omni periclo. Nam hocce haud dubium 'st, quin Chremes
Tibi non det gnatam; nec tu ea causa minueris
Hæc, quæ facis; ne is mutet suam sententiam.
Patri dic velle : ut, quum velit, tibi jure irasci non
   queat. 395
Nam quod tu speres, propulsabo facile : uxorem his moribus
Dabit nemo. Inveniet inopem potius, quam te corrumpi sinat.
Sed si te æquo animo ferre accipiet, negligentem feceris.
Aliam otiosus quæret : interea aliquid acciderit boni.
P. Itan' credis? *D.* Haud dubium id quidem 'st. *P.* Vide quo me inducas. *D.* Quin taces! 400
P. Dicam. Puerum autem ne resciscat mi esse ex illa, cautio est :
Nam pollicitus sum suscepturum. *D.* O facinus audax! *P.* Hanc fidem
Sibi, me obsecravit, qui se sciret non desertum iri, ut darem.
D. Curabitur. Sed pater adest. Cave, te esse tristem sentiat.

SCENA QUINTA.

SIMO, DAVUS, PAMPHILUS.

Si. Reviso, quid agant, quidve captent consili. 405
D. Hic nunc non dubitat, quin te ducturum neges.

Venit meditatus alicunde, ex solo loco;
Orationem sperat invenisse se,
Qui differat te. Proin tu fac, apud te ut sies.
P. Modo ut possim, Dave. *D.* Crede, inquam, hoc mihi,
   Pamphile, 410
Nunquam hodie tecum commutaturum patrem
Unum esse verbum, si te dices ducere.

SCENA SEXTA.

BYRRHIA, SIMO, DAVUS, PAMPHILUS.

B. Herus me, relictis rebus, jussit Pamphilum
Hodie observarem, quid ageret de nuptiis,
Scirem : id propterea nunc hunc venientem sequor. 415
Ipsum adeo præsto video cum Davo. Hoc agam.
Si. Utrumque adesse video. *D.* Hem, serva. *Si.* Pamphile!
D. Quasi de improviso respice ad eum. *P.* Ehem, pater.
D. Probe. *Si.* Hodie uxorem ducas, ut dixi, volo.
B. Nunc nostræ timeo parti, quid hic respondeat. 420
P. Neque istic, neque alibi tibi usquam erit in me mora. *B.* Hem!
D. Obmutuit. *B.* Quid dixit! *Si.* Facis ut te decet,
Quum istuc, quod postulo, impetro cum gratia.
D. Sum verus? *B.* Herus, quantum audio, uxore excidit.
Si. I nunc jam intro; ne in mora, quum opus sit, sies. 425
P. Eo. *B.* Nullane in re esse cuiquam homini fidem?
Verum illud verbum 'st, vulgo quod dici solet,

Pam. Je rentre.

Byr. (*à part.*) A qui donc se fier dans ce monde? Le proverbe a bien raison : Charité bien ordonnée commence par soi-même. Je l'ai vue cette fille; elle est fort bien en vérité, je m'en souviens. Je conçois que Pamphile ait mieux aimé que ce fût à lui de la presser dans ses bras plutôt qu'à un autre. Allons annoncer cette bonne nouvelle à mon maître, pour qu'il me paye en bons coups d'étrivières.

SCÈNE VII.

DAVE, SIMON.

Dav. (*à part.*) Le bonhomme croit que je vais lui servir un plat de mon métier, et que c'est pour cela que je suis resté.

Sim. Eh! bien, Dave, que dit-il?

Dav. Ma foi, rien pour le moment.

Sim. Rien? Ah!

Dav. Non, rien absolument.

Sim. Je m'attendais pourtant....

Dav. (*à part.*) Et il est trompé dans son attente, je le vois : c'est ce qui vexe mon homme.

Sim. Es-tu capable de me dire la vérité?

Dav. Moi? rien de plus facile.

Sim. Ce mariage ne lui fait-il pas un peu de peine, à cause de sa liaison avec cette étrangère?

Dav. Non vraiment : ou s'il a quelque petit chagrin, ce sera l'affaire de deux ou trois jours : vous le connaissez; et puis il n'y pensera plus. Car il a fait de sages réflexions à ce sujet.

Sim. J'en suis bien aise.

Dav. Tant qu'il lui a été permis et que l'âge le comportait, il a fait l'amour; mais sans scandale, et en homme bien né, de manière à ne jamais se compromettre. A présent il faut se marier : il ne songe plus qu'au mariage.

Sim. J'avais cru pourtant remarquer en lui un certain air de tristesse.

Dav. Ah! ce n'est pas pour cela; mais il y a quelque chose qui le fâche un peu contre vous.

Sim. Quoi donc?

Dav. Un enfantillage.

Sim. Mais encore?

Dav. Un rien.

Sim. Dis toujours.

Dav. Il trouve qu'on a fait les choses trop mesquinement.

Sim. Qui? moi?

Dav. Vous. C'est à peine, dit-il, si mon père a dépensé dix drachmes pour le repas. Dirait-on qu'il marie son fils? Quel ami oserai-je inviter à souper un jour comme celui-ci? Et, soit dit entre nous, vous visez trop à l'économie. Ce n'est pas bien.

Sim. Tais-toi.

Dav. (*à part.*) J'ai touché la corde sensible.

Sim. Les choses se feront comme il faut; c'est mon affaire. (*à part.*) Qu'est-ce que cela veut dire? et où veut en venir ce rusé coquin? S'il y a quelque fourberie sous jeu, hein! voici le prélude.

ACTE TROISIÈME.

SCÈNE I.

MYSIS, SIMON, DAVE, LESBIE.

Mys. (*à Lesbie.*) Vous avez bien raison, ma foi, Lesbie; rien de plus rare qu'un amant fidèle.

Sim. (*à Dave.*) C'est une des femmes de l'Andrienne.

Dav. Vous croyez?

Sim. J'en suis sûr.

Mys. (*à Lesbie.*) Mais notre Pamphile...

Sim. Que dit-elle?

Mys. (*continuant.*) A donné un gage de sa fidélité.

Sim. Hein!

Dav. (*à part.*) Que n'est-il sourd, ou que ne devient-elle muette?

Mys. Car il a ordonné qu'on élevât l'enfant dont elle accoucherait.

Omnes sibi esse melius malle, quam alteri.
Ego, quum illam vidi virginem, forma bona
Memini videre : quo æquior sum Pamphilo,   430
Si se illam in somnis, quam illum, amplecti maluit.
Renuntiabo, ut pro hoc malo mihi det malum.

SCENA SEPTIMA.

DAVUS, SIMO.

Da. Hic nunc me credit aliquam sibi fallaciam
Portare, et ea me hic restitisse gratia.
Si. Quid, Dave, narrat? *Da.* Æque quidquam nunc quidem.   435
Si. Nilne? hem. *Da.* Nil prorsus. *Si.* Atqui exspectabam quidem.
Da. Præter spem evenit, sentio : hoc male habet virum.
Si. Potin' es mihi verum dicere? *Da.* Ego? nil facilius.
Si. Num illi molestæ quippiam hæc sunt nuptiæ,
Propter hospitæ hujusce consuetudinem?   440
Da. Nihil hercle; aut, si adeo, bidui est aut tridui
Hæc sollicitudo; nosti : deinde desinet.
Etenim ipsus eam rem recta reputavit via.
Si. Laudo. *Da.* Dum licitum est ei, dumque ætas tulit,
Amavit; tum id clam; cavit, ne unquam infamiæ   445
Ea res sibi esset, ut virum fortem decet.
Nunc uxore opus est : animum ad uxorem appulit.
Si. Subtristis visu 'st esse aliquantulum mihi.
Da. Nil propter hanc; sed est, quod succenset tibi.
Si. Quidnam 'st? *Da.* Puerile 'st. *Si.* Quid id est? *Da.* Nil.   450
Si. Quin dic, quid est?
Da. Ait, nimium parce facere sumptum. *Si.* Mene? *Da.* Te.
Vix, inquit, drachmis est obsonatus decem.
Num filio videtur uxorem dare?
Quem, inquit, vocabo ad cœnam meorum æqualium
Potissimum nunc? et, quod dicendum hic siet,   455
Tu quoque perparce nimium : non laudo. *Si.* Tace.
Da. Commovi. *Si.* Ego istæc, recte ut fiant, videro.
Quidnam hoc rei est? quid hic volt veterator sibi?
Nam si hic mali est quidquam, hem illic est huic rei caput.

ACTUS TERTIUS.

SCENA PRIMA.

MYSIS, SIMO, DAVUS, LESBIA.

My. Ita pol quidem res est, ut dixti, Lesbia :   460
Fidelem haud ferme mulieri invenias virum.
Si. Ab Andria 'st ancilla hæc. *Da.* Quid narras? *Si.* Ita 'st.
My. Sed hic Pamphilus. *Si.* Quid dicit? *My.* Firmavit fidem.
Si. Hem!
Da. Utinam aut hic surdus, aut hæc muta facta sit.

Sim. O Jupiter! qu'entends-je? Tout est perdu, si elle dit vrai...

Lesb. D'après ce que vous dites, c'est un bon jeune homme.

Mys. Excellent. Mais entrons, de peur que vous n'arriviez trop tard.

Lesb. Je vous suis.

SCÈNE II.

DAVE, SIMON, GLYCÈRE.

Dav. (*à part.*) Comment parer à ce coup-là maintenant?

Sim. Qu'est-ce que c'est que cela?... Serait-il assez fou.... D'une étrangère?... Ah! j'y suis. Imbécile! N'avoir pas deviné plus tôt!

Dav. (*à part.*) Comment! qu'a-t-il deviné?

Sim. C'est le prélude des fourberies de ce drôle: un accouchement supposé, afin d'effaroucher Chrémès.

Gly. (*chez elle.*) Junon Lucine, au secours! Sauvez-moi, je vous en conjure.

Sim. Ho! ho! Si vite! C'est trop fort. Parce qu'elle sait que je suis devant sa porte, elle se dépêche. Dave, tu n'as pas bien distribué les scènes de ta pièce, mon ami.

Dav. Moi?

Sim. Tes acteurs auraient-ils oublié leurs rôles?

Dav. Je ne sais ce que vous voulez dire.

Sim. Si ce mariage eût été vrai et que ce drôle m'eût ainsi attaqué à l'improviste, comme il m'aurait fait voir du pays! Maintenant c'est à ses risques et périls; moi, je suis dans le port.

SCÈNE III.

LESBIE, SIMON, DAVE.

Lesb. Jusqu'à présent, Archylis, je ne vois que les signes ordinaires d'une heureuse couche. Com-

mencez par lui faire prendre un bain; vous lui donnerez ensuite à boire ce que j'ai ordonné, et la dose que j'ai prescrite. Je reviendrai tout à l'heure. (*à part.*) Par ma foi, il a là un joli petit garçon, ce Pamphile.) Que les dieux le lui conservent, puisqu'il est d'un si bon naturel, et qu'il n'a pas voulu faire à cette charmante femme l'affront de l'abandonner!

SCÈNE IV.

SIMON, DAVE.

Sim. Pourrait-on douter, pour peu qu'on te connaisse, que cela ne soit encore un de tes tours?

Dav. Quoi donc?

Sim. Comment! dans la maison, elle n'ordonne rien de ce qu'il faut à l'accouchée; et lorsqu'elle est dehors, elle le crie du milieu de la rue à ceux qui sont dedans! O Dave, tu me méprises donc bien, et je te semble bien facile à jouer, que tu essoyes de le faire si grossièrement? Mets-y au moins quelque finesse, pour me faire croire que tu as peur de moi, si je venais à découvrir la chose.

Dav. (*à part.*) Pour le coup, si quelqu'un le trompe, c'est lui-même, ce n'est pas moi.

Sim. Ne t'ai-je pas averti? Ne t'ai-je pas menacé, si tu bougeais? Tu n'en as tenu compte. Que t'en revient-il? m'as-tu fait accroire que cette femme vient d'accoucher, et qu'elle a un enfant de Pamphile?

Dav. (*à part.*) Je vois son erreur et je sais ce qui me reste à faire.

Sim. Eh bien! tu ne dis mot?

Dav. Vous, le croire? Ne vous a-t-on pas prévenu d'avance qu'il en serait ainsi?

Sim. Prévenu, moi?

Dav. Quoi, vous auriez deviné tout seul que cela n'était qu'un jeu?

Sim. On veut se moquer de moi.

My. Nam quod peperisset, jussit tolli. *Si.* O Jupiter!   465
Quid ego audio! actum 'st, siquidem hæc vera prædicat.
L. Bonum ingenium narras adolescentis. *My.* Optumum.
Sed sequere me intro, ne in mora illi sis. *L.* Sequor.

SCENA SECUNDA.

DAVUS, SIMO, GLYCERIUM.

Da. Quod remedium nunc huic malo inveniam? *Si.* Quid hoc?
Adeone est demens? ex peregrina? jam scio, ah!   470
Vix tandem sensi stolidus. *Da.* Quid hic sensisse ait?
Si. Hæc primum adfertur jam mihi ab hoc fallacia.
Hanc simulant parere, quo Chremetem absterreant.
Glycer. Juno Lucina, fer opem! serva me, obsecra.
Si. Hui! tam cito? ridiculum! postquam ante ostium   475
Me audivit stare, adproperat: non sat commode
Divisa sunt temporibus tibi, Dave, hæc. *Da.* Mihin'?
Si. Num immemores discipuli? *Da.* Ego quid narres nescio.
Si. Hiccine me si imparatum in veris nuptiis
Adortus esset, quos me ludos redderet?   480
Nunc hujus periclo fit; ego in portu navigo.

SCENA TERTIA.

LESBIA, SIMO, DAVUS.

Lesb. Adhuc, Archylis, quæ adsolent, quæque oportet
Signa esse ad salutem, omnia huic esse video.

Nunc primum fac istæc lavet: post deinde,
Quod jussi ei dari bibere, et quantum imperavi,   485
Date: mox ego huc revertor.
Per ecastor scitus puer est natus Pamphilo.
Quumque huic est veritus optumæ adolescenti facere injuriam.
Deos quæso, ut sit superstes, quandoquidem ipse 'st ingenio bono.

SCENA QUARTA.

SIMO, DAVUS.

Si. Vel hoc quis non credat, qui norit te, abs te esse ortum?   490
Da. Quidnam id est?
Si. Non imperabat coram, quid opus facto esset puerperæ;
Sed postquam egressa 'st, illis quæ sunt intus, clamat de via.
O Dave, itan' contemnor abs te? aut itane tandem idoneus
Tibi videor esse, quem tam aperte fallere incipias dolis?
Saltem accurate, ut metui videar certe, si resciverim.   495
Da. Certe hercle nunc hic se ipsus fallit, haud ego. *Si.* Edixin' tibi?
Interminatus sum, ne faceres? num veritus? Quid retulit?
Credon' tibi hoc nunc, peperisse hanc e Pamphilo?
Da. Teneo, quid erret; et quid agam, habeo. *Si.* Quid taces?
Da. Quid credas? quasi non tibi renuntiata sint hæc sic fore.   500
Si. Mihin' quisquam? *Da.* Eho, an tute intellexti hoc assimulari? *Si.* Irrideor.

Dav. Vous étiez prévenu ; comment un pareil soupçon vous serait-il passé par la tête ?

Sim. Comment ? parce que je te connais.

Dav. C'est-à-dire que c'est moi qui ai tout fait, n'est-ce pas ?

Sim. J'en suis convaincu.

Dav. Vous ne me connaissez pas encore bien, Simon.

Sim. Moi ? Je ne te.....

Dav. Je n'ouvre pas plutôt la bouche, que vous vous imaginez que c'est pour vous en conter.

Sim. J'ai grand tort, n'est-ce pas ?

Dav. Aussi, ma foi, n'osé-je plus souffler devant vous.

Sim. Tout ce que je sais, c'est que personne n'est accouché ici.

Dav. Vous avez deviné. Mais on n'en va pas moins apporter un enfant devant votre porte. Je vous en avertis dès à présent, mon maître, pour que vous le sachiez bien, et que vous ne veniez pas me dire ensuite : Voilà encore un tour, une manigance de Dave. Je veux absolument vous ôter l'opinion que vous avez de moi.

Sim. D'où sais-tu cela ?

Dav. Je l'ai entendu dire et je le crois ; mille choses se réunissent pour me le faire conjecturer. D'abord elle s'est dite grosse de Pamphile ; cela s'est trouvé faux. Aujourd'hui qu'elle voit faire à la maison des préparatifs de noce, vite elle envoie chercher la sage-femme, et lui fait dire d'apporter avec elle un enfant. Car, à moins de vous en faire voir un, il n'y a pas moyen de déranger le mariage.

Sim. Que me dis-tu là ? Mais lorsque tu t'es aperçu du complot, que ne le disais-tu sur-le-champ à Pamphile ?

Dav. Et qui donc l'a arraché de chez cette femme, si ce n'est moi ? Car nous savons tous comme il l'aimait éperdûment. A présent il ne demande qu'à se marier. Laissez-moi conduire cette affaire. Vous, cependant, continuez de travailler à ce mariage comme vous faites ; et j'espère que les dieux nous viendront en aide.

Sim. Non, rentre au logis, et va m'y attendre. Prépare tout ce qui est nécessaire.

SCÈNE V.

SIMON *seul.*

Il n'est pas encore venu à bout de me persuader entièrement, et pourtant je ne sais pas trop si tout ce qu'il m'a dit là ne serait pas vrai.... Mais peu importe. Le principal, c'est que Pamphile m'a donné sa parole. Présentement, je m'en vais trouver Chrémès, et lui demander sa fille pour mon fils. Si je l'obtiens, pourquoi pas la noce aujourd'hui plutôt que demain ? Car mon fils a promis, et s'il ne voulait plus, il n'y a pas de doute que je ne sois en droit de le contraindre. Mais voici Chrémès que le hasard m'amène fort à propos.

SCÈNE VI.

SIMON, CHRÉMÈS.

Sim. Chrémès, je vous souhaite....

Chr. Ah ! c'est justement vous que je cherchais.

Sim. Et moi, je vous cherchais aussi.

Chré. Je suis ravi de vous rencontrer. Quelques personnes sont venues me trouver, et m'ont assuré vous avoir entendu dire que votre fils se mariait aujourd'hui avec ma fille. Je viens voir si c'est vous ou eux qui avez perdu la tête.

Sim. Écoutez-moi un moment, je vous prie ; et vous saurez ce que je désire de vous, et ce que vous voulez savoir.

Da. Renuntiatum est : nam qui istæc tibi incidit suspicio ?
Si. Qui ? quia te noram. Du. Quasi tu dicas, factum id consilio meo.
Si. Certe enim scio. Da. Non satis pernosti me etiam, qualis sim, Simo.
Si. Ego non te ? Da. Sed, si quid narrare occepi, continuo dari   505
Tibi verba censes. Si. Falso. Itaque hercle nihil jam mutire audeo.
Si. Hoc ego scio unum, neminem peperisse hic. Da. Intellexti ;
Sed nihilo secius mox puerum huc deferent ante ostium.
Id ego jam nunc tibi, here, renuntio futurum, ut sis sciens ;
Ne tu hoc mihi posterius dicas, Davi factum consilio aut dolis.   510
Prorsus a me opinionem hanc tuam esse ego amotam volo.
Si. Unde id scis ? Da. Audivi et credo : multa concurrunt simul,
Qui conjecturam hanc nunc facio. Jam primum hæc se a Pamphilo
Gravidam dixit esse : inventum 'st falsum. Nunc, postquam videt
Nuptias domi apparari, missa 'st ancilla illico   515
Obstetricem arcessitum ad eam, et puerum ut adferret simul.
Hoc nisi fit, puerum ut tu videas ; nihil moventur nuptiæ.
Si. Quid ais ! quum intellexeras,
Id consilium capere, cur non dixti extemplo Pamphilo ?
Dn. Quis igitur eum ab illa abstraxit, nisi ego ? nam omnes nos quidem   520

Scimus, hanc quam misere amarit ; nunc sibi uxorem expetit.
Postremo id da mihi negoti ; tu tamen idem has nuptias
Perge facere ita, ut facis ; et id spero adjuturos deos.
Si. Immo abi intro : ibi me opperire, et quod parato opus est, para.

SCENA QUINTA.

SIMO.

Non impulit me, hæc nunc omnino ut crederem.   525
Atque haud scio, an, quæ dixit, sint vera omnia ;
Sed parvi pendo. Illud mihi multo maxumum est,
Quod mihi pollicitu'st ipsus gnatus. Nunc Chremem
Conveniam ; orabo gnato uxorem. Id si impetro,
Qui alias malim, quam hodie, has fieri nuptias ?   530
Nam gnatus quod pollicitu'st, haud dubium, 'st mihi,
Si nolit, quin eum merito possim cogere.
Atque adeo in ipso tempore eccum ipsum obviam.

SCENA SEXTA.

SIMO, CHREMES.

Si. Jubeo Chremetem. Ch. O ! te ipsum quærebam. Si. Et ego te. CH. Optato advenis.
Aliquot me adierunt, ex te auditum qui aibant, hodie filiam   535
Meam nubere tuo gnato : id viso, tun' an illi insaniant.
Si. Ausculta paucis : et, quid te ego velim, et quod tu quæris, scies.

Chré. J'écoute : parlez, que voulez-vous?

Sim. Au nom des dieux, Chrémès, au nom de l'amitié qui nous unit depuis notre enfance et qui ne fait que croître avec l'âge, au nom de votre fille unique et de mon fils, dont le salut est entre vos mains, aidez-moi, je vous en conjure, en cette occasion, et que ce mariage se fasse comme nous avions résolu de le faire.

Chré. Ah! ne me suppliez point, comme si vous aviez besoin de prières pour obtenir cela de moi. Croyez-vous que je ne sois pas aujourd'hui le même homme qu'autrefois, quand je vous accordais ma fille? Si ce mariage est dans leur intérêt à l'un et à l'autre, envoyez-la chercher. Mais s'il doit en résulter pour tous les deux plus de mal que de bien, consultez nos intérêts communs, comme si ma fille était la vôtre, et que je fusse le père de Pamphile.

Sim. C'est bien ainsi que je l'entends, et c'est pourquoi je demande que le mariage se fasse. Je ne le demanderais pas, si les faits ne parlaient d'eux-mêmes.

Chré. Qu'y a-t-il donc?

Sim. Glycère et mon fils sont brouillés.

Chré. J'entends.

Sim. Mais au point que j'espère enfin pouvoir l'arracher de là.

Chré. Chansons!

Sim. C'est comme je vous le dis.

Chré. Ou plutôt comme je vais le dire : Brouilleries d'amants, renouvellement d'amour.

Sim. Eh bien! je vous en prie, prenons les devants tandis que nous le pouvons, et que sa passion est rebutée par leurs disputes. Marions-le avant que les larmes hypocrites et les artifices maudits de ces créatures leur ramènent ce cœur malade. J'espère qu'un amour honnête, qu'un bon mariage seront des liens assez sérieux, Chrémès, pour lui donner la force de s'arracher à cet abîme de maux.

Chré. Vous le croyez ainsi; mais moi je ne pense

pas que ma fille puisse le retenir longtemps auprès d'elle; et je ne suis pas homme à souffrir....

Sim. Comment le savez-vous, sans en avoir fait l'essai?

Chré. Mais faire cet essai sur ma fille, cela est bien dur.

Sim. Au surplus, tout l'inconvénient se réduit à une séparation, s'il est besoin, ce qu'aux dieux ne plaise, d'en venir là. S'il se corrige, au contraire, que d'avantages! Voyez un peu. Vous aurez rendu un fils à votre ami; vous aurez un gendre solide, et votre fille un excellent mari.

Chré. N'en parlons plus. Si vous êtes persuadé que la chose soit si avantageuse, je ne veux pas que vous trouviez en moi le moindre obstacle à votre satisfaction.

Sim. C'est bien avec raison que j'ai toujours eu beaucoup d'affection pour Chrémès.

Chré. Mais à propos!

Sim. Quoi?

Chré. D'où savez-vous qu'ils sont brouillés?

Sim. C'est Dave lui-même, le confident de tous leurs secrets, qui me l'a dit; et c'est lui qui me conseille de presser ce mariage autant que possible. Croyez-vous qu'il le ferait, s'il n'était sûr des bonnes dispositions de mon fils? Tenez, vous allez l'entendre vous-même. Holà quelqu'un! faites-moi venir Dave. Mais le voici justement qui sort.

SCÈNE VII.

DAVE, SIMON, CHRÉMÈS.

Dav. J'allais vous chercher.

Sim. Qu'y a-t-il?

Dav. Pourquoi ne fait-on pas venir la future? Il se fait déjà tard.

Sim. (à *Chrémès.*) Vous l'entendez? — Dave, je me suis longtemps méfié de toi; je craignais qu'à l'exemple du commun des valets, tu ne me jouasses

---

Ch. Ausculto : loquere quid velis.
Si. Per ego te deos oro, et nostram amicitiam, Chreme,
Quæ incepta a parvis cum ætate adcrevit simul, 540
Perque unicam gnatam tuam, et gnatum meum?
Cujus tibi potestas summa servandi datur,
Ut me adjuves in hac re; atque ita, uti nuptiæ
Fuerant futuræ, fiant. *Ch.* Ah, ne me obsecra,
Quasi hoc te orando a me impetrare oporteat. 545
Alium esse censes nunc me, atque olim, quum dabam
Si in rem est utrique ut fiant, arcessi jube.
Sed si ex ea plus mali' st, quam commodi
Utrique, id oro te, in commune ut consulas,
Quasi illa tua sit, Pamphilumque ego sim pater. 550
Si. Immo ita volo, itaque postulo, ut fiat, Chreme;
Neque postulem abs te, ni ipsa res moneat. *Ch.* Quid est?
Si. Iræ sunt inter Glycerium et gnatum. *Ch.* Audio.
Si. Ita magnæ, ut sperem posse avelli. *Ch.* Fabulæ!
Si. Profecto sic est. *Ch.* Sic hercle, ut dicam tibi : 555
Amantium iræ, amoris integratio 'st.
Si. Hem, id te oro, ut ante eamus, dum tempus datur,
Dumque ejus lubido occlusa 'st contumeliis,
Priusquam harum scelera et lacrymæ conflctæ dolis
Reducunt animum ægrotum ad misericordiam, 560
Uxorem demus. Spero consuetudine, et
Conjugio liberali devinctum, Chreme,
Dein facile ex illis sese emersurum malis.
Ch. Tibi ita hoc videtur : at ego non posse arbitror
TÉRENCE.

Neque illum hanc perpetuo habere, neque me perpeti. 565
Si. Qui scis ergo istuc, nisi periclum feceris?
Ch. At istuc periclum in filia fieri, grave est.
Si. Nempe incommoditas denique huc omnis redit,
Si eveniat, (quod di prohibeant!) discessio.
At si corrigitur, quot commoditates! vide. 570
Principio amico filium restitueris;
Tibi generum firmum, et filiæ invenias virum.
Ch. Quid istic? si ita istuc animum induxti esse utile,
Nolo tibi ullum commodum in me claudier.
Si. Merito te semper maximi feci, Chreme. 575
Ch. Sed quid ais? *Si.* Quid? *Ch.* Qui scis eos nunc discordare inter se?
Si. Ipsus mihi Davus, qui intimus est eorum consiliis, dixit;
Et is mihi suadet, nuptias, quantum queam, ut maturem.
Num, censes? faceret, filium nisi sciret eadem hæc velle?
Tute adeo jam ejus verba audies. Heus! evocate huc Davum. 580
Atque eccum video ipsum foras exire.

SCENA SEPTIMA.

DAVUS, SIMO, CHREMES.

Da. Ad te ibam. *Si.* Quidnam est?
Da. Cur uxor non accersitur? jam advesperascit. *Si.* Audin'?
Ego dudum non nil veritus sum abs te, Dave, ne faceres idem, 30

quelque mauvais tour à propos des amourettes de
mon fils.

Dav. Moi? je serais capable....

Sim. Je le croyais, et c'est pourquoi je vous ai
caché jusqu'à présent à tous deux ce que je vais te
dire.

Dav. Quoi donc?

Sim. Tu vas le savoir; car je commence presque
à avoir confiance en toi.

Dav. Enfin vous me rendez justice.

Sim. Ce mariage ne devait pas avoir lieu.

Dav. Comment! il ne devait pas....

Sim. Je voulais seulement vous sonder.

Dav. Que me dites-vous là?

Sim. C'est comme je te le dis.

Dav. Voyez-vous, je n'ai jamais pu deviner
cela. Ah! parfaitement joué.

Sim. Écoute : à peine t'avais-je donné l'ordre de
rentrer, que ma bonne étoile me fait rencontrer
Chrémès.

Dav. (à part.) Ah! serions-nous perdus?

Sim. Je lui conte ce que tu venais de me dire.

Dav. (à part.) Que vais-je apprendre?

Sim. Je le prie de nous accorder sa fille, et enfin
à force de prières je l'obtiens.

Dav. (à part.) Je suis mort.

Sim. Hein! que dis-tu?

Dav. A merveille, je dis.

Sim. Plus d'obstacle maintenant de son côté.

Chré. Je vais un instant à la maison dire qu'on se
prépare, et je suis à vous.

SCÈNE VIII.

SIMON, DAVE.

Sim. Maintenant, Dave, puisque c'est à toi seul
que nous devons ce mariage....

Quod vulgus servorum solet, dolis ut me deluderes;
Propterea quod amat filius. *Da.* Egon' istuc facerem? *Si.*
  Credidi;   585
Idque adeo metuens vos celavi, quod nunc dicam. *Da.* Quid?
  Si. Scies.
Nam propemodum habeo jam fidem. *Da.* Tandem cognosti,
  qui siem.
Si. Non fuerant nuptiæ futuræ. *Da.* Quid! non! *Si.* Sed ea
  gratia
Simulavi, vos ut pertentarem. *Da.* Quid ais? *Si.* Sic res est!
  Da. Vide!
Nunquam istuc ego quivi intelligere. Vah, consilium calli-
  dum!   590
Si. Hoc audi : ut hinc te introire jussi, opportune hic fit mi
  obviam. *Da.* Hem!
Numnam perilmus? *Si.* Narro huic, quæ tu dudum narrasti
  mihi.
Da. Quidnam audiam? *Si.* Gnatam ut det oro, vixque id
  exoro. *Da.* Occidi. *Si.* Hem!
Quid dixisti? *Da.* Optume inquam factum! *Si.* Nunc per
  hunc nulla 'st mora.
Ch. Domum modo ibo; ut apparetur, dicam; atque huc renuntio.   595

SCENA OCTAVA.

SIMO, DAVUS.

Si. Nunc te oro, Dave, quoniam solus mi effecisti has nuptias,
Da. Ego vero solus. *Si.* Corrigere mi gnatum porro enitere.

Dav. Oui vraiment, à moi seul.

Sim. Fais ton possible pour que mon fils s'a-
mende.

Dav. J'y ferai de mon mieux.

Sim. Profite de ce moment d'irritation.

Dav. Soyez tranquille.

Sim. Mais à propos, où est-il maintenant?

Dav. Il est sans doute au logis.

Sim. Je vais le trouver, et lui répéter ce que je
viens de te dire.

SCÈNE IX.

DAVE seul.

Je suis anéanti. Que ne vais-je de ce pas tout
droit au moulin? Plus de pardon à espérer. J'ai tout
gâté; j'ai trompé mon maître; j'ai embarqué son
fils dans un mariage, qui grâce à moi va se faire
aujourd'hui, contre l'attente de l'un et le gré de l'autre. Peste soit de mes ruses! Si je m'étais tenu
tranquille, il ne serait rien arrivé. Mais le voici qui
vient. C'est fait de moi. Que n'ai-je là quelque
abîme tout ouvert, pour m'y précipiter!

SCÈNE X.

PAMPHILE, DAVE.

Pam. Où est-il, ce pendard qui m'a perdu?

Dav. Je suis mort.

Pam. Au fait, je n'ai que ce que je mérite, je
l'avoue, pour avoir été si sot, si imprudent. Aller
confier mon sort à un méchant valet! Me voilà bien
payé de ma sottise; mais il ne le portera pas loin.

Dav. (à part.) Si je me tire de là, je n'aurai
plus rien à craindre de ma vie.

Pam. Que dire maintenant à mon père? Que je
ne veux plus, moi qui viens de lui promettre de me

Da. Faciam hercle sedulo. *Si.* Potes nunc, dum animus irritatus est.
Da. Quiescas. *Si.* Age igitur, ubi nunc est ipsus? *Da.* Mirum, ni domi 'st.
Si. Ibo ad eum, atque eadem hæc, tibi quæ dixi, dicam itidem illi.

SCENA NONA.

DAVUS.

                                        Nullus sum.   600
Quid causæ 'st, quin hinc in pistrinum recta proficiscar via?
Nihil est preci loci relictum. Jam perturbavi omnia :
Herum fefelli; in nuptias conjeci herilem filium;
Feci hodie ut fierent, insperante hoc, atque invito Pam-
  philo.
Hem, astutias! quod si quiessem, nihil evenisset mali.   605
Sed eccum video ipsum. Occidi.
Utinam mihi esset aliquid hic, quo me nunc præcipitem da-
  rem.

SCENA DECIMA.

PAMPHILUS, DAVUS.

Pa. Ubi illic est scelus, qui me perdidit? *Da.* Perii! *Pa.*
  Atque hoc confiteor
Jure mi obligisse, quandoquidem tam iners, tam nulli consili
Sum : servon' fortunas meas me commisisse futili?   610
Ego pretium ob stultitiam fero; sed inultum id nunquam
  auferet.

marier? Aurais-je le front de le lui dire? En vérité, je ne sais que faire.

Dav. (à part.) Ni moi non plus , et ce n'est pas faute d'y songer. Ma foi, disons lui que je trouverai tout à l'heure quelque expédient pour reculer du moins ce maudit mariage.

Pam. Ah! ah!

Dav. (à part.) Il m'a vu.

Pam. Venez çà, l'honnête homme! Qu'en dites-vous? Voyez-vous dans quel pétrin vos beaux conseils m'ont jeté?

Dav. Je vous tirerai de là.

Pam. Tu m'en tireras.

Dav. Certainement, Pamphile.

Pam. Oui , comme tout à l'heure?

Dav. Mieux , j'espère.

Pam. Le moyen de te croire, pendard? Une affaire perdue et désespérée à ce point, tu pourrais la rétablir? Comptez donc sur un maraud , qui m'a arraché au repos pour me jeter dans ce mariage. Ne t'avais-je pas dit que cela arriverait?

Dav. C'est vrai.

Pam. Hé bien! que mérites-tu?

Dav. La corde. Mais laissez-moi un peu reprendre mes esprits , je trouverai bien quelque moyen....

Pam. Ah! que n'ai-je le loisir de t'arranger comme je le voudrais! Mais le temps presse; il faut que je songe à moi, avant de te punir.

ACTE QUATRIÈME.

SCÈNE I.

CHARINUS, PAMPHILE, DAVE.

Char. (à part.) Cela est-il croyable, a-t-on jamais

entendu dire qu'il y ait des hommes assez lâches pour se réjouir du chagrin des autres, et pour tirer avantage de leur malheur? Ah! serait-il possible... Oui , la pire espèce d'hommes est celle qui n'a de honte que pour refuser; puis , quand vient le moment de tenir leur parole , il faut de nécessité qu'ils lèvent le masque; ils n'osent d'abord , mais l'intérêt est là qui les y force. Rien n'égale alors leur impudence : Qui êtes-vous? que m'êtes-vous? Pourquoi vous céderais-je mon bien? Hé! mon plus proche parent, c'est moi-même. Demandez-leur où est la bonne foi? ils s'en moquent. Ils n'ont point de honte, lorsqu'il en faudrait avoir; lorsqu'il n'en faut point , c'est alors qu'ils en ont. Mais que faire? Irai-je le trouver, lui demander raison de cette injure, l'accabler de reproches? Vous n'y gagnerez rien, me dira-t-on. Si; beaucoup : j'aurai troublé sa joie, et satisfait mon ressentiment.

Pam. Ah! Charinus , si les dieux n'ont pitié de nous , nous sommes perdus! et c'est moi qui , sans y penser....

Char. Vraiment, sans y penser? Enfin vous avez donc trouvé une excuse. Vous m'avez bien tenu parole!

Pam. Que voulez-vous dire?

Char. Croyez-vous encore m'amuser avec vos beaux discours?

Pam. Qu'est-ce que cela signifie?

Char. Vous l'avez trouvée de votre goût, quand je vous ai eu dit que je l'aimais. Malheureux! moi qui jugeais de votre cœur par le mien !

Pam. Vous êtes dans l'erreur.

Char. Sans doute il eût manqué quelque chose à votre joie, si vous n'aviez abusé un pauvre amant, si vous ne l'aviez leurré d'une fausse espérance! Épousez-la.

Da. Posthac incolumem sat scio fore me, nunc si hoc devito malum.

Pa. Nam quid ego nunc dicam patri? negabon' velle me, modo
Qui sum pollicitus ducere? qua fiducia id facere audeam?
Nec, quid me nunc faciam, scio. *Da.* Nec quid me, atque id ago sedulo.   615
Dicam, aliquid me inventurum, ut huic malo aliquam producam moram.
Pa. Ohe! *Da.* Visus sum. *Pa.* Ehodum, bone vir, quid agis? viden' me consiliis tuis
Miserum impeditum esse? *Da.* At jam expediam. *Pa.* Expedies? *Da.* Certe, Pamphile.
Pa. Nempe ut modo. *Da.* Immo melius, spero. *Pa.* Oh! tibi ego ut credam , furcifer?
Tu rem impeditam et perditam restituas! hem, quo fretus sim,   620
Qui me hodie ex tranquillissima re conjecisti in nuptias.
Annon dixi esse hoc futurum? *Da.* Dixti. *Pa.* Quid meritu 's? *Da.* Crucem.
Sed sine paululum ad me redeam : jam aliquid dispiciam.
Pa. Hei mihi!
Quum non habeo spatium, ut de te sumam supplicium, ut volo.
Namque hoc tempus, præcavere mihi me, haud te ulcisci sinit.   625

ACTUS QUARTUS.

SCENA PRIMA.

CHARINUS, PAMPHILUS, DAVUS

Ch. Hoccin' est credibile, aut memorabile,

Tanta vecordia innata cuiquam ut siet,
Ut malis gaudeant, atque ex incommodis
Alterius sua ut comparent commoda? ah ,
Idne 'st verum? Immo id est genus hominum pessimum, 630
In denegando modo quis pudor paulum adest;
Post, ubi tempus promissa est jam perfici,
Tum, coacti, necessario se aperiunt;
Et timent : et tamen res premit denegare.
Ibi tum eorum impudentissima oratio est :   635
« Quis tu es? quis mihi es? cur meam tibi?
« Heus , proxumus sum egomet mihi. » Attamen ubi fides?
Si roges, nihil pudet. Hic, ubi opus est,
Non verentur; illic, ubi nihil opus est, ibi verentur.
Sed quid agam? adeamne ad eum, et cum eo injuriam hanc expostulem?   640
Ingeram mala multa? atqui aliquis dicat : nihil promoveris;
Multum; molestus certe ei fuero, atque animo morem gessero.
Pa. Charine, et me et te imprudens, nisi quid di respiciant, perdidi.
Ch. Itane, imprudens? tandem inventa 'st causa : solvisti fidem.
Pa. Quid tandem? *Ch.* Etiam nunc me ducere istis dictis postulas?   645
Pa. Quid istuc est? *Ch.* Postquam me amare dixi, complacita 'st tibi.
Heu me miserum! qui tuum animum ex animo spectavi meo.
Pa. Falsus es. *Ch.* Nonne tibi satis esse hoc visum solidum est gaudium,
Nisi me lactasses amantem, et falsa spe produceres?

                                                            3d.

Pam. Que je l'épouse? Ah! vous ne savez pas dans quels embarras, dans quelles angoisses m'a jeté ce bourreau de Dave avec ses conseils.

Char. Qu'y a-t-il d'étonnant, s'il prend exemple sur vous?

Pam. Vous ne parleriez pas de la sorte, si vous me connaissiez, ou si vous connaissiez mon amour.

Char. Je suis : vous avez longtemps bataillé avec votre père; il est furieux contre vous, et il n'a pu d'aujourd'hui vous forcer à vous marier avec elle.

Pam. Mais non, vous ne savez pas encore tout mon malheur : ce mariage n'était qu'un jeu, et personne ne songeait à me donner une femme.

Char. Oui, oui : on vous a fait violence.... de votre plein gré. (*Il veut s'en aller.*)

Pam. (*le retenant.*) Écoutez donc; vous ne me comprenez pas.

Char. Je comprends fort bien que vous allez l'épouser.

Pam. Vous me faites mourir. Écoutez-moi, vous dis-je. Il n'a cessé d'insister pour que je disse à mon père que j'épouserais; il m'a tant exhorté, prié, supplié, qu'enfin je me suis rendu.

Char. Qui cela?

Pam. Dave.

Char. Dave! et quel motif?

Pam. Je l'ignore : tout ce que je sais, c'est qu'il faut que j'aie été bien abandonné des dieux, pour avoir suivi ses conseils.

Char. Serait-il vrai, Dave?

Dav. Très-vrai.

Char. Hein! que dis-tu, maraud? que les dieux te confondent comme tu le mérites! Voyons, dis-moi, si tous ses ennemis avaient voulu l'embarquer dans ce mariage, quel autre conseil auraient-ils pu lui donner?

Dav. Je me suis trompé, mais je ne me tiens pas pour battu.

Char. Oh! sans doute.

Dav. Ce moyen n'a pas réussi, nous en essayerons un autre; à moins que vous ne pensiez que, pour n'avoir pas bien mené l'affaire une première fois, nous ne puissions plus porter remède au mal.

Pam. Au contraire : je suis persuadé que si tu veux t'en donner la peine, au lieu d'une femme tu m'en trouveras deux.

Dav. Je suis votre esclave, Pamphile; en cette qualité je dois travailler des pieds et des mains, jour et nuit, même au risque de ma peau, pour vous servir. Si l'événement trompe mes calculs, vous devez avoir de l'indulgence. Je ne réussis pas toujours; mais je fais de mon mieux. Trouvez vous-même quelque expédient meilleur, si vous pouvez, et envoyez-moi promener.

Pam. Je ne demande pas mieux : replace-moi d'abord dans la situation où tu m'as pris.

Dav. Je le ferai.

Pam. Mais tout de suite.

Dav. St, écoutez : on ouvre chez Glycère.

Pam. Que t'importe?

Dav. Je cherche.

Pam. Hé bien, enfin?

Dav. Dans l'instant j'ai votre affaire.

SCÈNE II.

MYSIS, PAMPHILE, CHARINUS, DAVE.

Mys. (à Glycère, *qui est dans la maison.*) Oui, quelque part qu'il soit, je le trouverai, et je vous l'amènerai, votre Pamphile : tâchez seulement de ne pas vous tourmenter, ma chère enfant.

Pam. Mysis!

Mys. Qui est-ce? Ah! Pamphile, je vous rencontre fort à propos.

Pam. Qu'y a-t-il?

Mys. Ma maîtresse vous prie, si vous l'aimez, de venir chez elle à l'instant. Elle veut absolument vous voir.

Habeas. *Pa.* Habeam! ah! nescis quantis in malis verser
    miser,   650
Quantasque hic suis consiliis mihi confecit sollicitudines,
Meus carnufex! *Ch.* Quid istuc tam mirum est, de te si
    exemplum capit?
Pa. Haud istuc dicas, si cognoris vel me, vel amorem
    meum.
Ch. Scio, cum patre altercasti dudum : et is nunc propterea
    tibi
Successet; nec te quivit hodie cogere, illam ut duceres.   655
Pa. Immo etiam, quo tu minus scis ærumnas meas,
Hæ nuptiæ non apparabantur mihi,
Nec postulabat nunc quisquam uxorem dare.
Ch. Scio : tu coactus! tua voluntate es. *Pa.* Mane;
Nondum scis. *Ch.* Scio equidem illam ducturum esse te. 660
Pa. Cur me enicas? hoc audi : nunquam destitit
Instare, ut dicerem, me esse ducturum, patri,
Suadere, orare, usque adeo donec perpulit.
Ch. Quis homo istuc? *Pa.* Davus. *Ch.* Davus? quamob-
    rem? *Pa.* Nescio.
Nisi mihi Deos satis scio fuisse iratos, qui auscultave-
    rim.   665
Ch. Factum est hoc, Dave? *Da.* Factum est. *Ch.* Hem, quid
    ais? scelus!
At tibi Dii dignum factis exitium.duint!
Eho, dic mihi, si omnes hunc conjectum in nuptias
Inimici vellent, quidni hoc consilium darent?
Da. Deceptus sum, at non defatigatus. *Ch.* Scio.   670

Da. Hæc non successit, alia adgrediemur via;
Nisi id putas, quia primo processit parum,
Non posse jam ad salutem converti hoc malum.
Pa. Immo etiam : nam satis credo, si advigilaveris,
Ex unis geminas mihi conficies nuptias.   675
Da. Ego, Pamphile, hoc tibi pro servitio debeo,
Conari manibus, pedibus, noctesque et dies,
Capitis periculum adire, dum prosim tibi.
Tuum 'st, si quid præter spem evenit, mi ignoscere :
Parum succedit quod ago; at facio sedulo.   680
Vel melius tute reperi; me missum face.
Pa. Cupio; restitue in quem me accepisti locum.
Da. Faciam. *Pa.* At jam hoc opus est. *Da.* Hem! st, ma-
    ne : concrepuit a Glycerio ostium.
Pa. Nihil ad te. *Da.* Quæro. *Pa.* Hem! nunccine demùm?
Da. At jam hoc tibi inventum dabo.

SCENA SECUNDA.

MYSIS, PAMPHILUS, CHARINUS, DAVUS.

My. Jam, ubi ubi erit, inventum tibi curabo, et mecum
    adductum   685
Tuum Pamphilum : modo tu, anime mi, noli te macerare.
Pa. Mysis! *My.* Quid est? Ehem! Pamphile, optume te mihi
offers. *Pa.* Quid est?
My. Orare jussit, si se ames, hera, jam ut ad se venias;
Videre ait te cupere. *Pa.* Vah, perii! hoc malum integras-
cit.

Pam. Ah! c'est fait de moi, voilà le dernier coup! (*à Dave.*) Misérable! dans quel trouble, dans quelle inquiétude nous as-tu jetés tous les deux! Car si elle demande à me voir, c'est qu'elle aura su les préparatifs de ce mariage....

Char. Qui n'aurait pas troublé notre repos, si ce drôle-là se fût tenu tranquille.

Dav. Courage! il n'est pas assez furieux comme cela; excitez-le.

Mys. Vous l'avez dit, Pamphile; et la malheureuse en est plongée dans la douleur et l'abattement.

Pam. Mysis, je te jure par tous les dieux que je ne l'abandonnerai jamais; non, dussé-je attirer sur moi toutes les inimitiés du monde! Je l'ai désirée avec passion, je l'ai obtenue; nous nous convenons l'un à l'autre: au diable ceux qui veulent nous séparer! la mort seule pourra me la ravir!

Mys. Vous me rendez la vie.

Pam. Va, l'oracle d'Apollon n'est pas plus sûr que celui-là. S'il est possible de faire croire à mon père qu'il n'y avait de mon côté aucun obstacle à ce mariage, à la bonne heure. Mais si la chose est impossible, je ferai en sorte, et je n'y aurai pas de peine, de lui montrer que les obstacles viennent de moi. (*A Charinus.*) Eh bien! qu'en dites-vous?

Char. Que nous sommes aussi malheureux l'un que l'autre.

Dav. Je cherche un expédient.

Char. Tu es un brave.

Pam. Je les connais, tes expédients.

Dav. Oh! pour celui-là, je réponds du succès.

Pam. Mais dépêche-toi.

Dav. J'y suis, je le tiens.

Char. Voyons.

Dav. (*à Charinus.*) C'est pour lui et non pour vous que je travaille, ne vous y trompez point.

Char. Cela m'est égal.

Pam. Que feras-tu? dis-moi.

Dav. J'ai peur que ce jour ne me suffise pas pour faire ce que je médite; croyez-vous que j'aie le temps de vous le conter? Allons, commencez par vous éloigner tous les deux; vous me gênez.

Pam. Moi, je m'en vais chez elle.

Dav. (*à Charinus.*) Et vous? où allez-vous de ce pas?

Char. Veux-tu que je te dise la vérité?

Dav. Bon! le voilà qui va m'entamer une histoire.

Char. Que deviendrai-je, moi?

Dav. Je vous trouve plaisant! ce n'est pas assez du répit que je vous donne, en reculant son mariage?

Char. Dave, cependant.... si tu pouvais...

Dav. Quoi?

Char. Me faire épouser...

Dav. Quelle absurdité!

Char. Tu viendras me trouver, n'est-ce pas? Si tu peux quelque chose...

Dav. Vous aller trouver! à quoi bon? je ne puis rien.

Char. Mais enfin, si...

Dav. Eh bien! oui, j'irai.

Char. En tout cas je serai chez moi.

SCÈNE III.

DAVE, MYSIS.

Dav. Toi, Mysis, attends-moi ici un instant; je vais revenir.

Mys. Pourquoi cela?

Dav. Parce qu'il le faut.

Mys. Dépêche-toi.

Dav. Je reviens, te dis-je. (*il entre chez Glycère.*)

Siccine me atque illam opera tua nunc miseros sollicitari? 690
Nam idcirco accessor, nuptias quod mi adparari sensit.
Ch. Quibus quidem quam facile potuerat quiesci, si hic quiesset.
Da. Age, si hic non insanit satis sua sponte, instiga. *My.* Atque ædepol
Ea res est; proptereaque nunc misera in mœrore est. *Pa.* Mysis,
Per omnes tibi adjuro deos, nunquam eam me deserturum, 695
Non, si capiundo mihi sciam esse inimicos omnes homines.
Hanc mi expetivi; contigit; conveniunt mores. Valeant,
Qui inter nos discidium volunt. Hanc, nisi mors, mi adimet nemo.
My. Resipisco. *Pa.* Non Apollinis magis verum, atque hoc, responsum est.
Si poterit fieri, ut ne pater per me stetisse credat, 700
Quo minus hæ fierent nuptiæ, volo. Sed si id non poterit,
Id faciam, in proclivi quod est, per me stetisse, ut credat.
Quis videor? *Ch.* Miser, æque atque ego. *Da.* Consilium quæro. *Ch.* Forti's.
Pa. Scio quid conere. *Da.* Hoc ego tibi profecto effectum reddam.
Pa. Jam hoc opus est. *Da.* Quin, jam habeo. *Ch.* Quid est? *Da.* Huic, non tibi habeo, ne erres. 705

Ch. Sat habeo. *Pa.* Quid facies? cedo. *Da.* Dies mi hic ut satis sit vereor
Ad agendum: ne vacuum esse me nunc ad narrandum credas.
Proinde hinc vos amolimini: nam mi impedimento estis.
Pa. Ego hanc visam. *Da.* Quid tu? quo hinc te agis? *Ch.* Verum vis dicam? *Da.* Immo etiam
Narrationis incipit mi initium. *Ch.* Quid me fiet? 710
Du. Eho tu impudens, non satis habes, quod tibi dieculam addo,
Quantum huic promoveo nuptias? *Ch.* Dave, at tamen... *Da.* Quid ergo?
Ch. Ut ducam. *Da.* Ridiculum! *Ch.* Huc face ad me venias, si quid poteris.
Da. Quid veniam? nihil habeo. *Ch.* Attamen si quid... *Da.* Age, veniam. *Ch.* Si quid,
Domi ero.

SCENA TERTIA.

DAVUS, MYSIS.

Da. Tu, Mysis, dum exeo, parumper opperire me hic. 715
My. Quapropter? *Da.* Ita facto est opus. *My.* Matura. *Da.* Jam, inquam, hic adero.

SCÈNE IV.

MYSIS.

Mys. Dire qu'on ne peut compter sur rien dans ce monde! O dieux! moi qui regardais ce Pamphile comme le plus grand bien que pût espérer ma maîtresse, comme un ami, un amant, un mari toujours prêt à la protéger au besoin! Que de tourments il lui cause aujourd'hui! la malheureuse! il lui fait sans contredit plus de mal qu'il ne lui a jamais fait de bien. Mais voilà Dave qui sort. Hé! mon cher, qu'est-ce donc, je te prie? Où portes-tu cet enfant?

SCÈNE V.

DAVE, MYSIS.

Dav. C'est à présent, Mysis, que j'ai besoin de toute ta présence d'esprit.

Mys. Que veux-tu faire?

Dav. Prends-moi vite cet enfant, et va le mettre devant notre porte.

Mys. Comment! par terre?

Dav. Tiens, prends sur l'autel une poignée de verveine, et tu l'étendras dessus.

Mys. Que ne fais-tu cela toi-même?

Dav. C'est que si par hasard je suis obligé de jurer à mon maître que ce n'est pas moi qui l'ai mis là, je veux le faire en sûreté de conscience.

Mys. J'entends : mais te voilà devenu bien scrupuleux! — Allons, donne.

Dav. Va vite, que je te dise ensuite ce que je veux faire. (*Apercevant Chrémès.*) Ah! grands dieux!

Mys. Qu'est-ce?

Dav. Le père de la future! je renonce à ma première idée.

Mys. Je ne sais ce que tu me chantes.

Dav. Je vais faire semblant d'arriver aussi (*montrant la droite*) de ce côté-là. Toi, fais attention de ne me répondre qu'à propos, et de bien me seconder.

CENA QUARTA.

MYSIS.

Nilne esse proprium cuiquam? Di, vostram fidem!
Summum bonum esse heræ putavi hunc Pamphilum,
Amicum, amatorem, virum quovis loco
Paratum : verum ex eo nunc miserâ quem capit   720
Laborem! facile hic plus mali est, quam illic boni.
Sed Davus exit. Mi homo! quid istuc, obsecro, 'st?
Quo portas puerum?

SCENA QUINTA.

DAVUS, MYSIS.

Da. Mysis, nunc opus est tua
Mihi ad hanc rem exprompta memoria atque astutia.
My. Quidnam inceptura's? *Da.* Accipe a me hunc ocius, 725
Atque ante nostram januam adpone. *My.* Obsecro,
Humine? *Da.* Ex arâ hinc sume verbenas tibi,
Atque eas substerne. *My.* Quamobrem tute id non facis?
Da. Quia, si forte opus sit ad herum jusjurandum mihi,
Non adposuisse, ut liquido possim. *My.* Intelligo :   730
Nova nunc religio in te istæc incessit! cedo.
Da. Move ocius te, ut, quid agam, porro intelligas.
Pro Jupiter! *My.* Quid est? *Da.* Sponsæ pater intervenit.
Repudio quod consilium primum intenderam.
My. Nescio quid narres. *Da.* Ego quoque hinc ab dextera   735

Mys. Ma foi, je n'y comprends rien du tout; mais si je puis vous être bonne à quelque chose, comme tu y vois plus clair que moi, je resterai, pour ne pas mettre obstacle à vos affaires.

SCÈNE VI.

CHRÉMÈS, MYSIS, DAVE.

Chré. (*à part.*) J'ai fait préparer tout ce qu'il faut pour le mariage de ma fille; je vais dire qu'on l'envoie chercher. Mais qu'est-ce que je vois? C'est un enfant, ma foi. Ohé! la femme, est-ce vous qui l'avez mis là?

Mys. (*à part.*) Où est-il passé?

Chré. Vous ne me répondez pas?

Mys. (*à part.*) Je ne le vois point. Ah! malheureuse! mon homme m'a plantée là, et s'en est allé.

Dav. (*accourant.*) Dieux! quel vacarme sur la place! que de gens qui se disputent! tout y est d'une cherté! (*à part.*) Je ne sais, ma foi, plus que dire.

Mys. Pourquoi, je te prie, m'avoir laissée?

Dav. Ho, ho! voilà bien une autre histoire! Dis donc, Mysis, d'où vient cet enfant? qui l'a apporté ici?

Mys. Ah çà, est-ce que tu perds la tête de me faire cette question, à moi?

Dav. A qui la ferais-je donc? Je ne vois ici que toi.

Chré. (*à part.*) Je ne conçois pas d'où vient cet enfant.

Dav. Me diras-tu ce que je te demande?

Mys. (*effrayée.*) Ah!

Dav. (*tout bas.*) Passe à droite.

Mys. Tu es fou; n'est-ce pas toi-même?

Dav. (*bas.*) Si tu souffles un seul mot au delà de ce que je te demande, gare à toi!

Mys. Des menaces?

Venire me adsimulabo; tu, ut subservias
Orationi, utcunque opus sit, verbis, vide.
My. Ego, quid agas, nihil intelligo; sed, si quid est,
Quod mea opera opus sit vobis, ut tu plus vides,
Manebo, ne quod vestrum remorer commodum.   740

SCENA SEXTA.

CHREMES, MYSIS, DAVUS.

Ch. Revertor, postquam, quæ opus fuere ad nuptias
Gnatæ, paravi, ut jubeam arcessi. Sed quid hoc?
Puer hercle 'st. Mulier! tun' apposuisti hunc? *My.* Ubi illic est?
Ch. Non mihi respondes? *My.* Nusquam est. Væ miseræ mihi!
Reliquit me homo, atque abiit. *Da.* Di, vostram fidem!   745
Quid turbæ est apud forum! quid illic hominum litigant!
Tum annona cara 'st. Quid dicam aliud, nescio.
My. Cur tu, obsecro, hic me solam...? *Da.* Hem, quæ hæc est fabula?
Eho, Mysis, puer hic unde est? quisve huc attulit?
My. Satin' sanu's, qui me id rogites? *Da.* Quem igitur rogem,   750
Qui hic neminem alium videam? *Ch.* Miror unde sit.
Da. Dicturan' es, quod rogo? *My.* Au! *Da.* Concede ad dexteram.
My. Deliras. Non tute ipse...? *Da.* Verbum si mihi
Unum, præterquam quod te rogo, faxis, cave.

Dav. D'où vient cet enfant? (*bas.*) Réponds tout haut.

Mys. De chez nous.

Dav. Ha, ha, ha! Mais quelle merveille que ces femmes-là payent d'effronterie? des courtisanes!

Chré. (*à part.*) Autant que je puis comprendre, cette fille est de chez l'Andrienne.

Dav. (*à Mysis.*) Nous croyez-vous donc faits pour être joués de la sorte, et par vous autres encore?

Chré. (*à part.*) Je suis arrivé fort à propos.

Dav. Allons, dépêche-toi d'ôter cet enfant de devant notre porte. (*bas.*) Ne t'avise pas de bouger.

Mys. Que le ciel te confonde, pour me faire une peur pareille!

Dav. Est-ce à toi que je parle, ou non?

Mys. Que veux-tu?

Dav. Ah! tu le demandes encore? Voyons de qui est cet enfant que tu as mis là? Parle.

Mys. Tu ne le sais pas?

Dav. Laisse-là ce que je sais, et réponds-moi.

Mys. Il est de vous.

Dav. De qui, nous?

Mys. De Pamphile.

Dav. Hein? quoi! de Pamphile?

Mys. Eh bien! n'est-ce pas la vérité?

Chré. (*à part.*) J'avais bien raison d'éprouver de la répugnance pour ce mariage.

Dav. Oh! quelle infamie!

Mys. Qu'as-tu donc à crier si fort?

Dav. Un enfant que j'ai vu apporter chez vous hier au soir?

Mys. L'impudent personnage!

Dav. Nie donc le fait: n'ai-je pas vu Canthara avec un paquet sous sa robe?

Mys. Grâce aux dieux, il y avait à l'accouchement des témoins dignes de foi, des femmes libres.

Dav. Va, ta maîtresse ne connaît guère l'homme à qui elle s'adresse. Chrémès, se sera-t-elle dit, s'il voit

un enfant exposé devant leur porte, ne donnera point sa fille. — Au contraire, c'est qu'il la donnera encore plus vite.

Chré. (*à part.*) Oh! certes non.

Dav. Ah çà! maintenant, je te préviens d'une chose. Ote-moi cet enfant, ou je le roule au milieu du ruisseau, et je t'y roule avec lui.

Mys. Mais, mon cher, tu es ivre.

Dav. Une fourberie en amène une autre. Déjà j'entends dire à l'oreille que cette femme est citoyenne d'Athènes.

Chré. (*à part.*) Ho, ho!

Dav. Et que les lois le forcent à l'épouser.

Mys. Hé bien! est-ce qu'elle ne l'est pas, citoyenne?

Chré. (*à part.*) J'ai failli donner sans le savoir dans une belle affaire!

Dav. Qui parle là? — Ah! Chrémès, vous arrivez à propos. Écoutez un peu.

Chré. J'ai tout entendu.

Dav. Vraiment! tout?

Chr. Tout, te dis-je, depuis le premier mot jusqu'au dernier.

Dav. Vous avez entendu? Hé bien, les scélérates! qu'en dites-vous? En voici déjà une qu'il faut faire étriller d'importance. (*à Mysis.*) C'est monsieur que voilà: ne t'imagine pas que ce soit Dave que tu joues.

Mys. Malheureuse que je suis! bon vieillard, je n'ai rien dit que la vérité, je vous jure.

Chré. Je sais à quoi m'en tenir. (*à Dave.*) Simon est-il chez lui?

Dav. Il y est.

SCÈNE VII.

DAVE, MYSIS.

Mys. (*à Dave qui veut lui prendre la main.*) Ne me touche pas, traître! Si je ne redis pas tout à Glycère....

My. Male dicis. *Da.* Unde est? Dic clare. *My.* A nobis. *Da.* Ah, ah, he!   755
Mirum vero, impudenter mulier si facit
Meretrix. *Ch.* Ab Andria est hæc, quantum intelligo.
Da. Adeon' videmur vobis esse idonei,
In quibus sic illudatis? *Ch.* Veni in tempore.
Da. Propera adeo puerum tollere hinc ab janua.   760
Mane: cave quoquam ex istoc excessis loco.
My. Di te eradicent: ita me miseram territas!
Da. Tibi ego dico, an non? *My.* Quid vis? *Da.* At etiam rogas?
Cedo, cujum puerum hic adposuisti? dic mihi.
My. Tu nescis? *Da.* Mitte id quod scio; dic quod rogo.¹ 765
My. Vestri... *Da.* Cujus nostri? *My.* Pamphili. *Da.* Hem! Quid? Pamphili?
My. Eho, an non est? *Ch.* Recte ego semper has fugi nuptias.
Da. O facinus animadvertendum! *My.* Quid clamitas?
Da. Quemne ego heri vidi ad vos adferri vesperi?
My. O hominem audacem! *Da.* Verum: vidi Cantharam   770
Suffarcinatam. *My.* Dis pol habeo gratias,
Quum in pariundo aliquot adfuerunt liberæ.
« Chremes, si positum puerum ante ædes viderit,

Suam gnatam non dabit. » Tanto hercle magis dabit.   775
Ch. Non hercle faciet. *Da.* Nunc adeo, ut tu sis sciens,
Nisi puerum tollis, jam ego hunc in mediam viam
Provolvam, teque ibidem pervolvam in luto.
My. Tu pol homo non es sobrius. *Da.* Fallacia
Alia aliam trudit: jam susurrari audio,   780
Civem Atticam esse hanc. *Ch.* Hem! *Da.* Coactus legibus
Eam uxorem ducet. *My.* Eho, obsecro, an non civis est?
Ch. Jocularium in malum insciens pæne incidi.
Da. Quis hic loquitur? o Chreme, per tempus advenis.
Ausculta. *Ch.* Audivi jam omnia. *Da.* Anne hæc tu omnia?   785
Ch. Audivi, inquam, a principio. *Da.* Audistin' obsecro? Hem ,
Scelera! hanc hercle oportet in cruciatum hinc abripi.
Hic est ille: non te credas Davum ludere.
My. Me miseram! nil pol falsi dixi, mi senex.
Ch. Novi rem omnem. Est Simo intus? *Da.* Est.

SCENA SEPTIMA.

DAVUS, MYSIS.

My. Ne me attingas, 790.
Sceleste; si pol Glycerio non omnia hæc....
Da. Eho, inepta, nescis, quid sit actum? *My.* Qui sciam?

Dav. Hé! sotte que tu **es**, tu ne sais donc pas ce que nous avons fait?

Mys. Comment le saurais-je?

Dav. C'est le beau-père. Il n'y avait pas d'autre moyen de lui apprendre ce que nous voulions qu'il sût.

Mys. Si tu m'avais prévenue!

Dav. Crois-tu que tu ne valais pas mieux en y allant de bonne foi, naturellement, que si je t'avais donné le mot?

SCÈNE VIII.

CRITON, MYSIS, DAVE.

Crit. (*à part.*) C'est sur cette place, m'a-t-on dit, que demeurait Chrysis, qui a mieux aimé s'enrichir ici aux dépens de son honneur, que de vivre pauvre et honnête dans son pays. Suivant la loi, c'est à moi que tout son bien doit revenir après sa mort. — Mais voici des gens à qui je puis m'informer. Je vous salue.

Mys. (*à part.*) Bons dieux! que vois-je? N'est-ce pas là Criton, le cousin de Chrysis? C'est lui-même.

Crit. Hé! c'est Mysis! bonjour.

Mys. Bonjour, Criton.

Crit. Hé bien! cette pauvre Chrysis...? Ah!

Mys. Nous sommes bien malheureuses de l'avoir perdue.

Crit. Et vous, comment vivez-vous ici? Cela va-t-il un peu?

Mys. Nous? On fait comme on peut, dit-on, quand cela ne va pas comme on veut.

Crit. Et Glycère? a-t-elle enfin retrouvé ses parents?

Mys. Plût aux dieux!

Crit. Quoi! pas encore? Alors j'arrive ici bien mal à propos. Ma foi! si je l'avais su, je n'y aurais jamais mis le pied. Elle a toujours passé pour la sœur de Chrysis; elle est en possession de son bien : maintenant qu'un étranger comme moi aille s'embarquer ici dans un procès, je sais par l'exemple d'autrui tout le profit qui m'en reviendra. D'ailleurs, je présume qu'elle doit avoir quelque ami, quelque protecteur; car elle est partie de chez nous déjà grandelette. On criera que je suis un imposteur, un gueux, un coureur d'héritage : et puis, je ne voudrais pas la dépouiller.

Mys. L'excellent homme! En vérité, Criton, vous êtes toujours aussi bon qu'autrefois.

Crit. Puisque me voilà, mène-moi chez elle, que je la voie!

Mys. Très-volontiers.

Dav. Suivons-les. Je ne veux pas que le bonhomme me voie en ce moment.

ACTE CINQUIÈME.

SCÈNE I.

CHRÉMÈS, SIMON.

Chré. C'est assez, Simon, c'est assez mettre mon amitié à l'épreuve; c'est assez du risque que j'ai couru : n'insistez pas davantage. En voulant vous obliger, je ne jouais rien moins que le bonheur de ma fille.

Sim. Au contraire, je vous prie et vous supplie, Chrémès, plus que jamais de confirmer dès à présent la joie que vos promesses de tantôt m'ont donnée.

Chré. Voyez à quel point vous aveugle l'envie d'obtenir à toute force ce que vous désirez : vous ne songez ni aux bornes que doit avoir la complaisance d'un ami, ni à ce que vous exigez de moi; car si vous y songiez, vous ne voudriez plus me fatiguer de prières aussi déraisonnables.

Sim. Déraisonnables! en quoi?

Da. Hic socer est. Alio pacto haud poterat fieri,
Ut sciret hæc, quæ voluimus. *My.* Prædiceres.
Da. Paulum interesse censes, ex animo omnia,   795
Ut fert natura, facias, an de industria?

SCENA OCTAVA.

CRITO, MYSIS, DAVUS.

Crito. In hac habitasse platea dictum 'st Chrysidem,
Quæ sese inhoneste optavit parere hic divitias,
Potius quam honeste in patria pauper viveret.
Ejus morte ad me lege redierunt bona.   800
Sed quos percontar, video. Salvete. *My.* Obsecro!
Quem video? Estne hic Crito sobrinus Chrysidis?
Is est. *Cr.* O Mysis, salve. *My.* Salvos sis, Crito.
Cr. Itane? Chrysis...? Hem! *My.* Nos pol quidem miseras
perdidit.
Cr. Quid vos? quo pacto hic? Satine recta? *My.* Nosne?
Sic   805
Ut quimus, aiunt; quando, ut volumus, non licet.
Cr. Quid Glycerium? Jam hic suos parentes reperit?
My. Utinam! *Cr.* An nondum etiam? haud auspicato huc
me attuli.
Nam pol, si id scissem, nunquam huc tetulissem pedem :
Semper enim dicta 'st ejus hæc atque habita 'st soror; 810
Quæ illius fuerunt, possidet. Nunc me hospitem
Lites sequi, quam hic mihi sit facile atque utile,
Aliorum exempla commonent. Simul arbitror,

sœur de Chrysis; elle est en possession de son bien...

Jam esse aliquem amicum et defensorem ei : nam fere
Grandiuscula jam profecta 'st illinc. Clamitent, 815
Me sycophantam hæreditates persequi,
Mendicum ; tum ipsam spoliare non lubet.
My. O optume hospes! Pol, Crito, antiquum obtines.
Cr. Duc me ad eam, quando huc veni, ut videam. *My.* Maxume.
Da. Sequar hos : nolo me in tempore hoc videat senex. 820

ACTUS QUINTUS.

SCENA PRIMA.

CHREMES, SIMO.

Ch. Satis jam, satis, Simo, spectata erga te amicitia 'st
mea :
Satis pericli incepi adire : grandi jam finem face.
Dum studeo obsequi tibi, pæne illusi vitam filiæ.
Si. Immo enim nunc quam maxume abs te postulo atque
oro, Chreme,
Ut beneficium verbis initum dudum, nunc re comprobes. 825
Ch. Vide quam iniquus sis præ studio, dum id efficias, quod
cupis :
Neque modum benignitatis, neque quid me ores, cogitas.
Nam si cogites, remittas jam me onerare injuriis.
Si. Quibus? *Ch.* Ah, rogitas! perpulisti me, homini ut adolescentulo,

Chré. Ah, vous le demandez? Vous m'avez persécuté pour que je donnasse ma fille à un jeune fou qui a d'autres amours en tête, et qui abhorre le mariage, et cela au risque de les voir toujours en querelle, au risque d'un divorce; vous avez voulu qu'aux dépens du repos et du bonheur de ma fille j'essayasse de guérir votre fils. Eh bien! j'ai cédé; j'ai fait le premier pas, lorsque ce mariage me semblait faisable : il ne l'est plus; prenez-en votre parti. On dit que cette femme est citoyenne d'Athènes; il y a un enfant : votre serviteur!

Sim. Au nom des dieux, Chrémès, je vous en prie, n'allez pas croire à tout ce que débitent ces femmes, qui ont le plus grand intérêt à faire passer mon fils pour un mauvais garnement. Tout cela n'est qu'une invention afin de rompre ce mariage; et sitôt que le motif qui les fait agir leur sera ôté, croyez-moi, elles se tiendront tranquilles.

Chré. Erreur : j'ai vu de mes propres yeux la servante qui se disputait avec Dave.

Sim. Je sais.

Chré. Mais pour tout de bon, et lorsque ni l'un ni l'autre ne me savaient là.

Sim. Eh! oui : Dave m'avait prévenu de toute leur comédie; je voulais vous le dire, et je ne sais comment cela m'est sorti de la tête.

SCÈNE II.

DAVE, CHRÉMÈS, SIMON, DROMON.

Dav. (*sortant de chez Glycère, sans voir Simon et Chrémès.*) On peut dormir tranquille à présent.

Chré. (*à Simon.*) Tenez, le voilà votre Dave!

Sim. D'où sort-il donc?

Dav. (*continuant.*) Grâce à moi, et grâce à l'étranger.

Sim. (*à part.*) Que dit-il?

Dav. (*de même.*) De ma vie je n'ai vu homme arriver plus à propos, plus à temps.

Sim Le coquin! de qui fait-il l'éloge?

Dav. Nous voici dans le port maintenant.

Sim. Abordons-le.

Dav. (*à part.*) C'est mon maître! que faire?

Sim. Ah! bonjour, l'homme de bien.

Dav. Ah! c'est Simon! c'est notre cher Chrémès! tout est déjà prêt chez-nous.

Sim. (*ironiquement.*) Tu t'en es bien occupé!

Dav. Quand il vous plaira, vous pouvez faire venir la future.

Sim. Fort bien; il ne manque plus que cela, en effet. Mais pourrais-tu aussi bien répondre à ceci? Qu'as-tu affaire dans cette maison?

Dav. Moi?

Sim. Oui.

Dav. Moi?

Sim. Oui, toi.

Dav. Je ne fais que d'y entrer.

Sim. Comme si je lui demandais depuis quand!

Dav. (*continuant.*) Avec votre fils.

Sim. Quoi! Pamphile est là-dedans? Ah, malheureux que je suis! Eh quoi, bourreau, ne m'avais-tu pas dit qu'ils étaient brouillés?

Dav. Ils le sont aussi.

Sim. Que fait-il donc là?

Chré. (*ironiquement.*) Que voulez-vous qu'il y fasse? Il se dispute avec elle.

Dav. Un moment, Chrémès. Vous allez apprendre quelque chose de bien plus fort. Il vient d'arriver je ne sais quel vieillard; (*montrant la maison de Glycère*) il est là : à son air prudent, assuré, on reconnaît un homme au-dessus du commun. Sa figure a quelque chose de grave et de sévère, et tout ce qu'il dit respire la bonne foi.

Sim. Que viens-tu nous conter?

Dav. Rien que ce que je lui ai entendu dire.

Sim. Que dit-il enfin?

Dav. Qu'il a la preuve que Glycère est citoyenne d'Athènes.

Sim. Holà! Dromon, Dromon!

In alio occupato amore, abhorrenti ab re uxoria,   830
Filiam darem in seditionem, atque in incertas nuptias;
Ejus labore atque ejus dolore gnato ut medicarer tuo.
Impetrasti; incepi, dum res tetulit; nunc non fert, feras.
Illam hinc civem esse aiunt; puer est natus : nos missos
face.
Si. Per ego te deos oro, ut ne illis animum inducas credere,   835
Quibus id maxume utile 'st, illum esse quam deterrimum.
Nuptiarum gratia hæc sunt ficta atque incepta omnia.
Ubi ea causa, quamobrem hæc faciunt, erit adempta his,
desinent.
Ch. Erras : cum Davo egomet vidi ancillam jurgantem. *Si.*
Scio.
Ch. At vero vultu; quum, ibi me adesse, neuter tum præsenserat.   840
Si. Credo; et id facturas Davus dudum prædixit mihi,
Et nescio quid tibi sum oblitus hodie, ac volui, dicere.

SCENA SECUNDA.

DAVUS, CHREMES, SIMO, DROMO.

Da. Animo nunc jam otioso esse impero. *Ch.* Hem, Davum tibi!
Si. Unde egreditur? *Da.* Meo præsidio atque hospitis. *Si.*
Quid illud mali est?

Da. Ego commodiorem hominem, adventum, tempus, non vidi. *Si.* Scelus,   845
Quemnam hic laudat? *Da.* Omnis res est jam in vado. *Si.*
Cesso adloqui?
Da. Herus est. Quid agam? *Si.* O salve, bone vir. *Da.* Ehem, Simo! o noster Chreme!
Omnia adparata jam sunt intus. *Si.* Curasti probe.
Da. Ubi voles, arcesse. *Si.* Bene sane : id enimvero hinc nunc abest.
Etiam tu hoc respondes? Quid istic tibi negoti 'st? *Da.* Mihin'? *Si.* Ita.   850
Da. Mihine? *Si.* Tibi ergo. *Da.* Modo introii. *Si.* Quasi ego, quam dudum, rogem.
Da. Cum tuo gnato una. *Si.* Anne est intus Pamphilus?
Crucior miser.
Eho, non tu dixti esse inter eos inimicitias, carnufex?
Da. Sunt. *Si.* Cur igitur hic est? *Ch.* Quid illum censes?
Cum illa litigat.
Da. Immo vero indignum, Chremes, jam facinus faxo ex me audias.   855
Nescio qui senex modo venit, ellum, confidens, catus;
Quum faciem videas, videtur esse quantivis preti.
Tristis severitas inest in voltu, atque in verbis fides.
Si. Quidnam adportas? *Da.* Nihil equidem, nisi quod illum audivi dicere.
Si. Quid ait tandem? *Da.* Glycerium se scire civem esse Atticam. *Si.* Hem,   860

Dav. Quoi donc?

Sim. Dromon.

Dav. Écoutez-moi.

Sim. Si tu dis encore un seul mot... — Dromon!

Dav. Écoutez, je vous prie.

Drom. Que me voulez-vous?

Sim. Enlève-moi ce drôle au plus vite, et porte-le au logis.

Drom. Qui?

Sim. Dave.

Dav. Et pourquoi?

Sim. Parce que cela me plaît. Enlève, te dis-je.

Dav. Qu'ai-je fait?

Sim. Enlève, Dave.

Dav. Si vous trouvez que j'aie menti d'un seul mot, assommez-moi.

Sim. Je n'écoute rien. Ah! je vais te faire secouer, drôle!

Dav. Quand même j'aurais dit vrai?

Sim. Quand même. Tiens-le bien garrotté, Dromon, entends-tu? les pieds et les mains liés, comme à une bête. (*A Dave.*) Sur l'honneur, je vous apprendrai avant ce soir, si le ciel me prête vie, à toi ce qu'il en coûte de tromper son maître, à lui de se jouer d'un père.

Chré. Ah! modérez-vous un peu.

Sim. O Chrémès! voilà comme un fils respecte... Ne vous fais-je pas pitié? Prendre tant de soins pour un tel enfant! — Allons, Pamphile, sortez, Pamphile; n'avez-vous point de honte?

SCÈNE III.

PAMPHILE, SIMON, CHRÉMÈS.

Pam. Qui m'appelle? — Je suis perdu! C'est mon père.

Sim. Que dites-vous, le plus...

Chré. Allons, dites-lui plutôt de quoi il s'agit, et laissons là les injures.

Sim. Comme si l'on pouvait, en effet, lui rien dire de trop fort! Eh bien! vous dites donc qu'elle est citoyenne, votre Glycère?

Pam. On le dit.

Sim. On le dit? O comble de l'impudence! A-t-il l'air de songer seulement à ce qu'il dit? de regretter ce qu'il a fait? Voit-on sur son visage la rougeur de la honte? Être l'esclave d'une folle passion, jusqu'à vouloir, au mépris de l'usage et des lois, au mépris d'un père, se déshonorer en épousant cette femme!

Pam. Que je suis malheureux!

Sim. Et c'est d'aujourd'hui que vous vous en apercevez, Pamphile? Ah! c'est le jour où vous vous êtes mis dans la tête de satisfaire votre passion à tout prix, c'est alors que vous pouviez à bon droit vous dire malheureux. Mais que fais-je? Pourquoi me tourmenter, me ronger l'esprit, troubler mes vieux jours de ses folies? Est-ce à moi de porter la peine de ses sottises? Qu'il aille se promener, qu'il l'épouse, qu'il vive avec elle!

Pam. Mon père!

Sim. Eh bien! quoi, mon père? Comme si vous en aviez besoin de ce père! Maison, femme, enfants, vous avez su vous procurer tout cela en dépit de votre père; tout, jusqu'à des gens pour jurer que cette femme est citoyenne d'Athènes. Vous triomphez.

Pam. Mon père, je vous en prie, deux mots.

Sim. Que me direz-vous?

Chré. Mais encore, Simon, faut-il l'écouter:

Sim. L'écouter! et qu'écouterai-je, Chrémès?

Chré. Pourtant laissez-le parler.

Sim. Eh bien! soit, qu'il parle.

Pam. Oui, je l'aime, mon père, je l'avoue; et si c'est un crime, j'avoue encore que je suis coupable. Mon père, je m'abandonne à vous: imposez-moi tel sacrifice que vous voudrez : commandez. Voulez-vous que je rompe avec elle? que j'en épouse une autre? Je m'y résignerai comme je pourrai. Seulement, je vous en prie, ne me croyez pas

Dromo! Dromo! *Da.* Quid est? *Si.* Dromo! *Da.* Audi. *Si.* Verbum si addideris.... Dromo!

Da. Audi, obsecro. *Dr.* Quid vis? *Si.* Sublimem hunc intro rape, quantum potes.

Dr. Quem? *Si.* Davum. *Da.* Quamobrem? *Si.* Quia lubet. Rape, inquam. *Da.* Quid feci? *Si.* Rape.

Da. Si quidquam invenies me mentitum, occidito. *Si.* Nihil audio.

Ego jam te commotum reddam. *Da.* Tamen etsi hoc verum est? *Si.* Tamen. 865

Cura adservandum vinctum; atque, audin'? quadrupedem constringito.

Age, nunc jam ego pol hodie, si vivo, tibi

Ostendam, quid herum sit periculi fallere, et

Illi patrem. *Ch.* Ah. Ne sævi tantopere. *Si.* O Chreme!

Pietatem gnati! nonne te miseret mei? 870

Tantum laborem capere ob talem filium!

Age, Pamphile, exi, Pamphile, ecquid te pudet?

SCENA TERTIA.

PAMPHILUS, SIMO, CHREMES.

Pa. Quis me volt? Perii! Pater est. *Si.* Quid ais, omnium...

Ch. Ah,

Rem potius ipsam dic, ac mitte male loqui.

Si. Quasi quidquam in hunc jam gravius dici possiet. 875

Ain' tandem? civis Glycerium 'st? *Pa.* Ita prædicant.

Si. Ita prædicant? O ingentem confidentiam!

Num cogitat, quid dicat? Num facti piget?

Num ejus color pudoris signum usquam indicat?

Adeon' impotenti esse animo, ut præter civium 880

Morem atque legem, et sui voluntatem patris,

Tamen hanc habere studeat cum summo probro?

Pa. Me miserum! *Si.* Hem, modone id demum sensti, Pamphile?

Olim istuc, olim, quum ita animum induxti tuum,

Quod cuperes, aliquo pacto efficiundum tibi. 885

Eodem die istuc verbum vere in te accidit.

Sed quid ego? Cur me excrucio? Cur me macero?

Cur meam senectutem hujus sollicito amentia?

An, ut pro hujus peccatis ego supplicium sufferam?

Immo habeat, valeat, vivat cum illa. *Pa.* Mi pater! 890

Si. Quid, « mi pater? » quasi tu hujus indigeas patris.

Domus, uxor, liberi inventi invito patre;

Adducti, qui illam civem hinc dicant : viceris.

Pa. Pater, licetne pauca? *Si.* Quid dices mihi?

Ch. Tamen, Simo, audi. *Si.* Egon' audiam? Quid ego audiam, 895

Chreme? *Ch.* At tamen dicat sine. *Si.* Age dicat : sino.

Pa. Ego me amare hanc fateor; si id peccare est, fateor id quoque.

Tibi, pater, me dedo; quidvis oneris impone : impera.

capable d'avoir aposté ce vieillard ; souffrez que je me lave d'un tel soupçon, et que j'amène cet homme devant vous.

Sim. Devant moi !

Pam. Souffrez-le, mon père.

Chré. Sa demande est juste : consentez.

Pam. Que j'obtienne de vous cette grâce !

Sim. Soit : tout ce qu'on voudra, Chrémès, pourvu que je ne découvre point qu'il me trompe. (*Pamphile va chercher Criton*).

Chré. Quels que soient les torts d'un fils, la moindre réparation suffit à un père.

SCÈNE IV.

CRITON, CHRÉMÈS, SIMON, PAMPHILE.

Crit. (*à Pamphile.*) Ne me priez pas tant ; une seule de ces raisons suffit pour me décider : votre intérêt, celui de la vérité, et le bien que je veux à Glycère.

Chré. N'est-ce pas Criton d'Andros que je vois ? C'est lui-même.

Crit. Hé ! bonjour, Chrémès.

Chré. Vous à Athènes ? Quel miracle !

Crit. Le hasard. Mais est-ce là Simon ?

Chré. C'est lui.

Crit. Vous désirez me parler, Simon ?

Sim. Ha, ha ! c'est donc vous qui dites que Glycère est citoyenne d'Athènes ?

Crit. Est-ce que vous prétendriez le contraire ?

Sim. Arrivez-vous bien préparé ?

Crit. Sur quoi ?

Sim. Il le demande ! croyez-vous faire ce métier là impunément ? Vous viendrez ici faire tomber dans le piége de jeunes fous sans expérience, des fils de famille ? Vous viendrez, à force de sollicitations et de belles promesses, leur tourner la tête ?

Crit. Êtes-vous dans votre bon sens ?

Sim. Et cimenter par le mariage des amours de courtisane ?

Pam. Je suis perdu ! je crains que l'étranger ne mollisse.

Chré. Si vous le connaissiez, Simon, vous ne parleriez pas ainsi : c'est un honnête homme.

Sim. Un honnête homme, lui ? Et d'où vient qu'il arrive à point nommé, justement le jour de ce mariage, lui qui ne venait jamais à Athènes ? Il faut l'en croire sur parole, n'est-ce pas ?

Pam. (*à part.*) Si je ne craignais mon père, j'aurais une bonne réponse à lui fournir.

Sim. Imposteur !

Crit. Hein !

Chré. Voilà comme il est, Criton. Ne faites pas attention.

Crit. Qu'il soit comme il voudra ; mais s'il continue à me dire tout ce qu'il lui plaît, il entendra des choses qui ne lui plairont point. Quelle part, quel intérêt ai-je à tout ceci, moi ? Ne pouvez-vous supporter votre chagrin avec plus de calme ? Et d'ailleurs on peut s'assurer à l'instant si ce que je dis est vrai ou faux. Il y a quelques années, un Athénien fut jeté par un naufrage sur les côtes de l'île d'Andros, et avec lui cette fille encore toute petite. Le hasard voulut que, manquant de tout, il vînt se réfugier chez le père de Chrysis.

Sim. Bon ! voilà le conte qui commence !

Chré (*à Simon.*) Écoutez donc.

Crit. Va-t-il m'interrompre à tout instant ?

Chré. Continuez.

Crit. Il était mon parent, ce père de Chrysis, qui le recueillit chez lui ; c'est là que je lui ai entendu dire à lui-même qu'il était Athénien : il y est mort.

Chré. Son nom ?

Crit. Son nom...? Je ne puis à l'improviste... Phania.

Chré. (*à part.*) Ah ! qu'entends-je ?

Crit. Oui, ma foi, je crois bien que c'est Pha-

Vis me uxorem ducere? Hanc vis mittere? Ut potero, feram.
Hoc modo te obsecro, ut ne credas a me allegatum hunc senem.   900
Sine me expurgem, atque illum huc coram adducam. *Si.* Adducas! *Pa.* Sine, pater.
Ch. Æquum postulat : da veniam. *Pa.* Sine te hoc exorem. *Si.* Sino.
Quidvis cupio, dum ne ab hoc me falli comperiar, Chreme.
Ch. Pro peccato magno paulum supplicii satis est patri.

SCENA QUARTA.

CRITO, CHREMES, SIMO, PAMPHILUS.

Cr. Mitte orare : una harum quævis causa me, ut faciam, monet,   905
Vel tu, vel quod verum est, vel quod ipsi cupio Glycerio.
Ch. Andrium ego Critonem video? is certe est. *Cr.* Salvus sis, Chreme.
Ch. Quid tu Athenas insolens? *Cr.* Evenit. Sed hiccine 'st Simo?
Ch. Hic. *Cr.* Simo, men' quæris? *Si.* Eho, tu Glycerium hinc civem esse ais?
Cr. Tu negas? *Si.* Itane huc paratus advenis? *Cr.* Qua re?   910
Si. Rogas?
Tune impune hæc facias? Tune hic homines adolescentulos,

Imperitos rerum, eductos libere, in fraudem illicis?
Sollicitando et pollicitando eorum animos lactas? *Cr.* Sanus es?
Si. Ac meretricios amores nuptiis conglutinas?
Pa. Perii. Metuo, ut subset hospes. *Ch.* Si, Simo, hunc noris satis,   915
Non ita arbitrere : bonus est hic vir. *Si.* Hic vir sit bonus?
Itane attemperate evenit, hodie in ipsis nuptiis
Ut veniret, antehac nunquam? Est vero huic credendum, Chreme.
Pa. Ni metuam patrem, habeo pro illa re illum quod moneam probe.
Si. Sycophanta! *Cr.* Hem! *Ch.* Sic, Crito, est hic : mitte. *Cr.* Videat qui siet.   920
Si mihi pergit quæ volt, dicere, ea quæ non volt, audiet.
Ego istæc moveo, aut curo? non tu tuum malum æquo animo feres?
Nam ego quæ dico, vera an falsa audierim, jam sciri potest.
Atticus quidam olim navi fracta ad Andrum ejectus est,
Et istæc una parva virgo. Tum ille egens forte applicat   925
Primum ad Chrysidis patrem se. *Si.* Fab ulam inceptat. *Ch.* Sine.
Cr. Itane vero obturbat? *Ch.* Perge tu! *Cr.* Is mihi cognatus fuit,
Qui eum recepit. Ibi ego audivi ex illo sese esse Atticum.
Is ibi mortuus est. *Ch.* Ejus nomen? *Cr.* Nomen tam cito tibi...! Phania.

nia. Mais au moins je suis sûr qu'il se disait du bourg de Rhamnuse.

Chré. (*à part.*) Grands dieux !

Crit. Beaucoup d'autres personnes à Andros le lui ont entendu dire comme moi.

Chré. (*à part.*) Fassent les dieux que ce soit ce que j'espère ! — Mais dites-moi, et cette enfant, disait-il qu'elle fût à lui ?

Crit. Non.

Chré. A qui donc ?

Crit. A son frère.

Chré. C'est ma fille !

Sim. (*à Criton.*) Que dites-vous ?

Pam. Ouvre bien les oreilles , Pamphile.

Sim. Sur quoi croyez-vous....

Chré. Ce Phania était mon frère.

Sim. Je le sais ; je l'ai connu.

Chré. Aux approches de la guerre, il se sauva d'Athènes, pour venir me rejoindre en Asie ; il n'osa laisser ici cette enfant : et voilà, depuis tant d'années, la première fois que j'entends parler de lui.

Pam. Je ne me possède plus , tant mon esprit est agité par la crainte , la joie et l'espérance, quand je considère un bonheur si grand, si inespéré.

Sim. En vérité, Chrémès, je suis ravi, pour beaucoup de raisons, qu'elle se trouve votre fille.

Pam. Je le crois, mon père.

Chré. Mais il me reste encore un scrupule qui me tourmente.

Pam. Ah! vous êtes détestable avec vos scrupules. C'est chercher des nœuds sur un jonc.

Crit. Quel est ce scrupule ?

Chré. Le nom n'est pas le même ?

Crit. C'est vrai : elle en avait un autre, toute petite.

Chré. Lequel ? vous le rappelez-vous, Criton ?

Crit. Je le cherche.

Pam. (*à part.*) Souffrirai-je que son défaut de mémoire soit un obstacle à mon bonheur, quand je puis y remédier moi-même? Non certes. — Chrémès, le nom que vous cherchez, c'est Pasibule.

Crit. C'est cela même.

Chré. Précisément.

Pam. Elle me l'a dit cent fois.

Sim. Chrémès, vous ne doutez pas, j'espère, de la joie que nous éprouvons tous.

Chré. Je n'en doute pas, je vous le jure.

Pam. Hé bien! mon père ?

Sim. Voilà qui nous raccommode tous les deux.

Pam. O l'excellent père! Chrémès ne change rien sans doute à ce qui est; je reste l'époux de sa fille.

Chré. Rien de plus juste; à moins que votre père ne pense autrement.

Pam. Bien entendu.

Sim. J'y donne les mains.

Chré. Pamphile, la dot est de dix talents.

Pam. C'est fort bien.

Chré. Je cours embrasser ma fille. Venez avec moi, Criton ; car je pense bien qu'elle ne me connaît pas.

Sim. Que ne la faites-vous transporter chez nous ?

Pam. Mon père a raison : je vais en charger Dave.

Sim. C'est impossible.

Pam. Pourquoi , impossible?

Sim. Parce qu'il a d'autres affaires plus importantes , et qui le touchent de plus près.

Pam. Quoi donc ?

Sim. Il est au poteau.

Pam. Ha , mon père, cela n'est pas bien.

Sim. J'ai pourtant dit qu'on l'attachât très-bien.

Pam. Faites-le détacher, je vous en prie.

Sim. Allons , soit.

Pam. Mais à l'instant.

Sim. J'y vais moi-même.

Pam. O l'heureux jour! le jour fortuné!

Ch. Hem, perii! *Cr.* Verum hercle opinor fuisse Phaniam.
Hoc certo scio.   930
Rhamnusium sese aiebat esse. *Ch.* O Jupiter! *Cr.* Eadem
hæc , Chreme,
Multi alii in Andro audivere. *Ch.* Utinam id sit , quod spero.
Eho, dic mihi,
Quid eam tum? suamne esse aiebat? *Cr.* Non. *Ch.* Cujam
igitur. *Cr.* Fratris filiam.
Ch. Certe mea 'st. *Cr.* Quid ais? *Si.* Quid tu ais? *Pa.* Arrige aures, Pamphile.
Si. Quid credis? *Ch.* Phania illic frater meus fuit. *Si.* Noram , et scio.   935
Ch. Is hinc , bellum fugiens, meque in Asiam persequens ,
proticiscitur;
Tum illam hic relinquere veritus est. Post illa nunc primum
audio,
Quid illo sit factum. *Pa.* Vix sum apud me : ita animus
commotu'st metu,
Spe , gaudio , mirando hoc tanto, tam repentino bono.
Si. Næ istam multimodis tuam inveniri gaudeo. *Pa.* Credo,
pater.   940
Ch. At mi unus scrupulus etiam restat, qui me male habet.
Pa. Dignus es
Cum tua religione, odium! nodum in scirpo quæris. *Cr.* Quid
istuc est?
Ch. Nomen non convenit. *Cr.* Fuit hercle huic aliud parvæ.
Ch. Quod, Crito?
Numquid meministi? *Cr.* Id quæro. *Pa.* Egon' hujus memo-
riam patiar meæ
Voluptati obstare , quum egomet possim in hac re medicari
mihi?   945
Non patiar. Heus , Chreme, quod quæris, Pasibula. *Cr.* Ipsa
'st. *Ch.* Ea 'st.
Pa. Ex ipsa millies audivi. *Si.* Omnes nos gaudere hoc,
Chreme,
Te credo credere. *Ch.* Ita me di ament, credo. *Pa.* Quid
restat, pater?
Si. Jam dudum res reduxit me ipsa in gratiam. *Pa.* O lepi-
dum patrem!
De uxore, ita ut possedi , nil mutat Chremes. *Ch.* Causa
optima 'st;   950
Nisi quid pater ait aliud. *Pa.* Nempe. *Si.* Id scilicet. *Ch.*
Dos, Pamphile.
Decem talenta. *Pa.* Accipio. *Ch.* Propero ad filiam. Eho!
Mecum, Crito :
Nam illam me credo haud nosse. *Si.* Cur non illam huc trans
ferri jubes?
Pa. Recte admones. Davo ego istuc dedam jam negoti. *Si.*
Non potest.
Pa. Qui non potest? *Si.* Quia habet aliud magis ex sese, et
majus. *Pa.* Quidnam? *Si.* Vinctus est.   955
Pa. Pater, non recte vinctu'st. *Si.* At ita jussi. *Pa.* Jube
solvi, obsecro.
Si. Age, fiat. *Pa.* At mature. *Si.* Eo intro. *Pa.* O faustum et
felicem diem!

SCÈNE V.

CHARINUS, PAMPHILE.

Char. Je viens voir ce que fait Pamphile. Mais le voici.

Pam. (*à part.*) On dira peut-être que je ne crois pas un mot de ce que je vais dire; mais on dira tout ce qu'on voudra : pour moi, je suis à cette heure persuadé que si les dieux sont immortels, c'est que leurs voluptés sont inaltérables; et je suis immortel comme eux, si aucune amertume ne vient se mêler à ma joie. Mais qui souhaiterais-je le plus de rencontrer en ce moment, pour lui faire part de mon bonheur?

Char. (*à part.*) Que signifie cette allégresse?

Pam. Bon ! voici Dave : je ne pouvais mieux tomber; car je suis sûr que personne ne se réjouira plus sincèrement de ma joie.

SCÈNE VI.

DAVE, PAMPHILE, CHARINUS.

Dav. Où peut-il être, ce Pamphile?

Pam. Dave!

Dav. Qui est-ce?

Pam. C'est moi.

Dav. Ah! Pamphile.

Pam. Tu ne sais pas ce qui vient de m'arriver.

Dav. Non : mais je sais très-bien ce qui m'est arrivé, à moi.

Pam. Je le sais aussi.

Dav. C'est l'ordinaire; on apprend plus vite les mauvaises nouvelles que les bonnes.

Pam. Ma Glycère a retrouvé ses parents.

Dav. Ah! quel bonheur!

Char. (*à part.*) Que dit-il?

Pam. Son père est de nos grands amis.

Dav. Qui donc?

Pam. Chrémès.

Dav. A merveille!

Pam. Plus d'obstacle; je l'épouse.

Char. (*à part.*) Rêve-t-il donc tout éveillé?

Pam. Et l'enfant, Dave?

Dav. Soyez tranquille. Vous êtes l'enfant chéri des dieux.

Char. Je suis sauvé, si tout cela est vrai. Parlons-lui.

Pam. Qui va là? Ah! Charinus, vous arrivez fort à propos.

Char. Je vous fais mon compliment.

Pam. Vous avez entendu?

Char. Tout : allons, ne m'oubliez pas dans votre prospérité. Chrémès est maintenant tout à vous; je suis sûr qu'il fera ce que vous voudrez.

Pam. J'y songeais : mais il serait trop long d'attendre qu'il sortît de chez Glycère; venez l'y trouver avec moi. Toi, Dave, entre chez nous, et amène du monde pour la transporter. Hé bien ! que fais-tu là ? qu'attends-tu donc?

Dav. J'y vais. (*Aux spectateurs.*) N'attendez pas qu'ils sortent; les accords, le contrat, tout ce qui reste à faire va se conclure là-dedans. — Applaudissez.

SCENA QUINTA.

CHARINUS, PAMPHILUS.

Ch. Proviso quid agat Pamphilus : atque eccum! *Pa.* Aliquis forsan me putet

Non putare hoc verum : at mihi nunc sic esse hoc verum lubet.

Ego deorum vitam propterea sempiternam esse arbitror,   660

Quod voluptates eorum propriæ sunt : nam mi immortalitas

Parta est, si nulla ægritudo huic gaudio intercesserit.

Sed quem ego mihi potissimum optem, cui nunc hæc narrem, dari?

Ch. Quid illud gaudi est? *Pa.* Davum video : nemo 'st, quem mallem, omnium :

Nam hunc scio mea solide solum gavisurum gaudia.   965

SCENA SEXTA.

DAVUS, PAMPHILUS, CHARINUS.

Da. Pamphilus ubinam hic est? *Pa.* Dave! *Da.* Quis homo 'st? *Pa.* Ego sum. *Da.* O Pamphile!

Pa. Nescis quid mihi obtigerit. *Da.* Certe : sed quid mihi obtigerit scio.

Pa. Et quidem ego. *Da.* More hominum evenit, ut quod sim ego nactus mali

Prius rescisceres tu, quam ego tibi quod evenit boni

Pa. Mea Glycerium suos parentes repperit. *Da.* O factum bene! *Ch.* Hem?   970

Pa. Pater amicus summus nobis. *Da.* Quis? *Pa.* Chremes. *Da.* Narras proba.

Pa. Nec mora ulla est, quin jam uxorem ducam. *Ch.* Num ille somniat

Ea, quæ vigilans voluit? *Pa.* Tum de puero, Dave? *Da.* Ah, desine.

Solus es quem diligunt di. *Ch.* Salvus sum, si hæc vera sunt.

Colloquar. *Pa.* Quis homo 'st? Charine, in tempore ipso mi advenis.   975

Ch. Bene factum. *Pa.* Audisti? *Ch.* Omnia. Age, me in tuis secundis respice.

Tuus est nunc Chremes : facturum quæ voles scio esse omnia.

Pa. Memini : atque adeo longum 'st nos illum exspectare dum exeat.

Sequere hac me intus ad Glycerium nunc. Tu, Dave, abi domum;

Propere arcesse, hinc qui auferant eam. Quid stas? Quid cessas? *Da.* Eo.   980

Ne exspectetis dum exeant huc : intus despondebitur :

Intus transigetur, si quid est quod restet. Plaudite.

L'EUNUQUE.

PERSONNAGES.

PHÉDRIA, jeune homme, amant de Thaïs.
PARMÉNON, esclave de Phédria.
THAÏS, courtisane. De θεατός, beau à voir.
GNATHON, parasite de Thrason. De γνάθος, mâchoire.
CHÉRÉA, jeune homme, amant de Pamphile. De χαίρων, qui se réjouit.
THRASON, soldat, rival de Phédria. De θράσος, andace.
PYTHIAS, servante de Thaïs.
CHRÉMÈS, jeune homme, frère de Pamphile.

ANTIPHON, jeune homme.
DORIAS, servante de Pamphile.
DORUS, eunuque.
SANGA, centurion.
SOPHRONA, nourrice de Pamphile. De σώφρων, chaste.
LACHÈS, vieillard, père de Phédria et de Chéréa.

PERSONNAGES MUETS.

STRATON, cornac d'un éléphant.
SIMALION.
DONAX.
SYRISCUS.

SOMMAIRE

DE L'EUNUQUE DE TÉRENCE,

PAR SULPITIUS APOLLINARIS.

Le soldat Thrason avait amené une jeune fille qui passait pour la sœur de Thaïs : lui-même ignorait sa naissance. Il en fait don à Thaïs. Celle-ci était d'Athènes. D'un autre côté Phédria, amant de Thaïs, lui fait donner un eunuque qu'il avait acheté, et part pour la campagne, parcequ'elle l'a prié de céder la place à Thrason pendant deux jours. Un jeune frère de Phédria, éperdument amoureux de la jeune fille donnée à Thaïs, s'habille en eunuque, par le conseil de Parménon. Sous ce costume il pénètre auprès de la jeune fille, et la possède. Un citoyen d'Athènes reconnu pour frère de celle-ci, la fait épouser au jeune homme. Thrason se fait agréer par Phédria pour second auprès de Thaïs.

PROLOGUE.

S'il y a des écrivains qui s'étudient à plaire à la masse des honnêtes gens, et à n'offenser personne, l'auteur déclare ici qu'il est de ce nombre. Après cela, que certain poëte se plaigne d'être attaqué un peu trop rudement, nous lui dirons qu'on ne l'attaque point, mais qu'on lui riposte, parce qu'il a porté les premiers coups. C'est lui qui par une traduction exacte, mais mal écrite, nous a fait de méchantes pièces latines avec de bonnes comédies grecques. C'est encore lui qui nous a gâté dernièrement le *Fantôme* de Ménandre, et qui, dans la comédie du *Trésor*, fait plaider celui à qui on réclame ce trésor, avant que le demandeur ait exposé comment il lui appartient, et comment il s'est trouvé dans le tombeau de son père.

Au reste, qu'il ne s'abuse pas, et qu'il n'aille pas se dire : « M'en voilà quitte enfin ; il est au bout de ses critiques. » Qu'il ne s'y trompe pas, encore une fois, et qu'il cesse de nous provoquer. J'aurais beaucoup d'autres choses à dire, je lui en fais grâce pour le moment : mais je le relèverai sans pitié, s'il persiste dans son système d'attaques.

Lorsque les édiles eurent acheté l'Eunuque de

EUNUCHUS.

DRAMATIS PERSONÆ.

PHÆDRIA, adolescens, amator THAIDIS; a græco αὐρός, hilaris.
PARMENO, servus PHÆDRIÆ. Παρὰ τῷ δεσπότῃ μένων, manens et adstans domino.
THAIS, meretrix; a θεατός, spectabilis, a θεάομαι specto, uasi speciosa.
GNATHO, parasitus THRASONIS; a γνάθος, maxilla; quod sit edax.
CHÆREA, adolescens, amator PAMPHILÆ; a χαίρων, gaudens.
THRASO, miles, rivalis PHÆDRIÆ; a θράσος, audacia.
PYTHIAS, ancilla THAIDIS. Quasi πυθομένη, percunctatrix.
CHREMES, adolescens, frater PAMPHILÆ; a χρεμίζω, hinnio, quod hinnitu equorum delectaretur.
ANTIPHON, adolescens; ab ἀντι-φαίνομαι, contra appareo, vel

ab ἀντίφημι, contra loquor.
DORIAS, ancilla THAIDIS. Quod *Doride* regione orta sit.
DORUS, Eunuchus. Quasi *Doricus*.
SANGA, centurio; a *Sangia*, viro Phrygiæ, vel a fluvio ejusdem regionis.
SOPHRONA, nutrix PAMPHILÆ; a σώφρων, casta, continens.
LACHES, senex, pater PHÆDRIÆ et CHÆREÆ; ab ἔλαχον verbi λαγχάνω, sortior, sorte vel hereditate obtineo.

PERSONÆ MUTÆ.

STRATO, elephantis præfectus; a στρατεύω, qui imperat.
SIMALIO, a *simia*, ob similitatem oris, vel nasi.
DONAX, a δόναξ, fistula, seu calamus piscatorius.
SYRISCUS, diminutivum est a *Syrio*; vel a συρίσκος, fiscina ficorum.

C. SULPITII APOLLINARIS PERIOCHA

IN TERENTII EUNUCHUM.

Sororem falso dictitatam Thaidis,
Id ipsum ignorans, miles advexit Thraso,
Ipsique donat. Erat hæc civis Attica.
Eidem Eunuchum, quem emerat, tradi jubet,
Thaidis amator Phædria, ac rus ipse abit,
Thrasoni oratus biduum concederet.
Ephebus frater Phædriæ puellulam
Quum deperiret dono missam Thaidi,
Ornata Eunuchi induitur : suadet Parmeno :
Introiit : vitiat virginem : sed Atticus
Civis repertus frater ejus, collocat
Vitiatam ephebo : Phædriam exorat Thraso.

PROLOGUS.

Si quisquam est, qui placere se studeat bonis
Quam plurimis, et minime multos lædere,
In his poeta hic nomen profitetur suum.
Tum si quis est, qui dictum in se inclementius
Existimarit esse, sic existimet,   5
Responsum, non dictum esse, quia læsit prior.
Qui bene vertendo, et easdem scribendo male, ex
Græcis bonis Latinas fecit non bonas.
Idem Menandri Phasma nunc nuper dedit,
Atque in Thesauro scripsit, causam dicere   10
Prius unde petitur, aurum quare sit suum,
Quam ille qui petit, unde is sit thesaurus sibi,
Aut unde in patrium monumentum pervenerit.
Dehinc, ne frustretur ipse se, aut sic cogitet :
« Defunctus jam sum, nihil est, quod dicat mihi. »   15
Is ne erret, moneo, et desinat lacessere.
Habeo alia multa, quæ nunc condonabitur :
Quæ proferentur post, si perget lædere,
Ita ut facere instituit. Quam nunc acturi sumus

Ménandre, que nous allons représenter, il fit si bien, qu'il obtint pour la répétition une place de faveur. Les magistrats sont rassemblés ; on commence : lui de s'écrier aussitôt que c'était un voleur, et non un poëte, qui donnait cette pièce ; mais qu'on n'était point sa dupe, car il y avait une pièce de Névius intitulée *le Flatteur*, et une vieille comédie de Plaute, d'où il avait pris ses personnages du parasite et du capitaine. Si c'est là un crime, c'est bien par ignorance que l'auteur s'en est rendu coupable, et sans intention de plagiat. Vous allez en juger vous-mêmes.

Le *Flatteur* est de Ménandre ; il y a dans sa pièce un parasite, le Flatteur, et un soldat fanfaron. L'auteur ne nie pas qu'il n'ait transporté du grec ces deux personnages dans son Eunuque : mais qu'il ait jamais su que la pièce de Ménandre avait été traduite en latin, c'est ce qu'il nie formellement. S'il n'est pas permis de se servir des personnages que d'autres ont employés, sera-t-il plus permis de mettre sur la scène des valets intrigants, des femmes de bien, des courtisanes effrontées, des parasites gourmands, des capitaines fanfarons, des enfants supposés, des vieillards dupés par un esclave, l'amour, la haine, les soupçons ? En un mot, on ne peut rien dire qui n'ait été déjà dit. C'est à vous d'apprécier ces raisons, et d'excuser les nouveaux poëtes, s'ils font quelquefois ce que les anciens ont fait si souvent. Veuillez nous écouter avec attention, afin de savoir à quoi vous en tenir sur notre Eunuque.

ACTE PREMIER.

SCÈNE I.

PHÉDRIA, PARMÉNON.

Phéd. Que faire donc?... n'y point aller ? même à présent que c'est elle qui me demande?.... Hé ! ne prendrai-je pas sur moi de ne plus supporter les affronts de ces créatures ? Elle m'a fermé sa porte, elle me rappelle : et j'y retournerais?... Non, dût-elle *m*'en supplier.

Par. Ma foi, si vous le pouvez, rien de mieux, rien de plus courageux. Mais si une fois vous commencez, et que vous ne teniez pas bon jusqu'au bout ; si un beau jour, ne pouvant plus y résister, vous allez, sans qu'on vous rappelle, sans avoir fait votre paix, vous jeter à sa tête, lui laisser voir tout votre amour, toute votre faiblesse : c'en est fait, vous êtes perdu. Elle se moquera de vous, dès qu'elle verra que vous êtes sous le joug. Réfléchissez donc bien, pendant qu'il en est temps encore ; réfléchissez, mon maitre. Une chose qui n'a en soi ni raison, ni mesure, ne peut se traiter ni avec mesure ni avec raison. Rebuts, soupçons, brouilleries, trêves d'un moment, la guerre et puis la paix, voilà l'amour. Si vous prétendez soumettre aux règles de la raison des choses aussi mobiles, vous n'y réussirez pas plus que si vous vouliez extravaguer avec bon sens. Tout ce que le dépit vous fait dire en ce moment : *Moi, retourner chez une...? qui me chasse...? qui reçoit un...? qui ne...? laisse-moi faire ; j'aimerais mieux mourir : je lui ferai voir qui je suis !* Eh bien, une seule petite larme, une larme menteuse qu'à force de se frotter les yeux elle s'arrachera à grand'peine, éteindra toute

Menandri Eunuchum, postquam ædiles emerunt,   20
Perfecit, sibi ut inspiciundi esset copia.
Magistratus quum ibi adessent, occepta 'st agi.
Exclamat, furem, non poetam fabulam
Dedisse, et nil dedisse verborum tamen ;
Colacem esse Nævi, et Plauti veterem fabulam;   25
Parasiti personam inde ablatam et militis.
Si id est peccatum, peccatum imprudentia 'st
Poetæ, non quo furtum facere studuerit.
Id ita esse, vos jam judicare poteritis.
Colax Menandri est : in ea est parasitus Colax,   30
Et miles gloriosus : eas se huic dedisse etiam
Personas transtulisse in Eunuchum suam
Ex Græca ; sed eas fabulas factas prius
Latinas scisse sese, id vero pernegat.
Quod si personis iisdem uti aliis non licet,   35
Qui magis licet, currentes servos scribere,
Bonas matronas facere, meretrices malas,
Parasitum edacem, gloriosum militem,
Puerum supponi, falli per servum senem,
Amare, odisse, suspicari ? Denique   40
Nullum est jam dictum, quod non dictum sit prius.
Quare æquum est, vos cognoscere atque ignoscere
Quæ veteres factitarunt, si faciunt novi.
Date operam, et cum silentio animum attendite,
Ut pernoscatis, quid sibi Eunuchus velit.   45

ACTUS PRIMUS.

SCENA PRIMA.

PHÆDRIA, PARMENO.

Ph. Quid igitur faciam? Non eam? Ne nunc quidem,
Quum arcessor ultro? An potius ita me comparem,
Non perpeti meretricum contumelias?
Exclusit ; revocat. Redeam?... Non, si me obsecret.
Pa. Si quidem hercle possis, nil prius neque fortius.   50
Verum si incipies, neque pertendes naviter,
Atque, ubi pati non poteris, quum nemo expetet,
Infecta pace, ultro ad eam venies, indicans
Te amare, et ferre non posse, actum 'st : ilicet,
Peristi ; eludet, ubi te victum senserit.   55
Proin tu, dum est tempus, etiam atque etiam hoc cogita,
Here! quæ res in se neque consilium neque modum
Habet ullum, eam rem consilio regere non potes.
In amore hæc omnia insunt vitia, injuriæ,
Suspiciones, inimicitiæ, induciæ,   60
Bellum, pax rursum. Incerta hæc tu si postules
Ratione certa facere, nihilo plus agas,
Quam si des operam, ut cum ratione insanias.
Et quod nunc tute tecum iratus cogitas :
Egone illam...? Quæ illum...? Quæ me...? Quæ non...?
Sine modo;   65
Mori me malim : sentiet qui vir siem.
Hæc verba una mehercule falsa lacrimula,

cette colère; et vous serez encore le premier à vous accuser, le premier à lui demander pardon.

Phéd. Ah, quelle indignité! je vois à présent toute sa perfidie et toute ma misère. J'en ai honte, et je meurs d'amour : je sais, je vois, je sens que je me perds; et je ne sais quel parti prendre.

Par. Je n'en vois qu'un : c'est de vous racheter de cet esclavage au meilleur marché qu'il vous sera possible; à quelque prix que ce soit, si vous ne le pouvez à bon marché : et ne vous tourmentez point.

Phéd. Voilà ce que tu me conseilles?

Par. Si vous êtes sage. Croyez-moi, n'ajoutez pas aux chagrins que l'amour entraîne après lui; et quant à ceux-là, tâchez de les supporter en homme. Mais la voici qui sort, celle qui est le fléau de notre patrimoine : c'est nous qui semons, et c'est toujours elle qui récolte.

SCÈNE II.

THAIS, PHÉDRIA, PARMÉNON.

Th. Que je suis malheureuse! j'ai bien peur que Phédria ne soit fâché de ce qu'on lui a refusé la porte hier, et qu'il n'ait pris la chose en mauvaise part.

Phéd. Je tremble, Parménon, tout mon corps frissonne, depuis que je l'ai aperçue.

Par. Du sang-froid! (*lui montrant Thaïs*) Approchez du feu, vous allez vous échauffer de reste.

Th. Qui parle là? Comment vous étiez ici, mon cher Phédria? Pourquoi rester devant la porte? que n'entrez-vous?

Par. (*à part.*) Et de l'avanie d'hier, pas un mot.

Th. Vous ne me répondez pas?

Phéd. (*ironiquement.*) En effet, l'on sait que votre porte m'est toujours ouverte, et que je suis le premier dans vos bonnes grâces.

Th. Laissez donc cela.

Phéd. Laisser cela? O Thaïs, Thaïs! que n'aimons-nous l'un comme l'autre, et que n'y a-t-il plus de rapport entre nous! Vous souffririez autant que moi de ce que vous m'avez fait, ou j'y serais tout à fait insensible.

Th. Mon ami, mon cher Phédria, ne vous tourmentez pas, de grâce. Ce n'est pas, je vous jure, que j'aime ou que je chérisse au monde personne plus que vous; mais ce que j'ai fait, il fallait le faire.

Par. Je le crois : suivant l'usage, c'est par excès d'amour que vous lui avez fermé la porte au nez, pauvre femme!

Th. C'est ainsi que tu en uses, Parménon? courage! — (*à Phédria.*) Mais écoutez du moins pourquoi je vous ai fait venir.

Phéd. Soit.

Th. Dites-moi d'abord : ce garçon-là sait-il se taire?

Par. Moi? parfaitement, mais à une condition, prenez-y garde. Si l'on ne dit que la vérité, je sais la taire, et la garder le mieux du monde; mais les hâbleries, les contes, les mensonges, tout cela m'échappe à l'instant : je suis comme un panier percé, je fais eau de toute part. Ainsi, voulez-vous que je me taise? ne mentez pas.

Th. Ma mère était de Samos : elle demeurait à Rhodes.

Par. Cela peut se taire.

Th. Là, un marchand lui fit présent d'une petite fille enlevée sur les côtes de l'Attique.

Phéd. Une citoyenne?

Th. Je le crois; nous n'en sommes pas sûres. Elle disait bien le nom de son père et de sa mère; mais elle ignorait sa patrie, et était trop jeune d'ailleurs pour qu'on en pût tirer d'autres renseignements. Le marchand ajoutait avoir entendu dire aux pirates qui la lui avaient vendue, qu'elle avait

---

Quam, oculos terendo misere, vix vi expresserit,
Restinguet; et te ultro accusabis, et dabis ei
Ultro supplicium. *Ph.* O indignum facinus! nunc ego   70
Et illam scelestam esse, et me miserum sentio;
Et tædet; et amore ardeo; et prudens, sciens,
Vivus vidensque pereo: nec, quid agam, scio.
Pa. Quid agas? nisi ut te redimas captum, quam queas
Minimo; si nequeas paululo, at quanti queas,   75
Et ne te afflictes. *Ph.* Itane suades? *Pa.* Si sapis.
Neque, præterquam quas ipse amor molestias
Habet, addas; et illas, quas habet, recte feras.
Sed ecca ipsa egreditur, nostri fundi calamitas :
Nam quod nos capere oportet, hæc intercipit.   80

SCENA SECUNDA.

THAIS, PHÆDRIA, PARMENO.

Th. Miseram me! vereor ne illud gravius Phædria
Tulerit, neve aliorsum, atque ego feci, acceperit,
Quod heri intromissus non est. *Ph.* Totus, Parmeno,
Tremo horreoque, postquam aspexi hanc. *Pa.* Bono animo
es;
Accede ad ignem hunc, jam calesces plus satis.   85
Th. Quis hic loquitur? Ehem, tune hic eras, mi Phædria?
Quid hic stabas? Cur non recta introibas? *Pa.* Cæterum
De exclusione verbum nullum. *Th.* Quid taces?

Ph. Sane, quia vero hæ mihi patent semper fores
Aut quia sum apud te primus. *Th.* Missa istæc face.   90
Ph. Quid! missa? O Thais, Thais! Utinam esset mihi
Pars æqua amoris tecum, ac pariter fieret,
Ut aut hoc tibi doleret itidem, ut mihi dolet,
Aut ego istuc abs te factum nihili penderem.
Th. Ne crucia te, obsecro, anime mi, mi Phædria.   95
Non pol, quo quemquam plus amem aut plus diligam,
Eo feci; sed ita erat res, faciundum fuit.
Pa. Credo, ut fit, misera præ amore exclusisti hunc foras.
Th. Siccine agis, Parmeno? Age. Sed huc qua gratia
Te arcessi jussi, ausculta. *Ph.* Fiat. *Th.* Dic mihi   100
Hoc primum : potin' est hic tacere? *Pa.* Egone? Optume.
Verum heus tu, hac lege tibi meam adstringo fidem :
Quæ vera audivi, taceo et contineo optume;
Sin falsum, aut vanum, aut fictum 'st, continuo palam 'st.
Plenus rimarum sum, hac atque illac perfluo.   105
Proin tu, taceri si vis, vera dicito.
Th. Samia mihi mater fuit : ea habitabat Rhodi.
Pa. Potest taceri hoc. *Th.* Ibi tum matri parvolam
Puellam dono quidam mercator dedit,
Ex Attica hinc abreptam. *Ph.* Civemne? *Th.* Arbitror : 110
Certum non scimus. Matris nomen et patris
Dicebat ipsa : patriam et signa cætera
Neque sciebat, neque per ætatem etiam potis erat.
Mercator hoc addebat, e prædonibus
Unde emerat se audisse abreptam e Sunio.   115

été enlevée dans les environs de Sunium. Là-dessus ma mère en prit le plus grand soin, la fit instruire, l'éleva comme si elle eût été sa fille. Presque tout le monde la croyait ma sœur. Cependant je vins ici avec un étranger, le seul homme avec qui j'eusse alors des relations, celui qui m'a laissé tout ce que je possède.

Par. Deux mensonges : ils m'échapperont.

Th. Comment cela ?

Par. Parce que vous n'étiez pas femme à vous contenter d'un amant, et que cet étranger n'est pas le seul qui vous ait donné ce que vous avez : voici mon maître qui en a fourni sa bonne part.

Th. D'accord : mais laisse-moi donc en venir où je veux. Le capitaine, qui s'était amouraché de moi, partit pour la Carie. C'est alors que je fis votre connaissance, Phédria ; et vous savez si depuis ce moment vous m'avez été cher, si j'ai rien eu de caché pour vous.

Phéd. Encore un secret que Parménon ne pourra garder.

Par. Oh ! cela va sans dire.

Th. De grâce, écoutez-moi jusqu'au bout. Ma mère est morte dernièrement à Rhodes. Son frère, qui aime un peu trop l'argent, voyant cette jeune fille belle, bien faite, bonne musicienne, songe à la vendre dans l'espoir d'en tirer un bon prix, et la met à l'enchère. Par bonheur mon ami le capitaine se trouvait là ; il l'achète, pour m'en faire cadeau, sans se douter de rien, sans qu'on lui ait dit un seul mot de l'aventure. Le voici de retour. Mais depuis qu'il s'est aperçu de ma liaison avec vous, il cherche mille prétextes pour ne point me la donner : *S'il était sûr*, dit-il, *de n'avoir plus de rival ; s'il ne craignait pas, une fois que je l'aurai reçue, d'être planté là, il me la donnerait bien volontiers : mais cette crainte le retient.* Et moi, je le soupçonne d'être amoureux de la jeune fille.

Phéd. N'y a-t-il eu rien de plus ?

Th. Rien : je m'en suis assurée. Maintenant, mon cher Phédria, j'ai bien des raisons pour la retirer de ses mains : d'abord, parce qu'elle a passé pour ma sœur ; ensuite, parce que je voudrais la rendre à la famille qui l'a perdue. Je suis seule ; je n'ai ici personne, ni amis, ni parents : et je serais bien aise, Phédria, de me faire quelques amis par une bonne action. Aidez-moi, je vous en prie ; et, pour m'en faciliter les moyens, souffrez que je donne la préférence au capitaine pendant quelques jours. Vous ne répondez point ?

Phéd. Perfide ! et que voulez-vous que je vous réponde, après de tels procédés ?

Par. Bien, mon maître ! courage. Enfin vous voilà piqué : vous êtes un homme.

Phéd. Je ne savais guère où vous en vouliez venir : *Une petite fille a été enlevée de ce pays-ci — ma mère l'a élevée comme son enfant — elle a passé pour ma sœur. — Je voudrais l'avoir, afin de la rendre à sa famille.* Et la conclusion de tout ce beau discours, c'est qu'on me chasse moi, et qu'on reçoit l'autre. Et pourquoi ? parce que vous l'aimez plus que moi, parce que vous craignez que cette fille qu'il a amenée ne vous enlève un si bel amant.

Th. Moi ? je crains cela ?

Phéd. Quelle autre inquiétude avez-vous donc ? Dites-moi, est-il le seul qui vous fasse des cadeaux ? Vous êtes-vous jamais aperçue que ma libéralité fût épuisée pour vous ? Vous m'avez dit que vous désiriez une petite esclave éthiopienne : n'ai-je pas tout laissé pour vous en chercher une ? Vous avez dit ensuite que vous vouliez un eunuque, parce qu'il n'y a que les grandes dames qui en aient : j'en ai trouvé un. Hier j'ai compté vingt mines pour ces deux esclaves. Malgré vos mépris, on ne vous a point oubliée ; et pour ma récompense vous me rebutez.

Th. Pourquoi ces reproches, Phédria ? Sans doute

Mater ubi accepit, cœpit studiose omnia
Docere, educere, ita uti si esset filia.
Sororem plerique esse credebant meam.
Ego cum illo, quicum tum uno rem habebam, hospite,
Abii huc : qui mihi reliquit hæc, quæ habeo, omnia.   120
Pa. Utrumque hoc falsum 'st : effluet. *Th.* Qui istuc? *Pa.* Quia
Neque tu uno eras contenta, neque solus dedit :
Nam hic quoque bonam magnamque partem ad te adtulit.
Th. Ita 'st ; sed sine me pervenire quo volo.
Interea miles, qui me amare occeperat,   125
In Cariam est profectus. Te interea loci
Cognovi. Tute scis post illa quam intimum
Habeam te, et mea consilia ut tibi credam omnia.
Ph. Neque hoc tacebit Parmeno. *Pa.* Oh ! Dubiumne id est?
Th. Hoc agite, amabo. Mater mea illic mortua' st   130
Nuper ; ejus frater aliquantum ad rem est avidior.
Is, ubi hanc forma videt honesta virginem,
Et fidibus scire, pretium sperans, illico
Producit, vendit. Forte fortuna adfuit
Hic meus amicus : emit eam dono mihi,   135
Imprudens harum rerum ignarusque omnium.
Is venit. Postquam sensit, me tecum quoque
Rem habere, fingit causas, ne det, sedulo :
Ait, si fidem habeat, se iri præpositum tibi
Apud me ; ac non id metuat, ne, ubi acceperim,   140
Sese relinquam, velle se illam mihi dare :
Verum id vereri. Sed, ego quantum suspicor,

Ad virginem animum adjecit. *Ph.* Etiamne amplius?
Th. Nil : nam quæsivi. Nunc ego eam, mi Phædria,
Multæ sunt causæ, quamobrem cupiam abducere :   145
Primum, quod soror est dicta ; præterea ut suis
Restituam ac reddam. Sola sum : habeo hic neminem,
Neque amicum, neque cognatum ; quamobrem, Phædria,
Cupio aliquos parere amicos beneficio meo.
Id, amabo, adjuta me, quo id fiat facilius.   150
Sine illum priores partes hosce aliquot dies
Apud me habere. Nil respondes? *Ph.* Pessuma,
Egon' quicquam cum istis factis tibi respondeam?
Pa. Eu, noster! Laudo. Tandem perdoluit : vir es.
Ph. At ego nesciebam, quorsum tu ires : « Parvola   155
Hinc est abrepta! Eduxit mater pro sua ;
Soror dicta 'st ; cupio abducere, ut reddam suis. »
Nempe omnia hæc nunc verba huc redeunt denique :
Ego excludor ; ille recipitur. Qua gratia?
Nisi si illum plus quam me amas ; et istam nunc times,   160
Quæ advecta 'st, ne illum talem præripiat tibi.
Th. Ego id timeo? *Ph.* Quid te ergo aliud sollicitat? Cedo.
Num solus ille dona dat? Nunc ubi meam
Benignitatem sensisti intercludier?
Nonne, ubi mi dixti cupere te ex Æthiopia   165
Ancillulam, relictis rebus omnibus,
Quæsivi? Porro eunuchum dixti velle te,
Quia solum utuntur his reginæ : repperi.
Heri minas pro ambobus viginti dedi ;
Tamen, contemptus abs te, hæc habui in memoria ;   170

je désire beaucoup la retirer de ses mains ; et c'était
là le moyen le plus facile et le plus sûr. Cependant,
plutôt que de me brouiller avec vous, je ferai comme
il vous plaira.

Phéd. « Plutôt que de me brouiller avec vous! »
Ah! si vous disiez vrai, si je pouvais croire que
cela partît du cœur, et que vous parlez sincèrement,
je serais capable de tout supporter.

Par. (*à part.*) Le voilà qui chancelle! Déjà
vaincu, pour un mot! C'est aller vite.

Th. Moi! je ne vous parlerais pas sincèrement?
Cruel que vous êtes, m'avez-vous jamais rien demandé, même en riant, que vous ne l'ayez obtenu? Et moi, je ne puis obtenir de vous que vous
m'accordiez seulement deux jours.

Phéd. Si ce n'était que pour deux jours... mais ces
deux jours en deviendront vingt.

Th. Non, vraiment, pas plus de deux, ou....

Phéd. Ou...? je n'écoute plus rien.

Th. Deux jours, pas davantage : de grace, ne me
les refusez pas.

Phéd. Allons, il faut toujours faire'ce que vous
voulez.

Th. J'ai bien raison de vous aimer. C'est bien à
vous.

Phéd. J'irai à la campagne; j'y sécherai d'ennui
pendant ces deux jours. Mon parti est pris. Thaïs le
veut, j'obéis. Toi, Parménon, aie soin de faire
conduire chez elle les deux esclaves.

Par. Fort bien.

Phéd. Adieu, Thaïs, pour deux jours.

Th. Adieu, mon cher Phédria. Vous n'avez plus
rien à me dire?

Phéd. Moi? que vous dirais-je? que près de ce capitaine, vous en soyez toujours loin; que le jour, la
nuit, je sois l'unique objet de votre amour, de vos
regrets, de vos rêves, de votre attente, de toutes
vos pensées, de vos espérances, de vos joies; que
vous soyez toute avec moi; que votre cœur enfin

soit à moi tout entier, comme le mien est tout à
vous.

SCÈNE III.

THAIS.

Que je suis donc malheureuse! peut-être n'a-t-il
pas grande confiance en moi, et me juge-t-il d'après
les autres. Cependant j'ai la conscience et je puis me
rendre le témoignage de n'avoir dit que la vérité, et
de n'aimer personne plus que lui. Tout ce que j'en
fais, c'est à cause de cette fille; car je suis presque
sûre d'avoir déjà retrouvé son frère, un jeune homme
de bonne famille. Il a promis de venir me voir aujourd'hui. Rentrons au logis pour l'attendre.

ACTE DEUXIÈME.

SCÈNE I.

PHÉDRIA, PARMÉNON.

Phéd. Aie soin, comme je te l'ai dit, de conduire
ces esclaves.

Par. Oui.

Phéd. Mais promptement.

Par. Oui.

Phéd. Mais à l'instant même.

Par. Oui, vous dis-je.

Phéd. Faut-il encore te le recommander?

Par. Belle question! comme si c'était une
chose si difficile. Allez, que n'êtes-vous aussi sûr
d'hériter demain, que vous l'êtes de perdre cet ar-
gent-là!

Phéd. Et qui pis est, je perds mon repos en
même temps. — Ne te chagrine pas tant pour si peu
de chose.

Par. Je ne me chagrine pas du tout : j'exécu-
terai vos ordres. Mais n'avez-vous plus rien à me
commander?

Ob hæc facta abs te spernor. *Th.* Quid istic, Phædria?
Quanquam illam cupio abducere, atque hac re arbitror
Id posse fieri maxume; verumtamen
Potius quam te inimicum habeam, faciam, ut jusseris.
Ph. Utinam istuc verbum ex animo ac vere diceres :   175
« Potius quam te inimicum habeam; » si istuc crederem
Sincere dici, quidvis possem perpeti.
Pa. Labascit, victus uno verbo, quam cito!
Th. Ego non ex animo misera dico? Quam joco
Rem voluisti a me tandem, quin perfeceris?   180
Ego impetrare nequeo hoc abs te, biduum
Saltem ut concedas solum. *Ph.* Siquidem biduum;
Verum ne fiant isti viginti dies.
Th. Profecto non plus biduum, aut... *Ph.* Aut? Nil mo-
      ror.
Th. Non fiet; sine modo hoc te exorem. *Ph.* Scilicet   185
Faciundum est, quod vis. *Th.* Merito te amo; bene facis.
Ph. Rus ibo : ibi hoc me macerabo biduum.
Ita facere certum' st : mos gerundu 'st Thaidi.
Tu, Parmeno, huc fac illi adducantur. *Pa.* Maxume.
Ph. In hoc biduum, Thais, vale. *Th.* Mi Phædria,   190
Et tu. Numquid vis aliud? *Ph.* Egone? Quid velim?
Cum milite isto præsens, absens ut sies;
Dies noctesque, me ames, me desideres,
Me somnies, me exspectes, de me cogites,
Me speres, me te oblectes, mecum tota sis,   195
Meus fac sis postremo animus, quando ego sum tuus.

SCENA TERTIA.

THAIS.

Me miseram! forsan hic parvam habeat mihi fidem
Atque ex aliarum ingeniis nunc me judicet.
Ego pol, quæ mihi sum conscia, hoc certo scio,
Neque me finxisse falsi quidquam, neque meo   200
Cordi esse quemquam cariorem hoc Phædria.
Et quidquid hujus feci, causa virginis
Feci : nam me ejus spero fratrem propemodum
Jam repperisse, adolescentem adeo nobilem;
Et is hodie venturum ad me constituit domum.   205
Concedam hinc intro, atque exspectabo, dum venit.

ACTUS SECUNDUS.

SCENA PRIMA.

PHÆDRIA, PARMENO.

Ph. Fac, ita ut jussi, deducantur isti. *Pa.* Faciam. *Ph.* At
diligenter.
Pa. Fiet. *Ph.* At mature. *Pa.* Fiet. *Ph.* Satine hoc manda-
tum 'st tibi? *Pa.* Ah,
Rogitare? Quasi difficile sit.
Utinam tam aliquid invenire facile possis, Phædria;   210

Phéd. Relève notre présent par de belles paroles, autant que faire se pourra, et fais aussi de ton mieux pour me débarrasser de ce rival.

Par. J'y aurais songé, quand vous ne m'en auriez rien dit.

Phéd. Moi, je m'en vais à la campagne, et j'y resterai.

Par. Je vous le conseille.

Phéd. Mais dis-moi.

Par. Que voulez-vous?

Phéd. Crois-tu que je puisse avoir assez de patience, assez de courage, pour ne pas revenir avant le terme?

Par. Vous? ma foi, je n'en crois rien. Ou vous allez revenir sur vos pas tout à l'heure, ou l'insomnie vous chassera par ici, avant qu'il fasse jour.

Phéd. Je travaillerai, je me fatiguerai tant, qu'il faudra bien que je dorme.

Par. Vous n'en dormirez pas mieux, et vous aurez la fatigue de plus.

Phéd. Bah! tu ne sais ce que tu dis, Parménon. Je veux absolument me défaire de cette faiblesse : je m'écoute trop. Quoi! je ne saurais me passer d'elle, s'il le fallait, même pendant trois jours?

Par. Oh! oh! trois jours tout entiers! songez à ce que vous dites.

Phéd. Mon parti est pris.

SCÈNE II.

PARMÉNON.

Bons dieux! quelle maladie est-ce donc que l'amour? se peut-il qu'il change un homme au point de le rendre méconnaissable! Personne n'avait plus de bon sens, plus de gravité, plus de re-

tenue que lui. — Mais qui vient là? Eh! mais, c'est Gnathon, le parasite du capitaine; il conduit la jeune fille destinée à Thaïs : peste! le joli minois! Parménon, tu vas faire aujourd'hui une triste figure avec ton vieux pelé d'eunuque. Elle est encore mieux que Thaïs.

SCÈNE III.

GNATHON, PARMÉNON.

Gnat. Quelle différence, grands dieux, d'un homme à un autre homme! d'un sot, par exemple, à un homme d'esprit! Voici à propos de quoi je fais cette réflexion. Aujourd'hui je rencontre en arrivant un individu de mon pays, un homme de ma condition, un bon vivant, qui a fricassé comme moi tout son patrimoine. Je le trouve malpropre, dégoûtant, efflanqué, dépenaillé, vieux à faire peur : Hé! lui dis-je, que signifie cet équipage? — Que j'ai perdu tout ce que j'avais. Voilà où j'en suis réduit. Amis et connaissances, tout le monde m'a tourné le dos. — Alors, le regardant du haut de ma grandeur : Comment, repris-je, lâche que tu es! t'es-tu donc arrangé de manière à ne pas trouver en toi-même la moindre ressource? As-tu perdu ton esprit avec ton bien? Je suis de même condition que toi : regarde, quel air élégant, quel teint fleuri, quelle mise, quel embonpoint! Je suis riche, et je n'ai pas le sou : je n'ai rien, et rien ne me manque. — Mais j'ai un malheur, moi : c'est que je ne sais ni faire le bouffon, ni supporter les coups. — Et tu t'imagines que les choses se font de cette manière? Tu en es à cent lieues. C'était bon jadis pour les parasites du vieux temps, de l'autre siècle : nous avons une nouvelle manière de piper les oiseaux, et c'est moi qui en suis l'inventeur. Il est certaines

---

Quam hoc peribit! *Ph.* Ego quoque una pereo, quod mihi est carius :
Ne istuc tam iniquo patiare animo. *Pa.* Minime : quin effectum dabo.
Sed numquid aliud imperas?
Ph. Munus nostrum ornato verbis, quod poteris; et istum æmulum ,
Quod poteris, ab ea pellito. *Pa.* Ah ,   215
Memini, tametsi nullus moneas. *Ph.* Ego rus ibo , atque ibi manebo.
Pa. Censeo. *Ph.* Sed heus tu! *Pa.* Quid vis? *Ph.* Censen' posse me obfirmare,
Et perpeti, ne redeam interea? *Pa.* Tene? Non hercle arbitror :
Nam aut jam revertere, aut mox noctu te adiget horsum insomnia.
Ph. Opus faciam, ut defatiger usque, ingratiis ut dormiam.   220
Pa. Vigilabis lassus : hoc plus facies. *Ph.* Ah, nihil dicis, Parmeno.
Ejicunda hercle est mollities animi : nimis me indulgeo.
Tandem non ego illa caream, si sit opus, vel totum triduum? *Pa.* Hui!
Univorsum triduum! Vide quid agas. *Ph.* Stat sententia.

SCENA SECUNDA.

PARMENO.

Di boni! Quid hoc morbi est? Adeon' homines immutarier   225
Ex amore, ut non cognoscas eumdem esse? Hoc nemo fuit
Minus ineptus, magis severus quisquam, nec magis continens.

Sed quis est, qui huc pergit? At at, hic quidem est parasitus Gnatho
Militis : ducit secum una virginem dono huic : papæ,
Facie honesta! mirum, ni ego me turpiter hodie hic dabo   230
Cum meo decrepito hoc Eunucho : hæc superat ipsam Thaidem.

SCENA TERTIA.

GNATHO, PARMENO.

Gn. Di immortales! homini homo quid præstat! Stulto intelligens
Quid interest! hoc adeo ex hac re venit in mentem mihi.
Conveni hodie adveniens quemdam mei loci hinc, atque ordinis,
Hominem haud impurum, itidem patria qui abligurierat bona :   235
Video sentum, squalidum, ægrum, pannis annisque obsitum.
Quid istuc, inquam, ornati est? Quoniam miser, quod habui, perdidi. Hem,
Quo redactus sum! Omnes noti me atque amici deserunt.
Hic ego illum contempsi præ me. Quid homo, inquam, ignavissime?
Itan' parasti te, ut spes nulla reliqua in te esset tibi?   240
Simul consilium cum re amisti? Viden' me ex eodem ortum loco?
Qui color, nitor, vestitus, quæ habitudo est corporis?
Omnia habeo, neque quidquam habeo. Nihil quum est, nihil deficit tamen.

gens qui veulent être les premiers en tout, et qui ne le sont pas ; je m'attache à eux ; je ne fais point métier de les égayer par mes bons mots, mais je ris des leurs, en m'extasiant sur leur génie. Quoi qu'ils disent, j'applaudis ; l'instant d'après, s'ils disent le contraire, j'applaudis encore. On dit non ? je dis non : oui ? je dis oui. Enfin je me suis fait une loi d'applaudir à tout. C'est le métier qui rapporte le plus aujourd'hui.

Par. (à part.) L'habile homme, par ma foi ! qu'on lui donne un sot, il en aura bientôt fait un insensé.

Gnat. Tout en causant de la sorte, nous arrivons au marché. Aussitôt je vois accourir vers moi avec empressement tous les fournisseurs, marchands de marée, bouchers, traiteurs, rôtisseurs, pêcheurs, chasseurs, gens à qui j'ai fait gagner de l'argent quand j'en avais, et à qui j'en fais gagner tous les jours encore, depuis que je n'en ai plus. Ils me saluent, m'invitent à dîner, me font compliment sur mon retour. Quand ce misérable meurt-de-faim me voit en si grand honneur, et si peu embarrassé de trouver ma vie, le voilà qui se met à me conjurer de le laisser se former à mon école. J'en ai fait mon disciple ; je veux qu'à l'exemple des sectes de philosophes, qui prennent le nom de leurs chefs, les parasites prennent un jour, s'il est possible, celui de Gnathoniciens.

Par. (à part.) Voyez un peu où conduisent l'oisiveté et les franches lippées !

Gnat. Mais il est temps que je mène cette esclave chez Thaïs, et que j'aille l'inviter à souper. — Ha ! j'aperçois devant sa porte Parménon, le valet de notre rival. Nos affaires vont bien ; sans doute que l'on fait ici froide mine à ces gens. Je veux m'amuser un peu de ce faquin.

Par. (à part.) Avec leur présent, ils s'imaginent déjà que Thaïs est à eux.

Gnat. Gnathon a bien l'honneur de saluer son intime ami Parménon. Comment se porte-t-on ?

Par. Sur ses deux jambes.

Gnat. Je le vois. Est-ce qu'il y a quelque chose ici qui t'offusque ?

Par. Toi.

Gnat. Je le crois : mais n'y a-t-il rien autre ?

Par. Pourquoi donc ?

Gnat. C'est que tu as l'air triste.

Par. Nullement.

Gnat. Allons, point de chagrin. Comment trouves-tu cette esclave ?

Par. Pas mal, ma foi.

Gnat. (à part.) Il enrage.

Par. (à part.) Comme il s'abuse !

Gnat. Crois-tu que ce présent fasse quelque plaisir à Thaïs ?

Par. Tu veux dire que nous avons notre congé, n'est-ce pas ? Hé ! chacun son tour dans ce monde.

Gnat. Mon pauvre Parménon, je vais te donner du repos et de la tranquillité pour six grands mois : plus de courses à faire, plus de nuits à passer à la belle étoile : tu dois être bien heureux.

Par. Moi ? ha, ha, ha !

Gnat. C'est ainsi que j'en use avec mes amis.

Par. Fort bien.

Gnat. Mais je te retiens peut-être : tu avais affaire ailleurs ?

Par. Point du tout.

Gnat. Alors, rends-moi donc un petit service ; introduis-moi chez Thaïs.

Par. Va, va, les portes te sont ouvertes aujourd'hui, parce que tu mènes cette fille.

At ego infelix , neque ridiculus esse , neque plagas pati
Possum. Quid ? Tu his rebus credis fieri ? Tota erras
　via.　　　　　　　　　　　　　　　　　　　　　　245
Olim isti fuit generi quondam quæstus apud seclum prius ;
Hoc novum est aucupium : ego adeo hanc primus inveni
　viam.
Est genus hominum , qui esse primos se omnium rerum vo-
　lunt ,
Nec sunt ; hos consector ; hisce ego non paro me , ut ri-
　deant ,
Sed eis ultro arrideo , et eorum ingenia admiror simul. 250
Quidquid dicunt , laudo ; id rursum si negant , laudo id
　quoque.
Negat quis ? Nego ; ait ? Aio. Postremo imperavi egomet
　mihi
Omnia assentari. Is quæstus nunc est multo uberrimus.
Pa. Scitum hercle hominem ! Hic homines prorsus ex stul-
　tis insanos facit.
Gn. Dum hæc loquimur , interea loci ad macellum ubi ad-
　venimus :　　　　　　　　　　　　　　　　　　255
Concurrunt læti mi obviam cupedinarii omnes ,
Cetarii , lanii , coqui , fartores , piscatores , aucupes ,
Quibus et re salva et perdita profueram , et prosum sæpe.
Salutant , ad cœnam vocant , adventum gratulantur.
Ille ubi miser famelicus videt me esse tanto honore , et 260
Tam facile victum quærere , ibi homo cœpit me obsecrare ,
Ut sibi liceret discere id de me : sectari jussi ,
Si potis est , tanquam philosophorum habent discipuli ex
　ipsis
Vocabula , parasiti item ut Gnathonici vocentur.
Pa. Viden , otium et cibus quid facit alienus ? *Gn.* Sed ego
　cesso　　　　　　　　　　　　　　　　　　265

Ad Thaidem hanc deducere , et rogitare ad cœnam ut ve-
　niat ?
Sed Parmenonem ante ostium Thaidis tristem video ,
Rivalis servum. Salva res est : nimirum hice homines fri-
　gent :
Nebulonem hunc certum 'st ludere. *Pa.* Hice hoc munere
　arbitrantur
Suam Thaidem esse. *Gn.* Plurima salute Parmenonem　270
Summum suum impertit Gnatho. Quid agitur ? *Pa.* Statur.
　Gn. Video.
Num quidnam hic quod nolis vides ? *Pa.* Te. *Gn.* Credo ; at
　num quid aliud ?
Pa. Quidum ? *Gn.* Quia tristi's. *Pa.* Nil quidem . *G.* Ne sis.
　Sed quid videtur
Hoc tibi mancipium ? *Pa.* Non malum hercle. *Gn.* Uro ho-
　minem. *Pa.* Ut falsus animi est !
Gn. Quam hoc munus gratum Thaidi arbitrare esse ? *Pa.*　275
　Hoc nunc dicis
Ejectos hinc nos : omnium rerum , heus , vicissitudo est.
Gn. Sex ego te totos , Parmeno , hos menses quietum red-
　dam ;
Ne sursum deorsum cursites , neve usque ad lucem vigiles.
Ecquid eo te ? *Pa.* Men' ? Papæ ! *G.* Sic soleo amicos. *Pa.*
　Laudo.
Gn. Detineo te : fortasse tu profectus alio fueras ?　　280
Pa. Nusquam. *Gn.* Tum tu igitur paululum da mi operæ · fac
　ut admittar
Ad illam. *Pa.* Age modo , nunc tibi patent fores hæ , quia
　istam ducis.
G. Num quem evocari hinc vis foras ? *Pa.* Sine biduum hoc
　præterea :
Qui mibi nunc uno digitulo forem aperis fortunatus ,

Gnat. (ironiquement.) As-tu quelqu'un de la maison à faire appeler ? *(Il entre chez Thaïs.)*

Par. (continuant.) Patience! nous verrons dans deux jours. Toi qui as le bonheur maintenant d'ouvrir cette porte du bout du doigt, je te promets, mon cher, que tu y donneras bien des coups de pied inutilement.

Gnat. (sortant de chez Thaïs.) Encore ici, sur tes deux jambes, Parménon? Hé! t'aurait-on mis en sentinelle à sa porte, de peur qu'il ne lui arrive quelque message secret du capitaine?

Par. Que c'est joliment dit! et comme ton capitaine doit trouver cela beau! Mais j'aperçois le second fils de mon maître qui vient par ici. Je m'étonne qu'il ait quitté le Pirée, car il y est de garde aujourd'hui. Ce n'est pas pour rien, sans doute; il a l'air de se dépêcher. Pourquoi regarde-t-il donc ainsi de tous les côtés?

SCÈNE IV.

CHÉRÉA, PARMÉNON.

Cher. Je suis mort! je ne sais plus où elle est... où j'en suis....! Faut-il que je l'aie perdue de vue? Où la chercher? où retrouver sa trace? A qui m'adresser? quel chemin prendre? Je n'en sais rien. Je n'ai qu'un espoir : en quelque lieu qu'elle soit, elle ne peut rester longtemps cachée. Elle est si belle! toutes les autres femmes sont désormais effacées de mon cœur. Je suis dégoûté de ces beautés banales.

Par. Bon! voici l'autre à présent qui parle aussi d'amour, je crois! O malheureux père! si celui-là s'en mêle, tu pourras bien dire que ce n'était qu'un jeu avec l'autre, au prix des scènes que cet enragé nous donnera.

Chér. Que tous les dieux et les déesses confondent ce maudit vieillard qui m'a retenu ; et moi aussi, qui me suis arrêté pour lui, et qui ne l'ai pas envoyé paître! Mais voici Parménon : bonjour.

Par. Pourquoi avez-vous l'air si triste, si agité? D'où venez-vous?

Chér. Moi? je ne sais, ma foi, ni d'où je viens, ni où je vais, tant je suis hors de moi.

Par. Qu'avez-vous donc?

Chér. Je suis amoureux.

Par. Hein!

Chér. C'est maintenant, Parménon, qu'il faut te montrer. Tu me l'as promis bien des fois, tu le sais : « Chéréa, trouve-moi seulement quelqu'un qui vous plaise, et je vous ferai voir que je suis un homme de ressource, me disais-tu, quand je te portais en cachette toutes sortes de provisions dans ta loge. »

Par. Allons, vous voulez rire.

Chér. Sur mon honneur, c'est fait! tâche de me tenir parole. La chose mérite bien aussi que tu déploies tout ton savoir-faire. Ce n'est pas une fille comme les nôtres, à qui leurs mères abaissent les épaules, et serrent la poitrine pour qu'elles aient la taille élancée. Quelqu'une a-t-elle un peu trop d'embonpoint, on dit que c'est un athlète; on lui coupe les vivres. La constitution a beau être solide; à force de régime, on en fait de véritables fuseaux. Aussi on les aime!

Par. Et la vôtre, comment est-elle donc?

Chér. C'est une beauté comme on n'en voit pas.

Par. Oh, oh!

Chér. Un teint naturel, un corps admirable et plein de santé.

Par. Son âge?

Chér. Son âge? seize ans.

Par. C'est justement la fleur de la jeunesse.

Chér. De gré, de force, ou par adresse, il faut que tu me la fasses avoir; n'importe comment, pourvu que je l'aie.

Par. Mais à qui est-elle, cette fille?

Næ tu istanc , faxo, calcibus sæpe insultabis frustra. 285
Gn. Etiamne tu hic stas, Parmeno? Eho! Numnam hic relictu' s custos?
Ne quis forte internuntius clam a milite ad istam curset.
Pa. Facete dictum! Mira vero militi quæ placeant.
Sed video herilem filium minorem huc advenire.
Miror, quid ex Piræo abierit : nam ibi custos publice est   nunc. 290
Non temere est; et properans venit. Nescio quid circum spectat

SCENA QUARTA.

CHÆREA, PARMENO.

Ch. Occidi!
Neque virgo est usquam , neque ego, qui illam e conspectu amisi meo.
Ubi quæram? Ubi investigem? Quem percontar ? Qua insistam viam?
Incèrtus sum. Una hæc spes est : ubi ubi est, diu celari non   potest. 295
O faciem pulchram! deleo omnes dehinc ex animo mulieres.
Tædet quotidianarum harum formarum. *Pa.* Ecce autem alterum.
Nescio quid de amore loquitur. O infortunatum senem !
Hic vero est, qui si occeperit,
Ludum jocumque dicas fuisse illum alterum ,   300
Præut hujus rabies quæ dabit.

Ch. Ut illum di deæque omnes senium perdant , qui hodie me remoratus sit ;
Meque adeo, qui restiterim , tum autem, qui illum flocci fecerim.
Sed eccum Parmenonem ! Salve. *Pa.* Quid tu es tristis?   Quidve es alacris?
Unde is? *Ch.* Egone? Nescio hercle, neque unde eam , neque quorsum eam,   305
Ita prorsum oblitus sum mei !
Pa. Qui, quæso? *Ch.* Amo. *Pa.* Hem! *Ch.* Nunc, Parmeno, te ostendes, qui vir sies.
Scis te mihi sæpe pollicitum esse : « Chærea , aliquid inveni
Modo , quod ames ; utilitatem in ea re faciam ut cognoscas meam. »
Quum in cellulam ad te patris penum omnem congerebam   clanculum. 310
Pa. Age , inepte! *Ch.* Hoc hercle factum est : fac sis nunc promissa appareant.
Sive adeo digna res est, ubi tu nervos intendas tuos.
Haud similis virgo est virginum nostrarum, quas matres student
Demissis humeris esse, vincto pectore, ut graciliæ sient.
Si qua est habitior paulo , pugilem esse aiunt : deducunt ci-   bum. 315
Tamen, etsi bona natura est, reddunt curatura junceas.
Itaque ergo amantur! *Pa.* Quid tua istæc? *Ch.* Nova figura oris. *Pa.* Papæ !
Ch. Color verus, corpus solidum, et succi plenum. *Pa.* Anni?
Ch. Anni? Sedecim.

Chér. Ma foi, je l'ignore.

Par. D'où est-elle?

Chér. Tout autant.

Par. Où demeure-t-elle?

Chér. Je ne le sais pas davantage.

Par. Où l'avez-vous vue?

Chér. Dans la rue.

Par. Comment avez-vous fait pour la perdre?

Chér. Hé! c'est de quoi je pestais en arrivant tout à l'heure : non, je ne crois pas qu'il y ait un homme au monde à qui ses bonnes fortunes tournent plus mal qu'à moi.

Par. Voyons donc ce malheur si terrible.

Chér. C'est fait de moi.

Par. Qu'y a-t-il donc?

Chér. Ce qu'il y a? Tu connais le cousin de mon père, son vieux camarade Archidémide?

Par. Si je le connais!

Chér. Eh bien, comme je suivais cette fille, je le trouve sur mon chemin.

Par. Quel contre-temps!

Chér. Dis plutôt quelle fatalité; contre-temps n'est pas le mot, Parménon. Je puis bien jurer que depuis six ou sept mois je ne l'avais pas vu; et juste au moment où je m'en souciais le moins, où j'en avais le moins besoin, je le rencontre. N'y a-t-il pas là quelque chose qui tient du prodige? qu'en dis-tu?

Par. En effet.

Chér. Du plus loin qu'il me voit, il accourt, tout courbé, tremblant, essoufflé, la lèvre pendante — Hé! hé! Chéréa, c'est vous qu'il appelle, Chéréa! — Je m'arrête. — Savez-vous ce que je vous veux? — Parlez. — C'est demain qu'on juge mon affaire. — Eh bien? — Dites, je vous prie, à votre père, et n'y manquez pas, qu'il se trouve là de bon matin, pour m'assister. — Pour me dire cela, il reste une heure. Je lui demande s'il n'a plus rien à m'ordonner. Non, me dit-il. Je le quitte : mes yeux cherchent

la jeune fille; justement elle venait de tourner par ici, du côté de notre place.

Par. (à part.) Je serais bien trompé, si ce n'était pas celle qu'on vient d'amener à Thaïs.

Chér. J'arrive ici : personne.

Par. Quelqu'un l'accompagnait sans doute?

Chér. Oui, un parasite avec une suivante.

Par. (à part.) C'est cela même, c'est elle. — (à Chéréa.) Allons, n'en parlez plus, c'est une affaire finie.

Chér. Tu n'es pas à ce que je te dis.

Par. J'y suis au contraire.

Chér. Saurais-tu qui elle est, dis-moi? l'aurais-tu vue?

Par. Je l'ai vue, je la connais, je sais où elle est.

Chér. Vrai, mon cher Parménon, tu la connais?

Par. Oui.

Chér. Et tu sais où elle est?

Par. Elle est ici, chez Thaïs, à qui on vient de la donner.

Chér. Quel est le haut et puissant personnage qui fait de tels cadeaux?

Par. Le capitaine Thrason, le rival de Phédria.

Chér. A ce compte mon frère n'a pas beau jeu.

Par. Et que diriez-vous donc, si vous saviez le beau présent qu'il veut opposer à celui-là?

Chér. Lequel, je te prie?

Par. Un eunuque.

Chér. Quoi! cet être ignoble qu'il a acheté hier, cette vieille femmelette!

Par. Précisément.

Chér. A coup sûr on jettera mon homme à la porte avec ce présent. Mais je ne savais pas que cette Thaïs fût notre voisine.

Par. Il n'y a pas longtemps.

Chér. J'enrage! faut-il que je ne l'aie jamais vue! Dis-moi, est-elle aussi bien qu'on le dit?

Pa. Flos ipse. *Ch.* Hanc tu mihi vel vi, vel clam, vel precario

Fac tradas : mea nil refert, dum potiar modo.   320

Pa. Quid? virgo cuja 'st? *Ch.* Nescio hercle. *Pa.* Unde 'st?

Ch. Tantumdem. *Pa.* Ubi habitat? *Ch.* Ne id quidem. *Pa.* Ubi vidisti? *Ch.* In via. *Pa.* Qua ratione illam amisisti?

Ch. Id equidem adveniens mecum stomachabar modo, Neque quemquam ego hominem esse arbitror, cui magis bonæ

Felicitates omnes aversæ sient.   325

Pa. Quid hoc est sceleris? *Ch.* Perii! *Pa.* Quid factum est? *Ch.* Rogas?

Patris cognatum atque æqualem Archidemidem Nostine? *Pa.* Quidni? *Ch.* Is, dum hanc sequor, fit mi obviam.

Pa. Incommode hercle. *Ch.* Immo enimvero infeliciter :

Nam incommoda alia sunt dicenda, Parmeno.   330

Illum liquet mi dejerare, his mensibus

Sex, septem prorsus non vidisse proximis;

Nisi nunc, quum minime vellem, minimeque opus fuit.

Eho! nonne hoc monstri simile 'st? Quid ais? *Pa.* Maxume.

Ch. Continuo adcurrit ad me, quam longe quidem,   335

Incurvus, tremulus, labiis demissis, gemens :

Heus, heus! tibi dico, Chærea! inquit. Restiti.

Sciu' quid ego te volebam? — Dic. — Cras est mihi

Judicium. — Quid tum? — Ut diligenter nunties

Patri, advocatus mane mihi esse ut meminerit. »   340

*Dum hæc loquitur, abiit hora. Rogo, num quid velit.

« Recte, » inquit. Abeo. Quum huc respicio ad virginem, Illa sese interea commodum huc advorterat

In hanc nostram plateam. *Pa.* Mirum ni hanc dicit, modo

Huic quæ data dono est. *Ch.* Huc quum advenio, nulla erat.   345

Pa. Comites secuti scilicet sunt virginem?

Ch. Verum : parasitus cum ancilla. *Pa.* Ipsa 'st. Ilicet!

Desine : jam conclamatum est. *Ch.* Alias res agis.

Pa. Istuc ago quidem. *Ch.* Nostin' quæ sit, dic mihi, aut

Vidistin'? *Pa.* Vidi, novi; scio, quo abducta sit.   350

Ch. Eho! Parmeno mi, nostin'? *Pa.* Novi. *Ch.* Et scis, ubi siet?

Pa. Huc deducta est ad meretricem Thaidem : ei dono data est.

Ch. Quis is est tam potens, cum tanto munere hoc? *Pa.* Miles Thraso,

Phædriæ rivalis. *Ch.* Duras fratris partes prædicas.

Pa. Immo enim si scias, quod donum huic dono contra comparet,   355

Tum magis id dicas. *Ch.* Quodnam, quæso hercle? *Pa.* Eunuchum. *Ch.* Illumne, obsecro,

Inhonestum hominem, quem mercatus est heri, senem, mulierem?

Pa. Istunc ipsum. *Ch.* Homo quatietur certe cum dono foras.

Sed istam Thaidem non scivi nobis vicinam. *Pa.* Haud diu est.

Par. Fort bien.

Chér. Mais ce n'est rien auprès de la mienne?

Par. Ah! c'est une autre affaire.

Chér.: Je t'en prie, je t'en conjure, Parménon, il faut que tu me la fasses avoir.

Par. J'y ferai tout mon possible, comptez sur moi, je vous aiderai! Vous n'avez plus rien à me dire?

Chér. Où vas-tu maintenant?

Par. A la maison, prendre ces esclaves que votre frère m'a dit de conduire chez Thaïs.

Chér. Ah! qu'il est heureux, ce vilain eunuque, d'entrer dans cette maison!

Par. Et pourquoi?

Chér. Tu le demandes? y trouver une compagne qui est la beauté même, la voir, lui parler tous les jours, vivre ensemble sous le même toit, souvent à la même table, quelquefois même coucher à côté d'elle!

Par. Et si vous deveniez cet heureux-là?

Chér. Comment cela, Parménon? Dis-moi.

Par. Si vous preniez les habits de l'eunuque?

Chér. Ses habits? Eh bien, après?

Par. Si je vous menais à sa place?

Chér. J'entends.

Par. Si je vous faisais passer pour lui?

Chér. Je comprends.

Par. Toutes les félicités dont vous disiez qu'il va jouir seraient votre partage. Vous seriez auprès d'elle, mangeant à la même table, pouvant la caresser, rire avec elle, coucher dans sa chambre, d'autant mieux que personne ne vous connaît là, et ne sait qui vous êtes. D'ailleurs vous êtes de figure et d'âge à passer facilement pour un eunuque.

Chér. A merveille! je n'ai de ma vie vu donner un meilleur conseil. Allons, rentrons: équipe-moi tout de suite, emmène-moi, conduis-moi le plus tôt possible.

Par. Allons donc! je plaisantais.

Chér. Chansons! (*il l'entraîne.*)

Par. (*se débattant.*) Je suis perdu! qu'ai-je fait, malheureux? Où m'entraînez-vous? Vous allez me culbuter. Mais c'est à vous que je parle; laissez-moi.

Chér. Marchons.

Par. Encore?

Chér. C'est décidé.

Par. Prenez garde qu'il n'y fasse trop chaud.

Chér. Ne crains rien, laisse-moi faire.

Par. Oui; c'est sur mon dos qu'on battra le fer.

Chér. Bah!

Par. C'est un vilain tour que nous faisons.

Chér. Un vilain tour, de m'introduire dans une maison de courtisane, de rendre la pareille à des coquines qui se moquent de nous, de notre jeunesse, et qui nous font enrager de toutes les façons? un vilain tour, de les jouer une fois comme elles nous jouent? Vaudrait-il mieux duper mon père, lui soutirer de l'argent? On me blâmerait avec raison, si l'on savait que j'agis ainsi. Mais tout le monde trouvera que j'ai bien fait de me moquer d'elles.

Par. Pas tant de paroles. Si votre parti est bien pris, allez, marchez; mais ne venez pas ensuite me jeter tout sur le dos.

Chér. Sois tranquille.

Par. Vous le voulez?

Chér. Je le veux, je l'exige, je l'ordonne, et je ne suis pas homme à te désavouer jamais. Suis-moi.

Par. Allons; et que les dieux nous conduisent!

Ch. Perii! Nunquamne etiam me illam vidisse? Ehodum! Dic mihi, 360
Estne, ut fertur, forma? *Pa.* Sane. *Ch.* At nihil ad nostram hanc? *Pa.* Alia res.
Ch. Obsecro hercle, Parmeno, fac ut potiar. *Pa.* Faciam sedulo, ac
Dabo operam, adjutabo. Numquid me aliud? *Ch.* Quo nunc is? *Pa.* Domum,
Ut mancipia hæc, ita ut jussit frater, ducam ad Thaïdem.
Ch. O fortunatum istum eunuchum, qui quidem in hanc detur domum! 365
Pa. Quid ita? *Ch.* Rogitas? Summa forma semper conservam domi
Videbit, conloquetur; aderit una in unis ædibus;
Cibum nonnunquam capiet cum ea; interdum propter dormiet.
Pa. Quid si nunc tute fortunatus fias? *Ch.* Qua re, Parmeno?
Responde. *Pa.* Capias tu illius vestem. *Ch.* Vestem? Quid tum postea? 370
Pa. Pro illo te deducam. *Ch.* Audio. *Pa.* Te esse illum dicam. *Ch.* Intelligo.
Pa. Tu illis fruare commodis, quibus illum dicebas modo:
Cibum una capias, adsis, tangas, ludas, propter dormias;
Quandoquidem illarum neque te quisquam novit, neque scit qui sies.
Præterea forma et ætas ipsa 'st, facile ut pro eunucho probes. 375

Ch. Dixti pulchre: nunquam vidi melius consilium dari.
Age, eamus intro. Nunc jam orna me, abduc, duc, quantum potest.
Pa. Quid agis? Jocabar equidem. *Ch.* Garris. *Pa.* Perii, quid ego egi miser?
Quo trudis? Perculeris jam tu me. Tibi equidem dico, mane.
Ch. Eamus. *Pa.* Pergin'? *Ch.* Certum 'st. *Pa.* Vide, ne nimium calidum hoc sit modo. 380
Ch. Non est profecto: sine. *Pa.* At enim istæc in me cuditur faba. *Ch.* Ah!
Pa. Flagitium facimus. *Ch.* An id flagitium 'st, si in domum meretriciam
Deducar, et illis crucibus quæ nos nostramque adolescentiam
Habent despicatam, et quæ nos semper omnibus cruciant modis,
Nunc referam gratiam, atque eas itidem fallam, ut ab illis fallimur? 385
An potius par atque æquum est, pater ut a me ludatur dolis?
Quod qui rescierint, culpent; illud merito factum omnes putent.
Pa. Quid istic? Si certum 'st facere, facias; verum ne post conferas
Culpam in me. *Ch.* Non faciam. *Pa.* Jubesne? *Ch.* Jubeo, cogo, atque impero.
Nunquam defugiam auctoritatem. Sequere. *Pa.* Di vortant bene! 390

ACTE TROISIÈME.

SCÈNE I.

GNATHON, THRASON, PARMÉNON.

Thr. Tu dis donc que Thaïs me fait de grands remercîments?

Gnat. Très-grands.

Thr. Vraiment? Et elle est enchantée?

Gnat. Moins du cadeau lui-même que de ce qu'il vient de vous. C'est pour elle un vrai triomphe.

Par. (*sortant de chez son maître.*) Je viens voir quand il sera temps de les amener; mais voici le capitaine.

Thr. Il faut avouer que j'ai le don de rendre agréable tout ce que je fais.

Gnat. Je ne suis pas à m'en apercevoir.

Thr. Le roi lui-même ne savait comment me remercier des choses les plus simples. Il n'en était pas de même pour les autres.

Gnat. Les autres ont beau faire ce qu'ils veulent, un homme d'esprit sait toujours s'en approprier l'honneur : c'est ce qui vous arrive.

Thr. Tu l'as dit.

Gnat. Ainsi donc le roi n'avait des yeux...

Thr. Sans doute.

Gnat. Que pour vous?

Thr. Que pour moi. Il me confiait le commandement de ses armées, tous les secrets de l'État.

Gnat. Quoi d'étonnant?

Thr. Et puis quand le dégoût du monde, la fatigue, l'ennui des affaires, le prenait, qu'il voulait respirer enfin, et pour ainsi dire... tu m'entends?

Gnat. Oui; se décharger l'esprit de toutes ces misères.

Thr. C'est cela. Eh bien, il m'emmenait souper avec lui tête à tête.

Gnat. Peste! vous me parlez là d'un roi qui a bon goût.

Thr. Oh! c'est un homme qui se livre à peu de gens.

Gnat. J'oserais dire à personne, s'il vous goûte.

Thr. Les autres enrageaient contre moi, me déchiraient par derrière; moi, je m'en moquais : ils enrageaient, les malheureux! l'un d'eux surtout, celui qui commandait les éléphants indiens. Un jour qu'il m'importunait plus que de coutume : Mon ami Straton, lui dis-je, est-ce parce que tu commandes à des bêtes que tu fais tant le fier?

Gnat. Voilà ce qui s'appelle un bon mot, un mot plein d'esprit. D'honneur, vous avez tué votre homme. Et que répondit-il?

Thr. Il resta muet.

Gnat. Je le crois bien.

Par. (*à part.*) Grands dieux! quel pauvre imbécile, et quel infâme coquin!

Thr. Et la manière dont je turlupinai le Rhodien en pleine table? T'ai-je conté cela, Gnathon?

Gnat. Jamais : contez-le-moi, je vous prie. (*à part*) Ce sera pour la millième fois.

Thr. Je me trouvais donc à table avec ce Rhodien que je te dis, un tout petit jeune homme. J'avais amené par hasard une femme; voilà mon Rhodien qui se met à prendre des libertés avec elle, et à se moquer de moi. Que fais-tu donc, lui dis-je, impudent? Voyez-vous ce lapin qui veut chasser sur mes terres!

Gnat. Ha, ha, ha!

Thr. Qu'en dis-tu?

Gnat. Délicieux! charmant! impayable! rien de mieux. Mais, dites-moi, le mot est-il bien de vous? Je le croyais d'un ancien.

Thr. Tu l'avais entendu?

Gnat. Fort souvent : c'est un des meilleurs que l'on cite.

Thr. Il est de moi.

Gnat. Je suis fâché seulement qu'il soit tombé sur un jeune homme sans expérience et de bonne famille.

Par. (*à part.*) Que le ciel te confonde!

Gnat. Et que devint-il, je vous prie?

Thr. Mort. Les autres étouffaient de rire. Enfin

ACTUS TERTIUS.

SCENA PRIMA.

THRASO, GNATHO, PARMENO.

Thr. Magnas vero agere gratias Thais mihi?

G. Ingentes. *Thr.* Ain' tu? Læta 'st? *G.* Non tam ipso quidem

Dono, quam abs te datum esse : id vero serio

Triumphat. *Pa.* Huc proviso, ut ubi tempus siet,

Deducam. Sed eccum militem. *Thr.* Est istuc datum   395

Profecto, ut grata mihi sint, quæ facio, omnia.

G. Advorti hercle animum. *Thr.* Vel rex semper maxumas

Mihi agebat, quidquid feceram; aliis non item.

G. Labore alieno magnam partam gloriam

Verbis sæpe in se transmovet, qui habet salem,   400

Quod in te est. *Thr.* Habes. *G.* Rex te ergo in oculis. *Thr.*

Scilicet.

G. Gestare. *Thr.* Verum : credere omnem exercitum,

Consilia. *G.* Mirum. *Thr.* Tum sicubi eum satietas

Hominum, aut negoti si quando odium ceperat,

Requiescere ubi volebat, quasi... nostin'? *G.* Scio :   405

quasi ubi illam expueret miseriam ex animo. *Thr.* Tenes.

Tum me convivam solum abducebat sibi. *G.* Hui!

Regem elegantem narras, *Thr.* Immo sic hommo 'st

Perpaucorum hominum. *G.* Immo nullorum, arbitror,

Si tecum vivit. *Thr.* Invidere omnes mihi,   410

Mordere clanculum; ego non flocci pendere;

Illi invidere misere; verum unus tamen

Impense, elephantis quem Indicis præfecerat.

Is ubi molestus magis est : Quæso, inquam, Strato,

Eone es ferox, quia habes imperium in belluas?   415

G. Pulchre mehercle dictum et sapienter. Papæ!

Jugularas hominem. Quid ille? *Thr.* Mutus ilico.

G. Quidni esset? *Pa.* Di vostram fidem! hominem perditum

Miserumque, et illum sacrilegum. *Th.* Quid illud, Gnatho,

Quo pacto Rhodium tetigerim in convivio,   420

Nunquam tibi dixi? *G.* Nunquam; sed narra, obsecro.

Plus millies audivi. *Thr.* Una in convivio

Erat hic, quem dico, Rhodius adolescentulus.

Forte habui scortum : cœpi ad id adludere,

Et me irridere. Quid agis, inquam, homo impudens?   425

Lepus tute es, et pulpamentum quæris? *G.* Ha ha he.

Thr. Quid est? *G.* Facete, lepide, laute, nil supra.

Tuumne, obsecro te, hoc dictum erat? Vetus credidi.

Thr. Audieras? *G.* Sæpe; et fertur in primis. *Thr.* Meum 'st.

G. Dolet, dictum imprudenti adolescenti et libero.   430

depuis ce temps-là, tout le monde me redoutait.

Gnat. On avait raison.

Thr. Mais à propos, dis-moi, me justifierai-je auprès de Thaïs; qui me soupçonne d'aimer cette esclave?

Gnat. Gardez-vous-en bien; au contraire, tâchez d'augmenter ses soupçons.

Thr. Et pourquoi?

Gnat. Pourquoi? Savez-vous bien? si elle s'avise de parler de Phédria, d'en faire l'éloge, pour vous piquer de jalousie....

Thr. J'entends.

Gnat. Vous n'avez que ce moyen de lui fermer la bouche. Dès qu'elle prononcera le nom de Phédria, vous aussitôt parlez-lui de Pamphila; si elle vous dit : Envoyons chercher Phédria pour souper; dites : Faisons venir Pamphila pour chanter. Si elle vante la bonne mine de l'un, vantez-lui la beauté de l'autre. A bon chat, bon rat; et vous la piquerez à son tour.

Thr. Tout cela serait bel et bon, si elle m'aimait.

Gnat. Puisqu'elle soupire après vos cadeaux et qu'elle en est enchantée, c'est qu'elle vous aime de tout son cœur : et ce n'est pas d'aujourd'hui qu'il vous est facile de lui donner du souci. Elle a toujours peur que, si elle vous fâche, vous ne portiez ailleurs le tribut que vous lui payez maintenant.

Thr. Tu as raison : cela ne m'était pas venu à l'esprit.

Gnat. Vous voulez rire; c'est que vous n'y avez pas songé : vous l'auriez certainement beaucoup mieux trouvé que moi.

SCÈNE II.

THAÏS, THRASON, PARMÉNON, GNATHON, PYTHIAS.

Th. Il m'a semblé entendre la voix du capitaine. Justement, le voici! Bonjour, mon cher Thrason.

Th. Ma chère Thaïs, mon amour! Eh bien, où en sommes-nous? m'aime-t-on un peu, pour cette chanteuse?

Par. (à part.) Qu'il est galant! comme c'est bien débuter!

Th. Beaucoup, pour vous-même.

Gnat. En ce cas, allons souper. Venez-vous?

Par. (à part.) Bon! voici l'autre. On dirait que celui-là n'est venu au monde que pour manger.

Th. Quand vous voudrez : je suis à vos ordres.

Par. (à part.) Abordons-les, comme si je ne faisais que de sortir. — Vous alliez quelque part, Thaïs?

Th. Ah! c'est toi, Parménon. Tu viens fort à propos : j'allais en effet...

Par. Où donc?

Th. (bas.) Est-ce que tu ne vois pas cet homme?

Par. Je le vois, et c'est ce dont j'enrage. Quand il vous plaira de les recevoir, les présents de mon maître sont tout prêts.

Thr. Hé bien, que faisons-nous là? pourquoi ne partons-nous pas?

Par. Avec votre permission, serait-il possible de faire voir à madame les présents que nous avons à lui offrir, de l'aborder, d'avoir un moment d'entretien avec elle?

Thr. De beaux présents, je crois, et qui ne ressemblent guère aux nôtres!

Par. Il faut les voir. — Holà! faites sortir ces esclaves que je vous ai dit; allons vite! Avance, toi. Elle vient du fond de l'Éthiopie, celle-ci.

Thr. Cela peut valoir trois mines.

Gnat. Tout au plus.

Par. Et toi, Dorus, où es-tu? Approche. (à Thaïs.) Tenez, voilà votre eunuque. Il a bonne mine, j'espère! quelle fleur de jeunesse!

Th. C'est qu'en vérité il est fort bien.

Pa. At te id perdant! *G.* Quid ille? Quæso. *Thr.* Perditus.
Risu omnes, qui aderant, emoriri. Denique
Metuebant omnes jam me. *G.* Non injuria.
Thr. Sed heus tu, purgon' ego me de istac Thaïdi,
Quod eam me amare suspicata 'st. *G.* Nil minus; 435
Immo auge magis suspicionem. *Thr.* Cur? *G.* Rogas....?
Scin'? Si quando illa mentionem Phædriæ
Facit, aut si laudat, te ut male urat... *Thr.* Sentio.
G. Id ut ne fiat, hæc res sola 'st remedio :
Ubi nominabit Phædriam, tu Pamphilam 440
Continuo; si quando illa dicet : Phædriam
Intromittamus commissatum, tu, Pamphilam
Cantatum provocemus. Si laudabit hæc
Illius formam, tu hujus contra. Denique
Par pari referto, quod eam mordeat. 445
Thr. Si quidem me amaret, tum istuc prodesset, Gnatho.
G. Quando illud, quod tu das, exspectat atque amat,
Jam dudum te amat; jam dudum illi facile tit
Quod doleat : metuit semper, quem ipsa nunc capit
Fructum, ne quando iratus tu alio conferas. 450
Thr. Bene dixti : ac mihi istuc non in mentem venerat.
G. Ridiculum; non enim cogitaras : cæterum
Idem hoc tute melius quanto invenisses, Thraso!

SCENA SECUNDA.

THAÏS, THRASO, PARMENO, GNATHO, PYTHIAS.

Tha. Audire vocem visa sum modo militis.

Atque eccum. Salve, mi Thraso. *Thr.* O Thais mea! 455
Meum suavium! Quid agitur? Ecquid nos amas
De fidicina istac? *Pa.* Quam venuste! Quod dedit
Principium adveniens! *Tha.* Plurimum merito tuo.
G. Eamus ergo ad cœnam. Quid stas? *Pa.* Hem, alterum;
Abdomini hunc natum dicas. *Tha.* Ubi vis, non moror. 460
Pa. Adibo, atque adsimulabo, quasi nunc exeam.
Ituran', Thais, quopiam es? *Tha.* Ehem, Parmeno.
Bene fecisti : hodie itura..... *Pa.* Quo? *Tha.* Quid? Hunc non vides?
Pa. Video, et me tædet. Ubi vis, dona adsunt tibi
A Phædria. *Thr.* Quid stamus? Cur non imus hinc? 465
Pa. Quæso hercle ut liceat, pace quod fiat tua,
Dare huic quæ volumus, convenire et conloqui.
Thr. Perpulchra credo dona, haud nostris similia.
Pa. Res indicabit. Heus jubete istos foras
Exire, quos jussi, ocius. Procede tu huc. 470
Ex Æthiopia est usque hæc. *Thr.* Hic sunt tres minæ.
G. Vix. *Pa.* Ubi tu es, Dore? Accede huc. Hem Eunuchum tibi,
Quam liberali facie! Quam ætate integra!
Th. Ita me di ament, honestus est. *Pa.* Quid tu ais, Gnatho?
Numquid habes, quod contemnas? Quid tu autem, Thraso? 475
Tacent; satis laudant. Fac periculum in litteris;
Fac in palæstra, in musicis : quæ liberum
Scire æquum est adolescentem, solertem dabo.
Thr. Ego illum eunuchum, si opus siet, vel sobrius.....

Par. Qu'en dis-tu, Gnathon? y trouves-tu rien à redire? Et vous, Thrason? Ils ne disent mot : c'est un assez bel éloge. Examinez-le sur les belles-lettres, sur les exercices, sur la musique; je vous le donne pour un garçon qui sait tout ce qu'un jeune homme de condition doit savoir.

Thr. Cet eunuque, ma foi! au besoin même, sans avoir bu, je le....

Par. Et celui qui vous envoie ces présents n'exige pas que vous ne viviez absolument que pour lui, que pour lui vous chassiez les autres; il ne raconte point ses prouesses, il ne fait point parade de ses blessures; il ne vous obsède point, comme tel que nous pourrions citer. Mais quand cela ne vous dérangera pas, quand vous serez d'humeur et de loisir, il s'estimera heureux si vous voulez bien alors le recevoir.

Thr. (*à Gnathon.*) On voit bien que c'est là le valet d'un pauvre hère, d'un gueux.

Gnat. Oui certainement, un homme qui aurait de quoi s'en procurer un autre ne pourrait à coup sûr souffrir celui-là.

Par. Tais-toi, le dernier des plus vils faquins! Celui qui se résout à être le complaisant d'un Thrason est capable d'aller chercher sa pitance jusque sur le bûcher.

Thr. Partons-nous enfin?

Th. Je vais d'abord faire entrer ces deux esclaves, et donner quelques ordres; je suis à vous dans l'instant.

Thr. (*à Gnathon.*) Moi, je m'en vais; attends-la ici.

Par. Sans doute! il ne convient pas à un général de se montrer dans la rue avec sa maîtresse.

Thr. Que veux-tu que je te dise de plus? Tu ressembles à ton maître.

Gnat. Ha ha, ha!

Thr. De quoi ris-tu?

Gnat. De ce que vous venez de dire. Et puis l'histoire de ce Rhodien me revient toujours à l'esprit. Mais voici Thaïs.

Thr. (*à Gnathon.*) Va devant : que tout soit prêt à la maison.

Gnat. Soit.

Th. (*sortant de chez elle, à Pythias.*) N'oublie pas ce que je t'ai dit, Pythias : si par hasard Chrémès venait, dis-lui de vouloir bien repasser; si cela ne l'arrange pas, prie-le de m'attendre; s'il ne le peut, amène-le-moi.

Py. Je n'y manquerai pas.

Th. A propos! que voulais-je donc te dire encore? Ah! ayez tous bien soin de cette jeune fille, et ne quittez pas la maison.

Thr. Allons, partons.

Th. (*à ses suivantes.*) Suivez-moi, vous autres.

SCÈNE III.

CHRÉMÈS.

En vérité, plus j'y pense, plus je suis convaincu que cette Thaïs me jouera quelque mauvais tour, à la manière dont je vois que la rusée coquine me retourne dans tous les sens. Et d'abord, la première fois qu'elle me fit demander (Qu'aviez-vous à démêler avec elle, me dira-t-on? Je ne la connaissais même pas), à peine étais-je entré, qu'elle trouve un prétexte pour me retenir. Elle venait d'offrir un sacrifice, disait-elle; elle avait à me parler d'une affaire très-importante. Je soupçonnais déjà que tout cela n'était qu'une intrigue combinée à l'avance. Elle me fait mettre à table avec elle, me fait des avances, cherche à lier la conversation. Lorsqu'elle la voit languir, elle me demande depuis quand mon père et ma mère sont morts. — Depuis longtemps, lui dis-je. — Si je n'ai pas une maison de campagne à Sunium; et à quelle distance de la mer. Je crois que cette maison lui plaît, et qu'elle se flatte de me l'escroquer. Enfin si je n'y ai pas perdu une petite sœur; avec qui elle était, quels vêtements elle portait quand elle fut enlevée; si personne ne pourrait

Pa. Atque hæc qui misit, non sibi soli postulat   480
Te vivere, et sua causa excludi cæteros;
Neque pugnas narrat, neque cicatrices suas
Ostentat, neque tibi obstat, quod quidam facit.
Verum ubi molestum non erit, ubi tu voles,
Ubi tempus tibi erit, sat habet, tum si recipitur.   485
Thr. Apparet servum hunc esse domini pauperis
Miserique. *G.* Nam hercle nemo posset, sat scio,
Qui haberet, qui pararet alium, hunc perpeti.
Pa. Tace tu, quem ego esse infra intimos omnes puto
Homines : nam qui huic adsentari animum induxeris,   490
E flamma petere te cibum posse arbitror.
Thr. Jamne imus? *Th.* Hos prius introducam, et quæ volo,
Simul imperabo, postea continuo exeo.
Thr. Ego hinc abeo. Tu istanc opperire. *Pa.* Haud convenit.
Una ire cum amica imperatorem in via.   495
Thr. Quid tibi ego multa dicam? Domini similis es.
G. Ha ha he. *Thr.* Quid rides? *G.* Istud quod dixti modo;
Et illud de Rhodio dictum in mentem quum venit.
Sed Thais exit. *Thr.* Abi præ; cura ut sint domi
Parata. *G.* Fiat. *Th.* Diligenter, Pythias,   500
Fac cures, si forte huc Chremes advenerit,
Ut ores, primum ut redeat; si id non commodum 'st,
Ut maneat; si id non poterit, ad me adducito.

Py. Ita faciam. *Th.* Quid? Quid aliud volui dicere?
Ehem, curate istam diligenter virginem :   505
Domi ut sitis, facite. *Thr.* Eamus. *Th.* Vos me sequimini.

SCENA TERTIA.

CHREMES.

Profecto quanto magis magisque cogito,
Nimirum dabit hæc Thais mihi magnum malum :
Ita me video ab ea astute labefactarier.
Jam tum, quum primum jussit me ad se accersier,   510
(Roget quis, quid tibi cum ea? Ne noram quidem.)
Ubi veni, causam, ut ibi manerem, repperit :
Ait, rem divinam fecisse, et rem seriam
Velle agere mecum. Jam erat tum suspicio,
Dolo malo hæc fieri omnia. Ipsa accumbere   515
Mecum; mihi sese dare; sermonem quærere.
Ubi friget, huc evasit : quam pridem pater
Mi et mater mortui essent. Dico, jam diu.
Rus Sunii ecquod habeam, et quam longe a mari?
Credo ei placere hoc, sperat se a me avellere.   520
Postremo, ecqua inde parva periisset soror;
Ecquis cum ea una; ecquid habuisset, quum periit;
Ecquis eam posset noscere. Hæc cur quæritet?
Nisi si illa forte, quæ olim periit parvola,

la reconnaître. Pourquoi toutes ces questions? Voudrait-elle par hasard se faire passer pour la sœur que j'ai perdue? Elle est assez effrontée pour cela. Mais si cette petite fille vit encore, elle a seize ans, pas davantage; et Thaïs est un peu plus âgée que moi. Elle m'a fait demander un second entretien. Qu'elle me dise enfin une bonne fois ce qu'elle me veut, ou qu'elle me laisse tranquille; car je ne reviendrai certes pas une troisième fois. — Holà, quelqu'un !

SCÈNE IV.

PYTHIAS, CHRÉMÈS.

Py. Qui est là?

Chr. C'est moi, Chrémès.

Py. O le charmant jeune homme!

Chr. (*à part.*) N'ai-je pas bien dit que l'on voulait m'enjôler?

Py. Thaïs vous prie instamment de revenir demain.

Chr. Je vais à la campagne.

Py. De grâce, faites en sorte..

Chr. Impossible, te dis-je.

Py. Alors, veuillez l'attendre ici un moment; elle va rentrer.

Chr. Encore moins.

Py. Pourquoi donc, mon cher Chrémès?

Chr. Va te promener.

Py. Si c'est là votre dernier mot, ayez au moins la complaisance de passer où elle est.

Chr. Soit.

Py. Va, Dorias; conduis-le vite chez le capitaine.

SCÈNE V.

ANTIPHON.

Hier, au Pirée, nous sommes convenus, à plusieurs jeunes gens, de faire un pique-nique aujourd'hui. On charge Chéréa des préparatifs; on lui donne des gages; on convient de l'heure et du lieu. L'heure est passée, et il n'y a rien de prêt au rendez-vous. Chéréa lui-même ne s'y trouve point : je ne sais que dire ni que penser. Maintenant les autres m'ont donné commission de chercher notre homme; voyons s'il ne serait pas chez lui. Mais qui sort là de chez Thaïs? Est-ce lui? n'est-ce pas lui? C'est lui-même. Quelle figure! quel équipage! Lui serait-il arrivé quelque malheur? Ma foi, je n'y conçois rien, je m'y perds. Tenons-nous à l'écart, et tâchons de découvrir ce qu'il en est, avant de l'aborder.

SCÈNE VI.

CHÉRÉA, ANTIPHON.

Chér. N'y a-t-il personne ici? Non. Personne de la maison ne me suit-il? personne. Je puis donc laisser éclater ma joie. O Jupiter! maintenant je consentirai volontiers à mourir, de peur que quelque chagrin ne vienne empoisonner mon bonheur, si ma vie se prolonge. Mais ne rencontrerai-je pas quelque curieux maudit, qui s'attache à moi partout où j'irai, qui me tue, qui m'assomme de ses questions, qui veuille absolument savoir pourquoi je suis si gai, si heureux; où je vais, d'où je viens; où j'ai pris cet habillement, dans quel but; si je suis dans mon bon sens, ou bien si j'ai perdu la tête?

Ant. Abordons-le, et donnons-lui la satisfaction qu'il paraît tant désirer. Hé! Chéréa, qu'y a-t-il donc? D'où vient cette joie? Que signifie cet habillement? Qu'as-tu à être si gai? Que veux-tu faire? Es-tu dans ton bon sens? Hé bien, qu'as-tu à me regarder? Pourquoi garder le silence?

Chér. O l'heureux jour! Bonjour, mon cher An-

Eam sese intendit esse, ut est audacia.　　525
Verum ea si vivit, annos nata 'st sedecim,
Non major. Thais, quam ego sum, majuscula 'st.
Misit porro orare, ut venirem, serio.
Aut dicat quid volt, aut molesta ne siet,
Non hercle veniam tertio. Heus, heus !

SCENA QUARTA.

PYTHIAS, CHREMES.

Py. Ecquis hic?　530
Chr. Ego sum Chremes. *Py.* O capitulum lepidissimum !
Chr. Dico ego mi insidias fieri. *Py.* Thais maxumo
Te orabat opere, ut cras redires. *Chr.* Rus eo.
Py. Fac, amabo. *Chr.* Non possum, inquam. *Py.* At tu apud
nos hic mane,
Dum redeat ipsa. *Chr.* Nil minus. *Py.* Cur, mi Chremes?　535
Chr. Malam in rem hinc ibis ? *Py.* Si istuc ita certum 'st
tibi,
Amabo, ut illuc transeas, ubi illa 'st. *Chr.* Eo.
Py. Abi, Dorias! Cito hunc deduc ad militem.

SCENA QUINTA.

ANTIPHO.

Heri aliquot adolescentuli coïmus in Piræo,
In hunc diem ut de symbolis essemus. Chæream ei rei　540
Præfecimus; dati annuli : locus, tempus constitutum 'st.

Præteriit tempus; quo in loco dictum 'st, parati nihil est.
Homo ipse nusquam est; neque scio quid dicam, aut quid
conjectem.
Nunc mi hoc negoti cæteri dedere, ut illum quæram.
Idque adeo visam, si domi 'st. Sed quisnam a Thaïde
exit?　545
Is est ? an non est ? Ipsus est. Quid hoc hominis ? Quid hoc
ornati 'st?
Quid illud mali 'st ? Nequeo satis mirari, neque conjicere.
Nisi, quidquid est, procul hinc lubet prius quid sit scisci-
tari.

SCENA SEXTA.

CHÆREA, ANTIPHO.

Ch. Numquis hic est? Nemo est. Numquis hinc me sequi-
tur ? Nemo homo 'st.
Jamne rumpere hoc licet mihi gaudium? Pro Jupiter !　550
Nunc est profecto, interfici quum perpeti me possum, *
Ne hoc gaudium contaminet vita ægritudine aliqua.
Sed neminemne curiosum intervenire nunc mihi,
Qui me sequatur, quoquo eam ; rogitando obtundat, enicet :
Quid gestiam, aut quid lætus sim, quo pergam, unde emer-
gam, ubi siem　555
Vestitum hunc nactus, quid mihi quæram, sanus sim anne
insaniam ?
Ant. Adibo, atque ab eo gratiam hanc, quam video velle,
inibo.

tiphon ; tu es l'homme que je désirais le plus rencontrer en ce moment.

Ant. Conte-moi donc ce qu'il y a, je t'en prie.

Chér. C'est moi qui te prie de m'écouter. Tu connais la maîtresse de mon frère ?

Ant. Oui , c'est Thaïs , n'est-ce pas ?

Chér. Elle-même.

Ant. Il me semblait bien.

Chér. On lui a fait aujourd'hui présent d'une jeune esclave. Je ne m'amuserai pas à te la vanter, à te faire l'éloge de sa figure , Antiphon ; tu sais combien je suis difficile en fait de beauté. Elle m'a frappé.

Ant. Vraiment ?

Chér. Tu lui donnerais la pomme, j'en suis sûr, si tu la voyais. Bref, j'en tombe amoureux. Par bonheur, il y avait chez nous un certain eunuque, que mon frère avait acheté pour Thaïs, et que l'on n'avait pas encore mené chez elle. Là-dessus Parménon me suggère une idée, que je saisis au vol.

Ant. Et laquelle ?

Chér. Si tu ne m'interrompais pas, tu le saurais déjà : de prendre les habits de l'eunuque , et de me faire conduire à sa place.

Ant. A la place de l'eunuque ?

Chér. Oui.

Ant. Je ne vois pas quel avantage...

Chér. Quel avantage? Mais celui de voir, d'entendre celle que j'aimais , d'être avec elle, Antiphon : la chose en valait bien la peine , et ce n'était pas si mal imaginé. Enfin me voilà livré à Thaïs, qui me reçoit, m'emmène à l'instant chez elle , fort contente , et me confie la jeune fille.

Ant. Comment, à toi ?

Chér. A moi.

Ant. La voilà bien en sûreté !

Chér. Elle me recommande bien de ne laisser approcher d'elle aucun homme , de ne point la quitter, et de rester seul avec elle dans la partie la plus reculée de la maison. Je fais signe que oui, les yeux modestement baissés vers la terre.

Ant. Le pauvre garçon !

Chér. « Moi, dit-elle, je m'en vais souper en ville. » Et la voilà partie avec ses femmes, ne laissant auprès de la nouvelle arrivée que quelques novices. Elles se mettent à lui préparer un bain : je leur dis de se dépêcher. Cependant la jeune fille, assise dans une petite chambre , regardait un tableau où l'on voyait représenté Jupiter faisant tomber une pluie d'or dans le sein de Danaé. Je me mis à regarder aussi ; et comme Jupiter avait fait là justement le même tour que moi, j'étais enchanté qu'un dieu se fût métamorphosé en homme, et glissé par les gouttières dans la maison d'autrui, pour en conter à une femme : et quel dieu ! celui qui ébranle l'Olympe du bruit de son tonnerre. Et moi, misérable mortel , je serais plus sage ? Non vraiment ; j'ai suivi son exemple, et de grand cœur. Pendant que je fais ces *réflexions*, on appelle la jeune fille pour prendre son bain : elle va se baigner, revient ; après quoi on la met au lit. Je reste là debout , attendant les ordres qu'il leur plaira de me donner. Une d'elles s'approche : « Tiens, me dit-elle, Dorus, prends cet éventail, et fais-lui comme cela un peu de vent, pendant que nous allons nous baigner : après nous , tu te baigneras, si tu veux. » Je prends l'éventail d'un air chagrin.

Ant. Parbleu! j'aurais bien voulu voir ton impu-

Chærea, quid est ? Quod sic gestis ? Quid sibi hic vestitus quærit ?

Quid est , quod lætus sis ? Quid tibi vis ? Satin' sanus ? Quid me adspectas ?

Quid taces ? *Ch.* O festus dies hominis ! Amice , salve. 560

Nemo 'st hominum , quem ego nunc magis videre cuperem, quam te.

A. Narra istuc , quæso , quid sit. *Ch.* Immo ego te obsecro hercle , ut audias.

Nostin' hanc , quam amat frater ? *A.* Novi : nempe , opinor, Thaidem.

Ch. Istam ipsam. *A.* Sic commemineram. *Ch.* Hodie quædam est ei dono data.

Virgo. Quid ego ejus tibi nunc faciem prædicem aut laudem , Antipho , 565

Quum me ipsum noris , quam elegans formarum spectator siem ?

In hac commotus sum. *A.* Ain' tu ? *Ch.* Primam dices , scio, si videris.

Quid multa verba ? Amare cœpi. Forte fortuna domi

Erat quidam eunuchus , quem mercatus frater fuerat Thaidi ;

Neque is deductus etiam tum ad eam. Submonuit me Parmeno 570

Ibi servus , quod ego arripui. *A.* Quid id est ? *Ch.* Tacitus citius audies :

Ut vestem cum illo mutem , et pro illo jubeam me illoc ducier.

A. Pro eunuchon'? *Ch.* Sic est. *A.* Quid ut ex ea re tandem caperes commodi ?

Ch. Rogas? Viderem , audirem , essem una , quacum cupiebam , Antipho.

Num parva causa , aut prava ratio 'st? Traditus sum mulieri. 575

Illa illico ubi me accepit , læta vero ad se abducit domum,
Commendat virginem. *A.* Cui ? Tibine ? *Ch.* Mihi. *A.* Satis tuto tamen.

Ch. Edicit , ne vir quisquam ad eam adeat , et mi ne abscedam , imperat.

In interiore parte ut maneam solus cum sola. Adnuo

Terram intuens modeste. *A.* Miser. *Ch.* Ego , inquit , ad cœnam hinc eo. 580

Abducit secum ancillas ; paucæ , quæ circum illam essent, manent

Novitiæ puellæ. Continuo hæc adornant , ut lavet.

Adhortor properent. Dum apparatur, virgo in conclavi sedet ,

Suspectans tabulam quamdam pictam , ubi inerat pictura hæc , Jovem

Quo pacto Danaæ misiss e aiunt quondam in gremium imbrem aureum. 585

Egomet quoque id spectare cœpi; et quia consimilem luserat.

Jam olim ille ludum , impendio magis animus gaudebat mihi ,

Deum sese in hominem convertisse , atque in alienas tegulas

Venisse clanculum per impluvium , fucum factum mulieri

At quem deum ! qui templa cæli summa sonitu concutit. 590

Ego homuncio hoc non fecerim ? Ego illud vero ita feci ac lubens.

Dum hæc mecum reputo , accessitur lavatum interea virgo :

It , lavit , redit ; deinde eam in lectum illæ collocant.

Sto exspectans , si quid mihi imperent. Venit una : Heus tu, inquit , Dore,

Cape hoc flabellum , et ventulum huic sic facito, dum lavamur; 595

Ubi nos laverimus , si voles , lavato. Accipio tristis.

dence, et quelle mine tu faisais! Un grand âne comme toi avec un éventail.

Chér. A peine a-t-elle dit, que toutes ensemble elles courent au bain, riant, se poussant, faisant grand bruit, comme c'est l'usage quand les maîtres n'y sont pas. Cependant un doux sommeil s'empare de la jeune fille : je la regarde du coin de l'œil, comme cela, derrière mon éventail ; j'examine en même temps autour de moi s'il n'y a rien à craindre... rien... je pousse le verrou.

Ant. Et après?

Chér. Comment, après? imbécile!

Ant. Tu as raison.

Chér. Une occasion si belle, si fugitive, si désirée, si inattendue, je l'aurais manquée! Pour le coup, j'eusse été réellement celui dont je remplissais le rôle!

Ant. Ma foi, oui, c'est vrai. Mais à propos, notre dîner, qu'est-il devenu?

Chér. Il est prêt.

Ant. Tu es un brave garçon. Où? Chez toi?

Chér. Non; chez l'affranchi Discus. ₄

Ant. C'est bien loin.

Chér. Raison de plus pour nous dépêcher.

Ant. Change d'habits.

Chér. Où en changer? Je suis perdu! car me voilà maintenant à la porte de chez nous : je crains d'y trouver mon frère; et peut-être même que mon père est déjà revenu de la campagne.

Ant. Allons chez moi : c'est l'endroit le plus près où tu puisses te déshabiller.

Chér. C'est bien dit ; allons. Je veux aussi me concerter avec toi sur les moyens d'avoir cette fille.

Ant. Soit.

ACTE QUATRIÈME.

SCENE I.

DORIAS.

En vérité, d'après ce que j'ai vu, je crains bien que ce brutal ne fasse du tapage aujourd'hui, et ne batte ma maîtresse. Lorsque Chrémès, le frère de cette jeune fille, est arrivé, Thaïs a prié le capitaine de le faire entrer. Là-dessus voilà mon homme qui se fâche, sans oser toutefois refuser. Elle insiste alors, pour qu'il l'invite à se mettre à table ; et cela afin de le retenir, parce que ce n'était pas là le moment de lui dire ce qu'elle voulait lui révéler au sujet de sa sœur. Thrason l'invite de mauvaise grâce. Il reste. Mais à peine a-t-elle lié conversation avec lui, que l'autre s'imagine que c'est un rival qu'on lui amenait à sa barbe ; et, pour vexer Thaïs à son tour : « Holà, dit-il à un de ses esclaves, va chercher Pamphile ; qu'elle vienne nous divertir. » Thaïs s'écrie : « Point du tout, y songez-vous ? Elle, dans un festin? » Le capitaine se fâche, et voilà une querelle. Cependant ma maîtresse ôte tout doucement ses bijoux, et me les donne à rapporter ; c'est signe qu'elle s'esquivera elle-même le plus tôt possible, j'en suis sûre.

SCÈNE II.

PHÉDRIA.

En m'en allant à la campagne, je me mis, chemin faisant, comme c'est l'ordinaire quand on a du chagrin, à rouler dans ma tête mille réflexions, toutes plus noires les unes que les autres ; si bien .

Ant. Tum equidem istuc os tuum impudens videre nimium vellem,
Qui esset status, flabellulum tenere te asinum tantum.
Ch. Vix elocuta 'st hoc, foras simul omnes proruunt se ;
Abeunt lavatum ; perstrepunt, ita ut fit, domini ubi absunt.   600
Interea somnus virginem opprimit ; ego limis specto,
Sic per flabellum clanculum. Simul alia circumspecto,
Satine explorata sint. Video esse. Pessulum ostio obdo.
Ant. Quid tum ? *Ch.* Quid tum? Quid, fatue? *Ant.* Fateor.
Ch. An ego occasionem
Mi ostentam, tantam, tam brevem, tam optatam, tam insperatam   605
Amitterem ? tum pol ego is essem vero, qui adsimulabar.
Ant. Sane hercle, ut dicis. Sed interim de symbolis quid actum 'st ?
Ch. Paratum 'st. *Ant.* Frugi es: ubi? Domin'? *Ch.* Immo apud libertum Discum.
Ant. Perlonge 'st. *Ch.* Sed tanto ocius properemus. *Ant.* Muta vestem.
Ch. Ubi mutem? Perii! Nam exulo domo nunc ; metuo fratrem,   610
Ne intus sit ; porro autem, pater ne rure redierit jam.
Ant. Eamus ad me : ibi proxumum est, ubi mutes. *Ch.* Recte dicis.
Eamus, et de istac simul, quo pacto porro possim
Potiri, consilium volo capere una tecum. *Ant.* Fiat.

ACTUS QUARTUS.

SCENA PRIMA.

DORIAS.

Ita me dii ament! Quantum ego illum vidi, non nil timeo misera,   615
Ne quam ille hodie insanus turbam faciat, aut vim Thaidi.
Nam postquam iste advenit Chremes adolescens, frater virginis,
Militem rogat, ut illum admitti jubeat. Ille continuo irasci
Neque negare audere. Thais porro instare, ut hominem invitet.
Id faciebat retinendi illius causa : quia illa quæ cupiebat   620
De sorore ejus indicare, ad eam rem tempus non erat.
Invitat tristis, mansit. Ibi illa cum illo sermonem occipit.
Miles vero sibi putare adductum ante oculos æmulum,
Voluit facere contra huic ægre : « Heus, inquit, puer! Pamphilam
Arcesse, ut delectet hic nos. » Illa exclamat : « Minime gentium ;   625
In convivium illam! » Miles tendere inde ad jurgium.
Interea aurum sibi clam mulier demit, dat mihi ut auferam.
Hoc est signi, ubi primum poterit, se illinc subducet, scio.

SCENA SECUNDA.

PHÆDRIA.

Dum rus eo, cœpi egomet mecum inter vias,
Ita ut fit, ubi quid in animo est molestiæ,   630
Aliam rem ex alia cogitare, et ea omnia in

que, tout en ruminant, je passai la maison sans y prendre garde. J'étais déjà bien loin, quand je m'en suis aperçu : je reviens sur mes pas, d'assez mauvaise humeur contre moi-même. Arrivé près de l'avenue, je m'arrête; je me mets à réfléchir : « Quoi ! pendant deux jours il me faudra demeurer seul ici, loin d'elle? — Eh bien, après? Ce n'est rien que deux jours. — Comment, rien? S'il ne m'est pas permis de l'approcher, m'est-il aussi défendu de la voir? Si l'un m'est interdit, au moins l'autre ne le sera pas; c'est quelque chose encore que de faire l'amour à distance. » Et je tourne le dos à la maison, à bon escient cette fois. — Mais qu'y a-t-il? pourquoi Pythias sort-elle ainsi tout effarée?

SCÈNE III.

PYTHIAS, DORIAS, PHÉDRIA.

Py. Malheureuse! où est-il le scélérat, le brigand? Où le trouver? Avoir osé commettre un crime aussi abominable! Je suis perdue!

Phé. (à part.) Qu'est-ce que cela peut être?

Py. Et ce n'est pas assez pour lui d'avoir déshonoré cette pauvre fille; il lui a déchiré tous ses habits, le scélérat! il l'a traînée par les cheveux.

Phé. (à part.) Hein?

Py. Oh! s'il pouvait me tomber sous la main, comme je lui sauterais au visage pour lui arracher les yeux, à cet empoisonneur!

Phé. Sans doute il est arrivé quelque malheur ici en mon absence. Parlons-lui. Qu'as-tu donc, Pythias? pourquoi es-tu si agitée? qui cherches-tu?

Py. Ah! Phédria, qui je cherche? Que le ciel vous confonde avec vos présents! ils sont beaux, ma foi!

Phé. Que veux-tu dire?

Py. Ce que je veux dire? Il en a fait de belles,

votre eunuque! La jeune fille dont le capitaine a fait cadeau à ma maîtresse, il l'a violée.

Phé. Que dis-tu?

Py. Je suis perdue!

Phé. Tu es ivre.

Py. Puissent-ils l'être comme moi tous ceux qui me veulent du mal !

Dor. Mais, ma chère Pythias, quelle espèce de monstre était-ce donc?

Phé. Tu es folle! Comment un eunuque a-t-il pu faire ce que tu dis?

Py. Eunuque ou non, je n'en sais rien : quant à ce qu'il a fait, la chose est trop claire. La jeune fille se désole; et quand on lui demande ce qu'elle a, elle n'ose le dire ; et cet honnête homme a disparu... Pourvu encore qu'il n'ait rien emporté en s'en allant !

Phé. Je ne puis croire que le misérable soit allé bien loin ; il sera peut-être retourné chez nous.

Py. Voyez donc, je vous prie, s'il y est.

Phé. Je vais te le dire.

Dor. Cela me confond ! En vérité, je n'ai jamais ouï parler, ma chère , d'un si infâme attentat.

Phé. J'avais bien entendu dire qu'ils aimaient beaucoup les femmes, mais qu'ils ne pouvaient rien. Si j'avais pu me douter de ce qu'il en est, je l'aurais enfermé quelque part , et je ne lui aurais pas confié cette jeune fille.

SCÈNE IV.

PHÉDRIA, DORUS, PYTHIAS, DORIAS.

Phé. (à Dorus.) Hé bien , sortiras-tu, coquin ? Ah ! tu ne veux pas marcher, fugitif? Avance , eunuque de malheur !

Dor. De grâce....

Pejorem partem; quid opu 'st verbis? Dum hæc puto,
Præterii imprudens villam. Longe jam abieram,
Quum sensi. Redeo rursum, male vero me habens.
Ubi ad ipsam venio deverticulum, constiti :   635
Occepi mecum cogitare : « Hem, biduum hic
Manendum 'st soli sine illa! — Quid tum postea?
Nil est. — Quid? Nil? Si non tangendi copia est,
Eho, ne videndi quidem erit? Si illud non licet,
Saltem hoc licebit. Certe extrema linea   640
Amare, haud nihil est. » Villam, prætereo sciens.
Sed quid hoc, quod timida subito egreditur Pythias?

SCENA TERTIA.

PYTHIAS, DORIAS, PHÆDRIA.

Pyth. Ubi ego illum scelerosum misera atque impium inveniam? Aut ubi quæram?

Hoccine tam audax facinus facere esse ausum? Perii! *Ph.* Hoc quid sit, vereor.

Pyth. Eam etiam insuper scelus, postquam ludificatus est virginem,   645
Vestem omnem miseræ discidit; tum ipsam capillo concidit.

Ph. Hem! *Pyth.* Qui nunc si detur mihi,

Ut ego unguibus facile illi in oculos involem venefico!

Ph. Nescio quid profecto absente nobis turbatum 'st domi.

Adibo. Quid istuc? Quid festinas? Aut quem quæris. Pythias?   650

Pyth. Ehem, Phædria, ego quem quæram? Abi hinc quo dignus cum donis tuis

Tam lepidis. *Ph.* Quid istuc est rei?

Pyth. Rogan'? Eunuchum quem dedisti nobis, quas turba dedit!

Virginem, quam heræ dono dederat miles, vitiavit. *Ph.* Quid ais?

Pyth. Perii! *Ph.* Temulenta es. *Pyth.* Utinam sic sint, mihi qui male volunt.   655

Dori. Au! obsecro, mea Pythias! quod istuc nam monstrum fuit?

Ph. Insanis : qui istuc facere eunuchus potuit? *Pyth.* Ego illum nescio

Qui fuerit : hoc quod fecit, res ipsa indicat.

Virgo ipsa lacrimat, neque quum rogites, quid sit audet dicere.

Ille autem bonus vir nusquam apparet; etiam hoc misera suspicor,   660

Aliquid domo abeuntem abstulisse. *Ph.* Nequeo mirari satis,

Quo hinc ille ignavus possit longius; nisi si domum

Forte ad nos rediit. *Pyth.* Vise, amabo, num sit. *Ph.* Jam faxo, scies.

Dori. Perii! *Ph.* Obsecro, tam infandum facinus, mea tu, ne audivi quidem.

Pyth. At pol ego amatores audieram mulierum esse eos maximos,   665

Sed nil potesse; verum miseræ non in mentem venerat :

Nam illum aliquo conclusissem, neque illi commisissem virginem.

SCENA QUARTA.

PHÆDRIA, DORUS, PYTHIAS, DORIAS.

Ph. Exi foras, sceleste! At etiam restitas,

Phé. Oh! voyez donc le maraud, quelle grimace il nous fait! Pourquoi es-tu revenu ici? Pourquoi ce changement de costume? Qu'as-tu à dire? si j'avais tardé un instant, Pythias, je ne l'aurais pas trouvé à la maison; il avait déjà fait son paquet.

Py. Hé bien, tenez-vous notre homme?

Phé. Si je le tiens?

Py. Ah! tant mieux!

Dor. Quel bonheur!

Py. Où est-il?

Phé. Cette demande! Tu ne le vois pas?

Py. Où donc, je vous prie?

Phé. Hé! le voilà, je pense.

Py. Quel est cet homme?

Phé. Celui qu'on a mené aujourd'hui chez vous.

Py. Celui-là? personne ici ne l'a jamais vu, Phédria.

Phé. Jamais vu?

Py. Mais, de bonne foi, est-ce que vous croyez que c'est là celui qu'on nous a amené?

Phé. Certainement; je n'en ai jamais eu d'autre.

Py. Allons donc! Il n'y a point de comparaison; l'autre avait bonne mine, il avait l'air d'un garçon bien né.

Phé. Il vous a paru tel ce matin, parce qu'il avait sa robe bariolée. Tu le trouves laid maintenant, parce qu'il ne l'a plus.

Py. Taisez-vous donc, de grâce; comme s'il y avait si peu de différence! Celui qu'on nous a amené est un jeune homme qui vous aurait fait plaisir à voir, Phédria; celui-ci est vieux, cassé, décrépit, ratatiné; il a le teint blafard.

Phé. Quel conte me débites-tu là? Tu me ferais croire que je ne sais plus moi-même ce que j'ai acheté. — Parle, toi; est-ce moi qui t'ai acheté?

Dor. Oui.

Py. Dites-lui de me répondre, à mon tour.

Phé. Interroge-le.

Py. Es-tu venu aujourd'hui chez nous? (*à Phé-dria.*) Il fait signe que non. Mais il en est venu un autre, de seize ans, que Parménon nous a amené.

Phé. Ah çà, explique-moi ceci d'abord: cet habit, où l'as-tu pris? Tu ne dis rien, monstre? Tu ne veux pas parler?

Dor. Chéréa est venu...

Phé. Qui? mon frère?

Dor. Oui.

Phé. Quand?

Dor. Aujourd'hui.

Phé. Y a-t-il longtemps?

Dor. Non.

Phé. Avec qui?

Dor. Avec Parménon.

Phé. Le connaissais-tu déjà?

Dor. Non.

Phé. Comment savais-tu donc que c'était mon frère?

Dor. Je l'ai entendu dire à Parménon: c'est Chéréa qui m'a donné cet habit.

Phé. Je suis perdu!

Dor. Il a pris le mien: après quoi ils sont sortis ensemble tous les deux.

Py. Hé bien, direz-vous encore que je suis ivre? Vous ai-je menti? Croyez-vous maintenant que la jeune fille.....

Phé. Allons donc, grosse bête! Est-ce que tu crois à ce qu'il dit?

Py. Qu'ai-je affaire de le croire? La chose parle d'elle-même.

Phé. (*à Dorus.*) Avance un peu par ici... Entends-tu? Encore un peu. — C'est bien. — Dis-moi maintenant, voyons, Chéréa t'a pris ton habit?

Dor. Oui.

Phé. Et il l'a mis?

Dor. Oui.

Phé. Et on l'a conduit ici, à ta place?

Dor. Oui.

Fugitive? Prodi, male conciliate. *Dorus.* Obsecro..! *Ph.* Oh! Illuc vide, os ut sibi distorsit carnufex.   670
Quid huc tibi reditio 'st. Quid vestis mutatio 'st?
Quid narras? Paulum si cessassem, Pythias,
Domi non offendissem: ita jam adornarat fugam.
Pyth. Habesne hominem? Amabo. *Ph.* Quidni habeam?
Pyth. O factum bene!
Dori. Istuc pol vero bene. *Pyth.* Ubi est? *Ph.* Rogitas? non vides?   675
Pyth. Videam; obsecro, quem? *Ph.* Hunc scilicet. *Pyth.* Quis hic est homo?
Ph. Qui ad vos deductus hodie 'st. *Pyth.* Hunc oculis suis Nostrarum nunquam quisquam vidit, Phædria.
Ph. Non vidit? *Pyth.* An, tu hunc credidisti esse, obsecro, Ad nos deductum? *Ph.* Nam alium quem habui neminem.
Pyth. Au!   680
Ne comparandus hic quidem ad illum 'st. Ille erat Honesta facie et liberali. *Ph.* Ita visus est
Dudum, qui varia veste exornatus fuit:
Nunc tibi videtur fœdus, quia illam non habet.
Pyth. Tace, obsecro! quasi vero paulum intersiet.   685
Ad nos deductus hodie est adolescentulus,
Quem tu videre vero velles, Phædria.
Hic est vietus, vetus, veternosus, senex,
Colore mustellino. *Ph.* Hem, quæ hæc est fabula?
Eo rediges me, ut, quid emerim, egomet nesciam.   690
Eho tu, emin' ego te? *Dor.* Emisti. *Pyth.* Jube mi denuo

Respondeat. *Ph.* Roga. *Pyth.* Venistin' hodie ad nos? Negat.
At ille alter venit, natus annos sedecim,
Quem secum adduxit Parmeno. *Ph.* Agedum hoc mi expedi Primum: istam, quam habes, unde habes vestem? Taces?   695
Monstrum hominis! non dictura's? *Dor.* Venit Chærea.
Ph. Fraterne? *Dorus.* Ita. *Ph.* Quando? *Dorus.* Hodie.
Ph. Quam dudum? *Dor.* Modo.
Ph. Quicum? *Dor.* Cum Parmenone. *Ph.* Norasne eum prius?
Dor. Non. *Ph.* Unde fratrem meum esse scibas? *Dor.* Parmeno
Dicebat eum esse. Is mi hanc dedit vestem. *Ph.* Occidi! 700
Dor. Meam ipse induit; post, una ambo abierunt foras.
Py. Jam satis credis sobriam esse me, et nil mentitam tibi? Jam satis certum est, virginem vitiatam esse? *Ph.* Age nunc, bellua!
Credis huic quod dicat? *Pyth.* Quid isti credam? Res ipsa indicat.
Ph. Concede istuc paululum. Audin'? Etiam nunc paululum... Sat est.   705
Dic dum hoc rursum, Chærea tuam vestem detraxit tibi?
Dor. Factum. *Ph.* Et ea est indutus? *Dor.* Factum. *Ph.* Et pro huc deductus est? *Dor.* Ita.
Ph. Jupiter magne! o scelestum atque audacem hominem!
Pyth. Væ mihi!

Phé. Par Jupiter ! voilà un coquin bien effronté !

Py. Comment ! vous ne croyez pas encore que nous avons été jouées de la manière du monde la plus indigne ?

Phé. Ce serait miracle, si tu ne croyais aux balivernes de ce maraud. (*à part.*) Je ne sais que faire. (*bas, à Dorus.*) Nie tout maintenant. (*haut.*) Voyons, ne pourrai-je aujourd'hui tirer de toi la vérité ? As-tu vu mon frère Chéréa ?

Dor. Non.

Phé. Il n'avouera que sous le bâton, je le vois bien. Suis-moi. Il dit tantôt oui, tantôt non. (*bas, à Dorus.*) Demande-moi grâce.

Dor. Je vous demande grâce tout de bon, Phédria.

Phé. Allons, rentre. (*il le frappe.*)

Dor. Aïe, aïe !

Phé. (*à part.*) Ma foi ! c'était le seul moyen de me tirer de là honnêtement. (*Haut, à Dorus qui est rentré.*) C'est fait de toi, maraud, si tu oses encore te moquer de moi.

SCÈNE V.

PYTHIAS, DORIAS.

Py. Je suis aussi sûre que c'est là un tour de Parménon, que je suis sûre d'être en vie.

Dor. Il n'y a point de doute.

Py. Par ma foi, la journée ne se passera pas sans que je lui rende la pareille. Mais pour le moment, que me conseilles-tu de faire, Dorias ?

Dor. Au sujet de cette fille ?

Py. Oui. Faut-il parler, ou ne rien dire ?

Dor. Ma foi, si tu es sage, tu ne dois rien savoir de ce que tu sais, et de l'eunuque, et de la jeune fille. Par ce moyen, tu te tireras d'affaire, et tu rendras service à Thaïs. Dis seulement que Dorus a disparu.

Etiam nunc non credis, indignis nos esse irrisas modis?
Ph. Mirum ni tu credis, quod iste dicit. Quid agam, nescio.   710
Heus, negato ; rursus : possumne ego hodie ex te exsculpere
Verum ? Vidistine fratrem Chæream ? *Dor.* Non. *Ph.* Non potest
Sine malo fateri, video. Sequere hac. Modo ait, modo negat.
Ora me. *Dor.* Obsecro te vero, Phædria. *Ph.* I intro.
Dorus. Oi ! Ei !
Ph. Alio pacto honeste quomodo hinc abeam, nescio.   715
Actum 'st, si quidem tu me hic etiam, nebulo, ludificabere.

SCENA QUINTA.

PYTHIAS. DORIAS.

Pyth. Parmenonis tam scio esse hanc technam, quam me vivere.
Dori. Sic est. *Pyth.* Inveniam pol hodie, parem ubi referam gratiam.
Sed nunc quid faciendum censes, Dorias ? *Dori.* De istac rogas
Virgine? *Pyth.* Ita, utrum taceamne, an prædicem? *Dori.*
Tu pol, si sapis,   720
Quod scis, nescis, neque de eunucho, neque de vitio virginis.
Hac re et te omni turba evolves, et illi gratum feceris.
Id modo dic, abisse Dorum. *Pyth.* Ita faciam. *Dori.* Sed videon' Chremem ?

Py. Je suivrai ton conseil.

Dor. Mais n'est-ce pas Chrémès que je vois ? Thaïs ne va pas tarder.

Py. Pourquoi cela ?

Dor. Parce qu'ils commençaient à se quereller là-bas, quand je suis partie.

Py. Emporte ces bijoux : je vais savoir de Chrémès ce qu'il en est.

SCÈNE VI.

CHRÉMÈS, PYTHIAS.

Chr. Ah ! ma foi, j'en tiens : le vin qu'ils m'ont fait boire a le dessus. Et pourtant, lorsque j'étais à table, je me trouvais d'une sagesse vraiment exemplaire. A peine debout, j'ai senti que mes jambes et ma tête refusaient leur service.

Py. Chrémès !

Chr. Qui va là ? Hé ! c'est toi, Pythias ! Que tu me parais bien plus jolie que tantôt !

Py. Vous me paraissez aussi de plus belle humeur.

Chr. Ma foi, rien de plus vrai que le proverbe : Sans le vin et la bonne chère, l'amour est transi. Mais, à propos, Thaïs est-elle arrivée longtemps avant moi ?

Py. Est-ce qu'elle est déjà sortie de chez le capitaine ?

Chr. Il y a un siècle. Ils ont eu ensemble la plus belle dispute.

Py. Et elle ne vous a point dit de la suivre ?

Chr. Non ; cependant elle m'a fait un signe en s'en allant.

Py. Hé, n'était-ce pas assez ?

Chr. Je ne savais pas que c'était cela qu'elle voulait me dire : mais le capitaine a pris soin de me le faire comprendre, en me jetant à la porte. — Tiens, la voici ! Comment se fait-il donc que je l'aie devancée ?

Thaïs jam aderit. *Pyth.* Quid ita? *Dori.* Quia, quum inde abeo, jam tum inceperat
Turba inter eos. *Pyth.* Aufer aurum hoc; ego scibo ex hoc, quid siet.   726

SCENA SEXTA.

CHREMES, PYTHIAS.

Chr. At at data hercle verba mihi sunt : vicit vinum quod bibi.
Ac dum accubabam, quam videbar esse mihi pulchre sobrius !
Postquam surrexi, neque pes, neque mens satis suum officium facit.
Pyth. Chreme. *Chr.* Quis est? Ehem Pythias! Vah, quanto nunc formosior
Videre mihi quam dudum! *Pyth.* Certe tu quidem pol multo hilarior.   730
Chr. Verbum hercle hoc verum erit : sine Cerere et Libero friget Venus.
Sed Thais multo ante venit? *Pyth.* Anne abiit jam a milite?
Chr. Jam dudum, ætatem. Lites factæ sunt inter eos maximæ.
Pyth. Nil dixit tum, ut sequerere sese? *Chr.* Nil, nisi abiens mi innuit.
Pyth. Eho, nonne id sat erat? *Chr.* At nescibam id dicere illam, nisi quia   735
Correxit miles, quod intellexi minus : nam me extrusit foras.

SCÈNE VII.

THAIS, CHRÉMÈS, PYTHIAS.

Th. Il va venir, j'en suis sûre, pour me l'enlever. Qu'il vienne! s'il a le malheur de la toucher du bout des doigts seulement, je lui arrache les yeux. Je puis bien souffrir toutes ses sottises et ses fanfaronnades, pourvu qu'il s'en tienne aux paroles; mais s'il en vient aux voies de fait, gare à lui!

Chr. Thaïs, il y a déjà longtemps que je suis ici.

Th. Ah! mon cher Chrémès, je vous attendais. Savez-vous bien que vous êtes la cause de tout ce tapage, et que toute cette affaire vous regarde?

Chr. Moi? Et comment cela, je vous prie?

Th. Parce que c'est en voulant vous faire retrouver votre sœur et vous la rendre que je me suis attiré tous ces désagréments et bien d'autres encore.

Chr. Ma sœur! où est-elle?

Th. Chez-moi.

Chr. Ah!

Th. Soyez tranquille; on l'a élevée d'une manière digne d'elle et de vous.

Chr. Que me dites-vous là?

Th. La pure vérité. Je vous en fais présent, et je ne mets à sa liberté aucun prix.

Chr. Je ne suis pas ingrat, Thaïs; croyez à toute la reconnaissance que je vous dois.

Th. Mais prenez garde, Chrémès, de la perdre avant que je l'aie remise entre vos mains. Car c'est elle que le capitaine va venir m'enlever de force. Pythias, va nous chercher au logis la cassette où sont les preuves.

Chr. Voyez donc, Thaïs, c'est...

Pyt. Où est-elle?

Th. Dans l'armoire. Va donc; tu es insupportable.

Chr. C'est le capitaine qui amène ici une armée contre nous. Oh! oh!

Th. Dites-moi, seriez-vous poltron, mon cher?

Chr. Fi donc! Moi poltron? Il n'y a personne au monde qui le soit moins.

Th. À la bonne heure.

Chr. Ah! c'est que je ne voudrais pas que vous me prissiez pour un.....

Th. C'est bien. Souvenez-vous d'ailleurs que l'homme à qui vous avez affaire est un étranger, moins puissant que vous, moins connu, et qui a ici moins d'amis.

Chr. Je sais tout cela; mais c'est une sottise de laisser faire le mal qu'on peut empêcher. Je crois, moi, qu'il vaut mieux prévenir l'insulte que de nous venger après l'avoir reçue. Rentrez, et fermez bien votre porte, tandis que je vais courir à la place. Je veux avoir ici des gens pour nous prêter main-forte dans cette bagarre.

Th. Restez.

Chr. Il vaut mieux...

Th. Restez, vous dis-je.

Chr. Laissez-moi; je suis à vous dans l'instant.

Th. Vous n'avez que faire de ces gens-là, Chrémès. Dites seulement que cette jeune fille est votre sœur, que vous l'avez perdue toute petite, que vous venez de la reconnaître; racontez-lui les preuves.

Pyth. Les voici.

Th. Prenez; et s'il veut employer la force, menez-le devant les juges; entendez-vous ³

Chr. Fort bien.

Th. Et surtout du sang-froid en lui parlant.

Chr. J'en aurai.

Th. Relevez votre manteau. (*à part.*) Me voici bien! Je crois que mon défenseur a besoin lui-même d'être défendu.

Sed eccam ipsam! Miror ubi ego huic antevorterim.

SCENA SEPTIMA.

THAIS, CHREMES, PYTHIAS.

Tha. Credo equidem, illum jam adfuturum, ut illam a me eripiat. Sine veniat!

Atqui si illam digito attigerit uno, oculi illico effodientur.

Usque adeo ego illius ferre possum ineptias et magnifica verba,   740

Verba dum sint : verum enim si ad rem conferentur, vapulabit.

Chr. Thais, ego jam dudum hic adsum. *Tha.* O mi Chreme, te ipsum exspectabam.

Scin' tu turbam hanc propter te esse factam, et adeo ad te attinere hanc

Omnem rem? *Chr.* Ad me? Qui, quæso, istuc? *Tha.* Quia, dum tibi sororem studeo

Reddere et restituere, hæc atque ejusmodi sum multa passa.   745

Chr. Ubi ea 'st? *Tha.* Domi apud me. *Chr.* Hem! *Tha.* Quid est?

Educta ita uti teque illaque dignum 'st. *Chr.* Quid ais? *Tha.* Id quod res est.

Hanc tibi dono do, neque repeto pro illa quidquam abs te preti.

Chr. Et habetur, et refertur, Thais, ita uti merita es gratia.

Tha. At enim cave, ne prius, quam hanc a me accipias, amittas, Chreme;   750

Nam hæc ea 'st, quam miles a me vi nunc ereptum venit.

Abi tu, cistellam, Pythias, domo effer cum monumentis.

Chr. Viden' tu illum, Thais....? *Pyth.* Ubi sita 'st? *Tha.* In risco. Odiosa, cessas?

Chr. Militem secum ad te quantas copias adducere?

At at! *Tha.* Num formidolosus, obsecro es, mi homo? *Chr.* Apage sis.   755

Egon' formidolosus? Nemo 'st hominum, qui vivat, minus.

Tha. Atque ita opu 'st. *Chr.* Hau! Metuo qualem tu me esse hominem existumes.

Tha. Immo hoc cogitato : quicum res tibi est, peregrinus est,

Minus potens quam tu, minus notus, minus amicorum hic habens.

Chr. Scio istuc. Sed tu quod cavere possis, stultum admittere est.   760

Malo ego nos prospicere, quam hunc ulcisci accepta injuria.

Tu abi, atque obsera ostium intus, dum ego hinc transcurro ad forum.

Volo ego adesse hic advocatos nobis in turba hac. *Tha.* Mane.

Chr. Melius est.... *Tha.* Mane. *Chr.* Omitte, jam adero.

Tha. Nil opus est istis, Chreme.

Hoc modo dic, sororem esse illam tuam, et te parvam virginem   765

Amisisse, nunc cognosse : signa ostende. *Pyth.* Adsunt. *Tha.* Cape.

Si vim faciet, in jus ducito hominem. Intellextin'? *Chr.* Probe.

Tha. Fac animo hæc præsenti ut dicas. *Chr.* Faciam. *Tha.* Attolle pallium.

Perii! Huic ipsi est opus patrono, quem defensorem paro.

SCÈNE VIII.

THRASON, GNATHON, SANGA, CHRÉMÈS, THAIS.

Thr. Moi, souffrir une pareille insolence, Gnathon! J'aimerais mieux mourir. Simalion, Donax, Syriscus, suivez-moi. D'abord, j'emporte la maison d'assaut.

Gn. Bien.

Thr. J'enlève la jeune fille.

Gn. Très-bien.

Thr. Et elle, je l'assomme.

Gn. A merveille.

Thr. Allons, Donax, au centre avec ton levier; toi, Simalion, à l'aile gauche; toi, Syriscus, à la droite. A moi les autres! Où est le centurion Sanga et sa troupe légère?

San. Le voici.

Thr. Comment! lâche, est-ce avec un torchon à la main que tu prétends combattre?

San. Moi? Je connaissais la valeur du général et l'intrépidité des soldats; j'ai pensé qu'il y aurait du sang répandu; j'ai de quoi essuyer les blessures.

Thr. Et les autres, où sont-ils?

San. Quels autres donc? Il n'y a plus que Sannion, qui garde le logis.

Thr. Range ton monde en bataille; moi, je me tiendrai au centre, et de là je donnerai le signal.

Gn. C'est fort sage. (*à part.*) Il place les autres en avant, et se met, lui, en lieu de sûreté.

Thr. C'est ainsi que Pyrrhus en usait toujours.

Chr. Voyez-vous, Thaïs, comme il y va? J'avais bien raison, quand je vous conseillais de fermer votre porte.

Th. Allez, celui qui vous paraît maintenant si brave n'est qu'un insigne poltron. N'ayez pas peur.

Thr. Que t'en semble, Gnathon?

Gn. Je voudrais vous voir une fronde à la main. Vous les frapperiez de loin à couvert; ils prendraient bientôt la fuite.

Thr. Mais voici Thaïs en personne.

Gn. Chargeons-nous?

Thr. Attends. Un habile homme doit tenter toutes les voies de conciliation avant de recourir aux armes. Que sais-tu si elle ne fera pas de bonne grâce ce que je veux?

Gn. Dieux de dieux! la belle chose que d'être habile homme! Je ne vous vois jamais, que je n'apprenne quelque chose.

Thr. Thaïs, répondez-moi d'abord. Quand je vous ai donné cette jeune fille, ne m'avez-vous pas promis d'être à moi seul ces deux jours-ci?

Th. Eh bien! après?

Thr. Comment! après? N'avez-vous pas à mon nez fait venir votre galant chez moi?

Th. (*à part.*) Parlez donc raison à cet homme.

Thr. Ne vous êtes-vous pas enfuie de chez moi avec lui?

Th. Cela m'a plu.

Thr. Allons, rendez-moi Pamphile, si vous n'aimez mieux que je vous l'enlève de force.

Chr. Qu'elle te la rende? Touche-la seulement, le dernier des....

Gn. Ah! malheureux, taisez-vous.

Thr. De quoi te mêles-tu? Je ne reprendrai pas mon bien?

Chr. Ton bien, coquin!

Gn. Prenez garde! vous ne savez pas quel homme vous insultez.

Chr. (*à Gnathon.*) Nous laisseras-tu tranquille? (*à Thrason.*) Sais-tu bien quel jeu tu joues là? Si tu t'avises de faire ici le moindre bruit, tu te souviendras longtemps de cette place, de ce jour, et de moi.

SCENA OCTAVA.

THRASO, GNATHO, SANGA, CHREMES, THAIS.

Thr. Hanccine ego ut contumeliam tam insignem in me accipiam, Gnatho?   770
Mori me satiu'st. Simalio, Donax, Syrisce, sequimini.
Primum ædes expugnabo. *Gn.* Recte. *Thr.* Virginem eripiam. *Gn.* Probe.
Thr. Male mulcabo ipsam. *Gn.* Pulchre. *Thr.* In medium huc agmen cum vecti, Donax;
Tu, Simalio, in sinistrum cornu; tu, Syrisce, in dexterum.
Cedo, alios. Ubi centurio 'st Sanga, et manipulus furum?
Sang. Eccum, adest!   775
Thr. Quid, ignave! Peniculon' pugnare, qui istum huc portes, cogitas?
Sang. Egone? Imperatoris virtutem noveram, et vim militum,
Sine sanguine hoc non posse fieri, qui abstergerem vulnera.
Thr. Ubi alii? *Sang.* Qui, malum! alii? Solus Sannio servat domi.
Thr. Tu hosce instrue; hic ego ero post principia: inde omnibus signum dabo.   780
Gn. Illuc est sapere: ut hosce instruxit, ipsus sibi cavit loco.
Thr. Idem hoc jam Pyrrhus factitavit. *Ch.* Viden' tu, Thais, quam hic rem agit?
Nimirum consilium illud rectum 'st de occludendis ædibus.
Tha. Sane, qui tibi nunc vir videtur esse, hic nebulo magnus est.

Ne metuas. *Thr.* Quid videtur? *Gn.* Fundam tibi nunc nimis vellem dari,   785
Ut tu illos procul hinc ex occulto cæderes; faccrent fugam.
Thr. Sed eccam Thaidem, ipsam video. *Gn.* Quam mox irruimus! *Thr.* Mane.
Omnia prius experiri, quam arma, sapientem decet.
Qui scis, an quæ jubeam sine vi faciat? *Gn.* Di vostram fidem,
Quanti est sapere! Nunquam accedo, quin abs te abeam doctior.   790
Thr. Thais, primum hoc mihi responde: quum tibi do istam virginem,
Dixtin' hosce mihi dies soli dare te? *Tha.* Quid tum postea?
Thr. Rogitas? Quæ mi ante oculos coram amatorem adduxti tuum.
Tha. Quid cum illoc agas? *Thr.* Et cum eo clam te subduxti mihi.
Tha. Lubuit. *Thr.* Pamphilam ergo huc redde, nisi vi mavis eripi.   790
Chr. Tibi illam reddat! Aut tu eam tangas! Omnium...
Gn. Ah! Quid agis! Tace.
Thr. Quid tu tibi vis? Ego non tangam meam? *Chr.* Tuam autem, furcifer?
Gn. Cave sis: nescis, cui maledicas viro. *Chr.* Non tu hinc abis?
Scin' tu, ut tibi res se habeat? Si quidquam hodie hic turbæ cœperis,
Faciam, ut hujus loci dieique meique semper memineris. 800
Gn. Miseret tui me, qui hunc tantum hominem facias inimicum tibi.

Gn. Vous me faites de la peine de vous mettre un pareil ennemi sur les bras.

Chr. Va-t'en, te dis-je, ou je te casse la tête.

Gn. Vraiment! Ah! c'est ainsi que tu l'entends, rustaud?

Thr. Qui êtes-vous donc? Que voulez-vous? Quel intérêt prenez-vous à cette fille?

Chr. Tu vas le savoir. D'abord, je te déclare qu'elle est de condition libre.

Thr. Ah!

Chr. Citoyenne d'Athènes.

Thr. Vraiment!

Chr. Et ma sœur.

Thr. Il a du front!

Chr. Partant, mon capitaine, je te défends de lui faire la moindre violence. — Thaïs, je vais chez Sophrona sa nourrice, je la ramène, et je lui montrerai ce qu'il y a dans cette cassette.

Thr. Tu m'empêcheras de reprendre mon bien?

Chr. Oui, je t'en empêcherai.

Gn. Vous l'entendez. Il s'avoue complice du vol. Que vous faut-il de plus?

Thr. Vous dites comme lui, Thaïs?

Th. Cherchez qui vous réponde.

Thr. (*à Gnathon*) Eh bien, que faisons-nous?

Gn. Retournons au logis. Elle viendra bientôt d'elle-même vous demander quartier.

Thr. Tu crois?

Gn. J'en suis sûr : je connais les femmes. Voulez-vous une chose; elles ne veulent pas. Vous ne la voulez plus, elles s'en meurent d'envie.

Thr. Tu as raison.

Gn. Licencierai-je l'armée?

Thr. Comme tu voudras.

Gn. Sanga, en bon et vaillant soldat, songe maintenant à nos foyers,... à la cuisine.

San. Il y a longtemps que j'ai l'esprit à la marmite.

Gn. Tu es un brave.

Thr. Allons, suivez-moi.

Chr. Diminuam ego caput tuum hodie, nisi abis. *Gn.* Ain vero, canis!
Siccine agis? *Thr.* Quis tu es homo? Quid tibi vis? Quid cum illa rei tibi est?
Chr. Scibis. Principio eam esse dico liberam *Thr.* Hem!
Chr. Civem Atticam. *Thr.* Hui!
Chr. Meam sororem. *Thr.* Os durum! *Chr.* Miles, nunc adeo edico tibi,   805
Ne vim facias ullam in illam. Thais, ego eo ad Sophronam
Nutricem, et eam adducam, et signa ostendam hæc. *Thr.*
Tun' me prohibeas,
Meam ne tangam? *Chr.* Prohibeo, inquam. *Gn.* Audin' tu?
Hic furti se adligat.
Satis hoc tibi est? *Thr.* Idem hoc tu ais, Thais? *Tha.*
Quære qui respondeat.
Thr. Quid nunc agimus? *Gn.* Quin redimus? Jam hæc tibi aderit supplicans   810
Ultro. *Thr.* Credin'? *Gn.* Immo certe : novi ingenium mulierum.
Nolunt, ubi velis; ubi nolis, cupiunt ultro. *Thr.* Bene putas.
Gn. Jam dimitto exercitum? *Thr.* Ubi vis. *Gn.* Sanga, ita ut fortes decet
Milites, domi focique fac vicissim ut memineris.
San. Jam dudum animus est in patinis. *Gn.* Frugi es.
Thr. Vos me hac sequimini.   815

ACTE CINQUIÈME.

SCÈNE I.

THAIS, PYTHIAS.

Th. En finiras-tu, drôlesse, avec tes énigmes? *Je le sais.... Je n'en sais rien.... Il est parti.... On me l'a dit.... Je n'y étais pas....* Ne me diras-tu pas clairement ce qu'il en est? La jeune fille a ses vêtements déchirés; elle pleure, et n'ose parler. L'eunuque a disparu : pourquoi! Qu'est-il arrivé? Parle donc.

Py. Hélas! que voulez-vous que je vous dise? Il paraît que ce n'était pas un eunuque.

Th. Qui était-ce donc?

Py. Chéréa.

Th. Quel Chéréa?

Py. Le jeune frère de Phédria.

Th. Que dis-tu, sorcière?

Py. Une chose dont je suis sûre et certaine.

Th. Et que venait-il faire chez nous? Pourquoi l'a-t-on amené?

Py. Je ne sais; je crois seulement qu'il était amoureux de Pamphile.

Th. Ah! malheureuse, c'est fait de moi si ce que tu dis est vrai! Voilà donc le sujet des larmes de cette jeune fille!

Py. Je le suppose.

Th. Tu le supposes, coquine? Est-ce là ce que je t'avais recommandé en sortant?

Py. Que voulez-vous? J'ai fait ce que vous m'avez ordonné; je ne l'ai confiée qu'à lui seul.

Th. Drôlesse, tu as confié la brebis au loup. C'est à en mourir de honte; me voir jouée de la sorte! — Quelle espèce d'homme est-ce là?

Py. Chut! chut! ma chère maîtresse; nous voilà sauvées; nous tenons notre homme.

Th. Où est-il?

Py. Mais là, à votre gauche. Le voyez-vous?

ACTUS QUINTUS.

SCENA PRIMA.

THAIS, PYTHIAS.

Tha. Pergin', scelesta, mecum perplexe loqui?
Scio... nescio... abiit... audivi... ego non adfui....
Non tu istuc mihi dictura aperte es, quidquid est?
Virgo conscissa veste lacrimans obticet.
Eunuchus abiit; quamobrem? Quid factum 'st? Taces? 820
Pyth. Quid tibi ego dicam misera? Illum eunuchum negant
Fuisse. *Tha.* Quis fuit igitur? *Pyth.* Iste Chærea.
Tha. Qui Chærea? *Pyth.* Iste ephebus, frater Phædriæ.
Tha. Quid ais, venefica? *Pyth.* Atqui certo comperi.
Tha. Quid is, obsecro, ad nos, aut quamobrem adductus'st?
Pyth. Nescio;   825
Nisi amasse credo Pamphilam. *Tha.* Hem! Misera occidi :
Infelix, siquidem tu istæc vera prædicas.
Num id lacrimat virgo? *Pyth.* Id opinor. *Tha.* Quid ais, sacrilega!
Istuccine interminata sum hinc abiens tibi?
Pyth. Quid facerem? Ita ut tu justi, soli credita 'st.   830
Tha. Scelesta, ovem lupo commisisti. Dispudet,
Sic mihi data esse verba. Quid illuc hominis est?
Pyth. Hera mea, tace; tace, obsecro; salvæ sumus :

Th. Je le vois.

Py. Faites-le arrêter au plus vite.

Th. Et qu'en ferons-nous, sotte que tu es?

Py. Ce que vous en ferez? Voyez, je vous prie, s'il n'a pas toute la mine d'un effronté.

Th. Mais non.

Py. Et puis quelle impudence!

SCÈNE II.

CHÉRÉA, THAIS, PYTHIAS.

Chér. Le père et la mère d'Antiphon étaient chez eux, comme s'ils se fussent donné le mot; de sorte que je ne pouvais entrer sans être vu. Tandis que j'étais là devant leur porte, arrive quelqu'un de ma connaissance : aussitôt je prends mes jambes à mon cou, et je me sauve dans une ruelle déserte, de celle-là dans une autre, puis dans une autre encore; enfin j'ai couru comme un malheureux pour n'être pas reconnu. Mais n'est-ce pas Thaïs que je vois? C'est elle-même. Je ne sais ce que je dois faire. Eh! que m'importe après tout? Que me fera-t-elle?

Th. Abordons-le. Bonjour, Dorus, l'honnête homme; dis-moi, tu t'es donc enfui?

Chér. C'est vrai, madame.

Th. Tu es content de toi sans doute?

Chér. Oh! non.

Th. Crois-tu en être quitte comme cela?

Chér. Pardonnez-moi cette première faute. Si jamais j'en commets une seconde, vous me tuerez.

Th. Est-ce que tu craignais ma sévérité?

Chér. Non.

Th. Que craignais-tu donc?

Chér. Que cette femme ne m'accusât auprès de vous.

Th. Qu'avais-tu fait?

Chér. Presque rien.

Py. Oh! l'impudent, presque rien! C'est presque rien, n'est-ce pas, de déshonorer une fille de condition libre?

Chér. Je la croyais esclave comme moi.

Py. Esclave comme toi! Je ne sais qui m'empêche de lui sauter aux cheveux. Le monstre! Il vient encore se moquer des gens.

Th. Laisse-nous, folle que tu es!

Py. Et pourquoi donc? je serais encore en reste avec ce drôle, si je faisais ce que je dis, surtout lorsqu'il se reconnaît votre esclave.

Th. En voilà assez. Votre conduite, Chéréa, n'est pas digne de vous; et quand j'aurais mérité cent fois un pareil affront, ce n'était pas à vous de me le faire. En vérité, je ne sais plus quel parti prendre avec cette jeune fille. Vous avez si bien dérangé tous mes plans, que je ne puis plus la rendre à ses parents comme je le devais, comme je le désirais, afin de me les attacher par un vrai service, Chéréa.

Chér. Mais j'espère bien, Thaïs, qu'à partir d'aujourd'hui, elle et moi, nous allons être réunis pour toujours. Il est arrivé souvent qu'une aventure de ce genre, aussi mal entamée, a fait naître un attachement vif et durable. Qui sait d'ailleurs si quelque dieu ne s'en est pas mêlé?

Th. C'est bien ainsi que je le prends et que je le désire.

Chér. Je vous en conjure aussi. Croyez bien que je n'ai pas cherché à satisfaire une passion brutale; l'amour seul....

Th. Je le sais, et je suis par cela même d'autant plus disposée à vous pardonner. Je n'ai pas le cœur assez exempt de faiblesse, Chéréa, je ne suis pas assez novice pour ignorer quel est le pouvoir de l'amour.

Chér. Que je meure, Thaïs, si je ne vous aime déjà de tout mon cœur!

Habemus hominem ipsum. *Tha.* Ubi is est! *Pyth.* Hem! Ad sinistram :

Viden? *Tha.* Video. *Pyth.* Comprendi jube, quantum potest.   885

Tha. Quid illo faciemus, stulta! *Pyth.* Quid facias, rogas?

Vide, amabo, si non, quum aspicias, os impudens

Videtur. *Th.* Non est. *Pyth.* Tum, quæ ejus confidentia 'st!

SCENA SECUNDA.

CHÆREA, THAIS, PYTHIAS.

Chæ. Apud Antiphonem uterque, mater et pater,

Quasi dedita opera, domi erant, ut nullo modo   810

Introire possem, quin viderent me. Interim

Dum ante ostium sto, notus mihi quidam obviam

Venit : ubi vidi, ego me in pedes quantum queo,

In angiportum quoddam desertum ; inde item

In aliud, inde in aliud : ita miserrimus   815

Fui fugitando, ne quis me cognosceret.

Sed estne hæc Thais, quam video? Ipsa 'st. Hæreo

Quid faciam? Quid mea autem? Quid faciet mihi?

Tha. Adeamus. Bone vir, Dore, salve. Dic mihi,

Aufugistin'? *Chær.* Hera, factum. *Tha.* Satin' id tibi placet?   850

Chær. Non. *Tha.* Credin' te impune abiturum? *Chær.* Unam hanc noxiam

Amitte; si aliam admisero unquam, occidito.

Tha. Num meam sævitiam veritu's? *Chær.* Non. *Tha.* Quid igitur?

Chær. Hanc metui, ne me criminaretur tibi.

Tha. Quid feceras? *Chær.* Paulum quiddam. *Pyth.* Eho! Paulum, impudens.   855

An paulum hoc esse tibi videtur, virginem

Vitiare civem? *Chær.* Conservam esse credidi.

Pyth. Conservam! vix me contineo quin involem in

Capillum : monstrum! Etiam ultro derisum advenit.

Tha. Abin' hinc, insana? *Pyth.* Quid ita vero? Debeam,   860

Credo, isti quidquam furcifero, id si fecerim;

Præsertim quum se servum fateatur tuum.

Tha. Missa hæc faciamus. Non te dignum, Chærea,

Fecisti : nam etsi ego digna hac contumelia

Sum maxume, at tu indignus qui faceres tamen.   865

Neque ædepol, quid nunc consilii capiam, scio,

De virgine istac : ita conturbasti mihi

Rationes omnes, ut eam ne possim suis,

Ita ut æquum fuerat, atque ut studui, tradere :

Ut solidum parerem hoc mihi beneticium, Chærea.   870

Chær. At nunc dehinc spero æternam inter nos gratiam

Fore, Thais. Sæpe ex hujusmodi re quapiam, et

Malo principio magna familiaritas

Conflata 'st. Quid, si quispiam hoc voluit deus?

Tha. Equidem pol in eam partem accipioque, et volo.   875

Chær. Immo etiam quæso. Unum hoc scito, contumeliæ

Non me fecisse causa, sed amoris. *Tha.* Scio,

Et pol propterea magis nunc ignosco tibi.

Non adeo inhumano sum ingenio, Chærea,

Neque ita imperita, ut, quid amor valeat, nesciam.   880

Chær. Te quoque jam, Thais, ita me di bene ament, amo,

Py. Alors, madame, je vous conseille de prendre garde à vous.

Chér. Je n'oserais....

Py. Je ne m'y fierais pas.

Th. Assez.

Chér. Je vous supplie, Thaïs, de m'aider en cette occasion. Je m'abandonne, je vous livre à vous tout entier. Plaidez ma cause, je vous en conjure. Je mourrai, Thaïs, si je ne l'épouse.

Th. Cependant, si votre père....

Chér. Mon père, il dira oui, j'en suis sûr, pourvu qu'elle soit citoyenne.

Th. Si vous voulez attendre un moment, le frère de la jeune fille va venir. Il est allé chercher la nourrice qui l'a élevée. Vous serez présent à la reconnaissance.

Chér. Volontiers, je reste.

Th. Voulez-vous que nous l'attendions chez moi plutôt que devant la porte?

Chér. Avec plaisir.

Py. Qu'allez-vous faire, madame?

Th. Eh bien, quoi?

Py. Vous le demandez! Vous songez encore à le recevoir chez vous après ce qu'il a fait?

Th. Pourquoi pas?

Py. Croyez-moi, il nous fera encore quelque équipée.

Th. Ah! tais-toi, de grâce.

Py. On dirait que vous n'êtes pas assez édifiée sur son audace.

Chér. Je ne ferai rien, Pythias.

Py. Oui vraiment, Chéréa, pourvu qu'on ne vous confie pas......

Chér. Eh bien! Pythias, charge-toi de me garder.

Py. Moi? je ne voudrais ni vous garder, ni vous donner quoi que ce soit à garder. Allez vous promener.

Th. Ah! heureusement voici le frère.

Chér. Je suis perdu! Thaïs, entrons, je vous en conjure; je ne veux pas qu'il me voie dans la rue avec cet accoutrement.

Th. Pourquoi donc? seriez-vous honteux?

Chér. Justement.

Py. Justement? Voyez la jeune fille!

Th. Entrez, je vous suis. Toi, Pythias, reste ici pour introduire Chrémès.

SCÈNE III.

PYTHIAS, CHRÉMÈS, SOPHRONA.

Py. Voyons un peu, que pourrais-je imaginer?... Oui, que faire? Comment m'y prendre pour me venger du pendard qui nous a amené ce faux eunuque?

Chr. Marchez donc, nourrice.

Soph. Je marche.

Chr. Oui, mais vous n'avancez pas.

Py. Lui avez-vous déjà montré les preuves?

Chr. Toutes.

Py. Eh bien, qu'en dit-elle? Les a-t-elle reconnues?

Chr. Parfaitement.

Py. Vous m'enchantez; car je prends beaucoup d'intérêt à cette jeune fille. Entrez; il y a longtemps que ma maîtresse vous attend. (*seule.*) Ah! voilà cet honnête homme de Parménon. Voyez donc comme il est tranquille. Les dieux me pardonnent! j'espère lui donner bientôt du fil à retordre. Entrons d'abord pour nous assurer de la reconnaissance, et nous reviendrons donner une chaude alerte à ce maraud.

SCÈNE IV.

PARMÉNON.

Par. Je suis curieux de savoir où est Chéréa. S'il a conduit sa barque avec adresse, par Jupiter!

Pyth. Tum pol ab istoc tibi, hera, cavendum intelligo.

Chær. Non ausim.... *Pyth.* Nil tibi quidquam credo. *Tha.* Desinas.

Chær. Nunc ego te in hac re mi oro ut adjutrix sies;
Ego me tuæ commendo et committo fidei :　　885
Te mihi patronam capio, Thais, te obsecro.
Emoriar, si non hanc uxorem duxero.

Tha. Tamen si pater quid.... *Chær.* Ah, volet, certo scio,
Civis modo hæc sit. *Tha.* Paululum opperirier
Si vis, jam frater ipse hic aderit virginis.　　890
Nutricem arcessitum iit, quæ illam aluit parvolam.
In cognoscendo tute ipse aderis, Chærea.

Chær. Ego vero maneo. *Tha.* Visne interea, dum venit,
Domi opperiamur potius, quam hic ante ostium?

Chær. Immo percupio. *Pyth.* Quam tu rem actura, obsecro, es?　　895

Tha. Nam quid ita? *Pyth.* Rogitas? Hunc tu in ædes cogitas

Recipere posthac? *Tha.* Cur non? *Pyth.* Crede hoc meæ fidei,

Dabit hic pugnam aliquam denuo. *Tha.* Au, tace, obsecro.

Pyth. Parum perspexisse ejus videre audaciam.

Chær. Non faciam, Pythias. *Pyth.* Non pol credo, Chærea, 900
Nisi si commissum non erit.... *Chær.* Quin, Pythias,
Tu me servato. *Py.* Neque pol servandum tibi
Quidquam dare ausim, neque te servare. Apage te!

Tha. Adest optume ipse frater. *Chær.* Perii hercle : obsecro,

Abeamus intro, Thais : nolo me in via　　905
Cum hac veste videat. *Tha.* Quamobrem tandem? An quia pudet?

Chær. Id ipsum. *Pyth.* Id ipsum? Virgo vero! *Tha.* I præ, sequor.

Tu istic mane, ut Chremem introducas, Pythias.

SCENA TERTIA.

PYTHIAS, CHREMES, SOPHRONA.

Pyth. Quid, quid venire in mentem nunc possit mihi...?
Quidnam? Qui referam sacrilego illi gratiam,　　910
Qui hunc supposuit nobis? *Chr.* Move vero ocius
Te, nutrix. *Soph.* Moveo. *Chr.* Video; sed nil promoves.

Pyth. Jamne ostendisti signa nutrici? *Chr.* Omnia.

Pyth. Amabo, quid ait? Cognoscitne? *Chr.* Ac memoriter.

Pyth. Bene ædepol narras : nam illi faveo virgini. 915
Ille intro; jam dudum hera vos exspectat domi.
Virum bonum eccum, Parmenonem incedere
Video. Vide ut otiosus sit, si dis placet.
Spero me habere, qui hunc excruciem meo modo.
Ibo intro, de cognitione ut certum sciam;　　920
Post exibo, atque huno perterrebo sacrilegum.

SCENA QUARTA.

PARMENO.

Parm. Reviso quidnam Chærea hic rerum gerat.

c'est un honneur et un honneur bien mérité pour Parménon. Car, sans parler de ce que je lui ai procuré une satisfaction qu'il n'était pas facile de se donner, et qu'une courtisane avide lui aurait vendue fort cher; de ce que je lui ai fait avoir sans trop de peine, sans frais ni dépense, une jeune fille dont il était épris, j'ai trouvé le moyen, et c'est là mon plus beau triomphe, de faire connaître à ce jeune étourdi le caractère et les habitudes des courtisanes, afin que, les connaissant de bonne heure, il les déteste toute sa vie. Quand elles sont hors de chez elles, rien de plus propre, de plus élégant, de plus coquet en apparence. Quand elles soupent avec un amant, elles font les délicates. Mais il faut voir la goinfrerie, la saleté, la misère de ces créatures, quand elles sont seules chez elles; comme elles sont éhontées, comme elles ont l'air affamé; comme elles dévorent un pain noir, trempé dans du bouillon de la veille! C'est la sauvegarde d'un jeune homme que de connaître tout cela.

SCÈNE V.

PYTHIAS, PARMÉNON.

Py. (*à part.*) Ah! tu me payeras, pendard, toutes tes belles paroles, tous tes faits et gestes. Tu ne nous auras pas jouées impunément. (*haut, et feignant de ne pas voir Parménon.*) Grands dieux! quelle chose horrible! O le pauvre jeune homme! scélérat de Parménon, qui l'a amené chez nous!

Par. (*à part.*) Qu'y a-t il?

Py. Il me fait pitié. Je me suis sauvée, pour ne pas voir. Quel terrible exemple on va faire de lui!

Par. (*à part.*) O Jupiter! que se passe-t-il là-bas? serais-je perdu? Parlons-lui. (*haut.*) Qu'y a-t il donc, Pythias? Que dis-tu? De qui va-t-on faire un exemple?

Py. Tu le demandes, effronté coquin? En voulant nous tromper, tu as perdu ce jeune homme que tu nous as donné pour un eunuque.

Par. Comment? Qu'est-il donc arrivé?

Py. Je vais te le dire. Cette jeune fille dont on a fait cadeau à Thaïs aujourd'hui, sais-tu bien qu'elle est citoyenne d'Athènes, et que son frère est un des principaux de la ville?

Par. Non, je n'en sais rien.

Py. Elle vient d'être reconnue pour telle. Ce misérable l'a violée. Son frère, qui est l'homme le plus violent du monde, l'ayant su....

Par. Qu'a-t-il fait?

Py. D'abord il l'a garrotté, mais d'une solide façon.

Par. Hein! il l'a garrotté?

Py. Oui, et malgré Thaïs, qui le suppliait de n'en rien faire.

Par. Que dis-tu?

Py. A présent il menace de le traiter comme on traite les adultères, chose que je n'ai jamais vue et que je n'ai pas envie de voir.

Par. Quoi! il aurait l'audace.....

Py. Comment l'audace?

Par. Mais n'est-ce pas monstrueux? A-t-on jamais vu traiter comme adultère un homme surpris dans la maison d'une courtisane?

Py. Je l'ignore.

Par. Eh bien! pour que vous ne l'ignoriez, je vous dis et vous déclare que ce jeune homme est le fils de mon maître.

Py. Hein? serait-il possible?

Par. Que Thaïs ne lui laisse pas faire la moin-

Quod si astu rem tractavit, di vostram fidem!
Quantam, et quam veram laudem capiet Parmeno!
Nam ut omittam, quod ei amorem difficillimum et 925
Carissimum a meretrice avara, virginem
Quam amabat, eam confeci sine molestia,
Sine sumptu, sine dispendio; tum hoc alterum,
(Id vero est, quod ego mihi puto palmarium,)
Me repperisse, quo modo adolescentulus 930
Meretricum ingenia et mores posset noscere,
Mature ut quum cognorit, perpetuo oderit.
Quæ dum foris sunt, nil videtur mundius,
Nec magis compositum quidquam, nec magis elegans.
Quæ cum amatore quum cœnant, ligurriunt. 935
Harum videre ingluviem, sordes, inopiam;
Quam inhonestæ solæ sint domi atque avidæ cibi;
Quo pacto ex jure hesterno panem atrum vorent:
Nosse omnia hæc salus est adolescentulis.

SCENA QUINTA.

PYTHIAS, PARMENO.

Pyth. Ego pol te pro istis dictis et factis, scelus! 940
Ulciscar; ut ne impune in nos illuseris.
Pro Deum fidem! Facinus fœdum! O infelicem adolescentulum!
O scelestum Parmenonem, qui istum huc adduxit! *Parm.* Quid est?

Pyth. Miseret me: itaque, ut ne viderem, misera huc effugi foras.
Quæ futura exempla dicunt in eum indigna! *Parm.* O Jupiter! 945
Quæ illæc turba 'st? Numnam ego perii? Adibo. Quid istuc, Pythias?
Quid ais? In quem exempla fient? *Pyth.* Rogitas, audacissime!
Perdidisti istum quem adduxti pro eunucho adolescentulum,
Dum studes dare verba nobis. *Parm.* Quid ita? Aut quid factum 'st? Cedo.

Pyth. Dicam: virginem istam, Thaidi hodie quæ dono data 'st, 950
Scis eam civem hinc esse, et fratrem ejus esse apprime nobilem?

Parm. Nescio. *Pyth.* Atqui sic inventa 'st. Eam iste vitiavit miser.
Ille ubi id rescivit factum frater violentissimus...

Parm. Quidnam fecit? *Pyth.* Colligavit primum eum miseris modis. *Parm.* Hem!
Colligavit? *Pyth.* Et quidem orante, ut ne id faceret, Thaide. 955

Parm. Quid ais? *Pyth.* Nunc minatur porro sese id quod mœchis solet,
Quod ego nunquam vidi fieri, neque velim. *Parm.* Qua audacia
Tantum facinus audet? *Pyth.* Quid ita? tantum? *Parm.* An non hoc maxumum 'st?
Quis homo unquam pro mœcho vidit in domo meretricia
Prehendi quemquam? *Pyth.* Nescio. *Parm.* At ne hoc nesciatis, Pythias', 960
Dico, edico vobis, nostrum esse. illum herilem filium.

Pyth. Hem,
Obsecro, an is est? *Parm.* Ne quam in illum Thais vim fieri sinat.

dre violence. Mais, au fait, pourquoi n'irais-je pas moi-même?

Py. Songe bien à ce que tu vas faire : Parménon, tu pourrais ne lui servir à rien, et te perdre avec lui; car on est persuadé que tout ce qui s'est fait là est ton ouvrage.

Par. Malheureux! que faire? quel parti prendre? Mais j'aperçois notre vieillard qui revient de sa campagne. Lui dirai-je? ne lui dirai-je pas? Ma foi, je dirai tout; il m'en cuira, je le sais. Mais il faut absolument qu'il aille au secours de son fils.

Py. Tu as raison. Je rentre; raconte-lui bien la chose comme elle s'est passée.

SCÈNE VI.

LACHÈS, PARMÉNON.

La. (*sans voir Parménon.*) Il m'est bien agréable d'avoir une maison de campagne si près d'ici; je ne suis jamais las ni de la ville ni des champs. Dès que l'ennui me prend d'un côté, je vais de l'autre. — Mais n'est-ce pas là notre Parménon? C'est lui-même. Qui attends-tu devant cette porte, Parménon?

Par. Qui est là? Ah! mon maître, charmé de vous voir en bonne santé.

La. Qui attends-tu là?

Par. Je suis mort! La peur m'enchaîne la langue.

La. Hein! qu'y a-t-il? Pourquoi trembles-tu? Serait-il arrivé... Parle donc.

Par. D'abord, je vous prie, mon maître, d'être bien convaincu d'une chose qui est la vérité même : c'est que je ne suis pour rien dans tout ce qui est arrivé.

La. Qu'y a-t-il donc?

Par. Vous avez raison de me le demander;

j'aurais dû commencer par vous le dire. Phédria a acheté un eunuque pour en faire cadeau à cette femme.

La. A quelle femme?

Par. A Thaïs.

La. Il a acheté un eunuque? Je suis perdu! Combien?

Par. Vingt mines.

La. C'est fait de moi.

Par. Et puis Chéréa s'est amouraché là (*il indique la maison de Thaïs*) d'une joueuse d'instrument.

La. Hein? Quoi? lui amoureux? Sait-il déjà ce que c'est qu'une courtisane? Serait-il revenu à la ville? Allons, malheur sur malheur!

Par. Ne me regardez pas, mon maître; ce n'est pas moi qui l'ai conseillé.

La. Ne parle pas de toi. Demain, pendard, si je suis de ce monde, je te... Mais d'abord conte-moi tout.

Par. On l'a mené chez Thaïs au lieu de l'eunuque.

La. De l'eunuque?

Par. Oui. Ensuite ils l'ont arrêté comme adultère, et l'ont garrotté.

La. Je suis mort.

Par. Voyez l'audace de ces créatures!

La. N'as-tu pas encore quelque autre malheur à m'apprendre? Dis.

Parm. Voilà tout.

La. Vite, entrons.

Par. (*seul.*) Tout ceci finira mal pour moi, je n'en doute pas. Mais puisqu'il fallait absolument faire ce que j'ai fait, je suis ravi d'une chose, c'est que, grâce à moi, il arrivera malheur à ces coquines; il y a longtemps que le bonhomme cherchait un prétexte pour leur donner une bonne leçon. Le voilà trouvé.

Atque adeo autem cur non egomet intro eo? *Pyth.* Vide, Parmeno,

Quid agas, ne neque illi prosis, et tu pereas : nam hoc putant,

Quidquid factum 'st, ex te esse ortum. *Parm.* Quid igitur faciam, miser? 965

Quidve incipiam? Ecce autem video rure redeuntem senem.

Dicam huic? An non dicam? Dicam hercle, etsi mihi magnum malum

Scio paratum. Sed necesse est, huic ut subveniat. *Pyth.* Sapis.

Ego abeo intro; tu isti narra omnem rem ordine, ut factum siet

SCENA SEXTA.

LACHES, PARMENO.

La. Ex meo propinquo rure hoc capio commodi, 970

Neque agri neque urbis odium me unquam percipit.

Ubi satias cœpit fieri, commuto locum.

Sed estne ille noster Parmeno? Et certe ipsus est.

Quem præstolare, Parmeno, hic ante ostium?

Par. Quis homo 'st? Ehem, salvum te advenisse gaudeo. 975

La. Quem præstolare? *Parm.* Perii! Lingua hæret metu.

La. Hem, quid est? Quid trepidas? Satin' salve? Dic mihi.

Parm. Here, primum te arbitrari id, quod res est, velim :

Quidquid hujus factum 'st, culpa non factum 'st mea.

La. Quid? *Parm.* Recte sane interrogasti : oportit 980

Rem prænarrasse me. Emit quemdam Phædria

Eunuchum, quem dono huic daret. *La.* Cui? *Parm.* Thaidi.

La. Emit? Perii hercle. Quanti? *Parm.* Viginti minis.

La. Actum 'st. *Parm.* Tum quamdam fidicinam amat hinc Chærea.

La. Hem', quid? Amat? An jam scit ille, quid meretrix siet? 985

An in astu venit? Aliud ex alio malum.

Parm. Here, ne me spectes : me impulsore hæc non facit.

La. Omitte de te dicere. Ego te, furcifer,

Si vivo. . . . Sed istuc quidquid est, primum expedi.

Parm. Is pro illo eunucho ad Thaidem huc deductus est. 990

La. Pro eunuchon'! *Parm.* Sic est. Hunc pro mœcho postea

Comprehendere intus, et constrinxere. *La.* Occidi.

Parm. Audaciam meretricum specta. *La.* Numquid est

Aliud mali damnive, quod non dixeris,

Reliquum? *Parm.* Tantum est. *La.* Cesso huc introrumpere! 995

Parm. Non dubium est, quin mi magnum ex hac re sit malum;

Nisi, quia fuit necessus hoc facere, id gaudeo,

Propter me hisce aliquid eventurum mali.

Nam jam diu aliquam causam quærebat senex,

Quamobrem insigne aliquid faceret iis; nunc repperit. 1000

SCÈNE VII.

PYTHIAS, PARMÉNON.

Py. (*sans voir Parménon.*) Par ma foi, je ne me suis jamais de ma vie autant égayé qu'en voyant le bonhomme entrer chez nous avec sa frayeur imaginaire. Mais le plaisir a été pour moi seule, qui savais ce qu'il craignait.

Par. (*à part.*) Qu'y a-t-il encore?

Py. Je reviens à présent trouver Parménon. Mais où est-il donc?

Par. (*à part.*) Elle me cherche.

Py. Ah! le voilà. Abordons-le. (*Elle se met à rire.*)

Par. Eh bien, impertinente, que veux-tu? Qu'as-tu à rire? Encore?

Py. J'en mourrai. Je n'en puis plus à force de rire à tes dépens.

Par. Et pourquoi?

Py. Tu le demandes? Non, je n'ai jamais vu, je ne verrai de ma vie un sot tel que toi. Ah! je ne saurais dire le divertissement que tu nous as donné. Je te croyais plus fin et plus habile, mon cher. Comment croire ainsi de prime abord ce que je te disais? N'étais-tu pas content de la sottise que tu avais fait faire à ce pauvre jeune homme, sans aller encore le dénoncer à son père? En quelle disposition d'esprit penses-tu qu'il ait été, lorsque le bonhomme l'a vu dans cet accoutrement? Eh bien! tu comprends maintenant que tu es perdu.

Par. Hein! que me dis-tu là, coquine? C'était un mensonge? Tu ris encore? Tu trouves donc bien du plaisir à te moquer de moi, drôlesse?

Py. Beaucoup.

Par. Oui, pourvu qu'il ne t'en cuise pas.

Py. Vraiment?

Par. Je te le rendrai, sur ma parole.

Py. D'accord. Mais, mon cher Parménon, c'est pour l'année prochaine, je pense, tes menaces. En attendant on va t'étriller aujourd'hui, imbécile, qui enseignes au fils des tours de vaurien et qui les dénonces ensuite à son père. Ils vont l'un et l'autre faire de toi un bel exemple.

Par. Je suis anéanti.

Py. C'est pour te récompenser de ton joli cadeau. Adieu.

Par. Malheureux! je me suis trahi moi-même, comme la souris.

SCÈNE VIII.

GNATHON, THRASON.

Gnat. Que faisons-nous? Dans quelle espérance, à quel propos venons-nous ici? Quel est votre projet, Thrason?

Thr. Moi? De me rendre à discrétion à Thaïs, et de faire tout ce qu'elle voudra.

Gnat. Comment!

Thr. Pourquoi pas? Hercule s'est bien soumis à Omphale!

Gnat. L'exemple est heureux. (*à part.*) Puissé-je aussi te voir caresser la tête à coups de pantoufles. (*haut.*) Mais on ouvre chez Thaïs. Grands dieux!

Thr. Eh bien, qu'y a-t-il? En voilà un que je n'avais pas encore vu. Qu'y a-t-il donc? comme il se dépêche!

SCÈNE IX.

CHÉRÉA, PARMÉNON, GNATHON, THRASON.

Chér. O mes amis! est-il au monde un mortel plus heureux que moi? Non, certes. Les dieux ont dé-

---

SCENA SEPTIMA.

PYTHIAS, PARMENO.

Pyth. Nunquam œdepol quidquam jam diu, quod magis vellem evenire,
Mihi evenit, quam quod modo senex intro ad nos venit errans.
Mihi solæ ridiculo fuit, quæ, quid timeret, sciebam.

Parm. Quid hoc autem est? *Pyth.* Nunc id prodeo, ut conveniam Parmenonem.
Sed ubi, obsecro, is est? *Parm.* Me quærit hæc. *Pyth.* Atque eccum video. Adibo.   1005

Parm. Quid est, inepta? Quid tibi vis? Quid rides? Pergin'? *Pyth.* Perii!

Defessa jam sum misera te ridendo. *Parm.* Quid ita? *Pyth.* Rogitas?
Nunquam pol hominem stultiorem vidi, nec videbo. Ah!
Non possum satis narrare, quos præbueris ludos intus.
At etiam primo callidum ac disertum credidi hominem. 1010
Quid? Illicone credere ea, quæ dixi, oportuit te?
An pœnitebat flagitii, te auctore quod fecisset
Adolescens, ni miserum insuper etiam patri indicares?
Nam quid illi credis tum animi fuisse, ubi vestem vidit
Illam esse eum indutum pater? Quid est? Jam scis te periisse.   1015

Parm. Hem! Quid dixisti, pessuma? An mentita es? Etiam rides?
Itan' lepidum tibi visum est, scelus! nos irridere? *Pyth.* Nimium.

Parm. Si quidem istuc impune habueris. *Pyth.* Verum?
Parm. Reddam hercle. *Pyth.* Credo.
Sed in diem istuc, Parmeno, est fortasse, quod minare.
Tu jam pendebis, stulte, qui adolescentulum nobilitas 1020
Flagitiis, et eumdem indicas. Uterque in te exempla edent.
Parm. Nullus sum. *Pyth.* Hic pro illo munere tibi honos est habitus. Abeo.
Parm. Egomet meo indicio miser, quasi sorex, hodie perii.

SCENA OCTAVA.

GNATHO, THRASO.

Gn. Quid nunc? Qua spe, aut quo consilio huc imus?
Quid inceptas, Thraso?
Thr. Egone? Ut Thaïdi me dedam, et faciam quod jubeat.   1025
Gn. Quid est?
Thr. Qui minus quam Hercules servivit Omphale? *Gn.* Exemplum placet.
Utinam tibi commitigari videam sandalio caput.
Sed fores crepuerunt ab ea. Perii! *Thr.* Quid hoc autem 'st mali!
Hunc ego nunquam videram etiam. Quidnam hic properans prosilit?

SCENA NONA.

CHÆREA, PARMENO, GNATHO, THRASO.

Chær. O populares! Ecquis me hodie vivit fortunatior? 1030
Nemo hercle quisquam; nam in me plane di potestatem suam

ployé en ma faveur toute leur puissance ; en un instant ils m'ont comblé.

Par. (*à part.*) D'où lui vient cette joie ?

Chér. Ah ! mon cher Parménon, l'auteur, l'artisan, la cause de toute ma félicité, sais-tu combien je suis heureux ? Sais-tu que ma chère Pamphile a été reconnue citoyenne ?

Par. On me l'a dit.

Chér. Sais-tu qu'elle m'est promise ?

Parm. C'est à merveille, en vérité.

Gnat. (*à Thrason.*) Entendez-vous ce qu'il dit ?

Chér. Et puis Phédria, mon frère, le voilà tranquille dans ses amours. Nous ne faisons plus qu'une maison. Thaïs s'est mise entre les mains et sous la protection de mon père. Elle est tout à nous.

Par. Par conséquent tout à votre frère ?

Chér. Bien entendu.

Par. Bon ! autre sujet de joie. Voilà le capitaine mis à la porte.

Chér. Va, cours ; quelque part que soit mon frère, porte-lui ces nouvelles.

Par. Je vais voir au logis.

Thr. Eh bien, Gnathon, doutes-tu maintenant que je sois coulé à fond ?

Gnat. Je n'en doute plus.

Chér. Qui mérite le plus d'éloges ? qui a le plus contribué à mon bonheur ? Lui, qui m'a conseillé, ou moi qui ai osé tenter l'aventure ? ou plutôt la fortune, qui a tout conduit, qui a réuni si à propos en un seul jour tant de circonstances favorables ? ou enfin la complaisance et la facilité de mon père ? O Jupiter, fais, je t'en conjure, que ce bonheur ne m'échappe pas !

SCENE X.

PHÉDRIA, PARMÉNON, CHÉRÉA, THRASON, GNATHON.

Phéd. Grands dieux ! les incroyables choses que Parménon vient de me raconter ! Mais mon frère, où est-il ?

Chér. Le voici.

Phéd. Je suis ravi....

Chér. J'en suis persuadé. Ah, frère, ta chère Thaïs mérite bien qu'on l'aime ; c'est le bon génie de toute notre famille.

Phéd. C'est à moi que tu en fais l'éloge ?

Thr. Hélas ! moins j'ai d'espoir, et plus je l'aime. Gnathon, mon cher, je n'espère plus qu'en toi.

Gnat. Que voulez-vous que je fasse ?

Thr. A force de prière ou d'argent, tâche d'obtenir qu'on ne me chasse pas tout à fait de chez Thaïs.

Gnat. C'est difficile.

Thr. Tu n'as qu'à vouloir, je te connais. Si tu réussis, demande-moi pour récompense tout ce qui te plaira, je te l'accorde.

Gnat. Bien sûr ?

Thr. Oui.

Gnat. Si je réussis, je demande que votre maison, vous présent ou absent, me soit toujours ouverte ; que, sans être invité, j'y trouve toujours mon couvert mis.

Thr. Je t'en donne ma parole, ce sera fait.

Gnat. A l'œuvre donc.

Phéd. Qui va là ? Quoi ! Thrason ?

Thr. Salut, messieurs.

Phéd. Vous ignorez probablement ce qui vient de se passer ici ?

Thr. Pardonnez-moi.

Phéd. Alors pourquoi vous trouvé-je encore dans ce quartier ?

Omnem ostendere, cui tam subito tot contigerint commoda.
Parm. Quid hic lætus est ? *Chær.* O Parmeno mi, o mearum
   voluptatum omnium
Inventor, inceptor, perfector, scin' me, in quibus sim gau-
   diis ?
Scis Pamphilam meam inventam civem ? *Parm.* Audivi.
   Chær. Scis sponsam mihi ?   1035
Parm. Bene, ita me di ament, factum. *Gnath.* Audin' tu
   illum ? Quid ait ? *Chær.* Tum autem Phædriæ
Meo fratri gaudeo esse amorem omnem in tranquillo : una
   st domus.
Thais patri se commendavit in clientelam et fidem ;
Nobis dedit se. *Parm.* Fratris igitur Thais tota 'st. *Chær.*
   Scilicet.
Parm. Jam hoc aliud est, quod gaudeamus : miles pellitur
   foras.   1040
Chær. Tum tu, frater ubi ubi est, fac quam primum hæc
   audiat. *Parm.* Visam domum.
Thras. Numquid, Gnatho, dubitas, quin ego nunc perpetuo
   perierim ?
Gnath. Sine dubio, opinor. *Chær.* Quid commemorem pri-
   mum, aut laudem maxume ?
Illumne, qui mihi consilium dedit ut facerem, an me qui
   ausus sim
Incipere, an fortunam collaudem ? quæ gubernatrix fuit, 1045
Quæ tot res, tantas, tam opportune in unum conclusit diem,
An mei patris festivitatem et facilitatem ? O Jupiter !
Serva, obsecro, hæc bona nobis.

SCENA DECIMA.

PHÆDRIA, PARMENO, CHÆREA, THRASO, GNATHO.

   Phæd. Di vostram fidem ! Incredibilia
Parmeno modo quæ narravit. Sed ubi est frater ? *Chær.*
   Præsto adest.
Phæd. Gaudeo.... *Chær.* Satis credo. Nihil est Thaide
   hac, frater, tua   1050
Dignius, quod ametur ; ita nostræ est omni fautrix familiæ.
Phæd. Mihi illam laudas ? *Thr.* Perii ! Quanto minus spei
   est, tanto magis amo.
Obsecro, Gnatho, in te spes est. *Gnath.* Quid vis faciam ?
   Thr. Perfice hoc,
Precibus, pretio, ut hæream in parte aliqua tandem apud
   Thaidem.
Gnath. Difficile est. *Thr.* Si quid collibitum 'st, novi te.
Hoc si effeceris,   1055
Quodvis donum, præmium, a me optato, id optatum feres.
Gnath. Itane ? *Thr.* Sic erit. *Gnath.* Si efficio hoc, postulo,
Te præsente absente, pateat ; invocato ut sit locus
Semper. *Thr.* Do fidem, futurum. *Gnath.* Accingar. *Phæd.*
   Quem hic ego audio ?
O Thraso ! *Thr.* Salvete. *Phæd.* Tu fortasse, quæ facta hic
   sient.   1060
Nescis. *Thr.* Scio. *Phæd.* Cur ergo in his ego te conspicor
   regionibus ?

Thr. J'ai compté sur vous.

Phéd. Voulez-vous que je vous dise comment ? Mon capitaine, je vous déclare que, si jamais je vous rencontre sur cette place, vous aurez beau dire : « Je cherchais quelqu'un ; c'est mon chemin, » vous êtes mort.

Gnat. Hé! vous n'y songez pas.

Phéd. Mort, vous dis-je.

Gnat. Je ne vous savais pas si méchant.

Phéd. C'est comme je le dis.

Gnat. Deux mots, je vous prie; et quand vous m'aurez entendu, faites comme il vous plaira.

Phéd. Voyons.

Gnat. Éloignez-vous un peu, Thrason. — Soyez bien persuadés d'abord l'un et l'autre que tout ce que j'en fais est uniquement dans mon intérêt. Mais si le vôtre se trouve d'accord avec le mien, il y aurait sottise de votre part à ne pas m'écouter.

Phéd. Eh bien?

Gnat. Je suis d'avis que vous souffriez le capitaine pour rival.

Phéd. Hein?

Chér. Pour rival ?

Gnat. Réfléchissez un peu. Vous aimez à vivre chez Thaïs, Phédria, et vous aimez à bien vivre. Or vous n'avez pas grand'chose à lui donner, et Thaïs a besoin de recevoir beaucoup, pour défrayer vos amours, sans qu'il vous en coûte rien. Il n'est personne qui vous convienne mieux et qui fasse mieux votre affaire que le capitaine. D'abord il a de quoi donner, et personne n'est plus large. De plus c'est un sot, une bête, un lourdaud, qui ronfle nuit et jour; vous n'avez pas à craindre qu'il soit aimé de la belle, et vous le mettrez facilement à la porte quand vous voudrez.

Phéd. (*à Chéréa.*) Que faire?

Gnat. Une chose encore, et la plus importante à mon avis, c'est que personne ne reçoit mieux que lui, ni plus grandement.

Ch. De toute manière, je ne sais si nous n'avons pas besoin de cet homme-là.

Phéd. C'est mon avis aussi.

Gnat. Et vous avez raison. Mais j'ai encore une grâce à vous demander : ne puis-je être des vôtres ? Il y a assez longtemps que je roule cette pierre.

Phéd. Tu seras des nôtres.

Ch. Bien volontiers.

Gnat. En retour de ce service, messieurs, je vous le livre; grugez-le, bafouez-le à votre aise.

Ch. Sois tranquille.

Phéd. Il le mérite bien.

Gnat. Thrason, vous pouvez approcher maintenant.

Th. Eh bien ! où en sommes-nous ?

Gnat. Où nous en sommes? Ces messieurs ne vous connaissaient pas ; mais je leur ai appris qui vous êtes, j'ai appuyé sur vos exploits, votre mérite, et j'ai tout obtenu.

Thr. C'est fort bien ; je t'en suis très-reconnaissant. Je n'ai jamais été nulle part sans me faire adorer de tout le monde.

Gnat. Ne vous ai-je pas dit que le capitaine a toute l'élégance attique ?

Phéd. Oh ! tu n'as rien oublié. Allez-vous-en par là. Et vous, applaudissez.

Thr. Vobis fretus. *Phæd.* Scin' quam fretus? Miles, edico tibi,
Si te in platea offendero hac post unquam, quod dicas mihi :
« Alium quærebam ; iter hac habui, » peristi. *Gnath.* Heia, haud sic decet.

Phæd. Dictum 'st. *Gnath.* Non cognosco vestrum tam superbum. *Phæd.* Sic erit. 1065

Gnath. Prius audite paucis : quod quum dixero, si placuerit,
Facitote. *Phæd.* Audiamus *Gnath.* Tu concede paulum istuc, Thraso.

Principio ego vos credere ambos hoc mi vehementer volo,
Me hujus quidquid faciam, id facere maxime causa mea :
Verum si idem vobis prodest, vos non facere, inscitia 'st. 1070

Phæd. Quid id est? *Gnath.* Militem ego rivalem recipiendum censeo. *Phæd.* Hem!

Chær. Recipiendum ? *Gnath.* Cogita modo. Tu hercle cum illa, Phædria,
Et libenter vivis, et enim bene libenter victitas.
Quod des, paulum 'st; et necesse est multum accipere Thaidem,
Ut tuo amori suppeditare possit sine sumptu tuo. 1075
Ad omnia hæc magis opportunus, nec magis ex usu tuo,
Nemo est. Principio et habet quod det, et dat nemo largius.
Fatuus est, insulsus, tardus; stertit noctesque et dies ;

Neque tu istum metuas, ne amet mulier. Facile pellas, ubi velis.

Phæd. Quid agimus? *Gnath.* Præterea hoc etiam, quod ego vel primum puto : 1080
Accipit hominem nemo melius prorsus, neque prolixius.

Chær. Mirum ni illoc homine quoquo pacto opu'st. *Phæd.* Idem ego arbitror.

Gnath. Recte facitis. Unum etiam hoc vos oro, ut me in vestrum gregem
Recipiatis : satis diu jam hoc saxum volvo. *Phæd.* Recipimus.

Chær. Ac lubenter. *Gnath.* At ego pro isto, Phædria, et tu, Chærea, 1085
Hunc comedendum et deridendum vobis propino. *Chær.* Placet.

Phæd. Dignus est. *Gnath.* Thraso! Ubi vis, accede. *Thr.* Obsecro te, quid agimus ?

Gnath. Quid ? Isti te ignorabant ; postquam eis mores ostendi tuos,
Et collaudavi secundum facta et virtutes tuas,
Impetravi. *Thr.* Bene fecisti : gratiam habeo maxumam. 1090
Nunquam etiam fui usquam, quin me omnes amarent plurimum.

Gnath Dixin' ego in hoc esse vobis Atticam elegantiam?

Phæd. Nihil prætermissum est. Ite hac. Vos valete et plaudite.

HEAUTONTIMORUMENOS.

SOMMAIRE
DE L'HEAUTONTIMORUMENOS,
PAR C. SULPITIUS APOLLINARIS.

Clinias, amant d'Antiphile, est forcé, par la sévérité de son père, de partir pour l'armée. Celui-ci regrette ce qu'il a fait, et en éprouve de l'inquiétude. Bientôt Clinia revient; il va loger, à l'insu de son père, chez Clitiphon, lequel est l'amant de la courtisane Bacchis. Clinia y amène Antiphile, mais en faisant passer Bacchis pour sa maîtresse, et Antiphile pour une esclave; elle en a le costume.

Clitiphon a imaginé ce stratagème pour tromper son père. Par l'artifice de Syrus, il dérobe au vieillard dix mines pour sa courtisane. On découvre qu'Antiphile est la sœur de Clitiphon; Clinia l'épouse. Bacchis devient la femme de Clitiphon.

PROLOGUE.

Il vous paraît étrange sans doute que l'auteur ait confié à un vieillard le rôle qui appartient ordinairement à un jeune homme. Je vais vous en donner la raison; je vous dirai ensuite ce qui m'amène.

La pièce que nous devons représenter, l'Heautontimorumenos, est tirée tout entière d'une seule comédie grecque; l'auteur en a doublé l'intrigue, qui est simple dans l'original. Il a donc fait en quelque sorte une pièce nouvelle. Je vous en ai dit le titre; je vous nommerais bien aussi l'auteur et le poëte grec à qui il l'a emprunté, si je n'étais persuadé que c'est chose connue de la plupart d'entre vous. Mais je vous exposerai en deux mots pourquoi j'ai été chargé de ce rôle. Ce n'est pas un prologue, c'est un plaidoyer que je viens faire; l'auteur vous prend pour juges, et moi pour avocat. Seulement cet avocat n'aura d'éloquence qu'autant que l'auteur en aura su mettre dans le plaidoyer que vous allez entendre.

Quant à cette accusation que de méchantes lan-

HEAUTONTIMORUMENOS.

DRAMATIS PERSONÆ.

C. SULPITII APOLLINARIS PERIOCHA
IN TERENTII HEAUTONTIMORUMENON.

In militiam proficisci gnatum Cliniam,
Amantem Antiphilam, compulit durus pater :
Animique sese angebat, facti pœnitens.
Mox, ut reversus est, clam patrem divortitur
Ad Clitiphonem. Is amabat scortum Bacchidem.
Quam arcesserer cupitam Antiphilam Clinia,
Ut ejus Bacchis venit amica, ac servulæ
Habitum gerens Antiphila, factum id, quo patrem
Suum celaret Clitipho. Hic techuis Syri
Decem minas meretriculæ aufert a sene.
Antiphila Clitiphonis reperitur soror.
Hanc Clinia, aliam Clitipho uxorem accipit.

PROLOGUS.

Ne cui sit vestrûm mirum, cur partes seni
Poeta dederit, quæ sunt adolescentium,
Id primum dicam; deinde, quod veni, eloquar.
Ex integra Græca integram comœdiam
Hodie sum acturus, Heautontimorumenon :   5
Simplex quæ ex argumento facta est duplici.
Novam esse ostendi, et quæ esset; nunc qui scripserit,
Et cuja Græca sit, ni partem maximam
Existimarem scire vestrûm, id dicerem.
Nunc, quamobrem has partes didicerim, paucis dabo. 10
Oratorem esse voluit me, non prologum;
Vestrum judicium fecit, me actorem dedit.
Sed hic actor tantum poterit a facundia,
Quantum ille potuit cogitare commode,
Qui orationem hanc scripsit, quam dicturus sum.   15
Nam quod rumores distulerunt malevoli,
Multas contaminasse Græcas, dum facit
Paucas Latinas, id esse factum hic non negat,
Neque se id pigere, et deinde facturum autumat.
Habet bonorum exemplum, quo exemplo sibi   20
Licere id facere, quod illi fecerunt, putat.

gues ont colportée contre lui, d'avoir compilé plusieurs comédies grecques pour en composer un petit nombre de latines, il ne se défend pas de l'avoir fait; et, loin d'en avoir regret, il espère bien le faire encore. Il a pour lui l'exemple de grands écrivains, et il prétend avoir le droit de faire ce qu'ils ont fait avant lui. Pour ce qui est des propos malveillants du vieux poëte, qui lui reproche de s'être avisé tout à coup d'écrire pour le théâtre, comptant plus sur l'esprit de ses amis que sur son propre talent, il vous en fait juges; c'est à vous de prononcer. Tout ce que je vous demande, c'est de ne pas écouter plus favorablement les discours des envieux que ceux des honnêtes gens. Soyez justes; encouragez ceux qui travaillent à vous donner des pièces nouvelles sans défauts. Quand je dis sans défauts, je ne veux pas parler de celui qui naguère vous montrait un esclave courant sur la scène, et le peuple s'écartant pour lui faire place. A quel propos l'auteur prendrait-il fait et cause pour un fou? Il vous entretiendra plus au long de ses sottises, quand il donnera quelque nouvelle pièce, si ce fou ne met fin à ses injures.

Venez à nous avec des dispositions favorables; prêtez-nous une attention silencieuse, afin que nous puissions jouer cette pièce qui est du genre paisible, et que je ne sois pas toujours obligé de crier à tue-tête, de me fatiguer outre mesure en jouant le rôle d'un esclave qui court sans cesse, d'un vieillard en colère, d'un parasite gourmand, d'un impudent sycophante, d'un avide marchand d'esclaves. Par égard pour moi, trouvez bon qu'on allège un peu mon fardeau; car aujourd'hui les auteurs ne ménagent guère ma vieillesse. Une pièce est-elle fatigante, on me l'apporte : est-elle d'un genre paisible, on la donne à une autre troupe. Celle-ci est remarquable par la pureté du style. Essayez mes forces dans l'un et dans l'autre genre. Si je n'ai jamais fait métier de mon art, si j'ai toujours regardé

comme ma plus grande récompense l'honneur de contribuer à vos plaisirs autant qu'il était en moi, faites preuve de bienveillance à mon égard, afin que les jeunes acteurs cherchent plutôt à vous divertir qu'à faire leur fortune.

ACTE PREMIER.

SCÈNE I.

CHRÉMÈS, MÉNÉDÈME.

Chr. Notre connaissance ne date pas de très-loin, puisqu'elle remonte seulement à l'époque où vous avez acheté une propriété près de la mienne; et nous n'avons guère eu de rapports jusqu'à ce jour. Cependant l'estime que j'ai pour vous, ou le voisinage, qui selon moi entre pour quelque chose dans les liaisons d'amitié, m'engagent à vous dire avec toute la franchise d'un ami qu'il me semble que vous vous traitez plus durement que ne le comporte votre âge et ne l'exige votre position. Car, au nom des dieux, je vous prie, quel est votre but? que voulez-vous? Vous avez soixante ans, et même davantage, si je ne me trompe. Il n'y a point dans le canton de terre qui soit meilleure et qui rapporte plus que la vôtre. Des esclaves, vous n'en manquez pas; et pourtant vous faites comme si vous n'aviez personne, vous remplissez vous-même avec un soin scrupuleux toutes leurs fonctions. Si matin que je sorte, si tard que je rentre chez moi, je vous trouve toujours bêchant, labourant, ou portant quelque fardeau. Bref, vous ne vous donnez pas un moment de répit, vous êtes sans pitié pour vous. Ce n'est point que vous y trouviez du plaisir, j'en suis bien certain. Mais, me direz-vous, je ne suis pas content de l'ouvrage que me font mes esclaves. Si vous preniez pour les faire travailler autant de peine que

---

Tum quod malevolus vetus poëta dictitat,
Repente ad studium hunc se applicasse musicum,
Amicûm ingenio fretum, haud natura sua,
Arbitrium vestrum, vestra existimatio 25
Valebit. Quare, omnes vos oratos volo,
Ne plus iniquûm possit, quam æquûm oratio.
Facite æqui sitis; date crescendi copiam,
Novarum qui spectandi faciunt copiam
Sine vitiis; ne ille pro se dictum existimet, ... 30
Qui nuper fecit servo currenti in via
Decesse populum. Cur insano serviat?
De illius peccatis plura dicet, quum dabit
Alias novas, nisi finem maledictis facit.
Adeste æquo animo; date potestatem mihi 35
Statariam agere ut liceat per silentium,
Ne semper servus currens, iratus senex,
Edax parasitus, sycophanta autem impudens,
Avarus leno assidue agendi sint mihi
Clamore summo, cum labore maxumo. 40
Mea causa causam hanc justam esse animum inducite,
Ut aliqua pars laboris minuatur mihi.
Nam nunc novas qui scribunt, nil parcunt seni.
Si qua laboriosa est, ad me curritur;
Si lenis est, ad alium defertur gregem. 45
In hac est pura oratio. Experimini,
In utramque partem ingenium quid possit meum.
Si nunquam avare pretium statui arti meæ,
Et eum esse quæstum in animum induxi maxumum,
Quam maxume servire vestris commodis; 50

Exemplum statuite in me, ut adolescentuli
Vobis placere studeant potius quam sibi.

ACTUS PRIMUS.

SCENA PRIMA.

CHREMES, MENEDEMUS.

Chrem. Quanquam hæc inter nos nuper notitia admodum 'st,
Inde adeo quod agrum in proxumo hic mercatus es,
Nec rei fere sane amplius quidquam fuit; 55
Tamen vel virtus tua me, vel vicinitas,
Quod ego esse in aliqua parte amicitiæ puto,
Facit, ut te audacter moneam et familiariter,
Quod mihi videre præter ætatem tuam
Facere, et præter quam res te adhortatur tua. 60
Nam, pro deûm atque hominum fidem! quid vis tibi?
Quid quæris? Annos sexaginta natus es,
Aut plus, ut conjicio. Agrum in his regionibus
Meliorem neque pretî majoris nemo habet;
Servos complures : proinde, quasi nemo siet, ... 65
Ita tute attente illorum officia fungere.
Nunquam tam mane egredior, neque tam vesperi
Domum revortor, quin te in fundo conspicer
Fodere, aut arare, aut aliquid ferre : denique
Nullum remittis tempus, neque te respicis. 70
Hæc non voluptati tibi esse, satis certo scio.

vous vous en donnez pour travailler vous-même, vous vous en trouveriez mieux.

Mén. Chrémès, vos affaires vous laissent donc bien du loisir, que vous vous mêlez de celles d'autrui, de ce qui vous est indifférent?

Chr. Je suis homme; tout ce qui intéresse les hommes ne saurait m'être indifférent. Prenez que je vous donne conseil ou que je veux m'instruire. Si vous faites bien, je vous imiterai; si vous faites mal, je chercherai à vous corriger.

Mén. Je me trouve bien ainsi : faites pour vous-même comme vous le jugerez à propos.

Chr. Quel est l'homme qui peut avoir besoin de se torturer?

Mén. Moi.

Chr. Si vous avez quelque chagrin, j'en suis désolé. Mais qu'avez-vous à vous reprocher, je vous prie, et pourquoi vous traiter de la sorte?

Mén. Hélas! hélas!

Chr. Ne pleurez pas, et dites-moi ce que ce peut être. Voyons, parlez, ne craignez rien; fiez-vous à moi, vous dis-je. Je vous consolerai, je vous aiderai de mes conseils ou de ma bourse.

Mén. Vous voulez donc le savoir?

Chr. Oui, par la raison que je viens de vous dire.

Mén. Eh bien! vous le saurez.

Chr. Quittez-moi d'abord ce râteau; ne vous fatiguez pas.

Mén. Point du tout.

Chr. Que voulez-vous faire?

Mén. Laissez-moi; que je ne me donne pas un instant de repos.

Chr. Je ne le souffrirai pas vous dis-je.

Mén. Ah! vous êtes bien peu raisonnable.

Chr. Comment! un râteau si lourd!

Mén. C'est autant que j'en mérite.

Chr. Parlez maintenant.

Mén. J'ai un fils unique fort jeune. Hélas! que

dis-je, j'ai un fils? J'en avais un, Chrémès, mais aujourd'hui je ne sais si je l'ai encore.

Chr. Qu'est-ce à dire?

Mén. Je m'explique. Il y a ici une vieille femme venue de Corinthe, qui est fort pauvre. Mon fils devint amoureux fou de sa fille, au point de vouloir l'épouser. Je l'ignorais complètement. Dès que j'en fus instruit, au lieu de le prendre par la douceur, ainsi que j'aurais dû le faire par ménagement pour cette folie de jeune homme, j'eus recours à la violence, comme font tous les pères. C'était chaque jour les mêmes reproches : « Croyez-vous donc qu'il vous « sera permis de continuer ce train de vie, et d'avoir, « du vivant de votre père, une maîtresse que vous « traitez presque comme votre femme? Vous vous « trompez fort, Clinia, si vous l'espérez, et vous « ne me connaissez guère. Je veux bien vous nom- « mer mon fils, tant que vous vous conduirez com- « me vous le devez; mais si vous n'en faites rien, je « saurai bien, moi, comment je dois vous traiter. « Toutes vos folies ne viennent que d'une trop grande « oisiveté. A votre âge, je ne songeais pas à faire « l'amour. J'étais pauvre, je quittai Rome pour aller « combattre en Asie, où j'acquis par mon courage « des richesses et de la gloire. » Bref, je fis tant et si bien, que le pauvre garçon, à force de s'enten- dre gronder sans cesse, n'y put tenir. Il pensa que mon âge et ma tendresse pour lui me faisaient voir plus clair et mieux comprendre ses intérêts que lui-même. Il est allé en Asie s'enrôler au service du grand roi, Chrémès.

Chr. Que me dites-vous là?

Mén. Il est parti sans me prévenir; voilà trois mois qu'il est absent.

Chr. Vous avez eu tort tous les deux. Cependant cette détermination prouve qu'il a du cœur et qu'il vous respecte.

Mén. Instruit de son départ par ceux qu'il avait

At enim, dices, Me, quantum hic operis fiat, pœnitet.
Quod in opere faciundo operæ consumis tuæ,
Si sumas in illis exercendis, plus agas.
Men. Chreme, tantumne ab re tua 'st oti tibi,   75
Aliena ut cures, ea quæ nihil ad te attinent?
Chr. Homo sum : humani nihil a me alienum puto.
Vel me monere hoc, vel percontari puta.
Rectum 'st, ego ut faciam; non est, te ut deterream.
Men. Mihi sic est usus; tibi ut opus facto 'st, face.   80
Chr. An cuiquam est usus homini, se ut cruciet? *Men.* Mihi.
Chr. Si quid laboris est, nollem; sed quid istuc mali est?
Quæso, quid de te tantum meruisti? *Men.* Ei, ei!
Chr. Ne lacrima : atque istuc, quidquid est, fac me ut sciam.
Ne retice, ne verere; crede, inquam, mihi,   85
Aut consolando, aut consilio, aut re juvero.
Men. Scire hoc vis? *Chr.* Hac quidem causa, qua dixi tibi.
Men. Dicetur. *Chr.* At istos rastros interea tamen
Adpone, ne labora. *Men.* Minime. *Chr.* Quam rem agis?
Men. Sine me vacivum tempus ne quod dem mihi   90
Laboris. *Chr.* Non sinam, inquam. *Men.* Ah, non æquum facis.
Chr. Hui! tam graves hos, quæso? *Men.* Sic meritum 'st meum.
Chr. Nunc loquere. *Men.* Filium unicum adolescentulum
Habeo. Ah, quid dixi, habere me! Immo habui, Chreme.
Nunc habeam, nec ne, incertum 'st. *Chr.* Quid ita istuc?
Men. Scies.   95

Est e Corintho hic advena anus paupercula :
Ejus filiam ille amare cœpit virginem,
Prope jam ut pro uxore haberet. Hæc clam me omnia.
Ubi rem rescivi, cœpi non humanitus,
Neque ut animum decuit ægrotum adolescentuli   100
Tractare, sed vi, et via pervulgata patrum.
Quotidie accusabam : « Hem, tibine hæc diutius
« Licere speras facere, me vivo patre,
« Amicam ut habeas prope jam in uxoris loco?
« Erras, si id credis, et me ignoras, Clinia.   105
« Ego te meum esse dici tantisper volo,
« Dum, quod te dignum 'st, facies; sed si id non facis,
« Ego, quod me in te sit facere dignum, invenero.
« Nulla adeo ex re istuc fit, nisi nimio ex otio.
« Ego istuc ætatis, non amori operam dabam,   110
« Sed in Asiam hinc abii propter pauperiem, atque ibi .
« Simul rem et belli gloriam armis repperi. »
Postremo adeo res rediit : adolescentulus
Sæpe eadem et graviter audiendo victus est.
Putavit me et ætate et benevolentia   115
Plus scire et providere, quam se ipsum, sibi :
In Asiam ad regem militatum abiit, Chreme.
Chr. Quid ais? *Men.* Clam me est profectus; menses tres abest.
Chr. Ambo accusandi; etsi illud inceptum tamen
Animi est pudentis signum, et non instrenui.   120
Men. Ubi comperi ex iis, qui fuere ei conscii,
Domum revertor mœstus, atque animo fere
Conturbato atque incerto præ ægritudine.

mis dans sa confidence, je rentre chez moi, triste, désespéré, presque fou de chagrin. Je tombe sur un siége. Mes esclaves accourent, me déchaussent. D'autres se hâtent de dresser la table et de servir le dîner. Chacun fait de son mieux pour adoucir ma peine. Voyant cela, je me dis à moi-même : « Eh! « quoi, tant de gens pour moi seul, qui s'empres- « sent à me servir, à satisfaire mes désirs! tant de « femmes, pour faire mes vêtements? Je ferais à « moi seul tant de dépenses! Et mon fils unique, « qui devrait jouir de cette fortune autant et plus « que moi, car il est plus en âge d'en jouir, je l'ai « chassé d'ici, moi, en l'accablant de persécutions! « Je mériterais toutes sortes de maux, si j'en usais « de la sorte. Tant qu'il vivra de cette vie de priva- « tions, loin de son pays, dont je l'ai si cruellement « éloigné, je me punirai moi-même pour le venger; « je travaillerai, j'amasserai, j'économiserai; tout « cela pour lui. »

Et je l'ai fait à la lettre; je n'ai laissé chez moi ni meuble, ni étoffe; j'ai tout vendu. Femmes et esclaves, je les ai tous conduits au marché et mis à l'encan, excepté ceux qui pouvaient m'indemniser de leur dépense en travaillant à la terre. J'ai mis en- suite un écriteau à ma porte. Avec la somme de quinze talents environ que je me suis faite ainsi, j'ai acheté ce domaine. J'y travaille du matin au soir. J'ai pensé, Chrémès, que mes torts envers mon fils se- raient un peu moins grands, si je me condamnais à souffrir, et que je ne devais me permettre ici aucune jouissance, tant que celui qui doit partager mes joies ne serait pas revenu près de moi sain et sauf.

Chr. Je crois que vous êtes naturellement bon père, et que votre fils eût été très-docile, si l'on eût su le bien prendre. Mais vous ne vous connaissiez pas assez l'un l'autre; ce qui arrive toujours, quand on vit sans règle ni raison. Vous ne lui avez jamais

laissé voir combien vous l'aimiez; et lui n'a pas osé se confier à vous comme un fils le doit à son père. Si vous aviez agi de la sorte, tout cela ne se- rait pas arrivé.

Mén. C'est vrai, j'en conviens; les plus grands torts sont de mon côté.

Chr. Allons, Ménédème, j'ai bon espoir qu'il vous reviendra bientôt en parfaite santé.

Mén. Que les dieux vous entendent!

Chr. Vous verrez. Maintenant, si vous le voulez bien, venez souper avec moi. C'est aujourd'hui la fête de Bacchus dans ce canton.

Mén. Je ne le puis.

Chr. Pourquoi donc? De grâce, ménagez-vous un peu. Ce fils dont vous pleurez l'absence vous en prie comme moi.

Mén. Je ne dois pas, après l'avoir réduit à souf- frir, me soustraire moi-même à cette nécessité.

Chr. Vous êtes bien décidé?

Mén. Oui.

Chr. Adieu donc.

Mén. Adieu.

SCENE II.

CHRÉMÈS (seul.)

Il m'a arraché des larmes; vraiment il me fait pitié. Mais il commence à se faire tard; il faut que j'appelle mon voisin Phania pour souper. Al- lons voir s'il est chez lui. (*Il frappe chez Phania.*) Il n'a pas eu besoin d'être prévenu; il est depuis longtemps chez moi, m'a-t-on dit. C'est moi qui fais attendre mes convives. Allons, entrons. Mais d'où vient qu'on a ouvert ma porte? Qui sort de chez moi? Mettons-nous un peu à l'écart.

Adsido. Adcurrunt servi, soccos detrahunt.
Video alios festinare, lectos sternere,   125
Cœnam apparare : pro se quisque sedulo
Faciebant, quo illam mihi lenirent miseriam.
Ubi video hæc, cœpi cogitare : « Hem, tot mea
« Solius solliciti sunt causa, ut me unum expleant?
« Ancillæ tot me vestiant? Sumptus domi   130
« Tantos ego solus faciam? Sed gnatum unicum,
« Quem pariter uti his decuit, aut etiam amplius,
« Quod illa ætas magis ad hæc utenda idonea est,
« Eum ego hinc ejeci miserum injustitia mea.
« Malo quidem me dignum quovis deputem,   135
« Si id faciam. Nam usque dum ille vitam illam colet
« Inopem, carens patria ob meas injurias,
« Interea usque illi de me supplicium daho,
« Laborans, quærens, parcens, illi serviens. »
Ita facio prorsus : nil relinquo in ædibus,   140
Nec vas, nec vestimentum; conrasi omnia.
Ancillas, servos, nisi eos qui opere rustico
Faciundo facile sumptum exercerent suum,
Omnes produxi ac vendidi; inscripsi illico
Ædes mercede; quasi talenta ad quindecim   145
Coegi; agrum hunc mercatus sum; hic me exerceo.
Decrevi, tantisper mihi minus injuriæ,
Chreme, meo gnato facere, dum fiam miser
Nec fas esse, ulla me voluptate hic frui,
Nisi ubi ille huc salvus redierit meus particeps.   150
Chr. Ingenio te esse in liberos leni puto,
Et illum obsequentem, si quis recte aut commode
Tractaret. Verum neque illum tu satis noveras,

Nec te ille; hoc quod fit, ubi non vere vivitur.
Tu illum, nunquam ostendisti, quanti penderes,   155
Nec tibi ille 'st credere ausus, quæ est æquum patri.
Quod si esset factum, hæc nunquam evenissent tibi.
Men. Ita res est, fateor : peccatum a me maximum 'st.
Chr. Menedeme, at porro recte spero, et illum tibi
Salvum adfuturum esse hic confido propediem.   160
Men. Utinam ita di faxint! *Chr.* Facient. Nunc, si commo-
dum est,
Dionysia hic sunt hodie; apud me sis volo.
Men. Non possum. *Chr.* Cur non? Quæso, tandem aliquan-
tulum
Tibi parce. Idem absens facere te hoc volt filius.
Men. Non convenit, qui illum ad laborem impulerim,   165
Nunc me ipsum fugere. *Chr.* Siccine est sententia?
Men. Sic. *Chr.* Bene vale. *Men.* Et tu.

SCENA SECUNDA.

CHREMES.

Lacrimas excussit mihi,
Miseretque me ejus. Sed di diei tempus est,
Monere oportet me hunc vicinum Phaniam,
Ad cœnam ut veniat; ibo ut visam, si domi est.   170
Nihil opus fuit monitore : jam dudum domi
Præsto apud me esse aiunt; egomet convivas moror.
Ibo adeo hinc intro. Sed quid crepuerunt fores
Hinc? A me quisnam egreditur? Huc concessero.

SCÈNE III.

CLITIPHON, CHRÉMÈS.

Clit. (*à la cantonade.*) Vous n'avez pas encore sujet de vous alarmer, Clinia ; ils ne sont pas en retard, et je suis sûr qu'elle viendra aujourd'hui avec votre messager. Allons, chassez ces inquiétudes mal fondées, qui vous torturent.

Chr. A qui mon fils parle-t-il ?

Clit. Je cherchais mon père ; le voici. Abordons-le. (*Haut.*) Ah ! mon père, vous arrivez fort à propos.

Chr. Et pourquoi ?

Clit. Vous connaissez Ménédème , notre voisin ?

Chr. Oui.

Clit. Vous savez qu'il a un fils ?

Chr. J'ai ouï dire qu'il était en Asie.

Clit. Il n'y est plus , mon père ; il est chez nous.

Chr. Que me dites-vous là ?

Clit. Il vient d'arriver ; je me trouvais là comme il débarquait, et je l'ai amené pour souper avec nous. Car nous avons toujours vécu depuis notre enfance dans la plus grande intimité.

Chr. L'heureuse nouvelle que vous me donnez ! J'avais invité Ménédème ; combien je regrette de n'avoir pas insisté davantage pour qu'il fût des nôtres ! Je lui aurais ménagé chez moi une agréable surprise , et j'aurais été le premier à lui apprendre ce bonheur. Mais il est encore temps.

Clit. Gardez-vous-en bien , mon père ! il ne le faut pas.

Chr. Et pourquoi ?

Clit. Parce que le fils ne sait encore ce qu'il doit faire. Il arrive à l'instant, et s'alarme sur toutes choses. Il redoute la colère de son père ; il s'inquiète des dispositions de sa maîtresse à son égard.

Car il l'aime éperdûment ; c'est à cause d'elle qu'ils se sont brouillés et qu'il est parti.

Chr. Je le sais.

Clit. Il vient de lui dépêcher à la ville un petit esclave , et j'ai dit à Syrus d'y aller aussi.

Chr. Et que dit-il ?

Clit. Ce qu'il dit ? qu'il est bien malheureux.

Chr. Malheureux ! lui ? Personne l'est-il moins ? Que lui manque-t-il de tout ce qui peut faire le bonheur d'un homme? Parents, amis , alliés , naissance, fortune , patrie heureuse et florissante , il a tout cela. Il est vrai que ce sont des choses dont la valeur dépend des dispositions d'esprit de celui qui les possède ; elles sont un bien pour qui sait en jouir, un mal pour qui en abuse.

Clit. Oui ; mais le vieux Ménédème a toujours été bourru ; et tout ce que je crains en ce moment, c'est que la colère ne lui fasse maltraiter son fils.

Chr. Lui ? (*bas.*) Mais taisons-nous; il est bon qu'un fils craigne son père.

Clit. Que dites-vous ainsi tout bas ?

Chr. Je dis que de toute manière il ne devait pas s'en aller. Peut-être Ménédème était-il un peu trop dur au gré du jeune homme. Il fallait prendre patience ; car qui supporterait-il , s'il ne supportait son père ? Était-ce au père de vivre à la fantaisie du fils, ou bien au fils de vivre à la fantaisie du père? Et quant à ce reproche de dureté, il n'est pas fondé. Les torts des pères sont presque toujours les mêmes. Ils ne veulent pas , pour peu qu'ils soient raisonnables, que l'on coure les femmes, ni que l'on fasse sans cesse des orgies ; ils serrent les cordons de leur bourse. Tout cela n'est-il pas pour le bien des enfants ? Lorsque le cœur est devenu l'esclave de quelque mauvaise passion, il est impossible, Cliti-

SCENA TERTIA.

CLITIPHO, CHREMES.

Clit. Nihil adhuc est, quod vereare, Clinia : haudquaquam etiam cessant,   175
Et illam simul cum nuntio tibi hic ego adfuturam hodie scio.
Proin tu sollicitudinem istam falsam, quæ te excruciat, mittas.

Chr. Quicum loquitur filius?

Clit. Pater adest, quem volui. Adibo. Pater, opportune advenis.

Chr. Quid id est? *Clit.* Hunc Menedemum nostin' nostrum vicinum? *Chr.* Probe.   180

Clit. Huic filium scis esse? *Chr.* Audivi esse in Asia. *Clit.* Non est, pater;

Apud nos est. *Chr.* Quid ais? *Clit.* Advenientem, e navi egredientem illico

Abduxi ad cœnam : nam mihi magna cum eo jam inde usque a pueritia

Fuit semper familiaritas. *Chr.* Voluptatem magnam nuntias.

Quam vellem Menedemum invitatum, ut nobiscum esset hodie, amplius :   185

Ut hanc lætitiam nec opinanti primus objicerem et domi.

Atque etiam nunc tempus est. *Clit.* Cave faxis ; non est opus, pater.

Chr. Quapropter ? *Clit.* Quia enim incertum 'st etiam, quid se faciat; modo venit;

Timet omnia , patris iram , et animum amicæ se erga ut sit suæ.

Nam misere amat; propter eam hæc turba atque abitio evenit.

Chr. Scio.   190

Clit. Nunc servolum ad eam in urbem misit, et ego nostrum una Syrum.

Chr. Quid narrat? *Clit.* Quid ille? Miserum se esse. *Chr.* Miserum? Quem minus credere 'st?

Quid reliqui 'st , quin habeat quæ quidem in homine dicuntur bona?

Parentes, patriam incolumem, amicos, genus, cognatos, divitias.

Atque hæc perinde sunt, ut illius animus, qui ea possidet :   195

Qui uti scit, ei bona; illi, qui non utitur recte, mala.

Clit. Immo ille fuit senex importunus semper; et nunc nil magis

Vereor, quam ne quid in illum iratus plus satis faxit, pater.

Chr. Illene? Sed reprimam me : nam in metu esse hunc, illi est utile.

Clit. Quid tute tecum? *Chr.* Dicam : ut ut erat, mansum tamen oportuit.   200

Forsitan aliquantum iniquior erat præter ejus lubidinem ;

Pateretur : nam quem ferret, si parentem non ferret suum?

Hunccine erat æquum ex illius more, an illum ex hujus vivere?

Et quod illum insimulant durum ; id non est : nam parentum injuriæ

Uniusmodi sunt ferme. Paulo qui est homo tolerabilis,   205

Scortari crebro nolunt, nolunt crebro convivarier,

Præbent exigue sumptum ; atque hæc sunt tamen ad virtutem omnia.

Verum ubi animus semel se cupiditate devinxit mala,

Necesse est, Clitipho , consilia sequi consimilia. Hoc

Scitum est, periculum ex aliis facere, tibi quod ex usu siet.   210

phon, que la conduite ne s'en ressente pas. Il est sage de profiter de l'exemple d'autrui pour s'instruire. *Clit.* Je le pense aussi.

Chr. Je rentre, pour voir ce que nous avons à souper. Vous, songez à ne pas trop vous éloigner; car il se fait tard.

SCÈNE IV.

CLITIPHON, (*seul.*)

Que les pères sont injustes à l'égard de leurs enfants! Ils voudraient que nous fussions des barbons en venant au monde, que nous n'eussions aucune des faiblesses du jeune âge. Ils ont la manie de régler notre vie sur ce qu'ils sont aujourd'hui, et non sur ce qu'ils ont été. Si jamais j'ai un fils, je réponds qu'il trouvera en moi un père bien commode; il pourra m'avouer ses folies et compter sur mon indulgence. Je ne ferai pas comme mon père, qui me débite toujours sa morale à propos des autres. Malheur à moi quand il a bu un coup de trop! Comme il me conte alors ses fredaines! Maintenant il vient me dire : « Profitez de l'exemple d'autrui pour vous instruire. » Que c'est bien trouvé! Il ne sait guère, ma foi, que je fais la sourde oreille. Je suis plus sensible à ces deux mots de ma maîtresse : « *Donnez-moi et apportez-moi.* » Mais je ne puis la satisfaire; non, personne n'est plus malheureux que moi. Ce cher Clinia, quoiqu'il ait bien aussi ses embarras, au moins a-t-il une maîtresse bien élevée, une honnête femme, qui ne connaît rien au métier de courtisane. La mienne est impérieuse, avide, dépensière, magnifique, et fort connue. Et je n'ai à lui donner..... Mais non : je n'o-

---

Clit. Ita credo. *Chr.* Ego ibo hinc intro, ut videam nobis cœnæ quid siet.
Tu, ut tempus est diei, vide sis, ne quo hinc abeas longius.

SCENA QUARTA.

CLITIPHO.

Quam iniqui sunt patres in omnes adolescentes judices!
Qui æquum esse censent, nos jam a pueris illico nasci senes;
Neque illarum adfines esse rerum, quas fert adolescentia. 215
Ex sua lubidine moderantur, nunc quæ est, non quæ olim fuit.
Mihi si unquam filius erit, næ ille facili me utetur patre.
Nam et cognoscendi et ignoscendi dabitur peccati locus;
Non ut meus, qui mihi per alium ostendit suam sententiam.
Periei! is mi, ubi adbibit plus paulo, sua quæ narrat facinora! 220
Nunc ait : « Periclum ex aliis facito, tibi quod ex usu siet. »
Astutus! næ ille haud scit, quam mihi nunc surdo narret fabulam.
Magis nunc me amicæ dicta stimulant : « Da mihi, atque, adfer mihi. »
Cui quod respondeam, nihil habeo : neque me quisquam est miserior.
Nam hic Clinia, etsi is quoque suarum rerum sat agit, attamen 225
Habet bene ac pudice eductam, ignaram artis meretriciæ.
Mea est potens, procax, magnifica, sumptuosa, nobilis.
Tum quod dem ei... recte est : nam nihil esse mihi religio 'st dicere.

---

serais pas avouer que je n'ai pas le sou. Il y a peu de temps que je me suis mis cette épine au pied; mon père n'en sait encore rien.

ACTE SECOND.

SCÈNE I.

CLINIA, CLITIPHON.

Clin. Si tout allait bien pour mes amours, il y a longtemps, j'en suis sûr, qu'ils seraient arrivés. Mais je crains bien qu'en mon absence elle n'ait été séduite. Tant de circonstances se réunissent pour me torturer l'esprit : l'occasion, la ville qu'elle habite, sa jeunesse, une coquine de mère, dont elle dépend et qui n'aime que l'argent.
Clit. Clinia!
Clin. Que je suis malheureux!
Clit. Prenez donc garde qu'on ne vous aperçoive ici, si l'on venait à sortir de chez votre père.
Clin. Vous avez raison. Mais je ne sais quel mauvais pressentiment m'agite.
Clit. Vous jugerez donc toujours les choses avant de savoir ce qu'il en est?
Clin. S'il n'était arrivé aucun malheur, elle serait déjà ici.
Clit. Elle va venir.
Clin. Oui, quand?
Clit. Vous ne songez pas qu'elle est assez loin d'ici. Et puis, vous connaissez les femmes; il leur faut un an pour s'apprêter, pour se coiffer.
Clin. Ah! Clitiphon, je tremble.
Clit. Rassurez-vous. Tenez, voici Dromon et Syrus, qui vont vous donner des nouvelles.

Hoc ego mali non pridem inveni, neque etiam dum scit pater.

ACTUS SECUNDUS.

SCENA PRIMA.

CLINIA. CLITIPHO.

Clin. Si mihi secundæ res de amore meo essent, jam dudum, scio, 230
Venissent; sed vereor, ne mulier me absente hic corrupta sit.
Concurrunt multæ opiniones, quæ mihi animum exangeant.
Occasio, locus, ætas, mater, cujus sub imperio 'st, mala, Cui nil jam præter pretium dulce est. *Clit.* Clinia! *Clin.* Hei, misero mihi!
Clit. Etiam caves, ne videat forte hic te a patre aliquis exiens? 235
Clin. Faciam; sed nescio quid profecto mi animus præsagit mali.
Clit. Pergin' istuc prius dijudicare, quam scias, quid rei siet?
Clin. Si nil mali esset, jam hic adesset. *Clit.* Jam aderit. *Clin.* Quando istuc jam erit?
Clit. Non cogitas hinc longule esse? Et nosti mores mulierum :
Dum moliuntur, dum comuntur, annus est. *Clin.* O Clitipho, 240
Timeo. *Clit.* Respira. Eccum Dromonem cum Syro : una adsunt tibi.

SCÈNE II.

SYRUS, DROMON, CLINIA, CLITIPHON.

Syr. Vraiment ?

Dr. C'est comme je te le dis.

Syr. Mais tandis que nous bavardons, elles sont restées en arrière.

Clit. Vous entendez, Clinia ; la voilà qui arrive.

Clin. Oui, j'entends, je vois et je respire enfin, Clitiphon.

Dr. Cela n'est pas étonnant, embarrassées comme elles le sont ; elles mènent avec elles toute une bande de femmes.

Clin. Je suis perdu ! D'où lui viennent ces esclaves ?

Clit. C'est à moi que vous le demandez ?

Syr. Il n'aurait pas fallu les quitter. Elles traînent un bagage !

Clin. Ah !

Syr. Des bijoux, des robes ; il se fait tard d'ailleurs, et elles ne savent pas le chemin. Nous avons fait une sottise. Retourne au-devant d'elles, Dromon ; va vite. Mais va donc.

Clin. Malheureux que je suis ! comme mes espérances sont déçues !

Clit. Qu'avez-vous donc ? De quoi vous tourmentez-vous encore ?

Clin. Vous le demandez ? Ne voyez-vous pas ? Des esclaves, des bijoux, des robes, lorsque je l'ai laissée ici avec une petite servante ! D'où lui vient tout cela, dites-moi ?

Clit. Ah ! je commence à comprendre.

Syr. Bons dieux, quelle cohue ! Jamais notre maison n'y pourra suffire. Comme tout cela va boire et manger ! Qu'est-ce que va devenir notre vieux maître ? Mais voici ceux que je cherchais.

SCENA SECUNDA.

SYRUS, DROMO, CLINIA, CLITIPHO.

Syr. Ain' tu? *Drom.* Sic est. *Syr.* Verum interea dum sermones cædimus,
Illæ sunt relictæ. *Clit.* Mulier tibi adest, audin', Clinia?
Clin. Ego vero audio nunc demum et video et valeo, Clitipho.
Drom. Minime mirum, adeo impeditæ sunt : ancillarum gregem   245
Ducunt secum. *Clin.* Perii! unde illi sunt ancillæ? *Clit.* Men' rogas?
Syr. Non oportuit relictas. Portant quid rerum? *Clin.* Hei mihi !
Syr. Aurum, vestem ; et vesperascit, et non noverunt viam.
Factum a nobis stulte est. Abi dum tu, Dromo, illis obviam.
Propera ! Quid stas? *Clin.* Væ misero mihi, quanta de spe decidi?   250
Clit. Quid istuc? Quæ res te sollicitat autem? *Clin.* Rogitas, quid siet?
Viden' tu? Ancillas, aurum, vestem, quam ego cum una ancillula
Hic reliqui ; unde esse censes? *Clit.* Vah! Nunc demum intelligo.
Syr. Di boni, quid turbæ 'st! Ædes nostræ vix capient, scio.
Quid comedent? Quid ebibent ? Quid sene erit nostro miserius?   255
Sed eccos video, quos volebam. *Clin.* O Jupiter! Ubinam est fides?

TÉRENCE.

Clin. O Jupiter! à qui se fier dans ce monde? Pendant que j'ai la sottise d'errer loin de mon pays à cause de vous, Antiphile, vous avez travaillé à vous enrichir, et vous m'avez abandonné à mon mauvais sort ; vous pour qui je me suis déshonoré, pour qui j'ai désobéi à mon père ! Je rougis maintenant et j'ai pitié de moi-même. Ah ! il ne s'est pas fait faute de me prévenir du caractère de ces sortes de femmes ; mais ses avis ont été inutiles, et il n'a jamais pu me détacher d'elles. C'est ce que je vais faire pourtant aujourd'hui ; et lorsqu'il m'en aurait su gré, je ne l'ai pas voulu. Non, on n'est pas plus malheureux que moi.

Syr. (*à part.*) Évidemment il a mal compris ce que nous venons de dire. (*Haut.*) Clinia, votre maîtresse n'est pas ce que vous croyez. Sa conduite est toujours la même ; son cœur n'a point changé, si toutefois les apparences ne nous ont pas trompés.

Clin. Que dis-tu? Parle, je t'en conjure, car il n'est rien que je souhaite plus en ce moment que de l'avoir soupçonnée à tort.

Syr. D'abord, pour que vous soyez instruit de tout ce qui la concerne, la vieille, qu'on appelait sa mère, ne l'était pas. Elle est morte. J'ai entendu cela par hasard chemin faisant, comme elle le contait à l'autre.

Clit. Quelle autre?

Syr. Un moment : nous y reviendrons. Laissez-moi finir ce que j'ai commencé, Clitiphon.

Clit. Dépêche.

Syr. D'abord, dès que nous fûmes arrivés à son logement, Dromon frappe à la porte. Une vieille se présente. A peine a-t-elle ouvert, qu'il se précipite dans la maison ; je le suis. La vieille pousse le verrou et retourne à son ouvrage. C'était l'occasion ou jamais, Clinia, de savoir quelle vie votre

Dum ego propter te errans patria careo demens, tu interea loci
Conlocupletasti te, Antiphila, et me in his deseruisti malis ;
Propter quam in summa infamia sum, et meo patri minus sum obsequens.
Cujus nunc pudet me et miseret, qui harum mores cantabat mihi,   260
Monuisse frustra, neque eum potuisse unquam ab hac me expellere.
Quod tamen nunc faciam, tum, quum gratum mi esse potuit, nolui.
Nemo est miserior me. *Syr.* Hic de nostris verbis errat videlicet,
Quæ hic sumus locuti. Clinia, aliter tuum amorem, atque est, accipis.
Nam et vita 'st eadem, et animus te erga idem ac fuit ;   265
Quantum ex ipsa re conjecturam fecimus.
Clin. Quid est, obsecro? Nam mihi nunc nil rerum omnium 'st,
Quod malim, quam me hoc falso suspicarier.
Syr. Hoc primum, ut ne quid hujus rerum ignores : anus,
Quæ est dicta mater esse ei antehac, non fuit.   270
Ea obiit mortem. Hoc ipsa in itinere alteræ
Dum narrat, forte audivi. *Clit.* Quænam est altera?
Syr. Mane : hoc quod cœpi, primum enarrem, Clitipho;
Post istuc veniam. *Clit.* Propera. *Syr.* Jam primum omnium,
Ubi ventum ad ædes est, Dromo pultat fores :   275
Anus quædam prodit ; hæc ubi aperit ostium,
Continuo hic se intro conjicit ; ego consequor ;
Anus foribus obdit pessulum, ad lanam redit.
Hinc sciri potuit, aut nusquam alibi, Clinia,

39

maîtresse a menée en votre absence ; car nous tombions chez elle à l'improviste, de manière à pouvoir la surprendre au milieu de ses occupations habituelles, qui sont à coup sûr le meilleur indice pour juger du caractère et des goûts d'une personne. Nous la trouvons fort occupée à tisser sa toile, simplement vêtue, en habits de deuil, sans doute à cause de cette vieille qui est morte. Point de bijoux, point de parure, comme une femme qui ne s'habille que pour elle; aucun de ces artifices imaginés par les coquettes; les cheveux dénoués et tombants, rejetés négligemment derrière le cou.... Chut!

Clin. Mon cher Syrus, de grâce, ne me donne pas une fausse joie.

Syr. La vieille filait la trame. Il y avait encore au même métier une petite esclave couverte de haillons, sale, et repoussante de malpropreté.

Clit. S'il dit vrai, Clinia, comme je le crois, vous êtes le plus heureux des hommes. Entendez-vous? une esclave malpropre et mal vêtue? C'est encore un signe certain que la maîtresse est sage, quand la confidente n'est pas bien tenue. Car, règle générale, on achète d'abord la suivante, quand on veut arriver jusqu'à la maîtresse.

Clin. Continue, je te prie, et garde-toi bien de mentir pour gagner mes bonnes grâces. Qu'a-t-elle dit lorsque tu m'as nommé?

Syr. Quand nous lui avons dit que vous étiez de retour et que vous désiriez la voir, à l'instant même la toile lui est tombée des mains, et elle s'est mise à verser un torrent de larmes. Il était facile de voir qu'elle était impatiente de vous revoir.

Clin. Je ne me sens plus de joie; je ne sais où j'en suis : j'ai eu si peur!

Clit. Je vous disais bien, Clinia, que vous vous alarmiez à tort. Maintenant, Syrus, apprends-nous quelle est l'autre?

Syr. C'est Bacchis que nous vous amenons.

Clit. Hein! que dis-tu? Bacchis? Mais, pendard, où la mènes-tu?

Syr. Où je la mène? chez nous donc.

Clit. Chez mon père?

Syr. Précisément.

Clit. Voilà un effronté coquin!

Syr. Écoutez donc : ce n'est pas sans péril qu'on accomplit un grand et mémorable exploit.

Clit. Prends-y garde, c'est à mes dépens que tu vas faire ton coup, maraud! Pour peu qu'une seule de tes combinaisons échoue, Je suis perdu. Que prétends-tu faire?

Syr. Et mais....

Clit. Quoi, mais?

Syr. Si vous me laissiez parler, je m'expliquerais.

Clin. Écoutez-le.

Clit. Je l'écoute.

Syr. Il en est de cette affaire-ci présentement, comme si.....

Clit. Le bourreau! quel galimatias vient-il me débiter?

Clin. Il a raison, Syrus. Laisse-là tous ces détours, et arrive au fait.

Syr. En vérité, je ne puis plus y tenir : vous êtes souverainement injuste, Clitiphon; vous êtes insupportable.

Clin. Allons, il faut l'écouter : silence.

Syr. Vous voulez faire l'amour, vous voulez posséder votre maîtresse, vous voulez qu'on vous trouve de l'argent pour le lui donner, et vous ne voulez pas courir le moindre risque avec cela : vous ne calculez pas mal, si toutefois c'est calculer que de vouloir l'impossible. Il faut prendre le bien avec les charges, ou renoncer à l'un comme aux autres; il n'y a pas de milieu, choisissez. Ce n'est pas que je n'ose répondre de mon plan : il est bon, il est sûr. Vous pou-

---

Quo studio vitam suam te absente exegerit,   280
Ubi de improviso est interventum mulieri.
Nam ea tum res dedit existimandi copiam,
Quotidianæ vitæ consuetudinem,
Quæ, cujusque ingenium ut sit, declarat maxume.
Texentem telam studiose ipsam offendimus,   285
Mediocriter vestitam, veste lugubri,
Ejus anuis causa, opinor, quæ erat mortua;
Sine auro, tum ornatam, ita uti quæ ornantur sibi,
Nulla mala re esse expolitam muliebri;
Capillus passus, prolixus, circum caput   290
Rejectus negligenter... Pax! *Clin.* Syre mi, obsecro!
Ne me in lætitiam frustra conjicias. *Syr.* Anus
Subtemen nebat. Præterea una ancillula
Erat : ea texebat una, pannis obsita,
Neglecta, immunda illuvie. *Clit.* Si hæc sunt, Clinia,   295
Vera, ita uti credo, quis te est fortunatior?
Scin' hanc, quam dicit sordidatam et sordidam?
Magnum hoc quoque signum 'st, dominam esse extra noxiam,
Quum tam negligitur ejus internuntia.
Nam disciplina est iisdem, munerarier   300
Ancillas primum, ad dominas qui affectant viam.
Clin. Perge, obsecro te, et cave ne falsam gratiam
Studeas inire. Quid ait, ubi me nominas?
Syr. Ubi dicimus, rediisse te, et rogare uti
Veniret ad te, mulier telam deseruit   305
Continuo, et lacrimis opplet os totum sibi, ut
Facile scires, desiderio id fieri tuo.
Clin. Præ gaudio, ita me di ament, ubi sim nescio :

Ita timui. *Clit.* At ego nil esse scibam, Clinia.
Agedum vicissim, Syre, dic quæ illa 'st altera.   310
Syr. Adducimus tuam Bacchidem. *Clit.* Hem, quid? Bacchidem?
Eho, sceleste! Quo illam ducis? *Syr.* Quo illam ego? Ad nos scilicet.
Clit. Ad patremne? *Syr.* Ad eum ipsum. *Clit.* O hominis impudentem audaciam! *Syr.* Heus tu,
Non fit sine periclo facinus magnum et commemorabile.
Clit. Hoc vide! In mea vita tu tibi laudem is quæsitum, scelus!   315
Ubi si paululum modo quid te fugerit, ego perierim.
Quid illa facias? *Syr.* At enim..... *Clit.* Quid, enim? *Syr.* Si sinis, dico. *Clin.* Sine.
Clit. Sino. *Syr.* Ita res est hæc nunc. quasi quum.... *Clit.* Quas, malum! ambages mihi
Narrare occipit! *Clin.* Syre, verum hic dicit. Mitte, ad rem redi.
Syr. Enimvero reticere nequeo : multimodis injuria's,   320
Clitipho, neque ferri potis es. *Clin.* Audiundum hercle est, tace.
Syr. Vis amare; vis potiri; vis, quod des illi, effici;
Tuum esse in potiundo periclum non vis : haud stulte sapis,
Siquidem id sapere 'st, velle te id, quod non potest contingere.
Aut hæc cum illis sunt habenda, aut illa cum his mittenda sunt.   325
Harum duarum conditionum nunc utram malis, vide;
Etsi consilium hoc, quod cepi, rectum esse et tutum scio :

vez sans crainte avoir votre maîtresse auprès de vous chez votre père; et l'argent que vous lui avez promis, cet argent dont vous m'avez cent fois rebattu les oreilles, je le trouverai par le même moyen. Que voulez-vous de plus?

Clit. Si la chose a lieu...

Syr. Si?.... l'expérience vous l'apprendra.

Clit. Allons, soit, voyons; ce plan, quel est-il?

Syr. Nous ferons passer votre maîtresse pour celle de Clinia.

Clit. A merveille, soit; mais la sienne, qu'en fera-t-il? Dira-t-on aussi qu'elle est à lui, comme si une seule ne faisait pas assez de scandale?

Syr. Non; on la conduira chez votre mère.

Clit. Pourquoi là?

Syr. Il serait trop long de vous expliquer pourquoi; j'ai mes raisons.

Clit. Chansons que cela! Je ne vois rien d'assez grave pour m'engager dans ce mauvais pas.

Syr. Attendez; puisque vous avez peur, j'ai un autre expédient où vous serez bien forcés tous deux de reconnaître qu'il n'y a pas le moindre danger.

Clit. A la bonne heure, trouve-m'en un comme cela.

Syr. Très-volontiers. Je vais de ce pas au-devant d'elles leur dire de retourner d'où elles viennent.

Clit. Comment? que dis-tu?

Syr. Je veux vous débarrasser de tout tracas; vous dormirez alors tranquillement sur les deux oreilles.

Clit. Que faire?

Clin. Vous? L'occasion est belle.....

Clit. Syrus, parle-moi franchement.

Syr. Décidez vous; tantôt vous le voudrez, mais il ne sera plus temps.

Clin. Profitez de la circonstance, tandis que vous le pouvez; vous ne savez pas.

Clit. (*à Syrus qui s'éloigne.*) Syrus, écoute-moi.

Syr. C'est bien, c'est bien; je m'en vais toujours...

Clin. Si elle se représentera jamais.

Clit. Vous avez, ma foi, raison. Syrus, Syrus, écoute-moi. Hé, hé! Syrus.

Syr. (*à part.*) Il a pris feu enfin. (*Haut.*) Que me voulez-vous?

Clit. Reviens, reviens.

Syr. Me voici. Voyons, qu'y a-t-il? Vous allez me dire encore que cela ne vous convient pas.

Clit. Non, Syrus; je m'abandonne à toi, moi, mon amour et ma réputation. Je t'en fais l'arbitre; mais prends garde de faire quelque sottise.

Syr. Vous me donnez là un plaisant conseil, Clitiphon : comme si je n'y étais pas intéressé aussi bien que vous-même! Si par hasard il nous arrivait malheur, vous auriez la semonce, et moi les coups de bâton. Ainsi je ne m'endormirai pas un seul instant. Mais avant tout obtenons de Clinia qu'il fasse passer Bacchis pour sa maîtresse.

Clin. C'est entendu; au point où en sont les choses, il le faut bien.

Clit. Vous êtes un véritable ami, Clinia.

Clin. Mais elle, en êtes-vous sûr?

Syr. Elle sait parfaitement son rôle.

Clit. Vraiment, je m'étonne que tu l'aies décidée si facilement à venir: elle en rebute tous les jours bien d'autres que moi.

Syr. Je suis arrivé au bon moment; c'est l'essentiel. J'ai trouvé chez elle un pauvre officier qui voulait y passer la nuit. Elle amusait notre homme de manière à enflammer ses désirs par d'habiles refus, et pour se faire auprès de vous un mérite du sacrifice. Mais, à propos, n'allez pas vous-même nous faire ici quelque sottise. Vous connaissez votre père; il y voit clair en ces sortes d'affaires. Et je sais, moi, combien vous êtes habituellement étourdi.

Nam tua apud patrem amica tecum sine metu ut sit, copia
   'st.
Tum quod illi argentum es pollicitus, eadem hac inveniam
   via.
Quod ut efficerem, orando surdas jam aures reddideras
   mihi.   330
Quid aliud tibi vis? *Clit.* Siquidem hoc fit. *Syr.* Siquidem!...
   Experiundo scies.
Clit. Age age, cedo istum tuum consilium; quid id est?
Syr. Adsimulabimus.
Tuam amicam hujus esse. *Clit.* Pulchre; cedo, quid hic fa-
   ciet sua?
An ea quoque dicetur hujus, si una hæc dedecori est pa-
   rum?
Syr. Immo ad tuam matrem deducetur. *Clit.* Quid eo? *Syr*
   Longum 'st, Clitipho,   335
Si tibi narrem, quamobrem id faciam; vera causa est. *Clit.*
   Fabulæ!
Nil satis firmi video, quamobrem accipere hunc mi expe-
   diat metum.
Syr. Mane : habeo aliud, si istud metuis, quod ambo confi-
   teamini
Sine periculo esse. *Clit.* Hujusmodi, obsecro, aliquid rep-
   peri. *Syr.* Maxume.
Ibo obviam hinc; dicam, ut revertantur domum. *Clit.*
   Hem!   340
Quid dixti? *Syr.* Ademptum tibi jam faxo omnem metum,
In aurem utramvis otiose ut dormias.
Clit. Quid ago nunc? *Clin.* Tune? Quod boni... *Clit.* Syre,
   dic modo

Verum. *Syr.* Age modo hodie, sero ac nequicquam voles.
Clin. Datur; fruare, dum licet : nam nescias....   345
Clit. Syre, inquam. *Syr.* Perge porro, tamen istuc ago.
Clin. Ejus sit potestas posthac, an nunquam, tibi.
Clit. Verum hercle istuc est. Syre, Syre, inquam; heus,
   heus, Syre!
Syr. Concaluit. Quid vis? *Clit.* Redi, redi. *Syr.* Adsum, dic,
   quid est?
Jam hoc quoque negabis tibi placere. *Clit.* Immo, Syre,
Et me, et meum amorem, et famam permitto tibi.   351
Tu es judex : ne quid accusandus sis, vide.
Syr. Ridiculum est, te istuc me admonere, Clitipho,
Quasi istic mea res minor agatur, quam tua.
Hic si quid nobis forte adversi evenerit,   355
Tibi erunt parata verba, huic homini verbera.
Quapropter hæc res neutiquam neglectu est mihi.
Sed istum exora, ut suam esse adsimulet. *Clit.* Scilicet
Facturum me esse; in eum res rediit jam locum,
Ut sit necessum. *Clit.* Merito te amo, Clinia.   360
Clin. Verum illa ne quid titubet. *Syr.* Perdocta 'st probe.
Clit. At hoc demiror, qui tam facile potueris
Persuadere illi, quæ solet quos spernere!
Syr. In tempore ad eam veni; quod rerum omnium 'st
Primum : nam miserum quemdam offendi ibi militem,   365
Ejus noctem orantem. Hæc arte tractabat virum,
Ut illius animum cupidum inopia incenderet,
Eademque ut esset apud te hoc quam gratissimum.
Sed heus tu, vide sis, ne quid imprudens ruas.
Patrem novisti, ad has res quam sit perspicax;   370
Ego te autem novi, quam esse soleas impotens.

Point de mots couverts, point de regards en arrière, point de soupirs. Il ne faut ni cracher, ni tousser, ni rire : gardez-vous-en bien.

Clit. Tu seras content de moi.

Syr. Veillez sur vous.

Clit. Je t'étonnerai.

Syr. Mais voici les femmes; comme elles nous ont suivis de près!

Clit. Où sont-elles? Ne me retiens pas.

Syr. Ce n'est plus votre maîtresse à présent.

Clit. Chez mon père, oui; mais en attendant....

Syr. Pas davantage.

Clit. Laisse-moi.

Syr. Non, vous dis-je.

Clit. De grâce, un instant.

Syr. Non, mille fois non.

Clit. Je ne ferai que la saluer.

Syr. Allez-vous-en, croyez-moi.

Clit. Je m'en vais. Et Clinia?

Syr. Qu'il reste.

Clit. Heureux mortel!

Syr. Mais allez donc.

SCÈNE III.

BACCHIS, ANTIPHILE, CLINIA, SYRUS, TROUPE D'ESCLAVES.

Bac. Sur mon honneur, je vous félicite, ma chère Antiphile, et vous estime heureuse d'avoir su tenir une conduite qui répondît à votre beauté; je ne m'étonne plus, de par tous les dieux! que chacun vous recherche. J'ai pu juger de votre caractère par vos paroles. Quand je songe à la vie que vous menez, vous et toutes les femmes qui comme vous évitent le monde, je ne trouve pas surprenant que vous soyez si vertueuses, tandis que nous le sommes si peu. Vous avez tout profit à vous bien conduire;

nos amants, à nous, ne nous le permettent pas, car ils ne sont épris de nous qu'à cause de notre beauté. Que cette beauté passe, ils vont offrir leurs cœurs à d'autres. Si nous ne nous sommes préalablement ménagé quelques ressources, nous vivons alors dans l'abandon. Vous autres, avez-vous consenti à unir votre destinée à celle d'un homme dont les goûts sont tout à fait conformes aux vôtres, cet homme s'attache exclusivement à vous. Grâce à ce lien, vous êtes comme enchaînés l'un à l'autre, et jamais aucun orage ne peut troubler votre affection.

Ant. J'ignore ce que sont les autres; mais je sais que j'ai toujours eu à cœur de chercher mon bonheur dans ce qui convenait à Clinia.

Clin. (à part.) Ah! aussi c'est toi seule, ma chère Antiphile, qui m'as fait revenir dans ma patrie. Tant que j'ai été séparé de toi, tout ce que j'ai enduré de peines m'a paru très-léger, excepté pourtant le chagrin de ne pas te voir.

Syr. Je le crois.

Clin. Syrus, je n'y tiens plus. Suis-je assez malheureux de ne pouvoir devenir maître d'un pareil trésor?

Syr. Oh! de l'humeur dont j'ai vu votre père, il vous donnera longtemps encore du fil à retordre.

Bac. Quel est donc ce jeune homme qui nous regarde?

Ant. Ah! de grâce, soutenez-moi.

Bac. Ma chère, qu'avez-vous?

Ant. Je me meurs!

Bac. Je ne sais plus où donner de la tête. Pourquoi ce saisissement, Antiphile?

Ant. Est-ce bien Clinia que j'aperçois? ou me trompé-je?

Bac. De qui parlez-vous?

Clin. Bonjour, âme de ma vie.

Inversa verba, eversas cervices tuas,
Gemitus, screatus, tusses, risus abstine.
Clit. Laudabis. *Syr.* Vide sis. *Clit.* Tutemet mirabere.
Syr. Sed quam cito sunt consecutæ mulieres!   375
Clit. Ubi sunt? Cur retines? *Syr.* Jam nunc hæc non est tua.
Clit. Scio, apud patrem; at nunc interim... *Syr.* Nihilo magis.
Clit. Sine. *Syr.* Non sinam, inquam. *Clit.* Quæso paullisper. *Syr.* Veto.
Clit. Saltem salutare. *Syr.* Abeas, si sapis. *Clit.* Eo.
Quid istic? *Syr.* Manebit. *Clit.* O hominem felicem! *Syr.* Ambula.   380

SCENA TERTIA.

BACCHIS, ANTIPHILA, CLINIA, SYRUS, GREX ANCILLARUM.

Bac. Ædepol te, mea Antiphila, laudo, et fortunatam judico,
Id quum studuisti, isti formæ ut mores consimiles forent;
Minimeque, ita me di ament, miror, si te sibi quisque expetit.
Nam mihi, quale ingenium haberes, fuit indicio oratio.
Et quum egomet nunc mecum in animo vitam tuam considero,   385
Omniumque adeo vestrarum, vulgus quæ ab se segregant;
Et vos esse istiusmodi, et nos non esse, haud mirabile 'st.

Nam expedit bonis esse vobis; nos, quibuscum est res, non sinunt :
Quippe forma impulsi nostra nos amatores colunt.   389
Hæc ubi immutata est, illi suum animum alio conferunt;
Nisi si prospectum interea aliquid est, desertæ vivimus.
Vobis cum uno semel ubi ætatem agere decretum 'st viro,
Cujus mos maxume 'st consimilis vestrûm; hi se ad vos applicant.
Hoc beneficio utrique ab utrisque vero devincimini,
Ut nunquam ulla amori vestro incidere possit calamitas.   395
Ant. Nescio alias; me quidem semper scio fecisse sedulo, ut
Ex illius commodo meum compararem commodum. *Clin.* Ah,
Ergo, mea Antiphila, tu nunc sola reducem me in patriam facis;
Nam dum abs te absum, omnes mihi labores fuere, quos cepi, leves,
Præterquam tui carendum quod erat. *Syr.* Credo. *Clin.* Syre, vix suffero.   400
Hoccine miserum non licere meo modo ingenium frui!
Syr. Immo, ut patrem tuum vidi, partes diu etiam duras dabit.
Bacch. Quisnam hic adolescens est, qui intuitur nos? *Ant.* Ah, retine me, obsecro.
Bacch. Amabo, quid tibi est? *Ant.* Disperii! *Bacch.* Perii, misera; quid stupes,
Antiphila? *Ant.* Videon' Cliniam? An non? *Bacc.* Quem vides?   405
Clin. Salve, anime mi. *Ant.* O mi Clinia, salve. *Clin.* Ut vales?

Ant. Bonjour, mon bien-aimé Clinia.

Clin. Êtes-vous en bonne santé ?

Ant. Je vous revois sain et sauf, et je suis heureuse.

Clin. Je vous presse donc enfin dans mes bras, Antiphile ; mon cœur vous désirait si ardemment !

Syr. Entrez, entrez ; mon vieux maître vous attend depuis longtemps.

ACTE TROISIÈME.

SCÈNE I.

CHRÉMÈS, *seul; puis* MÉNÉDÈME.

Chr. Le jour commence à paraître. Allons frapper à la porte du voisin, pour être le premier à lui annoncer le retour de son fils, bien que le jeune étourdi ne s'en soucie pas. Mais quand je vois ce pauvre père si malheureux de son absence, puis-je lui cacher un bonheur aussi inattendu ? Le fils n'a d'ailleurs rien à craindre de cette indiscrétion. Non, je parlerai, je consolerai le vieillard autant qu'il sera en moi. Mon fils s'emploie en faveur de son ami, il a pris fait et cause pour un jeune homme de son âge; je ferai comme lui : les vieux doivent s'entr'aider.

Mén. (*à part.*) Ou je suis destiné par mon caractère à être le plus malheureux des hommes, ou rien n'est plus faux que ce proverbe dont j'ai les oreilles rebattues, que le temps affaiblit nos chagrins. Chaque jour au contraire je regrette mon fils davantage ; et plus son absence se prolonge, plus je le demande et l'appelle de tous mes vœux.

Chr. (*l'apercevant.*) Mais le voici déjà sorti. Allons lui parler. (*Haut.*) Bonjour, Ménédème. Je vous apporte une nouvelle à laquelle vous attachez un grand prix.

Mén. Avez-vous appris quelque chose sur mon fils, Chrémès ?

Chr. Il se porte bien, et n'a guère envie de mourir.

Mén. De grâce, où est-il ?

Chr. Chez moi.

Mén. Mon fils ?

Chr. Lui-même.

Mén. Il est revenu ?

Chr. Oui.

Mén. Clinia, mon fils ! il est revenu ?

Chr. Mais oui, vous dis-je.

Mén. Allons le voir : conduisez-moi près de lui, de grâce.

Chr. Il ne veut pas que vous sachiez son retour; il a peur de vous voir ; la faute qu'il a commise lui fait craindre que vous ne soyez plus intraitable encore qu'autrefois.

Mén. Vous ne lui avez donc pas dit quelles étaient mes dispositions ?

Chr. Non.

Mén. Et pourquoi, Chrémès ?

Chr. Parce que vous auriez le plus grand tort, dans son intérêt et dans le vôtre, de lui laisser voir que vous êtes si disposé à l'indulgence et à la faiblesse.

Mén. Qu'y faire pourtant ? j'ai déjà été assez et même trop dur envers mon fils.

Chr. Ah! Ménédème, vous poussez toujours les choses à l'excès : ou trop de prodigalité ou trop de parcimonie. L'un comme l'autre vous fera tomber dans les mêmes fautes. Autrefois, vous avez chassé votre fils de chez vous, plutôt que de lui laisser courtiser une pauvre femme, qui n'était pas exigeante et se faisait une joie du plus mince cadeau. Cette malheureuse, poussée par la misère, s'est mise alors à trafiquer de ses charmes pour vivre. Aujourd'hui qu'on ne pourrait l'acheter qu'en faisant brèche à votre fortune, vous êtes disposé à tous

---

Ant. Salvum advenisse gaudeo. *Clin.* Teneone te, Antiphila, maxume animo exoptatam meo?

Syr. Ite intro : nam vos jam dudum exspectat senex.

ACTUS TERTIUS.

SCENA PRIMA.

CHREMES, MENEDEMUS.

Chr. Luciscit hoc jam. Cesso pultare ostium 410
Vicini, primum ex me ut sciat sibi filium
Redisse ; etsi adolescentem hoc nolle intelligo.
Verum, quum videam miserum hunc tam excruciarier
Ejus abitu, celem tam insperatum gaudium,
Quum illi pericli nihil ex indicio siet? 415
Haud faciam : nam, quod potero, adjutabo senem.
Ita ut filium meum amico atque æquali suo
Video inservire, et socium esse in negotiis;
Nos quoque senes est æquum senibus obsequi.
Men. Aut ego profecto ingenio egregie ad miseriam 420
Natus sum ; aut illud falsum 'st, quod vulgo audio
Dici, diem adimere ægritudinem hominibus.
Nam mihi quidem quotidie augescit magis
De illo ægritudo ; et quanto diutius
Abest, magis cupio tanto, et magis desidero. 425
Chr. Sed ipsum foras egressum video. Ibo, adloquar.
Menedeme, salve. Nuntium apporto ti'bi,

Cujus maxume te fieri participem cupis.
Men. Num quidnam de gnato meo audisti, Chreme?
Chr. Valet atque vivit. *Men.* Ubinam 'st quæso ? *Chr.* Apud
me, domi. 430
Men. Meus gnatus ? *Chr.* Sic est. *Men.* Venit ? *Chr.* Certe.
Men. Clinia
Meus venit? *Chr.* Dixi. *Men.* Eamus, duc me ad eum, obsecro.
Chr. Non vult te scire se redisse etiam, et tuum
Conspectum fugitat; propter peccatum hoc timet,
Ne tua duritia antiqua illa etiam adaucta sit. 435
Men. Non tu ei dixisti, ut essem ? *Chr.* Non. *Men.* Quamobrem, Chreme?
Chr. Quia pessume istuc in te atque illum consulis,
Si te tam leni et victo esse animo ostenderis.
Men. Non possum : satis jam, satis pater durus fui. *Chr.*
Ah,
Vehemens in utramque partem, Menedeme, es nimis, 440
Aut largitate nimia, aut parsimonia.
In eamdem fraudem sic re atque ex illa incides.
Primum olim, potius quam paterere filium
Commeare ad mulierculam, quæ paululo
Tum erat contenta, cuique erant grata omnia, 445
Proterruisti hinc. Ea coacta ingratiis
Post illa cœpit victum vulgo quærere.
Nunc quum magno sine interitrimento non potest
Haberi, quidvis dare cupis. Nam, ut tu scias,
Quam ea nunc instructa pulchre ad perniciem siet, 450

les sacrifices. Eh bien, il faut que vous sachiez comme elle a proprement appris à ruiner son monde. D'abord, elle a amené avec elle plus de dix esclaves chargées de bijoux et de robes. Eût-elle pour amant un satrape, il n'y aurait pas moyen d'y tenir. A plus forte raison n'y pourrez-vous suffire.

Mén. Est-ce qu'elle est chez vous?

Chr. Si elle y est? je m'en suis bien aperçu. Je lui ai donné une fois à souper, à elle et à sa suite; encore un autre repas de ce genre, et c'en est fait de moi. Tenez, entre autres choses, si vous saviez ce qu'elle m'a bu de vin, rien qu'en le dégustant! Elle me disait: « Père, celui-ci est un peu dur; n'en avez-vous pas d'autre qui soit plus agréable, je vous prie? Voyez donc. » J'ai entamé toutes mes futailles, toutes mes cruches; tous mes gens ont été sur pied: tout cela pour une seule nuit. Qu'allez-vous devenir, dites-moi, quand elles vous grugeront tous les jours? Sur mon honneur, Ménédème, j'ai grand'pitié de votre sort.

Mén. Qu'il fasse ce qu'il voudra; qu'il prenne, qu'il dépense, qu'il dissipe; j'endurerai tout, j'y suis décidé, pourvu que je l'aie près de moi.

Chr. Puisque votre parti est bien pris, je crois qu'il est très-nécessaire de ne pas lui laisser voir que vous lui donnez ainsi votre argent de propos délibéré.

Mén. Comment faire?

Chr. Tout ce que vous voudrez, plutôt que ce que vous m'avez dit. Donnez, par l'intermédiaire de n'importe qui; laissez-vous prendre aux piéges qu'un valet vous tendra. Je sais qu'il est question de vous tromper, qu'on s'en occupe et qu'on se concerte en secret. Syrus et votre esclave se sont abordés, ils ont soumis leurs plans aux deux jeunes gens. Il vaut mieux qu'on vous soutire un talent que de donner vous-même une mine. Ce n'est pas d'argent qu'il s'agit; il faut trouver un moyen de lâcher la bride à votre fils avec le moins de danger que faire

se pourra. S'il vient à deviner vos dispositions, s'il se doute que vous sacrifierez votre repos et votre fortune entière plutôt que de vous séparer de lui, malheur à vous! Ce serait une porte ouverte à tous les désordres, et la vie vous deviendrait à charge; car la licence conduit l'homme à la dépravation. Tout ce qui lui passera par la tête, il le voudra; il ne s'inquiétera pas si ses exigences sont raisonnables, ou non. Vous alors, vous ne consentirez pas à voir votre fortune se dissiper et votre fils se perdre. Refuserez-vous de le satisfaire; il aura recours aussitôt au moyen qu'il saura infailliblement sur votre esprit, et vous menacera de partir sur-le-champ.

Mén. Vous avez raison, je crois, et vous voyez juste.

Chr. Je n'ai pas fermé l'œil de la nuit, sur ma foi, tant j'étais préoccupé des moyens de vous rendre votre fils.

Mén. Votre main, je vous prie. Achevez donc ce que vous avez commencé, Chrémès.

Chr. Je suis prêt.

Mén. Savez-vous quel service je veux vous demander?

Chr. Parlez.

Mén. Puisque vous vous êtes aperçu qu'on a dessein de me tromper, tâchez qu'on se hâte. Je voudrais lui donner tout ce qu'il désire, et j'aurais grande envie de le voir.

Chr. J'y ferai mon possible. J'ai une petite affaire à régler: Simus et Criton, nos voisins, sont en contestation pour leurs propriétés; ils m'ont pris pour arbitre. Je leur avais promis d'examiner l'affaire aujourd'hui; je vais leur dire que je ne le puis. Je reviens à l'instant.

Mén. Oh! oui, je vous en prie. *(Seul.)* Dieux puissants! telle est donc l'imperfection de notre nature, que nous voyons et jugeons toujours beaucoup mieux les affaires d'autrui que les nôtres. Est-ce parce que l'excès de la joie ou du chagrin nous aveu-

---

Primum jam ancillas secum adduxit plus decem ,
Oneratas veste atque auro : satrapa si siet
Amator , numquam sufferre ejus sumptus queat ,
Nedum tu possis. *Men.* Estne ea intus? *Chr.* Sit rogas ?
Sensi. Namque unam ei cœnam atque ejus comitibus   455
Dedi; quod si iterum mihi sit danda , actum siet.
Nam , ut alia omittam , pytissando modo mihi
Quid vini absumpsit! sic hoc dicens : « Asperum ,
Pater , hoc est; aliud lenius, sodes, vide. »
Relevi dolia omnia , omnes serias.   460
Omnes sollicitos habui. Atque hæc una nox.
Quid te futurum censes , quem assidue exedent?
Sic me di amabunt, ut me tuarum miseritum 'st,
Menedeme , fortunarum. *Men.* Faciat quod lubet :
Sumat , consumat, perdat; decretum 'st pati ,   465
Dum illum modo habeam mecum. *Chr.* Si certum 'st tibi
Sic facere, illud permagni referre arbitror ,
Ut ne scientem sentiat te id sibi dare.
Men. Quid faciam ? *Chr.* Quidvis potius , quam quod cogitas :
Per alium quemvis ut des; falli te sinas   470
Technis per servolum, etsi subsensi id quoque ,
Illos ibi esse, et id agere inter se clanculum.
Syrus cum illo vestro consusurrant , conferunt
Consilia ad adolescentes : et tibi perdere
Talentum hoc pacto satius est, quam illo minam.   475
Non nunc pecunia agitur, sed illud , quo modo
Minimo periclo id demus adolescentulo :

Nam si semel tuum animum ille intellexerit ,
Prius proditurum te tuam vitam , et prius
Pecuniam omnem , quam abs te amittas filium; hui !   480
Quantam fenestram ad nequitiem patefeceris,
Tibi autem porro ut non sit suave vivere;
Nam deteriores omnes sumus licentia.
Quodcunque inciderit in mentem , volet; neque id
Putabit pravum , an rectum sit, quod petet   485
Tu rem perire et ipsum non poteris pati.
Dare denegaris; ibit ad illud illico,
Quo maxume apud te valere sentiet :
Abiturum se abs te esse illico minabitur.
Men. Videre verum , atque ita uti res est, dicere.   490
Chr. Somnum hercle ego hac nocte oculis non vidi meis ,
Dum id quæro, tibi qui filium restituerem.
Men. Cedo dextram : porro te oro idem ut facias, Chreme.
Chr. Paratus sum. *Men.* Scin', quid nunc facere te volo?
Chr. Dic. *Men.* Quod sensisti illos me incipere fallere, 495
Id ut maturent facere : cupio illi dare
Quod vult; cupio ipsum jam videre. *Chr.* Operam dabo.
Paulum hoc negoti mi obstat : Simus et Crito
Vicini nostri hic ambiguut de finibus.
Me cepere arbitrum. Ibo ac dicam , ut dixeram   500
Operam daturum me , hodie non posse iis dare.
Men. Cedo dextram. *Men.* Ita quæso. Di vostram fidem !
Ita comparatam esse hominum naturam omnium ,
Aliena ut melius videant et dijudicent,
Quam sua ! An eo fit, quia in re nostra aut gaudio   505

gle, quand il s'agit de nos intérêts? Quelle diffé-rence entre lui et moi! comme il comprend mieux ma situation que moi-même!

Chr. (*revenant.*) Je me suis dégagé, pour être tout entier à vous. Il me faut d'abord prendre Syrus à part, et lui faire la leçon. Mais on sort de chez moi. Rentrez, de peur qu'on ne sache que nous sommes de connivence.

SCÈNE II.

SYRUS, CHRÉMÈS.

Syr. (*à part.*) Allons, mettons-nous en cam-pagne; il faut à toute force trouver de l'argent. Dirigeons d'abord nos batteries sur le bonhomme.

Chr. (*à part.*) N'ai-je pas bien deviné? Ils ont comploté contre lui. Sans doute que le valet de Clinia est un lourdaud, puisqu'on a chargé le nôtre de la commission.

Syr. (*à part.*) On vient de parler ici. (*Se retour-nant.*) Je suis perdu! m'aurait-il entendu?

Chr. Syrus!

Syr. Plaît-il?

Chr. Que fais-tu là?

Syr. Rien du tout. Mais comment êtes-vous sorti si matin, Chrémès, après avoir tant bu hier?

Chr. Pas déjà tant.

Syr. Pas tant, dites-vous? Vous m'avez paru faire comme fait, dit-on, l'aigle dans sa vieillesse.

Chr. Assez.

Syr. L'aimable et gracieuse femme que cette courtisane!

Chr. C'est vrai, je l'ai trouvé aussi.

Syr. Et quelle rare beauté, ma foi!

Chr. Elle n'est pas mal.

Syr. Ce n'est pas assurément de ces beautés comme on en voyait autrefois; mais, par le temps qui court, elle est bien, et je ne m'étonne pas que Clinia en soit fou. Mais il a pour père un avare,

un ladre, un cuistre : c'est notre voisin. Ne le con-naissez-vous pas? Bien qu'il regorge d'argent, il re-fusait tout à son fils, qui a dû le quitter. Savez-vous que les choses se sont passées ainsi?

Chr. Comment pourrais-je l'ignorer? Le miséra-ble, il mériterait d'être pendu!

Syr. Qui donc?

Chr. Le valet de Clinia.....

Syr. (*à part.*) Syrus, j'ai eu bien peur pour toi.

Chr. Qui a laissé faire tout le mal.

Syr. Que pouvait-il faire?

Chr. Belle question! Trouver quelque expédient, imaginer quelque ruse pour donner au jeune homme de quoi satisfaire sa maîtresse, et sauver malgré lui ce vieillard intraitable.

Syr. Vous plaisantez.

Chr. Non, Syrus, voilà ce qu'il devait faire.

Syr. Quoi! sérieusement, vous approuvez ceux qui trompent leurs maîtres?

Chr. Dans certaines occasions, oui vraiment je les approuve.

Syr. C'est juste, assurément.

Chr. N'est-ce pas souvent le moyen de leur évi-ter de grands chagrins? Notre voisin, par exemple, aurait conservé près de lui son fils unique.

Syr. (*à part.*) Parle-t-il sérieusement, ou veut-il se moquer? je ne sais trop. Mais à coup sûr il aug-mente l'envie que j'avais de le tromper.

Chr. Et maintenant qu'attend-il donc, Syrus? Que son maître s'éloigne une seconde fois, quand il ne pourra plus subvenir aux dépenses de sa maî-tresse? Ne songe-t-il pas à jouer quelque bon tour au vieillard?

Syr. C'est un imbécile.

Chr. Eh bien! viens à son aide, dans l'intérêt du jeune homme.

Syr. Ce m'est chose très-facile, si vous l'exigez, car je sais comment il faut s'y prendre.

Chr. Tant mieux, ma foi!

Somus præpediti nimio, aut ægritudine?
Hic mihi quanto nunc plus sapit, quam egomet mihi!
Chr. Dissolvi me, otiosus operam ut tibi darem.
Syrus est prehendendus atque adhortandus mihi.
A me nescio quis exit : concede hinc domum,   510
Ne nos inter nos concinere sentiant.

SCENA SECUNDA.

SYRUS, CHREMES.

Syr. Hac illac circumcursa, inveniendum 'st tamen
Argentum; intendenda in senem est fallacia.
Chr. Num me fefellit, hosce id struere? Videlicet
Ille Cliniæ servus tardiusculu'st :   515
Idcirco huic nostro tradita 'st provincia.
Syr. Quis hic loquitur? Perii! Numnam hæc audivit? *Chr.*
   Syre. *Syr.* Hem!
Chr. Quid tu istic? *Syr.* Recte equidem; sed te miror,
   Chreme,
Tam mane, qui heri tantum biberis. *Chr.* Nil nimis.
Syr. Nil, narras? Visa vero 'st, quod dici solet,   520
Aquilæ senectus. *Chr.* Heia! *Syr.* Mulier commoda et
Faceta hæc meretrix. *Chr.* Sane idem visa est mihi.
Syr. Et quidem hercle forma luculenta. *Chr.* Sic satis.
Syr. Ita non ut olim, sed uti nunc, sane bona;
Minimeque miror, Clinia hanc si deperit   525

Sed habet patrem quemdam avidum, miserum atque ari-
   dum,
Vicinum hunc : nostin? At quasi is non divitiis
Abundet, gnatus ejus profugit inopia.
Scis esse factum, ut dico? *Chr.* Quid? Ego nesciam?
Hominem pistrino dignum. *Syr.* Quem? *Chr.* Istum servo-
   lum   530
Dico adolescentis. *Syr.* Syre, tibi timui male.
Chr. Qui passus est id fieri. *Syr.* Quid faceret? *Chr.* Ro-
   gas?
Aliquid reperiret, fingeret fallacias,
Unde esset adolescenti, amicæ quod daret,
Atque hunc difficilem invitum servaret senem.   535
Syr. Garris. *Chr.* Hæc facta ab illo oportebat, Syre.
Syr. Eho, quæso, laudas, heros qui fallunt? *Chr.* In
   loco
Ego vero laudo. *Syr.* Recte sane. *Chr.* Quippe qui
Magnarum sæpe id remedium ægritudinum 'st :
Jam huic mansisset unicus gnatus domi.   540
Syr. Jocon' an serio ille hæc dicat, nescio ;
Nisi mihi quidem addit animum, quo lubeat magis.
Chr. Et nunc quid exspectat, Syre? An dum hinc denuo
Abeat, quum tolerare illius sumptus non queat?
Nonne ad senem aliquam fabricam fingit? *Syr.* Stolidus
   est.   545
Chr. At te adjutare oportet, adolescentuli
Causa. *Syr.* Facile equidem facere possum, si jubes;

Syr. Je ne sais pas mentir.

Chr. A l'œuvre donc.

Syr. Permettez, mon maître ; n'oubliez pas tout ceci, si par hasard il arrivait qu'un jour votre fils, car il est homme comme un autre, se trouvât engagé dans la même passe.

Chr. Il n'en sera rien, j'espère.

Syr. Je l'espère bien aussi, vraiment ; et ce que j'en dis, ce n'est pas que je me sois aperçu de quelque chose. Mais s'il arrivait que…. n'allez pas…. Il est bien jeune, vous le voyez. Et vous pouvez compter que, le cas échéant, je vous en ferais voir de belles, Chrémès!

Chr. Quand nous en serons là, nous verrons ce qu'il y a à faire. Songe maintenant à ta besogne.

Syr. (*seul.*) Non, jamais mon maître ne m'a parlé un langage qui me fût plus agréable ; jamais je n'aurais cru, en méditant quelque méchanceté, que je pourrais l'exécuter aussi impunément. Quelqu'un sort de la maison.

SCÈNE III.

CHRÉMÈS, CLITIPHON, SYRUS.

Chr. Qu'est-ce que cela, je vous prie ? Quelle façon d'agir avez-vous, Clitiphon ? Est-ce ainsi qu'on doit se comporter ?

Clit. Qu'ai-je donc fait ?

Chr. Ne vous ai-je pas vu tout à l'heure la main dans le sein de cette courtisane ?

Syr. (*à part.*) C'en est fait, je suis perdu !

Clit. Moi ?

Chr. Vu, de mes propres yeux vu ; ne le niez pas. C'est manquer de la manière la plus grave à ce jeune homme, que de vous permettre de pareils attouchements. C'est une infamie de recevoir chez vous un

---

ami, et de caresser ainsi sa maîtresse. Et hier, à table, avez-vous été assez inconvenant !

Syr. C'est vrai.

Chr. Assez importun ! Je tremblais, en vérité, de la tournure que cela pouvait prendre à la fin. Je connais la susceptibilité des amants ; ils se fâchent de choses qu'on croit très-inoffensives.

Clit. Mais il sait bien, mon père, que je ne ferai rien de blessant pour lui.

Chr. D'accord ; mais au moins tenez-vous un peu à l'écart, et ne soyez pas toujours sur leurs épaules. Ils ont mille choses à se dire. Votre présence les gêne. J'en juge par moi-même. Il n'est pas un seul de mes amis aujourd'hui à qui je voudrais confier tous mes secrets, Clitiphon. Avec l'un, c'est son air grave qui me retient ; avec l'autre, c'est la honte de mes folies : je ne veux passer ni pour un sot, ni pour un effronté. Croyez-moi, Clinia est dans le même cas. C'est à nous de deviner quel est le moment, quelles sont les circonstances où nous devons complaire à nos amis.

Syr. Entendez-vous ?

Clit. J'étouffe.

Syr. Clitiphon, je vous en dirai tout autant que votre père ; car j'ai toujours rempli les devoirs d'un honnête homme, d'un homme de bien.

Clit. Tais-toi, de grâce.

Syr. A la bonne heure.

Chr. Syrus, j'en rougis pour lui.

Syr. Je le crois bien, et vous avez raison. Moi-même j'en suis désolé.

Clit. Encore ?

Syr. Ma foi, je dis ce que je pense.

Clit. Ne dois-je donc plus leur parler ?

Chr. Quoi! ne savez-vous parler que de cette façon, je vous prie ?

Syr. (*à part.*) C'en est fait : il va se trahir avant

Etenim quo pacto id fieri soleat, calleo.

Chr. Tanto hercle melior. *Syr.* Non est mentiri meum.

Chr. Fac ergo. *Syr.* At heus, tu, facito dum eadem hæc
          memineris,   550
Si quid hujus simile forte aliquando evenerit,
Ut sunt humana, tuus ut faciat filius.

Chr. Non usus veniet, spero. *Syr.* Spero hercle ego quoque ;
Neque eo nunc dico, quo quidquam illum senserim :
Sed si quid, ne quid. Quæ sit ejus ætas, vides.   555
Et næ ego te, si usus veniat, magnifice, Chreme,
Tractare possim. *Chr.* De istoc, quum usus venerit,
Videbimus, quid opus sit ; nunc istuc age.

Syr. Nunquam commodius unquam herum audivi loqui,
Nec, quum malefacerem, crederem mihi impunius   560
Licere. Quisnam a nobis egreditur foras ?

SCENA TERTIA.

CHREMES, CLITIPHO, SYRUS.

Chr. Quid istuc, quæso ? Qui istic mos est, Clitipho. Itane
          fieri oportet ?

Clit. Quid ego feci ? *Chr.* Vidin' ego te modo manum in
          sinum huic meretrici
Inserere ? *Syr.* Acta hæc res est. Perii ! *Clit.* Mene ? *Chr.*
          Hisce oculis, ne nega.
Facis adeo indigne injuriam illi, qui non abstineas ma-
          num.   565
Nam istæc quidem contumelia 'st,
Hominem amicum recipere ad te, atque ejus amicam subi-
          gitare.

Vel heri in vino quam immodestus fuisti ! *Syr.* Factum. *Chr.*
          Quam molestus !
Ut equidem, ita me di ament, metui, quid futurum deni-
          que esset !
Novi ego amantium animum : advertunt graviter, quæ   570
          non censeas.

Clit. At fides mi apud hunc est, nil me istius facturum,
          pater.

Chr. Esto, at certe ut concedas hinc aliquo ab ore eorum
          aliquantisper.
Multa fert lubido. Ea facere prohibet tua præsentia.
De me ego facio conjecturam. Nemo 'st meorum amicorum
          hodie,
Apud quem expromere omnia mea occulta, Clitipho, au-
          deam ;   575
Apud alium prohibet dignitas ; apud alium ipsius facti pu-
          det,
Ne ineptus, ne protervus videar. Quod illum facere cre-
          dito.
Sed nostrum est intelligere, utcumque, aut ubicumque opus
          sit, obsequi.

Syr. Quid istic narrat ? *Clit.* Perii ! *Syr.* Clitipho, hæc ego
          præcipio tibi,
Hominis frugi et temperantis functus officium. *Clit.* Tace,
          sodes.   580

Syr. Recte sane. *Chr.* Syre, pudet me. *Syr.* Credo, neque
          id injuria.
Quin mihi molestum 'st. *Clit.* Pergin'? *Syr.* Hercle verum
          dico, quod videtur.

Clit. Nonne accedam ad illos? *Chr.* Eho, quæso, una ac-
          cedundi via 'st ?

que j'aie mon argent. (*Haut.*) Chrémès, je ne suis qu'un sot; mais voulez-vous m'en croire?

Chr. Que faut-il faire?

Syr. Ordonnez-lui de s'en aller ailleurs.

Clit. De m'en aller d'ici? et où?

Syr. Où vous voudrez. Laissez-leur la place. Allez vous promener.

Clit. Me promener? où donc?

Syr. Belle question! comme si l'espace vous manquait! Tenez, prenez par ici, par là, par où bon vous semblera.

Chr. Il a raison, partez.

Clit. Que le ciel te confonde, Syrus, de me chasser d'ici!

Syr. Et vous, une autre fois, ayez la main moins leste.

SCÈNE IV.

CHRÉMÈS, SYRUS.

Syr. Eh bien, qu'en dites-vous? Ne pensez-vous pas qu'il tournera mal, Chrémès, si vous n'usez de toute l'autorité que les dieux vous donnent sur lui pour le surveiller, le reprendre, l'avertir?

Chr. J'en fais mon affaire.

Syr. Oui, mon cher maître, il faut que vous ayez l'œil sur lui.

Chr. Je l'entends ainsi.

Syr. Et vous ferez bien, car il ne m'écoute presque plus.

Chr. A ton tour maintenant. As-tu songé, Syrus, à l'affaire dont je t'ai parlé tantôt? As-tu trouvé, oui ou non, quelque expédient dont tu sois content?

Syr. Vous voulez dire quelque ruse? Oui, j'en ai trouvé une.

Chr. Tu es un digne serviteur. Voyons, conte-moi la chose.

Syr. Voici. Mais comme une pensée en amène une autre.....

Chr. Qu'est-ce donc?

Syr. C'est une fine mouche que cette courtisane.

Chr. Je le crois.

Syr. Ah! si vous saviez..... Tenez, écoutez quel calcul elle a fait. Il y avait ici une vieille femme de Corinthe, à qui elle avait prêté mille drachmes d'argent.

Chr. Après?

Syr. Cette vieille est morte. Elle a laissé une fille toute jeune, qui est restée à la courtisane en nantissement du prêt.

Chr. Je comprends.

Syr. Elle l'a amenée ici avec elle, et c'est cette jeune fille qui est maintenant chez votre femme.

Chr. Eh bien! après?

Syr. Elle prie Clinia de lui compter aujourd'hui cette somme, promettant de lui donner ensuite la jeune fille en échange; et Clinia me demande ces mille drachmes.

Chr. Il te les demande, vraiment?

Syr. Oh! en doutez-vous? J'ai donc songé.....

Chr. Que comptes-tu faire?

Syr Moi? J'irai trouver Ménédème; je lui dirai que c'est une captive amenée de Carie, qu'elle est riche et de bonne famille; qu'il y a gros à gagner, s'il l'achète.

Chr. Tu es fou.

Syr. Pourquoi donc?

Chr. Je vais te répondre pour Ménédème : « Je n'achète pas. »

Syr. Que me dites-vous là? Soyez plus raisonnable

Chr. « Mais je n'en ai pas besoin. »

Syr. Vous n'en avez pas besoin?

Chr. « Non, par ma foi. »

Syr. Comment? vous m'étonnez.

Syr. Actum 'st. Hic prius se indicarit, quam ego argentum effecero.

Chreme, vin' tu homini stulto mi auscultare? *Chr.* Quid faciam? *Syr.* Jube hunc   585

Abire hinc aliquo. *Clit.* Quo ego hinc abeam? *Syr.* Quo lubet. Da illis locum.

Ab! deambulatum. *Clit.* Deambulatum! Quo? *Syr.* Vah, quasi desit locus.

Abi sane istac, istorsum, quovis. *Chr.* Recte dicit, censeo.

Clit Di te cradicent, Syro, qui me hinc extrudis!

Syr. At tu pol tibi istas posthac comprimito manus.   590

SCENA QUARTA.

CHREMES, SYRUS.

Syr. Censen' vero? Quid illum porro credis facturum, Chreme,

Nisi eum, quantum tibi opis di dant, servas, castigas, mones?

Chr. Ego istuc curabo. *Syr.* Atqui nunc, here, hic tibi adservandus est.

Chr. Fiet. *Syr.* Si sapias. Nam mihi jam minus minusque obtemperat.

Chr. Quid tu? Ecquid de illo, quod dudum tecum egi, egisti, Syre, aut   595

Repperisti, tibi quod placeat, an nondum etiam? *Syr.* De fallacia

Dicis? est : inveni nuper quamdam. *Chr.* Frugi es. Cedo quid est?

Syr. Dicam; verum, ut aliud ex alio incidit.... *Chr.* Quid nam, Syre?

Syr. Pessuma hæc est meretrix. *Chr.* Ita videtur. *Syr.* Immo si scias......

Vah, vide quod inceptet facinus. Fuit quædam anus Corinthia   600

Hic : huic drachmarum argenti hæc mille dederat mutuam.

Chr. Quid tum? *Syr.* Ea mortua 'st; reliquit filiam adolescentulam;

Ea relicta huic arrhaboni est pro illo argento. *Chr.* Intelligo.

Syr. Hanc secum huc adduxit, ea quæ est nunc ad uxorem tuam.

Chr. Quid tum? *Syr.* Cliniam orat, sibi ut id nunc det, illam illi tamen   605

Post daturam, mille nummûm poscit. *Chr.* Et poscit quidem. *Syr.* Hui!

Dubium id est? Ego sic putavi... *Chr.* Quid nunc facere cogitas?

Syr. Egone? Ad Menedemum ibo; dicam, hanc esse captam ex Caria,

Ditem et nobilem; si redimat, magnum esse in ea lucrum.

Chr. Erras. *Syr.* Quid ita? *Chr.* Pro Menedemo nunc tibi ego respondeo :   610

« Non emo. » *Syr.* Quid ais! Optata loquere. *Chr.* « Atqui non est opus. »

Syr. Non opus est? *Chr.* « Non hercle vero. » *Syr.* Qui istuc miror. *Chr.* Jam scies.

Chr. Je vais te le prouver.

Syr. Un moment, un moment. Entendez-vous? On vient d'ouvrir notre porte avec fracas.

ACTE QUATRIÈME.

SCÈNE I.

CHRÉMÈS, SYRUS, SOSTRATE, LA NOURRICE.

Sost. Ou ma mémoire me trompe, ou c'est bien là l'anneau que je soupçonne, celui qu'avait ma fille lorsqu'on l'exposa.

Chr. Syrus, que signifie ce langage?

Sost. Qu'en dites-vous? n'êtes-vous pas de mon avis?

La nourr. Dès que vous me l'avez montré, je vous ai dit que c'était celui-là.

Sost. Mais, nourrice, l'avez-vous bien examiné?

La nourr. Parfaitement.

Sost. Rentrez à la maison; et si elle est sortie du bain, venez me prévenir. Pendant ce temps, j'attendrai ici mon mari.

Syr. C'est vous qu'elle cherche; voyez donc ce qu'elle vous veut. Elle a je ne sais quel chagrin, et ce n'est pas sans raison. Je crains de le deviner.

Chr. Le deviner? Je gage qu'elle va me conter avec beaucoup de peine cent balivernes.

Sost. Ah! mon mari!

Chr. Ah! ma femme!

Sost. Je vous cherchais.

Chr. Parlez, que me voulez-vous?

Sost. Je vous prie d'abord d'être bien convaincu que je n'ai osé rien faire contre vos ordres.

Chr. Vous voulez que je croie cela, bien que ce soit incroyable? Soit, je le crois.

Syr. (*à part.*) Cette précaution nous annonce je ne sais quelle faute.

Sost. Vous rappelez-vous que dans une de mes grossesses vous m'avez formellement déclaré que, si j'accouchais d'une fille, vous ne vouliez pas qu'on l'élevât?

Chr. Je devine ce que vous avez fait; vous l'avez élevée.

Syr. Serait-ce vrai, madame? Voilà donc une nouvelle charge pour mon maître.

Sost. Point du tout. Il y avait ici une vieille femme de Corinthe, dont la conduite était honorable; je lui remis l'enfant pour l'exposer.

Chr. Juste ciel! quelle sottise!

Sost. Hélas! qu'ai-je donc fait?

Chr. Ce que vous avez fait?

Sost. Si j'ai commis quelque faute, mon cher Chrémès, c'est bien sans le savoir.

Chr. J'en suis convaincu. Vous auriez beau dire le contraire, il n'en est pas moins certain que vous ne savez ni ne calculez jamais ce que vous dites et ce que vous faites. Avez-vous montré assez de sottise dans cette seule affaire? D'abord et en premier lieu, si vous aviez voulu mettre à exécution mes ordres, il aurait fallu tuer cette enfant, au lieu de prononcer contre elle un arrêt de mort équivoque, qui lui laissait en réalité l'espérance d'être sauvée. Mais passons. La piété, la tendresse maternelle... Passons encore. Vous avez fait vraiment un beau chef-d'œuvre de prévoyance! Voyons; quel a été votre but? Vous avez livré, corps et âme, votre fille à cette vieille, et vous avez été cause qu'elle a trafiqué de ses charmes, ou qu'elle a été vendue à l'enchère. Voici, j'imagine, votre raisonnement: « Tout ce qu'on voudra, pourvu qu'elle vive. » Au fait, que peut-on attendre de gens qui ne s'inquiètent ni de raison, ni de vertu, ni de justice? Bien ou mal, utile ou nuisible, qu'importe? ils ne voient que ce qui leur plaît.

Sost. Mon cher Chrémès, j'ai eu tort, je l'avoue; je me rends. Maintenant, de grâce, venez en aide à

Syr. Mane, mane! Quid est? Quid tam a nobis graviter crepuerunt fores?

ACTUS QUARTUS.

SCENA PRIMA.

CHREMES, SYRUS, SOSTRATA, NUTRIX.

Sost. Nisi me animus fallit, hic profecto est annulus, quem ego suspicor,
Is, quicum exposita est gnata. *Chr.* Quid volt sibi, Syre, hæc oratio? 615
Sost. Quid est? Isne tibi videtur? *Nut.* Dixi equidem, ubi mi ostendisti, illico,
Eum esse. *Sost.* At ut satis contemplata modo sis, mea nutrix. *Nut.* Satis.
Sost. Abi jam nunc intro, atque illa si jam laverit, mihi nuntia.
Hic ego virum interea opperibor. *Syr.* Te volt : videas, quid velit.
Nescio quid tristis est : non temere est; metuo quid sit. *Chr.* Quid siet? 620
Næ ista hercle magno jam conatu magnas nugas dixerit.
Sost. Ehem , mi vir. *Chr.* Ehem , mea uxor! *Sost.* Te ipsum quæro. *Chr.* Loquere, quid velis.
Primum hoc te oro , ne quid credas me adversum edictum tuum

*Facere esse ausam. *Chr.* Vin' me istuc tibi, etsi incredibile 'st, credere?*
*Credo. *Syr.* Nescio quid peccati portat hæc purgatio. 625
Sost. Meministin' me gravidam , et mihi te maxumopere di cere,
Si puellam parerem, nolle tolli? *Chr.* Scio quid feceris.
*Sustulisti. *Syr.* Sic est factum, domina! Ergo herus damno auctus est.
Sost. Minime; sed erat hic Corinthia anus, haud impura : ei dedi
Exponendam. *Chr.* O Jupiter, tantam esse in animo inscitiam!
Sost. Perii! Quid ego feci? *Chr.* At rogitas? *Sost.* Si peccavi, mi Chreme, 630
Insciens feci. *Chr.* Id quidem ego , si tu neges, certo scio,
Te insciente atque imprudentem dicere ac facere omnia :
Tot peccata in hac re ostendis. Nam jam primum, si meum
Imperium exsequi voluisses, interemptam oportuit; 635
Non simulare mortem verbis, re ipsa spem vitæ dare.
At id omitto : misericordia, animus maternus : sino.
Quam bene vero abs te prospectum est! Quid voluisti? Cogita.
Nempe anui illi prodita abs te filia est planissime;
Per te vel uti quæstum faceret, vel uti veniret palam. 640
Credo, id cogitasti : « quidvis satis est , dum vivat modo. »
Quid cum illis agas, qui neque jus neque bonum atque æquum sciunt?
Melius, pejus; prosit, obsit; nil vident, nisi quod lubet.

ma sottise : cette supériorité de raison et de sagesse que l'âge vous donne doit vous disposer à l'indulgence.

Chr. Allons, soit, je vous pardonne ; et pourtant, Sostrate, ma faiblesse vous fait faire bien des extravagances. Mais à quel propos, dites-moi, m'avez-vous entamé cette histoire ?

Sost. Nous autres pauvres femmes, nous sommes superstitieuses jusqu'à la bêtise. En remettant notre fille entre les mains de la vieille qui devait l'exposer, j'ôtai un anneau de mon doigt et je lui dis de le mettre dans les langes de l'enfant, afin qu'elle eût au moins une faible part de nos biens, si elle venait à mourir.

Chr. Fort bien, vous avez ainsi calmé vos scrupules et sauvé votre fille ?

Sost. Cet anneau, le voici.

Chr. Et d'où vous vient-il ?

Sost. La jeune fille que Bacchis a amenée avec elle.....

Syr. Hein !

Chr. Cette jeune fille, que dit-elle ?

Sost. Elle me l'a donnée à garder, pendant qu'elle prenait un bain. Je n'y ai point fait attention d'abord ; mais dès qu'il a frappé mes regards, je l'ai reconnu, et je suis accourue vers vous.

Chr. Que soupçonnez-vous maintenant, et qu'avez-vous découvert à cet égard ?

Sost. Rien. Mais on peut lui demander de qui elle tient cet anneau ; peut-être trouverons-nous ainsi la trace.

Syr. (à part.) J'étouffe. L'affaire prend une trop belle tournure à mon gré. C'est notre fille, s'il en est ainsi.

Chr. Cette vieille à qui vous l'aviez remise vit-elle encore ?

Sost. Je ne sais.

Chr. Que vous a-t-elle dit dans le temps ?

Sost. Qu'elle avait exécuté mes ordres.

Chr. Le nom de cette femme, dites, quel est-il, afin qu'on la cherche ?

Sost. Philtère.

Syr. (à part.) C'est bien cela. Je gagerais qu'on va retrouver l'enfant, et que je suis perdu.

Chr. Sostrate, entrons à la maison.

Sost. Quel changement inespéré ! Je craignais bien, insensée que j'étais, de vous trouver aussi inexorable qu'autrefois, Chrémès.

Chr. L'homme n'est pas toujours ce qu'il veut être ; les circonstances l'en empêchent souvent. Aujourd'hui, je me trouve en position de désirer une fille : je ne désirais rien moins alors.

SCÈNE II.

SYRUS (*seul.*)

Je me trompe fort, ou bien je ne tarderai pas à payer l'amende ; car présentement je suis serré de près et presque réduit aux abois, à moins que je n'imagine quelque ruse pour cacher au bonhomme que Bacchis est la maîtresse de son fils. Quant à compter sur de l'argent ou à me flatter de le prendre dans mes piéges, serviteur. J'aurai remporté une grande victoire, si je bats en retraite sans être entamé. J'enrage qu'on m'ait si subitement enlevé de la bouche un si beau morceau. Que faire ? qu'inventer ? Organisons un nouveau plan de campagne. Il n'est rien de si difficile qu'on ne puisse trouver, à force de chercher. Voyons, si je commençais par ceci ?... Oh ! non. Par cela ?... Encore moins. Mais de cette façon ?... Impossible... Parfait, au contraire. Allons, courage ! J'ai mon affaire. Je le rattraperai, ma foi, j'espère, cet argent qui voulait m'échapper.

Sost. Mi Chreme, peccavi, fateor ; vincor. Nunc hoc te obsecro,

Quanto tuus est animus natu gravior, ignoscentior,   645
Ut meæ stultitiæ justitia tua sit aliquid præsidii.

Chr. Scilicet equidem istuc factum ignoscam ; verum, Sostrata,
Male docet te mea facilitas multa. Sed istuc quidquid est,
Qua hoc occeptum 'st causa, eloquere. *Sost.* Ut stultæ et miseræ omnes sumus

Religiosæ ; quum exponendam do illi, de digito annulum 650
Detraho, et eum dico ut una cum puella exponeret.
Si moreretur, ne expers partis esset de nostris bonis.

Chr. Istuc recte : conservasti te atque illam. *Sost.* Hic is est annulus.

Chr. Unde habes ? *Sost.* Quam Bacchis secum adduxit adolescentulam. *Syr.* Hem !

Chr. Quid ea narrat ? *Sost.* Ea, lavatum dum it, servandum mihi dedit. 655
Animum non advorti primum, sed postquam adspexi, illico
Cognovi, ad te exsilui. *Chr.* Quid nunc suspicare, aut invenis

De illa ? *Sost.* Nescio ; nisi ut ex ipsa quæras, unde hunc habuerit,
Si potis est reperiri. *Syr.* Interii ! Plus spei video quam volo.
Nostra est, si ita est. *Chr.* Vivitne illa, cui tu dederas ? 660

Sost. Nescio. *Chr.* Quid renuntiavit olim ? *Sost.* Fecisse id quod jusseram.

Chr. Nomen mulieris cedo quod sit, ut quæratur. *Sost.* Philtere.

Syr. Ipsa est. Mirum ni illa salva est, et ego perii. *Chr.* Sostrate,

Sequere me intro hac. *Sost.* Ut præter spem evenit ! Quam timui male,

Ne nunc animo ita esses duro, ut olim in tollendo, Chreme ! 665
Chr. Non licet hominem esse sæpe ita ut vult, si res non sinit.

Nunc ita tempus est mihi, ut cupiam filiam ; olim nihil minus.

SCENA SECUNDA.

SYRUS.

Nisi me animus fallit, haud multum a me aberit infortunium :
Ita hac re in angustum oppido nunc meæ coguntur copiæ,
Nisi aliquid video, ne esse amicam hanc gnati resciscat senex. 670
Nam quod de argento sperem, aut posse postulem me fallere,
Nihil est. Triumpho, si licet me latere tecto abscedere.
Crucior, bolum mihi tantum ereptum tam subito e faucibus.
Quid agam ? Aut quid comminiscar ? Ratio de integro ineunda 'st mihi.
Nil tam difficile 'st, quin quærendo investigari possiet. 675
Quid, si hoc nunc sic incipiam ?... Nihil est. Quid, si sic ?... Tantumdem egero.
At sic opinor.... Non potest. Immo optume. Euge ! Habeo optumum.
Retraham hercle, opinor, ad me idem illud fugitivum argentum tamen

SCÈNE III.

CLINIA, SYRUS.

Clin. Non, rien ne saurait plus désormais me causer du chagrin, tant je suis heureux maintenant! Je vais m'abandonner à mon père, et je serai plus sage qu'il ne l'exige.

Syr. (à part.) Je ne m'étais pas trompé : elle est retrouvée, si j'ai bien entendu ce qu'il vient de dire. (à Clinia.) Je me réjouis avec vous de ce que vos vœux sont comblés.

Clin. Mon bon Syrus, tu sais donc tout?

Syr. Certainement, puisque j'étais là.

Clin. As-tu jamais connu quelqu'un qui ait eu plus de bonheur?

Syr. Non certes.

Clin. Sur mon honneur, j'en éprouve moins de joie pour moi-même que pour elle, qui mérite toutes sortes d'égards.

Syr. Je le crois. Mais écoutez-moi, Clinia, abandonnez-vous à moi comme de vous abandonner à votre père. Il faut aussi songer aux intérêts de votre ami, et le tirer de peine. Si son père venait à se douter que sa maîtresse....

Clin. O Jupiter!

Syr. Écoutez-moi donc.

Clin. Antiphile, ma chère Antiphile, sera ma femme!

Syr. M'interromprez-vous toujours?

Clin. Que veux-tu, mon cher Syrus? je suis fou de joie. Souffre un peu....

Syr. C'est bien, ma foi, ce que je fais.

Clin. Nous sommes heureux comme des dieux.

Syr. Allons, je perds mon temps, je le vois.

Clin. Eh bien, parle, je t'écoute.

Syr. Mais tout à l'heure vous n'y serez plus.

Clin. Si, je t'écouterai.

Syr. Il faut aussi songer, vous dis-je, aux intérêts de votre ami, et le tirer de peine. Car si vous quittez la maison et que vous nous laissiez Bacchis, notre bonhomme comprendra tout aussitôt qu'elle est la maîtresse de Clitiphon ; si au contraire vous l'emmenez avec vous, on ne s'en doutera pas plus qu'on ne s'en est douté jusqu'à présent.

Clin. Mais, Syrus, rien n'est plus capable d'entraver mon mariage. Comment oserais-je aborder mon père? Comprends-tu ce que je veux dire?

Syr. Pourquoi pas?

Clin. Que lui dire? Quelle excuse lui donner?

Syr. Mais je ne vous demande pas de mentir. Racontez-lui la chose franchement, telle qu'elle est.

Clin. Comment?

Syr. Il le faut. Dites-lui que vous aimez Antiphile et que vous désirez l'épouser ; que l'autre est la maîtresse de Clitiphon.

Clin. Le beau et bon conseil que tu me donnes là! Rien n'est plus facile, il est vrai. Et tu voudras ensuite que je prie mon père de n'en rien dire à ton vieux maître?

Syr. Au contraire : qu'il aille tout droit lui conter l'affaire d'un bout à l'autre.

Clin. Hein! es-tu ivre ou fou? Mais c'est le trahir. Comment pourrai-je ainsi le tirer de peine, dis-moi?

Syr. Ce plan est un chef-d'œuvre ; c'est ici que je triomphe. Avoir assez de génie, combiner un tour assez adroit, pour qu'en disant la vérité je les trompe tous deux! si bien que, quand votre père viendra conter au nôtre que Bacchis est la maîtresse de son fils, on ne l'en croira pas.

Clin. Mais c'est encore un moyen de ruiner toutes mes espérances de mariage ; car tant qu'il croira qu'elle est ma maîtresse, il me refusera sa fille. Au reste tu t'inquiètes fort peu sans doute de ce que

SCENA TERTIA.

CLINIA, SYRUS.

Clin. Nulla mihi res posthac potest jam intervenire tanta, Quæ mi ægritudinem adferat : tanta hæc lætitia oborta est. 680

Dedo patri me nunc jam, ut frugalior sim, quam vult.

Syr. Nil me fefellit : cognita est, quantum audio hujus verba.

Istuc tibi ex sententia tua obtigisse lætor.

Clin. O mi Syre, audisti obsecro? *Syr.* Quidni? Qui usque una adfuerim.

Clin. Cuiquam æque audisti commode quidquam evenisse? *Syr.* Nulli. 685

Clin. Atque ita me di ament, ut ego nunc non tam meapte causa

Lætor, quam illius, quam ego scio esse honore quovis dignam.

Syr. Ita credo. Sed nunc, Clinia, age, da te mihi vicissim : Nam amici quoque res est videnda, in tuto ut collocetur.

Ne quid de amica nunc senex..... *Clin.* O Jupiter! *Syr.* Quiesce. 690

Clin. Antiphila mea nubet mihi! *Syr.* Siccine mi interloquere?

Clin. Quid faciam? Syre mi, gaudeo. Fer me. *Syr.* Fero hercle vero.

Clin. Deorum vitam apti sumus. *Syr.* Frustra operam, opinor, sumo.

Clin. Loquere, audio. *Syr.* At jam hoc non ages. *Clin.* Agam.

Syr. Videndum est, inquam, Amici quoque res, Clinia, tui in tuto ut collocetur. 695

Nam si nunc a nobis abis, et Bacchidem hic relinquis, Noster resciscet illico esse amicam hanc Clitiphonis ; Si abduxeris, celabitur itidem, ut celata adhuc est.

Clin. At enim istoc nihil est magis, Syre, meis nuptiis adversum.

Nam quo ore appellabo patrem? Tenes, quid dicam? *Syr.* Quidni? 700

Clin. Quid dicam? Quam causam adferam? *Syr.* Quin nolo mentiare.

Aperte, ita ut res sese habet, narrare. . . . . *Clin.* Quid ais? *Syr.* Jubeo :

Illam te amare, et velle uxorem ; hanc esse Clitiphonis.

Clin. Bonam atque justam rem oppido imperas ; et factu facilem.

Et scilicet jam me hoc voles patrem exorare, ut celet 705 Senem vestrum. *Syr.* Immo, ut recta via rem narret ordine omnem. *Clin.* Hem,

Satin' sanus es, aut sobrius? Tu quidem illum plane prodis. Nam qui ille poterit esse in tuto, dic mihi.

Syr. Huic equidem consilio palmam do : hic me magnifice effero,

Qui vim tantam in me et potestatem habeam tantæ astutiæ, 710

Vera dicendo ut eos ambos fallam ; ut, quum narret senex Vester nostro, esse istam amicam gnati, non credat tamen.

Clin. At enim spem istoc pacto rursum nuptiarum omnem eripis ;

je deviendrai, pourvu que tu fasses les affaires de Clitiphon.

Syr. Que diable! pensez-vous que je veuille feindre pendant un siècle? Il ne me faut qu'un jour, le temps de soutirer mon argent : patientez un peu ; je n'en demande pas davantage.

Clin. Un jour? en auras-tu assez? Mais si l'on vient à découvrir ta ruse, dis-moi?

Syr. Mais si.... C'est comme ceux qui disent : Si par hasard le ciel tombait!

Clin. Je tremble de ce que je vais faire.

Syr. Vous tremblez? comme si vous n'étiez pas le maître de tout dévoiler quand il vous plaira, pour vous justifier à l'occasion!

Clin. Allons, soit : qu'on nous amène Bacchis.

Syr. A la bonne heure. Tenez, la voici qui sort.

SCÈNE IV.

BACCHIS, CLINIA, SYRUS, DROMON, PHRYGIE.

Bac. Ce Syrus est un drôle, en vérité, avec ses belles promesses. Il m'a attirée ici en m'assurant qu'il me donnerait dix mines. S'il m'a trompée, qu'il revienne me prier, il verra comme je le recevrai. Ou plutôt je promettrai d'y aller, je fixerai l'heure; et quand Syrus l'aura annoncé à son maître comme chose sûre, quand Clitiphon sera sur les épines à m'attendre, je lui jouerai le tour de ne pas paraître. Les épaules de Syrus en porteront la peine.

Clin. La chose est assez claire pour toi, Syrus.

Syr. Est-ce que vous croyez qu'elle plaisante? Point; elle le fera, si je n'y mets bon ordre.

Bac. Ils ne bougent pas. Attends, je vais les secouer. Ma chère Phrygie, tu as entendu cet homme qui nous a indiqué la campagne de Charinus?

Phr. Oui.

Bac. La première à droite après cette propriété?

Phr. Je m'en souviens.

Bac. Cours-y tout d'une traite. Le capitaine y célèbre la fête de Bacchus.

Syr. Où veut-elle en venir?

Bac. Dis-lui que je suis ici bien malgré moi, qu'on m'y garde à vue, mais que je trouverai moyen de les payer de belles paroles, et que j'irai le rejoindre.

Syr. (*à part.*) C'en est fait de moi, sur ma foi. (*haut.*) Bacchis, un moment, un moment. Où l'envoyez-vous, de grâce? Dites-lui d'attendre.

Bac. (*à Phrygie.*) Va vite.

Syr. Mais j'ai votre argent.

Bac. Mais je ne m'en vais pas.

Syr. On va vous le donner.

Bac. Comme tu voudras. Est-ce que je te presse?

Syr. Mais savez-vous qu'il faudrait, s'il vous plaît.....

Bac. Quoi donc?

Syr. Passer maintenant chez Ménédème, et y transporter tout votre monde.

Bac. A quel propos, pendard?

Syr. A quel propos? Pour battre monnaie à votre profit.

Bac. Me crois-tu assez sotte pour donner dans tes pièges?

Syr. Je parle sérieusement.

Bac. (*à Clinia.*) Aurai-je encore là quelque chose à démêler avec vous?

Syr. Point. Nous vous rendrons votre amant.

Bac. Allons-y donc.

Syr. Suivez-moi. Holà! Dromon.

Dr. Qui m'appelle?

Syr. Syrus.

Dr. Que me veux-tu?

Nam dum amicam hanc meam esse credet, non committet filiam.
Tu fortasse, quid me fiat, parvi pendis, dum illi consulas.   715
Syr. Quid, malum! Me ætatem censes velle id adsimularier?
Unus est dies, dum argentum eripio : pax! nihil amplius.
Clin. Tantum sat habes? Quid tum, quæso, si hoc pater resciverit?
Syr. Quid si? Redeo ad illos qui aiunt : « Quid si nunc cælum ruat? »
Clin. Metuo, quid agam. Syr. Metuis? Quasi non ea potestas sit tua,   720
Quo velis, in tempore ut te exsolvas, rem facias palam.
Clin. Age, age, traducatur Bacchis. Syr. Optume. Ipsa exit foras.

SCENA QUARTA.

BACCHIS, CLINIA, SYRUS, DROMO, PHRYGIA.

Bacch. Satis pol proterve me Syri promissa huc induxerunt,
Decem minas quas mihi dare est pollicitus. Quod si is nunc me
Deceperit, sæpe obsecrans me, ut veniam, frustra veniet. 725
Aut quum venturam dixero et constituero, quum is certo
Renuntiabit, Clitipho quum in spe pendebit animi,
Decipiam, ac non veniam. Syrus mihi tergo pœnas pendet.
Clin. Satis scite promittit tibi. Syr. Atqui tu hanc jocari credis?

Faciet, nisi caveo. Bacch. Dormiunt; pol ego istos commovebo.   730
Mea Phrygia, audistin', modo iste homo quam villam demonstravit
Charini? Phr. Audivi. Bacch. Proximam esse huic fundo ad dextram? Phr. Memini.
Bacch. Curriculo percurre : apud eum miles Dionysia agitat.
Syr. Quid hæc inceptat? Bacch. Dic me hic oppido esse invitam atque adservari,
Verum aliquo pacto verba me his daturam esse et venturam.   735
Syr. Perii hercle. Bacchis, mane, mane. Quo mittis istanc quæso?
Jube, maneat. Bacch. I. Syr. Quin est paratum argentum.
Racc. Quin ego maneo.
Syr. Atqui jam dabitur. Bacch. Ut lubet. Num ego insto? Syr. At scin' quid, sodes?
Bacch. Quid? Syr. Transeundum nunc tibi ad Menedemum est, et tua pompa
Eo traducenda est. Bacch. Quam rem agis, scelus? Syr. Egon'? Argentum cudo,   740
Quod tibi dem. Bacch. Dignam me putas, quam illudas? Syr. Non est temere.
Bacch. Etiamne tecum hic res mihi est? Syr. Minime; tuum tibi reddo.
Bacch. Eatur. Syr. Sequere hac. Heus, Dromo. Drom. Quis me volt? Syr. Syrus. Drom. Quid est rei?
Syr. Ancillas omnes Bacchidis traduce huc ad vos propere,

Syr. Va chercher toutes les suivantes de Bac-chis, et amène-les chez ton maître.

Dr. Pourquoi?

Syr. Peu t'importe. Qu'elles nous débarrassent de tout leur bagage. Notre bonhomme va se flatter qu'il gagnera beaucoup à leur départ. Il ne se doute pas, ma foi, que ce léger profit lui coûtera bien cher. Dromon, si tu veux m'en croire, tu ne sais pas un mot de ce que tu as entendu.

Cr. Je serai muet.

SCÈNE V.

CHRÉMÈS, SYRUS.

Chr. (*à part.*) Sur mon honneur, ce pauvre Mé-nédème me fait pitié. Est-il assez malheureux? Avoir à nourrir cette femme avec toute sa séquelle! Je sais bien que les premiers jours il n'y fera pas attention, tant il soupirait après le retour de son fils. Mais quand il verra que ces énormes dépenses se renouvellent chaque jour et qu'on le gruge sans pudeur, il en reviendra à souhaiter que son fils parte encore. Mais voici Syrus; l'heureuse rencontre!

Syr. (*à part.*) Abordons-le.

Chr. Syrus?

Syr. Plaît-il?

Chr. Quelles nouvelles?

Syr. Je vous cherchais depuis longtemps.

Chr. Tu m'as l'air d'avoir déjà joué quelque tour au vieux Ménédème.

Syr. Pour votre affaire de ce matin? Aussitôt dit, aussitôt fait.

Chr. Sérieusement?

Syr. Très-sérieusement.

Chr. Par ma foi, je n'y tiens pas; il faut que je t'embrasse. Viens, approche, Syrus. Je te donnerai pour cela quelque bonne récompense, et de grand cœur.

Syr. Oh! si vous saviez quelle bonne ruse m'est venue à l'esprit!

Chr. Bah! tu te flattes peut-être d'avoir réussi?

Syr. Non, vraiment; je ne vous dis que la vé-rité.

Chr. Voyons, conte-moi cela.

Syr. Clinia a fait accroire à son père que Bacchis était la maîtresse de votre fils Clitiphon, et qu'il l'avait fait venir chez lui pour que vous n'en eussiez nul soupçon.

Chr. Très-bien.

Syr. Qu'en dites-vous?

Chr. Parfait, te dis-je.

Syr. Oui, ce n'est pas trop mal. Mais écoutez la suite de cette histoire. Il dira qu'il a vu votre fille, que dès l'abord il s'est épris de ses charmes, et qu'il aspire à sa main.

Chr. Comment! celle qui vient de nous être ren-due?

Syr. Elle-même; et il vous la fera demander réellement.

Chr. Pourquoi cela, Syrus? Je n'y conçois rien.

Syr. Bah! vous êtes donc bouché?

Chr. Peut-être.

Syr. On lui donnera de l'argent pour la noce, pour les bijoux, les robes qu'il lui faudra.... Vous comprenez?

Chr. Acheter?

Syr. Précisément.

Chr. Mais moi, je ne lui donne pas ma fille, je ne la lui promets pas.

Syr. Non? Pourquoi?

Chr. Pourquoi? Tu me le demandes? Un hom-me.....

Syr. Comme il vous plaira. Je ne vous disais pas de la lui donner tout de bon, mais de faire semblant.

Chr. Je n'aime pas la feinte. Arrange tes affaires de manière à ne pas m'y mêler. Moi, j'irais pro-mettre ma fille à quelqu'un à qui je ne la donnerais pas!

Syr. Je le croyais.

Chr. Tu avais tort.

Syr. Vous pouvez bien le faire. Et si je me suis

Drom. Quamobrem? *Syr.* Ne quæras. Efferant secum
  attulerunt.   745
Sperabit sumptum sibi senex levatum esse harum abitu.
Næ, ille haud scit, hoc paulum lucri quantum ei damni
  adportet.
Tu nescis id quod scis, Dromo, si sapis. *Drom.* Mutum
  dices.

SCENA QUINTA.

CHREMES, SYRUS.

Chr. Ita me di amabunt, ut nunc Menedemi vicem
Miseret me; tantum devenisse ad eum mali.   750
Illanccine mulierem alere cum illa familia?
Etsi scio, hosce aliquot dies non sentiet :
Ita magno desiderio fuit ei filius.
Verum ubi videbit tantos sibi sumptus domi
Quotidianos fieri, nec fieri modum,   755
Optabit rursum, ut abeat ab se filius.
Syrum optume eccum! *Syr.* Cesso hunc adoriri? *Chr.* Syre.
  Syr. Hem!
Chr. Quid est? *Syr.* Te mi ipsum jamdudum optabam dari.
Chr. Videre egisse jam nescio quid cum sene.
Syr. De illo quod dudum? Dictum ac factum reddidi. 760
Chr. Bonan' fide? *Syr.* Bona. *Chr.* Hercle non possum pati,

Quin tibi caput demulceam. Accede huc, Syre :
Faciam boni tibi aliquid pro ista re ac lubens.
Syr. At si scias quam scite in mentem venerit.
Chr. Vah, gloriare evenisse ex sententia?   765
Syr. Non hercle vero, verum dico. *Chr.* Dic quid est?
Syr. Tui Clitiphonis esse amicam hanc Bacchidem,
Menedemo dixit Clinia, et ea gratia
Se eam traduxisse, ne tu id persentisceres.
Chr. Probe. *Syr.* Dic sodes. *Chr.* Nimium, inquam. *Syr.*
  Immo sic satis.   770
Sed porro ausculta, quod superest fallaciæ.
Sese ipse dicet tuam vidisse filiam,
Ejus sibi complacitam formam, postquam adspexerit,
Hanc cupere uxorem. *Chr.* Modone quæ inventa est? *Syr.*
  Eam;
Et quidem jubebit posci. *Chr.* Quamobrem istuc, Syre? 775
Nam prorsus nihil intelligo. *Syr.* Vah, tardus es.
Chr. Fortasse. *Syr.* Argentum dabitur ei ad nuptias,
Aurum atque vestem qui... tenesne? *Chr.* Comparet?
Syr. Id ipsum. *Chr.* At ego illi neque do neque despondeo.
Syr. Non? Quamobrem? *Chr.* Quamobrem? Me rogas? Ho-
  mini.... *Syr.* Ut lubet.   780
Non ego dicebam, in perpetuum illam illi ut dares,
Verum ut simulares. *Chr.* Non mea 'st simulatio :
Ita tu istæc tua misceto, ne me admisceas.
Ego, cui daturus non sum, ut ei despondeam?

embarqué dans cette affaire, c'est parce que tantôt vous l'avez expressément voulu.

Chr. C'est vrai.

Syr. Au reste, Chrémès, ce que j'en fais, c'est par raison, et dans de bonnes intentions.

Chr. Et je te demande de poursuivre plus que jamais, mais d'une autre façon.

Syr. Soit. Donnez-moi un moyen. Mais quant à ce que je vous ai dit de l'argent que votre fille doit à Bacchis, il faut le rendre sur-le-champ; et vous n'irez pas sans doute vous retrancher derrière ces objections : « Que m'importe? Est-ce à moi qu'on l'a donné? L'ai-je demandé? Cette vieille a-t-elle pu sans mon aveu livrer ma fille en gage? » On a bien raison de dire, Chrémès, que la justice rigoureuse est souvent une grande injustice.

Chr. Je n'en ferai rien.

Syr. A la bonne heure; quand on le passerait à d'autres, on ne vous le passerait pas à vous. Tout le monde vous croit en belle et bonne position.

Chr. Je vais de ce pas lui porter son argent.

Syr. Non, chargez-en votre fils.

Chr. Pourquoi?

Syr. Parce qu'il passe maintenant pour l'amant de Bacchis.

Chr. Après?

Syr. Et que la chose paraîtra plus probable encore, quand on verra qu'il lui donne de l'argent. Moi, de mon côté, j'arriverai plus sûrement à mes fins. Tenez, le voici. Allez chercher l'argent.

Chr. Je l'apporte à l'instant.

SCÈNE VI.

CLITIPHON, SYRUS.

Clit. La chose la plus facile devient difficile, quand on la fait à contre-cœur. Cette promenade, par exemple, si peu fatigante qu'elle fût, m'a cependant épuisé ; et tout ce que je redoute le plus en

ce moment, c'est d'être encore une fois chassé d'ici, sans voir Bacchis. Maudit Syrus, que tout ce qu'il y a de dieux et de déesses te confonde avec tes combinaisons et tes calculs! Tu as toujours de ces belles inventions-là pour me mettre à la torture.

Syr. Allez vous-même vous morfondre encore ! Vous avez failli me perdre avec votre imprudence.

Clit. Plût au ciel que je l'eusse fait! tu le méritais bien.

Syr. Je le méritais? Comment? Je suis bien aise, ma foi, de vous entendre parler ainsi, avant de vous avoir remis l'argent que j'ai obtenu pour vous.

Clit. Que veux-tu donc que je te dise? Tu vas à la ville, tu m'amènes ma maîtresse, et c'est pour que je ne puisse pas la toucher?

Syr. Allons, je vous pardonne. Savez-vous où est maintenant votre chère Bacchis?

Clit. Chez nous.

Syr. Non.

Clit. Où donc?

Syr. Chez Clinia.

Clit. C'est fait de moi.

Syr. Calmez vous. Tout à l'heure vous lui porterez l'argent que vous lui avez promis.

Clit. Tu plaisantes. Qui me le donnera?

Syr. Votre père.

Clit. Tu te gausses de moi sans doute.

Syr. Vous le verrez.

Clit. Ma foi, je suis un heureux mortel. Syrus, je t'adore.

Syr. Voici votre père qui vient. N'allez pas vous étonner de ce qu'il fera ni en demander la raison; suivez bien mes instructions : faites ce qu'il vous dira, et parlez le moins que vous pourrez.

Syr. Credebam. *Chr.* Minime. *Syr.* Scite poterat fieri :   785
Et ego hoc, quia dudum tu tantopere jusseras ,
Eo cœpi. *Chr.* Credo. *Syr.* Cæterum equidem istuc, Chreme,
Æqui bonique facio. *Chr.* Atqui quum maxume
Volo te dare operam , ut fiat, verum alia via.
Syr. Fiat. Quæratur aliud. Sed illud , quod tibi   790
Dixi de argento, quod ista debet Bacchidi,
Id nunc reddendum 'st illi, neque tu scilicet
Eo nunc confugies : « Quid mea? Num mihi datum est?
Num jussi? Num illa oppignerare filiam
Meam me invito potuit? » Vere illud , Chreme,   795
Dicunt, jus summum sæpe summa est malitia.
Chr. Haud faciam. *Syr.* Immo, aliis si licet, tibi non licet.
Omnes te in lauta et bene acta parte putant.
Chr. Quin egomet jam ad eam deferam. *Syr.* Immo filium
Jube potius. *Chr.* Quamobrem ? *Syr.* Quia enim in hunc
    suspicio 'st   800
Translata amoris. *Chr.* Quid tum ? *Syr.* Quia videbitur
Magis verisimile id esse, quum hic illi dabit;
Et simul conficiam facilius ego, quod volo.
Ipse adeo adest. Abi , effer argentum. *Chr.* Effero.

SCENA SEXTA.

CLITIPHOS. SYRUS.

Clit. Nulla est tam facilis res, quin difficilis siet,   805
Quam invitus facias. Vel me hæc deambulatio,
Quam non laboriosa ad languorem dedit!

Nec quidquam magis nunc metuo , quam ne denuo
Miser aliquo extrudar hinc, ne accedam ad Bacchidem.
Ut te quidem omnes dii deæque, quantum 's, Syre,   810
Cum tuo istoc invento cumque incepto perduint!
Hujusmodi mihi res semper comminiscere,
Ubi me excarnifices. *Syr.* I tu hinc quo dignus es.
Quam pæne tua me perdidit protervitas!
Clit. Vellem hercle factum, ita meritu 's. *Syr.* Meritus?
    Quomodo ?   815
Næ me istuc prius ex te audivisse gaudeo ,
Quam argentum haberes, quod daturus jam fui.
Clit. Quid igitur tibi vis dicam ? Abisti, mihi
Amicam adduxti, quam non liceat tangere.
Syr. Jam non sum iratus. Sed scin', ubi nunc sit tibi   820
Tua Bacchis? *Clit.* Apud nos. *Syr.* Non. *Clit.* Ubi ergo?
    Syr. Apud Cliniam.
Clit. Perii! *Syr.* Bono animo es : jam argentum ad eam
deferes,
Quod ei es pollicitus. *Clit.* Garris. Unde? *Syr.* A tuo patre
Clit. Ludis fortasse me. *Syr.* Ipsa re experibere.
Clit. Næ ego fortunatus homo sum ! Deamo te, Syre.   825
Syr. Sed pater egreditur. Cave quidquam admiratus sis ,
Qua causa id fiat; obsecundato in loco.
Quod imperabit, facito; loquitor paucula.

SCÈNE VII.

CHRÉMÈS, CLITIPHON, SYRUS.

Chr. Où est Clitiphon à présent ?

Syr. (*bas à Clit.*) Répondez : Me voici.

Clit. Me voici, mon père.

Chr. (*à Syrus.*) Tu lui as dit de quoi il s'agissait ?

Syr. A peu près.

Chr. Prends cet argent, et porte-le.

Syr. Allez donc! Pourquoi restez-vous là comme une borne? Mais prenez.

Clit. Donne.

Syr. Suivez-moi. Vite, par ici. (*à Chrémès.*) Vous, attendez-nous, nous ne ferons qu'entrer et sortir; nous n'avons pas affaire là-dedans pour longtemps.

Chr. (*seul.*) Voilà déjà dix mines que m'a coûté ma fille. Mettons que c'est le prix de sa nourriture. Il en faudra dix autres pour sa toilette. Puis on me demandera deux talents pour sa dot. Que de sottes et absurdes pratiques établit l'usage! Me voilà maintenant obligé de laisser là mes affaires, pour chercher quelqu'un à qui je donnerai cette fortune amassée à grand'peine.

SCÈNE VIII.

MÉNÉDÈME, CHRÉMÈS.

Mén. Je suis bien sans contredit le plus heureux des pères, depuis que je vous sais revenu, mon fils, à la raison.

Chr. (*à part.*) Le pauvre homme!

Mén. Je vous cherchais, Chrémès. Sauvez-nous, vous le pouvez, mon fils, ma maison et moi!

Chr. Soit : que faut-il faire?

Mén. vous avez retrouvé aujourd'hui votre fille ?

Chr. Eh bien?

Mén. Clinia voudrait obtenir sa main.

Chr. De grâce, y pensez-vous ?

Mén. Qu'est-ce donc?

Chr. Avez-vous oublié ce que nous avons dit entre nous d'une supercherie à l'aide de laquelle on veut vous soutirer de l'argent?

Mén. Je le sais.

Chr. On est à l'œuvre.

Mén. Que dites-vous, Chrémès? Quelle faute j'ai commise! Et cette femme qui est chez vous, c'est la maîtresse de Clitiphon?

Chr. C'est ce qu'on dit; et vous le croyez?

Mén. Certainement.

C r. On dit aussi que votre fils demande la main de l'autre, afin d'obtenir de vous, quand il aura ma parole, de quoi lui acheter des bijoux et des robes.

Mén. Oui, c'est cela; et il donnera l'argent à sa maîtresse?

Chr. Précisément.

Mén. Ah! malheureux, c'est donc à tort que je me réjouissais. Et pourtant j'aime mieux je ne sais quoi, que de perdre mon fils. Quelle réponse lui ferai-je de votre part, Chrémès? Je ne veux pas qu'il soupçonne que j'ai découvert sa ruse; il en aurait trop de chagrin.

Chr. Trop de chagrin? En vérité, Ménédème, vous êtes d'une faiblesse pour lui....

Mén. Laissez-moi faire. J'ai commencé, Chrémès; aidez-moi à mener la chose à bonne fin.

Chr. Dites-leur donc que vous m'avez vu, que vous m'avez parlé de ce mariage.

Mén. Je le lui dirai. Et après?

Chr. Que je ferai tout ce qu'on voudra; que je l'agrée pour gendre. Ajoutez même, si cela vous convient, que j'ai promis ma fille.

Mén. Bien, c'est ce que je voulais.

Chr. Afin qu'il vous demande au plus tôt de l'argent, et que vous lui donniez sur-le-champ ce qu'il vous tarde tant de lui donner

---

SCENA SEPTIMA.

CHREMES, CLITIPHO, SYRUS.

Chr. Ubi Clitipho nunc est? *Syr.* Eccum me, inque. *Clit.* Eccum hic tibi.

Chr. Quid rei esset, dixti huic? *Syr.* Dixi pleraque omnia.

Chr. Cape hoc argentum, ac defer. *Syr.* I : quid stas, lapis?   831

Quin accipis? *Clit.* Cedo sane. *Syr.* Sequere hac me ocius.

Tu hic nos, dum eximus, interea opperibere :

Nam nihil est, illic quod moremur diutius.

Chr. Minas quidem jam decem habet a me filia,   835

Quas pro alimentis esse nunc duco datas.

Hasce ornamentis consequentur alteræ.

Porro hæc talenta dotis adposcet duo.

Quam multa, injusta ac prava, fiunt moribus!

Mihi nunc, relictis rebus, inveniendus est   840

Aliquis, labore inventa mea cui dem bona.

SCENA OCTAVA.

MENEDEMUS, CHREMES.

Men. Multo omnium me nunc fortunatissimum

Factum puto esse, gnate, quum te intelligo

Resipisse. *Chr.* Ut errat! *Men.* Te ipsum quærebam, Chreme.

Serva, quod in te est, filium, et me, et familiam.   845

Chr. Cedo, quid vis faciam? *Men.* Invenisti hodie filiam.

Chr. uid tum? *Men.* Hanc sibi uxorem dari vult Clinia.

Chr. Quæso, quid hominis es? *Men.* Quid est? *Chr.* Jamne oblitus es,

Inter nos quid sit dictum de fallacia,

Ut ea via abs te argentum auferretur? *Men.* Scio.   850

Chr. Ea res nunc agitur ipsa. *Men.* Quid narras, Chreme? Erravi.

Immo hæc quidem, quæ apud te est, Clitiphonis est

Amica. *Chr.* Ita aiunt, et tu credis? *Men.* Omnia.

Chr. Et illam aiunt velle uxorem, ut, quum desponderim,   855

Des, qui aurum ac vestem atque alia quæ opus sunt comparet.

Men. Id est profecto; id amicæ dabitur. *Chr.* Scilicet Daturum. *Men.* Ah, frustra igitur sum gavisus miser.

Quidvis tamen jam malo, quam hunc amittere.

Quid nunc renuntiem abs te responsum, Chreme?   860

Ne sentiat, me sensisse, atque ægre ferat.

Chr. Ægre? Nimium illi, Menedeme, indulges. *Men.* Sine.

Inceptum 'st. Perfice hoc mihi perpetuo, Chreme.

Chr. Dic convenisse, egisse te de nuptiis.

Men. Dicam. Quid deinde? *Chr.* Me facturum esse omnia :

Generum placere; postremo etiam, si voles,   865

Desponsam quoque esse dicito. *Men.* Hem, istuc volueram.

Chr. Tanto ocius te ut poscat, et tu id quod cupis,

Mén. C'est ce que je désire.

Chr. Soyez sûr qu'avant peu, du train dont va l'affaire, vous en aurez par-dessus la tête. En tout état de cause, vous ferez bien de ne donner qu'avec mesure et précaution.

Mén. Je vous le promets.

Chr. Rentrez chez vous; voyez ce qu'il vous demande. Si vous avez besoin de moi, vous me trouverez à la maison.

Mén. Oui, j'aurai besoin de vous; car je ne ferai rien sans prendre votre avis.

ACTE CINQUIÈME.

SCÈNE I.

MÉNÉDÈME, CHRÉMÈS.

Mén. (*seul.*) Je ne suis ni bien fin ni bien clairvoyant, je l'avoue; mais mon voisin Chrémès, qui s'est fait mon aide, mon guide, mon souffleur, l'est encore moins que moi. On peut m'appeler bûche, souche, âne, lourdaud; toutes ces dénominations qu'on donne à un imbécile me vont à merveille; mais à lui, point; sa stupidité n'a pas de nom.

Chr. Allons, allons, ma femme, vous fatiguez les dieux à force de les remercier de ce que vous avez retrouvé votre fille. Croyez-vous donc qu'ils vous ressemblent, et se comprennent une chose qu'autant qu'on la leur répète cent fois ? (*à lui-même.*) Mais qu'a donc mon fils, pour rester si longtemps chez Ménédème avec Syrus?

Mén. De qui parlez-vous donc?

Chr. Ah! vous voilà, Ménédème; vous arrivez à propos. Dites-moi, avez-vous fait part à Clinia de ce que je vous ai dit?

Mén. De tout.

Chr. Qu'a-t-il répondu?

Mén. Il ne se sent pas de joie, comme un homme qui a grande envie de se marier.

Chr. Ha, ha, ha!

Mén. Pourquoi riez-vous?

Chr. C'est que les fourberies de mon esclave Syrus me reviennent à l'esprit.

Mén. Vraiment?

Chr. Le coquin sait faire prendre aux gens la mine qui lui convient.

Mén. Vous voulez dire que mon fils fait semblant d'être heureux?

Chr. Oui.

Mén. Eh bien! j'ai eu précisément la même pensée.

Chr. Le drôle!

Mén. Vous seriez encore plus convaincu de sa fourberie, si vous le connaissiez mieux.

Chr. Vous croyez?

Mén. Écoutez plutôt.

Chr. Un instant. Je voudrais d'abord savoir combien on vous a escroqué. Car dès que vous avez annoncé à votre fils que je promettais, Dromon a dû vous faire de beaux calculs pour vous prouver que la future avait besoin de robes, de bijoux et d'esclaves, et qu'il fallait financer.

Mén. Non.

Chr. Comment, non!

Mén. Non, vous dis-je.

Chr. Ni votre fils non plus?

Mén. Pas davantage, Chrémès. Ou plutôt il ne m'a demandé qu'une seule chose avec instance, c'est que le mariage eût lieu aujourd'hui même.

Chr. Vous m'étonnez. Et mon coquin de Syrus, il ne vous a rien dit non plus ?

Mén. Rien.

Chr. Comment se peut-il? Je n'y conçois rien.

Mén. En vérité c'est étonnant, vous qui savez si

Quam ocissime ut des. *Men.* Cupio. *Chr.* Næ tu propediem,
Ut istam rem video, istius obsaturabere.   870
Sed hæc ita ut sunt, cautim et paulatim dabis,
Si sapies. *Men.* Faciam. *Chr.* Abi intro; vide, quid postulet:
Ego domi ero, si quid me voles. *Men.* Sane volo.
Nam te sciente faciam, quidquid egero.

ACTUS QUINTUS.

SCENA PRIMA.

MENEDEMUS, CHREMES.

Men. Ego me non tam astutum, neque ita perspicacem esse,
id scio;   875
Sed hic adjutor meus et monitor et præmonstrator Chremes
Hoc mihi præstat. In me quidvis harum rerum convenit,
Quæ sunt dictæ in stultum, caudex, stipes, asinus, plumbeus;
In illum nil potest: nam exsuperat ejus stultitia hæc omnia.
Chr. Ohe, jam desine deos, uxor, gratulando obtundere, 880
Tuam esse inventam gnatam, nisi illos ex tuo ingenio judicas,
Ut nihil credas intelligere, nisi idem dictum 'st centies.
Sed interim quid illic jam dudum gnatus cessat cum Syro?
Men. Quos ais homines cessare? *Chr.* Ehem, per tempus,

Menedeme, advenis.
Dic mihi : Cliniæ, quæ dixi, nuntiastin'? *Men.* Omnia. 885
Chr. Quid ait? *Men.* Gaudere adeo cœpit, quasi qui cupiunt nuptias.
Chr. Ha, ha, he! *Men.* Quid risisti? *Chr* Servi venere in mentem Syri
Callititates. *Men.* Itane? *Chr.* Vultus quoque hominum fingit scelus.
Men. Gnatus quod se adsimulat lætum, id dicis? *Chr.* Id.
Men. Idem istuc mihi
Venit in mentem. *Chr.* Veterator! *Men.* Magis, si magis noris, putes,   890
Ita rem esse. *Chr.* Ain' tu? *Men.* Quin tu ausculta. *Chr.* Mane dum, hoc prius scire expeto,
Quid perdideris. Nam ubi desponsam nuntiasti filio,
Continuo injecisse verba tibi Dromonem scilicet,
Sponsæ vestem, aurum, ancillas, opus esse argentum ut dares.
Men. Non. *Chr.* Quid non? *Men.* Non, inquam. *Chr.* Neque ipse gnatus? *Men.* Nihil prorsum, Chreme. 895
Magis unum etiam instare, ut hodie conficerentur nuptiæ.
Chr. Mira narras. Quid Syrus meus? Ne is quidem quidquam? *Men.* Nihil.
Chr. Quamobrem, nescio. *Men.* Equidem miror, qui alia tam plane scias.
Sed ille tuam quoque Syrus idem mire finxit filium,
Ut ne paululum quidem subolat, esse amicam hanc Cliniæ.   900

bien tout. Mais votre Syrus a si bien fait aussi la leçon à votre fils , qu'à peine pourrait-on se douter que Bacchis est la maîtresse de Clinia.

Chr. Qu'est-ce à dire?

Mén. Je ne vous parle pas des baisers et des caresses qu'ils se prodiguent ; bagatelle que cela.

Chr. Quoi! n'est-ce pas très-bien cacher son jeu?

Mén. Ha !

Chr. Qu'y a-t-il ?

Mén. Écoutez-moi bien. J'ai à l'extrémité de ma maison une pièce tout à fait retirée; on y a dressé un lit , et on l'a préparé.

Chr. Et quand cela a été fait?

Mén. Tout aussitôt Clitiphon s'y est réfugié.

Chr. Seul?

Mén. Seul.

Chr. Je tremble.

Mén. Bacchis n'a pas tardé à l'y suivre.

Chr. Seule ?

Mén. Seule.

Chr. J'étouffe !

Mén. Une fois dedans , ils ont fermé la porte.

Chr. Comment! et Clinia les laissait faire ?

Mén. Pourquoi pas ? Nous étions ensemble.

Chr. Bacchis est la maîtresse de mon fils , Ménédème. C'est fait de moi.

Mén. Et pourquoi ?

Chr. Ma fortune va y passer en moins de dix jours.

Mén. Quoi ! vous vous effrayez de ce qu'il s'occupe de son ami ?

Chr. Dites plutôt de son amie.

Mén. Si toutefois il s'en occupe...

Chr. En doutez-vous? Croyez-vous qu'il y ait un homme assez indifférent, assez débonnaire , pour souffrir que sous ses yeux mêmes sa maîtresse....

Mén. Pourquoi pas , si c'est un moyen de m'en imposer plus aisément?

Chr. Vous vous moquez. Ah! combien j'ai lieu de m'en vouloir à moi-même ! Ils m'ont fourni

cent occasions de tout deviner , si je n'avais pas été une buse. Que n'ai-je pas vu ? Ah! malheureux que je suis! Mais ils me le payeront , sur mon honneur, si les dieux me prêtent vie. Je vais....

Mén. Calmez-vous; soyez raisonnable. Mon exemple n'est-il pas pour vous une leçon suffisante ?

Chr. Je ne me possède plus de colère, Ménédème.

Mén. Est-ce bien vous que j'entends ? Vous n'êtes pas honteux d'avoir toujours des conseils à donner, et de dépenser pour autrui beaucoup de sagesse, mais de ne savoir pas vous conduire vous-même ?

Chr. Que voulez-vous que je fasse?

Mén. Ce que vous me reprochiez de n'avoir pas fait. Montrez-lui la tendresse d'un père , afin qu'il ose vous confier tout, vous adresser toutes ses prières et toutes ses demandes, et qu'il ne vous quitte pas pour aller frapper à d'autres portes.

Chr. Ma foi non , qu'il s'en aille où il voudra , plutôt que de ruiner son père par ses désordres. Car si je continue à lui donner de l'argent pour ses folles dépenses, Ménédème , je serai véritablement réduit à prendre le râteau.

Mén. Que de tourments vous vous préparez avec ce système , si vous n'y prenez garde! Vous ferez d'abord le difficile ; vous finirez néanmoins par faire grâce, et l'on ne vous en saura pas gré.

Chr. Ah ! si vous saviez combien je souffre !

Mén. Comme il vous plaira. Mais que dites-vous de mes désirs de mariage entre votre fille et mon fils? Auriez-vous quelque autre projet en tête?

Chr. Non , le gendre et la famille me conviennent.

Mén. Et pour la dot , que faut-il que j'annonce à mon fils ? Eh bien! vous ne répondez pas?

Chr. La dot?

Men. Oui.

Chr. Ah !

Mén. Ne vous tourmentez pas , Chrèmès , si vous n'avez pas une grosse dot à nous donner : c'est le moindre de nos soucis.

Chr. Quid ais? *Men.* Mitto jam osculari atque amplexari ; id nil puto.

Chr. Quid est, quod amplius simuletur? *Men.* Vah! *Chr.* Quid est? *Men.* Audi modo :

Est mihi in ultimis conclave ædibus quoddam retro.

Huc est intro latus lectus ; vestimentis stratus est.

Chr. Quid postquam hoc est factum? *Men.* Dictum factum huc abiit Clitipho.

Chr. Solus? *Men.* Solus. *Chr.* Timeo. *Men.* Bacchis consecuta 'st ilico.

Chr. Sola? *Men.* Sola. *Chr.* Perii! *Men.* Ubi abiere intro, operuere ostium. *Chr.* Hem,

Clinia hæc fieri videbat? *Men.* Quidni? Mecum una simul.

Chr. Filii est amica Bacchis, Menedeme. Occidi!

Men. Quamobrem? *Chr.* Decem dierum vix mi est familia.   910

Men. Quid ? istuc times, quod ille operam dat suo?

Chr. Immo quod amicæ. *Men.* Si dat. *Chr.* An dubium id tibi est?

Quemquamne animo tam communi esse et leni putas,

Qui se vidente amicam patiatur suam...?

Men. Quidni? Quo verba facilius dentur mihi.   915

Chr. Derides? Merito mihi nunc ego succenseo.

Quot res dedere, ubi possem persentiscere ,

Nisi si essem lapis! Quæ vidi ! Væ misero mihi !

At næ illud haud inultum , si vivo, ferent.

Nam jam...... *Men.* Non tu te cohibes? Non te respicis?

Non tibi ego exempli satis sum? *Chr.* Præ iracundia,   921

Menedeme, non sum apud me. *Men.* Tene istuc loqui?

Nonne id flagitium 'st, te aliis consilium dare,

Foris sapere, tibi non posse te auxiliarier?

Chr. Quid faciam? *Men.* Id quod tu me fecisse albas parum :   925

Fac te esse patrem ut sentiat ; fac ut audeat

Tibi credere omnia, abs te petere et poscere,

Ne quam aliam quærat copiam, ac te deserat.

Chr. Immo abeat multo malo quovis gentium,

Quam hic per flagitium atque inopiam redigat patrem.   930

Nam si illius pergo suppeditare sumptibus,

Menedeme, mihi illic vere ad rastros res redit.

Men. Quot incommoditates in hac re accipies , nisi caves!

Difficilem ostendes te esse , et ignosces tamen

Post, et id ingratum. *Chr.* Ah! nescis quam doleam. *Men.* Ut lubet.   935

Quid hoc, quod volo, ut illa nubat nostro? Nisi quid est ,

Quod mavis? *Chr.* Immo et gener et adfines placent.

Men. Quid dotis dicam te dixisse filio?

Quid obticuisti? *Chr.* Dotis? *Men.* Ita dico. *Chr.* Ah ! *Men.* Chreme,

Ne quid vereare, si minus : nihil nos dos movet.   940

Chr. Deux talents, c'est tout ce que je puis faire avec ma fortune. Mais si vous avez à cœur de nous sauver, moi, mon fils et mon patrimoine, il faut dire que j'ai promis de donner tout à ma fille.

Mén. A quel propos?

Chr. Jouez l'étonnement, et en même temps demandez-lui pourquoi j'agis de la sorte...

Mén. Mais c'est qu'en vérité je ne sais pas pourquoi vous le faites.

Chr. Moi? C'est pour mater cet étourdi qui se jette à corps perdu dans la débauche et le libertinage, et pour le réduire à ne savoir plus où donner de la tête.

Mén. Qu'allez-vous faire?

Chr. Ah! de grâce, laissez-moi marcher à ma guise en cette occasion.

Mén. Soit. Vous êtes bien décidé?

Chr. Oui.

Mén. A la bonne heure.

Chr. Et que votre fils se prépare à venir chercher sa femme. Quant au mien, il aura sa semonce comme c'est de règle pour les enfants. Mais Syrus....

Mén. Que lui réservez-vous?

Chr. Si le ciel me prête vie, je l'arrangerai de si belle façon, je le peignerai de telle sorte, qu'il se souviendra de moi toute sa vie; je lui apprendrai à m'avoir pris pour son jouet et son plastron. (*seul.*) Non, de par tous les dieux, il n'oserait pas traiter ma pauvre veuve comme il m'a traité.

SCENE II.

CLITIPHON, MÉNÉDÈME, CHRÉMÈS, SYRUS.

Clit. De grâce, Ménédème, est-il bien vrai que mon père ait en si peu de temps dépouillé toute tendresse à mon égard? Qu'ai-je donc fait? Quel si grand crime ai-je eu le malheur de commettre? Tout le monde en fait autant.

Mén. Je conçois que vous trouviez la décision beaucoup trop sévère et trop cruelle, vous qu'elle frappe. Cependant j'en suis aussi affligé que vous : pourquoi? je n'en sais rien ; je n'ai d'autre intérêt en tout ceci que la bienveillance dont je me sens animé pour vous.

Clit. Vous me disiez que mon père était ici?

Mén. Le voici.

Chr. De quoi m'accusez-vous, Clitiphon? Tout ce que je viens de faire, je l'ai fait en vue de vos intérêts et contre vos déréglements. Quand j'ai vu que vous vous laissiez aller, que vous mettiez en première ligne les plaisirs du moment, et que vous ne songiez pas à l'avenir, j'ai pris des mesures pour vous mettre à l'abri du besoin, et vous empêcher de dissiper mon patrimoine. Vous deviez hériter de mes biens préférablement à tout autre; vous m'avez obligé à ne pas vous les laisser. J'ai jeté les yeux sur vos plus proches parents ; je leur ai tout donné, tout légué. Dans toutes vos folies, Clitiphon, vous trouverez toujours appui auprès d'eux; ils vous donneront le vivre, le couvert, un asile où vous cacher.

Clit. Malheureux que je suis !

Chr. Cela vaut mieux, que de vous voir, nanti de cet héritage, l'abandonner à Bacchis.

Syr. (*à part.*) C'est fait de moi ! Misérable que je suis, quels orages j'ai soulevés sans le savoir !

Clit. Vienne la mort! je l'appelle de mes vœux.

Chr. Apprenez d'abord à vivre, je vous prie. Quand vous le saurez, si la vie vous déplaît, vous pourrez revenir à votre remède.

Syr. Maître, puis-je parler?

Chr. Parle.

Syr. Mais n'ai-je rien à craindre?

Chr. Parle.

Syr. N'est-ce pas injustice ou folie que de faire retomber sur lui les fautes que j'ai commises?

Chr. Assez. Tu n'as que faire dans tout ceci. Per-

Chr. Duo talenta pro re nostra ego esse decrevi satis.
Sed ita dictu est opus, si me vis salvum esse, et rem et filium,
Me mea omnia bona doti dixisse illi. *Men.* Quam rem agis?
Chr. Id mirari te simulato, et illum hoc rogitato simul,
Quamobrem id faciam. *Men.* Quin ego vero, quamobrem id
facias, nescio.   945
Chr. Egone? Ut ejus animum, qui nunc luxuria et lascivia
Diffluit, retundam, redigam, ut, quo se vertat, nesciat.
Men. Quid agis? *Chr.* Mitte, ac sine me in hac re gerere
mihi morem. *Men.* Sino.
Itane vis? *Chr.* Ita. *Men.* Fiat. *Chr.* Ac jam, uxorem ut arcessat, paret.
Hic ita, ut liberos est æquum, dictis confutabitur.   950
Sed Syrum... *Men.* Quid eum? *Chr.* Ego, si vivo, eum
adeo exornatum dabo.
Adeo depexum, ut, dum vivat, meminerit semper mei;
Qui sibi me pro deridiculo ac delectamento putat.
Non, ita me di ament, auderet facere hæc viduæ mulieri,
Quæ in me fecit.   955

SCENA SECUNDA.

CLITIPHO, MENEDEMUS, CHREMES, SYRUS.

Clit. Itane tandem, quæso, est, Menedeme, ut pater
Tam in brevi spatio omnem de me ejecerit animum patris?
Quodnam ob facinus? Quid ego tantum sceleris admisi mi
ser?
Vulgo faciunt. *Men.* Scio tibi esse hoc gravius multo ac durius,
Cui fit; verum ego haud minus ægre patior, id qui nes
cio,   960
Nec rationem capio, nisi quod tibi bene ex animo volo.
Clit. Hic patrem adstare aibas? *Men.* Eccum. *Chr.* Quid me
incusas, Clitipho?
Quidquid ego hujus feci, tibi prospexi et stultitiæ tuæ.
Ubi te vidi animo esse omisso, et suavia in præsentia
Quæ essent, prima habere, neque consulere in longitudinem;   965
Cepi rationem, ut neque egeres, neque ut hæc posses perdere.
Ubi, cui decuit primo, tibi non licuit per me mihi dare,
Abii ad proxumos tibi qui erant, eis commisi et credidi.
Ibi tuæ stultitiæ semper erit præsidium, Clitipho :
Victus, vestitus, quo in tectum te receptes. *Clit.* Hei
mihi!   970
Chr. Satius, quam te ipso herede hæc possidere Bacchidem.
Syr. Disperii! Scelestus quantas turbas concivi insciens!
Clit. Emori cupio. *Chr.* Prius quæso disce, quid sit vivere.
Ubi scies; si displicebit vita, tum istoc utitor.
Syr. Here, licetne? *Chr.* Loquere. *Syr.* At tuto. *Chr.* Loquere. *Syr.* Quæ istæc pravitas,   975
Quæve amentia est, quod peccavi ego, id obesse huic? *Chr.*
Ilicet.

sonne ne t'accuse, Syrus; dispense-toi de chercher un asile ou un intercesseur pour toi.

Syr. Qu'allez-vous faire?

Chr. Je ne vous en veux pas, ni à toi, ni à vous, mon fils. Vous ne devez pas non plus m'en vouloir de ce que je fais.

SCÈNE III.

SYRUS, CLITIPHON.

Syr. Il est parti? Tant pis. Je voulais lui demander.....

Clit. Quoi donc?

Syr. Où je trouverai ma pitance. Ne nous a-t-il pas chassés? Pour vous, vous aurez votre couvert mis chez votre sœur.

Clit. Être réduit à craindre qu'il ne me manque du pain, Syrus!

Syr. Si nous ne mourons pas de faim, j'espère...

Clit. Quoi?

Syr. Que nous aurons bon appétit.

Clit. Peux-tu bien rire en pareille circonstance, au lieu de m'aider de tes conseils?

Syr. Mais c'est au contraire ce qui me préoccupe, et ce qui m'a préoccupé tout le temps qu'a parlé votre père. Et, si je sais calculer...

Clit. Eh bien?

Syr. Je n'en suis pas trop loin.

Clit. De quoi donc?

Syr. M'y voici. Je crois que vous n'êtes pas leur enfant.

Clit. Que dis-tu, Syrus? Est-ce que tu es fou?

Syr. Je vais vous exposer mon raisonnement, et vous jugerez. Tant qu'ils n'ont pas eu d'autre enfant que vous, tant que vous avez été leur unique joie, leur plus chère espérance, ils ont été faibles et généreux pour vous; maintenant qu'ils ont retrouvé leur fille, leur véritable enfant, ils ont trouvé un prétexte pour vous chasser.

Clit. C'est assez vraisemblable.

Syr. Croyez-vous que ce soit une pareille peccadille qui l'irrite à ce point?

Clit. Non.

Syr. Autre réflexion. Toutes les mères viennent en aide aux sottises de leurs fils, et les protégent ordinairement contre l'injustice des pères. Ce n'est pas là ce qu'on fait pour vous.

Clit. Tu as raison. Que faire maintenant, Syrus?

Syr. Tâchez d'éclaircir ce soupçon; abordez franchement la question avec eux. Si je me trompe, vous provóquerez aussitôt chez eux un épanchement de tendresse, ou vous saurez à quoi vous en tenir.

Clit. Ton conseil est bon; je le suivrai.

Syr. (*seul.*) Oui, j'ai eu là une assez bonne idée; car moins le jeune homme aura d'espérance, plus il sera disposé à faire la paix avec son père aux conditions qu'on lui dictera. Je ne sais s'il n'ira pas jusqu'à prendre femme. Et cependant on n'en saura point gré à Syrus. Mais qu'y a-t-il? C'est le bonhomme qui sort de chez lui. Je décampe. Après ce qui est arrivé, je m'étonne qu'il ne m'ait pas fait arrêter à l'instant même. Allons trouver Ménédème, et prions-le d'intercéder pour moi. Je ne me fie pas trop à mon vieux maître.

SCÈNE IV.

SOSTRATE, CHRÉMÈS.

Sost. Bien certainement, mon cher mari, si vous n'y prenez garde, vous serez cause de quelque malheur pour notre fils, et je m'étonne en vérité qu'une idée si absurde ait pu vous venir à l'esprit.

Chr. Oh! maudite femme, serez-vous toujours

Ne te admisce. Nemo accusat, Syre, te; nec tu aram tibi,
Nec precatorem pararis! *Syr.* Quid agis? *Chr.* Nil succenseo,
Nec tibi, nec tibi; nec vos est æquum, quod facio, mihi.

SCENA TERTIA.

SYRUS, CLITIPHO.

Syr. Abiit? Ah, rogasse vellem. *Clit.* Quid? *Syr.* Unde mi peterem cibum.   980
Ita nos abalienavit. Tibi jam esse ad sororem intelligo.
Clit. Adeon' rem rediisse, ut periclum etiam a fame mihi sit, Syre.
Syr. Modo liceat vivere, est spes. *Clit.* Quæ? *Syr.* Nos esurituros satis.
Clit. Irrides in re tanta? Neque me quidquam consilio adjuvas?
Syr. Immo et ibi nunc sum, et usque id egi dudum, dum loquitur pater;   985
Et, quantum ego intelligere possum... *Clit.* Quid? *Syr.* Non aberit longius.
Clit. Quid id ergo? *Syr.* Sic est, non esse horum te arbitror. *Clit.* Quid istuc, Syre?
Satin' sanus es? *Syr.* Ego dicam, quod mi in mentem est; tu dijudica.
Dum istis fuisti solus, dum nulla alia delectatio,
Quæ propior esset, te indulgebant, tibi dabant; nunc illa   990
Postquam est inventa vera, inventa est causa, qua te expellerent.

Clit. Est verisimile. *Syr.* An tu ob peccatum hoc esse illum iratum putas?
Clit. Non arbitror. *Syr.* Nunc aliud specta: matres omnes filiis
In peccato adjutrices, auxilio in paterna injuria
Solent ess ; id non fit. *Clit.* Verum dicis. Quid nunc faciam, Syre?   995
Syr. Suspicionem istanc ex illis quære; rem profer palam.
Si non est verum, ad misericordiam ambos adduces cito; aut
Scibis, cujus sis. *Clit.* Recte suades, faciam. *Syr.* Sat recte hoc mihi
In mentem venit : namque adolescens quam in minima spe situs erit,
Tam facillime patris pacem in leges conficiet suas.   1000
Etenim haud scio, anne uxorem ducat; ac Syro nil gratiæ.
Quid hoc autem? Senex exit foras; ego fugio. Adhuc quod factum' st,
Miror, non jussisse illico abripi me. Ad Menedemum hinc pergam.
Eum mihi precatorem paro; seni nostro nil fidei habeo.

SCENA QUARTA.

SOSTRATA, CHREMES.

Sos. Profecto, nisi caves, tu homo, aliquid gnato conficies mali :   1006
Idque adeo miror, quomodo
Tam ineptum quidquam tibi in mentem venire, mi vir, potuerit.

la même? Je n'ai pas de ma vie formé un seul projet, que vous ne m'ayez contrecarré, Sostrate. Mais si je vous demandais en quoi j'ai tort ou pourquoi j'agis de la sorte, vous ne sauriez le dire. A quel propos me faites-vous la guerre avec tant d'assurance, insensée que vous êtes?

Sost. Je ne saurais le dire.

Chr. Si, si, vous le sauriez; je vous l'accorde, plutôt que d'avoir à recommencer toute cette conversation.

Sost. Ah! vous êtes bien cruel d'exiger que je garde le silence dans une si grave affaire!

Chr. Je n'exige rien; parlez. Je n'en ferai pas moins ce que je veux.

Sost. Vous le ferez?

Chr. Certainement.

Sost. Mais ne voyez-vous pas tout ce qu'il y a de fâcheux dans votre résolution? Il se croit un enfant supposé.

Chr. Supposé, dites-vous?

Sost. Oui, vous le verrez.

Chr. Eh bien, dites-le-lui.

Sost. Ah de grâce, donnez ce conseil à nos ennemis. Puis-je lui dire qu'il n'est pas mon fils, lorsqu'il l'est réellement?

Chr. Quoi! craignez-vous de ne pouvoir pas prouver, quand vous le voudrez, qu'il est votre fils?

Sost. Serait-ce parce que nous avons retrouvé notre fille?

Chr. Non; mais par une raison bien plus convaincante. Il vous sera facile de prouver, par la conformité de son caractère et du vôtre, que vous êtes sa mère; il vous ressemble d'une manière frappante; il n'a pas un défaut que vous n'ayez aussi; enfin il n'y a que vous qui ayez pu donner le jour à un tel fils. Mais le voici. Quel air grave! A le voir, on le prendrait pour quelque chose.

Chr. Oh, pergin', mulier esse? Ullamne unquam ego rem in vita mea
Volui, quin tu in ea re mi advorsatrix fueris, Sostrata?
At si rogitem jam, quid est, quod peccem, aut quamobrem
id faciam, nescias. 1010
In qua re nunc tam confidenter restas, stulta? *Sos.* Ego nescio.
Chr. Immo scis potius, quam quidem redeat ad integrum
hæc eadem oratio.
Sos. Oh, iniquus es, qui me tacere de re tanta postules.
Chr. Non postulo; jam loquere; nihilo minus ego hoc faciam tamen.
Sos. Facies? *Chr.* Verum. *Sos.* Non vides, quantum mali
ex ea re excites? 1015
Subditum se suspicatur. *Chr.* Subditum ain'tu? *Sos.* Certe sic erit.
Chr. Confitere. *Sos.* Au, obsecro te, istuc nostris inimicis siet.
Egone confitear, meum non esse filium, qui sit meus?
Chr. Quid? Metuis, ne non, quum velis, convincas esse illum tuum?
Sos. Quod filia est inventa? *Chr.* Non; sed, quo magis credendum siet, 1020
Quod est consimilis moribus,
Convinces facile, ex te esse natum: nam tui similis est probe.
Nam illi nihil vitii est relictum, quin id itidem sit tibi.
Tum præterea talem, nisi tu, nulla pareret filium.
Sed ipse egreditur, quam severus! Rem, quum videas, censeas. 1025

SCÈNE V.

CLITIPHON, SOSTRATE, CHRÉMÈS.

Clit. Si jamais j'ai fait votre joie, ma mère, si jamais vous avez été fière de me nommer votre fils, je vous en conjure, rappelez ce temps à votre mémoire, et prenez pitié de ma détresse. Ce que je vous demande, ce que je désire, c'est que vous me fassiez connaître les auteurs de mes jours.

Sost. De grâce, mon fils, ne vous mettez pas en tête que vous n'êtes pas notre enfant.

Clit. Mais cela est.

Sost. Malheureuse que je suis! Ai-je bien entendu? Que le ciel vous conserve après Chrémès et moi, comme il est vrai que vous êtes notre fils! Et si vous avez quelque affection pour moi, gardez-vous de répéter jamais une semblable parole.

Chr. Et moi je vous engage, si vous me craignez, à vous défaire de vos habitudes.

Clit. Lesquelles?

Chr. Vous voulez le savoir? Je vais vous le dire. Vous êtes un vaurien, un fainéant, un fourbe, un dissipateur, un libertin, un mange-tout. Croyez cela, et croyez aussi que vous êtes notre fils.

Clit. Ce n'est pas là le langage d'un père.

Chr. Tenez, Clitiphon, fussiez-vous sorti de mon cerveau, comme Minerve sortit, dit-on, du cerveau de Jupiter, non, je ne souffrirai pas que vous me déshonoriez par vos débauches.

Sost. Que les dieux nous gardent d'un tel malheur!

Chr. Les dieux? Je ne sais ce qu'ils feront; mais j'y mettrai, moi, bon ordre, autant que faire se pourra. Vous cherchez ce que vous avez, un père et une mère, et vous ne cherchez pas ce qui vous manque, le moyen de plaire à votre père, et de conserver

---

SCENA QUINTA.

CLITIPHO, SOSTRATA, CHREMES.

Clit. Si unquam ullum fuit tempus, mater, quum ego voluptati tibi
Fuerim, dictus filius tuus tua voluntate, obsecro,
Ejus ut memineris, atque inopis nunc te miserescat mei;
Quod peto et volo, parentes meos ut commonstres mihi.
Sos. Obsecro, mi gnate! Ne istuc in animum inducas tuum, 1030
Alienum esse te. *Clit.* Sum. *Sos.* Miseram me! Hoccine quæsisti, obsecro?
Ita mihi atque huic sis superstes, ut ex me atque ex hoc natus es.
Et cave posthac, si me amas, unquam istuc verbum ex te audiam.
Chr. At ego, si me metuis, mores cave in te esse istos sentiam.
Clit. Quos? *Chr.* Si scire vis, ego dicam: gerro, iners, fraus, heluo, 1035
Ganeo, damnosus. Crede, et nostrum te esse credito.
Clit. Non sunt hæc parentis dicta. *Chr.* Non, si ex capite sis meo
Natus, item ut aiunt, Minervam esse ex Jove, ea causa magis
Patiar, Clitipho, flagitiis tuis me infamem fieri.
Sos. Di istæc prohibeant! *Chr.* Deos nescio; ego quod potero, sedulo. 1040
Quæris id quod habes, parentes; quod abest, non quæris, patri

ce qu'il a gagné à la sueur de son front. Amener devant mes yeux, par toutes sortes de subterfuges, une..... J'aurais honte de prononcer le mot en présence de votre mère. Mais vous n'avez pas eu honte de faire ce que vous avez fait, vous.

Clit. Ah! combien je me déteste à présent! Combien j'ai honte de moi-même! Je ne sais par où m'y prendre pour l'apaiser.

SCÈNE VI.

MÉNÉDÈME, CHRÉMÈS, CLITIPHON, SOSTRATE.

Mén. (à part.) En vérité, Chrémès rend la vie trop dure à cet enfant, il le mène trop cruellement. Je vais aller les réconcilier. A merveille, les voici.

Chr. Eh bien, Ménédème, que n'envoyez-vous chercher ma fille, pour ratifier par votre acceptation la dot que j'ai promise?

Sost. Mon cher mari, n'en faites rien, de grâce.

Clit. Mon père, pardonnez-moi, je vous en conjure.

Mén. Allons, Chrémès, faites-lui grâce. Laissez-vous fléchir.

Chr. Moi! que je donne sciemment tous mes biens à Bacchis? Je n'en ferai rien.

Mén. Mais nous ne vous le permettrions pas nous-mêmes.

Clit. Si vous tenez à ma vie, mon père, pardonnez-moi.

Sost. Grâce, mon cher Chrémès!

Mén. Allons, Chrémès, voyons, ne soyez pas si inflexible.

Chr. Que voulez-vous donc? Je vois bien qu'on ne me laissera point mener mon projet jusqu'au bout.

Mén. A la bonne heure, c'est ainsi qu'il faut faire.

Chr. Oui, mais je ne me rends qu'à la condition qu'il fera ce que j'exige de lui.

Clit. Tout ce que vous voudrez, mon père; ordonnez.

Chr. Vous allez vous marier.

Clit. Mon père.....

Chr. Vous ne répondez pas?

Mén. Je prends la chose sur moi; il se mariera.

Chr. Mais il ne répond pas encore lui-même.

Clit. (à part.) C'est fait de moi!

Sost. Balancez-vous, Clitiphon?

Chr. Qu'il choisisse.

Mén. Il en passera par où vous voudrez.

Sost. C'est une grave affaire d'abord, mon fils, quand on ignore ce que c'est; ce n'est plus rien, lorsqu'on s'y est habitué.

Clit. Je me marierai, mon père.

Sost. Je vous donnerai, mon fils, une femme charmante, que vous n'aurez pas de peine à aimer: c'est la fille de notre voisin Phanocrate.

Clit. Cette rousse, avec ses yeux verts, sa grande bouche et son nez crochu? Impossible, mon père.

Chr. Voyez donc, comme il est difficile! Ou dirait que c'est un connaisseur.

Sost. Je vous en donnerai une autre.

Clit. Non; puisqu'il faut se marier, j'ai à peu près mon affaire.

Sost. Très-bien, mon fils.

Clit. C'est la fille d'Archonide.

Sost. Elle est fort de mon goût.

Clit. Il ne reste plus qu'une chose, mon père.

Chr. Laquelle?

Clit. Pardonnez, je vous prie, à Syrus tout ce qu'il a fait pour moi.

Chr. Soit. Messieurs, au revoir, et applaudissez-nous.

Quomodo obsequare, et serves quod labore invenerit.
Non mihi per fallacias adducere ante oculos...? Pudet
Dicere hæc præsente verbum turpe? At te id nullo modo
Facere puduit. *Clit.* Eheu! Quam ego nunc totus displiceo
mihi!   1045
Quam pudet! Neque quod principium inveniam ad placandum scio.

SCENA SEXTA.

MENEDEMUS, CHREMES, CLITIPHO, SOSTRATA.

Men. Enimvero Chremes nimis graviter cruciat adolescentulum,
Nimisque inhumane. Exeo ergo, ut pacem conciliem. Optume
Ipsos video. *Chr.* Ehem! Menedeme, cur non arcessi jubes
Filiam, et quod dotis dixi, firmas? *Sos.* Mi vir, te obsecro,
Ne facias. *Clit.* Pater, obsecro mihi ignoscas. *Men.* Da veniam, Chreme.   1051
Sine te uxorem. *Chr.* Egone mea bona ut dem Bacchidi dono
sciens?
Non faciam. *Men.* At nos non sinemus. *Clit.* Si me vivum
vis, pater,
Ignosce. *Sos.* Age, Chremes mi. *Men.* Age quæso, ne tam
obfirma te, Chreme.
Chr. Quid istic? Video non licere, ut cœperam, hoc pertendere.   1055

Men. Facis, ut te decet. *Chr.* Ea lege hoc adeo faciam, si id
facit,
Quod ego hunc æquum censeo. *Clit.* Pater, omnia faciam,
impera.
Chr. Uxorem ut ducas. *Clit.* Pater! *Chr.* Nihil audio. *Men.*
Ad me recipio;
Faciet. *Chr.* Nihil etiam audio ipsum. *Clit.* Perii! *Sos.* An
dubitas, Clitipho?
Chr. Immo utrum vult? *Men.* Faciet omnia. *Sos.* Hæc dum
incipias, gravia sunt;   1060
Dumque ignores; ubi cognoris, facilia. *Clit.* Faciam, pater
Sos. Gnate mi, ego pol tibi dabo illam lepidam, quam tu facile ames,
Filiam Phanocratæ nostri. *Clit.* Rufamne illam virginem,
Cæsiam, sparso ore, adunco naso? Non possum, pater.
Chr. Heia, ut elegans est! Credas animum ibi esse. *Sos.*
Aliam dabo.   1065
Clit. Immo, quandoquidem ducenda est, egomet habeo propemodum
Quam volo. *Sos.* Nunc laudo, gnate. *Clit.* Archonidi hujus
filiam.
Sos. Perplacet. *Clit.* Pater, hoc unum restat. *Chr.* Quid?
Clit. Syro ignoscas volo,
Quæ mea causa fecit. *Chr.* Fiat : vos valete et plaudite.

LES ADELPHES.

PERSONNAGES DE LA PIÈCE.

Micion, vieillard, frère de Déméa, père adoptif d'Eschine. Du nom grec Μιχίων.

Déméa, vieillard, frère de Micion, père d'Eschine et de Ctésiphon. De δῆμος, peuple.

Sannion, marchand d'esclaves. Étymologie douteuse.

Eschine, jeune homme, fils de Déméa, adopté par son oncle Micion. D'αἶσχος, honte, parce qu'Eschine est vicieux.

Syrus, esclave d'Eschine. Du nom de son pays.

Ctésiphon, jeune homme, fils de Déméa, frère d'Eschine. Étymologie douteuse.

Sostrate, mère de Pamphile. De σώζειν, sauver.

Canthara, nourrice de Pamphile. De κανθάρος, coupe, par allusion à l'emploi d'une

nourrice donnant à boire à son nourrisson.

Géta, esclave de Sostrate. Du nom des Gètes.

Hégion, vieillard, parent de Pamphile. Du mot ἡγεῖσθαι, conduire; parce qu'il prend soin de Sostrate et de sa maison.

Dromon, esclave de Micion. De δρόμος, course.

Parménon, esclave d'Eschine. Παρά τῷ δεσπότῃ μένων, qui reste auprès de son maître.

PERSONNAGES MUETS.

Callidia, esclave enlevée par Eschine. Ainsi appelée de sa beauté, κάλλος.

Pamphile, fille de Sostrate, maîtresse d'Eschine. De πᾶσι φίλη, aimée de tous.

Storax, esclave de Micion. Étymologie douteuse.

SOMMAIRE

DES ADELPHES,

PAR SULPITIUS APOLLINARIS.

Déméa était père de deux jeunes gens, Eschine et Ctésiphon. Il avait fait adopter Eschine par Micion son frère, et gardé avec lui Ctésiphon. Celui-ci s'éprend d'amour

ADELPHI.

DRAMATIS PERSONÆ.

Micio, senex, frater Demeæ, pater adoptivus Æschini. Nomen græcum, a Μιχίων.

Demea, 'senex, frater Micionis, pater Æschini et Ctesiphonis. Ἀπὸ τοῦ δήμου, a plebe, quasi plebeius.

Sannio, leno.

Æschinus, adolescens; filius Demeæ, sed adoptatus a patruo Micione. Ἀπὸ τοῦ αἴσχους, a dedecore, quod flagitiis esset infamis.

Syrus, servus Æschini. A patria, gentile nomen.

Ctesipho, adolescens, filius Demeæ, frater Æschini. Ἀπὸ τῆς κτήσεως, prædio, et φωτός, viro, id est agricola. — Vel, τὸ τῆς κτήσεως φῶς, patrimonii splendor.

Sostrata, mater Pamphilæ. A σώζειν, quod est servare.

Canthara, nutrix Pamphilæ.

Ἀπὸ τοῦ χανθάρου, a poculo; quod nutrix puero præberet potum.

Geta, servus Sostratæ. Gentile nomen, a Getis.

Hegio, senex; propinquus Pamphilæ. Ἀπὸ τοῦ ἡγεῖσθαι, ducere, quia curam Sostratæ ejusque familiæ habet.

Dromo, servus Micionis. Ἀπὸ δρόμου, cursus.

Parmeno, servus Æschini. Παρά τῷ δεσπότῃ μένων, manens et adstans domino.

PERSONÆ MUTÆ.

Callidia, serva ab Æschino rapta. Ἀπὸ τοῦ κάλλους, propter formæ pulchritudinem.

Pamphila, filia Sostratæ, amica Æschini. Quasi πᾶσι φίλη, omnibus cara.

Storax, servus Micionis.

C. SULPITII APOLLINARIS PERIOCHA

IN TERENTII ADELPHOS.

Duos quum haberet Demea adolescentulos,
Dat Micioni fratri adoptandum Æschinum,

pour une joueuse de lyre : Eschine, pour le dérober à la sévérité d'un père dur et morose, détourne les soupçons sur lui, et se fait passer pour l'amant de la musicienne; à la fin, il l'enlève au marchand d'esclaves. Mais il a aussi séduit une pauvre fille du pays d'Athènes, en lui promettant d'en faire sa femme. Déméa s'irrite de l'aventure, et en fait de grandes plaintes : mais bientôt la vérité se découvre; Eschine épouse la pauvre Athénienne, et Ctésiphon la joueuse de lyre.

PROLOGUE.

L'auteur s'étant aperçu que la malveillance s'attache à tous ses ouvrages, et que ses ennemis cherchent à décrier la pièce que nous allons représenter, vient se dénoncer lui-même. Vous jugerez si l'on doit le louer ou le blâmer de ce qu'il a fait.

Il existe de Diphile une comédie qui a pour titre *Synapothnescontes*. Plaute en a fait ses *Commorientes*. Dans la pièce grecque, il y a au premier acte un jeune homme qui enlève une fille à un marchand d'esclaves. Plaute n'a point reproduit cet incident, que l'auteur a transporté mot pour mot dans ses *Adelphes*. C'est le nom de la pièce nouvelle que nous allons représenter. Examinez, et dites si c'est là un larcin, ou si l'auteur n'a fait que reprendre un passage dont Plaute n'a pas voulu faire usage.

Quant aux propos de ces envieux qui l'accusent de se faire aider par d'illustres personnages, de les

Sed Ctesiphonem retinet : hunc, citharistriæ
Lepore captum, sub duro ac tristi patre, .
Frater celabat Æschinus; famam rei
Amorisque in se transferebat : denique
Fidicinam lenoni eripit. Vitiaverat
Idem Æschinus civem Atticam pauperculam;
Fidemque dederat, hanc sibi uxorem fore.
Demea jurgare, graviter ferre : mox tamen,
Ut veritas patefacta est, ducit Æschinus
Vitiatam, potitur Ctesipho citharistriam.

PROLOGUS.

Postquam Poeta sensit, scripturam suam
Ab iniquis observari, et adversarios
Rapere in pejorem partem, quam acturi sumus;
Indicio de se ipse erit. Vos eritis judices,
Laudin' an vitio duci factum id oporteat.
Synapothnescontes Diphili comœdia 'st.
Eam Commorientes Plautus fecit fabulam.
In Græca adolescens est, qui lenoni eripit
Meretricem in prima fabula; eum Plautus locum   5
Reliquit integrum, eum hic locum sumpsit sibi
In Adelphos, verbum de verbo expressum extulit.
Eam nos acturi sumus novam. Pernoscite,
Furtumne factum existumetis, an locum
Reprehensum, qui præteritus negligentia 'st.   10
Nam quod isti dicunt malevoli, homines nobiles   15
Eum adjutare, assidueque una scribere,
Quod illi maledictum vehemens esse existumant,
Eam laudem hic ducit maxumam, quum illis placet,
Qui vobis universis et populo placent;

avoir sans cesse pour collaborateurs, loin de prendre cela, comme ils se l'imaginent, pour un sanglant outrage, il se trouve fort honoré de plaire à des hommes qui ont su plaire au peuple romain et à vous tous, qui dans la guerre, dans l'administration, dans la vie privée, ont rendu service à chaque citoyen en toute occasion, sans faste et sans orgueil. Maintenant n'attendez pas de moi l'exposition du sujet. Les deux vieillards qui vont paraître les premiers le feront connaître en partie; l'action développera le reste. Puisse votre bienveillance soutenir le zèle de l'auteur et l'encourager à de nouveaux essais!

ACTE PREMIER.

SCÈNE I.

MICION (seul).

Storax!.... Allons, Eschine n'est pas encore rentré de son souper d'hier, ni aucun des esclaves que j'avais envoyés au-devant de lui. On a bien raison de dire : Si vous vous absentez ou que vous tardiez trop à revenir, mieux vaudrait qu'il vous arrivât tout ce que dit et pense de vous une femme en colère, que ce qu'appréhendent des parents trop faibles. Une femme, pour peu que vous tardiez, s'imagine que vous êtes à boire ou à faire l'amour, que vous vous donnez du bon temps, et que tout le plaisir est pour vous, tandis qu'elle a toute la peine. Moi, parce que mon fils n'est pas revenu, que ne vais-je pas me mettre en tête! Que d'inquiétudes et de tourments! N'a-t-il pas eu froid? Aurait-il fait une chute? Se serait-il brisé quelque membre? Ah! quelle folie! Livrer son cœur à une affection, se créer des liens auxquels on attache plus de prix qu'à sa propre existence! Cependant ce n'est pas mon fils, c'est le fils de mon frère, d'un frère qui m'est entièrement opposé de goûts et d'humeur, et cela dès notre enfance. Moi, j'ai préféré la vie douce et paisible qu'on mène à la ville, et, chose qu'on regarde comme un grand bonheur, je ne me suis jamais marié. Lui, tout au contraire, il a toujours vécu à la campagne, s'imposant des privations, ne se ménageant pas; il s'est marié; il a eu deux enfants. J'ai adopté l'aîné; je l'ai pris chez moi tout petit; je l'ai regardé, je l'ai aimé comme mon fils. Il fait toute ma joie; il est l'unique objet de ma tendresse, et je n'épargne rien pour qu'il me rende la pareille. Je lui en fourre, je lui en passe; je ne crois pas nécessaire d'user à tout propos de mon autorité. Bref, toutes ces folies de jeune homme, que les autres font en cachette de leurs pères, je l'ai accoutumé à ne point s'en cacher avec moi. Quand on ose mentir à son père, qu'on a pris l'habitude de le tromper, on ne se fait aucun scrupule de tromper les autres. Je crois qu'il vaut mieux retenir les enfants par l'honneur et les sentiments que par la crainte. Mon frère et moi ne sommes pas là-dessus du même avis; ce système lui déplaît. Il vient souvent me corner aux oreilles : « Que faites-vous, Micion? Vous nous perdez cet enfant. Comment! il boit, il a des maîtresses! Et vous fournissez à de pareilles dépenses! Vous le gâtez pour sa toilette; vous êtes trop déraisonnable. » C'est lui qui est trop dur, qui passe toutes les bornes de la justice et de la raison. Et il a bien tort, à mon avis, de croire que l'autorité de la force est plus respectée et plus solide que celle de l'amitié. Pour moi, voici comment je raisonne, voici le système que je me suis fait : Quand on ne fait son devoir que par la crainte du châtiment, on l'observe tout le temps qu'on a peur d'être découvert. Compte-t-on sur l'impunité, on retourne aussitôt à son naturel. Mais celui que vous vous attachez par des

---

Quorum opera in bello, in otio, in negotio,   20
Suo quisque tempore usu'st sine superbia.
Dehinc ne exspectetis argumentum fabulæ.
Senes qui primi venient, hi partem aperient,
In agendo partem ostendent. Facile æquanimitas
Poetæ ad scribendum augeat industriam.   25

ACTUS PRIMUS.

SCENA PRIMA.

MICIO.

Storax!... non rediit hac nocte a cœna Æschinus,
Neque servulorum quisquam, qui adversum ierant.
Profecto hoc vere dicunt : si absis uspiam,
Aut ubi si cesses, evenire ea satius est,
Quæ in te uxor dicit, et quæ in animo cogitat   30
Irata, quam illa quæ parentes propitii.
Uxor, si cesses, aut te amare cogitat,
Aut tete amari, aut potare, atque animo obsequi,
Et tibi bene esse soli, sibi quum sit male.
Ego, quia non rediit filius, quæ cogito!   35
Et quibus nunc sollicitor rebus! Ne aut ille alserit,
Aut uspiam ceciderit, aut præfregerit
Aliquid. Vah! Quemquamne hominem in animum instituere, aut
Parare, quod sit carius, quam ipse est sibi?
Atqui ex me hic non natus est, sed ex fratre. Is adeo   40

Dissimilis studio est, jam inde ab adolescentia.
Ego hanc clementem vitam urbanam, atque otium
Secutus sum, et quod fortunatum isti putant,
Uxorem nunquam habui. Ille contra hæc omnia :   45
Ruri agere vitam, semper parce ac duriter
Se habere. Uxorem duxit : nati filii
Duo; inde ego hunc majorem adoptavi mihi,
Eduxi a parvulo; habui, amavi pro meo.
In eo me oblecto; solum id est carum mihi.   50
Ille ut item contra me habeat, facio sedulo :
Do, prætermitto; non necesse habeo omnia
Pro meo jure agere. Postremo alii clanculum
Patres quæ faciunt, quæ fert adolescentia,
Ea ne me celet, consuefeci filium.   55
Nam qui mentiri, aut fallere insuerit patrem,
Aut audebit, tanto magis audebit cæteros.
Pudore et liberalitate liberos
Retinere satius esse credo, quam metu.
Hæc fratri mecum non conveniunt neque placent.   60
Venit ad me sæpe, clamans : « Quid agis, Micio?
Cur perdis adolescentem nobis? Cur amat?
Cur potat? Cur tu his rebus sumptum suggeris?
Vestitu nimio indulges; nimium ineptus es. »
Nimium ipse est durus præter æquumque et bonum :   65
Et errat longe, mea quidem sententia,
Qui imperium credat gravius esse, aut stabilius,
Vi quod fit, quam illud, quod amicitia adjungitur.
Mea sic est ratio, et sic animum induco meum :
Malo coactus qui suum officium facit,
Dum id rescitum iri credit, tantisper cavet;   70

bienfaits remplit ses devoirs de bon cœur ; il s'étudie à vous plaire ; devant vous ou seul, il sera toujours le même. C'est à un père d'accoutumer son fils à bien faire de son propre mouvement plutôt que par un sentiment de crainte ; c'est là ce qui fait la différence entre le père et le maître. Celui qui ne sait pas en user ainsi doit reconnaître qu'il est incapable d'élever des enfants. — Mais n'est-ce pas notre homme que j'aperçois ? Oui vraiment, c'est lui. Il a l'air bien soucieux, je ne sais pourquoi. Il va gronder sans doute, comme à son ordinaire.

SCÈNE II.

DÉMÉA, MICION.

Mi. Vous allez bien, Déméa ? j'en suis ravi.

Dé. Ah ! vous voici fort à propos, je vous cherchais.

Mi. Pourquoi cet air soucieux ?

Dé. Quoi ! vous qui vous êtes chargé de notre Eschine, vous me demandez pourquoi j'ai l'air soucieux ?

Mi. (*à part.*) Ne l'avais-je pas dit ? (*haut.*) Qu'a-t-il donc fait ?

Dé. Ce qu'il a fait ? un drôle qui n'a honte de rien, qui ne craint personne, qui se croit au-dessus de toutes les lois. Je ne parle pas du passé ; mais il vient encore de nous en faire de belles !

Mi. Qu'y-a t-il ?

Dé. Il a enfoncé une porte et pénétré de vive force dans une maison ; il a battu, laissé pour mort le maître du logis et tous ses gens ; et cela pour enlever une femme dont il était amoureux. Tout le monde crie que c'est une indignité. Quand je suis arrivé, c'était à qui me saluerait de cette nouvelle, Micion. Il n'est bruit que de cela dans la ville. S'il lui faut un exemple, n'a-t-il pas celui de son frère, qui est tout entier à ses affaires, qui vit à la campagne avec économie et sobriété ? Qu'on me cite de celui-là un

trait semblable. Et ce que je dis d'Eschine, mon frère, c'est à vous que je l'adresse. C'est vous qui le laissez se débaucher.

Mi. Je ne sache rien de plus injuste qu'un homme sans expérience, qui ne trouve bien que ce qu'il fait.

Dé. Que voulez-vous dire ?

Mi. Que vous jugez mal de tout ceci, mon frère ! Ce n'est pas un si grand crime à un jeune homme, croyez-le bien, que d'avoir des maîtresses, de boire, d'enfoncer des portes. Si nous n'en avons pas fait autant vous et moi, c'est que nos moyens ne nous le permettaient pas. Et aujourd'hui vous voulez vous faire un mérite d'avoir été sage malgré vous. Ce n'est pas juste ; car si nous avions eu de quoi, nous aurions fait comme les autres. Et si vous étiez un homme raisonnable, vous laisseriez le vôtre s'amuser tandis qu'il est jeune, plutôt que de le réduire à désirer le moment où il vous aura porté en terre, pour se livrer à des plaisirs qui ne seront plus de son âge.

Dé. Par Jupiter ! l'homme raisonnable, vous me faites devenir fou. Comment ! ce n'est pas un si grand crime à un jeune homme de faire ce qu'il a fait ?

Mi. Ah ! écoutez-moi, afin de ne plus me rompre la tête à ce propos. Vous m'avez donné votre fils ; il est devenu le mien par adoption. S'il fait des sottises, mon frère, tant pis pour moi ; c'est moi qui en porterai la peine. Il fait bonne chère ? Il boit ? Il se parfume ? C'est à mes frais. Il a des maîtresses ? Je lui donnerai de l'argent, tant que je le pourrai ; et quand je ne le pourrai plus, peut-être le mettront-elles à la porte. Il a enfoncé une porte ? on la fera rétablir. Déchiré des habits ? on les raccommodera. J'ai, grâce aux dieux, de quoi suffire à ces dépenses, et jusqu'à présent elles ne m'ont pas gêné. Pour en finir, laissez-moi tranquille, ou prenons tel

---

Si sperat fore clam , rursum ad ingenium redit.
Ille, quem beneficio adjungas, ex animo facit;
Studet par referre ; præsens absensque simul erit.
Hoc patrium est, potius consuefacere filium,
Sua sponte recte facere, quam alieno metu.   75
Hoc pater ac dominus interest. Hoc qui nequit,
Fateatur nescire imperare liberis.
Sed estne hic ipsus , de quo agebam ? Et certe is est.
Nescio quid tristem video. Credo jam , ut solet ,
Jurgabit.   80

SCENA SECUNDA.

DEMEA, MICIO.

Mi. Salvum te advenire , Demea ,
Gaudemus. *De.* Ehem ! opportune : te ipsum quærito.
Mi. Quid tristis es ? *De.* Rogas me , ubi nobis Æschinus
Siet , quid tristis ego sim ? *Mi.* Dixin' hoc fore ?
Quid fecit ? *De.* Quid ille fecerit ? Quem neque pudet   85
Quidquam , nec metuit quemquam , nec legem putat
Tenere se ullam. Nam illa , quæ antehac facta sunt ,
Omitto ; modo quid designavit ? *Mi.* Quidnam id est ?
De. Fores effregit , atque in ædes irruit
Alienas ; ipsum dominum atque omnem familiam   90
Mulcavit usque ad mortem ; eripuit mulierem,
Quam amabat. Clamant omnes , indignissime
Factum esse. Hoc advenienti quot mihi , Micio ,
Dixere : In ore 'st omni populo. Denique
Si conferendum exemplum est, non fratrem videt   95

Rei operam dare , ruri esse parcum ac sobrium ?
Nullum hujus factum simile. Hæc quum illi , Micio ,
Dico , tibi dico. Tu illum corrumpi sinis.
Mi. Homine imperito nunquam quidquam injustiu'st,
Qui , nisi quod ipse fecit , nil rectum putat.   100
De. Quorsum istuc ? *Mi.* Quia tu , Demea , hæc male judicas.
Non est flagitium , mihi crede, adolescentulum
Scortari , neque potare , non est ; neque fores
Effringere. Hæc si neque ego , neque tu fecimus ,
Non sivit egestas facere nos. Tu nunc tibi   105
Id laudi ducis , quod tum fecisti inopia.
Injurium 'st ; nam si esset , unde fieret ,
Faceremus. Et illum tu túum , si esses homo ,
Sineres nunc facere, dum per ætatem licet ;
Potius quam , ubi te exspectatum ejecisset foras ,   110
Alieniore ætate post facere tamen.
Mi. Pro Jupiter ! tu homo adigis me ad insaniam.
Non est flagitium , facere hæc adolescentulum ? *Mi.* Ah !
Ausculta, ne me obtundas de hac re sæpius.
Tuum filium dedisti adoptandum mihi :   115
Is meus est factus. Si quid peccat , Demea ,
Mihi peccat ; ego illi maximam partem feram.
Obsonat ? Potat ? Olet unguenta ? De meo.
Amat ? Dabitur a me argentum , dum erit commodum :
Ubi non erit , fortasse excludetur foras.   120
Fores effregit ? Restituentur. Discidit
Vestem ? Resarcietur. Est , dis gratia ,
Et unde hæc fiant , et adhuc non molesta sunt.

arbitre que vous voudrez, et je vous ferai voir que c'est vous qui avez tort.

Dé. Mon Dieu! apprenez donc à être père de ceux qui le sont réellement.

Mi. Si la nature vous a fait son père, moi, je le suis par l'éducation.

Dé. Par l'éducation? vous?

Mi. Ah! si vous continuez, je m'en vais.

Dé. Voilà comme vous êtes!

Mi. Mais aussi pourquoi me répéter cent fois la même chose?

Dé. C'est que cet enfant me préoccupe.

Mi. Et moi aussi, il me préoccupe. Voyons, mon frère, occupons-nous chacun pour notre part, vous de l'un, moi de l'autre. Car vous occuper de tous les deux, c'est pour ainsi dire me redemander celui que vous m'avez donné.

Dé. Ah! Micion.

Mi. Je le pense ainsi.

Dé. Comment donc! Puisque cela vous plaît, qu'il dissipe, qu'il jette l'argent par la fenêtre, qu'il se perde! cela ne me regarde point. Si je vous en parle jamais....

Mi. Voilà que vous recommencez, mon frère.

Dé. Croyez-vous donc.... Moi, vous redemander celui que je vous ai donné? Mais tout cela me fâche : je ne suis pas un étranger pour lui. Si je m'oppose... Bah! en voilà assez. Vous voulez que je ne m'occupe que du mien? D'accord. Et je rends grâces aux dieux de ce qu'il est tel que je le désire. Quant au vôtre, il sentira lui-même par la suite...... Je n'en veux pas dire davantage.

SCÈNE III.

MICION (*seul.*)

Si tout n'est pas vrai dans ce qu'il dit, tout n'est pas faux, et cela ne laisse pas que de me chagriner

un peu; mais je n'ai pas voulu qu'il pût s'en douter. Car voilà notre homme : pour le calmer, il faut absolument lui rompre en visière et crier plus fort que lui. Encore a-t-il bien de la peine à s'humaniser. Si je l'excitais, ou si je me prêtais le moins du monde à sa mauvaise humeur, je serais aussi fou que lui. Pourtant Eschine a bien quelques torts envers nous dans tout ceci. Est-il une courtisane qu'il n'ait pas aimée, qui n'ait pas eu de son argent? Dernièrement enfin, dégoûté sans doute de toutes ces femmes, il me dit qu'il voulait se marier. J'espérais que le jeune homme avait jeté son feu; je m'en applaudissais. Et voilà que de plus belle..... Mais je veux savoir au juste ce qu'il en est, et joindre mon drôle, si je le trouve sur la place.

ACTE DEUXIÈME.

SCÈNE I.

SANNION, ESCHINE, PARMÉNON, CALLIDIE.
(*Ces deux derniers personnages sont muets.*)

Sa. A l'aide, citoyens! venez au secours d'un malheureux, d'un innocent; protégez sa faiblesse.

Esch. (*à Callidie.*) Vous pouvez maintenant rester ici en toute sûreté. Pourquoi tourner ainsi la tête? Vous n'avez rien à craindre; tant que je serai là, il n'osera pas vous toucher.

Sa. Moi? quand vous seriez tous contre moi, je la.....

Esch. Tout maraud qu'il est, il ne s'exposera pas d'aujourd'hui à se faire rosser une seconde fois.

Sa. Écoutez, Eschine; afin que vous ne veniez pas prétexter plus tard votre ignorance, je suis marchand d'esclaves.

Esch. Je le sais.

Postremo aut desine, aut cedo quemvis arbitrum :
Te plura in hac re peccare ostendam. *De.* Hei mihi ! 125
Pater esse disce ab illis , qui vere sciunt.
Mi. Natura tu illi pater es , consiliis ego.
De. Tun' consulis quidquam? *Mi.* Ah , si pergis , abiero.
De. Siccine agis? *Mi.* An ego toties de eadem re audiam?
De. Curæ est mihi. *Mi.* Et mihi curæ est. Verum, Demea ,   · 130
Curemus æquam uterque partem ; tu alteram,
Ego item alteram. Nam curare ambos , propemodum
Reposcere illum est , quem dedisti. *De.* Ah, Micio!
Mi. Mihi sic videtur. *De.* Quid istic? Tibi si istuc placet,
Profundat, perdat , pereat ! Nihil ad me attinet. 135
Jam si verbum ullum posthac... *Mi.* Rursum , Demea ,
Irascere. *De.* An non credis? Repeton', quem dedi ?
Ægre 'st. Alienus non sum. si obsto... Hem ! Desino.
Unum vis curem; curo. Et es dis gratia,
Quum ita, ut volo , est. Iste tuus ipse sentiet 140
Posterius... Nolo in illum gravius dicere.

SCENA TERTIA.

MICIO.

Mi. Nec nil , neque omnia hæc sunt , quæ dicit; tamen
Non nil molesta hæc sunt mihi; sed ostendere,
Me ægre pati , illi nolui. Nam ita 'st homo :
Quum placo , advorsor sedulo , et deterreo. 145
Tamen vix humane patitur : verum si augeam,

Aut etiam adjutor sim ejus iracundiæ,
Insaniam profecto cum illo ; etsi Æschinus
Non nullam in hac re nobis facit injuriam.
Quam hic non amavit meretricem ? Aut cui non dedit 150
Aliquid? Postremo nuper (credo, jam omnium
Tædehat), dixit velle uxorem ducere.
Sperabam jam defervisse adolescentiam ,
Gaudebam. Ecce autem de integro.... Nisi, quidquid est ,
Volo scire, atque hominem convenire, si apud forum est. 155

ACTUS SECUNDUS.

SCENA PRIMA.

SANNIO, ÆSCHINUS. — PARMENO, PSALTRIA, PER-
SONÆ MUTÆ.

Sa. Obsecro, populares! Ferte misero atque innocenti auxilium;
Subvenite inopi. *Æs.* Otiose nunc jam ilico hic consiste.
Quid respectas? Nil pericli 'st : nunquam, dum ego adero,
hic te tanget.
Sa. Ego istam invitis omnibus...
Æs. Quamquam est scelestus, non committet hodie unquam
iterum ut vapulet. 160
Sa. Æschine, audi; ne te ignarum fuisse dicas meorum morum :

Sa. Mais marchand de bonne foi, s'il en fut jamais. Vous aurez beau dire après, pour vous excuser, que vous êtes fâché de l'aventure ; je n'en ferai pas plus de cas que de cela. (*Il fait claquer ses doigts.*) Soyez sûr que je défendrai mon bon droit, et que vous ne me payerez pas avec de belles paroles le mal que vous m'avez fait en réalité. Je connais toutes vos défaites. « J'en suis au désespoir ; je proteste que c'est une indignité dont vous n'étiez pas digne. » Oui, quand vous m'aurez traité indignement.

Esch. (*à Parménon.*) Va devant, va vite, et ouvre la porte.

Sa. C'est comme si vous chantiez.

Esch. (*à Callidie.*) Entrez maintenant.

Sa. Je ne le souffrirai pas, vous dis-je.

Esch. Viens ici, Parménon ; tu t'éloignes trop de ce drôle. Mets-toi là, près de lui. Bien, c'est cela. Maintenant, que tes yeux ne quittent plus les miens ; et, au premier signe que je ferai, applique-lui ton poing sur la figure.

Sa. Ah ! je voudrais bien voir cela. (*Parménon le frappe.*)

Esch. Tiens, attrape. Lâcheras-tu cette femme ?

Sa. Mais c'est une horreur !

. *Esch.* Prends garde ; il va recommencer. (*Parménon le frappe encore.*)

Sa. Aïe, aïe !

Esch. (*à Parménon.*) Je ne t'avais pas fait signe ; mieux vaut pourtant pécher de cette façon que d'une autre. Va-t'en maintenant. (*Parménon emmène l'esclave.*)

Sa. Qu'est-ce que cela signifie ? Êtes-vous donc roi ici, Eschine ?

Esch. Si je l'étais, je te ferais arranger comme tu le mérites.

Sa. Qu'avez-vous donc à démêler avec moi ?

Esch. Rien.

Sa. Me connaissez-vous seulement ?

Esch. Je n'en ai guère envie.

Sa. Ai-je jamais rien touché de ce qui vous appartient ?

Esch. Si tu l'avais fait, tu t'en trouverais fort mal.

Sa. Et de quel droit alors vous est-il plus permis de m'enlever une esclave que j'ai payée de mon argent ? Dites.

Esch. Tu ferais bien mieux de ne pas tant criailler devant notre porte ; car si tu continues à m'impatienter, je te fais emporter au logis, et l'on t'y éreintera à coups d'étrivières.

Sa. Les étrivières à un homme libre ?

Esch. Oui, les étrivières.

Sa. Quelle infamie ! et l'on viendra dire qu'ici la loi est égale pour tous !

Esch. Si tu as assez fait l'enragé, faquin, écoute-moi un peu, je te prie.

Sa. Quel est donc l'enragé de nous deux ?

Esch. Laissons cela, et venons au fait.

Sa. Au fait ? Mais à quel fait ?

Esch. Veux-tu que je te parle dans ton intérêt ?

Sa. Volontiers, pourvu que vous soyez un peu raisonnable.

Esch. Ah ! ah ! un marchand d'esclaves qui veut que je sois raisonnable avec lui !

Sa. Marchand d'esclaves, c'est vrai, je le suis ; je suis la ruine des jeunes gens, un voleur, un fléau public ; mais enfin je ne vous ai fait aucun tort.

Esch. Vraiment il ne manquerait plus que cela.

Sa. Revenons, de grâce, à ce que vous vouliez dire, Eschine.

Esch. Cette femme, tu l'as achetée vingt mines ; et puisse-t-il t'en arriver malheur ! Eh bien ! on te rendra ton argent.

Sa. Mais si je ne veux pas vous la vendre, moi, m'y forcerez-vous ?

Esch. Non certainement.

Sa. C'est que j'en avais peur.

Leno ego sum. *Æs.* Scio. *Sa.* At ita, ut usquam fuit fide quisquam optuma.
Tu quod te posterius purges, hanc injuriam mihi nolle
Factam esse, hujus non faciam. Crede hoc, ego meum jus persequar ;
Neque tu verbis solves unquam, quod mi re malefeceris. 105
Novi ego vestra hæc : « Nollem factum ; jusjurandum dabitur, te esse
Indignum indignis ; » indignis quum egomet sim acceptus modis.
Æs. Abi præ strenue, ac fores aperi. *Sa.* Cæterum hoc nil facies.
Æs. I intro nunc jam. *Sa.* At enim non sinam. *Æs.* Accede illuc, Parmeno :
Nimium istoc abisti. Hic propter hunc adsiste. Hem, sic volo. 170
Cave nunc jam oculos a meis oculis quoquam demoveas tuos.
Ne mora sit, si innuero, quin pugnus continuo in mala hæreat.
Sa. Istuc volo ergo ipsum experiri. *Æs.* Hem, serva. Omitte mulierem.
Sa. O miserum facinus ! *Æs.* Geminabit, nisi caves. *Sa.* Hei miseriam !
Æs. Non innueram ; verum in istam partem potius peccato tamen. 175
I nunc jam. *Sa.* Quid hoc rei est ? Regnumne, Æschine, hic tu possides ?

Æs. Si possiderem, ornatus esses ex tuis virtutibus.
Sa. Quid tibi rei mecum 'st ? *Æs.* Nil. *Sa.* Quid ? Nostin' qui sim ? *Æs.* Non desidero.
Sa. Tetigin' tui quidquam ? *Æs.* Si attigisses, ferres infortunium.
Sa. Qui tibi meam magis licet habere, pro qua ego argentum dedi ?   180
Responde. *Æs.* Ante ædes non fecisse erit melius hic convicium.
Nam si molestus pergis esse, jam intro abripiere ; atque ibi
Usque ad necem operiere loris. *Sa.* Loris liber ? *Æs.* Sic erit.
Sa. O hominem impurum ! hiccine libertatem alunt æquam esse omnibus ?
Æs. Si satis jam debacchatus, leno, es, audi, si vis, nunc jam.   185
Sa. Egon' debacchatus sum autem, an tu in me ? *Æs.* Mitte ista, atque ad rem redi.
Sa. Quam rem ? Quo redeam ? *Æs.* Jamne me vis dicere id quod ad te attinet ?
Sa. Cupio, æqui modo aliquid. *Æs.* Vah, leno iniqua me non vult loqui.
Sa. Leno sum, fateor, pernicies communis adolescentium,
Perjurus, pestis ; tamen tibi a me nulla 'st orta injuria. 190
Æs. Nam hercle etiam hoc restat. *Sa.* Illuc quæso redi, quo cœpisti, Æschine.
Æs. Minis viginti tu illam emisti ; quæ res tibi vortat male !
Argenti tantum dabitur. *Sa.* Quid ? Si ego tibi illam nolo vendere,

Esch. Je prétends même qu'on ne peut la vendre parce qu'elle est libre, et je soutiendrai en justice qu'elle l'est effectivement. Vois maintenant si tu veux rentrer dans tes fonds, ou plaider. Décide-toi pendant que je vais m'absenter un moment, faquin.

SCÈNE II.

SANNION (seul).

O grand Jupiter! je ne m'étonne plus qu'il y ait des gens qui deviennent fous à force de mauvais traitements. Il m'arrache de ma maison, me roue de coups, m'enlève mes esclaves malgré moi, m'applique plus de cinq cents soufflets à me rompre la mâchoire, et par-dessus le marché il exige que je lui cède cette fille au prix coûtant. Puisque je lui ai tant d'obligations, soit; sa requête est trop juste. Allons, je ne demande pas mieux, pourvu qu'il me rende mon argent. Mais je prévois une chose. A peine aurai-je dit, C'est tant, il aura ses témoins tout prêts à venir affirmer que j'ai vendu; d'argent, on vous en souhaite. « *Tantôt; revenez demain.* » Je veux bien encore en passer par là, pourvu qu'il paye; et pourtant c'est révoltant! Mais je fais une réflexion qui est juste : dans notre métier, il faut se résoudre à souffrir toutes les avanies des jeunes gens, sans souffler. — Mais personne ne me payera, et tous les calculs que je fais là sont des calculs en l'air.

SCÈNE III.

SYRUS, SANNION.

Syr. (à Eschine.) Il suffit; je lui parlerai moi-même, je m'en charge. Il s'estimera bien heureux

de recevoir son argent, et je veux qu'il vous dise merci. — Eh bien! qu'est-ce que j'apprends là, Sannion? Qu'il y a eu je ne sais quel débat entre toi et mon maître?

Sa. Je n'ai jamais vu débat où la partie fût moins égale. Nous n'en pouvons plus tous les deux, lui d'avoir battu, moi d'avoir été assommé.

Syr. C'est ta faute.

Sa. Que devais-je faire?

Syr. Avoir plus de complaisance pour un jeune homme.

Sa. Pouvais-je mieux faire que de lui tendre la joue, comme je l'ai fait, tant qu'il l'a voulu?

Syr. Tiens, je vais te dire une grande vérité. On gagne quelquefois beaucoup à savoir perdre à propos.

Sa. Oh! oh!

Syr. Tu as craint qu'en te relâchant un peu de tes droits pour faire plaisir à mon jeune maître, cela ne te fût pas rendu avec usure, imbécile que tu es.

Sa. Je n'achète pas l'espérance argent comptant.

Syr. Tu ne feras jamais fortune. Va, tu ne sais pas amorcer ton monde, Sannion.

Sa. Cela vaudrait mieux, je crois; mais je n'y entends pas finesse, et j'ai toujours préféré accrocher tout de suite, vaille que vaille, ce que je pouvais.

Syr. A d'autres; je te connais bien. Comme si vingt mines étaient quelque chose pour toi, quand il s'agit de l'obliger! D'ailleurs on dit que tu pars pour l'île de Chypre.

Sa. Ah!

Syr. Que tu as acheté force marchandises pour

Coges me? *Æs.* Minime. *Sa.* Namque id metui. *Æs.* Neque
    vendundam censeo,   194
Quæ libera 'st : nam ego liberali illam assero causa manu.
Nunc vide, utrum vis, argentum accipere, an causam me-
    ditari tuam.
Delibera hoc, dum ego redeo, leno!

SCENA SECUNDA.

SANNIO.

                         Sa. Proh supreme Jupiter!
Minime miror, qui insanire occipiunt ex injuria.
Domo me eripuit, verberavit, me invito abduxit meam,
Homini misero plus quingentos colaphos infregit mihi.   200
Ob malefacta hæc tantidem emptam postulat sibi tradier.
Verum enim quando bene promeruit, fiat : suum jus pos-
    tulat.
Age, jam cupio, modo si argentum reddat. Sed ego hoc
    hariolor :
Ubi me dixero dare tanti, testes faciet ilico,
Vendidisse me; de argento somnium. « Mox, cras redi. » 205
Id quoque possum ferre, si modo reddat; quamquam in-
    jurium 'st.
Verum cogito id quod res est, quando eum quæstum occe-
    peris,
Accipiunda et mussitanda injuria adolescentium 'st.
Sed nemo dabit : frustra has egomet mecum rationes puto.

SCENA TERTIA.

SYRUS, SANNIO.

Syr. Tace, egomet conveniam ipsum : cupide accipiat faxo,
    atque etiam   210

Bene dicat secum esse actum. Quid istuc, Sannio, est, quod
    te audio
Nescio quid concertasse cum hero? *Sa.* Nunquam vidi ini-
    quius
Certationem comparatam, quam hæc quæ hodie inter nos
    fuit :
Ego vapulando, ille verberando, usque ambo defessi sumus.
Syr. Tua culpa. *Sa.* Quid facerem? *Syr.* Adolescenti morem
    gestum oportuit.   215
Sa. Qui potui melius, qui hodie usque os præbui? *Syr.* Age,
    scis quid loquar?
Pecuniam in loco negligere, maximum interdum 'st lucrum.
    Sa. Hui!
Syr. Metuisti, si nunc de tuo jure concessisses paululum,
    atque
Adolescenti esses morigeratus, hominum homo stultissime,
Ne non tibi istuc fœneraret. *Sa.* Ego spem pretio non
    emo.   220
Syr. Nunquam rem facies : abi, nescis inescare homines,
    Sannio.
Sa. Credo istuc melius esse; verum ego nunquam adeo as-
    tutus fui,
Quin quidquid possem, mallem auferre potius in præsentia.
Syr. Age, novi tuum animum : quasi jam usquam tibi sint
    viginti minæ,
Dum huic obsequare : præterea autem te aiunt proficisci
    Cyprum. *Sa.* Hem!   225
Syr. Coemisse, hinc quæ illuc veheres, multa; navem con-
    ductam, hoc scio.
Animus tibi pendet. Ubi illinc, spero, redieris tamen, hoc ages.
Sa. Nusquam pedem. Perii, hercle! Hac illi spe hoc incepe-
    runt. *Syr.* Timet.
Injeci scrupulum homini. *Sa.* O scelera! illud vide,

exporter en ce pays; que le vaisseau est frété. Je le sais. C'est pour cela que tu hésites. Mais pourtant j'espère que nous terminerons à ton retour.

Sa. Si je songe a partir... (*à part.*) C'est fait de moi, en vérité. Ils ont compté là-dessus lorsqu'ils se sont ainsi avancés.

Syr. (*à part.*) Il a peur. Je lui ai mis la puce à l'oreille.

Sa. (*à part.*) Oh! les traîtres! Voyez un peu comme il me prend au pied levé! J'ai là une cargaison de femmes et autres objets pour l'île de Chypre; si je manque la foire, c'est une perte énorme pour moi. D'un autre côté, si je laisse là cette affaire, adieu mes gens. Quand je reviendrai, serviteur; on sera tout refroidi. « Ah! vous voilà! c'est maintenant que vous venez? Pourquoi cette indifférence? Où étiez-vous? » En sorte qu'il vaut mieux perdre que d'attendre ici je ne sais combien de temps, ou de poursuivre après mon retour.

Syr. As-tu fini de calculer tout ce que tu espères gagner?

Sa. Est ce là une action, un procédé digne d'Eschine? Vouloir m'enlever de force mon esclave?

Syr. (*à part.*) Il faiblit. (*Haut.*) Je n'ai plus qu'une seule chose à te dire : vois si elle est de ton goût. Plutôt que de t'exposer à tout perdre en voulant tout avoir, Sannion, partage le différend par moitié. Il tâchera de te trouver dix mines quelque part.

Sa. Faut-il être malheureux! Je risque maintenant de perdre encore le capital. Hélas! n'a-t-il point de honte? Je n'ai plus une seule dent qui tienne; ma tête n'est que plaie et bosse à force d'avoir reçu des coups de poing, et il voudrait en outre me frustrer. Je ne pars plus.

Syr. Comme il te plaira. Tu n'as plus rien à me dire avant que je m'en aille?

Sa. Mais si, mais si, mon cher Syrus; quoi qu'il en soit de ce qui s'est passé, plutôt que d'avoir un procès, je ne demande que de recouvrer au moins ce que j'ai déboursé pour l'acheter. Je sais que tu n'as pas eu jusqu'ici de preuves de mon amitié; mais tu verras que je ne suis pas un ingrat.

Syr. J'y ferai mon possible. Mais j'aperçois Ctésiphon; il est tout joyeux d'avoir sa maîtresse.

Sa. Et la grâce que je te demande?

Syr. Attends un moment.

SCÈNE IV.

CTÉSIPHON, SYRUS.

Cté. Un service, de quelque part qu'il vienne, est toujours bien reçu, s'il vient à propos. Mais on est doublement heureux, en vérité, lorsqu'on en est redevable à celui de qui on avait droit de l'attendre. O mon frère, mon frère! à quoi bon faire ton éloge? Je le sais trop bien, je ne trouverai jamais d'expression si louangeuse qui ne soit au-dessous de ton mérite. Aussi considéré-je comme un bonheur unique entre tous d'être le seul homme au monde qui ait un frère aussi heureusement doué des plus brillantes qualités.

Syr. Ctésiphon!

Ctés. Ha, Syrus! où est Eschine?

Syr. Là, au logis, qui vous attend.

Ctés. Ah!

Syr. Qu'avez-vous?

Ctés. Ce que j'ai? C'est à lui, Syrus, que je dois la vie; le brave garçon, qui n'a reculé devant aucun sacrifice pour me servir! Injures, médisances, il a tout pris sur lui, tout, jusqu'à mon amour et ma faute. Peut-on faire plus? Mais qu'y a-t-il? On a ouvert la porte.

Syr. Restez, restez; c'est lui qui sort.

Ut in ipso articulo oppressit. Emptæ mulieres   230
Complures, et item hinc alia, quæ porto Cyprum.
Nisi eo ad mercatum venio, damnum maximum 'st.
Nunc si hoc omitto, actum agam; ubi illinc rediero,
Nihil est, refrixerit res. « Nunc demum venis?
Cur passus? ubi eras? » Ut sit satius perdere,   235
Quam aut hic nunc manere tam diu, aut tum persequi.
Syr. Jamne enumerasti, id quod ad te rediturum putes?
Sa. Hoccine illo dignum 'st? Hoccine incipere Æschinum?
Per oppressionem ut hanc mi eripere postulet?
Syr. Labascit. Unum hoc habeo, vide si satis placet :   240
Potius quam venias in periculum, Sannio,
Servesne an perdas totum, dividuum face.
Minas decem corradet alicunde. *Sa.* Hei mihi!
Etiam de sorte nunc venio in dubium mea?
Pudet nihil. Omnes dentes labefecit mihi;   245
Præterea colaphis tuber est totum caput;
Etiam insuper defrudet? Nusquam abeo. *Syr.* Ut lubet.
Numquid vis, quin abeam? *Sa.* Immo hercle hoc quæso,
  Syre :
Utut hæc sunt acta, potius quam lites sequar,
Meum mihi reddatur, saltem quanti empta 'st, Syre.   250
Scio te non usum antehac amicitia mea :
Memorem me dices esse et gratum. *Syr.* Sedulo
Faciam. Sed Ctesiphonem video. Lætus est
De amica. *Sa.* Quid? quod te oro. *Syr.* Paulisper mane.

SCENA QUARTA.

CTESIPHO, SYRUS.

Ct. Abs quivis homine, quum est opus, benificium accipere
  gaudeas;   255
Verum enim vero id demum juvat, si quem æquum 'st facere, is bene facit.
O frater, frater! quid ego nunc te laudem? Satis certo scio :
Nunquam ita magnifice quidquam dicam, id virtus quin
  superet tua.
Itaque unam hanc rem me habere præter alias præcipuam arbitror,
Fratrem homini nemini esse primarum artium magis prin-
  cipem.   260
Syr. O Ctesipho! *Ct.* O Syre! Æschinus ubi est? *Syr.* El-
  lum, te exspectat domi. *Ct.* Hem!
Syr. Quid est? *Ct.* Quid sit? Illius opera, Syre, nunc vivo,
  festivum caput!
Qui omnia sibi post putavit esse præ meo commodo.
Maledicta, famam, meum amorem, et peccatum in se trans-
  tulit.
Nil pote supra. Sed quisnam? Foris crepuit? *Syr.* Mane,
  mane : ipse exit foras.   265

SCÈNE V.

ESCHINE, SANNION, CTÉSIPHON, SYRUS.

Esch. Où est-il ce coquin?

Sa. (*à part.*) C'est moi qu'il cherche. Apporte-t-il quelque chose? Je suis mort! je ne vois rien.

Esch. (*à Ctés.*) Ah! vous voilà fort à propos, je vous cherchais. Eh bien, Ctésiphon, tout va bien. Allons, plus de tristesse.

Ctés. De la tristesse, quand j'ai un frère tel que vous? Il n'en est pas question, ma foi. O mon cher Eschine, mon véritable frère! je n'ose vous louer en face plus longtemps, pour ne pas vous faire croire que j'agis par flatterie plutôt que par un sentiment de reconnaissance.

Esch. Allons donc, quelle sottise! Comme si nous ne nous connaissions que d'aujourd'hui, Ctésiphon! Ce qui me fâche, c'est qu'il s'en est peu fallu que nous ne fussions prévenus trop tard, et dans un moment où, avec la meilleure volonté du monde, personne n'aurait pu vous tirer d'affaire.

Ctés. La honte m'empêchait.

Esch. Dites donc la sottise, et non la honte. Comment! pour une pareille misère, être sur le point de quitter...... Fi donc! Grâce aux dieux, j'espère que cela n'arrivera jamais.

Ctés. J'ai eu tort.

Esch. (*à Syrus.*) Eh bien, à quoi Sannion s'est-il enfin résolu?

Syr. Il s'est apprivoisé.

Esch. Je vais jusqu'à la place, pour en finir avec lui; vous, Ctésiphon, entrez auprès d'elle.

Sa. (*bas à Syrus.*) Syrus, presse-le.

Syr. (*à Eschine.*) Dépêchons, car il a hâte de partir pour Chypre.

Sa. Moi? point du tout; j'attendrai ici tant qu'on voudra.

Syr. On te payera; ne crains rien.

Sa. Mais la somme tout entière.

Syr. Tout entière; tais-toi seulement, et suis-nous.

Sa. Je vous suis.

Ctés. Ohé, ohé, Syrus!

Syr. Eh bien, qu'est-ce?

Ctés. Je vous en conjure, expédiez-moi ce drôle au plus vite; ne le poussez pas à bout; car si jamais mon père avait vent de tout ceci, je serais perdu sans ressource.

Syr. Il n'en sera rien, soyez tranquille. Allez un peu vous amuser avec elle en attendant; faites-nous mettre le couvert, et ayez soin que tout soit prêt. Moi, sitôt l'affaire conclue, je ramène ici les provisions.

Ctés. Oui, certes, puisque tout nous a si bien réussi, il faut passer joyeusement notre journée.

ACTE TROISIÈME.

SCÈNE I.

SOSTRATE, CANTHARE.

Sos. De grâce, chère nourrice, comment cela se passera-t-il?

Can. Comment cela se passera? Mais fort bien, j'espère.

Sos. Les premières douleurs ne font que commencer.

Can. Et vous vous effrayez déjà, comme si vous n'aviez jamais vu d'accouchement, et que vous ne fussiez jamais accouchée vous-même.

Sos. Je suis bien malheureuse! je n'ai personne ici; nous sommes seules encore. Géta est sorti, et je ne puis envoyer chercher la sage-femme, ni prévenir Eschine.

SCENA QUINTA.

ÆSCHINUS, SANNIO, CTESIPHO, SYRUS.

Æs. Ubi ille est sacrilegus? *Sa.* Me quærit. Num quidnam effert? Occidi!

Nihil video. *Æs.* Ehem! Opportune, te ipsum quæro. Quid fit, Ctesipho?

In tuto est omnis res : omitte vero tristitiam tuam.

Ct. Ego illam hercle vero omitto, qui quidem te habeam fratrem. O mi Æschine,

O mi germane! ah, vereor coram in os te laudare amplius,   270

Ne id assentandi magis, quam quo habeam gratum, facere existumes.

Æs. Age, inepte! Quasi nunc non norimus nos inter nos, Ctesipho.

Hoc mihi dolet, nos pæne sero scisse, et pæne in eum locum

Redisse, ut si omnes cuperent, tibi nil possent auxiliarier.

Ct. Pudebat. *Æs.* Ah, stultitia 'st istæc, non pudor, tam ob parvulam   275

Rem, pæne ex patria... Turpe dictu. Deos quæso, ut istæc prohibeant.

Ct. Peccavi. *Æs.* Quid ait tandem nobis Sannio? *Syr.* Jam mitis est.

Æs. Ego ad forum ibo, ut hunc absolvam; tu intro ad illam, Ctesipho.

Sa. Syre, insta. *Syr.* Eamus : namque hic properat in Cyprum. *Sa.* Ne tam quidem;

Quamvis etiam maneo otiosus hic. *Syr.* Reddetur : ne time.

Sa. At ut omne reddat. *Syr.* Omne reddet : tace modo, ac sequere hac. *Sa.* Sequar.   281

Ct. Heus, heus, Syre! *Syr.* Hem! quid est? *Ct.* Obsecro, hercle, hominem istum impurissimum

Quam primum absolvitote, ne, si magis irritatus siet,

Aliqua ad patrem hoc permanet, atque ego tum perpetuo perierim.

Syr. Non fiet, bono animo es : tu cum illa te intus oblecta interim,   285

Et lectulos jube sterni nobis, et parari cætera.

Ego jam transacta re convortam me domum cum obsonio.

Ct. Ita quæso, quando hoc bene successit, hilarem hunc sumamus diem.

ACTUS TERTIUS.

SCENA PRIMA.

SOSTRATA, CANTHARA.

Sos. Obsecro, mea nutrix, quid nunc fiet? *Ca.* Quid fiat, rogas?

Recte ædepol spero. *Sos.* Modo dolores, mea tu, occipiunt primulum.   290

Ca. Jam nunc times, quasi nusquam adfueris, nunquam tute peperis.

Can. Eschine? il sera bientôt ici; car il ne passe jamais un jour sans venir.

Sos. Il est ma seule consolation au milieu de tous mes chagrins.

Can. Oui, puisque cet accident devait arriver à votre fille, c'est encore une chose bien heureuse que le hasard vous ait ainsi servi, et qu'elle ait eu affaire à un jeune homme si bon, si noble, si généreux, d'une si riche famille.

Sos. Tu as bien raison, ma foi. Que les dieux nous le conservent!

SCÈNE II.

GÉTA, SOSTRATE, CANTHARE.

Gé. Non, quand tous les hommes ensemble se concerteraient pour parer un tel coup, ils ne pourraient nous être en ce moment d'aucun secours, à ma maîtresse, à sa fille et à moi. Ah! malheur à nous! Tant d'infortunes viennent nous assaillir à la fois, sans qu'il y ait moyen de nous en tirer : violence, misère, injustice, abandon, déshonneur! Siècle maudit! race de scélérats, de brigands! O le plus perfide des hommes!

Sos. Hélas! qu'y a-t-il donc, que je vois Géta si troublé, si haletant?

Gé. Ni la foi jurée, ni les serments, ni la pitié n'ont pu le retenir, le ramener, ni l'idée que la malheureuse dont il a si indignement abusé était sur le point de devenir mère.

Sos. Je n'entends pas trop ce qu'il dit.

Can. Approchons un peu plus, si vous voulez, Sostrate.

Gé. Ah! malheureux que je suis! je ne me con-nais plus, tant je suis exaspéré. Oh! si je pouvais les rencontrer tous à cette heure, pour décharger sur eux toute ma bile, là, dans le premier moment! Qu'on me laisse le soin de la vengeance, et je saurai en faire justice. Le vieillard d'abord, je l'étranglerais pour avoir donné le jour à un monstre pareil. Puis Syrus l'instigateur, ah! que j'aurais de plaisir à le mettre en pièces! Je l'empoignerais par le milieu du corps, et je le jetterais la tête sur le pavé, pour lui faire sauter la cervelle. Le jeune homme, je lui arracherais les yeux et je le précipiterais quelque part. Les autres, j'aurais bientôt fait de les culbuter, rouler, traîner, assommer, rouer. Mais il faut aller faire part de cette mauvaise nouvelle à ma maîtresse.

Sos. Rappelons-le. Géta!

Gé. Hein! Qui que vous soyez, laissez-moi.

Sos. C'est moi, Sostrate.

Gé. Où est-elle? — Ah! c'est vous que je cherche, que je demande; je ne pouvais vous rencontrer plus à propos, ma chère maîtresse.

Sos. Qu'y a-t-il donc? d'où vient ce trouble?

Gé. Hélas! hélas!

Sos. Tu es tout hors d'haleine, mon pauvre Géta; remets-toi.

Gé. C'est fini....

Sos. Comment, fini? Quoi donc?

Gé. Fini sans ressource; nous sommes perdus.

Sos. Parle donc, de grâce, qu'y a-t-il?

Gé. Désormais....

Sos. Eh bien, quoi, désormais?

Gé. Eschine....

Sos. Après, Eschine?

Gé. N'est plus qu'un étranger pour nous.

Sos. Miseram me! neminem habeo : solæ sumus. Geta autem hic non adest,
Nec quem ad obstetricem mittam, nec qui arcessat Æschinum.
Ca. Pol is quidem jam hic aderit : nam nunquam unum intermittit diem,
Quin semper veniat. *Sos.* Solus mearum est miseriarum remedium. 295
Ca. E re nata melius fieri haud potuit, quam factum 'st, hera,
Quando vitium oblatum est, quod ad illum attinet potissimum,
Talem, tali genere atque animo, natum ex tanta familia.
Sos. Ita pol est, ut dicis : salvus nobis, Deos quæso, ut siet.

SCENA SECUNDA.

GETA, SOSTRATA, CANTHARA.

Get. Nunc illud est, quod, si omnia omnes sua consilia conferant, 300
Atque huic malo salutem quærant, auxili nil adferant,
Quod mihique heræque filiæque herili est : væ misero mihi!
Tot res repente circumvallant, unde emergi non potest,
Vis, egestas, injustitia, solitudo, infamia!
Hoccine sæclum! o scelera! o genera sacrilega! o hominem impium! 305
Sos. Me miseram! Quidnam est, quod sic video timidum et properantem Getam?
Get. Quem neque fides, neque jusjurandum, neque illum misericordia
Repressit, neque reflexit, neque quod partus instabat prope,
Cui miseræ indigne per vim vitium obtulerat. *Sos.* Non intelligo
Satis, quæ loquatur. *Ca.* Propius, obsecro, accedamus, Sostrata. *Get.* Ah, 310
Me miserum! vix sum compos animi, ita ardeo iracundia.
Nihil est quod malim, quam illam totam familiam mihi dari obviam;
Ut ego iram hanc in eos evomam omnem, dum ægritudo hæc est recens.
Satis mi id habeam supplicii, dum illos ulciscar modo.
Seni animam primum exstinguerem ipsi, qui illud produxit scelus; 315
Tum autem Syrum impulsorem, vah! quibus illum lacerarem modis?
Sublimem medium arriperem, et capite pronum in terram statuerem,
Ut cerebro dispergat viam;
Adolescenti ipsi eriperem oculos, posthæc præcipitem darem;
Cæteros ruerem, agerem, raperem, tunderem et prosternerem. 320
Sed cesso heram hoc malo impertiri propere? *Sos.* Revocemus. *Get.* Hem,
Quisquis es, sine me. *Sos.* Ego sum Sostrata. *Get.* Ubi ea est? te ipsam quærito,
Te exspecto : oppido opportune te obtulisti mi obviam, Hera. *Sos.* Quid est? quid trepidas? *Get.* Hem mihi! *Sos.* Quid festinas, mi Geta?
Animam recipe. *Get.* Prorsus... *Sos.* Quid istuc prorsus ergo 'st? *Get.* Perlimus, 325
Actum 'st. *Sos.* Loquere ergo, obsecro te, quid sit. *Get.* Jam... *Sos.* Quid jam, Geta?
Get. Æschinus... *Sos.* Quid is ergo? *Get.* Alienus est ab nostra familia. *Sos.* Hem,

Sos. Ah! c'est fait de moi! Et pourquoi?

Gé. Il en aime une autre.

Sos. Malheureuse que je suis!

Gé. Et il ne s'en cache pas. Il l'a enlevée lui-même en plein jour à un marchand d'esclaves.

Sos. Est-ce bien sûr?

Gé. Très-sûr; je l'ai vu, de mes propres yeux vu, Sostrate.

Sos. Ah! malheureuse! Que croire désormais? à qui se fier? Eschine, notre Eschine? notre vie à tous, notre seul appui? lui sur qui reposaient toutes nos espérances? qui jurait qu'il ne pourrait jamais vivre un seul jour sans elle? qui avait promis de porter l'enfant dans les bras de son père, et de le supplier si bien, qu'il obtiendrait de l'épouser?

Gé. Il ne s'agit pas de pleurer, madame. Voyons plutôt ce que nous avons à faire en cette circonstance. Courberons-nous la tête, ou irons-nous nous ouvrir à quelqu'un?

Can. Oh! oh! mon garçon, as-tu perdu la tête? sont-ce là de ces choses qu'on divulgue jamais?

Gé. Ce n'est pas trop mon avis. Qu'Eschine nous ait tourné le dos, c'est évident; la chose parle d'elle-même. Maintenant, si nous allons tout divulguer, il niera, j'en suis sûr. Ce serait compromettre l'honneur et le repos de votre fille. Et quand il avouerait, on n'ira pas lui donner celle-ci, puisqu'il en aime une autre. De toutes les manières il vaut donc mieux se taire.

Sos. Ah! point du tout; je n'en ferai rien.

Gé. Que dites-vous?

Sos. Je parlerai.

Can. Ah! ma bonne maîtresse, regardez-y à deux fois.

Sos. Peut-il nous arriver pis que ce qui nous

arrive? Ma fille n'a point de dot; ce qui pouvait lui en tenir lieu, elle l'a perdu : on ne peut plus la marier comme fille. Il me reste une ressource : s'il nie, j'ai pour témoin l'anneau qu'il nous a laissé. Enfin, puisque je n'ai rien à me reprocher, et qu'il n'y a eu dans cette affaire ni motif d'intérêt, ni autre, indigne d'elle et de moi, Géta, je courrai la chance d'un procès.

Gé. Au fait, vous avez raison; parlez-en, c'est le mieux.

Sos. Toi, cours vite chez notre parent Hégion, et conte-lui bien toute l'affaire d'un bout à l'autre. Il était intime ami de mon pauvre Simulus, et nous a toujours témoigné beaucoup d'affection.

Gé. C'est en effet le seul homme qui s'intéresse à nous.

Sos. Dépêche; et toi, ma chère Canthare, cours chez la sage-femme, afin qu'on ne t'attende pas quand on aura besoin d'elle.

SCÈNE III.

DÉMÉA, puis SYRUS.

Dé. Je suis perdu! On m'a dit que Ctésiphon avait pris part à l'enlèvement avec Eschine. Il ne manque plus à mon malheur que de voir celui qui est bon à quelque chose se laisser débaucher par l'autre. Où le trouver à présent? On l'aura entraîné dans quelque mauvais lieu. C'est ce libertin qui l'aura décidé, j'en suis sûr. — Mais voilà Syrus; je vais savoir où il est. Oui, le drôle est de la bande; s'il se doute que je cours après lui, il ne me le dira jamais. Ne faisons semblant de rien.

Syr. Nous venons de conter au bonhomme toute

Perii! quare? *Get.* Amare occepit aliam. *Sos.* Væ miseræ mihi!

Get. Neque id occulta fert : ab lenone ipsus eripuit palam.

Sos. Satin' hoc certum 'st? *Get.* Certum; hisce oculis egomet vidi, Sostrata. *Sos.* Ah,   330

Me miseram! quid jam credas? aut cui credas? nostrumne Æschinum?

Nostram omnium vitam, in quo nostræ spes omnesque opes sitæ

Erant : qui sine hac jurabat se unum nunquam victurum diem :

Qui se in sui gremio positurum puerum dicebat patris,

Ita obsecraturum, ut liceret hanc sibi uxorem ducere. 335

Get. Hera, lacrumas mitte, ac potius, quod ad hanc rem opus est porro, consule.

Patiamurne? an narremus cuipiam? *Ca.* Au, au, mi homo! sanus es?

An hoc proferendum tibi videtur usquam esse? *Get.* Mi quidem non placet.

Jam primum illum alieno animo a nobis esse, res ipsa indicat.

Nunc si hoc palam proferimus, ille infitias ibit, sat scio. 340

Tua fama et gnatæ vita in dubium veniet. Tum si maxume

Fateatur, quum amet aliam, non est utile hanc illi dari.

Quapropter quoquo pacto tacito 'st opus. *Sos.* Ah, minume gentium,

Non faciam. *Get.* Quid ais? *Sos.* Proferam. *Ca.* Hem, mea Sostrata, vide quam rem agas.

Sos. Pejore res loco non potest esse, quam in quo nunc sita 'st. 345

Primum indotata est; tum præterea, quæ secunda el dos erat,

Periit : pro virgine dari nuptum non potest. Hoc reliquum est :

Si infitias ibit, testis mecum est annulus, quem ipse amiserat.

Postremo quando ego mihi sum conscia, a me culpam esse hanc procul,

Neque pretium, neque rem intercessisse illa aut me indignam, Geta, 350

Experiar. *Get.* Quid istuc? accedo, ut melius dicas. *Sos.* Tu, quantum potes,

Abi, atque Hegioni cognato hujus rem enarrato omnem ordine :

Nam is nostro Simulo fuit summus, et nos coluit maxume.

Get. Nam hercle alius nemo respicit nos. *Sos.* Propera; tu, mea Canthara,

Curre, obstetricem arcesse; ut, quum opus sit, ne in mora nobis siet. 355

SCENA TERTIA.

DEMEA, SYRUS.

De. Disperii! Ctesiphonem audivi filium

Una adfuisse in raptione cum Æschino.

Id misero restat mihi mali, si illum potest,

Qui alicui rei est, etiam eum ad nequitiem adducere.

Ubi ego illum quæram? credo abductum in ganeum 360

Aliquo. Persuasit ille impurus, sat scio.

Sed eccum Syrum ire video : hinc scibo jam, ubi siet.

Atque hercle hic de grege illo est : si me senserit

Eum quæritare, nunquam dicet carnufex.

Non ostendam id me velle. *Syr.* Omnem rem modo seni, 365

l'affaire d'un bout à l'autre, comme elle s'est passée. Je n'ai jamais vu homme plus joyeux.

Dé. (à part.) Ah! grands dieux! quelle extravagance!

Syr. Il a complimenté son fils, et il m'a fort remercié de lui avoir donné ce conseil.

Dé. (à part.) J'étouffe.

Syr. Sur le-champ il nous a compté la somme, en y ajoutant une demi-mine pour faire bombance. Je puis dire que ses intentions ont été bien remplies.

Dé. Ah! ah! si vous voulez qu'une commission soit bien faite, chargez-en ce drôle.

Syr. Hé! c'est vous, Déméa! je ne vous avais pas aperçu. Eh bien, quelles nouvelles?

Dé. Quelles nouvelles? Que je ne puis trop admirer votre conduite ici.

Syr. A vrai dire, elle est passablement sotte et absurde, ma foi. — Dromon, achève de vider ces poissons; mais ce gros congre, laisse-le jouer un peu dans l'eau: quand je reviendrai, on le désossera. Pas avant, je le défends.

Dé. De pareils déportements!

Syr. Je ne les approuve pas non plus. Et c'est ce qui me fait crier souvent. — Stéphanion, aie soin de faire tremper les salaisons comme il faut.

Dé. Grands dieux! a-t-il donc pris à tâche ou tient-il à honneur de perdre mon fils? Hélas! je crois déjà voir le jour où il n'aura plus d'autre ressource que d'aller s'enrôler quelque part.

Syr. Ah! voilà qui est sage, de ne pas voir seulement ce qu'on a devant les yeux, mais de regarder plus loin, dans l'avenir.

Dé. Dis-moi: cette chanteuse est maintenant chez vous?

Syr. Elle est là.

Dé. Comment! est-ce qu'il consentirait à la garder chez lui?

Syr. Je le crois assez fou pour cela.

Dé. Est-il possible?

Syr. Sotte bonté de père, complaisance absurde.

Dé. En vérité, mon frère me désole et me fait honte.

Syr. Quelle différence, Déméa (et ce n'est pas parce que vous êtes là que je le dis), quelle énorme différence entre eux deux! Vous, de la tête aux pieds, vous n'êtes que sagesse; lui, c'est un songe-creux. C'est bien vous qui laisseriez votre fils en faire autant!

Dé. Le laisser faire? Est-ce que je n'aurais pas éventé tous ses projets six mois d'avance?

Syr. C'est à moi que vous parlez de votre vigilance?

Dé. Qu'il soit toujours ce qu'il est maintenant, c'est tout ce que je demande.

Syr. Les enfants sont ce que l'on veut qu'ils soient.

Dé. A propos, l'as-tu vu aujourd'hui?

Syr. Votre fils? (à part.) Je vais envoyer ma bête aux champs. (haut.) Il y a longtemps, je pense, qu'il est occupé à votre maison de campagne.

Dé. Es-tu bien sûr qu'il y soit?

Syr. Bon! c'est moi-même qui l'ai conduit.

Dé. Fort bien. Je craignais qu'il ne fût pris ici.

Syr. Et il était dans une belle colère.

Dé. Pourquoi donc?

Syr. Il a querellé son frère au milieu de la place, à propos de cette chanteuse.

Dé. Vraiment?

Syr. Oh! il lui a bien dit son fait. Comme on comptait l'argent, mon homme est arrivé tout à coup, et d'abord: « O Eschine, s'est-il écrié, c'est vous qui faites de pareilles infamies, Qui ne craignez pas de déshonorer notre famille!

Dé. Ah! j'en pleure de joie.

Syr. « Ce n'est pas votre argent que vous gaspillez, c'est votre honneur. »

Dé. Que les dieux le conservent! j'espère qu'il ressemblera à ses aïeux.

Quo pacto haberet, enarramus ordine.
Nil vidi quidquam lætius. *De.* Proh Jupiter!
Hominis stultitiam. *Syr.* Collaudavit filium;
Mihi, qui id dedissem consilium, egit gratias.
De. Disrumpor. *Syr.* Argentum adnumeravit illico, 370
Dedit præterea in sumptum, dimidium minæ.
Id distributum sane est ex sententia. *De.* Hem,
Huic mandes, si quid recte curatum velis.
Syr. Ehem, Demea, haud adspexeram te: quid agitur?
De. Quid agatur? vostram nequeo mirari satis 375
Rationem. *Syr.* Est hercle inepta, ne dicam dolo,
Atque absurda. Pisces cæteros purga, Dromo;
Congrum istum maxumum in aqua sinito ludere
Paulisper: ubi ego venero, exossabitur:
Prins nolo. *De.* Hæccine flagitia! *Syr.* Mihi quidem non placent. 380
Et clamo sæpe. Salsamenta hæc, Stephanio,
Fac macerentur pulchre. *De.* Di vostram fidem!
Utrum studione id sibi habet, an laudi putat
Fore, si perdiderit gnatum? væ misero mihi!
Videre videor jam diem illum, quum hinc egens 385
Profugiet aliquo militatum. *Syr.* O Demea!
Istuc est sapere, non quod ante pedes modo 'st
Videre, sed etiam illa, quæ futura sunt,
Prospicere. *De.* Quid? istæc jam penes vos psaltria est?
Syr. Etiam intus, Demea. *De.* Eho, an domi est habiturus? *Syr.*
Credo, ut est 390

TÉRENCE.

Dementia. *De.* Hæccine fieri? *Syr.* Inepta lenitas
Patris, et facilitas prava. *De.* Fratris me quidem
Pudet pigetque. *Syr.* Nimium inter vos, Demea (ac
Non quia ades præsens dico hoc), pernimium interest.
Tu, quantus quantu's, nil nisi sapientia es; 395
Ille somnium: sineres vero tu illum tuum
Facere hæc? *De.* Sinerem illum? An non sex totis mensibus
Prius olfecissem, quam ille quidquam cœperit?
Syr. Vigilantiam tuam tu mihi narras? *De.* Sic sit modo,
Ut nunc est, quæso. *Syr.* Ut quisque suum volt esse, ita 'st. 400
De. Quid? eum vidistin' hodie? *Syr.* Tuumne filium?
Abigam hunc rus. Jam dudum aliquid ruri agere arbitror.
De. Satin' scis, ibi esse? *Syr.* Oh! qui egomet produxi. *De.* Optume 'st.
Metui, ne hæreret hic. *Syr.* Atque iratum admodum.
De. Quid autem? *Syr.* Adortus jurgio est fratrem apud forum 405
De psaltria hac. *De.* Ain' vero? *Syr.* Vah, nil reticuit.
Nam, ut numerabatur forte argentum, intervenit
Homo de improviso, cœpit clamare: « O Æschine!
Hæccine flagitia facere te? hæc te admittere 410
Indigna genere nostro? » *De.* Oh! lacrumo gaudio.
Syr. « Non tu hoc argentum perdis, sed vitam tuam. »
De. Saivus sit, spero; est similis majorum suum. *Syr.* Hui!
De. Syre, præceptorum plenus istorum ille. *Syr.* Phy!
Domi habuit unde disceret. *De.* Fit sedulo.

Syr. Ho! ho!

Dé. Il est tout plein de ces préceptes-là, Syrus.

Syr. Ha! ha! il est à bonne école.

Dé. Je fais de mon mieux. Je ne lui passe rien, je le dresse; je veux qu'il se mire dans la conduite des autres comme dans un miroir, et que leur exemple lui serve de leçon. « Faites ceci, » lui dis-je.

Syr. Fort bien.

Dé. « Évitez cela. »

Syr. Parfait.

Dé. « Ceci est bien. »

Syr. Voilà le point.

Dé. « Cela est mal. »

Syr. A merveille.

Dé. Ensuite....

Syr. Quel dommage que je n'aie pas le temps de vous entendre! Mais j'ai trouvé des poissons comme je les voulais; il faut que je prenne garde de les laisser gâter. Car c'est pour nous un aussi grand crime que pour vous autres, Déméa, de ne pas faire tout ce que vous venez de dire; et je donne autant que possible à mes camarades les mêmes leçons : « Ceci est trop salé; voilà qui sent le brûlé; cela n'a pas bonne mine; bon ceci, souvenez-vous-en une autre fois. » Je les instruis de mon mieux, selon ma petite capacité. En un mot, je veux qu'ils se mirent dans leurs plats comme dans un miroir, Déméa, pour apprendre ce qu'ils ont à faire. Tout ce que nous faisons ici est ridicule, je le sens; mais qu'y faire? Il faut servir les gens à leur goût. Vous n'avez plus rien à me dire?

Dé. Que vous retrouviez le sens commun.

Syr. Vous allez de ce pas à votre campagne?

Dé. Tout droit.

Syr. Aussi bien, que feriez-vous ici? Si vous donnez un bon conseil, personne ne vous écoute. (*Il sort.*)

Dé. Oui certes, je m'en vais, puisque celui que je venais chercher est parti; je ne m'occupe que de lui : celui-là me regarde. Puisque mon frère le veut ainsi, l'autre, c'est son affaire. Mais quel est cet homme que j'aperçois là-bas? N'est-ce pas Hégion, de notre tribu? Si j'y vois clair, c'est lui-même, ma foi. Un vieil ami d'enfance! Bons dieux, comme les gens de son espèce deviennent rares à présent! C'est un homme de la vieille roche. En voilà un qui ne troublera pas de sitôt la république. Que je suis heureux, quand je vois qu'il reste des débris de cette race d'autrefois! Ah! l'on a encore du plaisir à vivre. Je vais l'attendre ici, pour le saluer et causer un peu avec lui.

' SCENE IV.

HÉGION, GÉTA, DÉMÉA, PAMPHILA *hors de la scène.*

Hég. Grands dieux! mais c'est indigne, Géta! Que me dis-tu?

Gé. La pure vérité.

Hég. Une telle bassesse dans une famille comme celle-là? O Eschine, ce ne sont pas là les leçons que vous avez reçues de votre père.

Dé. (*à part.*) Il a sans doute entendu parler de cette chanteuse; cela le fâche, lui, un étranger! et le père ne s'en inquiète pas. Ah! que je voudrais qu'il fût là, quelque part, et qu'il pût entendre!

Hég. S'ils ne font pas ce qu'ils doivent, ils n'auront pas si bon marché de nous.

Gé. Vous êtes tout notre espoir, Hégion. Nous n'avons que vous; vous êtes notre protecteur, notre père; c'est à vous que Simulus nous a recommandés en mourant. Si vous nous abandonnez, nous sommes perdus.

Hég. Garde-toi bien de le penser. Je ne le ferai pas, et je ne saurais le faire en conscience.

Dé. (*à part.*) Abordons-le. (*haut.*) Bonjour, Hégion.

Nil prætermitto, consuefacio; denique   415
Inspicere, tanquam in speculum, in vitas omnium
Jubeo, atque ex aliis sumere exemplum sibi :
« Hoc facito. » *Syr.* Recte saue. *De.* « Hoc fugito. » *Syr.*
   Callide.
De. « Hoc laudi est. » *Syr.* Istæc res est. *De.* « Hoc vitio
   datur. »
Syr. Probissume. *De.* Porro autem... *Syr.* Non hercle
   otium 'st   420
Nunc mi auscultandi; pisces ex sententia
Nactus sum : hi mihi ne corrumpantur, cautio 'st;
Nam id nobis tam flagitium 'st, quam illa, o Demea,
Non facere vobis, quæ modo dixti; et, quod queo,
Conservis ad eumdem istunc præcipio modum :   425
« Hoc salsum 'st, hoc adustum 'st, hoc lautum 'st parum;
Illud recte : iterum sic memento ! » Sedulo
Moneo, quæ possum pro mea sapientia.
Postremo, tanquam in speculum, in patinas, Demea,
Inspicere jubeo, et moneo, quid facto usus sit.   430
Inepta hæc esse, nos quæ facimus, sentio;
Verum quid facias? ut homo 'st, ita morem geras.
Numquid vis? *De.* Mentem vobis meliorem dari.
Syr. Tu rus hinc ibis? *De.* Recta. *Syr.* Nam quid tu hic
   agas,
Ubi, si quid bene præcipias, nemo obtemperat?   435
De. Ego vero hinc abeo, quando is, quamobrem huc ve-
   neram,
Rus abiit : illum curo unum, ille ad me attinet.

Quando ita volt frater, de istoc ipse viderit.
Sed quis illic est, procul quem video? Estne Hegio,
Tribulis noster? si satis cerno, is hercle, vah!   440
Homo amicus nobis jam inde a puero. Dii boni!
Næ illiusmodi jam magna nobis civium
Penuria 'st; homo antiqua virtute ac fide.
Haud cito mali quid ortum ex hoc sit publica
Quam gaudeo! ubi etiam hujus generis reliquias   445
Restare video. Vah! vivere etiam nunc lubet.
Opperiar hominem hic, ut salutem et conloquar.

SCENA QUARTA.

HEGIO, GETA, DEMEA, PAMPHILA.

Heg. Pro di immortales! facinus indignum, Geta!
Quid narras? *Get.* Sic est factum. *Heg.* Ex illan' familia
Tam illiberale facinus esse ortum? O Æschine,   450
Pol haud paternum istuc dedisti. *De.* Videlicet
De psaltria hac audivit : id illi nunc dolet
Alieno : pater is nihil pendit : hei mihi!
Utinam hic prope adesset alicubi, atque audiret hæc.
Heg. Nisi facient quod illos æquum 'st, haud sic auferent.   455
Get. In te spes omnis, Hegio, nobis sita est.
Te solum habemus; tu es patronus, tu parens.
Ille tibi moriens nos commendavit senex.
Si deseris tu, perimus. *Heg.* Cave dixeris :
Neque faciam, neque me satis pie posse arbitror.   460

Hég. Ah ! c'est vous que je cherchais précisément : bonjour, Déméa.

Dé. Qu'y a-t-il ?

Hég. Votre fils aîné, Eschine, celui que votre frère a adopté, s'est conduit comme il ne convient pas à un honnête homme, à un homme bien né.

Dé. Que voulez-vous dire ?

Hég. Vous avez connu notre ami, notre contemporain Simulus ?

Dé. Si je l'ai connu ?

Hég. Il a déshonoré sa fille.

Dé. Oh !

Hég. Attendez ; vous ne savez pas encore, Déméa, ce qu'il y a de plus grave.

Dé. Comment ! quelque chose de plus grave encore ?

Hég. Oui vraiment ; car ceci est jusqu'à un certain point excusable : la nuit, l'amour, le vin, la jeunesse.... Vous concevez ? On est homme. Mais quand il vit ce qu'il avait fait, il vint de lui-même trouver la mère, pleurant, priant, conjurant, promettant, jurant d'épouser. On lui pardonne, on se tait, on compte sur lui. Cependant la fille se trouve grosse ; voici le dixième mois ; et cet honnête homme va nous chercher une chanteuse, pour vivre avec elle, les dieux me pardonnent ! et il abandonne l'autre.

Dé. Êtes-vous bien sûr de ce que vous dites ?

Hég. Les témoins sont là, la mère, la fille, la grossesse, Géta que voici, qui pour un esclave n'est ni un sot ni un fripon. C'est lui qui les nourrit, qui soutient seul toute la famille. Emmenez-le, liez-le, faites-lui dire la vérité.

Gé. Faites mieux encore, mettez-moi à la torture, Déméa, si la chose n'est pas comme on vous le dit. Enfin il n'osera le nier ; qu'on me confronte avec lui.

Dé. Je suis tout honteux ; je ne sais que faire ni que répondre.

Pamp. Ah ! que je souffre ! quelles douleurs ! Junon Lucine, à mon secours ! Aie pitié de moi, je t'en conjure !

Hég. Quoi, Géta, serait-ce elle qui accouche ?

Gé. Sans doute, Hégion.

Hég. Eh ! bien, Déméa, c'est votre protection qu'elle implore en ce moment ; accordez-lui de bonne grâce ce que la loi peut vous imposer. Au nom des dieux, que tout se passe d'une manière digne de vous ; sinon, je vous le déclare, Déméa, je la défendrai de tout mon pouvoir, elle et la mémoire de son père. Il était mon parent ; nous avons été élevés ensemble dès le berceau ; ensemble nous avons fait la guerre et quitté le service ; ensemble nous avons souffert les rigueurs de la pauvreté. Aussi je ferai tout, j'agirai, je plaiderai, je perdrai plutôt la vie que de les abandonner. Eh bien ! votre réponse ?

Dé. Je vais trouver mon frère, Hégion ; et le conseil qu'il me donnera à ce sujet, je le suivrai.

Hég. Mais, Déméa, tâchez de ne pas oublier que plus vous êtes riches, puissants, heureux et connus, plus vous êtes tenus de vous montrer impartiaux et justes, si vous voulez passer pour gens de bien.

Dé. Revenez bientôt : on fera tout ce qu'il convient de faire.

Hég. Vous vous le devez à vous-même. Géta, mène-moi chez ta maîtresse. (*Ils sortent.*)

Dé. Je l'avais bien prédit tout ce qui arrive là. Encore si nous étions au bout ! Mais donner tant de liberté à un jeune homme ! nécessairement il finira mal. Allons trouver mon frère, et lui décharger ce que j'ai sur le cœur.

De. Adibo : salvere Hegionem plurimum
Jubeo. *Heg.* Oh, te quærebam ipsum : salve, Demea.
De. Quid autem ? *Heg.* Major filius tuus Æschinus,
Quem fratri adoptandum dedisti, neque boni,
Neque liberalis functus officium est viri. 465
De. Quid istuc est. *Heg.* Nostrum amicum noras Simulum,
Atque æqualem ? *De.* Quidni ? *Heg.* Filiam ejus virginem
Vitiavit. *De.* Hem ! *Heg.* Mane, nondum audisti, Demea,
Quod est gravissimum. *De.* An quid est amplius ?
Heg. Vero amplius : nam hoc quidem ferundum aliquo modo 'st : 470
Persuasit nox, amor, vinum, adolescentia :
Humanum 'st. Ubi sit factum, ad matrem virginis
Venit ipsus ultro, lacrumans, orans, obsecrans,
Fidem dans, jurans se illam ducturum domum.
Ignotum 'st, tacitum 'st, creditum 'st : virgo ex eo 475
Compressu gravida facta est ; mensis hic decimus est.
Ille bonus vir nobis psaltriam, si dis placet,
Paravit, quicum vivat ; illam deserit.
De. Pro certon' tu istæc dicis. *Heg.* Mater virginis
In medio 'st, ipsa virgo, res ipsa, hic Geta 480
Præterea, ut captus servulorum est, non malus,
Neque iners ; alit illas, solus omnem familiam
Sustentat : hunc abduce, vinci, quære rem.
Get. Imo hercle extorque, nisi ita factum 'st, Demea.
Postremo non negabit ; coram ipsum cedo. 485
De. Pudet ; nec, quid agam, neque quid huic respondeam,
Scio. *Pamph.* Miseram me ! differor doloribus.
Juno Lucina fer opem ! serva me, obsecro ! *Heg.* Hem !
Numnam illa, quæso, parturit ? *Get.* Certe, Hegio. *Heg.*
Hem !

Illœ fidem nunc vostram implorat, Demea : 490
Quod vos vis cogit, id voluntate impetret.
Hæc primum ut fiant, deos quæso, ut vobis decet.
Sin aliter animus vester est, ego, Demea,
Summa vi defendam hanc atque illum mortuum.
Cognatus mi erat ; una pueris parvulis 495
Sumus educati ; una semper militiæ et domi
Fuimus ; paupertatem una pertulimus gravem.
Quapropter nitar, faciam, experiar, denique
Animam relinquam potius, quàm illas deseram.
Quid mihi respondes ? *De.* Fratrem conveniam, Hegio. 500
Is quod mihi de hac re dederit consilium, id sequar.
Heg. Sed, Demea, hoc tu facito cum animo cogites :
Quam vos facillime agitis, quam estis maxume
Potentes, dites, fortunati, nobiles,
Tam maxume vos æquo animo æqua noscere 505
Oportet, si vos vultis perhiberi probos.
De. Redito : fient, fieri quæ æquum 'st, omnia.
Heg. Decet te facere. Geta, duc me intro ad Sostratam.
De. Non me indicente hæc fiunt : utinam hoc sit modo
Defunctum ! Verum nimia illæc licentia 510
Profecto evadet in aliquod magnum malum.
Ibo, ac requiram fratrem, ut in eum hæc evomam.

SCÈNE V.

HÉGION, *sortant de chez Sostrate.*

Prenez courage, Sostrate, et consolez votre fille du mieux que vous pourrez. Je vais voir si je trouverai Micion sur la place, et je lui conterai toute l'affaire d'un bout à l'autre, comme elle s'est passée. S'il est disposé à faire son devoir, qu'il le fasse; sinon, qu'il le dise afin que je sache à quoi m'en tenir.

ACTE QUATRIÈME.

SCÈNE I.

CTÉSIPHON, SYRUS.

Cté. Tu dis que mon père s'en est allé à la campagne?

Syr. Il y a longtemps.

Cté. Bien vrai? dis-moi.

Syr. Il est arrivé, et je suis sûr qu'à cette heure il travaille comme un perdu.

Cté. Ah! plût au ciel que, sans se faire de mal toutefois, il se fatiguât si bien que de trois jours il ne pût-bouger de son lit!

Syr. Ainsi soit-il, et mieux encore, s'il est possible!

Cté. Oui; car j'ai une envie démesurée de finir joyeusement la journée comme je l'ai commencée. Et ce qui me fait surtout détester cette campagne, c'est qu'elle est si près. Que si elle était plus loin, la nuit l'y surprendrait avant qu'il eût le temps de revenir ici. Mais lorsqu'il verra que je n'y suis pas, il va revenir au galop, j'en suis sûr; il me demandera où je suis allé, pourquoi il ne m'a pas vu de la journée. Que lui dirai-je?

Syr. Vous ne trouvez rien?

Cté. Rien du tout.

Syr. Vous êtes un pauvre homme. N'avez-vous personne ici? pas un client, un hôte, un ami?

Cté. Si fait; mais ensuite?

Syr. Vous aurez eu quelque service à leur rendre.

Cté. Que je ne leur ai pas rendu? Ce n'est pas possible.

Syr. Très-possible.

Cté. Pour la journée, oui; mais si je passe ici la nuit, quelle excuse lui donner, Syrus?

Syr. Ah! ce devrait bien être la mode d'obliger ses amis la nuit comme le jour! Mais soyez tranquille : je connais son faible, et lorsqu'il est le plus en colère, je sais le rendre doux comme un agneau.

Cté. Comment cela?

Syr. Il aime à entendre faire votre éloge. Devant lui, je fais de vous un petit dieu. J'énumère toutes vos qualités.

Cté. Mes qualités?

Syr. Les vôtres. Et mon homme aussitôt de pleurer de joie, comme un enfant. Mais tenez...

Cté. Hein! quoi?

Syr. Quand on parle du loup.....

Cté. C'est mon père!

Syr. En personne.

Cté. Syrus, qu'allons-nous faire?

Syr. Sauvez-vous vite à la maison, je verrai.

Cté. S'il demande après moi!... bouche close, entends-tu?

Syr. Avez-vous bientôt fini?

SCÈNE II.

DÉMÉA, CTÉSIPHON, SYRUS.

Dé. En vérité, n'est-ce pas jouer de malheur? Premièrement je ne sais où trouver mon frère; et puis, tandis que je cours après lui, je rencontre un

---

SCENA QUINTA.

HEGIO.

Bono animo fac sis, Sostrata; et istam, quod potes,
Fac consolere : ego Micionem, si apud forum 'st,
Conveniam, atque, ut res gesta est, narrabo ordine.   515
Si est, facturus ut sit officium suum,
Faciat; sin aliter de hac re est ejus sententia,
Respondeat mi, ut, quid agam, quam primum sciam.

ACTUS QUARTUS.

SCENA PRIMA.

CTESIPHO, SYRUS.

Ct. Ain', patrem hinc abiise rus? *Syr.* Jam dudum. *Ct.* Dic
sodes. *Syr.* Apud villam 'st.
Nunc quum maxume operis aliquid facere credo. *Ct.* Uti-
nam quidem   520
(Quod cum salute ejus fiat) ita se defatigarit velim ,
Ut triduo hoc perpetuo prorsum e lecto nequeat surgere.
Syr. Ita fiat, et istoc si quid potis est rectius. *Ct.* Ita : nam
hunc diem
Nimis misere cupio, ut cœpi, perpetuum in lætitia degere.
Et illud rus nulla alia causa tam male odi, nisi quia pro-
pe' st.   525
Quod si abesset longius,
Prius nox oppressisset illic, quam huc reverti posset iterum :

Nunc ubi me illic non videbit, jam huc recurret, sat scio;
Rogabit me, ubi fuerim : quem ego hodie toto non vidi die.
Quid dicam? *Syr.* Nihilne in mentem? *Ct.* Nunquam quid-
quam. *Syr.* Tanto nequior.   530
Cliens, amicus, hospes, nemo 'st vobis? *Ct.* Sunt : quid post-
ea?
Syr. Hisce opera ut data sit. *Ct.* Quæ non data sit? non
potest fieri. *Syr.* Potest.
Ct. Interdiu; sed si hic pernocto, causæ quid dicam, Syre?
Syr. Vah, quam vellem etiam noctu amicis operam mos es-
set dari!
Quin tu otiosus es; ego illius sensum pulchre calleo.   535
Quum fervit maxume, tum placidum quam ovem reddo.
Ct. Quo modo?
Syr. Laudarier te audit libenter : facio te apud illum
deum :
Virtutes narro. *Ct.* Measne? *Syr.* Tuas. Homini ilico lacru-
mæ cadunt,
Quasi puero, gaudio. Hem tibi autem... *Ct.* Quidnam est?
Syr. Lupus in fabula.
Ct. Pater est? *Syr.* Ipsu'st. *Ct.* Syre, quid agimus? *Syr.*
Fuge modo intro ; ego videro.   540
Ct. Si quid rogabit , nusquam tu me... audistin'? *Syr.* Po-
tin' ut desinas ?

SCENA SECUNDA.

DEMEA, CTESIPHO, SYRUS.

De. Næ ego homo sum infelix! primum fratrem nusquam
invenio gentium :

de mes ouvriers qui revient de la campagne et qui m'assure que mon fils n'y est pas. Que faire? je l'ignore.

Cté. Syrus?

Syr. Hé bien?

Cté. Me cherche-t-il?

Syr. Oui.

Cté. C'est fait de moi.

Syr. Soyez donc tranquille.

Dé. Malepeste! quel contretemps! je n'y comprends rien, sinon que je suis né tout exprès pour éprouver tous les déboires : c'est toujours moi le premier qui vois venir le mal, le premier qui l'apprends, le premier qui en porte la nouvelle aux autres, et je suis encore le seul qui m'en tourmente.

Syr. Il me fait rire; il sait tout le premier, dit-il, et il est le seul qui ne sache rien.

Dé. Puisque me voici revenu, voyons si par hasard mon frère ne serait pas de retour.

Cté. Syrus, prends bien garde, je t'en conjure, qu'il ne nous tombe ici comme la foudre.

Syr. Encore une fois, vous tairez-vous? je suis là.

Cté. Oh! je n'ai garde aujourd'hui de me reposer sur toi; je vais m'enfoncer avec elle dans quelque bonne cachette : c'est le plus sûr.

Syr. Soit. Je ne m'en vais pas moins le faire déguerpir.

Dé. (*à part.*) Mais voici ce coquin de Syrus.

Syr. (*feignant de ne pas le voir.*) Non, par ma foi, il n'y a plus moyen d'y tenir, si ce train-là continue. Je voudrais bien savoir enfin combien j'ai de maîtres. Quelle galère!

Dé. (*à part.*) Que chante-t-il donc là? A qui en a-t-il? (*haut.*) Que dites-vous, l'homme de bien? Mon frère est-il chez lui?

Syr. Que voulez-vous dire vous-même avec votre *homme de bien?* je n'en puis plus.

Dé. Que t'est-il arrivé?

Syr. Ce qui m'est arrivé? Que Ctésiphon nous a assommés de coups, cette chanteuse et moi.

Dé. Hein! que dis-tu?

Syr. Tenez, voyez comme il m'a déchiré la lèvre!

Dé. A quel propos?

Syr. Il prétend que c'est moi qui ai conseillé de l'acheter.

Dé. Ne m'avais-tu pas dit que tu venais de le conduire jusqu'à la campagne?

Syr. C'est vrai; mais il est revenu sur ses pas comme un furieux, ne connaissant rien. Battre ainsi un pauvre vieillard! N'a-t-il pas de honte? moi qui le portais, il n'y a pas encore longtemps, dans mes bras, pas plus grand que cela.

Dé. Bien, très-bien, Ctésiphon! Tu tiens de ton père. Va, tu es un homme à présent.

Syr. Vous l'approuvez? Mais une autre fois, s'il est sage, il n'aura pas la main si leste.

Dé. Un homme de cœur.

Syr. En effet; il a battu une pauvre femme et un malheureux esclave qui n'osait lui riposter. Ah! oui, un homme de cœur.

Dé. Il a très-bien fait. Il a pensé comme moi que tu étais le meneur de cette intrigue. Mais mon frère est-il chez lui?

Syr. Non.

Dé. Je te demande où je pourrai le trouver.

Syr. Je sais bien où il est; mais que je meure si je vous l'indique d'aujourd'hui.

Dé. Hein! que dis-tu?

Syr. C'est comme cela.

Dé. Je vais te casser la tête.

Syr. Je ne connais pas le nom de la personne; mais je sais l'endroit.

Dé. Eh bien, l'endroit?

Syr. Vous savez cette galerie, près du marché, en descendant?

Dé. Oui.

Præterea autem, dum illum quæro, a villa mercenarium
Vidi ; negat is, illium esse ruri, nec quid agam scio.
Ct. Syre. *Syr.* Quid est? *Ct.* Men' quærit? *Syr.* Verum. *Ct.*
Perii. *Syr.* Quin tu bono animo es.   545
De. Quid hoc, malum ! infelicitatis? nequeo satis decernere :
Nisi me credo huic esse natum rei , ferundis miseriis.
Primus sentio mala nostra , primus rescisco omnia,
Primus porro obnuntio; ægre solus, si quid fit, fero.
Syr. Rideo hunc : primum ait se scire : is solus nescit omnia.   550
De. Nunc redeo. Si forte frater redierit , viso. *Ct.* Syre,
Obsecro, vide, ne ille huc prorsus se irruat. *Syr.* Etiam
taces ?
Ego cavebo. *Ct.* Nunquam hercle hodie ego istuc committam tibi.
Nam me in cellulam aliquam cum illa concludam ; id tutissimum 'st.
Syr. Age, tamen ego hunc amovebo. *De.* Sed eccum sceleratum Syrum.
Syr. Non hercle hic quidem durare quisquam , si sic fit , potest.
Scire equidem volo, quot mihi sint domini. Quæ hæc est miseria ?
De. Quid ille gannit? quid volt ? Quid ais, bone vir? Est frater domi ?
Syr. Quid, malum ! mihi bone vir narras? equidem perii.
De. Quid tibi est ?
Syr. Rogitas ? Ctesipho me pugnis miserum , et istam psaltriam   560

Usque occidit *De.* Hem, quid narras ? *Syr.* Hem ! vide ut discidit labrum!
De. Quamobrem? *Syr.* Me impulsore hanc emptam esse ait.
De. Non tu eum rus hinc modo
Produxe aibas ? *Syr.* Factum ; verum venit post insaniens.
Nil pepercit : non puduisse verberare hominem senem?
Quem ego modo puerum tantillum in manibus gestavi meis.   565
De. Laudo, Ctesipho, patrissas. Abi, virum te judico.
Syr. Laudas? Næ ille continebit posthac, si sapiet, manus.
De. Fortiter. *Syr.* Perquam , quia miseram mulierem e t me servulum,
Qui referire non audebam, vicit, hui! perfortiter.
De. Non potuit melius : idem quod ego sensit, te esse huic rei caput.   570
Sed estne frater intus? *Syr.* Non est. *De.* Ubi illum quæram , cogito.
Syr. Scio ubi sit, verum hodie nunquam monstrabo. *De.*
Hem , quid ais ? *Syr.* Ita.
De. Diminuetur tibi quidem jam cerebrum. *Syr.* At nomen nescio
Illius hominis, sed locum novi', ubi sit. *De.* Dic ergo locum.
Syr. Nostin' porticum , apud macellum , hac deorsum ? *De.*
Quidni noverim?   575
Syr. Præterito hac recta platea rursus : ubi eo veneris,
Clivus deorsum vorsus est; hac te præcipitato; postea
Est ad hanc manum sacellum; ibi angiportum propter est,
Illic ubi etiam capriticus magna est. *De.* Novi. *Syr.* Hac pergito.

Syr. C'est le chemin ; montez la place tout droit. Quand vous serez en haut, vous trouverez une rue qui descend; prenez-la. Ensuite, à main gauche, il y a un petit temple, et tout auprès une ruelle, là près de ce grand figuier sauvage... Vous savez ?

Dé. J'y suis.

Syr. C'est par là qu'il faut prendre.

Dé. Mais c'est une impasse.

Syr. Vous avez raison, ma foi. Faut-il que je sois bête ! Je me trompais. Revenons à la galerie. Voici un chemin plus court, et qui vous obligera à moins de détours. Vous connaissez la maison de Cratinus, cet homme si riche ?

Dé. Oui.

Syr. Quand vous l'aurez passée , tournez à gauche, le long de la place. Quand vous serez au temple de Diane, prenez à droite. Avant d'arriver à la porte de la ville, près de l'abreuvoir, il y a un petit moulin, et vis-à-vis une boutique de menuisier. C'est là qu'il est.

Dé. Et qu'y fait-il ?

Syr. Il a commandé de petits lits à pieds de chêne, pour manger en plein air.

Dé. Et pour y boire à votre aise, vous autres ?

Syr. Certainement.

Dé. Dépêchons-nous d'aller le trouver. (*Il sort.*)

Syr. Oui, va ! Je te ferai trotter aujourd'hui comme tu le mérites, vieille rosse! Mais Eschine n'arrive point, l'insupportable; le dîner se gâte. Ctésiphon de son côté ne songe qu'à ses amours. Occupons-nous un peu aussi de nos affaires. Allons à la cuisine choisir ce qu'il y aura de plus beau et de meilleur, et passons tout doucement la journée en gobelettant.

De. Id quidem angiportum non est pervium. *Syr.* Verum hercle, vah!   580
Censen' hominem me esse? erravi. In porticum rursum redi :
Sane hac multo propius ibis , et minor est erratio.
Scin' Cratini hujus ditis ædes? *De.* Scio. *Syr.* Ubi eas præterieris ,
Ad sinistram hac recta platea : ubi ad Dianæ veneris ,
Ito ad dextram : priusquam ad portam venias, apud ipsum lacum   585
Est pistrilla , et exadvorsum fabrica : ibi est. *De.* Quid ibi facit?
Syr. Lectulos in sole ilignis pedibus faciundos dedit.
De. Ubi potetis vos? *Syr.* Bene sane. *De.* Sed cesso ad eum pergere.
Syr. I sane : ego te exercebo hodie, ut dignus es, silicernium.
Æschinus odiose cessat ; prandium corrumpitur;   590
Ctesipho autem in amore est totus : ego jam prospiciam mihi :
Nam jam adibo , atque unum quidquid , quod quidem erit bellissimum ,
Carpam, et cyathos sorbilans paulatim hunc producam diem.

SCENE III.

MICION, HÉGION.

Mi. Je ne vois rien dans tout ceci qui mérite tant de reconnaissance, Hégion ; je ne fais que mon devoir. Nous avons commis une faute ; je la répare. Vous m'avez donc cru de ces gens qui trouvent qu'on les insulte lorsqu'on leur demande raison des torts qu'ils ont eus, et qui sont les premiers à se plaindre ? Parce que je n'en use pas ainsi, vous me remerciez !

Hég. Ah ! point du tout ; je vous ai toujours estimé ce que vous êtes. Mais, je vous en prie, Micion, venez avec moi chez la mère de la jeune fille , et répétez-lui vous-même ce que vous m'avez dit, qu'Eschine est soupçonné à cause de son frère ; que cette chanteuse n'est pas pour lui.

Mi. Si vous le jugez à propos et que la chose soit nécessaire, allons.

Hég. C'est bien à vous. Car vous rendrez un peu de calme à cette jeune fille , qui se consume dans le chagrin et les larmes , et vous remplirez un devoir. Cependant, si vous êtes d'un autre avis que moi , j'irai seul lui rapporter ce que vous m'avez dit.

Mi. Non, non, j'irai moi-même.

Hég. Vous faites bien. Les gens qui sont dans le malheur sont toujours, je ne sais pourquoi, plus susceptibles que les autres , et plus disposés à prendre tout en mauvaise part; ils croient toujours qu'on les méprise à cause de leur pauvreté. Allez donc vous-même justifier Eschine ; c'est le meilleur moyen de les tranquilliser.

Mi. C'est juste, vous avez raison.

Hég. Je vais vous montrer le chemin.

Mi. Très-volontiers.

SCENA TERTIA.

MICIO, HEGIO.

Mic. Ego in hac re nil reperio, quamobrem lauder tantopere, Hegio.
Meum officium facio; quod peccatum a nobis ortum 'st, corrigo :   595
Nisi si me in illo credidisti esse hominum numero , qui ita putant ,
Sibi fieri injuriam ultro , si quam fecere ipsi , expostulant,
Et ultro accusant; id quia non est a me factum , agis gratias?
Heg. Ah , minume : nunquam te aliter atque es , in animum induxi meum.
Sed quæso , ut una mecum ad matrem virginis eas , Micio , 601
Atque istæc eadem, quæ mihi dixti, tute dicas mulieri,
Suspicionem hanc propter fratrem esse; ejus esse illam psaltriam.
Mic. Si ita æquum censes , aut si ita opus est facto , eamus .
Heg. Bene facis.
Nam et illi jam animum rellevaris , quæ dolore ac miseria
Tabescit , et tuo officio fueris functus. Sed si aliter putas, 605
Egomet narrabo, quæ mihi dixti. *Mic.* Immo ego ibo. *Heg.* Bene facis.
Omnes , quibus res sunt minus secundæ, magis sunt, nescio quo modo,
Suspiciosi, ad contumeliam omnia accipiunt magis.
Propter suam impotentiam se semper credunt negligi.
Quapropter te ipsum purgare ipsi coram placabilius est. 610
Mic. Et recte, et verum dicis. *Heg.* Sequere me ergo hac intro. *Mic.* Maxume.

SCÈNE IV.

ESCHINE (seul.)

Je suis au désespoir! Un pareil coup au moment où je m'y attendais le moins! Que faire? que devenir? Je suis dans un abattement de corps et d'esprit, dans un état de stupeur, qui me rend incapable de la moindre résolution. Ah! comment me tirer de cet embarras? Je n'en sais rien. Soupçonné de la plus noire trahison, et non sans sujet! Sostrate croit que c'est pour moi que j'ai acheté cette chanteuse; la vieille me l'a bien fait entendre. Car tout à l'heure, comme on l'avait envoyée chercher la sage-femme, je la rencontre par hasard, je l'aborde, je lui demande comment va Pamphile, si le moment approche, si c'est pour cela qu'elle va chercher la sage-femme. La voilà qui se met à crier : « Allez, allez, Eschine; c'est assez longtemps vous moquer de nous; c'est assez nous amuser avec vos belles paroles. » — Comment! lui dis-je, qu'est-ce que cela signifie? — « Allez vous promener; gardez celle qui vous plaît. » J'ai compris à l'instant de quoi elles me soupçonnaient; mais je me suis retenu, et je n'ai rien voulu dire de Ctésiphon à cette commère, parce que tout le monde le saurait déjà. Que faire à présent? Dirai-je que cette chanteuse est à mon frère? c'est chose inutile à divulguer. Voyons, rassurons-nous; il est possible qu'elles se taisent. J'ai une autre crainte, c'est qu'elles ne me croient pas, tant les apparences sont contre moi! C'est moi qui l'ai enlevée, moi qui ai donné l'argent, chez moi qu'on l'a conduite. Ah! c'est bien ma faute aussi, je l'avoue, si tout cela m'arrive. N'avoir pas raconté la chose à mon père, comme elle s'est passée! J'aurais obtenu de l'épouser. C'est trop longtemps s'endormir. Allons, Eschine, réveille-toi. Et d'abord

SCENA QUARTA.

ÆSCHINUS.

Discrucior animi,
Hoccine de improviso mali mi objici,
Tantum, ut neque quid me faciam, neque quid agam, certum siet?
Membra metu debilia sunt, animus timore 615
Obstipuit, pectore consistere nil consili quit. Vah,
Quomodo me ex hac expediam turba, nescio: tanta nunc
Suspicio de me incidit :
Neque ea immerito. Sostrata credit, mihi me psaltriam hanc emisse; id
Anus mi indicium fecit. 620
Nam ut hinc forte ea ad obstetricem erat missa, ubi eam vidi, illico
Accedo, rogito, Pamphila quid agat? jamne partus adsiet?
Eone obstetricem, arcessat? Illa exclamat : « Abi, abi jam, Æschine.
Satis diu dedisti verba; sat adhuc tua nos frustrata 'st fides. »
Hem! quid istuc, obsecro, inquam, est? — « Valeas, habeas illam, quæ placet. » 625
Sensi illico id illas suspicari; sed me reprehendi tamen,
Ne quid de fratre garrulæ dicerem, ac fieret palam.
Nunc quid faciam? dicam fratris esse hanc? quod minume st opus
Usquam efferri. Age, mitto : fieri potis est, ut ne qua exeat.
Ipsum id metuo, ut credant · tot concurrunt verisimilia : 630
Egomet rapui; ipse egomet solvi argentum; ad me abducta est domum.
Hæc adeo mea culpa fateor fieri : non me hanc rem patri,

---

je m'en vais me justifier auprès d'elles. Approchons. Ah! j'éprouve un frisson toutes les fois que je frappe à cette porte. Holà! holà! c'est moi... Eschine : ouvrez, ouvrez vite. Quelqu'un sort. Qui ce peut-il être? Mettons-nous à l'écart.

SCÈNE V.

MICION, ESCHINE.

Mi. Faites ce que vous m'avez dit, Sostrate; moi, je vais trouver Eschine, pour l'instruire de tous nos arrangements. — Mais qui vient de frapper?

Esch. C'est mon père! Je suis perdu.

Mi. Eschine!

Esch. (à part.) Qu'a-t-il affaire ici?

Mi. C'est vous qui avez frappé à cette porte? (à part.) Il ne dit mot. Pourquoi ne m'amuserais-je pas un peu à ses dépens? Ce sera bien fait, puisqu'il n'a pas voulu se confier à moi. (haut.) Vous ne répondez pas?

Esch. A cette porte?... Non, que je sache.

Mi. En effet, je m'étonnais que vous eussiez affaire en cette maison. (à part.) Il rougit; tout est sauvé.

Esch. Mais vous, mon père, dites-moi, de grâce, quel intérêt vous y attire.

Mi. Moi? rien. C'est un de mes amis qui tout à l'heure m'est venu prendre sur la place, et m'a amené ici pour lui servir de conseil.

Esch. A quel sujet?

Mi. Je vais vous le dire. Ici demeuraient deux pauvres femmes bien malheureuses. Je pense que vous ne les connaissez pas, j'en suis même sûr; car il y a peu de temps qu'elles sont venues s'y établir.

Esch. Eh bien! après?

Mi. C'est une mère avec sa fille.

Ut ut erat gesta, indicasse? Exorassem ut eam duoerem.
Cessatum usque adhuc est : nunc porro, Æschine, expergiscere!
Nunc hoc primum 'st : ad illas ibo, ut purgem me. Accedam ad fores 635
Perii! horresco semper, ubi pultare hasce occipio miser.
Heus, heus! Æschinus ego sum : aperite aliquis actutum ostium.
Prodit nescio quis : concedam huc....

SCENA QUINTA.

MICIO, ÆSCHINUS.

Mic. Ita ut dixti, Sostrata,
Facito; ego Æschinum conveniam, ut, quomodo acta hæc sunt, sciat. 640
Sed qui ostium hoc pultavit? *Æs.* Pater hercle est, perii!
Mic. Æschine.
Æs. Quid huic hic negoti 'st? *Mic.* Tune has pepulisti fores?
Tacet. Cur non ludo hunc aliquantisper? melius est,
Quandoquidem hoc nunquam mihi ipse voluit credere.
Nil mihi respondes? *Æs.* Non equidem istas, quod sciam. 645
Mic. Ita : nam mirabar, quid hic negoti esset tibi.
Erubuit : salva res est. *Æs.* Dic, sodes, pater,
Tibi vero quid istic est rei? *Mic.* Nihil mihi quidem.
Amicus quidam me a foro abduxit modo
Huc advocatum sibi. *Æs.* Quid? *Mic.* Ego dicam tibi : 650
Habitant hic quædam mulieres, pauperculæ,
Ut opinor, has non nosse te, et certo scio;
Neque enim diu huc commigrarunt. *Æs.* Quid tum postea?

Esch. Ensuite?

Mi. Cette fille a perdu son père. Ce mien ami est son plus proche parent; les lois veulent qu'elle l'épouse.

Esch. (à part.) C'est fait de moi.

Mi. Qu'avez-vous?

Esch. Rien... Ce n'est rien... Continuez.

Mi. Il est venu, pour l'emmener avec lui; car il habite Milet.

Esch. Comment! pour emmener la jeune fille?

Mi. Oui.

Esch. Jusqu'à Milet, dites-vous?

Mi. Sans doute.

Esch. (à part.) Je me trouve mal. (haut.) Et ces femmes, que disent-elles?

Mi. Que voulez-vous qu'elles disent? Rien du tout. La mère cependant nous a fait un conte : que sa fille avait eu un enfant de je ne sais quel autre homme, qu'elle ne nomme pas; que celui-ci devait avoir la préférence, et qu'on ne pouvait en épouser un autre.

Esch. Eh! mais, est-ce que cela ne vous semble pas juste, au bout du compte?

Mi. Non.

Esch. Comment, non? Il l'emmènera donc, mon père?

Mi. Et pourquoi ne l'emmènerait-il pas?

Esch. C'est une cruauté, une barbarie, et même, s'il faut parler plus franchement, une indignité, mon père.

Mi. Et pourquoi?

Esch. Vous le demandez? Mais dans quel état pensez-vous donc que sera ce malheureux, qui a vécu jusqu'à présent avec elle, qui l'aime.... éperdument peut-être, quand il se la verra arracher d'entre les bras, et enlever pour toujours? Ah! c'est indigne, mon père.

Mi. Comment cela? Qui a promis , qui a donné cette fille? A qui, quand s'est-elle mariée? de quelle autorité? Pourquoi avoir épousé la femme d'un autre?

Esch. Fallait-il qu'une fille de son âge attendît là, près de sa mère, qu'un parent s'en vînt de je ne sais où pour l'épouser? Voilà, mon père, ce que vous deviez dire et faire valoir.

Mi. Vous êtes plaisant! j'aurais été parler contre un homme dont j'étais venu soutenir les intérêts! Mais qu'est-que cela nous fait à nous, Eschine? Qu'avons-nous à démêler avec eux? Allons-nous-en. Eh bien! vous pleurez?

Esch. De grâce, mon père, écoutez-moi.

Mi. J'ai tout entendu, mon fils; je sais tout; car je vous aime, et ma tendresse me fait tenir les yeux ouverts sur toutes vos actions.

Esch. Puissé-je la mériter toute votre vie, cette tendresse, ô mon père, comme il est vrai que je suis au désespoir d'avoir commis cette faute, et que j'en rougis pour l'amour de vous!

Mi. Je le crois sans peine; je connais votre bon naturel : mais j'ai peur qu'il n'y ait un peu d'étourderie dans votre fait. Dans quelle ville enfin croyez-vous donc vivre? Vous déshonorez une jeune fille, qu'il ne vous était pas même permis d'approcher. C'est déjà une faute grave, très-grave, excusable pourtant; bien d'autres que vous en ont fait autant, et des plus sages. Mais le malheur arrivé, dites-moi, vous êtes-vous retourné de façon ou d'autre? Avez-vous songé seulement à ce qu'il fallait faire? aux moyens de le faire? de m'en instruire, si vous aviez honte d'en parler vous-même? Au milieu de vos irrésolutions dix mois se sont écoulés. Vous avez compromis et vous-même, et cette malheureuse, et son enfant, autant qu'il était en vous. Quoi! vous imaginiez-vous que les dieux feraient vos affaires pendant que vous dormiriez, et que sans vous donner la moindre peine, vous verriez un beau jour la

---

Mic. Virgo est cum matre. *Æs.* Perge. *Mic.* Hæc virgo orba 'st patre.

Hic meus amicus illi genere est proxumus :   655
Huic leges cogunt nubere hanc. *Æs.* Perii! *Mic.* Quid est? *Æs.* Nil... recte... perge. *Mic.* Is venit, ut secum avehat :
Nam habitat Mileti. *Æs.* Hem, virginem ut secum avehat?
Mic. Sic est. *Æs.* Miletum usque? obsecro. *Mic.* Ita. *Æs.* Animo male 'st.

Quid ipsæ? quid aiunt? *Mic.* Quid illas censes? nihil enim.
Commenta mater est, esse ex alio viro   661
Nescio quo puerum natum, neque eum nominat.
Priorem esse illum, non oporiere huic dari.
Æs. Eho, nonne hæc justa tibi videntur postea ?
Mic. Non. *Æs.* Obsecro! non? an illam hinc abducet, pater?   665
Mic. Quid illam ni abducat? *Æs.* Factum a vobis duriter,
Immisericorditerque, atque etiam, si est, pater,
Dicendum magis aperte, illiberaliter.
Mic. Quamobrem? *Æs.* Rogas me? quid illi tandem credilis   670
Fore animi misero, qui cum illa consuevit prior,
Qui infelix haud scio an illam misere nunc amat,
Quum hanc sibi videbit præsens præsenti eripi,
Abduci ab oculis? Facinus indignum, pater.
Mic. Qua ratione istuc? quis despondit? quis dedit?
Cui? quando nupsit? auctor his rebus quis est?   675
Cur duxit alienam? *Æs.* An sedere oportuit
Domi virginem tam grandem, dum cognatus hinc
Hinc veniret exspectantem? hæc, mi pater,
Te dicere æquum fuit, et id defendere.

Mic. Ridiculum : advorsumne illum causam dicerem,   680
Cui veneram advocatus? Sed quid ista, Æschine,
Nostra? aut quid nobis cum illis? abeamus. Quid est?
Quid lacrumas? *Æs.* Pater, obsecro, ausculta. *Mic.* Æschine, audivi omnia,
Et scio : nam te amo, quo magis, quæ agis, curæ sunt mihi.
Æs. Ita velim me promerentem ames, dum vivas, mi pater,   685
Ut me hoc delictum admisisse in me, id mihi vehementer dolet,
Et me tui pudet. *Mic.* Credo hercle : nam ingenium novi tuum
Liberale; sed vereor ne indiligens nimium sies.
In qua civitate tandem te arbitrare vivere?
Virginem vitiasti, quam te non jus fuerat tangere.   690
Jam id peccatum primum magnum ; magnum, et humanum tamen :
Fecere alii sæpe, item boni : at postquam id evenit, cedo,
Numquid circumspexti? aut numquid tute prospexti tibi,
Quid fieret? qua fieret? si te ipsum mihi puduit dicere,
Qua resciscerem? hæc dum dubitas, menses abierunt decem.   695
Prodidisti et te, et illam miseram, et gnatum, quod quidem in te fuit.
Quid? credebas, dormienti hæc tibi confecturos deos?
Et illam sine tua opera in cubiculum iri deductum domum?
Nolim cæterarum rerum te socordem eodem modo.
Bono animo es, duces uxorem hanc. *Æs.* Hem! *Mic.* Bono animo es, inquam. *Æs.* Pater !   700

Jeune femme amenée dans votre chambre? Je serais désolé de vous voir aussi indifférent pour tout le reste.... Allons, calmez-vous; vous l'épouserez.

Esch. Ah!

Mi. Calmez-vous donc, vous dis-je.

Esch. Mon père, de grâce, ne vous jouez-vous point de moi?

Mi. Moi? me jouer?... Et pourquoi?

Esch. Je ne sais; mais plus je désire ardemment que vous disiez vrai, plus j'appréhende...

Mi. Rentrez à la maison, et priez les dieux, afin de pouvoir faire venir ensuite votre femme; allez.

Esch. Quoi? ma femme?... déjà?

Mi. Tout à l'heure.

Esch. Tout à l'heure?

Mi. Autant que faire se pourra.

Esch. Que les dieux me confondent, si je ne vous aime plus que ma vie, ô mon père!

Mi. Comment! plus qu'elle?

Esch. Autant.

Mi. Très-bien.

Esch. Mais le parent de Milet, où est-il?

Mi. Parti, disparu, embarqué. Qu'attendez-vous donc?

Esch. Ah! mon père, allez plutôt vous-même prier les dieux; ils vous exauceront plutôt que moi, j'en suis sûr; car vous valez cent fois mieux.

Mi. Je vais faire tout préparer au logis; vous, croyez-moi, faites ce que je vous ai dit.

Esch. (*seul*). Où en suis-je? Est-ce là un père? est-ce là un fils? S'il était mon frère ou mon ami, serait-il plus complaisant? Et je ne l'aimerais pas? et je ne le porterais pas dans mon cœur? Ah! aussi son indulgence me fait une loi de me surveiller avec soin, pour ne pas faire involontairement ce qui pourrait lui déplaire : volontairement, cela ne m'arrivera jamais. Allons, rentrons; il ne faut pas retarder moi-même mon mariage.

SCÈNE VI.

DÉMÉA (*seul.*)

Dé. (*seul.*) Je n'en puis plus, tant j'ai trotté. Ah ! Syrus, que le ciel te confonde avec tes indications ! J'ai fait toute la ville, la porte, l'abreuvoir, que sais-je? Pas plus de fabrique là-bas que sur ma main; personne qui eût vu mon frère. Maintenant je suis bien décidé à m'installer chez lui jusqu'à ce qu'il revienne.

SCÈNE VII.

MICION, DÉMÉA.

Mi. (*à son fils.*) Je vais leur dire que nous sommes prêts.

Dé. Mais le voici. (*Haut.*) Il y a longtemps que je vous cherche, mon frère.

Mi. Que voulez-vous?

Dé. Je vous apporte de bonnes, d'excellentes nouvelles de ce vertueux enfant.

Mi. Encore...

Dé. Des monstruosités, des crimes.

Mi. Oh! je vous arrête.

Dé. Mais vous ne le connaissez pas.

Mi. Je le connais très-bien.

Dé. Vieux fou! vous vous imaginez que je veux vous parler de la chanteuse; il s'agit d'un attentat sur une citoyenne.

Mi. Je sais.

Dé. Comment! vous savez, et laissez faire?

Mi. Pourquoi pas?

Dé. Eh quoi, vous ne jetez pas les hauts cris? Vous ne perdez pas la tête?

Mi. Non, j'aimerais mieux...

Dé. Mais il y a un enfant.

Mi. Que les dieux veillent sur lui !

Dé. La jeune fille n'a rien.

Obsecro, num ludis tu nunc me? *Mic.* Ego te? quamobrem?
Æs. Nescio :
Nisi quia tam misere hoc esse cupio verum, eo vereor magis.
Mic. Abi domum, ac deos comprecare, ut uxorem arcessas : abi.
Æs. Quid? jamne uxorem? *Mic.* Jam. *Æs.* Jam? *Mic.* Jam, quantum potest. *Æs.* Di me, pater,
Omnes oderint, ni magis te, quam oculos nunc ego amo meos.　　　　　　　　　　　　　705
Mic. Quid? quam illam? *Æs.* Æque. *Mic.* Perbenigne. *Æs.* Quid? illi ubi est Milesius?
Mic. Abiit, periit, navem ascendit : sed cur cessas? *Æs.* Abi, pater,
Tu potius deos comprecare : nam tibi eos certo scio,
Quo vir melior multo es quam ego, obtemperaturos magis.
Mic. Ego eo intro, ut, quæ opus sunt, parentur; tu fac ut dixi, si sapis.　　　　　　710
Æs. Quid hoc est negoti? hoc est patrem esse? aut hoc est filium esse?
Si frater aut sodalis esset, qui magis morem gereret?
Hic non amandus? hiccine non gestandus in sinu est? hem,
Itaque adeo magnam mi injicit sua commoditate curam?
Ne forte imprudens faciam quod nolit : sciens cavebo.　715
Sed cesso ire intro, ne moræ meis nuptiis egomet sim?

SCENA SEXTA.

DEMEA.

Defessus sum ambulando : ut, Syre, te cum tua
Monstratione magnus perdat Jupiter !
Perreptavi usque omne oppidum, ad portam, ad lacum :
Nec reperi neque ulla fabrica illic erat, nec fratrem homo
Vidisse se aibat quisquam : nunc vero domi　　721
Certum obsidere est usque, donec redierit.

SCENA SEPTIMA.

MICIO, DEMEA.

Mic. Ibo, illis dicam, nullam esse in nobis moram.
De. Sed eccum ipsum. Te jam dudum quæro, o Micio!
Mic. Quidnam? *De.* Fero alia flagitia ad te ingentia　725
Boni illius adolescentis. *Mic.* Ecce autem... *De.* Nova,
Capitalia. *Mic.* Ohe, jam... *De.* Ah! nescis qui vir sit. *Mic.* Scio.
De. O stulte! tu de psaltria me somnias
Agere : hoc peccatum in virginem est civem. *Mic.* Scio.
De. Ohe, scis? et patere? *Mic.* Quidni patiar? *De.* Dic mihi,　　　　　　　　730
Non clamas? non insanis? *Mic.* Non : malim quidem...
De. Puer natu'st. *Mic.* Di bene vortant! *De.* Virgo nihil habet.
Mic. Audivi. *De.* Et ducenda indotata 'st. *Mic.* Scilicet.

Mi. On me l'a dit.

Dé. Et il faut l'épouser sans dot.

Mi. Bien entendu.

Dé. Qu'allons-nous faire?

Mi. Ce que les circonstances exigent. On va transporter la jeune fille chez moi.

Dé. Grands dieux! prendre ce parti!

Mi. Que puis-je faire de plus?

Dé. Ce que vous pouvez faire? Si vous n'êtes pas au désespoir de ce qu'il a fait, vous devriez au moins en avoir l'air.

Mi. Mais je lui ai déjà promis la jeune fille, c'est chose arrangée. Le mariage va avoir lieu. J'ai calmé toutes les inquiétudes; voilà ce que je devais faire.

Dé. Ainsi vous approuvez sa conduite, mon frère.

Mi. Non, si je pouvais la changer; ne le pouvant pas, j'en prends mon parti. Il en est de la vie comme d'une partie de dés. Si l'on n'obtient pas le dé dont on a le plus besoin, il faut savoir tirer parti de celui que le sort a amené.

Dé. L'habile homme! grâce à vous, voilà vingt mines perdues pour une chanteuse, dont il faut se défaire au plus vite de façon ou d'autre, en la donnant, si on ne peut la vendre.

Mi. Point du tout; je ne songe pas à la vendre.

Dé. Qu'en ferez-vous donc?

Mi. Je la garderai chez moi.

Dé. Grands dieux! une courtisane et une mère de famille sous le même toit?

Mi. Pourquoi pas?

Dé. Vous vous croyez dans votre bon sens.

Mi. Certainement.

Dé. Sur mon honneur, du train dont je vous vois aller, je suis tenté de croire que vous la garderez pour chanter avec elle.

Mi. Pourquoi pas?

Dé. Et la nouvelle mariée apprendra aussi ces belles choses?

Mi. Sans doute.

Dé. Et vous danserez avec elle en menant le branle?

Mi. D'accord.

Dé. D'accord!

Mi. Et vous aussi, au besoin.

Dé. Ah! c'en est trop! n'avez-vous pas de honte?

Mi. Allons, mon frère, laissez-nous là cette mauvaise humeur; prenez un air riant et gai, comme il convient, pour le mariage de votre fils. Je vais les rejoindre un moment, et je reviens.

Dé. Grands dieux! quelle conduite! quelles mœurs! quelle folie! une femme sans dot, une chanteuse à ses crochets, un train de prince, un jeune homme perdu de débauche, un vieillard insensé! Non, la Sagesse même, quand elle s'en mêlerait, ne viendrait pas à bout de sauver une telle maison.

ACTE CINQUIÈME.

SCÈNE I.

SYRUS, DÉMÉA.

Syr. D'honneur, mon petit Syrus, tu t'es agréablement soigné et tu as gaillardement fait ton métier, va. Maintenant que me voilà bien pansé, il m'a pris fantaisie de faire un tour de promenade par ici.

Dé. (à part.) Voyez un peu le bel échantillon de l'ordre qui règne là-bas!

Syr. (à part.) Mais voici notre bonhomme. (Haut.) Hé bien! quelles nouvelles? Comme vous avez l'air triste!

Dé. Ah! pendard!

Syr. Oh! oh! vous allez déjà commencer vos sermons?

Dé. Drôle, si tu m'appartenais...

Syr. Vous seriez bien riche, Déméa; votre fortune serait faite.

De. Quid nunc futurum 'st? *Mic.* Id enim quod res ipsa fert:

Illinc huc transferetur virgo. *De.* O Jupiter!   735

Istoccine pacto oportet? *Mic.* Quid faciam amplius?

De. Quid facias? si non ipsa re istuc tibi dolet,

Simulare certe est hominis. *Mic.* Quin jam virginem

Despondi; res composita est; fiunt nuptiæ;

Dempsi metum omnem: hæc mage sunt hominis. *De.* Ceterum,   740

Placet tibi factum, Micio? *Mic.* Non, si queam

Mutare; nunc, quum non queo, animo æquo fero.

Ita vita 'st hominum, quasi quum ludas tesseris.

Si illud, quod maxume opus est jactu, non cadit,

Illud quod cecidit forte, id arte ut corrigas.   745

De. Corrector! nempe tua arte viginti minæ

Pro psaltria periere, quæ, quantum potest,

Aliquo abjicienda est; si non pretio, gratiis.

Mic. Neque est, neque illam sane studeo vendere.

De. Quid illa igitur facias? *Mic.* Domi erit. *De.* Proh divum fidem!   750

Meretrix et mater familias una in domo?

Mic. Cur non? *De.* Sanum credis te esse. *Mic.* Equidem arbitror.

De. Ita me di ament, ut video tuam ego ineptiam;

Facturum credo, ut habeas, quicum cantites.

Mic. Cur non? *De.* Et nova nupta eadem haec discet. *Mic.* Scilicet.   755

De. Tu inter eas restim ductans saltabis. *Mic.* Probe.

De. Probe! *Mic.* Et tu nobiscum una, si opus sit. *De.* He mihi!

Non te hæc pudent? *Mic.* Jam vero omitte, o Demea,

Tuam istanc iracundiam, atque ita uti decet,

Hilarum ac lubentem fac te gnati in nuptiis.   760

Ego hos conveniam; post huc redeo. *De.* O Jupiter!

Hanccine vitam! hoscine mores! hoc dementiam!

Uxor sine dote veniet; intus psaltria est;

Domus sumptuosa; adolescens luxu perditus;

Senex delirans: ipsa si cupiat Salus,   765

Servare prorsus non potest hanc familiam.

ACTUS QUINTUS.

SCENA PRIMA.

SYRUS, DEMEA.

Syr. Ædepol, Syrisce, te curasti molliter,

Lauteque munus administrasti tuum.

Abi. Sed postquam intus sum omnium rerum satur,

Prodeambulare huc libitum est. *De.* Illuc sis vide   770

Exemplum disciplinæ. *Syr.* Ecce autem hic adest

Senex noster. Quid fit? quid tu es tristis? *De.* Oh! scelus!

Syr. Oho, jam tu verba fundis hic sapientia!

De. Tu si meus esses... *Syr.* Dis quidem esses, Demea,

Dé. Je ferais un exemple sur toi.

Syr. Pourquoi? Qu'ai-je fait?

Dé. Ce que tu as fait? Au milieu des embarras où nous a jetés un attentat infâme, qui n'est qu'à moitié réparé, tu t'es enivré, coquin, tout comme s'il s'agissait d'une belle action.

Syr. (à part.) J'aurais bien dû ne pas sortir.

SCÈNE II.

DROMON, SYRUS, DÉMÉA.

Dr. Ohé! Syrus, Ctésiphon te prie de revenir.

Syr. Va-t'en.

Dé. Que dit-il de Ctésiphon?

Syr. Rien.

Dé. Quoi! maraud, Ctésiphon serait-il chez vous?

Syr. Hé! non.

Dé. Pourquoi donc a-t-il parlé de lui?

Syr. C'est un autre personnage de ce nom, une espèce de parasite subalterne. Vous ne le connaissez pas?

Dé. Je vais savoir...

Syr. Que faites-vous? où allez-vous donc?

Dé. Laisse-moi.

Syr. N'entrez pas, vous dis-je.

Dé. Me lâcheras-tu, gibier de potence? Veux-tu que je te casse la tête?

Syr. Le voilà parti. Quel convive incommode, surtout pour Ctésiphon! Que faire maintenant? Ma foi, en attendant que tout ce vacarme s'apaise, allons nous cacher dans quelque coin, pour y cuver notre vin : c'est ce qu'il y a de mieux.

SCÈNE III.

MICION, DÉMÉA.

Mi. Nous sommes tout prêts, comme je vous l'ai dit, Sostrate; quand vous voudrez. Mais qui sort si brusquement de chez moi?

Dé. Ah! malheureux! que faire? que devenir? à qui me plaindre? à qui adresser mes cris? O ciel! ô terre! ô mers où règne Neptune!

Mi. Bon! à toi, Ctésiphon. Il a tout appris, c'est là sans doute ce qui le fait tant crier. L'orage approche; il faut le détourner.

Dé. Le voilà ce fléau, ce corrupteur de mes deux fils!

Mi. Voyons, calmez-vous, du sang-froid.

Dé. Me voici calme et de sang-froid : faisons trêve d'injures, et raisonnons. Il a été convenu entre nous, c'est vous-même qui l'avez proposé, que vous ne vous mêleriez point de mon fils, ni moi du vôtre; n'est-ce pas vrai? dites.

Mi. Oui, je n'en disconviens pas.

Dé. Alors pourquoi le mien est-il chez vous à boire? Pourquoi le recevez-vous? Pourquoi lui achetez-vous une maîtresse, Micion? N'est-il pas juste que la partie soit égale entre nous? Puisque je ne me mêle pas du vôtre, ne vous mêlez pas du mien.

Mi. Vous avez tort, mon frère.

Dé. Tort?

Mi. Oui; un vieux proverbe dit qu'entre amis tout est commun.

Dé. C'est bien joli! mais vous vous en avisez un peu tard.

Mi. Écoutez-moi un peu, de grâce, mon frère. D'abord, si vous êtes mécontent du train que mènent nos enfants, rappelez-vous, je vous prie, que vous les éleviez jadis tous deux selon vos moyens, dans la conviction où vous étiez que votre fortune serait un patrimoine suffisant pour eux, et que je me marierais sans doute. Eh bien! ne changez rien à vos calculs; ménagez, amassez, épargnez; tâchez de leur en laisser le plus que vous pourrez; faites-vous-en un

---

Ac tuam rem constabilisses. *De.* Exemplo omnibus   775
Curarem ut esses. *Syr.* Quamobrem? quid feci? *De.* Rogitas?
In ipsa turba atque in peccato maxumo,
Quod vix sedatum satis est, potasti, scelus!
Quasi re bene gesta. *Syr.* Sane nollem huc exitum.

SCENA SECUNDA.

DROMO, SYRUS, DEMEA.

Dr. Heus, Syre! rogat te Ctesipho, ut redeas. *Syr.* Abi.   780
De. Quid Ctesiphonem hic narrat? *Syr.* Nil. *De.* Eho, carnufex,
Est Ctesipho intus? *Syr.* Non est. *De.* Cur hic nominat?
Syr. Est alius quidam, parasitaster paululus.
Nostin'? *De.* Jam scibo. *Syr.* Quid agis? quo abis? *De.* Mitte me.
Syr. Noli, inquam. *De.* Non manum abstines, mastigia?   785
An tibi jam mavis cerebrum dispergam hic? *Syr.* Abiit.
Ædepol commissatorem haud sane commodum,
Præsertim Ctesiphoni. Quid ego nunc agam?
Nisi dum hæ silescunt turbæ, interea in angulum
Aliquo abeam, atque edormiscam hoc villi : sic agam.   790

SCENA TERTIA.

MICIO, DEMEA.

Mic. Parata a nobis sunt, ita ut dixi, Sostrata, Ubi vis. Quisnam a me pepulit tam graviter fores?
De. Hei mihi! quid faciam? quid agam? quid clamem? aut querar?
O cælum! o terra! o maria Neptuni! *Mic.* Hem tibi!
Rescivit omnem rem; id nunc clamat scilicet.   795
Paratæ lites : succurrendum 'st. *De.* Eccum adest
Communis corruptela nostrûm liberûm.
Mic. Tandem reprime iracundiam, atque ad te redi.
De. Repressi, redii, mitto maledicta omnia :
Rem ipsam putemus. Dictum inter nos hoc fuit,   800
Ex te adeo est ortum, ne tu curares meum,
Neve ego tuum? responde. *Mic.* Factum 'st, non nego.
De. Cur nunc apud te potat? cur recipis meum?
Cur emis amicam, Micio? Nam qui minus
Mihi idem jus æquum 'st esse, quod mecum 'st tibi?   805
Quando ego tuum non curo, ne cura meum.
Mic. Non æquam dicis. *De.* Non? *Mic.* Nam vetus verbum hoc quidem 'st,
Communia esse amicorum inter se omnia.
De. Facete! nunc demum istæc nata oratio est.
Mic. Ausculta paucis, nisi molestum 'st, Demea.   810
Principio, si tu te mordet, sumptum illi,
Quem faciunt, quæso, hoc facito tecum cogites :
Tu illos duo olim pro re tollebas tua,
Quod satis putabas tua bona ambobus fore,
Et me uxorem credidisti scilicet   815
Ducturum. Eamdem illam rationem antiquam obtine;
Conserva, quære, parce, fac quam plurimum
Illis relinquas; gloriam tu istunc obtine.

point d'honneur. Quant à mes biens, sur lesquels ils ne devaient pas compter, souffrez qu'ils en jouissent : cela ne fera point brèche au capital. Tout ce qui viendra de mon côté, ce sera autant de gagné. Si vous vouliez vous mettre cela dans la tête, mon frère, vous vous épargneriez bien des ennuis, à vous, à eux et à moi.

Dé. Ne parlons pas de l'argent, soit; mais leur conduite ?...

Mi. Attendez. Je conçois; c'est là que j'en voulais venir. Il y a dans l'homme mille nuances, d'après lesquelles il est facile de le juger. Deux hommes font-ils la même chose, vous pouvez souvent dire : Un tel a bien pu se permettre cela; mais l'autre n'aurait pas dû le faire. Ce n'est pas qu'il y ait quelque différence dans leur conduite; mais il y en a dans leur caractère. Ce que j'ai vu des caractères de nos enfants me fait espérer qu'ils seront tels que nous les désirons. Je leur trouve du bon sens, de l'intelligence, de la réserve, quand il le faut, une affection réciproque; ce sont les traits distinctifs d'un noble cœur, d'un bon naturel. Vous les ramènerez quand vous le voudrez. Mais peut-être craignez-vous qu'ils ne soient un peu trop indifférents pour leurs intérêts. Ah! mon frère, l'âge nous donne de la raison, nous rend sages à tous autres égards; seulement il nous apporte certain petit défaut : il nous fait attacher trop de prix à l'argent. Le temps leur inspirera bien assez tôt ce goût.

Dé. Pourvu que toutes ces bonnes raisons, mon frère, que toute votre indulgence ne nous perdent pas.

Mi. C'est bon, il n'en sera rien. Chassez ces noires idées, abandonnez-vous à moi pour aujourd'hui, et déridez-moi ce front.

Dé. Allons, puisqu'il le faut, je me soumets. Mais demain, dès le point du jour, je pars avec mon fils pour la campagne.

Mi. Même avant le jour, je vous le conseille.

Tout ce que je demande, c'est que vous soyez de bonne humeur aujourd'hui.

Dé. Et cette chanteuse, je l'emmène aussi avec moi.

Mi. Vous ferez un coup de maître; ce sera le moyen de fixer votre fils là-bas. Tâchez seulement de la bien garder.

Dé. J'en fais mon affaire. Je veux qu'elle travaille si bien à la cuisine et au moulin, qu'elle y soit enfumée, enfarinée, couverte de cendres; je l'enverrai aux champs ramasser de la paille par un beau soleil de midi; bref, je la ferai tellement rôtir, qu'elle deviendra noire comme un charbon.

Mi. A la bonne heure; vous voilà raisonnable maintenant. A votre place, j'obligerais même mon fils à coucher avec elle, bon gré mal gré.

Dé. Vous raillez? Que vous êtes heureux d'avoir un tel caractère! Et moi je suis....

Mi. Ah! vous allez recommencer?

Dé. Non, je me tais.

Mi. Entrez donc. Ce jour est un jour de fête, passons-le gaiement.

SCÈNE IV.

DÉMÉA (seul).

On a beau s'être fait un plan de vie bien raisonné; les circonstances, l'âge, l'expérience y apportent toujours quelque changement, vous apprennent toujours quelque chose. Ce qu'on croyait savoir, on l'ignore; ce qu'on mettait en première ligne, on le rejette dans la pratique. C'est ce qui m'arrive aujourd'hui. J'ai vécu durement jusqu'à ce jour, et voici qu'au terme de ma carrière je change d'habitudes. Pourquoi? parce que l'expérience m'a prouvé que rien ne réussit mieux à l'homme que l'indulgence et la bonté. C'est une vérité dont il est facile de se convaincre par mon exemple et par celui de mon frère. Toute sa vie, il l'a passée dans les plaisirs et la bonne chère; tou-

Mea, quæ præter spem evenere, utantur sine.
De summa nil decedet; quod hinc accesserit,   820
Id de lucro putato esse : omnia hæc si voles
In animo vere cogitare, Demea ,
Et mihi et tibi, et illis dempseris molestiam.
Dem. Mitto rem; consuetudinem ipsorum.... *Mic.* Mane :
Scio, istuc ibam. Multa in homine, Demea,   825
Signa insunt, ex quibus conjectura facile fit,
Duo quum idem faciunt, sæpe ut possis dicere :
Hoc licet impune facere huic, illi non licet;
Non quo dissimilis res sit, sed quo is qui facit.
Quæ ego in illis esse video, ut confidam fore   830
Ita ut volumus : video eos sapere, intelligere, in loco
Vereri, inter se amare : scire est liberum
Ingenium atque animum : quovis illos tu die
Reducas. At enim metuas, ne ab re sint tamen
Omissiores paulo. O noster Demea,   835
Ad omnia alia ætate sapimus rectius.
Solum hoc unum vitium adfert senectus hominibus :
Attentiores sumus ad rem omnes, quam sat est;
Quod illos sat ætas acuet. *Dem.* Ne nimium modo
Bonæ tuæ istæ nos rationes, Micio,   840
Et tuus iste animus æquus subvortat. *Mic.* Tace,
Non fiet. Mitte jam istæc; da te hodie mihi;
Exporge frontem. *Dem.* Scilicet ita tempus fert,
Faciundum 'st. Ceterum rus cras cum filio
Cum primo luci ibo hinc. *Mic.* Immo de nocte censeo.   845
Hodie modo hilarum te face. *Dem.* Et istam psaltriam

Una illuc mecum hinc abstraham. *Mic.* Pugnaveris.
Eo pacto prorsum illic alligaris filium.
Modo facito, ut illam serves. *Dem.* Ego istuc videro :
Atque illi, favillæ plena, fumi ac pollinis,   850
Coquendo sit faxo et molendo; præter hæc
Meridie ipso faciam ut stipulam colligat :
Tam excoctam reddam atque atram, quam carbo 'st. *Mic.* Placet.
Nunc mihi videre sapere : atque equidem filium
Tum etiam, si nolit, cogam, ut cum illa una cubet.   855
Dem. Derides? fortunatus, qui isto animo sies;
Ego sentio.... *Mic.* Ah, pergisne? *Dem.* Jamjam desino.
Mic. I ergo intro; et cui rei est, ei rei hunc sumamus diem.

SCENA QUARTA.

DEMEA.

Nunquam ita quisquam bene subducta ratione ad vitam fuit,
Quin res, ætas, usus semper aliquid adportet novi,   860
Aliquid moneat; ut illa quæ te scire credas, nescias,
Et quæ tibi putaris prima, in experiundo ut repudies :
Quod nunc mihi evenit. Nam ego vitam duram, quam vixi usque adhuc,
Prope decurso spatio omitto : id quamobrem ? re ipsa repperi,

jours bon, complaisant, gracieux pour tout le monde, évitant de choquer qui que ce fût, il a vécu pour lui, il ne s'est rien refusé; et tout le monde fait son éloge, tout le monde l'aime. Moi, sans façon, bourru, morose, économe, maussade, avare, j'ai pris femme : quelle galère que le mariage! J'ai eu des enfants : autres soucis! Puis j'ai eu à tâche de leur amasser le plus que je pourrais; je me suis tué le corps et l'âme à faire des économies. Aujourd'hui sur mes vieux jours, je ne recueille pour fruit de mes fatigues que la haine de mes enfants: Mon frère, lui, sans s'être donné le moindre mal, goûte toutes les douceurs de la paternité. C'est lui qu'ils aiment; moi, ils me fuient; c'est à lui qu'ils confient leurs secrets; c'est lui qui est l'objet de leur amour; c'est chez lui qu'ils sont tous deux : moi l'on m'abandonne. On lui souhaite de longs jours; on désire ma mort peut-être. Ainsi les enfants que j'ai eu tant de peine à élever, mon frère en a fait ses enfants à peu de frais. Tout le mal est pour moi, le plaisir pour lui. Allons, allons, essayons un peu si je ne pourrai pas aussi trouver de douces paroles et me montrer généreux, puisqu'il m'en porte le défi. Et moi aussi je veux que mes enfants m'aiment et tiennent à moi. S'il ne faut pour cela que de l'argent et des complaisances, je ne resterai pas en arrière. En aurai je assez? que m'importe après tout? Je suis le plus âgé.

SCÈNE V.

SYRUS, DÉMÉA.

Syr. Hé! monsieur, votre frère vous prie de ne pas vous éloigner.

Dé. Qui m'appelle? Ah! c'est toi, mon cher Syrus; bonjour. Où en est-on? Comment va la santé?

Syr. Très-bien.

Dé. (à part.) A merveille. Voici déjà pour commencer trois choses que je me suis forcé de dire : *Mon cher! Où en est-on? Comment va la santé?* (*haut.*) Tu es un brave garçon, et je suis tout disposé à faire quelque chose pour toi.

Syr. Grand merci.

Dé. Je ne te mens pas, Syrus, et tu en verras bientôt la preuve.

SCÈNE VI.

GÉTA, DÉMÉA.

Gé. Bien, madame; je vais voir chez eux quand ils enverront chercher la nouvelle mariée. Mais voici Déméa. Que les dieux vous gardent!

Dé. Ha! comment t'appelles-tu?

Gé. Géta.

Dé. Eh bien! Géta, je te regarde comme un garçon impayable; car c'est montrer un véritable dévouement que de prendre les intérêts de son maître comme je te les ai vu prendre aujourd'hui, Géta. Et pour t'en récompenser, si l'occasion s'en présente, je suis tout disposé à faire quelque chose pour toi. (à part.) Je tâche d'être gracieux, et j'y réussis assez.

Gé. Vous êtes bien bon d'avoir cette opinion de moi.

Dé. (à part.) Peu à peu je me concilie d'abord la valetaille.

SCÈNE VII.

ESCHINE, DÉMÉA, SYRUS, GÉTA.

Esch. (*seul.*) En vérité ils me font mourir d'ennui, à force de vouloir sanctifier mon mariage; ils

---

Facilitate nihil esse homini melius, neque clementia. 865
Id esse verum, ex me atque ex fratre cuivis facile 'st noscere.
Ille suam semper egit vitam in otio, in conviviis,
Clemens, placidus, nulli lædere os, adridere omnibus,
Sibi vixit, sibi sumptum fecit; omnes benedicunt, amant.
Ego ille agrestis, sævus, tristis, parcus, truculentus, tenax,
Duxi uxorem : quam ibi miseriam vidi! nati filii, 871
Alia cura : heia autem, dum studeo illis ut quam plurimum
Facerem, contrivi in quærendo vitam atque ætatem meam.
Nunc exacta ætate hoc fructi pro labore ab eis fero,
Odium. Ille alter sine labore patria potitur commoda : 875
Illum amant ; me fugitant. Illi credunt consilia omnia,
Illum diligunt, apud illum sunt ambo; ego desertus sum.
Illum ut vivat optant; meam autem mortem exspectant scilicet.
Ita eos meo labore eductos maxumo, hic fecit suos
Paulo sumptu. Miseriam omnem ego capio; hic potitur gaudia. 880
Age, age nunc jam experiamur porro contra, ecquid ego possiem
Blande dicere aut benigne facere, quando huc provocat.
Ego quoque a meis me amari et magni pendi postulo.
Si id fit dando atque obsequendo, non posteriores feram.
Deerit : id mea minume refert, qui sum natu maxumus. 885

SCENA QUINTA.

SYRUS, DEMEA.

Syr. Heus, Demea, rogat frater, ne abeas longius.

De. Quis homo? o Syre noster! salve. Quid fit? quid agitur?

Syr. Recte. *De.* Optume 'st. Jam nunc hæc tria primum addidi
Præter naturam : o noster! quid fit? quid agitur?
Servum haud illiberalem præbes te; et tibi 890
Lubens benefaxim. *Syr.* Gratiam habeo. *De.* Atqui Syre,
Hoc verum 'st, et ipsa re experiere propediem.

SCENA SEXTA.

GETA, DEMEA.

Get. Hera, ego huc ad hos proviso, quam mox virginem
Arcessant : sed eccum Demeam : salvus sies.
De. O ! qui vocare? *Get.* Geta. *De.* Geta, hominem maxumi 895
Preti te esse hodie judicavi animo meo :
Nam is mihi profecto est servus spectatus satis,
Cui dominus curæ 'st, ita uti tibi sensi, Geta.
Et tibi, ob eam rem, si quid usus venerit,
Lubens benefaxim. Meditor esse affabilis ; 900
Et bene prosedit. *Get.* Bonus es, quum hæc existumas.
De. Paulatim plebem primulum facio meam.

SCENA SEPTIMA.

ÆSCHINUS, DEMEA, SYRUS, GETA.

Æs. Occidunt me quidem, dum nimis sanctas nuptias
Student facere ; in apparando consumunt diem.

perdent toute la journée avec leurs préparatifs.

Dé. Eh bien, où en est-on, Eschine?

Esch. Ah mon père, vous étiez là?

Dé. Ton père! oui, je le suis par le cœur et par la nature; car je t'aime plus que mes yeux. Mais pourquoi n'envoies-tu pas chercher ta femme?

Esch. Je ne demande pas mieux. Mais on attend la joueuse de flûte et les chanteuses qui doivent célébrer l'hyménée.

Dé. Dis-moi, veux-tu t'en rapporter à un vieux bonhomme?

Esch. Parlez.

Dé. Laisse-moi là l'hyménée, les flambeaux, les chanteuses, et tout le bataclan; fais abattre au plus tôt ce vieux mur qui est dans le jardin; introduis ta femme par là; des deux maisons n'en fais qu'une seule, et amène au logis et sa mère et tous ses gens.

Esch. Bravo, le plus charmant des pères!

Dé. (à part.) Bien; voilà qu'on m'appelle déjà charmant. La maison de mon frère va être ouverte à tout venant; on sera accablé de monde; on fera sauter les écus; et puis.... Que m'importe, après tout? Me voilà charmant, et l'on m'aime. Allons, Déméa, engage ton satrape de frère à payer les vingt mines. (*haut.*) Eh bien, Syrus, tu ne te bouges pas? Tu ne vas pas....

Syr. Quoi faire?

Dé. Abattre le pan de mur? (à Géta.) Et toi, va les chercher et amène-les.

Gé. Que les dieux vous récompensent, Déméa, pour l'empressement sincère avec lequel vous souhaitez tant de bonheur à notre maison!

Dé. Je vous en crois dignes. (à Eschine.) Qu'en dis-tu?

Esch. C'est mon avis aussi.

Dé. Cela vaut cent fois mieux que de faire passer par la rue cette jeune mère qui souffre encore.

Esch. En effet, mon père, on n'imagina jamais rien de mieux.

Dé. Voilà comme je suis. Mais voici Micion qui sort de chez lui.

SCÈNE VIII.

MICION, DÉMÉA, ESCHINE.

Mi. C'est mon frère qui l'a dit? Où est-il donc? Est-il vrai, Déméa, que vous ayez donné cet ordre?

Dé. Oui vraiment; en cette occasion comme en toute autre, je veux autant que possible ne faire qu'une seule maison de cette famille et de la nôtre, la choyer, la servir, l'attacher à nous.

Esch. Oh! oui, de grâce, mon père!

Mi. Je ne demande pas mieux.

Dé. Il y a plus, c'est notre devoir. D'abord la femme d'Eschine a une mère.....

Mi. Eh! bien, après?

Dé. Honnête et digne femme.....

Mi. On le dit.

Dé. Qui n'est plus jeune....

Mi. Je le sais.

Dé. Et qui depuis longtemps ne peut plus avoir d'enfants. Elle n'a personne pour prendre soin d'elle; elle est seule.

Mi. (à part.) Où veut-il en venir?

Dé. Il faut que vous l'épousiez. Et toi (il s'adresse à Eschine), charge-toi de conclure l'affaire.

Mi. Que je l'épouse! moi?

Dé. Vous.

Mi. Moi?

Dé. Vous-même, vous dis-je.

Mi. Vous perdez la tête.

Dé. (à Eschine.) Si tu as du cœur, il l'épousera.

Esch. Mon père!

Mi. Comment! imbécile, est-ce que tu l'écoutes?

Dé. Vous avez beau faire, il faut en passer par là.

De. Quid agitur, Æschine? Æs. Ehem, pater mi, tu hic
   eras?   905
De. Tuus hercle vero et animo et natura pater,
Qui te amat plus quam hosce oculos. Sed cur non domum
Uxorem arcessis? Æs. Cupio; verum hoc mihi mora 'st
Tibicina, et hymenæum qui cantent. *de.* Eho!   910
Vin 'tu huic seni auscultare? Æs. Quid? *De.* Missa hæc
   face,
Hymenæum, turbas, lampadas, tibicinas,
Atque hanc in horto maceriam jube dirui,
Quantum potest; hac transfer; unam fac domum,
Traduce et matrem et familiam omnem ad nos. Æs. Placet,
Pater lepidissime. *De.* Euge, jam lepidus vocor.   915
Fratri ædes fient perviæ : turbam domum
Adducet, sumptum admittet; multa : quid mea?
Ego lepidus ineo gratiam : jube nunc jam
Dinumeret ille Babylo viginti minas.
Syre, cessas ire ac facere? *Syr.* Quid ergo? *De.* Dirue.   920
Tu illas abi et traduce. *Get.* Di tibi, Demea,
Benefaciant, quum te video nostræ familiæ
Tam ex animo factum velle. *De.* Dignos arbitror.
Quid ais tu? Æs. Sic opinor. *De.* Multo rectiu'st,
Quam illam puerperam hac nunc duci per viam   925
Ægrotam. Æs. Nil enim vidi melius, mi pater.
De. Sic soleo : sed eccum, Micio egreditur foras.

SCENA OCTAVA.

MICIO, DEMEA, ÆSCHINUS.

Mic. Jubet frater? ubi is est? tune jubes hoc, Demea?
De. Ego vero jubeo, et hac re et aliis omnibus
Quam maxume unam facere nos hanc familiam,   930
Colere, adjuvare, adjungere. Æs. Ita quæso, pater.
Mic. Haud aliter censeo. *De.* Immo hercle ita nobis decet.
Primum hujus uxori est mater. *Mic.* Est : quid postea?
De. Proba et modesta. *Mic.* Ita aiunt. *De.* Natu grandior.
Mic. Scio. *De.* Parere jam diu hæc per annos non potest. 935
Nec qui eam respiciat, quisquam est; sola est. *Mic.* Quam
   hic rem agit?
De. Hanc te æquum est ducere, et te operam, ut fiat, dare.
Mic. Me ducere autem? *De.* Te. *Mic.* Me? *De.* Te, inquam.
Mic Ineptis. *De.* Si tu sis homo,
Hic faciat. Æs. Mi pater. *Mic.* Quid? tu autem huic, asine,
   auscultas? *De.* Nihil agis :
Fieri aliter non potest. *Mic.* Deliras. Æs. Sine te exorem,
   mi pater.   940
Mic. Insanis? aufer. *De.* Age, da veniam filio. *Mic.* Satin'
   sanus es? ego
Novus maritus anno demum quinto et sexagesimo
Fiam, atque anum decrepitam ducam? idne estis auctores
   mihi?

Mi. Vous radotez.

Esch. De grâce, cédez, mon père.

Mi. Tu es fou. Va te promener.

Dé. Allons, accordez cette satisfaction à votre fils.

Mi. Mais êtes-vous dans votre bon sens? Moi, que je me donne les airs d'un nouveau marié à l'âge de soixante-cinq ans, et que j'épouse une vieille édentée? C'est là ce que vous me conseillez tous deux?

Esch. Rendez-vous, mon père, je le leur ai promis.

Mi. Tu l'as promis? Dispose de toi, mon bel enfant.

Dé. Ah!... Et que serait-ce s'il vous demandait quelque chose de plus important?

Mi. Mais ne serait-ce pas le plus grand des sacrifices?

Dé. Cédez donc.

Esch. Ne faites pas tant de façons.

Dé. Allons, donnez votre parole.

Mi. Me laisserez-vous?

Esch. Non, tant que je n'aurai pas gain de cause.

Mi. Mais c'est de la violence.

Dé. Laissez-vous donc aller, mon frère.

Mi. C'est immoral, ridicule, absurde, contraire à mes goûts, je le sais; mais puisque vous y tenez tant, je me rends.

Esch. A la bonne heure. Vous méritez bien tout mon amour.

Dé. (à part.) Eh! mais, que vais-je demander encore, puisqu'on en passe par où je veux?

Mi. Eh bien, qu'y a-t-il encore?

Dé. Hégion, leur plus proche parent, devient notre allié; il est pauvre; nous devrions lui donner quelque chose.

Mi. Quoi donc?

Dé. Vous avez ici près au faubourg un petit coin de terre que vous louez à je ne sais qui; si nous lui en donnions la jouissance?

Mi. Un petit coin de terre, cela?

Dé. Mettons que c'est considérable; il n'en faut pas moins le lui donner. Il sert de père à la jeune femme; c'est un honnête homme; il est notre compère. Le cadeau sera bien placé. En un mot, je vous renvoie, mon frère, cette sage et belle maxime que vous me débitiez tantôt : *Nous autres vieillards, nous avons tous le défaut de tenir trop à l'argent.* Il nous faut éviter ce reproche. Rien de plus vrai; mettons donc le précepte en pratique.

Mi. A quoi bon tout ce discours? On donnera ce coin de terre, puisqu'Eschine le veut.

Esch. Mon père!

Dé. A présent vous êtes bien mon frère par le cœur comme par le sang.

Mi. J'en suis ravi.

Dé. (à part.) Je lui ai mis son couteau sur la gorge.

SCÈNE IX.

SYRUS, DÉMÉA, MICION, ESCHINE.

Syr. Vos ordres sont exécutés, Déméa.

Dé. Tu es un brave garçon. Je suis d'avis, ma foi, que Syrus a bien mérité aujourd'hui qu'on lui donne la liberté.

Mi. La liberté? à lui? Qu'a-t-il donc fait?

Dé. Bien des choses.

Syr. O mon bon monsieur, vous êtes par ma foi un digne homme. Je vous ai soigné ces deux enfants comme il faut depuis leur naissance; leçons, conseils, sages préceptes, je leur ai tout donné autant que possible.

Dé. Il y paraît. Et tu leur as appris sans doute aussi à faire le marché, à enlever des courtisanes, à fêtoyer en plein jour : ce sont là des services qu'on ne pourrait pas attendre du premier venu.

Syr. Le charmant homme!

Dé. Enfin, mon frère, c'est lui qui a poussé ce matin à l'achat de cette chanteuse, lui qui a conclu l'affaire. Il est juste de l'en récompenser; vos autres

---

Æs. Fac; promisi ego illis. *Mic.* Promisti autem? de te largior, puer.

De. Age, quid, si quid te majus orel? *Mic.* Quasi non hoc sit maxumum. 945

De. Da veniam. *Æs.* Ne gravare. *De.* Fac, promitte. *Mic.* Non omittitis?

Æs. Non, nisi te exorem. *Mic.* Vis est hæc quidem. *De.* Age prolixe, Micio.

Mic. Etsi hoc mihi pravum, ineptum, absurdum, atque alienum a vita mea

Videtur, si vos tantopere vultis, fiat. *Æs.* Bene facis.

Merito te amo. *De.* Verum quid ego dicam, hoc quum fit quod volo? 950

Mic. Quid nunc? quid restat? *De.* Hegio his est cognatus proxumus.

Adfinis nobis, pauper : bene nos aliquid facere illi decet.

Mic. Quid facere? *De.* Agelli est hic sub urbe paulum, quod locitas foras.

Huic demus, qui fruatur. *Mic.* Paulum id autem est? *De.* Si multum 'st, tamen

Faciundum est : pro patre huic est, bonus est, noster est, recte datur. 955

Postremo nunc meum illud verbum facio, quod tu, Micio,

Bene et sapienter dixti dudum : « Vitium commune omnium est,

Quod nimium ad rem in senecta attenti sumus : » hanc maculam nos decet

Effugere : dictum est vere, et re ipsa fieri oportet.

Mic. Quid istic? dabitur, quandoquidem hic vult. *Æs.* Mi pater. 960

De. Nunc tu mihi es germanus pariter animo ac corpore.

Mic. Gaudeo.

De. Suo sibi hunc gladio jugulo.

SCENA NONA.

SYRUS, DEMEA, MICIO, ÆSCHINUS.

Syr. Factum est quod jussisti, Demea.

De. Frugi homo es, ego ædepol hodie mea quidem sententia Judico Syrum fieri esse æquum liberum. *Mic.* Istunc liberum? 965

Quodnam ob factum? *De.* Multa. *Syr.* O noster Demea, ædepol vir bonus es.

Ego istos vobis usque a pueris curavi ambos sedulo :

Docui, monui, bene præcepi semper, quæ potui, omnia.

De. Res apparet : et quidem porro hæc, obsonare cum fide, Scortum adducere, apparare de die convivium : 970

Non mediocris hominis hæc sunt officia. *Syr.* O lepidum caput!

De. Postremo, hodie in psaltria hac emunda hic adjutor fuit

esclaves vous en serviront mieux. D'ailleurs Eschine le désire.

Mi. Tu le désires?

Esch. Oui, mon père.

Mi. Puisque tu le désires, allons, Syrus, viens ici, approche : tu es libre.

Syr. Merci. J'en rends grâce à tout le monde, mais à vous surtout, monsieur.

Dé. Je suis enchanté.

Esch. Et moi aussi.

Syr. Je vous crois. Plût aux dieux que mon bonheur fût complet, et que je visse ma femme Phrygia libre comme moi!

Dé. Une femme excellente.

Syr. Qui la première a présenté le sein aujourd'hui à l'enfant d'Eschine, votre petit-fils.

Dé. Ma foi, sérieusement, sur mon honneur, puisque c'est elle qui a allaité l'enfant, il est de toute justice qu'on lui donne la liberté.

Mi. Pour cela?

Dé. Certainement. Tenez, je vous rembourserai ce qu'elle vaut.

Syr. Ah! monsieur, puissent tous les dieux prévenir toujours vos moindres désirs!

Mi. Tu as fait une bonne journée, Syrus.

Dé. Oui, mon frère, si vous faites maintenant votre devoir, et que vous lui prêtiez de la main à la main un peu d'argent pour vivre; il vous le rendra bientôt.

Mi. Pas seulement cela. (*Il fait claquer ses doigts.*)

Esch. C'est un honnête garçon.

Syr. Je vous le rendrai, sur mon honneur; essayez de me prêter.

Esch. Allons, mon père.

Mi. Nous verrons tantôt.

Dé. Il le fera.

Syr. Que vous êtes bon!

Esch. O le plus aimable des pères!

Mi. (*à Déméa.*) Que signifie tout ceci, mon frère? Qui a pu opérer en vous un changement si soudain? Quelle lubie vous prend? D'où vous vient cette générosité si subite?

Dé. Je vais vous le dire. C'était pour vous prouver que, si l'on vous trouve indulgent et bon, ce n'est pas que vous ayez réellement ces qualités, ni que votre conduite soit raisonnable et sage, mais c'est parce que vous êtes complaisant, faible et prodigue, mon frère. Maintenant, Eschine, si ma façon de vivre vous déplaît, parce que je ne me prête pas à toutes vos fantaisies, justes ou non, je ferme les yeux; gaspillez, achetez, faites ce que vous voudrez. Si au contraire vous aimez mieux qu'on vous dirige, et qu'on vous reprenne toutes les fois que, grâce à l'inexpérience de votre âge, vous n'y verrez pas trop clair, que la passion vous emportera et que la prudence vous fera défaut; si vous voulez qu'on vous cède à l'occasion, me voici tout prêt à vous rendre ces services.

Esch. Ah! mon père, nous nous abandonnons à vous. Vous savez mieux que nous ce qu'il faut faire. Mais, mon frère, que décidez-vous à son égard?

Dé. Je lui passe sa chanteuse. Puisse-t-il s'en tenir là!

Mi. A la bonne heure. Messieurs, applaudissez.

Hic curavit : prodesse æquum 'st; alii meliores erunt.
Denique hic volt fieri. *Mic.* Vin' tu hoc fieri? *Æs.* Cupio.
Mic. Si quidem
Tu vis, Syre, eho accede huc ad me : liber esto. *Syr.* Bene
facis. 975
Omnibus gratiam habeo, et seorsum tibi præterea, Demea.
De. Gaudeo. *Æs.* Et ego. *Syr.* Credo : utinam hoc perpetuum fiat gaudium!
Phrygiam ut uxorem meam una mecum videam liberam.
De. Optumam quidem mulierem. *Syr.* Et quidem tuo nepoti
hujus filio
Hodie primam mammam dedit hæc. *De.* Hercle vero serio,
Si quidem prima dedit, haud dubium, quin emitti æquum
siet. 980
Mic. Ob eam rem? *De.* Ob eam : postremo a me argentum,
quanti est, sumito.
Syr. Di tibi, Demea, omnia omnes semper optata offerant.
Mic. Syre, processisti hodie pulchre. *De.* Si quidem porro,
Micio,
Tu tuum officium facies, atque huic aliquid paulum præ
manu 985
Dederis, unde utatur; reddet tibi cito. *Mic.* Istoc vilius.

Æs. Frugi homo est. *Syr.* Reddam hercle, da modo. *Æs.*
Age, pater. *Mic.* Post consulam.
De. Faciet. *Syr.* O vir optume. *Æs.* O pater mi festivissime!
Mic. Quid istuc? quæ res tam repente mores mutavit tuos?
Quod prolubium? quæ istæc subita est largitas? *De.* Dicam tibi : 990
Ut id ostenderem, quod te isti facilem et festivum putant,
Id non fieri ex vera vita, neque adeo ex æquo et bono;
Sed ex assentando atque indulgendo et largiendo, Micio.
Nunc adeo si ob eam rem vobis mea vita invisa, Æschine,
est,
Quia non justa injusta prorsus omnia omnino obsequor, 995
Missa facio : effundite, emite, facite quod vobis lubet.
Sed si id vultis potius, quæ vos propter adolescentiam
Minus videtis, magis impense cupitis, consulitis parum,
Hæc reprehendere et corrigere quem, obsecundare in loco :
Ecce me qui id faciam vobis. *Æs.* Tibi, pater, permitti-
mus. 1000
Plus scis, quid opus facto est : sed de fratre quid fiet?
De. Sino.
Habeat : in istac finem faciat. *Mic.* Istuc recte. Plaudite.

L'HÉCYRE.

NOMS DES PERSONNAGES.

LE PROLOGUE, Acteur chargé de réciter.
LACHÈS, père de Pamphile. De Ἔλαχον, je tire au sort. Nom qui emporte le sens de prédestiné.
SOSTRATE, mère de Pamphile. De σώζειν, sauver, et στρατός, armée. C'est le personnage de la belle-mère.
PAMPHILE, fils de Lachès et de Sostrate. De πᾶς et φίλος, chéri de tout le monde.
PHIDIPPE, père de Philumène. De φειδώ économie, et ἵππος, cheval. Parcimonieux pour son écurie. Homme d'habitudes sévères et frugales.
MYRRHINE, femme de Phidippe. De μυῤῥίνη, myrte. Parfum d'amour.
BACCHIS, courtisane, ancienne maîtresse de Pamphile. Adonnée au vin. L'idée que présente ce nom est le contrepied du caractère de Bacchis, qui a

de l'honnêteté et presque de la pudeur.
PHILOTIS. De φιλότης, amitié, ou φιλώτας, qui aime à écouter. Curieuse, fine oreille.
PARMÉNON, esclave de Sostrate. De παρὰ τῷ δεσπότῃ μένων; qui reste au côté de son maître (ironiquement); le personnage est toujours en course.
SOSIE, esclave de Pamphile. De σώζεσθαι, conserver; les esclaves étaient exempts des périls de la guerre.
SYRA, entremetteuse. Nom de pays; d'origine syrienne.

PERSONNAGES MUETS.

PHILUMÈNE, fille de Philippe et de Myrrhine, femme de Pamphile. De φιλουμένη, aimée.
SCIRTUS, petit esclave de Pamphile. De σκιρτός, sauteur. Nom d'un petit valet agile.
UNE NOURRICE.
SUIVANTES DE BACCHIS.

La scène est à Athènes.

ARGUMENT

DE L'HÉCYRE DE TÉRENCE,

PAR SULPICE APOLLINAIRE.

Pamphile a épousé Philumène : avant ce mariage, il

lui a fait violence un jour, sans la connaître, et arraché du doigt un anneau dont il a gratifié la courtisane Bacchis, sa maîtresse. Il est parti aussitôt après pour l'île d'Imbros, sans avoir de rapports avec sa femme. Cependant celle-ci se trouve grosse, et sa mère, pour cacher cette circonstance à la belle-mère, fait revenir sa fille chez elle, sous prétexte de maladie. Pamphile, de retour, surprend le secret de l'accouchement, et consent à le garder pour lui; mais il ne veut plus de sa femme : ce que son père impute à sa liaison avec Bacchis. Justification de cette dernière, au doigt de laquelle Myrrhine reconnaît l'anneau dérobé à sa fille. Pamphile reprend sa femme et son fils.

PREMIER PROLOGUE.

L'Hécyre (c'est le nom de cette comédie) a déjà fait son apparition devant vous; mais, chose étrange, elle a paru sous les plus fâcheux auspices; elle n'a pu être entendue ni jugée. Le public, captivé par les merveilles d'un acrobate, n'eut d'attention que pour lui. C'est donc par le fait une véritable nouveauté. L'auteur n'a pas voulu dans le temps laisser recommencer l'épreuve, afin de conserver le droit de vendre encore sa pièce. Vous en avez eu déjà de sa façon : daignez faire connaissance avec celle-ci.

DEUXIÈME PROLOGUE.

Vous voyez en moi l'orateur de la troupe, et,

HECYRA.

DRAMATIS PERSONÆ.

PROLOGUS, Actor qui recitat prologum. A πρὸ et λέγειν.
LACHES, senex, pater PAMPHILI. Ab Ἔλαχον, sortitus sum; quasi, cui statuta est et destinata sors.
SOSTRATA, mater PAMPHILI. A σώζειν, servare, et στρατός, exercitus. Hæc est HECYRA.
PAMPHILUS, filius LACHETIS et SOSTRATÆ. A πᾶς et φίλος, omnibus carus.
PHIDIPPUS, senex, pater PHILUMENÆ. A parsimonia equestri. A φειδώ, parsimonia, et ἵππος, equus; homo parcus et frugi.
MYRRHINA, mater PHILUMENÆ. A μυῤῥίνη, myrtus. Quasi, quæ amorem redolet.
BACCHIS, meretrix, amica PAMPHILI. A Βάχχος, vino dedita. (In hac tamen fabula modestam agit et probe verecundam Bacchis.
PHILOTIS. A φιλότης, amicitia.

Scena est Athenis.

Vel, ut vult Perletus, ἀπὸ τοῦ φιλώτας. In quo nomine, ait, videtur esse aurium significatio.
PARMENO, servus SOSTRATÆ. Παρὰ τῷ δεσπότῃ μένων, apud dominum manens.
SOSIA, servus PAMPHILI. A σώζεσθαι, servari, quod servi servantur in bello.
SYRA, anus, lena, Syriaci generis mulier.

PERSONÆ MUTÆ.

PHILUMENA, puella, PHIDIPPI filia et MYRRHINÆ, nupta Pamphilo. Quasi φιλουμένη, amata.
SCIRTUS, servulus PAMPHILI. Σκιρτός, saliens, a σκιρτᾶν, qui est expeditus et agilis. Fere similiter in nostra scena per jocum indiceretur servulus, nomine l'Éveillé.
NUTRIX.
ANCILLÆ BACCHIDIS.

C. SULPITII APOLLINARIS PERIOCHA

IN TERENTII HECYRAM.

Uxorem duxit Pamphilus Philumenam,
Cui quondam ignorans virgini vitium obtulit :

TÉRENCE.

Cujusque per vim quem detraxit annulum
Dederat amicæ Bacchidi meretriculæ.
Dein profectus in Imbrum est : nuptam haud attigit.
Hanc mater utero gravidam, ne id sciat socrus,
Ut ægram ad se transfert : revertit Pamphilus :
Deprehendit partum : celat : uxorem tamen
Recipere non vult ; pater incusat Bacchidis
Amorem. Dum se purgat Bacchis, annulum
Mater vitiatæ forte agnoscit Myrrhina.
Uxorem recipit Pamphilus cum filio.

PROLOGUS I.

Hecyra est huic nomen fabulæ : hæc quum data est
Nova, novum intervenit vitium et calamitas,
Ut neque spectari, neque cognosci potuerit.
Ita populus studio stupidus in funambulo
Animum occuparat : nunc hæc plane est pro nova ;   5
Et is qui scripsit hanc, ob eam rem noluit
Iterum referre, ut iterum posset vendere.
Alias cognostis ejus : quæso hanc noscite.

PROLOGUS II.

Orator ad vos venio ornatu Prologi :
Sinite, exorator sim, eodem ut jure uti senem   10
Liceat, quo jure sum usus adolescentior,
Novas qui exactas feci ut inveterascerent,
Ne cum poeta scriptura evanesceret.
In his, quas primum Cæcilii didici novas,
Partim sum earum exactus, partim vix steti.   15
Quia scibam dubiam fortunam esse scenicam,

sous couleur d'un prologue, c'est une requête que je vous présente. Puissiez-vous l'accueillir! Il ne s'agit que d'accorder à ma vieillesse un droit dont j'ai souvent usé dans mon jeune temps, le droit de faire rester à la scène telle pièce proscrite à sa naissance, et d'empêcher que l'œuvre ne meure avec l'auteur. Voyez les premières productions de Cécilius. Je n'en ai pas monté une seule qui ne soit tombée à plat, ou n'ait eu grand'peine à aller jusqu'au bout. Mais je savais qu'il n'est qu'heur et malheur au théâtre : aussi n'ai-je pas reculé devant un labeur où la peine était sûre et le profit bien incertain. J'ai remonté ces mêmes pièces avec un soin qui encouragea l'auteur à m'en confier d'autres, et tint sa verve en haleine. Eh bien, j'ai fini par le faire écouter du public. Une fois compris, il a plu ; et je vous ai rendu un poëte qu'une injuste cabale avait dégoûté du travail, de ses études favorites, et de l'art dramatique. Je n'avais qu'à faire fi de lui comme les autres, qu'à me ranger parmi ceux qui le décourageaient, qu'à lui conseiller de se croiser les bras et de renoncer au théâtre, je n'aurais que trop réussi; il n'eût plus écrit une seule ligne.

Ceci posé, j'arrive à ce qui me touche : veuillez m'écouter avec toute votre indulgence. Je vous présente de nouveau cette Hécyre, qui n'a pu parvenir encore à se faire écouter, tant la fatalité semble la poursuivre. Ce qu'il faut pour la soustraire à cette fatalité, c'est que votre attention intelligente seconde nos efforts. A la première représentation, à peine avions-nous commencé, qu'il survint un pugiliste en réputation, et, pour nous achever, l'annonce d'un danseur de corde. Chacun aussitôt de courir à ce spectacle; le bruit de la foule, les cris des femmes nous forcent à déguerpir avant la fin. Fidèle à mes anciennes habitudes, j'essaye une seconde représentation de la nouvelle pièce. Le premier acte réussit. Mais tout à coup le bruit se répand qu'on va donner des gladiateurs : adieu notre monde. On se pousse, on crie, on se bat pour être placé; au milieu de la bagarre, il nous faut encore quitter la place au plus vite. Aujourd'hui plus de désordre; partout du calme, du silence. Le moment est venu pour moi de prendre une revanche, et pour vous de relever la scène comique. Ne souffrez pas que le théâtre devienne la propriété de quelques auteurs, et faites que votre jugement soit la confirmation et la garantie du mien. Si vous ne m'avez jamais vu rabaisser l'art au niveau d'un sordide négoce, ni ambitionner d'autre prix de mes efforts que la satisfaction d'être agréé de vous, que j'obtienne une grâce en retour. Empêchez qu'un poëte qui a mis son talent sous ma protection, qui s'est placé lui-même sous votre sauvegarde, ne soit, contre toute justice, victime des manœuvres de ses ennemis. Pour l'amour de moi, prenez en main sa défense. Que votre attention à écouter sa pièce soit, pour lui, un encouragement à en composer d'autres, et pour moi, l'assurance qu'en traitant avec lui à l'avenir, je ne ferai pas de mauvais marchés.

ACTE PREMIER.

SCÈNE I.

PHILOTIS, SYRA.

Phil. Ah! ma chère Syra, nous devons bien peu compter sur la fidélité des hommes, nous autres. Vois Pamphile : que de fois n'a-t-il pas juré à Bacchis que jamais, elle vivante, femme légitime n'entrerait sous son toit? Et quels serments! il y avait de quoi persuader les plus incrédules. Eh bien! le voilà marié.

Sy. Aussi je te conseille bien d'être sans pitié pour les hommes. Il faut les piller, les gruger, les ruiner tout autant qu'on en rencontre.

Spe incerta, certum mihi laborem sustuli.
Easdem agere cœpi, ut ab eodem alias discerem
Novas, studiose, ne illum ab studio abducerem.
Perfeci ut spectarentur : ubi sunt cognitæ,   20
Placitæ sunt : ita poetam restitui in locum,
Prope jam remotum injuria adversariùm
Ab studio, atque ab labore, atque arte musica.
Quod si scriptorem sprevissem in præsentia,
Et in deterrendo voluissem operam sumere,   25
Ut in otio esset potius quam in negotio;
Deterruissem facile, ne alias scriberet.
Nunc quid petam mea causa æquo animo attendite
Hecyram ad vos refero, quam mihi per silentium
Nunquam agere licitum est; ita eam oppressit calamitas. 30
Eam calamitatem vestra intelligentia
Sedabit, si erit adjutrix nostræ industriæ.
Quum primum eam agere cœpi, pugilum gloria,
Funambuli eodem accessit exspectatio,
Comitum conventus, strepitus, clamor mulierum 35
Fecere, ut ante tempus exirem foras.
Vetere in nova cœpi uti consuetudine,
In experiundo ut essem : refero denuo.
Primo actu placeo, quum interea rumor venit,
Datum iri gladiatores; populus convolat;   40
Tumultuantur, clamant, pugnant de loco;
Ego interea meum non potui tutari locum.
Nunc turba non est, otium et silentium est;

Agendi tempus mihi datum est, vobis datur
Potestas condecorandi ludos scenicos.   45
Nolite sinere per vos artem musicam
Recidere ad paucos : facite ut vestra auctoritas
Meæ auctoritati fautrix adjutrixque sit.
Si nunquam avare pretium statui arti meæ,
Et eum esse quæstum, in animum induxi, maxumum, 50
Quam maxume servire vestris commodis :
Sinite impetrare me, qui in tutelam meam
Studium suum, et se in vestram commisit fidem,
Ne eum circumventum inique iniqui irrideant.
Mea causa causam accipite, et date silentium, 55
Ut lubeat scribere aliis, mihique ut discere
Novas expediat, posthac pretio emptas meo.

ACTUS PRIMUS.

SCENA PRIMA.

PHILOTIS, SYRA.

Ph. Per pol quam paucos reperias meretricibus
Fideles evenire amatores, Syra.
Vel hic Pamphilus jurabat quoties Bacchidi!   60
Quam sancte! ut quivis facile posset credere,
Nunquam illa viva ducturum uxorem domum.

Phil. Sans en excepter aucun?

Sy. Aucun. Car, avec toutes leurs cajoleries, il n'en est pas un (mets-toi bien cela dans la tête) qui ne songe à obtenir tes faveurs au meilleur marché possible. Et tu te ferais scrupule de leur tendre des piéges à ton tour?

Phil. A tous sans en excepter, ce serait conscience.

Sy. Conscience? D'user de représailles? de prendre ces gens-là au piége qu'ils ont dressé pour nous? Ah! que n'ai-je ton âge et ce minois-là, ou que n'as-tu mon expérience?

SCÈNE II.

PARMÉNON, PHILOTIS, SYRA.

Par. (*à Scirtus qui reste dans la maison.*) Si le patron me demande, tu diras que je suis allé au port m'informer du retour de Pamphile; s'il me demande, entends-tu, Scirtus? S'il ne me demande pas, ne dis rien : l'excuse me servira pour une autre fois. Mais n'est-ce pas cette chère Philotis? D'où nous revient-elle? Bonjour, Philotis.

Phil. Eh! bonjour, Parménon.

Sy. D'honneur, Parménon, je suis votre servante.

Par. Et moi, sur ma parole, je suis votre serviteur, Syra. (*à Philotis.*) Où êtes-vous donc allée vous amuser, la belle?

Phil. M'amuser? ah! bien, oui. J'ai passé ces deux ans à Corinthe avec un brutal de capitaine que j'ai eu sur le dos tout ce long temps, pour mon malheur.

Par. Je le crois; tu as dû souhaiter souvent de revoir Athènes, et te mordre les doigts de ton escapade.

Phil. Je ne puis te dire combien j'étais impatiente de planter là mon homme, pour venir vous rejoindre, et faire bonne chère comme autrefois avec vous en toute liberté. Là-bas on me comptait les paroles, et je ne pouvais ouvrir la bouche que sous son bon plaisir.

Par. C'était en vérité bien impertinent à un capitaine de vouloir fermer la bouche à une femme.

Phil. Mais qu'est-ce donc que cette histoire que Bacchis vient de me conter chez elle? je n'en reviens pas. Elle n'est pas morte, et Pamphile est marié?

Par. Marié! c'est-à-dire...

Phil. Qu'est-ce à dire? ne l'est-il pas?

Par. Si fait. Mais je ne crois pas que cela dure.

Phil. Le ciel t'entende, si Bacchis y trouve son compte! Mais comment veux-tu que je te croie? Voyons, Parménon, explique-toi.

Par. Il ne faut pas que cela se sache. Ainsi, trêve de questions.

Phil. Bah! tu te défies de ma discrétion. Je tiens à cette confidence : mais ne crois pas que ce soit pour en faire part à d'autres; je veux la garder tout entière pour moi.

Par. Tu as beau dire, je n'irai pas aventurer mon dos sur la foi de ton éloquence.

Phil. A ton aise. Mais tiens, Parménon, tu grilles de parler, plus que moi d'être instruite.

Par. (*à part*). Elle dit vrai. C'est là mon côté faible. (*haut.*) Promets-moi le secret, et je te dirai tout.

Phil. Le naturel l'emporte. Je te le promets. Voyons.

Par. Écoute bien.

Phil. J'y suis.

Par. Pamphile était plus que jamais épris de sa Bacchis, quand son père, un beau jour, s'en vint

---

Hem! duxit. *Sy.* Ergo propterea te sedulo
Et moneo et hortor, ne cujusquam misereat,
Quin spolies, mutiles, laceres, quemquam nacta sis.   65
Ph. Utin' eximium neminem habeam? *Sy.* Neminem.
Nam nemo illorum quisquam, scito, ad te venit,
Quin ita paret se, abs te ut blanditiis suis
Quam minimo pretio suam voluptatem expleat.
Hiscine tu, amabo, non contra insidiabere?   70
Ph. Tamen pol eamdem injurium est esse omnibus.
Sy. Injurium autem est ulcisci adversarios,
Aut qua via captent te illi, eadem ipsos capi?
Eheu, me miseram! cur non aut istæc mihi
Ætas et forma est, aut tibi hæc sententia?   75

SCENA SECUNDA.

PARMENO, PHILOTIS, SYRA.

Par. Senex si quæret me, modo isse dicito
Ad portum, percontatum adventum Pamphili.
Audin', quid dicam, Scirte? si quæret me, uti
Tum dicas; si non quæret, nullus dixeris,
Alias ut uti possim causa hac integra.   80
Sed video' ego Philotium? unde hæc advenit?
Philotis, salve multum. *Ph.* O salve, Parmeno.
Sy. Salve, mecastor, Parmeno. *Par.* Et tu ædepol, Syra.
Dic mihi, Philotis, ubi te oblectasti tam diu?
Ph. Minume equidem me oblectavi, quæ cum milite   85
Corinthum hinc sum profecta inhumanissimo,

Biennium ibi perpetuum misera illum tuli.
Par. Ædepol te desiderium Athenarum arbitror,
Philotium, cepisse sæpe, et te tuum
Consilium contempsisse. *Ph.* Non dici potest,   90
Quam cupida eram huc redeundi, abeundi a milite,
Vosque hic videndi, antiqua ut consuetudine
Agitarem inter vos libere convivium :
Nam illi haud licebat nisi præfinito loqui,
Quæ illi placerent. *Par.* Haud opinor, commode   95
Finem statuisse orationi militem.
Ph. Sed quid hoc negoti est? modo quæ narravit mihi
Hic intus Bacchis? quod ego nunquam credidi
Fore, ut ille hac viva posset animum inducere
Uxorem habere. *Par.* Habere autem? *Ph.* Eho tu! an non
    habet?   100
Par. Habet, sed firmæ hæc vereor ut sint nuptiæ.
Ph. Ita di deæque faxint, si in rem est Bacchidis.
Sed qui istuc credam ita esse, dic mihi, Parmeno.
Par. Non est opus prolato : hoc percontarier
Desiste. *Ph.* Nempe ea causa, ut ne id fiat palam.   105
Ita me di amabunt, haud propterea hoc te rogo,
Ut hoc proferam, sed ut tacita mecum gaudeam.
Par. Nunquam dices tam commode, ut tergum meum
Tuam in fidem committam. *Ph.* Ah, noli, Parmeno.
Quasi tu non multo malis narrare hoc mihi,   110
Quam ego, quæ percontor, scire. *Par.* Vera hæc prædicat,
Et illuc mihi vitium est maxumum : fidem mihi
Si das, te tacituram, dicam. *Ph.* Ad ingenium redis.
Fidem do : loquere. *Par.* Ausculta. *Ph.* Istic sum. *Par.*
    Hanc Bacchidem

12.

le prêcher à l'endroit du mariage; le tout, à grand renfort des lieux communs usités en pareil cas : Il se faisait vieux ; il n'avait que lui d'enfant; il lui fallait un soutien pour sa vieillesse. Pamphile commença bien par dire non ; mais l'insistance fut telle, qu'il en vint à hésiter entre le respect et l'amour. Bref, le bonhomme ne lui laissa ni paix ni trêve, qu'il ne l'eût fiancé à la fille d'un de nos voisins. Pamphile en passa par là d'assez bonne grâce ; mais le jour des noces venu, quand il vit que tout était prêt, qu'il n'y avait plus à reculer, qu'il fallait sauter le pas, ce fut un désespoir à apitoyer Bacchis elle-même, si Bacchis en eût été témoin. Dès qu'il put se trouver seul avec moi : Parménon, me dit-il, je suis perdu. Qu'ai-je fait? hélas ! Dans quel abîme me suis-je jeté? Je n'y résisterai pas. Je suis un homme mort, Parménon.

Phil. Maudit Lachès, avec ton importunité, que les dieux te...

Par. J'abrége mon récit. L'époux conduit chez lui la mariée. Mais cette nuit la belle put dormir tout à son aise, et la suivante également.

Phil. Allons donc! un jeune homme, après un repas de noces, rester de glace toute une nuit auprès d'une jeune fille ? Impossible ! tu te moques de nous.

Par. Tu n'en crois rien, et c'est tout simple. Quand on vient chez toi, on y vient pour tes beaux yeux. Mon maître ne s'était marié qu'en rechignant.

Phil. Et après, qu'arriva-t-il ?

Par. Quelques jours se passent. Pamphile me prend à part hors du logis, et me raconte comment, de son fait, la nouvelle mariée est encore fille. L'union ne lui avait paru tolérable qu'en deçà de la conclusion. Mais, ajouta-t-il, comme je suis décidé à me séparer d'elle, ce serait me manquer à moi-même et faire un tort irréparable à cette jeune personne

que d'abuser de mes droits, et de ne pas la rendre à ses parents telle que je l'ai reçue de leurs mains.

Phil. Ton Pamphile est un prodige d'honneur et de délicatesse.

Par. Je répugne, continua-t-il, à un éclat dont ma réputation aurait à souffrir. Renvoyer cette fille à qui je n'ai point de reproche à faire, ce serait une insulte gratuite. Mais je suppose qu'une fois bien convaincue qu'elle ne me sera jamais rien, elle prendra d'elle-même le parti de me quitter.

Phil. Et, en attendant, continuait-il ses visites chez Bacchis?

Par. Tous les jours. Mais, suivant l'usage, Bacchis ne manqua pas de se montrer tout à coup plus exigeante, et plus avare de ses bontés envers un amant qui n'était plus à elle sans partage.

Phil. C'est tout naturel.

Par. Eh! mais, c'est par cette conduite surtout qu'elle a détaché d'elle son amant. Pamphile compara sa maîtresse avec sa femme, et apprit à les mieux connaître l'une et l'autre. Il fut frappé de voir cette jeune personne, avec la modeste retenue d'une fille bien née, se résigner devant l'attitude glaciale, les injurieux dédains de son mari, et dévorer ses affronts en silence. Une tendre compassion se glissa dans son âme, en même temps que le ressentiment de ce qu'on lui faisait souffrir de l'autre côté. Finalement, son cœur, échappé des liens de Bacchis, vint se réfugier là où il trouvait sympathie.

Les choses en étaient à ce point, quand vint à mourir un vieux cousin que nous avions dans l'île d'Imbros. Sa succession revenait de droit à mes maîtres ; l'amoureux époux fut, en dépit de lui, dépêché sur les lieux par son père pour la recueillir. Il laissa sa femme à la garde de sa mère ; car notre barbon s'est comme enterré à la campagne, et à peine met-il les pieds ici.

Amabat, ut quum maxume, tum Pamphilus,   115
Quum pater, uxorem ut ducat, orare occipit,
Et hæc, communia omnium quæ sunt patrum,
Senem sese esse, dicere, illum autem esse unicum;
Præsidium velle se senectuti suæ.
Ille primo se negare; sed postquam acrius   120
Pater instat, fecit, animi ut incertus foret,
Pudorin', anne amori obsequeretur magis.
Tundendo atque odio denique effecit senex :
Despondit ei gnatam hujus vicini proxumi.
Usque illud visum est Pamphilo neutiquam grave ;   125
Donec jam in ipsis nuptiis, postquam videt
Paratas ; nec moram ullam, quin ducat, dari.
Ibi demum ita ægre tulit, ut ipsam Bacchidem,
Si adesset, credo, ibi ejus commiseresceret.
Ubicumque datum erat spatium solitudinis,   130
Ut colloqui mecum una posset : « Parmeno,
Perii : quid ego egi? in quod me conjeci malum?
Non potero ferre hoc, Parmeno : perii miser! »
Ph. At te di deæque cum tuo istoc odio, Laches.
Par. Ut ad pauca redeam, uxorem deducit domum.   135
Nocte illa prima virginem non attigit.
Quæ consecuta est nox eam, nihilo magis.
Ph. Quid ais? cum virgine una adolescens cubuerit
Plus potus, sese illa abstinere ut potuerit?
Non verisimile dicis, nec verum arbitror.   140
Par. Credo ita videri tibi : nam nemo ad te venit
Nisi cupiens tui; ille invitus illam duxerat.
Ph. Quid deinde fit ? *Par.* Diebus sane pauculis
Post, Pamphilusme solum seducit foras,

Narratque, ut virgo ab se integra etiam tum siet,   145
Seque ante, quam eam uxorem duxisset domum,
Sperasse, eas tolerare posse nuptias.
« Sed quam decrerim me non posse diutius
Habere, eam ludibrio haberi, Parmeno,
Quin integram itidem reddam, ut accepi ab suis,   150
Neque honestum mihi, neque utile ipsi virgini est. »
Ph. Pium ac pudicum ingenium narras Pamphili.
Par. « Hoc ego proferre, incommodum mi esse arbitror;
Reddi autem patri, cui tu nil dicas vitii,
Superbum est; sed illam spero, ubi cognoverit   155
Non posse se mecum esse, abituram denique. »
Ph. Quid? Interea ibatne ad Bacchidem? *Par.* Quotidie.
Sed, ut fit, postquam hunc alienum ab sese videt,
Maligna multo et magis procax facta illico est.
Ph. Non ædepol mirum. *Par.* Atque ea res multo maxume   160
Disjunxit illum ab illa; postquam et ipse se,
Et illam, et hanc quæ domi erat, cognovit satis,
Ad exemplum ambarum mores earum existumans.
Hæc, ita uti liberali esse ingenio decet,
Pudens, modesta; incommoda atque injurias   165
Viri omnes ferre, et tegere contumelias.
Hic, animus partim uxoris misericordia
Devinctus, partim victus hujus injuria,
Paulatim elapsu'st Bacchidi, atque huc transtulit
Amorem, postquam par ingenium nactus est.   170
Interea in Imbro moritur cognatus senex
Horunc' : ad hos ea rediit lege hereditas.
Eo amantem invitum Pamphilum extrudit pater.
Relinquit hic cum matre uxorem : nam senex

Phil. En quoi donc le mariage serait-il compromis?

Par. Tu vas voir. Les premiers jours, la belle-mère et la fille vécurent en bonne intelligence. Mais tout à coup la bru se prend d'une belle antipathie contre Sostrate. Et, ce qui est étrange, il n'y avait eu entre elles ni démêlé, ni explication.

Phil. Comment cela?

Par. Sostrate venait-elle pour causer, vite la jeune femme fuyait sa présence, et refusait de la voir. Enfin celle-ci, n'y pouvant plus tenir, feint que sa mère a besoin d'elle pour un sacrifice, et la voilà partie. Son absence se prolongeant, on l'invite à revenir. Elle prétexte alors je ne sais quelle excuse. On envoie une seconde fois, sans plus de succès. Comme les messages se multipliaient, on finit par répondre qu'elle est malade. Notre maîtresse se présente pour la voir; elle trouve aussitôt la porte fermée. Enfin le patron, instruit de ce qui se passait, est revenu hier de la campagne; à peine arrivé, il s'est rendu chez le père de Philumène. Que se sont-ils dit? Je n'en sais rien encore; mais je ne suis pas médiocrement intrigué de la manière dont tout ceci finira. Tu en sais maintenant autant que moi; je retourne à mes affaires.

Phil. Et moi aux miennes, car il y a un certain nouveau débarqué à qui j'ai donné rendez-vous.

Par. Le ciel te protège!

Phil. Adieu, Parménon.

Par. Porte-toi bien, ma belle.

ACTE DEUXIÈME.

SCÈNE I.

LACHÈS, SOSTRATE.

Lac. Grands dieux! quelle engeance que les femmes! Elles se sont donc donné le mot? En fait de goûts ou d'antipathies, vous n'en verrez pas une faire exception à l'instinct de l'espèce. Point de belle-mère que sa bru ne prenne en haine. Point de femme qui ne se fasse un plaisir de contrecarrer son mari, et qui n'y mette de l'amour-propre. Pour nous faire enrager, on les dirait toutes formées à la même école. Ah! si l'école existe, ma femme à coup sûr y est maîtresse.

Sost. Que je suis malheureuse! accusée, sans savoir de quoi.

Lac. Sans savoir de quoi?

Sost. Aussi vrai, mon cher Lachès, que j'attends des dieux protection, et la grâce de passer mes jours avec vous.

Lac. Les dieux m'en préservent!

Sost. Vous reconnaîtrez plus tard votre injustice.

Lac. Mon injustice! vraiment, comme si l'on pouvait être trop sévère pour une conduite comme la vôtre, qui déshonore mari, famille et vous-même? Vous faites le malheur de votre fils; vous nous aliénez cette famille qui nous est alliée, qui l'a honoré de son choix, qui lui a confié son enfant. Oui, tout ce mal c'est vous seule qui en êtes la cause, avec votre maudit caractère.

Sost. Moi?

Lac. Oui, vous, madame, qui me prenez apparem-

ACTUS SECUNDUS.

SCENA PRIMA.

LACHES, SOSTRATA.

La. Pro deum atque hominum fidem! quod hoc genus est? quæ hæc est conjuratio?
Utin' omnes mulieres eadem æque studeant, nolintque omnia?
Neque declinatam quidquam ab aliarum ingenio ullam reperias?   200
Itaque adeo uno animo omnes socrus oderunt nurus.
Viris esse advorsas, æque studium est, similis pertinacia 'st.
In eodemque omnes mihi videntur ludo doctæ ad malitiam; et
Ei ludo, si ullus est, magistram hanc esse satis certo scio.
So. Me miseram! quæ nunc, quamobrem accuser, nescio.
  La. Hem!   205
Tu nescis? *So.* Ita me di ament, mi Laches!
Itaque una inter nos agere ætatem liceat. *La.* Di mala prohibeant!
So. Meque abs te immerito esse accusatam, postmodo rescisces. *La.* Scio.
Te immerito? an quidquam pro istis factis dignum te dici potest,
Quæ me et te et familiam dedecoras, filio luctum paras? 210
Tum autem, ex amicis inimici ut sint nobis adfines, facis.
Qui illum decrerunt dignum, suos cui liberos committerent.
Tu sola exorere, quæ perturbes hæc, tua impudentia.
So. Egone? *La.* Tu, inquam, mulier, quæ me omnino lapidem, non hominem putas.
An, quia ruri esse crebro soleo, nescire arbitramini,   215

Rus abdidit se: huc raro in urbem commeat.   175
Ph. Quid adhuc habent infirmitatis nuptiæ?
Par. Nunc audies: primo hos dies complusculos
Bene conveniebat sane inter eas: interim
Miris modis odisse cœpit Sostratam;
Neque lites ullæ inter eas, postulatio   180
Nunquam. *Ph.* Quid igitur? *Par.* Si quando ad eam accesserat
Confabulatum, fugere e conspectu illico,
Videre nolle: denique, ubi non quit pati,
Simulat se ad matrem arcessi ad rem divinam; abiit.
Ubi illic dies est complures, arcessi jubet.   185
Dixere causam tum nescio quam: iterum jubet.
Nemo remisit: postquam arcessit sæpius,
Ægram esse simulat mulierem: nostra illico
It visere ad eam: admisit nemo: hoc ubi senex
Rescivit, heri ea causa rure huc advenit,   190
Patrem continuo convenit Philumenæ.
Quid egerit inter se, nondum etiam scio:
Nisi sane curæ est, quorsum eventurum hoc siet.
Habes omnem rem: pergam quo cœpi iter.
Ph. Et quidem ego: nam constitui cum quodam hospite 195
Me esse illum conventuram. *Par.* Di vortant bene
Quod agas. *Ph.* Vale. *Par.* Et tu bene vale, Philotium.

ment pour une borne, et non pour un homme. Est-
ce que vous vous figurez que parce que je vis à la
campagne, j'en suis moins au fait de votre conduite
à tous? Je sais mieux ce qui se passe ici que là où
j'habite; et j'ai mes raisons pour cela. Ne suis-je pas
en bon ou mauvais renom, suivant qu'on se gouverne chez moi bien ou mal? Il y a longtemps, je le
sais, que Philumène ne peut vous souffrir. Je n'en
suis pas surpris; c'est le contraire qui m'étonnerait.
Mais ce que je n'aurais jamais pensé, c'est que vous
lui feriez haïr toute la maison. Si je l'avais prévu,
elle serait ici, et c'est vous qui en seriez sortie.
Mais voyez, Sostrate, combien je devais peu m'attendre à de tels procédés. Je me suis relégué à la
campagne, je vous ai cédé la place et j'ai vécu d'é-
conomies, pour que notre fortune pût suffire à vos
dépenses et à votre oisiveté. On sait si je m'épargne
au travail; j'en prends plus que ne permet mon
âge. Ne devriez-vous pas, en retour, vous montrer
plus attentive à m'épargner des chagrins?

Sost. En vérité, il n'y a point là de ma volonté ni
de ma faute.

Lac. Impossible. Il n'y avait ici que vous: donc
vous seule êtes coupable, Sostrate. C'est bien le
moins que vous me répondiez de l'intérieur, quand
je vous tiens quitte de tout autre soin. N'avez-vous
pas honte, à votre âge, de vous quereller avec un
enfant? Vous allez me dire peut-être que c'est sa
faute?

Sost. Je ne dis pas cela, mon cher Lachès.

Lac. Tant mieux pour Pamphile; car pour ce
qui est de vous, un tort de plus ou de moins, ce
n'est pas une affaire.

Sost. Mais que savez-vous, mon ami, si cette
prétention de ne pouvoir vivre avec moi n'est pas un
petit manége pour rester plus de temps avec sa
mère?

Lac. Quelle idée! Est-ce que son refus de recevoir votre visite hier n'était pas significatif?

Sost. Elle était très-fatiguée, me dit-on; voilà
pourquoi je n'ai pas été admise.

Lac. M'est avis que son mal vient de votre humeur plus que de toute autre cause; et il y a de
quoi. Voilà comme vous êtes toutes: c'est à qui se
verra belle-mère. On trouve à vos fils des partis sor-
tables; et quand vous les avez poussés à prendre
femme, vous les poussez à chasser celle qu'ils ont
prise.

SCÈNE II.

PHIDIPPE, LACHÈS, SOSTRATE.

Phi. (*parlant à sa fille qui est dans la maison*).
Oui, Philumène, je sais que j'ai le droit de me faire
obéir; mais la tendresse du père l'emporte. Je n'insiste plus: faites-en à votre tête.

Lac. Voici Phidippe qui vient fort à propos. Je
vais savoir ce qui en est.(*à Phidippe.*) Tenez, Phidippe, je suis chez moi d'assez bonne composition;
mais toute ma complaisance pour les miens ne va
pas jusqu'à les gâter. Faites de même, nous nous en
trouverons mieux, et vous aussi. On vous mène
chez vous, à ce que je vois.

Phi. Ma foi, oui.

Lac. Nous avons eu hier un entretien au sujet de
votre fille, et je n'en suis pas plus avancé. Si vous
tenez à ce que notre union subsiste, ne cachez pas
ce que vous avez sur le cœur. Voyons. Avez-vous à
vous plaindre de nous? Dites-le franchement. On
s'expliquera ou on s'amendera, et vous serez juge
de tout. C'est peut-être en vue de sa santé que vous
retenez votre fille; mais n'est-ce pas me faire injure
que de craindre que chez moi les soins puissent lui
manquer? Par Jupiter! vous avez beau être son père,

Quo quisque pacto hic vitam vestrorum exigat?
Multo melius hic quæ fiunt, quam illic ubi assidue, scio.
Ideo, quia, ut vos mihi domi eritis, proinde ego ero fama
    foris.
Jampridem equidem audivi, cepisse odium tui Philumenam;
Minimeque adeo mirum, et, ni id fecisset, magis mirum
    foret.   220
Sed non credidi adeo, ut etiam totam hanc odisset domum.
Quod si scissem, illa hic maneret potius, tu hinc isses foras.
At vide, quam immerito ægritudo hæc oritur mi abs te,
    Sostrata.
Rus habitatum abii, concedens vobis, et rei serviens,
Sumtus vestros otiumque ut nostra res posset pati,   225
Meo labori haud parcens, præter æquum atque ætatem
    meam.
Non te pro his curasse rebus, ne quid ægre esset mihi?
So. Non mea opera, neque pol culpa evenit. *La.* Immo
    maxume.
Sola hic fuisti: in te omnis hæret culpa sola, Sostrata.
Quæ hic erant, curares, quum ego vos solvi curis cæteris. 230
Cum puella anum suscepisse inimicitias non pudet?
Illius dices culpa factum. *So.* Haud equidem dico, mi Laches.
La. Gaudeo, ita me di ament, gnati causa: nam de te qui-
    dem,
Satis scio, peccando detrimenti nil fieri potest.
So. Qui scis, an ea causa, mi vir, me odisse assimulaverit
Ut cum matre plus una esset? *La.* Quid ais? non signi hic
    sat est,   235
Quod heri nemo voluit visentem ad eam te intro admittere?
So. Enim lassam oppido tum esse aibant; eo ad eam non

admissa sum.
La. Tuos esse ego illi mores morbum magis, quam ullam
    aliam rem arbitror:
Et merito adeo; nam vostrarum nulla est, quin gnatum
    velit   240
Ducere uxorem; et quæ vobis placita est conditio, datur:
Ubi duxere impulsu vestro, vestro impulsu easdem exigunt.

SCENA SECUNDA.

PHIDIPPUS, LACHES, SOSTRATA.

Ph. Etsi scio ego, Philumena, meum jus esse, ut te cogam,
Quæ ego imperem facere; ego tamen patrio animo victus
    faciam,
Ut tibi concedam; neque tuæ libidini adversabor.   245
La. Atque eccum Phidippum optume video: ex hoc jam
    scibo, quid sit.
Phidippe, etsi ego meis me omnibus scio esse apprime ob-
    sequentem,
Sed non adeo, ut mea facilitas corrumpat illorum animos;
Quod tu si idem faceres, magis in rem et nostram et vos-
    tram id esset.
Nunc video in illorum esse te potestate. *Ph.* Hela vero! 250
La. Adii te heri de filia: ut veni, itidem incertum amisti.
Haud ita decet, si perpetuam vis esse adfinitatem hanc,
Celare te iras: si quid est peccatum a nobis, profer:
Aut ea refellendo, aut purgando vobis corrigemus,
Te judice ipso. Sin ea 'st retinendi causa apud vos,   255
Quia ægra est, te mi injuriam facere arbitror, Phidippe,
Si metuis, satis ut meæ domi curetur diligenter.

vous ne souhaitez pas son bien-être plus que moi, ne fût-ce que dans l'intérêt de mon fils, qui, j'en suis sûr, l'aime plus que lui-même. Je sais combien il serait peiné de tout ceci, s'il l'apprenait ; et c'est ce qui me fait insister si fort pour que sa femme soit rentrée au logis avant son retour.

Phi. Je sais, Lachès, que toute votre maison est aux petits soins et qu'on y est plein de bonté pour ma fille. Je ne doute aucunement de votre sincérité. Aussi, croyez bien que la revoir chez vous est tout ce que je désire, et que vous la verrez revenir si cela ne dépend que de moi.

Lac. Mais où donc est l'obstacle ? Se plaint-elle de son mari ?

Phi. Pas le moins du monde ; car lorsque j'ai voulu montrer les dents et la contraindre de rentrer au domicile conjugal, elle m'a juré, par tout ce qu'il y a de plus sacré, qu'en l'absence de votre fils la place n'était pas tenable pour elle. Chacun a ses défauts. Moi, je suis débonnaire par nature ; je n'ai pas la force de contrarier les miens.

Lac. Eh bien ! Sostrate ?

Sost. Ah ! je suis bien malheureuse !

Lac. (à *Phidippe.*) C'est donc un parti pris ?

Phi. Du moins pour le moment, suivant toute apparence. Ne désirez-vous rien de plus de moi ? j'ai affaire à la place.

Lac. J'y vais avec vous.

SCÈNE III.

SOSTRATE (*seule*).

Faut-il que les pauvres femmes soient ainsi victimes dans leur ménage ! Parce que quelques-unes

At ita me di ament, haud tibi hoc concedo, etsi illi pater es,
Ut tu illam salvam magis velis, quam ego ; id adeo gnati causa,
Quem ego intellexi illam haud minus, quam se ipsum, magnificare. 260
Neque adeo clam me est, quam esse eum laturum gravitar credam,
Hoc si rescierit : eo domum studeo hæc prius, quam ille, ut redeat.
Ph. Laches, et diligentiam vestram et benignitatem
Novi, et quæ dicis, omnia esse ut dicis, animum induco.
Et te hoc mihi cupio credere ; illam ad vos redire studeo, 265
Si facere possim ullo modo. *La.* Quæ res te facere id prohibet ?
Eho, num quidnam accusat virum ? *Ph.* Minume : nam postquam attendi
Magis, et vi cœpi cogere ut rediret, sancte adjurat,
Non posse apud vos Pamphilo se absente perdurare.
Aliud fortasse alii vitii est ; ego unim animo leni natus. 270
Non possum advorsari meis. *La.* Hem, Sostrata. *So.* Heu me miseram !
Lac. Certumne est istuc ? *Ph.* Nunc quidem, ut videtur ; sed num quid vis ?
Nam est, quod me transire ad forum jam oportet. *La.* Eo tecum una.

SCENA TERTIA.

SOSTRATA.

Ædepol næ nos sumus inique æque omnes invisæ viris,
Propter paucas, quæ omnes faciunt dignæ ut videamur malo. 275
Nam ita me di ament ! quod me accusat nunc vir, sum extra noxiam.

---

de nous auront mal agi, nous voilà toutes également suspectes. Le ciel m'est témoin que je suis innocente de tout ce que mon mari m'impute. Mais comment me justifier ? ils sont si prévenus contre toutes les belles-mères ! Certes, ce n'est pas moi qui l'ai mérité. Jamais je n'ai traité ma bru que comme ma propre fille, et je ne comprends rien à son aversion. Ah ! que j'ai de raison de souhaiter le retour de mon fils !

ACTE TROISIÈME.

SCÈNE I.

PAMPHILE, PARMÉNON, MYRRHINE (*qui ne paraît pas*).

Pam. Non, personne ne fut jamais plus malheureux en amour que moi. Et voilà la vie dont j'ai marchandé le sacrifice ? voilà ce qui m'était réservé, à ce retour que j'ai tant hâté de mes vœux ? Ah ! qu'il eût mieux valu finir mes jours loin du toit domestique, que d'y rentrer pour apprendre que je suis le plus infortuné des mortels ! Pour tous ceux que le malheur attend, un répit, quel qu'il soit, à la fatale annonce est autant de gagné.

Par. Votre retour est le moyen d'en finir, au contraire. Sans vous, ces brouilleries n'auraient fait qu'aller de mal en pis. Moi, je ne doute pas que votre présence ne leur impose à toutes deux une certaine réserve. Vous allez vous faire rendre compte de la querelle, pacifier les esprits, rétablir la bonne harmonie. Vous vous faites un monstre de tout ceci ; ce n'est réellement qu'une bagatelle.

Sed non facile est expurgatu : ita animum induxerunt, socrus
Omnes esse iniquas : haud pol me quidem : nam nunquam secus
Habui illam, ac si ex me esset nata ; nec, qui hoc mi eveniat, scio,
Nisi pol filium multimodis jam expeto, ut redeat domum. 280

ACTUS TERTIUS.

SCENA PRIMA.

PAMPHILUS, PARMENO, MYRRHINA.

Pam. Nemini plura ego acerba esse credo ex amore homini unquam oblata,
Quam mihi : heu me infelicem ! hanccine ego vitam parsi perdere ?
Haccine causa ego eram tantopere cupidus redeundi domum ?
Cui quanto fuerat præstabilius ubivis gentium agere ætatem,
Quam huc redire, atque hæc ita esse, miserum me resciscere ! 255
Nam omnibus nobis, quibus est alicunde aliquis objectus labos,
Omne quod est interea tempus, priusquam id rescitum 'st, lucro 'st.
Par. At sic citius, qui te expedias his ærumnis, reperias.
Si non rediisses, hæ iræ factæ essent multo ampliores ;
Sed nunc adventum tuum ambas, Pamphile, scio reverituras. 290
Rem cognosces, iram expedies, rursum in gratiam restitues.

Pam. Laisse là tes consolations. Il n'y a pas d'homme plus malheureux au monde. Quand il a fallu me marier, mes affections étaient ailleurs. Je n'ai pas besoin de te rappeler avec quel désespoir je subis, n'osant le refuser, le parti que m'imposait mon père. A peine mon cœur, dégagé de ses premiers liens, commence-t-il à reconnaître un autre empire, qu'un nouvel assaut menace cette naissante union. Entre une épouse et une mère il me faut trouver une coupable, et cette triste alternative ne me laisse d'autre parti que de souffrir ; car le devoir veut que je passe sur les torts de ma mère. Et ma femme cependant, que ne lui dois-je pas ? Sa résignation a été si touchante ; elle a si bien su garder pour elle ses affronts ! Ah ! Parménon, ce n'est qu'une cause bien grave qui a pu faire naître entre elles une antipathie si profonde et si obstinée.

Par. Il faut qu'il y ait quelque chose. Mais, à vrai dire, les plus grandes brouilleries ne viennent pas toujours des plus grandes injures. Où l'un reste indifférent, un autre plus susceptible se fâche à tout jamais. La guerre se met entre les enfants pour les moindres bagatelles. Et pourquoi ? parce qu'il y a peu de raison dans ces têtes-là. En fait de raison, c'est presque un enfant que la femme. Vous verrez qu'il n'aura fallu qu'un mot pour amener cette grande querelle.

Pam. (*montrant la maison de Phidippe.*) Entre, Parménon, et va leur annoncer mon retour.

Par. (*écoutant près de la porte.*) Ho ! ho ! que se passe-t-il là-dedans ?

Pam. (*approchant.*) Paix ! il semble qu'on s'agite. On va et vient précipitamment.

Par. Approchez plus près. Avez-vous entendu ?

Pam. Tais-toi donc. Grands dieux! on a jeté un cri.

Par. Tais-toi, dites-vous ? Et c'est vous qui parlez.

Myr. (*dans la maison à Philumène.*) Retiens tes cris, mon enfant, de grâce !

Pam. C'est la voix de ma belle-mère. Je suis anéanti.

Par. Qu'y a-t-il ?

Pam. Je ne me soutiens plus.

Par. Qu'avez-vous donc ?

Pam. Ah ! Parménon ! il est arrivé quelque malheur que tu me caches, j'en suis sûr.

Par. On m'a bien dit que votre femme avait quelque chose ; mais je ne sais trop ce qui en est.

Pam. Malheureux ! que ne m'en as-tu parlé ?

Par. Je ne pouvais pas tout dire à la fois.

Pam. Quel est son mal ?

Par. Je l'ignore.

Pam. Mais a-t-on fait venir un médecin ?

Par. Je ne sais.

Pam. Qui me retient ? Pourquoi ne pas aller moi-même m'en éclaircir ? O ma Philumène, dans quel état vais-je te trouver ? Il y va de ma vie, pour peu que la tienne soit en danger. (*Il entre.*)

Par. (*seul.*) Je ne vois pas la nécessité de le suivre. Tout ce qui vient de chez nous est là trop mal reçu. Sostrate hier a trouvé la porte close. Et si (ce qu'aux dieux ne plaise pour mon pauvre maître) le mal venait à empirer, ils seraient gens à dire : « Ce valet de Sostrate est rentré à la maison ; « il nous a porté malheur. C'est ce qui fait que la « maladie s'aggrave. » Puis on ne manquerait pas de s'en prendre à ma maîtresse, et de me faire un mauvais parti.

Levia sunt hæc, quæ tu pergravia esse in animum induxti tuum.
Pam. Quid consolare me? an quisquam usquam gentium'st æque miser?
Prius quam hanc uxorem duxi, habebam alibi animum amori deditum ;
Jam in hac re ut taceam, cuivis facile est scitu, quam fuerim miser? 295
Tamen nunquam ausus sum recusare eam, quam mi obtrudit pater.
Vix ex illinc abstraxi, atque impeditum in ea expedivi animum meum,
Vixque huc contuleram, hem ! nova res orta 'st, porro ab hac quæ me abstrahat.
Tum matrem ex ea re, aut uxorem in culpa inventurum, arbitror.
Quod quum ita esse invenero, quid restat, nisi porro ut fiam miser? 300
Nam matris ferre injurias me, Parmeno, pietas jubet.
Tum uxori obnoxius sum : ita olim suo me ingenio pertulit,
Tot meas injurias, quæ nunquam nullo patefecit loco.
Sed magnum nescio quid necesse est evenisse, Parmeno,
Unde ira inter eas intercessit, quæ tam permansit diu. 305
Par. Haud quidem hercle parvum ; si vis vero veram rationem exsequi,
Non maxumas, quæ maxumæ sunt interdum iræ, injurias
Faciunt : nam sæpe, quibus in rebus alius ne iratus quidem est,
Quum de eadem causa est iracundus factus inimicissimus.
Pueri inter sese quas pro levibus noxiis iras gerunt ! 310
Quapropter? quia enim qui eos gubernat animus infirmum gerunt.
Itidem illæ mulieres sunt, ferme ut pueri, levi sententia,

Fortasse unum aliquod verbum inter eas iram hanc conciverit.
Pam. Abi, Parmeno, intro, ac me venisse nuntia. *Par.* Hem, quid hoc est? *Pam.* Tace.
Trepidari sentio, et cursari rursum prorsum. *Par.* Agedum, ad fores 315
Accede propius : hem! sensistin'? *Pam.* Noli fabularier.
Pro Jupiter! clamorem audio : *Par.* Tute loqueris, me vetas.
Myr. Tace, obsecro, mea gnata. *Pam.* Matris vox visa 'st Philumenæ.
Nullus sum. *Par.* Qui dum? *Pam.* Perii! *Par.* Quamobrem? *Pam.* Nescio quod magnum malum
Profecto, Parmeno, me celas. *Par.* Uxorem Philumenam 320
Pavitare nescio quid dixerunt : id si forte est nescio.
Pam. Interii! cur mihi id non dixti? *Par.* Quia non poteram una omnia.
Pam. Quid morbi est? *Par.* Nescio. *Pam.* Quid? nemon' medicum adduxit? *Par.* Nescio.
Pam. Cesso hinc ire intro, ut hoc quam primum, quidquid est, certum sciam?
Quonam modo, Philumena mea, nunc te offendam affectam? 325
Nam si periclum in te ullum inest, perisse me una haud dubium 'st.
Par. Non usus facto est mihi nunc hunc intro sequi.
Nam invisos omnes nos esse illis sentio.
Heri nemo voluit Sostratam intromittere.
Si forte morbus amplior factus siet, 330
(Quod sane nolim, maxume heri causa mei !)
Servum illico introiisse dicent Sostratæ,
Aliquid tulisse comminiscentur mali,
Capiti atque ætati illorum morbus qui auctus sit.
Hera in crimen veniet, ego vero in magnum malum. 335

SCÈNE II.

SOSTRATE, PARMÉNON, PAMPHILE.

Sos. Il y a dans ce logis une agitation singulière. Voilà déjà longtemps que je le remarque. Je crains que Philumène ne soit plus mal. Divin Esculape, et vous, déesse Salus, détournez de nous un grand malheur! Il faut que je voie ma belle-fille.

Par. N'en faites rien, Sostrate.

Sos. Qu'est-ce?

Par. On va encore vous fermer la porte au nez.

Sos. Ah! c'est toi, Parménon? Tu étais là? Que je suis malheureuse! Que faire? La femme de mon fils est là malade, à ma porte, et je ne puis la voir.

Par. N'y allez pas, croyez-moi; n'y envoyez même pas. Aimer qui ne nous aime point, c'est une double sottise. On en est pour sa peine, et l'on gêne les gens. D'ailleurs, votre fils vient d'y entrer en arrivant. Il va savoir à quoi s'en tenir.

Sos. Que dis-tu? Pamphile est de retour?

Par. Sans doute.

Sos. Les dieux en soient loués! Ah! ce seul mot me rend la vie Je n'ai plus de chagrin.

Par. C'est le motif surtout qui m'a fait vous retenir. Pour peu qu'il y ait du mieux, Philumène, dans le tête-à-tête, ne manquera pas de lui conter ce qui s'est passé entre vous, et ce qui cause votre mésintelligence. Tenez, le voilà qui sort. Comme il a l'air triste!

Sos. Ah! mon cher fils.

Pam. Bonjour, ma mère.

Sos. Quel bonheur de te voir bien portant! Comment va Philumène?

Pam. Un peu mieux.

Sos. Le ciel en soit béni! Mais pourquoi donc ces larmes et cet air abattu?

Pam. Ce n'est rien, ma mère.

Sos. D'où venait ce bruit, dis-moi? Est-ce qu'il est survenu quelque accès?

Pam. Oui, un accès.

Sos. Quel est son mal?

Pam. La fièvre.

Sos. Fièvre continue?

Pam. On le dit. Rentrez, je vous prie, ma mère Dans l'instant je vous suis.

Sos. Allons. (*elle rentre.*)

Pam. Toi, Parménon, va au devant de mes gens. Tu les aideras à porter le bagage.

Par. Est-ce qu'ils ne savent pas le chemin?

Pam. Va donc.

(*Parménon sort.*)

SCÈNE III.

PAMPHILE (*seul*).

Je ne sais où j'en suis. Par où commencer? En quels termes exprimer cette affreuse surprise? Comment dire ce que mes yeux ont vu, ce que mes oreilles ont entendu, ce qui m'a décidé à fuir, plus mort que vif, cette maison? J'étais entré tout tremblant, tout inquiet de la santé de Philumène. Hélas! que j'étais loin de soupçonner son mal! A peine m'a-t-on vu, qu'un cri de joie échappe aux servantes: Le voilà! C'était un premier mouvement de surprise. Mais tout à coup je vois changer les figures. Il est clair que ma présence déconcerte tout le monde. L'une d'elles court avertir sa maîtresse. Dans mon impatience, je la suis; j'entre. Un coup d'œil m'a tout révélé. On n'avait pas le temps de me cacher ma femme; et d'ailleurs ses plaintes

---

SCENA SECUNDA.

SOSTRATA, PARMENO, PAMPHILUS.

So. Nescio quid jam dudum audio hic tumultuari misera.
Male metuo, ne Philumenæ magis morbus adgravescat;
Quod te, Æsculapi, et te Salus, ne quid sit hujus, oro.
Nunc ad eam visam. *Par.* Heus, Sostrata. *So.* Ehem? *Par.*
Iterum istinc excludere.

So. Ehem, Parmeno, tun' hic eras? perii! quid faciam mi-   340
sera?
Non visam uxorem Pamphili, quum in proximo hic sit ægra?
Par. Non visas; ne mittas quidem visendi causa quemquam.
Nam qui amat, cui odio ipsus est, bis facere stulte duco.
Laborem inanem ipsus capit, et illi molestiam adfert.
Tum filius tuus introiit videre, ut venit, quid agat.   345
So. Quid ais? an venit Pamphilus? *Par.* Venit. *So.* Dis
gratiam habeo.
Hem, istoc verbo animus mi rediit, et cura ex corde exces-
sit.
Par. Jam ea de causa maxume nunc huc introire nolo.
Nam si remittent quippiam Philumenæ dolores,
Omnem rem narrabit, scio, continuo sola soli,   350
Quæ inter vos intervenit, unde ortum est initium iræ.
Atque eccum video ipsum egredi: quam tristis est! *So.* O
mi gnate!
Pam. Mea mater, salve. *So.* Gaudeo venisse salvum: sal-
van'
Philumena est? *Pam.* Meliuscula est. *So.* Utinam istuc ita
di faxint!

Quid tu igitur lacrumas? aut quid es tam tristis? *Pam.*
Recte, mater.   355
So. Quid fuit tumulti? dic mihi, an dolor repente invasit?
Pam. Ita factum 'st. *So.* Quid morbi est? *Pam.* Febris.
So. Quotidiana? *Pam.* Ita aiunt.
I, sodes, intro; consequar jam te, mea mater. *So.* Fiat.
Pam. Tu pueris curre, Parmeno, obviam, atque eis onera
adjuta.
Par. Quid? non sciunt ipsi viam, domum qua redeant?
Pam. Cessas?   360

SCENA TERTIA.

PAMPHILUS.

Nequeo mearum rerum initium ullum invenire idoneum,
Unde exordiar narrare, quæ nec opinanti accidunt:
Partim quæ perspexi his oculis, partim quæ accepi auribus,
Qua me propter exanimatum citius eduxi foras.
Nam modo intro ut me corripui timidus, alio suspicans   365
Morbo me visurum adfectam ac sensi uxorem esse: hei mihi!
Postquam me adspexere ancillæ advenisse, illico omnes simul
Lætæ exclamant: « Venit; » id quod derepente adspexerant.
Sed continuo voltum earum sensi immutari omnium,
Quia tam incommode illis fors obtulerat adventum meum.
Una illarum interea propere præcurrit, nuntians   371
Me venisse; ego ejus videndi cupidus recta consequor.
Postquam intro adveni, extemplo ejus morbum cognovi
miser.
Nam neque, ut celari posset tempus spatium ullum dabat,

seules avaient un accent qui ne trahissait que trop le fatal mystère. Je m'écrie : C'est infâme! et je m'élance hors de l'appartement, les larmes aux yeux, dans un trouble inouï, inexprimable. La mère vole sur mes pas, me rejoint sur le seuil. La malheureuse se jette à mes genoux en pleurant. J'en eus pitié : tant il est vrai que nous sommes tous forts ou faibles, suivant l'impression du moment. Voici les paroles qu'elle m'adresse : « Vous savez maintenant, cher Pamphile, ce qui a chassé votre femme « de chez vous. La pauvre enfant a été outragée avant « son mariage par je ne sais quel misérable. Elle « est venue chercher refuge ici, pour cacher sa honte « à vous et à tout le monde. » — Je pleure malgré moi, rien qu'au souvenir de ses déchirantes prières. « Par le sort, reprit-elle, par le sort fatal ou propice, qui vous a rendu témoin de notre disgrâce, « nous vous conjurons, ma fille et moi, si nous en « avons le droit encore, de garder le silence sur un « pareil malheur, et de faire en sorte qu'il soit ignoré « de tous. Si jamais sa tendresse ne put vous toucher, « mon cher Pamphile, ne lui enlevez pas la triste « satisfaction qu'elle implore de vous. Quant à la reprendre ou non, vous en déciderez comme vous « le jugerez à propos. Vous seul savez qu'elle est « devenue mère, et que l'enfant est de vous. « Car vos froideurs pour elle ont duré, dit-on, les « deux premiers mois, et il n'y en a que sept que « vous êtes mariés. Je ne vous apprends rien, à ce « que je vois. Je voudrais encore, mon cher Pamphile., et pour cela il n'est rien que je ne fasse, « cacher, s'il se peut, cet accouchement à son père, « comme à tout le monde. Si je n'y puis parvenir, « je dirai qu'elle est accouchée avant terme. Personne n'ira soupçonner, contre toute vraisem-

blance, que l'enfant ne soit pas de vous. Aussitôt « né, on l'exposera. Ainsi tout est sauvé en ce qui « vous concerne. Et vous aurez arraché au dés- « honneur une pauvre créature innocente. » J'ai promis, je tiendrai parole. Quant à la reprendre, je ne le puis avec honneur; non, je ne le puis, en dépit de ce que je sens encore de tendresse pour elle, et du bonheur que je trouvais près d'elle. Ah! je ne puis retenir mes larmes en songeant à la triste existence, à la cruelle solitude qui m'attend. O Fortune, que tes faveurs durent peu! Mais quoi? ce n'est pas ma première épreuve. Une fois déjà ma raison a triomphé; elle saura prendre encore le dessus. Voici Parménon qui revient avec mes gens. Sa présence ici n'est rien moins que nécessaire. Il est le seul à qui j'aie confié dans le temps le secret de mes froideurs pour ma femme : je craindrais qu'en entendant ses cris il n'en devinât la cause. Il faut que je l'éloigne jusqu'à ce que tout soit terminé.

SCÈNE IV.

PARMÉNON, SOSIE, PAMPHILE (à part).

Par. (à Sosie.) Ainsi tu n'as pas eu toutes tes aises dans cette traversée?

Sos. Ah! Parménon, il n'y a pas de mots pour exprimer ce qu'on souffre dans une navigation.

Par. En vérité?

Sos. Heureux mortel! tu n'as pas idée de ce que tu as évité de maux, toi qui n'as jamais mis le pied sur la mer. Sans parler du reste, que dis-tu de ceci? se voir trente jours et plus ballotté sur un vaisseau, et attendre à chaque instant la mort, tant le vent n'a cessé de nous être contraire!

Neque voce alia, ac res monebat, ipsa poterat conqueri. 375
Postquam adspexi, « O facinus indignum! » inquam, et
    corripui illico
Me inde lacrumans, incredibili re atque atroci percitus.
Mater consequitur : jam ut limen exirem, ad genua accidit
Lacrumans misera : miseritum est : profecto hoc sic est, ut
    puto;
Omnibus nobis ut res dant sese, ita magni atque humiles
    sumus.   380
Hanc habere orationem mecum principio instituit :
« O mi Pamphile, abs te quamobrem hæc abierit, causam
    vides.
Nam vitium est oblatum virgini olim ab nescio quo im-
    probo.
Nunc huc confugit, te atque alios partum ut celaret suum. »
Sed quum orata ejus reminiscor, nequeo quin lacrumem
    miser.   385
« Quæque fors fortuna est, inquit, nobis quæ te hodie ob-
    tulit,
Per eam te obsecramus ambæ, si jus, si fas est, uti
Adversa ejus per te tecta tacitaque apud omnes sient.
Si unquam erga te animo esse amico sensti eam, mi Pam-
    phile;
Sine labore hanc gratiam te, ut sibi des, illa nunc rogat. 390
Cæterum de reducenda id facias, quod in rem sit tuam.
Parturire eam, neque gravidam esse ex te solus conscius.
Nam aiunt tecum post duobus concubuisse eam mensibus.
Tum, postquam ad te venit, mensis agitur hic jam septimus;
Quod te scire, ipsa indicat res : nunc, si potis est, Pamphile, 395
Maxume volo doque operam, ut clam eveniat partus pa-
    trem,   396
Atque adeo omnes : sed si id fieri non potest, quin sentiant,
Dicam, abortum esse; scio, nemini aliter suspectum fore,

Quin, quod verisimile est, ex te recte eum natum putent.
Continuo exponetur : hic tibi nihil est quidquam incom-
    modi,   400
Et illi miseræ indigne factam injuriam contexeris. »
Pollicitus sum, et servare in eo certum 'st, quod dixi, fidem.
Nam de reducenda, id vero neutiquam honestum esse arbi-
    tror,
Nec faciam, etsi amor me graviter consuetudoque ejus te-
    net.
Lacrumo, quæ posthac futura 'st vita, quum in mentem
    venit,   405
Solitudoque : o Fortuna, ut nunquam perpetua es data!
Sed jam prior amor me ad hanc rem exercitatum reddidit.
Quem ego tum consilio missum feci, idem nunc huic operam
    dabo.
Adest Parmeno cum pueris : hunc minime 'st opus
In hac re adesse : nam olim soli credidi,   410
Ea me abstinuisse in principio, quum data est.
Vereor, si clamorem ejus hic crebro exaudiat,
Ne parturire intelligat : aliquo mihi est
Hinc ablegandus, dum parit Philumena.

SCENA QUARTA.

PARMENO, SOSIA, PAMPHILUS.

Par. Ain' tu, tibi hoc incommodum evenisse iter?   415
So. Non hercle verbis, Parmeno, dici potest
Tantum, quam re ipsa navigare incommodum 'st.
Par. Itane est? *So.* O fortunate! nescis quid mali
Prætereris, qui nunquam es ingressus mare.
Nam alias ut omittam miserias, unam hanc vide :
Dies triginta aut plus eo in navi fui,

Par. C'est fort déplaisant.

Sos. J'en ai tâté. Vois-tu, s'il fallait y retourner, j'aimerais mieux, sur ma foi, prendre la clef des champs.

Par. Jadis il n'en fallait pas tant, mon vieux Sosie, pour te faire prendre ce grand parti dont tu nous menaces. Mais j'aperçois Pamphile devant cette porte. Entrez au logis, vous autres. Je vais voir s'il a besoin de moi. (*A Pamphile*) Encore ici, mon maître?

Pam. Je t'attendais.

Par. De quoi s'agit-il?

Pam. De courir vite à la citadelle.

Par. Qui?

Pam. Toi.

Par. A la citadelle? Et pourquoi?

Pam. Tu y trouveras Callidémide, mon hôte de Mycone, qui a fait la traversée avec moi.

Par. (*à part*) Allons, c'est fait de moi. On dirait qu'il a fait vœu, pour arriver à bon port, de me faire crever à force de courir.

Pam. Tu es encore là?

Par. Que lui dirai-je? Suffit-il de le voir?

Pam. Non. Tu lui diras que je ne puis aller au rendez-vous que nous avons pris pour aujourd'hui, et qu'il ne compte pas sur moi. Dépêche.

Par. Mais je n'ai jamais vu sa figure.

Pam. Voici son signalement. Grand, gros, le teint rouge, les cheveux crépus, les yeux bleus, la mine d'un déterré.

Par. (*bas*). Que les dieux le confondent! (*haut*) Et s'il n'est pas là, est-ce qu'il faudra rester tout le jour à l'attendre?

Pam. Oui. Cours.

Par. Impossible; je suis harrassé. (*Il sort.*)

Pam. Enfin le voilà parti. Hélas! que faire? Comment tenir ma promesse à Myrrhine, et ca-

cher la honte de sa fille? Pauvre femme! je la plains. Je ferai pour elle ce que je pourrai, sans manquer à mes devoirs de fils. Ma mère d'abord et avant tout, l'amour après. Allons, voici Phidippe avec mon père. Ils viennent de ce côté. Je ne sais vraiment que leur dire.

SCÈNE V.

LACHÈS, PHIDIPPE, PAMPHILE.

Lac. Ne m'avez-vous pas dit tantôt que la jeune femme n'attendait que le retour de mon fils pour rentrer chez nous?

Phi. En effet.

Lac. Il est arrivé, dit-on; qu'elle revienne donc.

Pam. (*à part.*) Quel prétexte donner à mon père pour refuser de la recevoir?

Lac. Qui parle là?

Pam. J'ai pris ma résolution; elle est irrévocable.

Lac. Voilà précisément l'homme en question.

Pam. Bonjour, mon père.

Lac. Bonjour, mon fils.

Phi. Mon cher Pamphile, je suis charmé de vous revoir, et, qui plus est, de vous revoir bien portant.

Pam. J'en suis persuadé.

Lac. Tu arrives?

Pam. A l'instant.

Lac. Ah! çà, combien nous a laissé le cousin Phania?

Pam. Le cousin était de ceux qui ne se refusent rien; et les gens de cette trempe ne travaillent guère pour leurs héritiers. Mais il y a cette justice à leur rendre, qu'ils ont bien vécu tant qu'ils ont vécu.

Lac. C'est tout ce que tu as rapporté de sa succession? Une sentence?

Pam. Si chétif que soit l'héritage, c'est toujours bon à prendre.

Quum interea semper mortem exspectabam miser,
Ita usque adversa tempestate usi sumus.
Par. Odiosum! *So.* Haud clam me est : denique hercle aufugerim
Potius quam redeam, si eo mi redeundum sciam. 425
Par. Olim quidem te causæ impellebant leves,
Quod nunc minitare facere, ut faceres, Sosia.
Sed Pamphilum ipsum video stare ante ostium.
Ire intro; ego hunc adibo, si quid me velit.
Here, etiam tu nunc hic stas? *Pam.* Et quidem te exspecto.
Par. Quid est? 430
Pam. In arcem transcurso opus est. *Par.* Cui homini? *Pam.* Tibi.
Par. In arcem? quid eo? *Pam.* Callidemidem hospitem
Myconium, qui mecum una vectu'st, conveni.
Par. Perii! vovisse hunc dicam, si salvus domum
Redisset unquam, ut me ambulando rumperet. 435
Pam. Quid cessas? *Par.* Quid vis dicam? an conveniam
modo?
Pam. Immo, quod constitui me hodie conventurum eum,
Non posse, ne me frustra illi exspectet. Vola.
Par. At non novi hominis faciem. *Pam.* At faciam, ut noveris :
Magnus, rubicundus, crispus, crassus, cæsius, 440
Cadaverosa facie. *Par.* Di illum perduint!
Quid, si non veniet, maneamne usque ad vesperum?
Pam. Maneto; curre. *Par.* Non queo : ita defessus sum.
Pam. Ille abiit : quid agam infelix? prorsus nescio,
Quo pacto hoc celem, quod me oravit Myrrhina, 445
Suæ gnatæ partum : nam me miseret mulieris.
Quod potero, faciam tamen, ut pietatem colam.

Nam me parenti potius, quam amori obsequi
Oportet : ajat, eccum Phidippum et patrem
Video : horsum pergunt : quid dicam hisce, incertus sum. 450

SCENA QUINTA.

LACHES, PHIDIPPUS, PAMPHILUS.

La. Dixtin' dudum, illam dixisse, se exspectare filium?
Ph. Factum. *La.* Venisse aiunt : redeat. *Pam.* Quam causam
dicam patri,
Quamobrem non reducam, nescio. *La.* Quem ego hic audivi
loqui?
Pam. Certum offirmare est viam me, quam decrevi persequi.
La. Ipsus est, de quo hoc agebam tecum. *Pam.* Salve, mi
pater. 455
La. Gnate mi, salve. *Ph.* Bene factum te advenisse, Pamphile,
Et adeo, quod maximum 'st, salvum atque validum. *Pam.* Creditur.
La. Advenis modo? *Pam.* Admodum. *La.* Cedo, quid reliquit Phania.
Consobrinus noster? *Pam.* Sane hercle homo voluptati obsequens
Fuit, dum vixit : et qui sic sunt, haud multum heredem juvant 460
Sibi vero hanc laudem relinquunt : « Vixit, dum vixit, bene. »
La. Tum tu igitur nihil attulisti huc una plus sententia?
Pam. Quidquid est, quod reliquit, profuit. *La.* Immo obfuit.

Lac. Dis bon à rendre. Que le défunt n'est-il encore sur ses pieds?

Phi. Vous pouvez faire le souhait sans risque. Il ne ressuscitera pas pour cela. Au fond, l'on sait bien ce que vous en pensez.

Lac. Hier, Phidippe a fait venir chez lui sa fille. (*Bas à Phidippe en lui poussant le coude.*) Dites comme moi.

Phi. (*bas.*) Ménagez donc mes côtes. (*Haut.*) Effectivement.

Lac. Mais il va la renvoyer.

Phi. Cela va sans dire.

Pam. Je sais tout le fait et les détails. C'est la première chose que j'ai apprise en arrivant.

Lac. Le ciel confonde ces maudites langues, si empressées à donner de telles nouvelles!

Pam. (*à Phidippe.*) J'ai la confiance de n'avoir mérité de vous aucun reproche; je pourrais, sans blesser la vérité, me prévaloir de tout ce que j'ai mis de tendresse, de douceur, de condescendance dans mes rapports avec votre fille. Mais j'aime mieux que vous teniez ces détails de sa propre bouche. Vous pourrez mieux juger mes procédés, quand elle se verra forcée, tout animée qu'elle puisse être contre moi, d'en rendre elle-même témoignage. Je ne suis pour rien, j'en atteste les dieux, dans les causes de cette rupture. Mais puisque ma femme croit au-dessous de sa dignité de montrer un peu de complaisance à ma mère, de passer quelque chose à son humeur, il faut bien renoncer à les voir jamais d'accord, et dès lors c'est une nécessité de me séparer de l'une ou de l'autre. Or le devoir me prescrit de préférer ce qui convient à ma mère.

Lac. Voilà des sentiments dont je ne puis que savoir gré à mon fils. Je vois qu'il met au-dessus de tout les auteurs de ces jours. Prends-y garde pourtant, mon cher Pamphile; la passion n'entre-t-elle pas pour quelque chose dans un parti si violent?

Pam. Et quel ressentiment pourrais-je éprouver, mon père, contre une femme dont, personnellement, je n'ai jamais eu à me plaindre, dont j'ai souvent eu à me louer, qui m'a tendresse, mon estime, dont il me coûte amèrement de me séparer? Elle ne m'a donné, en ce qui me concerne, que des preuves d'un excellent caractère. Je ne forme qu'un vœu, c'est qu'elle rencontre un mari plus heureux que moi, pour finir avec lui ses jours, puisque le sort ne nous permet pas de vivre ensemble.

Phi. Il ne tient qu'à vous qu'il en soit autrement.

Lac. Sois sage, et reprends ta femme.

Pam. Je pense différemment, mon père; il faut que ma mère ait toute satisfaction.

Lac. Où vas-tu? reste. Mais reste donc! où vas-tu?

Phi. Quel entêtement! (*Pamphile sort*).

Lac. Je vous le disais bien: cette désertion l'a piqué au vif. Voilà pourquoi je tenais tant à voir votre fille rentrée au logis avant son retour.

Phi. Je ne l'aurais jamais cru si dur. Est-ce qu'il s'imagine que je vais me mettre à ses genoux? S'il veut reprendre sa femme, il en est le maître; sinon, qu'il rende la dot et qu'il aille se promener.

Lac. Allez-vous aussi vous monter la tête?

Phi. On ne le prenait pas sur ce ton avant ce voyage.

Lac. Cela se passera. Mais il a de quoi se fâcher.

Phi. Vous voilà bien fiers pour un petit bout de succession qui vous arrive!

Lac. Voyons, allez-vous me chercher noise à moi?

Phi. Qu'il fasse ses réflexions. Pas plus tard qu'aujourd'hui, je veux savoir s'il reprend sa femme, oui ou non. S'il n'en veut pas on lui trouvera un autre mari.

Lac. Phidippe, demeurez. Deux mots encore. Il est déjà loin. Après tout, que m'importe? Qu'ils s'arrangent ensemble, puisqu'ils sont sourds à la raison, mon fils ni plus ni moins que l'autre, et qu'ils se moquent de mes avis. Allons trouver ma

---

Nam illum vivum et salvum vellem. *Ph.* Impune optare istuc licet:

Ille reviviscet jam nunquam; et tamen, utrum malis, scio. 465

La. Heri Philumenam ad se arcessi hic jussit: dic jussisse te.

Ph. Noli fodere: jussi. *La.* Sed eam jam remittet. *Ph.* Scilicet.

Pam. Omnem rem scio, ut sit gesta: adveniens audivi modo

La. At istos invidos di perdant, qui hæc libenter nuntiant.

Pam. Ego me scio cavisse, ne ulla merito contumelia 470

Fieri a vobis posset; idque si nunc memorare hic velim,

Quam fideli animo et benigno in illam et clementi fui,

Vera possum, ni te ex ipsa hæc magis velim resciscere.

Namque eo pacto maxume apud te meo erit ingenio fides,

Quum illa, quæ in me nunc iniqua est, æqua de me dixerit. 475

Neque mea culpa hoc discidium evenisse, id testor deos.

Sed quando sese esse indignam deputat matri meæ

Quæ concedat, quæque ejus mores toleret sua modestia;

Neque alio pacto componi potest inter eas gratia:

Segreganda aut mater a me est, Phidippe, aut Philumena.

Nunc me pietas matris potius commodum suadet sequi. 480

La. Pamphile, haud invito ad aures sermo mi accessit tuus,

Quum te postputasse omnes res præ parente intelligo.

Verum vide, ne impulsus ira prave insistas, Pamphile.

Pam. Quibus iris impulsus nunc in illam iniquus siem? 485

Quæ nunquam quidquam erga me commerita 'st, pater,

Quod nollem; et sæpe meritam quod vellem scio,

Amoque, et laudo, et vehementer desidero.

Nam fuisse erga me miro ingenio expertus sum;

Illique exopto, ut reliquam vitam exigat   490

Cum eo viro, me qui sit fortunatior:

Quandoquidem illam a me distrahit necessitas.

Ph. Tibi in manu est, ne fiat. *La.* Si sanus sies,

Jube illam redire. *Pam.* Non est consilium, pater.

Matris servibo commodis. *La.* Quo abis? mane,   495

Mane, inquam: quo abis? *Ph.* Quæ hæc est pertinacia!

La. Dixin, Phidippe, hanc rem ægre laturum esse eum?

Quamobrem te orabam, filiam ut remitteres.

Ph. Non credidi ædepol adeo inhumanum fore.

Ita nunc is sibi me supplicaturum putat?   500

Si est, ut velit reducere uxorem, licet;

Sin alio est animo, renumeret dotem huc, eat!

La. Ecce autem tu quoque proterve iracundus es.

Ph. Percontomax redisti huc nobis, Pamphile.

La. Decedet ira hæc; etsi merito iratus est.   505

Ph. Quia paulum vobis accessit pecuniæ,

Sublati animi sunt. *La.* Etiam mecum litigas?

Ph. Deliberet, renuntietque hodie mihi,

Velitne, an non; ut alii, si huic non est, siet.

La. Phidippe, ades, audi paucis: abiit: quid mea?   510

Postremo istæc inter se transigant ipsi, quid

Quando nec gnatus, neque hic mihi quidquam obtemperant,

Quæ dico, parvi pendunt: porto hoc jurgium

Ad uxorem, cujus hæc fiunt consilio omnia,

femme. C'est elle qui est la cause de tout. Je veux un peu décharger ma bile sur elle.

ACTE QUATRIÈME.

SCÈNE I.

MYRRHINE, PHIDIPPE.

Myr. (*seule d'abord.*) Tout est perdu. Que faire? que devenir? que répondre à mon mari? Il faut qu'il ait entendu crier l'enfant, à la précipitation avec laquelle je l'ai . vu entrer dans la chambre de sa fille. S'il découvre qu'elle est accouchée, comment me justifierai-je de lui en avoir fait mystère? Mais on ouvre la porte : c'est sans doute lui qui me cherche. Je suis morte.

Phi. (*à part*). Aussitôt qu'elle m'a vu entrer dans l'appartement, ma femme s'est esquivée. La voilà. Eh bien! Myrrhine, qu'en dites-vous? C'est à vous que je parle.

Myr. A moi, mon mari?

Phi. Votre mari, moi! Suis-je un mari pour vous? suis-je seulement un homme? Si vous m'aviez considéré comme tel, vous seriez-vous ainsi jouée de moi?

Myr. Qu'ai-je fait?

Phi. Vous me le demandez! Ma fille ne vient-elle pas d'accoucher? Ah! maintenant vous êtes muette. De qui est cet enfant?

Myr. Quelle question pour un père! Et de qui donc, grands dieux? N'a-t-elle pas un mari?

Phi. C'est bon. Un père ne peut avoir une autre pensée. Mais, je vous le demande, pourquoi prendre tant de précaution et se cacher de tout le monde, quand on n'a rien fait que de naturel et de légitime? Lorsque cet enfant peut être le gage d'une réconcilia-tion entre les deux familles, auriez-vous l'âme assez noire pour avoir résolu la mort de cette petite créature, en haine de l'union dont elle est le fruit? Et moi qui leur imputais à eux tout le tort de cette mésintelligence! Je ne devais m'en prendre qu'à vous.

Myr. Je suis bien à plaindre.

Phi. Puissiez-vous n'être que cela! A présent je me rappelle certaines objections contre Pamphile, lorsque nous l'avons pris pour gendre. Vous ne vouliez pas donner votre fille à l'amant d'une cour-tisane, à un homme qui découchait.

Myr. (*à part*). Qu'il croie tout ce qu'il voudra, excepté la vérité.

Phi. Je savais avant vous, Myrrhine, qu'il avait une maîtresse; mais je n'ai jamais pensé, moi, que ce pût être un grief contre un jeune homme. Tous en sont là; la nature le veut ainsi. Il n'en viendra que trop tôt à n'aimer rien, pas même lui. Ah! vous êtes bien toujours la même; toujours travaillant à éloigner votre fille de son mari, à défaire ce que j'ai fait. Voilà qui ne laisse aucun doute sur vos bonnes intentions.

Myr. Pouvez-vous croire que moi, sa mère, j'irais me buter contre l'intérêt de ma fille, si je re-gardais ce mariage comme avantageux pour nous?

Phi. Vous! est-ce que vous êtes capable de com-prendre nos véritables intérêts? On vous aura dit qu'on a vu Pamphile entrer chez sa maîtresse ou en sortir : eh bien, après? Si ces visites sont rares, s'il y met de la discrétion, n'est-il pas plus conve-nable de fermer les yeux que de le révolter par un éclat? Si je croyais mon gendre capable d'en finir si brusquement avec une affection de plusieurs années, savez-vous que j'aurais de lui moins bonne opinion, et comme homme, et comme mari?

Atque in eam hoc omne, quod mihi ægre 'st, evomam. 515

ACTUS QUARTUS.

SCENA PRIMA.

MYRRHINA, PHIDIPPUS.

My. Perii! quid agam? quo me vertam? quid viro meo res-pondebo
Misera? nam audivisse vocem pueri visu'st vagientis :
Ita corripuit derepente tacitus sese ad filiam.
Quod si rescierit peperisse eam, id qua causa clam me ha-buisse
Dicam, non ædepol scio.   520
Sed ostium concrepuit : credo ipsum ad me exire : nulla sum.
Ph. Uxor, ubi me ad filiam ire sensit, se duxit foras,
Atque eccam video : quid ais, Myrrhina? heus, tibi dico.
My. Mihine, mi vir?
Ph. Vir ego tuus sim? tu virum me, aut hominem deputas adeo esse?
Nam si ulrumvis horum, mulier, unquam tibi visus fo-rem,   525
Non sic ludibrio tuis factis habitus essem. *My.* Quibus? *Ph.* At rogitas?
Peperit filia : hem , taces? Ex quo? *My.* Istuc patrem rogare est æquum?
Perii! Ex quo censes, nisi ex illo, cui data est nuptum, ob-secro?
Ph. Credo; neque adeo arbitrari patris est aliter : sed de-miror,

Quid sit, quamobrem tantopere omnes nos celare volue-ris   530
Partum; præsertim quum et recte et tempore suo pepererit.
Adeon' pervicaci esse animo, ut puerum præoptares perire,
Ex quo firmiorem inter nos fore amicitiam posthac scires,
Potius, quam adversum animi tui libidinem esset cum illo nupta.
Ego etiam illorum esse culpam hanc credidi, quæ te est penes.   535
My. Misera sum. *Ph.* Utinam sciam ita esse istuc : sed nunc mi in mentem venit,
Ex hac re quod locuta es olim, quum illum generum ce-pimus.
Nam negabas nuptam posse filiam tuam te pati
Cum eo, qui meretricem amaret, qui pernoctaret foris.
My. Quamvis causam hunc suspicari, quam ipsam veram, mavolo.   540
Ph. Multo prius, quam tu, illum scivi habere amicam, Myrrhina;
Verum id vitium nunquam decrevi esse ego adolescentiæ :
Nam id omnibus innatum 'st : at pol jam aderit, se quoque etiam quum oderit.
Sed ut olim te ostendisti, nil cessavisti eadem esse usque adhuc,
Ut filiam ab eo abduceres; neu, quod ego egissem, esset ratum.   545
Id nunc res indicium hæc facit, quo pacto factum volueris.
My. Adeon' me esse pervicacem censes, cui mater siem,
Ut eo essem animo, si esset nostro ex usu hoc matrimo-nium?
Ph. Tun' prospicere aut judicare nostram in rem quod sit potes?
Audisti ex aliquo fortasse, qui vidisse eum diceret   550

Myr. Laissons là, je vous prie, sa conduite, et ce que vous appelez mes torts. Allez à lui, prenez-le seul à seul, et demandez-lui nettement s'il veut reprendre sa femme, oui ou non : s'il dit oui, qu'on la lui rende. Mais s'il dit non, convenez que je n'ai pas si mal compris l'intérêt de ma fille.

Phi. Et quand Pamphile effectivement serait disposé à dire non, quand vos soupçons auraient rencontré juste, n'étais-je pas là, moi, pour juger de ce qu'il y avait à faire? Vous avez pris sur vous d'agir sans mon aveu; c'est là ce qui m'indigne. Je vous défends de faire passer à cet enfant le seuil de la porte. Mais je suis plus fou qu'elle, de songer à me faire obéir d'une tête comme celle-là. Entrons; c'est à mes gens qu'il faut en faire la défense. (*Il sort.*)

Myr. (*seule*). Je suis bien la plus infortunée des femmes. A voir cet emportement pour si peu de chose, quelles violences ne dois-je pas redouter, s'il faut que la vérité se découvre? Comment m'y prendre pour faire que mon mari revienne de cette décision? Forcée d'élever l'enfant d'un inconnu! ah! ce serait là le comble de mes misères. Ma pauvre enfant, lors de cette fatale rencontre, ne put dans l'obscurité distinguer les traits de son suborneur. Le monstre n'a rien laissé dans ses mains qui puisse servir à le faire reconnaître. C'est lui, au contraire, qui s'empara, en la quittant, de l'anneau qu'elle portait au doigt. Et Pamphile? Puis-je compter sur ce qu'il m'a promis, quand il verra qu'on élève comme de lui l'enfant d'un autre?

SCENE II.

SOSTRATE, PAMPHILE.

Sost. Je le vois bien, mon fils, vous avez beau dissimuler, c'est mon humeur que vous accusez de la fuite de votre femme. Cependant, aussi vrai que je compte sur la protection des dieux et sur vos sentiments pour moi, jamais sciemment je n'ai rien fait pour mériter cette antipathie. Je ne doutais pas de votre affection; vous venez de m'en donner une nouvelle preuve. Votre père m'a conté le sacrifice que vous me faites de votre amour : eh bien! je veux vous rendre la pareille, et vous faire voir qu'avec moi la piété d'un fils n'est pas sans récompense. Mon cher Pamphile, il est un moyen de concilier l'intérêt de votre bonheur et celui de ma réputation : c'est de me retirer à la campagne avec votre père, et j'y suis résolue. Quand je ne serai plus ici, rien n'empêchera que votre Philumène ne revienne avec vous.

Pam. Quelle idée, ma mère! quoi! pour complaire à un caprice vous iriez vous confiner à la campagne? Vous ne devez pas le faire, et je ne le souffrirai pas. La malveillance ne manquerait pas d'accuser l'exigence du fils, plutôt que de rendre justice au dévouement de la mère. Renoncer à vos amis, à vos parents, à toute joie domestique, le tout pour l'amour de moi? non, il n'en sera rien.

Sost. Les plaisirs, mon fils, ne sont plus de mon âge. J'ai eu mon temps, j'en ai joui; le moment de la satiété est venu. Mon seul désir aujourd'hui est que mon existence ne porte ombrage à personne, et qu'on n'en vienne pas à souhaiter ma mort. Je

---

Exeuntem aut introeuntem ad amicam : quid tum postea?
Si modeste ac raro fecit, nonne ea dissimulare nos
Magis humanum est, quam dare operam, id scire, qui nos
    oderit?
Nam si is posset ab sese derepente avellere,
Quacum tot consuesset annos, non eum hominem duce-
    rem,   555
Nec virum satis firmum gnatæ. *Myr.* Mitte adolescentem,
    obsecro,
Et quæ me peccasse ais : abi, solum solus conveni.
Roga, velitne uxorem, an non : si est, ut dicat velle se,
Redde : sin est autem ut nolit, recte ego consului meæ.
Ph. Si quidem ille ipse non volt, et tu sensti esse in eo,
    Myrrhina,   560
Peccatum; aderam, cujus consilio fuerat ea par prospici.
Quamobrem incendor ira, te ausam facere hæc injussu meo.
Interdico, ne extulisse extra ædes puerum usquam velis.
Sed ego stultior, meis dictis parere hanc qui postulem.
Ibo intro, atque edicam servis, ne quoquam efferri si-
    nant.   565
Myr. Nullam pol credo mulierem me miseriorem vivere.
Nam ut hic laturus hoc sit, si ipsam rem, ut siet, rescive-
    rit,
Non ædepol clam me est, quum hoc, quod levius est, tam
    animo iracundo tulit!
Nec, qua via sententia ejus possit mutari, scio.
Hoc mi unum ex plurimis miseriis reliquum fuerat malum, 570
Si puerum ut tollam cogit, cujus nos qui sit nescimus pater.
Nam quum compressa est gnata, forma in tenebris nosci
    non quita est,
Neque detractum ei est quidquam, qui posset post nosci,
    qui siet.
Ipse eripuit vi, in digito quem habuit, virgini ablens an-
    nulum.
Simul vereor Pamphilum, ne orata nostra nequeat diutius
Celare, quum sciet alienum puerum tolli pro suo   575

SCENA SECUNDA.

SOSTRATA, PAMPHILUS.

So. Non clam me est, gnate mi, tibi me esse suspectam,
    uxorem tuam
Propter meos mores hinc abisse, etsi ea dissimulas sedulo.
Verum, ita me di ament! itaque obtingant ex te quæ exopto
    mihi,
Ut nunquam sciens commerui, merito ut caperet odium il-
    lam mei;   580
Teque ante quam te amare rebar, ei rei firmasti fidem.
Nam mi intus tuus pater narravit modo, quo pacto me ha-
    bueris
Præpositam amori tuo : nunc tibi me certum est contra gra-
    tiam
Referre, ut apud me præmium esse positum pietati scias.
Mi Pamphile, hoc et vobis et meæ commodum famæ arbi-
    tror.   585
Ego rus abituram hinc cum tuo me esse certo decrevi patre,
Ne mea præsentia obstet, neu causa ulla restet reliqua,
Quin tua Philumena ad te redeat. *Pam.* Quæso, quid istuc
    consili est?
Illius stultitia victa, ex urbe tu rus habitatum migres?
Non facies; neque sinam, ut, qui nobis, mater, maledic-
    tum velit,   590
Mea pertinacia esse dicat factum, haud tua modestia.
Tum tuas amicas te ei cognatas deserere, et festos dies
Mea causa nolo. *So.* Nil pol jam istæc mihi res voluptatis
    ferunt.
Dum ætatis tempus tulit, perfuncta satis sum : satias jam
    tenet
Studiorum istorum : hæc mihi nunc cura est maxuma, ut
    ne cui meæ   595
Longinquitas ætatis obstet, mortemve exspectet meam.
Hic video me esse invisam immerito; tempus est concedere.

m'aperçois que je déplais ici, je ne sais pourquoi. Mais ce n'en est pas moins pour moi le signal de la retraite. Ce parti coupe court aux vains prétextes, fait tomber les insinuations et satisfait à tout. Les femmes sont généralement mal jugées ; laissez-moi, de grâce, ôter toute prise à la médisance sur moi.

Pam. (*à part.*) Sans cette malheureuse circonstance, quel bonheur serait le mien avec une telle femme et une telle mère!

Sost. Chacun a ses défauts. Il ne faut pas que ceci vous fasse juger trop sévèrement votre femme, si elle a d'ailleurs, comme je le crois, tout ce qui peut vous rendre heureux. Allons, mon fils, de l'indulgence. Reprenez-la pour l'amour de moi.

Pam. Que je suis malheureux!

Sost. Et moi donc? mon cœur se serre autant que le vôtre, mon cher enfant.

SCÈNE III.

LACHÈS, SOSTRATE, PAMPHILE.

Lac. Ma femme, d'ici près j'ai entendu votre entretien avec Pamphile. Voilà de la sagesse. C'est savoir plier sa volonté aux circonstances, et devancer la nécessité en s'exécutant de bonne grâce.

Sost. Bien nous en arrive!

Lac. Allons-nous-en tous deux à la campagne. Nous trouverons bien le moyen, vous et moi, de nous supporter l'un l'autre.

Sost. Je ne désire rien tant.

Lac. Rentrez, et faites vos préparatifs de départ. Vous m'entendez?

Sost. Vous serez obéi. (*elle sort.*)

Pam. Mon père.

Lac. Eh bien, mon fils?

Pam. Ma mère quitterait ainsi la maison? non, jamais.

Sic optume, ut ego opinor, omnes causas præcidam omnibus,
Et me hac suspicione exsolvam, et illis morem gessero.
Sine me, obsecro, hoc effugere, volgus quod male audit
   mulierum.   600
Pam. Quam fortunatus cæteris sum rebus, absque una hac
   foret,
Hanc matrem habens talem, illam autem uxorem! *So.* Obsecro, mi Pamphile,
Non tute incommodam rem, ut quæque est, in animum
   induces pati.
Si cætera ita sunt, ut vis, itaque ut esse ego illa existumo,
Mi gnate, da veniam hanc mihi, reduc illam. *Pam.* Væ
   misero mihi!   605
So. Et mihi quidem! nam hæc res non minus me male
   habet quam te, gnate mi.

SCENA TERTIA.

LACHES, SOSTRATA, PAMPHILUS.

La. Quem cum istoc sermonem habueris, procul hinc
   stans accepi, uxor.
Istuc est sapere, qui ubicumque opus sit, animum possis
   flectere,
Quod sit faciendum fortasse post, idem hoc nunc si feceris.
So. Fors fuat pol. *La.* Abi rus ergo hinc : ibi ego te, et
   tu me feres.   610
So. Spero ecastor. *La.* I ergo intro, et compone, quæ tecum
   simul
Ferantur. Dixi. *So.* Ita ut jubes, faciam. *Pam.* Pater.

Lac. Que veux-tu?

Pam. C'est que je ne suis pas encore décidé à l'égard de ma femme.

Lac. Tu n'as rien de mieux à faire que de la reprendre.

Pam. (*à part.*) Je n'y suis que trop porté, et je me fais grandement violence. Mais je serai ferme, et je n'obéirai qu'à la raison. (*Haut.*) Je crois que, dans l'intérêt de la concorde, il vaut mieux qu'elle ne revienne pas.

Lac. Qu'en sais-tu? D'ailleurs, qu'importe, puisque l'une d'elles s'en va? A notre âge, on ne fraye pas avec la jeunesse : donc il est sage de se tenir à l'écart. Vois-tu, Pamphile, nous ne sommes plus bons, ta mère et moi, qu'à figurer au début d'un conte : « Il y avait une fois un vieux et une vieille. » Mais voici Phidippe qui vient fort à propos. Abordons-le.

SCÈNE IV.

PHIDIPPE, LACHÈS, PAMPHILE.

Phi. (*à la cantonade.*) Je suis fâché contre vous, Philumène, sérieusement fâché. Ce n'est pas se conduire en femme qui se respecte. Il est vrai que vous avez cédé aux instigations de votre mère. Quant à elle, rien ne l'excuse.

Lac. Je suis charmé de vous rencontrer, Phidippe.

Phi. De quoi s'agit-il?

Pam. (*à part.*) Que leur dire? et comment leur cacher....

Lac. Ma femme va se fixer à la campagne. Ainsi dites à votre fille que son absence n'a plus de motif.

Phi. Mais votre femme n'a aucun tort dans cette affaire : tout le mal vient de la mienne.

Pam. (*à part.*) Autre complication.

Phi. Tout ce malentendu est son ouvrage, Lachès.

La. Quid vis, Pamphile? *Pam.* Hinc abire matrem? minume. *La.* Quid ita istuc vis?
Pam. Quia de uxore incertus sum etiam, quid sim facturus.
   La. Quid est?
Quid vis facere, nisi reducere? *Pam.* Equidem cupio, et
   vix contineor.   615
Sed non minuam meum consilium : ex usu quod est, id
   persequar.
Credo ea gratia concordes magis, si non reducam, fore.
La. Nescias : verum id tua refert nihil, utrum illæ fuerint,
Quando hæc abierit : odiosa hæc est ætas adolescentulis.
E medio æquum excedere est : postremo nos jam fabulæ 620
Sumus, Pamphile, « Senex atque anus. »
Sed video Phidippum egredi per tempus : accedamus.

SCENA QUARTA.

PHIDIPPUS, LACHES, PAMPHILUS.

Ph. Tibi quoque ædepol iratus sum, Philumena,
Graviter quidem : nam hercle abs te est factum turpiter;
Etsi tibi causa est de hac re : mater te impulit ;   625
Huic vero nulla est. *La.* Opportune te mihi,
Phidippe, in ipso tempore ostendis. *Ph.* Quid est?
Pam. Quid respondeo his ? aut quo pacto hoc operiam ?
La. Dic filiæ, rus concessuram hinc Sostratam,
Ne revereatur, rus mea jam quo redeat domum. *Ph.* Ah, 630
Nullam de his rebus culpam commeruit tua.
A Myrrhina hæc sunt mea uxore exorta omnia.
Pam. Mutato sit. *Ph.* Ea nos perturbat, Lache.

Pam. (*à part.*) Laissons-les se fourvoyer, pourvu que je ne sois pas obligé de la reprendre.

Phi. Pamphile, tout mon désir est que notre union se maintienne. Mais si vous en avez autrement décidé, du moins prenez l'enfant.

Pam. Il sait l'accouchement : tout est perdu.

Lac. L'enfant ! quel enfant ?

Phi. Eh oui! nous voilà tous deux grands-pères. Ma fille, quand elle a quitté votre maison, était enceinte. Je ne le sais que d'aujourd'hui.

Lac. Bénédiction d'en haut! quelle heureuse nouvelle ! Un petit-fils! Et la mère se porte bien? Mais quelle femme est la vôtre? Où a-t-elle appris à se conduire ainsi? Nous avoir caché cela si longtemps ! Je ne puis dire à quel point ce procédé me choque.

Phi. Vous n'en êtes pas plus blessé que moi, Lachès.

Pam. (*à part.*) J'ai pu hésiter jusqu'ici; maintenant il n'y a plus à balancer. Amener sous mon toit l'enfant d'un autre !

Lac. Mon fils, toute délibération serait hors de propos.

Pam. (*à part.*) C'est fait de moi.

Lac. Combien j'ai appelé de mes vœux le jour où un petit être viendrait te nommer son père! Le jour est venu. J'en rends grâce aux dieux.

Pam. (*à part.*) Je suis anéanti.

Lac. Reprends ta femme, et que tout soit dit.

Pam. Mon père, si elle avait les sentiments d'une mère, le cœur d'une épouse, m'aurait-elle fait un pareil mystère? Je vois là le signe d'une antipathie qui me défend d'espérer que nous nous entendions jamais. Pourquoi la reprendre alors?

Lac. Ta femme est un enfant; elle a fait ce que lui a dit sa mère. Qu'y a-t-il d'étonnant? As-tu pensé qu'on avait trouvé pour toi une femme sans défaut? Est-ce que les hommes n'ont jamais de torts?

Phi. Pamphile, et vous Lachès, voyez entre vous ce que vous avez à faire : répudier Philumène ou la reprendre. Je ne réponds pas de ma femme. Quant à moi, je ne m'oppose à rien. Mais que va-t-on faire de l'enfant?

Lac. Plaisante question! Le rendre à son père, quoi qu'il arrive. C'est notre enfant; nous le nourrirons.

Pam. (*à part.*) Un enfant que son père abandonne ! moi, lui donner des soins ?

Lac. (*qui n'a entendu que les derniers mots.*) Qu'est-ce à dire, mon fils, des soins? Est-ce que vous prétendez vous en défaire? Perdez-vous le sens? C'en est trop. Je ne puis plus me taire. Vous me faites dire ce que votre beau-père ne devrait pas entendre. Croyez-vous qu'on ne sache pas ce que signifient toutes ces larmes, et ce qui vous tient si fort au cœur? D'abord, à vous entendre, c'était votre déférence pour votre mère qui rendait impossible la présence de votre femme chez vous. Votre mère offre de céder la place. Ce prétexte vous manquant, vous en cherchez un autre dans le mystère qu'on vous a fait de la naissance de votre fils. Vous vous trompez, si vous croyez me donner le change. Je sais ce que vous avez dans le cœur. On ne vous a pas brusqué cependant, pour vous amener à un parti raisonnable. Votre passion pour une autre femme avait eu certes tout le temps de se satisfaire. Ai-je assez fermé les yeux sur les dépenses où elle vous entraînait? Je n'ai usé près de vous que de persuasion et de prières. Mariez-vous, disais-je, il en est temps. Mes instances ont prévalu : vous avez épousé Philumène. En cela vous n'avez fait que votre devoir. Et voilà que cette créature reprend sur vous son empire : son influence va jusqu'à troubler votre ménage. Ah! je le vois, vous allez retomber dans tous vos désordres.

Pam. Moi?

Pam. Dum ne reducam, turbent porro, quam velint.
Ph. Ego, Pamphile, esse inter nos, si fieri potest,   635
Adfinitatem hanc sane perpetuam volo;
Sin est, ut aliter tua siet sententia,
Accipias puerum. *Pam.* Sensit peperisse; occidi !
La. Puerum? quem puerum? *Ph.* Natus est nobis nepos :
Nam abducta a vobis prægnans fuerat filia,   640
Neque fuisse prægnantem unquam ante hunc scivi diem.
La. Bene, ita me di ament! nuntias, et gaudeo
Natum illum, et illam salvam : sed quid mu
lieris
Uxorem habes? aut quibus moratam moribus ?
Nosne hoc celatos tamdiu? nequeo satis,   645
Quam hoc mihi videtur factum prave, proloqui.
Ph. Non tibi illud factum minus placet, quam mihi, Lache.
Pam. Etiam si dudum fuerat ambiguum hoc mihi,
Nunc non est, quum eam sequitur alienus puer.
La. Nulla tibi, Pamphile, hic jam consultatio 'st.   650
Pam. Perii. *La.* Hunc videre sæpe optabamus diem,
Quum ex te esset aliquis, qui te appellaret patrem.
Evenit : habeo gratiam diis. *Pam.* Nullus sum.
La. Reduc uxorem, ac noli advorsari mihi.
Pam. Pater, si ex me illa liberos vellet sibi,   655
Aut se esse mecum nuptam; satis certo scio,
Non clam me haberet, quod celasse intelligo.
Nunc, quum ejus alienum a me esse animum sentiam,
Nec conventurum inter nos posthac arbitror :
Quamobrem reducam? *La.* Mater quod suasit sua,   660
Adolescens mulier fecit : mirandumne id est ?
Censen' te posse reperire ullam mulierem,
Quæ careat culpa ? an quia non delinquunt viri?

Ph. Vosmet videte jam, Lache, et tu Pamphile,
Remissan' opus sit vobis, reductan' domum.   665
Uxor quid faciat, in manu non est mea.
Neutra in re vobis difficultas a me erit.
Sed quid faciemus puero? *La.* Ridicule rogas.
Quidquid futurum 'st, huic suum reddas scilicet.
Ut alamus nostrum. *Pam.* Quem ipse neglexit pater,   670
Ego alam? *La.* Quid dixti? eho, an non alemus, Pam-
       phile?
Prodemus quæso potius? quæ hæc amentia est!
Enim vero prorsus jam tacere non queo.
Nam cogis ea, quæ nolo, ut præsente hoc loquar.
Ignarum censes tuarum lacrumarum esse me ?   675
Aut quid sit hoc, quod sollicitare ad hunc modum?
Primum nunc ubi dixti causam, te propter tuam
Matrem non posse habere hanc uxorem domi,
Pollicita est ea, se concessuram ex ædibus.
Nunc, postquam ademptam hanc quoque tibi causam vides,
Puer quia clam te est natus, nactus alteram es.   681
Erras, tui animi si me esse ignarum putas.
Aliquando tandem huc animum ut adducas tuum,
Quam longum spatium amandi amicam tibi dedi !
Sumptus quos fecisti in eam, quam animo æquo tuli !   685
Egi atque oravi tecum, uxorem ut duceres.
Tempus dixi esse : impulsu duxisti meo.
Quæ tum, obsecutus mihi, fecisti, ut decuerat.
Nunc animum rursum ad meretricem induxti tuum ;
Cui tu obsecutus, facis huic adeo injuriam.   690
Nam in eamdem vitam te revolutum denuo
Video esse. *Pam.* Mene? *La.* Te ipsum : et facis injuriam,

Lac. Oui, vous. J'en trouve la preuve dans ces manœuvres hypocrites pour amener une rupture. Vous ne voulez pas d'un témoin si gênant de votre liaison criminelle. Votre femme l'a bien senti; car quelle autre cause eût pu lui faire déserter votre maison?

Phi. Il a mis le doigt dessus; c'est cela même.

Pam. Je suis prêt à faire serment que je n'ai rien à me reprocher de semblable.

Lac. Ou reprenez votre femme, ou dites-nous vos raisons.

Pam. Le moment n'est pas venu.

Lac. Prenez du moins l'enfant; le pauvre petit n'a rien à se reprocher, lui. Nous verrons après pour la mère.

Pam. (*à part.*) L'alternative est cruelle; je ne sais à quoi me résoudre. Mon père ne me laisse pas respirer. Quittons la place. Que gagnerais-je à rester ici? L'enfant, ils ne l'élèveront pas sans mon aveu peut-être, d'autant que ma belle-mère est là pour me seconder. (*Il sort.*)

Lac. Eh bien! vous voilà parti? Vous nous laissez là sans répondre. (*à Phidippe.*) Croyez-vous qu'il soit dans son bon sens? Tenez, Phidippe, remettez-moi le pauvre petit; je m'en charge, moi.

Phi. Très-volontiers. Je ne m'étonne plus de l'humeur de ma femme. Le sexe est récalcitrant sur ce point-là, et n'entend pas raison. Voilà la cause de cette colère. Elle me l'avait bien dit; mais je ne voulais pas vous en parler devant Pamphile. Je n'étais pas convaincu d'ailleurs. A présent la chose est claire; je vois qu'il a horreur du mariage.

Lac. Que faire? que me conseillez-vous, Phidippe?

Phi. Ce qu'il faut faire? Mon avis est d'abord d'entrer en pourparler avec cette courtisane, d'essayer près d'elle les prières et les reproches, de la

menacer même, au cas où elle continuerait à recevoir votre fils.

Lac. C'est ce que je vais faire. (*vers sa maison.*) Holà! petit garçon! (*à un petit esclave qui sort.*) Va-t'en vite chez la voisine Bacchis, et prie-la de ma part de venir me trouver ici. (*à Phidippe.*) Et vous, secondez-moi dans cette entrevue.

Phi. Tenez, Lachès, je l'ai déjà dit, et je vous le répète : je souhaite vivement le maintien de notre alliance, et je me flatte qu'il n'est pas impossible. Mais est-il bien nécessaire que j'assiste à cet entretien?

Lac. Non. Allez-vous-en, et tâchez de trouver une nourrice pour l'enfant.

SCÈNE V.

BACCHIS, LACHÈS, SUIVANTES DE BACCHIS.

Bac. Ce n'est, certes, pas pour rien que Lachès m'a donné rendez-vous, et je me trompe fort, ou je devine ce qu'il veut.

Lac. Observons-nous. Pas d'emportement; ce serait compromettre le succès de l'entrevue; pas trop de laisser-aller non plus, pour ne pas m'engager plus que de raison. Abordons-la. Bonjour, Bacchis.

Bac. Bonjour, Lachès.

Lac. Bacchis, vous êtes un peu surprise, je crois, du message que vous venez de recevoir.

Bac. Je ne suis pas trop rassurée, je l'avoue. Mon genre de vie n'est pas une recommandation. Mais je suis sûre, à cela près, de n'avoir pas de reproches à me faire.

Lac. Si vous dites vrai, vous n'avez rien à craindre de ma part. Comme je ne suis plus d'âge à pouvoir réclamer l'indulgence, je tâche de ne pas me

---

Quum fingis falsas causas ad discordiam,
Ut cum illa vivas, testem hanc quum abs te amoveris;
Sensitque adeo uxor : nam ei causa alia quæ fuit,   695
Quamobrem abs te abiret? *Ph.* Plane hic divinat : nam id est.

Pam. Dabo jusjurandum, nihil esse istorum tibi. *La.* Ah,
Reduc uxorem; aut, quamobrem non opus sit, cedo.

Pam. Non est nunc tempus. *La.* Puerum accipias : nam is quidem
in culpa non est : post de matre videro.   700

Pam. Omnibus modis miser sum, nec quid agam scio.
Tot me nunc rebus miserum concludit pater.
Abibo hinc, præsens quando promoveo parum.
Nam puerum injussu, credo, non tollent meo;
Præsertim in ea re quum sit mihi adjutrix socrus.   705
La. Fugis? hem, nec quidquam certi respondes mihi?
Num tibi videtur esse apud sese? sine.
Puerum, Phidippe, mihi cedo, ego alam. *Ph.* Maxume.
Non mirum fecit uxor, si hoc ægre tulit.
Amaræ mulieres sunt, non facile hæc ferunt.   710
Propterea hæc ira 'st : nam ipsa narravit mihi.
Id ego hoc præsente tibi nolueram dicere,
Neque illi credebam primo; verum palam est.
Nam omnino abhorrere animum huic video a nuptiis.
La. Quid ergo agam, Phidippe? quid das consili?   715
Ph. Quid agas? meretricem hanc primum adeundam censeo.
Oremus, accusemus gravius; denique
Minitemur, si cum illo habuerit rem postea.
La. Faciam, ut mones : eho, curre, puer, ad Bacchidem hanc

TÉRENCE.

Vicinam nostram, huc evoca verbis meis.   720
At te oro porro in hac re adjutor sis mihi. *Ph.* Ah,
Jamdudum dixi, itidemque nunc dico, Lache,
Manere adfinitatem hanc inter nos volo,
Si ullo modo est, ut possit; quod spero fore.
Sed vin' adesse me una, dum istam convenis?   725
La. Immo vero abi, aliquam puero nutricem para.

SCENA QUINTA.

BACCHIS, LACHES.

Bac. Non hoc de nihilo 'st, quod Laches me nunc conventam esse expetit;
Nec pol me multum fallit, quin, quod suspicor, sit, quod velit.
La. Videndum est, ne minus propter iram hinc impetrem, quam possiem;
Aut ne quid faciam plus, quod post me minus fecisse satius sit.   730
Aggrediar. Bacchis, salve.
Bac. Salve, Lache. *La.* Ædepol credo te non nil mirari, Bacchis,
Quid sit, quapropter te huc foras puerum evocare jussi.
Bac. Ego pol quoque etiam timida sum, quum venit mihi in mentem, quæ sim,
Ne nomen quæsti mi obsiet; nam mores facile tutor.   735
La. Si vera dicis, nil tibi est a me periculi, mulier :
Nam jam ætate ea sum, ut non siet peccato mi ignosci æquum.

conduire en étourdi. Or, si, en ce moment et à l'avenir, vous agissez à mon égard en honnête personne, je ne serais pas pardonnable d'en user mal avec vous.

Bac. En vérité, je suis bien touchée des égards que vous me montrez ; car le mal est bientôt fait, et l'on ne le répare guère, en disant après qu'on en est fâché. Mais que voulez-vous de moi ?

Lac. Mon fils Pamphile va souvent chez vous ?

Bac. Ah !

Lac. Laissez-moi achever. Tant qu'il est resté garçon, j'ai toléré vos amours. (*Bacchis fait mine de parler.*) Attendez. Je n'ai pas tout dit. Maintenant il a une femme. Croyez-moi, assurez-vous d'un amant qui vous reste ; profitez de votre bon temps. Pamphile ne sera pas toujours en humeur de vous aimer, ni vous toujours en âge de plaire.

Bac. Qui peut tenir ces propos sur moi ?

Lac. La belle-mère.

Bac. Sur moi ?

Lac. Sur vous. Si bien que la dame a repris chez elle sa fille, et que la jeune femme étant accouchée, on a tenu la chose secrète, et voulu détruire l'enfant.

Bac. Si je savais quelque chose de plus fort qu'un serment pour confirmer mes paroles, je vous l'offrirais, Lachès. Depuis le mariage de Pamphile, aucun rapport n'existe plus entre nous.

Lac. Ah ! que vous me charmez ! Mais savez-vous maintenant ce qu'il faut faire pour moi ?

Bac. Parlez ; me voilà prête.

Lac. Allez-vous-en là (*montrant la maison de Phidippe.*) trouver ces deux dames, et répétez devant elles le même serment. Vous leur mettrez par là l'esprit en repos, et vous serez justifiée.

Bac. Je le veux bien. Certes pas une de mes pareilles ne serait d'humeur à faire cette démarche

près d'une femme mariée. Mais je ne veux pas que votre fils reste sous le coup d'un injuste soupçon, et puisse être taxé de légèreté par ceux que sa conduite touche de si près. Il a été si bon pour moi, que je ne puis trop faire pour lui.

Lac. Voilà des paroles qui me gagnent tout à fait le cœur. Ces dames n'étaient pas seules prévenues ; je n'étais pas moins irrité contre vous, moi qui vous parle. Enfin, puisque nous vous avions tous mal jugée, montrez-vous toujours ce que vous êtes, et mon amitié vous est acquise, et vous pouvez disposer de moi. Si vous trompiez notre attente... Non ; je ne veux rien dire qu'il soit pénible pour vous d'entendre. Un mot pourtant. Voulez-vous éprouver de quoi je suis capable, que ce soit comme ami ; croyez-moi.

SCÈNE VI.

PHIDIPPE (*amenant une nourrice*), LACHÈS, BACCHIS.

Phi. (à la nourrice.) Vous ne manquerez de rien chez moi ; tout y est à discrétion. Mais quand vous aurez bu et mangé tout votre soûl, que l'enfant du moins ait ce qu'il lui faut.

Lac. Voilà le beau-père qui nous amène une nourrice. Phidippe, Bacchis vient de me jurer par tout ce qu'il y a de sacré....

Phi. Est-ce elle que je vois ?

Lac. Elle-même.

Phi. Bah ! ces créatures-là respectent bien les dieux ; et les dieux se soucient bien d'elles !

Bac. Je vous livre mes esclaves. Qu'on leur arrache la vérité par toute sorte de tortures, j'y consens. Qu'exigez-vous de moi ? que je ramène à Pamphile sa femme ? Eh bien ! si j'y réussis, je pourrai

---

Quo magis omnes res caulius, ne temere faciam, adcuro.
Nam si id nunc facis facturave es, bonas quod par est facere,
Inscitum offerre injuriam tibi immerenti, iniquum est.   740
Bac. Est magna ecastor gratia de istac re, quam tibi habeam.
Nam qui post factam injuriam se expurget, parum mi prosit.
Sed quid istuc est ? *La.* Meum receptas filium ad te Pamphilum. *Bac.* Ah !
La. Sine dicam : uxorem hanc prius quam duxit, vestrum amorem pertuli.
Mane, nondum etiam dixi quod te volui : hic nunc uxorem habet.   745
Quære alium tibi firmiorem, dum tibi tempus consulendi est.
Nam neque ille hoc animo erit ætatem, neque pol tu eadem istac ætate.
Bac. Quis id ait ? *La.* Socrus. *Bac.* Mene ? *La.* Te ipsam : et illam abduxit suam,
Puerumque ob eam rem clam voluit, natus ubi est, exstinguere.
Bac. Aliud si scirem, qui firmare meam apud vos possem fidem,   750
Sanctius quam jusjurandum, id pollicerer tibi, Lache,
Me segregatum habuisse, uxorem ut duxit, a me Pamphilum.
La. Lepida es : sed scin', quid volo potius, sodes, facias ? *Bac.* Quid v.s ? cedo.
La. Eas ad mulieres hinc intro, atque istuc jusjurandum idem
Pollicere illis ; exple animum iis, teque hoc crimine exped.

Bac. Faciam, quod pol, si esset alia ex quæstu hoc, haud faceret, scio,   755
Ut de tali causa nuptæ mulieri se ostenderet.
Sed nolo esse falsa fama gnatum suspectum tuum,
Nec leviorem vobis, quibus est minume æquum, viderier
Inmerito : nam meritus de me est, quod queam, illi ut commodem.   760
La. Facilem benevolumque lingua tua jam tibi me reddidit.
Nam non sunt solæ arbitratæ hæ ; ego quoque etiam hoc credidi.
Nunc quum ego te esse præter nostram opinionem comperi,
Fac eadem ut sis porro ; nostra utere amicitia, ut voles.
Aliter si facias..... Sed reprimam me, ne ægre quidquam ex me audias.   765
Verum te hoc moneo unum, qualis sim amicus, aut quid possiem,
Potius, quam inimicus, periclum facias.

SCENA SEXTA.

PHIDIPPUS, LACHES, BACCHIS.

Ph. Nil apud me tibi
Defieri patiar, quin, quod opus sit, benigne præbeatur.
Sed tu quum satura atque ebria eris, et puer ut satur sit, facito.   670
La. Noster socer, video, venit, nutricem puero adducit.
Phidippe, Bacchis dejerat persancte.... *Ph.* Hæccine ea 'st ?
La. Hæc est.
Ph. Nec pol istæ metuunt deos, neque has respicere deos opinor.

dire à ma gloire que je suis la seule de ma profession capable d'en faire autant.

Lac. Tenez, Phidippe, il est de fait que nous avons eu tort de soupçonner nos femmes. Voici un moyen qu'on nous propose, essayons-en. Une fois que votre moitié sera désabusée, adieu sa colère. Quant à mon fils, sa mauvaise humeur au sujet de l'accouchement clandestin n'a vraiment rien de sérieux, et sera bientôt dissipée. Dans tout cela il n'y a pas de quoi causer une rupture.

Phi. Je ne demande pas mieux.

Lac. Vous avez là Bacchis : questionnez-la. Vous serez content d'elle.

Phi. En voilà assez. Vous savez à quoi vous en tenir sur le compte de mes dispositions. Ce sont mes femmes qu'il faut ramener.

Lac. Eh bien donc, Bacchis, faites pour moi ce que vous avez promis.

Bac. Vous voulez donc que je me présente à ces dames?

Lac. Oui, et que vous parveniez à les convaincre toutes deux.

Bac. J'y vais. Et pourtant je sais que ma figure ne leur fera pas plaisir. Oui, pour toute jeune mariée vivant mal avec son époux, c'est un épouvantail qu'une femme de ma sorte.

Lac. Vous serez la bienvenue, dès qu'on verra ce qui vous amène.

Phi. Je vous garantis toute leur bienveillance, quand elles sauront ce qui en est. En les tirant d'erreur, vous détruirez leurs préventions.

Bac. Ah! que je vais être honteuse devant Philumène! (*à ses suivantes.*) Venez avec moi toutes deux. (*Elle sort.*)

Lac. Tout marche au gré de mes souhaits. Si mes prévisions sont exactes, Bacchis va gagner leurs cœurs, et faire du même coup et nos affaires et les siennes; car s'il est vrai qu'elle ait rompu avec Pamphile, c'est pour elle une réhabilitation. Voilà sa fortune faite et son nom honoré. Elle aura prouvé sa reconnaissance envers mon fils, et engagé la nôtre à jamais.

ACTE CINQUIÈME.

SCÈNE I.

PARMÉNON, ET APRÈS BACCHIS.

Par. En vérité, mon maître compte ma peine pour bien peu de chose, de m'envoyer faire ainsi le pied de grue toute une journée à la citadelle. Et pourquoi? pour guetter son Callidémide, cet hôte de Mycone. J'étais là campé comme un nigaud, accostant tous ceux qui passaient. « Pardon, monsieur, vous êtes de Mycone? — Non. — Mais vous vous nommez Callidémide? — Non. — Du moins avez-vous ici un hôte appelé Pamphile? — Non. » Toujours, non. Je crois qu'il n'y a pas de Callidémide au monde. Ma foi, la honte m'a pris à la fin ; j'ai déserté le poste. Mais que vois-je? Bacchis sortant de la maison de notre beau-père. Que veut dire ceci?

Bac. Ah! Parménon, je te trouve bien à propos ; cours vite chercher ton maître.

Par. Que je coure! et pourquoi?

Bac. Dis-lui que je le prie de venir me trouver.

Par. Chez vous?

Bac. Non ; chez Philumène.

Par. De quoi donc s'agit-il?

Bac. De rien qui te regarde. Trêve de questions.

Par. Et c'est là tout ce qu'il faut lui dire?

Bac. Ah! dis-lui encore que cette bague qu'il m'a-

Bac. Ancillas dedo : quolubet cruciatu per me exquire.
Hæc res hic agitur : Pamphilo me facere ut redeat uxor 775
Oportet : quod si effecero, non pœnitet me famæ,
Solam fecisse id, quod aliæ meretrices facere fugitant.
La. Phidippe, nostras mulieres suspectas fuisse falso
Nobis, in re ipsa invenimus : porro hanc nunc experiamur.
Nam si compererit crimini tua se uxor credidisse,   780
Missam iram faciet ; sin autem est ob eam rem iratus gnatus,
Quod peperit uxor clam, id leve 'st : cito ab eo hæc ira
    abscedet.
Profecto in hac re nil mali est , quod sit discidio dignum.
Ph. Velim quidem hercle. *La.* Exquire : adest ; quod satis
    sit , faciet ipsa.
Ph. Quid mi istæc narras? an , quia non tute ipse dudum
    audisti ,   785
De hac re animus meus ut sit, Laches? illis modo exple ani-
    mum.
La. Quæso ædepol , Bacchis , mihi quod es pollicita , tute
    ut serves.
Bac. Ob eam rem vin' ergo introeam? *La.* I , atque exple
    iis animum , ut credant.
Bac. Eo , etsi scio pol his meum fore conspectum invisum
    hodie :
Nam nupta meretrici hostis est , a viro ubi segregata est. 790
La. At hæ amicæ erunt , ubi , quamobrem adveneris , res-
    ciscent.
Ph. At easdem amicas fore tibi promitto , rem ubi cognorint.
Nam illas errore, et simul suspicione exsolves.
Bac. Perii! pudet Philumenæ : sequimini me huc intro
    ambæ.
La. Quid est , quod mihi malim , quam quod huic intelligo
    evenire?   795

Ut gratiam ineat sine suo dispendio , et mihi prosit.
Nam si est , ut hæc nunc Pamphilum vere ab se segregarit ,
Scit sibi nobilitatem ex eo , et rem natam et gloriam esse,
Referet gratiam ei , unaque nos sibi opera amicos junget.

ACTUS QUINTUS.

SCENA PRIMA.

PARMENO , BACCHIS.

Par. Ædepol næ meam herus esse operam deputat parvi
    pretii ,   800
Qui ob rem nullam misit, frustra ubi totum desedi diem,
Myconium hospitem dum exspecto in arce Callidemidem.
Itaque ineptus hodie dum illi sedeo , ut quisquam venerat,
Accedebam : « Adolescens! dic dum quæso , tun' es Myco-
    nius ?
Non sum. — At Callidemides? — Non. — Hospitem ecquem
    Pamphilum   805
Hic habes? » Omnes negabant ; neque eum quemquam esse
    arbitror.
Denique hercle jam pudebat : abii . Sed quid Bacchidem
Ab nostro adhuc exeuntem video? quid huic hic est rei?
Bac. Parmeno, opportune te offers ; propere curre ad
    Pamphilum.
Par. Quid eo? *Bac.* Dic me orare , ut veniat. *Par.* Ad te?
    Bac. Immo ad Philumenam.   810
Par. Quid rei est? *Bac.* Tua quod nil refert, percontari
    desinas.
Par. Nil aliud dicam? *Bac.* Etiam : cognosse annulum ,
    illum Myrrhinam

43.

vait donnée, Myrrhine vient de la reconnaître comme ayant appartenu à sa fille.

Par. J'entends. Est-ce tout?

Bac. Oui, tout. Il n'en faut pas davantage pour le faire accourir. Eh bien! tu te reposes?

Par. Oui, vraiment! on m'en a bien laissé le temps aujourd'hui. Depuis ce matin on ne fait que m'envoyer trotter par-ci, par-là, sans miséricorde.

Bac. (*seule*). Quel bonheur va me devoir aujourd'hui Pamphile! Quel soulagement pour son cœur! Que de chagrins épargnés! Je lui rends un fils dont ces deux femmes et lui-même allaient avoir à se reprocher la mort. L'épouse qu'il croyait perdue pour lui, je la remets dans ses bras. Je le lave des soupçons conçus contre lui par son père et son beau-père. Et c'est cet anneau qui a tout fait. Oui, je m'en souviens, Pamphile, il y a dix mois environ, arrive un soir chez moi, seul, et tout hors d'haleine. Il paraissait ivre, et tenait un anneau. J'eus peur d'abord. Pamphile, lui dis-je, cher Pamphile, qu'est-ce que ce trouble? D'où vient cet anneau? Lui, d'éluder les questions; moi, de m'alarmer de plus belle. J'insiste, je le presse. Il finit par m'avouer qu'il vient dans la rue de faire violence à une femme qui lui est inconnue, et que dans la lutte l'anneau est resté entre ses mains. Ce même anneau, tout à l'heure Myrrhine l'a vu à mon doigt, et m'a demandé d'où je le tenais. Moi, je lui ai tout conté. Quelle découverte alors! c'est à sa femme que Pamphile a fait violence, et l'enfant de sa femme est le sien. Toute cette joie leur arrive par moi. Ah! c'est une satisfaction bien douce. Mes semblables seraient d'un autre avis. Naturellement cela ne fait pas nos affaires que nos amants soient heureux maris. Mais, ma foi, si jamais je fais mal, ce ne sera pas par intérêt. Pam-

phile est généreux, bien fait, aimable. Il a été à moi tant qu'il a été libre. Son mariage a été un rude mécompte, sans aucun doute; et, franchement, je ne crois pas l'avoir mérité. Mais quand on a tant à se louer des gens, il faut savoir, en retour, souffrir d'eux quelque chose.

SCÈNE II.

PAMPHILE, PARMÉNON, BACCHIS.

Pam. Encore une fois, mon cher Parménon, es-tu bien sûr de ton fait? Ne va pas me donner une fausse joie, dont il faudrait trop tôt revenir. Réfléchis bien.

Par. C'est tout réfléchi.

Pam. Tu en es bien certain?

Par. On ne peut plus certain.

Pam. Je suis heureux comme un dieu, si tu dis vrai.

Par. Je dis vrai, vous verrez.

Pam. Attends donc. J'ai peur que tu n'aies dit une chose, et que j'en aie compris une autre.

Par. Voyons.

Pam. Tu m'as dit, je crois, que Myrrhine avait reconnu comme sien l'anneau que porte Bacchis?

Par. Oui.

Pam. L'anneau que j'avais donné, moi, dans le temps à Bacchis? Et c'est Bacchis qui me le fait dire? Est-ce bien cela?

Par. Cela précisément.

Pam. Ah! la fortune et l'amour me comblent! Mais que puis-je te donner à toi pour une telle nouvelle? que te donner? dis.

Par. Ce sera bientôt fait.

Pam. Eh bien! quoi?

Cnatæ suæ fuisse, quem ipsus olim mi dederat. *Par.* Scio.
Tantumne est? *Bac.* Tantum : aderit continuo, hoc ubi
    ex te audiverit.
Sed cessas? *Par.* Minume equidem : nam hodie mihi po-
    testas haud data 'st.   815
Ita cursando atque ambulando totum hunc contrivi diem.
Bac. Quantam obtuli adventu meo lætitiam Pamphilo hodie!
Quot commodas res attuli! quot autem ademi curas!
Gnatum ei restituo, qui pæne harum ipsiusque opera pe-
    riit :
Uxorem, quam nunquam est ratus posthac se habiturum,
    reddo;   820
Qua re suspectus suo patri et Phidippo fuit, exsolvi.
Hic adeo his rebus annulus fuit initium inveniundis.
Nam memini abhinc menses decem fere me nocte prima
Confugere anhelantem domum, sine comite, vini plenum,
Cum hoc annulo : extimui illico : « Mi Pamphile, inquam,
    amabo.   825
Quid exanimatu's? obsecro; aut unde annulum istum
    nactu's?
Dic mi. » Ille alias res agere se simulare. Postquam video,
Nescio quid suspicarier magis cœpi; instare ut dicat.
Homo se fatetur vi in via nescio quam compressisse,
Dicitque sese illi annulum, dum luctat, detraxisse.   830
Eum cognovit Myrrhina hæc, in digito modo me habente.
Rogat, unde sit : narro omnia hæc : inde 'st cognitio facta,
Philumenam compressam esse ab eo, et filium inde hunc
    natum.
Hæc tot propter me gaudia illi contigisse lætor;
Etsi hoc meretrices aliæ nolunt (neque enim in rem est
    nostram,   835

Ut quisquam amator nuptiis lætetur), verum ecastor,
Nunquam animum quæsti gratia ad malas adducam partes.
Ego, dum illo licitum 'st, usa sum benigno, et lepido et
    comi.
Incommode mihi nuptiis evenit : factum fateor.
At, pol, me fecisse arbitror, ne id merito mihi eveniret. 840
Multa ex quo fuerint commoda, ejus incommoda æquum
    'st ferre.

SCENA SECUNDA.

PAMPHILUS, PARMENO, BACCHIS.

Pam. Vide, mi Parmeno, etiam sodes, ut mi hæc certa et
    clara attuleris;
Ne me in breve conjicias tempus, gaudio hoc falso frui.
Par. Visum est. *Pam.* Certen'? *Par.* Certe. *Pam.* Deus
    sum, si hoc ita 'st. *Par.* Verum reperies.
Pam. Mane dum sodes : timeo, ne aliud credam, atque
    aliud nunties.   845
Par. Maneo. *Pam.* Sic te dixisse opinor, invenisse Myr-
    rhinam,
Bacchidem annulum suum habere. *Par.* Factum. *Pam.* Eum
    quem olim ei dedi;
Eaque hoc mihi te nuntiare jussit? Itane est factum? *Pam.*
    Ita, inquam.
Pam. Quis me est fortunatior? venustatisque adeo plenior?
Egone pro hoc te nuntio quid donem? quid? quid? nescio. 850
Par. At ego scio. *Pam.* Quid? *Par.* Nihil enim.
Nam neque in nuntio, neque in me ipso tibi boni quid sit
    scio.

Par. Rien; car quel bien vous a fait Parménon ou son message? c'est ce que je suis à savoir.

Pam. Ne pas te récompenser, toi qui me tires du tombeau, qui me rends à la vie! Ah! ce serait par trop d'ingratitude. Mais voilà Bacchis elle-même devant la porte. Elle m'attend, j'en suis sûr. Approchons.

Par. Bonjour, Pamphile.

Pam. O Bacchis! ma chère Bacchis! vous me sauvez la vie.

Bac. Je suis heureuse de ce que j'ai fait.

Pam. Ah! je n'en doute pas. Charmante, toujours charmante! Vous n'avez qu'à paraître, qu'à ouvrir la bouche, tous les cœurs sont à vous.

Bac. C'est bien vous qui, de cœur et d'esprit, êtes toujours le même. Oui, vous êtes le plus aimable des hommes.

Pam. (*riant.*) Ha, ha, ha. C'est à moi que ces douceurs s'adressent?

Bac. Ah! Pamphile, que vous avez bien placé votre amour! Je n'avais pas, que je sache, aperçu votre femme jusqu'aujourd'hui. Elle est de tous points faite pour plaire.

Pam. Vous trouvez?

Bac. J'en atteste les dieux, mon cher Pamphile.

Pam. Dites-moi, et ces particularités, en avez-vous dit quelque chose à mon père?

Bac. Pas un mot.

Pam. Rien n'est moins nécessaire. N'en ouvrez pas la bouche; ne faisons pas ici comme à la comédie, où tout le monde est dans le secret. Ceux qu'il était bon d'instruire sont instruits; ceux qui ne doivent rien savoir ne savent ni ne sauront rien.

Bac. Justement. Voici qui va servir vos vues. Myrrhine a dit à son mari qu'elle en croyait mon serment, et qu'à ses yeux vous étiez complétement justifié.

Pam. C'est on ne peut mieux! Ainsi tout ira, j'espère, au gré de mes souhaits.

Par. Maintenant, mon cher maître, ne puis-je savoir vous ce que j'ai fait aujourd'hui de si merveilleux? De quoi s'agit-il? Mettez-moi donc au fait.

Pam. Impossible.

Par. Je soupçonne ce qui en est toutefois. (*à part.*) « Tiré par moi du tombeau? Rendu à la vie.? » Si je comprends...

Pam. Ah! Parménon, tu ne sais pas combien je te suis redevable, et de quel abîme tu m'as retiré.

Par. Oh que si! Je n'ai pas fait tout cela sans m'en douter.

Pam. Ce n'est pas moi qui en doute.

Par. Est-ce que Parménon n'est pas là chaque fois qu'il y a un bon coup à faire?

Pam. Viens, entrons.

Par. Je vous suis. En vérité, j'ai fait plus de bien aujourd'hui sans le savoir que je n'en ai jamais fait de dessein prémédité. Applaudissez.

Pam. Egon' te, qui ab Orco mortuum me reducem in lucem feceris,
Sinam sine munere a me abire? ah, nimium me ingratum putas.
Sed Bacchidem eccam video stare ante ostium.   855
Me exspectat, credo; adibo. *Bac.* Salve, Pamphile.
Pam. O Bacchis! o mea Bacchis! servatrix mea.
Bac. Bene factum, et volupe 'st. *Pam.* Factis ut credam, facis,
Antiquamque adeo tuam venustatem obtines,
Ut voluptati obitus, sermo, adventus tuus, quocumque adveneris,   860
Semper sit. *Bac.* Ac tu ecastor morem antiquum atque ingenium obtines,
Ut unus hominum homo te vivat nusquam quisquam blandior.
Pam. Ha, ha, he, tun' mi istuc? *Bac.* Recte amasti, Pamphile, uxorem tuam.
Nam nunquam ante hunc diem meis oculis eam, quod nossem, videram.
Perliberalis visa 'st. *Pam.* Dic verum. *Bac.* Ita me di ament!   865
Pamphile.
Pam. Dic mi, harum rerum numquid dixti jam patri? *Bac.* Nihil. *Pam.* Neque opus est;
Adeo mutito: placet non fieri hoc itidem ut in comœdiis,
Omnia omnes ubi resciscunt: hic, quos fuerat par resciscere,
Sciunt; quos non autem æquum 'st scire, neque resciscent, neque scient.
Bac. Immo etiam, qui hoc occultari facilius credas, dabo.
Myrrhina ita Phidippo dixit, jurijurando meo   871
Se fidem habuisse, et propterea te sibi purgatum. *Pam.* Optume 'st,
Speroque hanc rem esse eventuram nobis ex sententia.
Par. Here, licetne scire ex te, hodie quid sit, quod feci boni?
Aut quid istuc est, quod vos agitis? *Pam.* Non licet. *Par.* Tamen suspicor.   875
« Egone vim ab Orco mortuum? quo pacto? » *Pam.* Nescis, Parmeno,
Quantum hodie profueris mihi, et me ex quanta ærumna extraxeris.
Par. Immo vero scio, neque hoc imprudens feci. *Pam.* Ego istuc satis scio.
Par. An temere quidquam Parmeno prætereat, quod facto usus sit?
Pam. Sequere me intro, Parmeno. *Par.* Sequor equidem plus hodie boni   880
Feci imprudens, quam sciens ante hunc diem unquam.
Plaudite.

LE PHORMION.

NOMS DES PERSONNAGES.

PHORMION, parasite; de φορμός, corbeille, panier de jonc ou de sparterie. Nom qui exprime une matière assez flexible pour former un tissu, et qui annonce que le parasite est de bonne composition, et fait ce qu'on veut.

DÉMIPHON, frère de Chrémès; de δῆμου φῶς, lumière du peuple.

CHRÉMÈS, frère de Démiphon; de χρέμπτεσθαι, cracher péniblement. Infirmité ordinaire à la vieillesse.

ANTIPHON, fils de Démiphon; de τοῦ ἀντιφαίνομαι, je fais contraste. Ce nom marque l'opposition de caractère des deux jeunes gens.

PHÉDRIA, fils de Chrémès; de φαιδρός, gai.

GÉTA, esclave de Démiphon. Nom de pays, d'origine gète.

DAVE, esclave sans maître indiqué. Nom de pays d'origine dace.

DORION, marchand d'esclaves. Modification de Dorien. Nom de pays.

SOPHRONE, nourrice de Phanie; de σώφρων, chaste, honnête.

NAUSISTRATE, femme de Chrémès. Allusion emphatique à la puissance marine, qui donna longtemps la prééminence à Athènes.

CRATINUS, conseil de Démiphon; [de κράτος, force; (ironiquement) dont la parole a du poids.

HÉGION, autre conseil de Démiphon; de ἡγεῖσθαι, conduire; (ironiquement) homme qui dirige les autres. Un meneur.

CRITON, autre conseil de Démiphon; de κριτής, juge; (ironiquement) esprit impartial, décidé.

PERSONNAGES MUETS.

PHANIE, fille de Chrémès; de φαίνομαι, je brille. Nom qui rappelle la beauté de la jeune femme.

DORCION, compagne de servitude, et femme, suivant toute apparence, de Géta; de δορκάς, daine (daim femelle), qui expédie lestement son service.

STILPHON, nom supposé de Chrémès; de στίλβω, je reluis. Qui brille parmi les siens (par antiphrase.)

La scène est à Athènes.

ARGUMENT

DU PHORMION DE TÉRENCE

PAR SULPICE APOLLINAIRE.

Démiphon, citoyen d'Athènes, laisse pendant un voyage son fils Antiphon dans cette ville. Chrémès, frère de Démiphon, a deux femmes, l'une à Athènes, l'autre à Lemnos. La première, son épouse en titre, lui a donné un fils, qui devient éperdument épris d'une chanteuse. Une fille est née du second mariage, demeuré secret. La femme de Lemnos arrive à Athènes, et meurt. Sa jeune orpheline (le père était alors absent) reste chargée des funérailles. Antiphon la voit pendant qu'elle remplit ce devoir, s'enflamme pour elle, et parvient à l'épouser, grâce à l'adresse d'un parasite. Grande colère de Démiphon et de Chrémès à leur retour. Les deux pères donnent trente mines au parasite, à la condition de les débarrasser de cette inconnue, en la prenant lui-même pour femme. L'argent sert au rachat de la chanteuse; et Antiphon garde sa femme, que son père finit par reconnaître pour sa nièce.

PROLOGUE.

Le vieux poëte, qui n'a pu persuader à l'auteur de laisser là son art, et de se croiser les bras, a pris un autre moyen pour l'empêcher de composer : c'est de décrier ses ouvrages. Il va répétant que tout ce que Térence a donné jusqu'ici au théâtre est aussi pauvre d'invention que pâle de style. Le tout parce qu'on n'y trouve rien dans le goût de certaine scène où un petit bonhomme qui s'hallucine se figure une biche lancée, une meute à ses trousses, voit pleurer la pauvre bête, et l'entend qui implore son secours. Si notre homme pouvait mettre dans sa tête que cette belle conception ne dut guère un succès dans sa nouveauté qu'au talent des acteurs, il rabattrait certes de cette intrépidité à attaquer les autres. Que si quelqu'un vient nous dire, ou se contente de le penser, que notre auteur,

PHORMIO.

DRAMATIS PERSONÆ.

PHORMIO, parasitus. A φορμός, quod est, corbis, storea, textum quid ex sparto, et junco aut nexus vitilium. Vitile est omne lentum, ut flecti possit. Quasi diceretur flexibili admodum ad obsequia mente instrui parasitum.

DEMIPHO, senex, frater CHREMETIS. Quasi δῆμου φῶς, id est, populi claritas.

CHREMES, senex, frater DEMIPHONIS. A χρέμπτεσθαι, quod est enixe spuere, ut est senum.

ANTIPHO, adolescens, filius DEMIPHONIS. Ἀπὸ τοῦ ἀντιφαίνομαι, contra appareo; quasi qui opponi possit Phædriæ, filio Chremetis.

PHÆDRIA, adolescens, filius CHREMETIS. A φαιδρός, hilaris.

GETA, servus DEMIPHONIS. Gentile nomen, a Getis.

DAVUS, servus incerti heri. Gentile nomen, a Dacis.

DORIO, leno, a Doribus. Gentile nomen.

SOPHRONA, nutrix PHANII. A σώφρων, casta, proba.

NAUSISTRATA, matrona, uxor CHREMETIS. Magnificum nomen a copiis navalibus, quarum gloria aliquando populus Atheniensis floruit.

CRATINUS, advocatus. A κράτος, robur. Qui valet in dicendo.

HEGIO, advocatus. Ab ἡγεῖσθαι, quod est ducere. Qui animos arbitrio suo regit et ducit.

CRITO, advocatus. A κριτής, judex; qui res severe et æqua lance judicat.

PERSONÆ MUTÆ.

PHANIUM. A φαίνομαι, filia CHREMETIS. A φαίνομαι, appareo. Quam facit forma conspicuam.

DORCIUM, ancilla, conserva, ut apparet, et uxor Getæ. Vid. vs. 152. A δορκάς, dama. Velox in ministerio.

STILPHO, alias nomen CHREMETIS. Vid. vs. 389, sq. A στίλβω, fulgere. Qui inter suos fulget.

Scena est Athenis.

C. SULPITII APOLLINARIS PERIOCHA

IN TERENTII PHORMIONEM.

Chremetis frater aberat peregre Demipho,
Relicto Athenis Antiphone filio.
Chremes clam habebat Lemni uxorem et filiam,
Athenis aliam conjugem, et amantem unice
Gnatum fidicinam : mater e Lemno advenit
Athenas : moritur : virgo sola (aberat Chremes)
Funus procurat : ibi eam visam Antipho
Quum amaret, opera parasiti uxorem accipit.
Pater et Chremes reversi fremere ; deiu minas
Triginta parasito, ut illam conjugem
Haberet ipse : argento hoc emitur fidicina.
Uxorem retinet Antipho, a patruo agnitam.

PROLOGUS.

Postquam poeta vetus poetam non potest
Retrahere ab studio, et transdere hominem in otium
Maledictis deterrere, ne scribat, parat.
Qui ita dictitat, quas antehac fecit fabulas,
Tenui esse oratione et scriptura levi,
Quia nusquam insanum fecit adolescentulum
Cervam videre fugere, et sectari canes,
Et eam plorare, orare, ut subveniat sibi,
Quod si intelligeret, olim quum stetit nova,

b

sans cette prise à partie, se fût trouvé bien en peine d'un sujet de prologue, faute d'avoir sous main de qui médire, voici ce que nous avons à répondre : Le théâtre est une lice ouverte à quiconque se mêle du métier de poëte. On ne cherche à en dégoûter notre auteur que pour lui ôter son gagne-pain. Il n'a point provoqué, lui; il n'a fait que se défendre. Si l'on s'y fût pris poliment, il eût fait assaut de savoir-vivre. A qui mal veut, mal arrive. Mais trêve de ma part à ce propos, car il n'en faut pas espérer à l'impertinence du personnage.

Ce qui suit mérite attention. Je vous apporte une comédie nouvelle imitée de l'*Epidicazomenos* des Grecs. La pièce latine est intitulée *Phormion*, parce qu'un parasite, ainsi nommé, y joue le rôle principal et forme le pivot de l'intrigue. Voulez-vous quelque bien à l'auteur? voici le moment d'en faire preuve. Écoutez sans prévention et en silence. Épargnez-nous la disgrâce qu'il nous fallut essuyer naguère, alors qu'un tumulte effroyable nous força de quitter cette scène, où le mérite de nos acteurs et votre bienveillante protection nous eurent bientôt rappelés.

ACTE PREMIER.

SCÈNE I.

DAVE (seul.)

Hier j'eus la visite de mon bon ami et camarade Géta. Je lui redevais sur un ancien petit compte une misère qu'il m'a prié de lui solder. J'ai fait la somme, et je la lui porte. Le fils de son maître, m'a-t-on dit, vient de prendre femme. C'est sans doute pour faire son présent à la mariée que Géta rassemble ainsi toutes ses ressources. Quelle pitié de voir toujours les pauvres donner aux riches! Le malheureux aura plus d'une fois rogné sa pitance et fait la guerre à son ventre, pour amasser sou sur sou. Et la dame va rafler le tout, sans se douter seulement de ce qu'il en a coûté pour former ce pécule. Géta n'est pas au bout. Vienne la première couche; nouvel impôt. Puis ce sera l'anniversaire de la naissance; puis chaque initiation du jeune maître; autant d'aubaines à la mère. L'enfant n'en est que le prétexte. Mais ne vois-je pas mon homme?

SCÈNE II.

GÉTA, DAVE.

Gét. (*parlant à quelqu'un dans la maison.*) Si l'on vient me demander, un rousseau, là....

Dav. Le voici. Garde tes renseignements.

Gét. Ah! Dave, c'est toi. J'allais à ta rencontre.

Dav. Tiens. Le compte y est, en bonnes espèces. Partant, quitte.

Gét. Bon! tu es de parole. Grand merci.

Dav. Il y a de quoi. Par le temps qui court, il faut remercier ceux qui payent leurs dettes. Mais tu as l'air bien soucieux.

Gét. On le serait à moins. Tu ne sais guère dans quelles transes je suis et quel danger me menace.

Dav. Qu'y a-t-il donc?

Gét. Es-tu capable de te taire?

Dav. Pauvre tête! va. A moi qui avais de ton argent, et qui t'en ai rendu bon compte, tu hésites à confier un secret? Quel profit aurais-je à t'attraper cette fois?

Actoris opera magis stetisse quam sua;   10
Minus multo audacter, quam nunc lædit, læderet.
Nunc si quis est, qui hoc dicat, aut sic cogitet :
Vetus si poeta non lacessisset prior,
Nullum invenire prologum posset novus,
Quem diceret, nisi haberet, cui malediceret.   15
Is sibi responsum hoc habeat : in medio omnibus
Palmam esse positam, qui artem tractant musicam.
Ille ad famem hunc ab studio studuit reicere;
Hic respondere voluit, non lacessere.
Benedictis si certasset, audisset bene.   20
Quod ab illo adiatum est, sibi esse id relatum putet.
De illo tam finem faciam dicundi mihi,
Peccandi quum ipse de se finem fecerit.
Nunc quid velim, animum attendite : apporto novam
Epidicazomenon, quam vocant comœdiam   25
Græce: latine hic Phormionem nominat :
Quia primas partes qui aget, is erit Phormio
Parasitus, per quem res geretur maxume.
Voluntas vostra si ad poetam accesserit,
Date operam, adeste æquo animo per silentium ;   30
Ne simili utamur fortuna, atque usi sumus,
Quum per tumultum noster grex motus loco 'st.
Quem actoris virtus nobis restituit locum
Bonitasque vostra adjutans atque æquanimitas.

ACTUS PRIMUS.

SCENA PRIMA.

DAVUS.

Amicus summus meus et popularis Geta   35

Heri ad me venit : erat ei de ratiuncula
Jam pridem apud me reliquum pauxillulum
Nummorum, id ut conficerem : confeci : adfero.
Nam herilem filium ejus duxisse audio
Uxorem : ei, credo, munus hoc corraditur.   40
Quam inique comparatum est, hi qui minus habent,
Ut semper aliquid addant divitioribus !
Quod ille unciatim vix de demenso suo,
Suum defrudans genium, comparsit miser,
Id illa universum abripiet, haud existumans.   45
Quanto labore partum : porro autem Geta
Ferietur alio munere, ubi hera peperit ;
Porro autem alio, ubi erit puero natalis dies,
Ubi initiabunt : omne hoc mater auferet.
Puer causa erit mittundi : sed videon' Getam ?   50

SCENA SECUNDA.

GETA, DAVUS.

G. Si quis me quæret rufus.... *Da.* Præsto 'st, desine. *G.* Oh !
At ego obviam conabar tibi, Dave. *Da.* Accipe : lem !
Lectum 'st : conveniet numerus, quantum debui.
G. Amo te, et non neglexisse habeo gratiam.
Da. Præsertim ut nunc sunt mores, adeo res redit,   55
Si quis quid reddit, magna habenda 'st gratia.
Sed quid tu es tristis? *G.* Egone? nescis quo in metu, et
Quanto in periclo simus? *Da.* Quid istuc est? *G.* Scies,
Modo ut tacere possis. *Da.* Abi, sis, insciens !
Cujus tu fidem in pecunia perspexeris,   60
Verere verba ei credere? ubi quid mihi lucri est
Te fallere? *G.* Ergo ausculta. *Da.* Hanc operam tibi dico

Gét. Eh bien! écoute.

Dav. Je suis tout oreilles.

Gét. Tu connais Chrémès, le frère aîné de mon vieux maître?

Dav. Sans doute.

Gét. Et son fils Phédria?

Dav. Comme je te connais.

Gét. Il est arrivé qu'un beau matin les deux frères se sont mis en voyage à la fois. Chrémès allait à Lemnos, mon maître en Cilicie, où l'appelait un ancien hôte à lui, qui lui écrivait lettre sur lettre, lui montrant des monceaux d'or en perspective.

Dav. Lui qui a tant d'argent, et ne sait déjà qu'en faire!

Gét. Que veux-tu? il est comme cela.

Dav. J'étais fait pour jouir d'une grande fortune, moi.

Gét. Or donc les deux vieux, en partant, me préposent à la garde de leurs deux fils, en qualité comme qui dirait de gouverneur.

Dav. Scabreux gouvernement, Géta mon ami.

Gét. J'en sais quelque chose. Mon mauvais génie s'était mêlé de cet arrangement. Au début de ma charge j'ai bien essayé de faire le récalcitrant; mais chaque fois que j'ai voulu me montrer mandataire fidèle, il en a cuit à mes épaules. Je me suis dit alors que c'était sottise toute pure; qu'on ne fait pas remonter le courant. Je pris donc mon parti. Je laissai mes gens la bride sur le cou, et fis ce qu'on voulut.

Dav. Fort bien. C'est ce qu'on appelle hurler avec les loups.

Gét. Notre jeune homme fut en commençant d'une conduite exemplaire. Pour maître Phédria, mon gaillard trouva bientôt sur son chemin certaine chanteuse, et voilà une tête tournée. Cette chanteuse était du troupeau d'un marchand d'esclaves, avide coquin s'il en fut; et nous étions sans une obole. Les pères y avaient mis bon ordre. No-

tre amoureux, pour toute jouissance, s'enivrait de contempler son idole, la suivait quand elle allait à ses leçons, la suivait au retour. Son cousin et moi, par désœuvrement, nous lui tenions compagnie. Vis-à-vis l'école que fréquentait la belle se trouvait une boutique de barbier. C'était notre station ordinaire, en attendant qu'on passât pour revenir au logis. Un jour que nous faisions sentinelle, arrive un jeune homme tout en pleurs. La curiosité s'éveille; on le questionne. Jamais, nous dit-il, je n'ai senti comme aujourd'hui le malheur d'être pauvre. Je viens de voir ici tout près une jeune fille au désespoir. Sa mère est morte. La pauvre enfant se tient assise près du corps; et pas une âme charitable, pas un parent, pas un ami qui s'occupe des funérailles; personne pour l'assister qu'une vieille bonne femme. C'est à fendre le cœur. Et l'orpheline est belle comme le jour. Bref, on se laisse toucher. Si nous allions voir? dit Antiphon. Soit, dit l'autre. Conduisez-nous. On part, on arrive, on voit. La charmante créature! charmante d'autant plus que ses attraits ne devaient rien à la toilette. Des yeux rougis par les larmes, des cheveux en désordre, les pieds nus; et un abandon de sa personne, une mise à faire peur. Il fallait être belle vraiment pour rester belle avec tout cela. La petite est assez bien, dit froidement Phédria, qui n'avait que sa chanteuse en tête. Mais Antiphon....

Dav. Prit feu, je le vois d'ici.

Gét. Et quel feu! Tu vas voir. Le lendemain l'étourdi va droit à la vieille, et demande accès. Refusé net : « Son procédé n'est pas convenable. « On est citoyenne d'Athènes, de bonne vie et de « bon lieu. Qu'il se présente comme époux, il aura « de droit le champ libre. Sinon, point d'affaire. » Voilà mon amoureux bien empêché. Épouser? nous ne demandions pas mieux. Mais ce père en voyage nous faisait grand'peur.

Dav. Le bonhomme à son retour aurait pu trouver mauvais....

G. Senis nostri, Dave, fratrem majorem Chremem
Nostin'? *Da.* Quidni? G. Quid? ejus gnatum Phædriam?
Da. Tam, quam te. G. Evenit senibus ambobus simul, 65
Iter illi in Lemnum ut esset, nostro in Ciliciam,
Ad hospitem antiquum ; is senem per epistolas
Pellexit, modo non montes auri pollicens.
Da. Cui tanta erat res, et supererat? G. Desinas :
Sic est ingenium. *Da.* Oh, regem me esse oportuit. 70
G. Abeuntes ambo hinc tum senes me filiis
Relinquunt quasi magistrum. *Da.* O Geta, provinciam
Cepisti duram. G. Mi usus venit, hoc scio.
Memini relinqui me deo irato meo.
Cœpi adversari primo ; quid verbis opu'st? 75
Seni fidelis dum sum, scapulas perdidi.
Venere in mentem mi istæc : namque inscitia 'st,
Advorsum stimulum calces : cœpi iis omnia
Facere, obsequi quæ vellent. *Da.* Scisti uti foro.
G. Noster mali nil quidquam primo ; hic Phædria 80
Continuo quamdam nactus est puellulam
Citharistriam : hanc amare cœpit perdite.
Ea serviebat lenoni impurissimo ;
Neque, quod daretur quidquam, id curarant patres.
Restabat aliud nil, nisi oculos pascere, 85
Sectari, in ludum ducere, et reducere.
Nos otiosi operam dabamus Phædriæ.
In quo hæc discebat ludo, exadvorsum ei loco
Tonstrina erat quædam : hic solebamus fere

Plerumque eam opperiri, dum inde iret domum. 90
Interea dum sedemus illic, intervenit
Adolescens quidam lacrumans : nos mirarier -
Rogamus quid sit? « Numquam æque, inquit, ac modo
Paupertas mihi onus visa est, et miserum et grave.
Modo quamdam vidi virginem hic viciniæ 95
Miseram, suam matrem lamentari mortuam.
Ea sita erat exadvorsum ; neque illi benevolens,
Neque notus, neque cognatus extra unam aniculam
Quisquam aderat, qui adjutaret funus : miseritum 'st.
Virgo ipsa facie egregia. » Quid verbis opu'st? 100
Commorat nos omnes : ibi continuo Antipho :
« Voltisne eamus visere? » Alius : « Censeo :
Eamus ; duc nos sodes. » Imus, venimus,
Videmus : virgo pulchra! et, quo magis diceres,
Nihil aderat adjumenti ad pulchritudinem. 105
Capillus passus, nudus pes, ipsa horrida,
Lacrumæ, vestitus turpis ; ut, ni vis boni
In ipsa inesset forma, hæc formam exstinguerent.
Ille qui illam amabat fidicinam : « Tantummodo,
Satis, inquit, scita 'st : » Noster vero.... *Da.* Jam scio, 110
Amare cœpit. G. Scin' quam? quo evadat, vide.
Postridie ad anum recta pergit ; obsecrat,
Ut sibi ejus faciat copiam : illa enim se negat ;
Neque eum æquum facere ait, illam civem esse Atticam,
Bonam, bonis prognatam : si uxorem velit 115
Lege, id licere facere ; sin aliter, negat.

Gét. Lui! accepter pour bru une fille sans dot, sans parents? Il ferait beau voir!

Dav. Après?

Gét. Après? Certain Phormion, parasite de son métier, de ces gens qui ne doutent de rien.... Le ciel le confonde!

Dav. Eh bien! ce Phormion?

Gét. Nous a donné le conseil que voici : « Nous « avons une loi, dit-il, qui autorise toute orpheline « à prendre pour époux son plus proche parent, et « qui oblige ledit parent à la prendre pour femme. « Or, je prétends que vous êtes parent de cette fille, « et vous fais assigner comme tel, en qualité d'ami « de son père. Nous allons en justice. Je vous fa-« brique une paternité, une maternité, une parenté « pour le plus grand bien de la cause. Point d'ob-« jection de votre part. On m'adjuge donc la requête. « Votre père revient. Les procès me pleuvent. Je « m'en moque. Nous sommes nantis de la fille par « provision. »

Dav. Le drôle d'impudent!

Gét. L'avis est goûté. Voilà donc mon amoureux assigné, requis d'épouser, condamné, marié.

Dav. Que me contes-tu là?

Gét. Je n'invente rien.

Dav. Pauvre Géta, que vas-tu devenir?

Gét. Je n'en sais, ma foi, rien. En tous cas, je suis bien décidé à faire contre fortune bon cœur.

Dav. Très-bien. Voilà parler en homme.

Gét. Et je ne compte que sur moi.

Dav. Tu as raison.

Gét. Quand je prierais quelqu'un de s'en mêler, que dirait-il, par exemple? « grâce pour lui cette « fois. S'il retombe en faute, je t'intercède plus. » Heureux encore si mon protecteur n'ajoute pas : « Quand j'aurai tourné les talons, assommez-le, si bon vous semble. »

Dav. Et ce beau conducteur de demoiselles avec sa chanteuse, comment vont ses affaires?

Gét. Comme cela. Bien doucement.

Dav. Il n'est pas bien en fonds peut-être?

Gét. Tant s'en faut; si ce n'est de belles paroles.

Dav. Son père est il revenu?

Gét. Pas encore.

Dav. Et ton patron, quand l'attendez-vous?

Gét. Je ne sais au juste. Mais il y a, dit-on, une lettre de lui à la douane. Je vais la réclamer.

Dav. N'as-tu rien de plus à me dire?

Gét. Rien que bonjour. (*à la cantonnade.*) Holà! garçon! Comment? personne? (*Un petit esclave sort.*) Tiens, remets ceci à Dorcion. (*Ils sortent.*)

SCÈNE III.

ANTIPHON, PHÉDRIA.

Ant. Quelle position que la mienne, Phédria! J'ai un père qui ne veut que mon bien; et la seule pensée de son retour me cause une appréhension mortelle. Si ma conduite eût été prudente pourtant, je n'attendrais mon père à cette heure qu'avec les sentiments d'un fils.

Phé. Que te prend-il donc?

Ant. Tu me le demandes, toi, le complice de mon extravagance? Plût au ciel que jamais Phormion ne se fût avisé de cette intrigue, et que mon cœur eût moins aidé à l'entraînement qui peut me devenir si funeste! Elle n'eût pas été à moi sans doute; mais ce n'eût été qu'un chagrin de quelques jours. Au lieu que l'anxiété où je suis est un supplice qui n'a pas de terme.

Phé. Je t'écoute.

Ant. S'attendre à tout moment à voir briser tout le charme de son existence!

Phé. D'ordinaire on est malheureux pour n'avoir pas ce qu'on désire. Tu te plains, toi, d'être servi au delà de tes vœux. L'amour te comble, Antiphon.

Noster, quid ageret, nescire; et illam ducere
Cupiebat, et metuebat absentem patrem.
Da. Non, si redisset, ei pater veniam daret?
G. Ille indotatam virginem atque ignobilem   120
Daret illi? numquam faceret. *Da.* Quid fit denique?
G. Quid fiat? est parasitus quidam Phormio,
Homo confidens, qui... illum di omnes perduint!
Da. Quid is fecit? *G.* Hoc consilium, quod dicam, dedit :
« Lex est, ut orbae qui sint genere proxumi,   125
Iis nubant, et illos ducere eadem haec lex jubet.
Ego te cognatum dicam, et tibi scribam dicam;
Paternum amicum me assimulabo virginis;
Ad judices veniemus; qui fuerit pater,   130
Quae mater, qui cognata tibi sit, omnia haec
Confingam; quod erit mihi bonum atque commodum.
Quum tu horum nil refelles, vincam scilicet.
Pater aderit; mihi paratae lites : quid mea?
Illa quidem nostra erit. » *Da.* Jocularem audaciam!
G. Persuasit homini : factum 'st; ventum 'st; vincimur. 135
Duxit. *Da.* Quid narras? *G.* Hoc quod audis. *Da.* O Geta,
Quid te futurum est! *G.* Nescio hercle : unum hoc scio,
Quod fors feret, feremus aequo animo. *Da.* Placet.
Hem! istuc viri 'st officium. *G.* In me omnis spes mihi est.
Da. Laudo. *G.* Ad precatorem adeam, credo, qui mihi 140
Sic oret : « Nunc amitte, quaeso, haec quidem;
Posthac, si quidquam, nil precor. » Tantummodo
Non addit : « Ubi ego hinc abiero, vel occidito. »
Da. Quid paedagogus ille, qui citharistriam...?

Quid rei gerit? *G.* Sic, tenuiter. *Da.* Non multum habet, 145
Quod det, fortasse. *G.* Immo nihil, nisi spem meram.
Da. Pater ejus redit, an non? *G.* Nondum. *Da.* Quid? senem
Quoad exspectatis vestrum? *G.* Non certum scio,
Sed epistolam ab eo adlatam esse audivi modo,
Et ad portitores esse delatam : hanc petam.   150
Da. Numquid, Geta, aliud me vis? *G.* Ut bene sit tibi.
Puer, heus! nemon' huc prodit? cape, da hoc Dorcio.

SCENA TERTIA.

ANTIPHO, PHAEDRIA.

A. Adeon' rem redisse, ut qui mi consultum optume velit
esse,
Phaedria, patrem ut extimescam, ubi in mentem ejus adventi
venit?
Quod ni fuissem incogitans, ita eum exspectarem, ut par
fuit.   155
Phae. Quid istuc? *A.* Rogitas? qui tam audacis facinoris mi
conscius sis?
Quod utinam ne Phormioni id suadere in mentem incidis-
set,
Neu me cupidum eo impulisset, quod mi principium 'st mali.
Non potitus essem : fuisset tum illos mi aegre aliquot dies,
At non quotidiana cura haec angeret animum. *Phae.* Audio. 160
A. Dum exspecto quam mox veniat, qui hanc mihi adimat
consuetudinem.

Ton sort est ce qu'il y a de plus doux, de plus digne d'envie. Ah! que j'obtienne des dieux autant d'heures seulement la possession de celle que j'aime; et que ma mort en soit le prix! Juge donc combien je souffre de ma position, et combien tu devrais te féliciter de la tienne. Enfin on ne peut te dire que ton cœur déroge et se mésallie; on ne t'a pas rançonné, toi. L'hymen de ton choix est tel que la médisance n'y saurait trouver prise; tu n'as pas à cacher ton bonheur. Il ne te manque que de savoir en jouir. Ah! s'il te fallait passer par les mains de mon Arabe! mais voilà les hommes : jamais contents de leur sort.

Ant. Et moi, Phédria, je te trouve au contraire le plus fortuné des mortels. A toi permis d'arranger ta vie à ta guise, de t'engager, de donner ta liberté ou de la reprendre; tandis que je me trouve, moi, fatalement placé dans une égale impuissance d'assurer mes liens ou de m'en affranchir. Mais qu'y a-t-il? n'est-ce pas Géta que je vois accourir à toutes jambes? Ah! que je redoute ce qu'il va m'annoncer!

SCÈNE IV.

GÉTA, ANTIPHON, PHÉDRIA.

Gét. (sans voir les précédents.) C'est fait de toi, Géta, s'il ne te vient bien vite quelque bonne idée. Tout me tombe à la fois, et à l'improviste. Si je sais comment détourner l'orage ou me tirer de là...! C'est qu'il n'y a plus à cacher notre équipée. A moins d'un coup de maître, Antiphon ou moi nous sommes perdus.

Ant. (à Phédria.) Qui peut le troubler ainsi?

Gét. Il n'y a pas à s'amuser. Le patron est revenu.

Ant. (à Phédria.) Qu'est-il donc arrivé?

Gét. Quand il saura tout, comment calmer sa colère, Si je parle, il va jeter feu et flamme. Me taire? c'est l'irriter; me disculper? autant parler à un mur. Géta, gare à ta peau! Mais c'est l'idée de mon maître surtout qui me met au supplice. Pauvre garçon! quelle pitié! c'est pour lui que je tremble. Lui seul me retient. Sans lui j'aurais bien vite pris mon parti, et fait la nique au bonhomme de père avec tout son courroux. Zeste! main basse et haut le pied.

Ant. Que parle-t-il de voler et de s'enfuir?

Gét. Mais où trouver Antiphon? où courir le chercher?

Phé. Il a prononcé ton nom.

Ant. Je ne sais quelle nouvelle il apporte; mais j'en frémis.

Phé. Allons, vas-tu perdre la tête?

Gét. Je rentre au logis. Il n'en sort guère.

Phé. Il faut le rappeler.

Ant. Demeure.

Gét. Hein? vous avez le verbe haut, qui que vous soyez.

Ant. Géta!

Gét. Ah! voici l'homme que je cherche.

Ant. Voyons, parle, au nom du ciel, et pas de phrases, si tu peux.

Gét. M'y voici.

Ant. Parle donc.

Gét. Au port, il n'y a qu'un instant....

Ant. Mon p....

Gét. Vous y êtes.

Ant. Je suis mort.

Gét. Hem!

Ant. Que faire?

Phé. (à Géta.) Que viens-tu nous conter?

Pæ. Aliis, quia defit quod amant, ægre 'st; tibi, quia superest, dolet.
Amore abundas, Antipho.
Nam tua quidem hercle certo vita hæc expetenda optandaque est :
Ita me di bene ament! ut mihi liceat tam diu, quod amo, frui;   165
Jam depecisci morte cupio; tu conjicito cætera,
Quid ego hac ex inopia nunc capiam; et quid tu ex istac copia.
Ut ne addam, quod sine sumptu ingenuam, liberalem nactus es:
Quod habes ita ut voluisti, uxorem sine mala fama palam.
Beatus, ni unum hoc desit, animus qui modeste istæc ferat.
Quod si tibi res sit cum eo lenone, quo cum mi est, tum senties.   171
Ita plerique ingenio sumus omnes : nostri nosmet pœnitet.
A. At tu mihi contra nunc videre fortunatus, Phædria,
Cui de integro est potestas etiam consulendi, quid velis :
Retinere, amare, amittere : ego in eum incidi infelix locum,
Ut neque mi ejus sit amittendi, nec retinendi copia.   176
Sed quid hoc est? videon' ego Getam currentem huc advenire?
Is est ipsus : hei timeo miser, quam hic nunc mihi nuntiet rem.

SCENA QUARTA.

GETA, ANTIPHO, PHÆDRIA.

G. Nullus es, Geta, nisi aliquod jam consilium celere reperis
Ita nunc imparatum subito tanta in me impendent mala,   180

Quæ neque uti devitem scio, neque quo modo me inde extraham.
Nam non potest celari nostra diutius jam audacia.
Quæ si non astu providentur, me aut herum pessum dabunt.
A. Quidnam ille commotus venit?
G. Tum, temporis mihi punctum ad hanc rem est : herus adest. *A.* Quid istuc mali 'st?   185
G. Quod quum audierit, quod ejus remedium inveniam iracundiæ?
Loquar? incendam; taceam? instigem; purgem me? laterem lavem.
Eheu, me miserum! quum mihi paveo, tum Antipho me excruciat animi.
Ejus me miseret; ei nunc timeo; is nunc me retinet : nam absque eo esset,
Recte ego mihi vidissem, et senis essem ultus iracundiam; 190
Aliquid convasissem, atque hinc me conjicerem protinus in pedes.
A. Quam hic fugam, aut furtum parat?
G. Sed ubi Antiphonem reperiam? aut qua quærere institam via?
Phæ. Te nominat. *A.* Nescio quod magnum hoc nuntio exspecto malum. *Phæ.* Ah,
Sanusne es? *G.* Domum ire pergam : ibi plurimum 'st.
Phæ. Revocemus hominem. *A.* Sta illico. *G.* Hem! 195
Satis pro imperio, quisquis es. *A.* Geta. *G.* Ipse est, quem volui obviam.
A. Cedo, quid portas? obsecro; atque id, si potes, verbo expedi.
G. Faciam. *A.* Eloquere. *G.* Modo apud portum. *A.* Meumne? *G.* Intellexti. *A.* Occidi. *Ph.* Hem!

Gét. Que j'ai vu son père, votre oncle.

Ant. Comment parer ce coup? Chère Phanie, s'il faut qu'on m'arrache de tes bras autant mourir.

Gét. Raison de plus pour s'évertuer. La fortune est pour les gens de cœur.

Ant. Je n'ai pas la tête à moi.

Gét. Ayez-la ou jamais. Si votre père vous voit peureux, il va vous croire coupable.

Phé. Il dit vrai.

Ant. Puis-je me refaire?

Gét. Et si l'on vous demandait quelque chose de bien difficile?

Ant. Qui ne peut le moins ne peut le plus.

Gét. Allons, il n'y a rien à en tirer. Phédria, nous perdons notre temps ici. Moi, je m'en vais.

Phé. Et moi aussi.

Ant. Attendez. (*Cherchant à prendre l'air assuré.*) Est-ce bien comme cela?

Gét. Allons donc.

Ant. (*même jeu.*) Voyez. Est-ce mieux?

Gét. Non.

Ant. (*même jeu.*) Et ceci?

Gét. Cela approche.

Ant. (*même jeu.*) Et maintenant?

Gét. Voilà qui est bien. Tenez-vous-en là. A présent, ferme sur la réplique; et le ton à l'unisson du sien. Sans quoi au premier choc, il va vous mettre en déroute.

Ant. Je le crains.

Gét. Contraint et forcé. La loi... la justice. Y êtes-vous? Mais quel est ce vieillard qui paraît à l'autre bout de la place?

Ant. C'est lui. Jamais je ne soutiendrai sa vue.

Gét. Eh bien! que faites-vous? où allez-vous? Restez, mais restez donc!

Ant. Je me connais; je sais ce que j'ai fait. Sauvez ma Phanie, sauvez mes jours! (*Il s'enfuit.*)

Phé. Que va-t-il arriver, Géta?

Gét. Que vous allez avoir une semonce, et moi les étrivières, ou je serais bien trompé. Mais l'avis que nous donnions à votre cousin, nous pourrions le prendre pour nous.

Phé. Laisse là ton *nous pourrions*, et dis-moi ce qu'il faut que nous fassions.

Gét. Ne vous souvenez-vous plus qu'au commencement de l'affaire vous aviez une superbe apologie toute prête? Le droit de cette fille était clair, évident, péremptoire, le plus incontestable des droits.

Phé. Si vraiment!

Gét. Eh bien donc! en avant, appuyez, frappez plus fort, s'il est possible.

Phé. J'y ferai de mon mieux.

Gét. Chargez-vous d'engager l'affaire. Moi je vais me dissimuler, comme un corps de réserve, prêt à donner en cas d'échec.

Phé. Va.

ACTE DEUXIÈME.

SCÈNE I.

DÉMIPHON, GÉTA, PHÉDRIA.

Dém. Mon fils se marier sans mon aveu! se jouer de mon autorité! Passe encore pour mon autorité; mais n'avoir aucun souci de la peine qu'il me cause! pas le moindre scrupule! Quelle audace! Ah! Géta, maudit conseiller!

Gét. (*à part.*) Bon, me voici en scène.

Dém. Quel tour vont-ils donner à la chose? quelle excuse m'alléguer? Je m'y perds.

Gét. (*à part.*) On en trouvera, soyez tranquille.

A. Quid agam? *Phæ.* Quid ais? *G.* Hujus patrem vidisse me, patruum tuum.

A. Nam quod ego huic nunc subito excitio remedium inveniam, miser?   200

Quod si eo meæ fortunæ redeunt, Phanium, abs te ut distrahar,

Nulla 'st mihi vita expedenda. *G.* Ergo istæc quum ita sint, Antipho,

Tanto magis te advigilare æquum 'st : fortes fortuna adjuvat.

A. Non sum apud me. *G.* Atqui opus est nunc quum maxume ut sis, Antipho.

Nam si senserit te timidum pater esse, arbitrabitur   205

Commeruisse culpam. *Phæ.* Hoc verum 'st. *A.* Non possum immutarier.

G. Quid faceres, si aliud gravius tibi nunc faciundum foret?

A. Quum hoc non possum, illud minus possem. *G.* Hoc nihil est, Phædria : licet.

Quod hic conterimus operam frustra? quin abeo? *Phæ.* Et quidem ego. *A.* Obsecro,

Quid si adsimulo! satin' est? *G.* Garris. *A.* Voltum contemplamini, hem!   210

Satin' est sic? *G.* Non. *A.* Quid si sic? *G.* Propemodum. *A.* Quid si sic? *G.* Sat est.

Hem, istuc serva; et verbum verbo, par pari ut respondeas,

Ne te iratus suis sævidicis proteiet. *A.* Scio.

G. Vi coactum te esse invitum, lege, judicio : tenes?

Sed quis hic est senex, quem video in ultima platea? *A.* Ipsus est.   215

Non possum adesse. *G.* Ah, quid agis? quo abis, Antipho? mane,

Mane, inquam. *A.* Egomet me novi et peccatum meum.

Vobis commendo Phanium et vitam meam.

Phæ. Geta, quid nunc fiet? *G.* Tu jam lites audies ;

Ego plectar pendens, nisi quid me fefellerit.   220

Sed quod modo hic nos Antiphonem monuimus,

Id nosmetipsos facere oportet, Phædria.

Phæ. Aufer mi : « Oportet; » quin tu, quid faciam, impera.

G. Meministin' olim ut fuerit vostra oratio,

In re incipiunda ad defendendam noxiam,   225

Justam illam causam, facilem, vincibilem, optumam?

Phæ. Memini. *G.* Hem, nunc ipsa 'st opus ea, aut, si quid potest,

Meliore et callidiore. *Phæ.* Fiet sedulo.

G. Nunc prior adito tu ; ego in subsidiis hic ero

Succenturiatus, si quid deficias. *Phæ.* Age.   230

ACTUS SECUNDUS.

SCENA PRIMA.

DEMIPHO, GETA, PHÆDRIA.

De. Itane tandem uxorem duxit Antipho injussu meo?

Nec meum imperium, ac mitto imperium, non simultatem meam

Revereri saltem? non pudere? o facinus audax! o Geta

Monitor! *G.* Vix tandem. *De.* Quid mihi dicent? aut quam causam reperient?

Demiror. *G.* Atqui reperi jam : aliud cura. *De.* An hoc dicet mihi :   235

Dém. Me diront-ils qu'il y a eu contrainte, que la loi est formelle? Je ne dis pas non.

Gét. (*à part.*) Ce n'est pas malheureux.

Dém. Mais que, fort de son droit, on ne dise mot, qu'on donne gain de cause à son adversaire; où est le texte qui prescrit cela?

Gét. (*bas à Phédria.*) Voilà le hic.

Phé. (*bas à Géta.*) Je me charge de répondre. Laisse-moi faire.

Dém. Je ne sais à quoi me résoudre. La chose est si étrange, si incroyable, et la colère m'ôte toute réflexion. Ah! qu'on a raison de dire que plus le sort nous seconde, plus il faut nous tenir prêts à quelque retour fâcheux, un danger, un désastre domestique, un exil! Tout père de famille qui revient d'un voyage doit se figurer qu'il va trouver son fils plongé dans le désordre, sa femme morte, sa fille malade. Voilà pourtant ce qui peut arriver. Quand on s'y attend, c'est moins pénible. Et s'il y en a moins qu'on n'en a prévu, c'est autant de gagné.

Gét. (*bas à Phédria.*) On n'imaginerait pas, Phédria, combien je suis plus sage que le patron. Moi, j'ai déjà récapitulé tous mes revenants-bons à son retour. Moulin, bastonnade, fers aux pieds, travail à la terre : rien de tout cela ne peut m'échoir à l'improviste. Aussi chaque mécompte sur mes espérances, ce sera gain tout clair. Mais que tardez-vous à l'aborder? Commencez en douceur.

Dém. Voici mon neveu Phédria, qui s'approche.

Phé. Bonjour, mon cher oncle.

Dém. Bonjour. Ou est Antiphon?

Phé. Votre heureux retour...

Dém. C'est bon, c'est bon. Répondez d'abord à ma question.

Phé. Antiphon se porte bien; il est ici. Mais vous mon oncle? Cela va-t-il comme vous voulez?

Dém. Plût au ciel!

Phé. (*d'un air surpris.*) Qu'y a-t-il donc?

Dém. Ce qu'il y a? Et ce beau mariage que vous avez bâclé en mon absence?

Phé. Eh! mon oncle, allez-vous en vouloir à votre fils pour cela?

Géta (*à part.*) Le bon comédien!

Dém. Si je lui en veux? qu'il se présente un peu devant moi : il verra que du plus facile des pères il en a fait le plus intraitable.

Phé. Mais, mon cher oncle, il n'y a, de son fait, rien qui mérite votre courroux.

Dém. Les voilà bien! on les a jetés dans le même moule. Qui en voit un les voit tous.

Phé. Pardon, pardon.

Dém. L'un se trouve en faute; l'autre aussitôt de se faire son avocat. Que celui-ci à son tour fasse une sottise, le premier ne manquera pas de le défendre. Service pour service.

Gét. (*à part.*) Le bonhomme est plus près de la vérité qu'il ne croit.

Dém. Autrement, beau neveu, vous ne seriez pas si pressé de parler pour lui.

Phé. Mon oncle, s'il est vrai qu'Antiphon ait à se reprocher d'avoir fait brèche à votre fortune ou à son honneur, je n'ai rien à dire pour lui : qu'il subisse les conséquences de sa faute. Mais si un habile intrigant a tendu un piège à notre inexpérience, et a su nous y faire tomber, à qui s'en prendre? à nous ou à la justice? Par envie ou par compassion, les juges penchent assez à favoriser les pauvres aux dépens des riches.

Gét. (*à part.*) Si je ne savais ce qui en est, je serais pris à cet air de candeur.

Dém. Mais quel juge pourra reconnaître que le droit est pour vous quand vous restez bouche close, comme a fait votre cousin?

Phé. Effet d'une bonne éducation. Dès que ·

« Invitus feci ; lex coegit? » audio, fateor. G. Places.

De. Verum scientem, tacitum, causam tradere adversariis, Etiamne id lex coegit? G. illud durum. Phæ. Ego expediam, sine.

D. Incertum 'st quid agam : quia præter spem atque incredibile hoc mi obligit.

Ita sum irritatus, animum ut nequeam ad cogitandum instituere.   240

Quamobrem omnes, quum secundæ res sunt maxume, tum maxume

Meditari secum oportet, quo pacto adversam ærumnam ferant,

Pericla, damna, exsilia : peregre rediens semper cogitet,

Aut fili peccatum, aut uxoris mortem, aut morbum filiæ;

Communia esse hæc; fieri posse; ut ne quid animo sit novum.

Quidquid præter spem eveniat, omne id deputare esse in lucro.   246

G. O Phædria, incredibile est, quantum herum auteo sapientia.

Meditata mihi sunt omnia mea incommoda, herus si redierit,

Molendum usque in pistrino; vapulandum; habendum compedes;

Opus ruri faciundum; horum nihil quidquam accidet animo novum.   250

Quidquid præter spem eveniet, omne id deputabo in lucro.

Sed quid cessas hominem adire, et blande in principio adloqui?

De. Phædriam mei fratris video filium mi ire obviam.

Phæ. Mi patrue, salve. De. Salve : sed ubi est Antipho?

De. Salvum advenire... De. Credo : hoc responde mihi. 255

Phæ. Valet ; hic est : sed satin' omnia ex sententia?

De. Vellem quidem. Phæ. Quid istuc? De. Rogitas, Phædria?

Bonas, me absente, hic confecistis nuptias!

Phæ. Eho, an id succenses nunc illi? G. O artificem probum!

De. Egone illi non succenseam? ipsum gestio   260

Dari mi in conspectum, nunc sua culpa ut sciat

Lenem patrem illum factum me esse acerrimum.

Phæ. Atqui nil fecit, patrue, quod succenseas.

De. Ecce autem similia omnia! omnes congruunt.

Unum cognoris, omnes noris. Phæ. Haud ita 'st. 265

De. Hic in noxa est; ille ad defendendam causam adest.

Quum ille est, præsto hic est : tradunt operas mutuas.

G. Probe horum facta imprudens depinxit senex.

De. Nam ni hæc ita essent, cum illo haud stares, Phædria.

Phæ. Si est, patrue, culpam ut Antipho in se admiserit, 270

Ex qua re minus rei foret aut famæ temperans,

Non causam dico, quin, quod meritus sit, ferat.

Sed si quis forte, malitia fretus sua,

Insidias nostræ fecit adolescentiæ,

Ac vicit; nostram' culpa ea est? an judicum, 275

Qui sæpe propter invidiam adimunt divili,

Aut propter misericordiam adduut pauperi?

G. Ni nossem causam, crederem vera hunc loqui.

De. An quisquam judex est, qui possit noscere

Tua justa, ubi tute verbum non respondeas, 280

mon cousin s'est vu en présence du tribunal, une crainte modeste s'est emparée de lui, et le pauvre garçon n'a pu articuler un seul mot de ce qu'il avait préparé pour sa défense.

Gét. (à part.) A merveille! mais il est temps que je m'en mêle. (*Haut.*) Bonjour, mon maître : que je suis ravi de vous revoir si bien portant!

Dém. Ah! salut au phénix des gouverneurs, l'arc-boutant de ma maison : à l'homme par excellence, à qui je confiai mon fils en partant.

Gét. Depuis une heure je vous entends nous accuser tous injustement, moi plus injustement que tous les autres. Car que pouvais-je pour vos intérêts dans cette conjoncture? La loi défend à un esclave de plaider. Son témoignage même n'est pas reçu en justice.

Dém. Passons là-dessus. Mon fils n'est qu'un enfant qui s'est laissé intimider ; la chose est claire. Toi, tu n'es qu'un esclave. Mais quand la partie eût été cent fois sa parente, quelle nécessité d'épouser? Il n'y avait, aux termes mêmes de la loi, qu'à payer la dot, et envoyer la fille chercher mari ailleurs. Mais m'empêtrer d'une belle-fille qui n'a pas le sou! Où était donc sa tête?

Gét. Ce n'est pas la tête qui lui a manqué, mais l'argent comptant.

Dém. On emprunte.

Gét. On emprunte, est bientôt dit.

Dém. D'un usurier au besoin, à défaut d'autres.

Gét. Vous parlez d'or. Supposé qu'un usurier, vous vivant, voulût risquer la chance.

Dém. Non, ça ne se passera pas ainsi. Qu'on ne m'en parle plus. Souffrir qu'ils habitent un jour de plus sous le même toit! Je suis bien payé pour cela. Où est cet homme? Il me le faut, lui ou son adresse.

Gét. Qui? Phormion?

Dém. Ce champion de demoiselles.

Gét. Vous allez le voir dans l'instant.

Dém. Et Antiphon, qu'est-il devenu?

Phé. Il est sorti.

Dém. Allez le chercher, vous, Phédria, et amenez-le-moi.

Phé. J'y vais de ce pas.

Gét. (à part.) C'est-à-dire qu'il va voir sa belle.

Dém. Moi, j'entre un moment saluer mes pénates. De là j'irai au forum chercher quelques amis pour m'assister quand ce Phormion viendra. Il faut se mettre en mesure.

SCÈNE II.

PHORMION, GÉTA.

Phor. Tu dis donc qu'Antiphon a pris la venette à la vue de son père, et qu'il a lâché pied?

Gét. Sans demander son reste.

Phor. Et planté là sa Phanie?

Gét. Vous l'avez dit.

Phor. Et le bonhomme enrage?

Gét. De tout son cœur.

Phor. (se parlant à lui-même.) Phormion, mon ami, tout va rouler sur toi. Tu as versé le vin, il faut le boire. Allons, à l'œuvre.

Gét. Je viens vous supplier....

Phor. (sans l'écouter.) S'il m'interpelle sur...

Gét. Nous n'espérons qu'en vous.

Phor. (même jeu.) Bon, m'y voilà. Mais s'il répond...

Gét. C'est vous qui avez tout fait.

Phor. (même jeu.) Si je...

Gét. Tirez-nous de crise.

Phor. (à Géta.) Livre-moi ton homme. J'ai mon plan là (montrant sa tête).

Gét. Voyons. Que ferez-vous?

Phor. Tu demandes, n'est-ce pas, que Phanie nous reste; qu'Antiphon sorte de là blanc comme

---

Ita ut ille fecit? *Phæ.* Functus adolescentuli est
Officium liberalis : postquam ad judices
Ventum est, non potuit cogitata proloqui :
Ita eum tum timidum ibi obstupefecit pudor.
G. Laudo hunc : sed cesso adire quamprimum senem? 285
Here, salve: salvum te advenisse gaudeo. *De.* Ho!
Bone custos, salve, columen vero familiæ,
Cui commendavi filium hinc abiens meum.
G. Jam dudum te omnes nos accusare audio
Immerito, et me horunc omnium immeritissimo. 290
Nam quid me in hac re facere voluisti tibi?
Servum hominem causam orare leges non sinunt,
Neque testimonii dictio est. *De.* Mitto omnia.
Addo istuc : imprudens timuit adolescens : sino.
Tu servus : verum, si cognata est maxume, 295
Non fuit necesse habere; sed, id quod lex jubet,
Dotem daretis, quæreret alium virum.
Qua ratione inopem potius ducebat domum?
G. Non ratio, verum argentum deerat. *De.* Sumeret
Alicunde. G. Alicunde? nihil est dictu facilius. 300
De. Postremo, si nullo alio pacto, fœnore.
G. Hui! dixti pulchre, si quidem quisquam crederet
Te vivo. *De.* Non, non sic futurum 'st; non potest.
Egone illam cum illo ut patiar nuptam unum diem?
Nil suave meritum 'st. Hominem commonstrarier 305
Mi istum volo, aut, ubi habitat, demonstrarier.
G. Nempe Phormionem? *De.* Istum patronum mulieris.
G. Jam faxo hic aderit. *De.* Antipho ubi nunc est? G. Foris.

De. Abi, Phædria : eum require, atque adduce huc. *Phæ.* Eo
Recta via quidem illuc. G. Nempe ad Pamphilam. 310
De. At ego deos Penates hinc salutatum domum
Devortar : inde ibo ad forum, atque aliquot mihi
Amicos advocabo, ad hanc rem qui adsient,
Ut ne imparatus sim, si advenlat Phormio.

SCENA SECUNDA.

PHORMIO, GETA.

Pho. Itane patris ais conspectum veritum hinc abiisse? G. Admodum. 315
Pho. Phanium relictam solam? G. Sic. *Pho.* Et iratum senem?
G. Oppido. *Pho.* Ad te summa solum, Phormio, rerum redit.
Tute hoc intristi, tibi omne est exedendum : accingere.
G. Obsecro te. *Pho.* Si rogabit? G. In te spes est. *Pho.* Eccere.
Quid si reddet? G. Tu impulisti. *Pho.* Sic opinor. G. Subveni. 320
Pho. Cedo senem! jam instructa sunt mihi corde consilia omnia.
G. Quid ages? *Pho.* Quid vis, nisi uti maneat Phanium, atque ex crimine hoc
Antiphonem eripiam, atque in me omnem iram derivem senis?

neige ; et que tout le courroux du barbon retombe sur moi?

Gét. Homme sublime! excellent ami! Mais tenez, Phormion , je crains un peu que toutes ces promesses ne finissent par la prison.

Phor. A d'autres! Ce n'est pas mon coup d'essai. Je sais où mettre le pied. J'en ai houspillé plus d'un, vois-tu, tant d'ici que d'ailleurs; et je n'y vois pas de main morte. Or ça, t'est-il revenu par hasard que jamais plainte ait été formée contre moi?

Gét. Et d'où vient?

Phor. De ce qu'on ne va pas prendre pour gibier l'émouchet, ni le milan, qui ne sont bons qu'à nuire, mais bien de pauvres oiseaux qui ne font de mal à personne. La chasse rapporte avec ceux-ci ; c'est peine perdue avec ceux-là. N'a risque à courir en ce monde que celui dont on peut tirer pied ou aile. Or il n'y a rien à tirer de moi ; c'est connu. Tu me diras que l'on peut par arrêt se faire adjuger ma personne? on n'aurait garde. Il faudrait me nourrir, et je suis une bouche qui compte. Franchement je conçois que les gens, pour le bien que je leur fais , ne soient guère empressés à me rendre un si grand service.

Gét. Antiphon ne pourra jamais vous montrer assez de reconnaissance.

Phor. Il est un homme à qui l'on n'en peut montrer assez : c'est l'homme chez qui on dîne. Me vois-tu bien baigné, bien parfumé sans qu'il m'en coûte un sou, l'esprit en parfaite quiétude ; tandis que mon hôte se consume en tracas et en frais pour me traiter suivant mon goût! Comme son front est soucieux! comme le mien s'épanouit! A moi la première coupe, à moi la place d'honneur. On sert le dîner. Dîner *hésitatif!*....

Gét. Qu'entendez-vous par là?

Phor. Que c'est à ne savoir sur quel plat tomber d'abord. Quand on récapitule ces jouissances, et ce qu'il en coûte à celui qui vous les procure, comment ne pas le regarder comme un dieu?

Gét. Voici le patron ; alerte. Le premier choc sera rude. Il s'agit de le soutenir : le reste n'est qu'un jeu.

SCÈNE III.

DÉMIPHON, GÉTA, PHORMION.

Dém. (*à ceux qui le suivent.*) Jamais, dites-moi, affront plus sanglant fut-il fait à qui que ce soit? Soutenez-moi bien, je vous en conjure.

Gét. (*bas.*) Il est furieux.

Phor. (*bas.*) Laisse-moi faire. St! je vais le mener comme il faut. (*Haut.*) Dieux immortels! Démiphon ose nier que Phanie soit sa parente? nier qu'elle soit sa parente, Démiphon?

Gét. (*feignant de ne pas voir son maître.*) Certes il le nie.

Dém. (*bas à ses amis.*) Voici, je crois, l'homme en question. Suivez-moi.

Phor. (*même jeu.*) Et qu'il ait jamais connu son père ?

Gét. (*même jeu.*) Certes, il le nie.

Phor. (*même jeu.*) Et qu'il ait entendu parler de Stiphon?

Gét. (*même jeu.*) Certes , il le nie.

Phor. (*même jeu.*) C'est tout simple. La pauvre enfant n'a rien. Voilà ce qui fait qu'on ne connaît pas son père , qu'on la méprise. Ah! les avares! les avares!

Gét. (*même jeu.*) Appelez mon maître avare, et je vous dirai votre fait, moi.

Dém. (*à ses amis.*) Effronterie sans pareille! c'est lui qui accuse.

Phor. (*même jeu que dessus.*) Quant au jouvenceau , je lui pardonne de ne pas connaître le père. Le bonhomme était sur l'âge. Pauvre, et travaillant du matin au soir, il ne quittait guère la campagne ; à telles enseignes qu'il avait affermé un champ de mon père. Vingt fois je l'ai entendu

---

G. O vir fortis, atque amicus! verum hoc sæpe , Phormio,
Vereor, ne istæc fortitudo in nervum erumpat denique. Pho.
   Ah!   325
Non ita est : factum est periclum, jam pedum visa 'st via.
Quot me censes homines jam deverberasse usque ad necem,
Hospites, tum cives? quo magis novi , tanto sæplus.
Cedo dum, en! unquam injuriarum audisti mihi scriptam
   dicam?
G. Qui istuc? Pho. Quia non rete accipitri tenditur, neque
   milvo,   330
Qui male faciunt nobis'; illis, qui nil faciunt, tenditur.
Quia inveniunt in illis fructus est; in istis opera luditur.
Aliis aliunde est periclum, unde aliquid abradi potest :
Mihi sciunt nihil esse. Dices : Ducent damnatum domum.
Alere nolunt hominem edacem ; et sapiunt mea sententia, 335
Pro maleficio si beneficium summum nolunt reddere.
G. Non potest satis pro merito ab illo tibi referri gratia.
Pho. Immo enim nemo satis pro merito gratiam regi refert.
Ten' asymbolum venire, unctum atque lautum e balneis,
Otiosum ab animo; quum ille et cura et sumptu absumi-
   tur.   340
Dum fit tibi quod placeat, ille ringitur; tu rideas;
Prior bibas, prior decumbas : cœna dubia apponitur.
G. Quid istuc verbi est? Pho. Ubi tu dubites quid sumas po-
   tissimum.
Hæc , quum rationem ineas, quam sint suavia et quam cara
   sint ;

Ea qui præbet, non tu hunc habeas plane præsentem deum ?
G. Senex adest : vide quid agas : prima coitio 'st acerrima. 346
Si eam sustinueris, post illa jam , ut lubet, ludas licet.

SCENA TERTIA.

DEMIPHO, GETA, PHORMIO.

De. En! unquam cuiquam contumeliosius
Audistis factam injuriam, quam hæc est mihi?
Adeste, quæso. G. Iratus est. Pho. Quin tu hoc age : st ! 350
Jam ego hunc agitabo. Pro deum immortalium !
Negat Phanium esse hanc sibi cognatam Demipho?
Hanc Demipho negat esse cognatam ? G. Negat.
De. Ipsum esse opinor, de quo agebam. Sequimini.
Pho. Neque ajus patrem se scire qui fuerit? G. Negat.   355
Pho. Nec Stilphonem ipsum scire qui fuerit? G. Negat.
Pho. Quia egens relicta est misera, ignoratur parens,
Negligitur ipsa : vide, avaritia quid facit!
G. Si herum insimulabis malitiæ, male audies.
De. O audaciam! etiam me ultro accusatum advenit?   360
Pho. Nam jam adolescenti nihil est quod succenseam,
Si illum minus norat : quippe homo jam grandior,
Pauper, cui in opere vita erat, ruri fere
Se continebat ; ibi agrum de nostro patre
Colendum habebat : sæpe interea mihi senex   365
Narrabat, se hunc negligere cognatum suum.
At quem virum ! quem ego viderim in vita optimum.

plaindre de l'abandon où le laissait son parent. Et un homme, ah! ce que j'ai connu de plus honnête au monde!

Gét. (*même jeu.*) Votre honnête homme et vous, si on veut vous en croire...

Phor. (*même jeu.*) Va te faire pendre, maraud! Crois-tu que sans cette conviction j'aurais été, de gaieté de cœur, m'exposer aux ressentiments de ton maître et des siens, pour une pauvre fille qu'il a le cœur de repousser?

Gét. Finirez-vous d'insulter mon maître, qui n'est pas là pour vous répondre?

Phor. Je le traite comme il le mérite.

Gét. Comme il le mérite? Échappé de prison!

Dém. Géta!

Gét. Escamoteur de fortunes! donneur d'entorses à la loi!

Dém. Géta!

Phor. (*bas.*) Il faut lui répondre.

Gét. (*se retournant.*) Qui est là? Ah!

Dém. Tais-toi.

Gét. (*avec une feinte colère.*) C'est que pendant que vous n'êtes pas là ce drôle vous donne des noms abominables, et qui ne conviennent qu'à lui. Il ne cesse depuis ce matin...

Dém. (*à Géta,*) assez. (*à Phormion.*) Jeune homme, puis-je, d'abord sous votre bon plaisir, me permettre de vous adresser une question? Qui est l'individu dont vous parliez tout à l'heure? Veuillez m'expliquer comment il prétend être mon parent.

Phor. Venez donc me tirer les vers du nez! Vous le savez de reste.

Dém. Je le sais, moi?

Phor. Vous.

Dém. C'est ce que je nie; vous qui l'affirmez, aidez donc ma mémoire.

Phor. Allons, vous ne connaissez pas votre cousin?

Dém. Je grille. Son nom, de grâce?

Phor. Son nom? (*il hésite.*)

Dém. Oui, son nom? Vous vous taisez?

Phor. (*à part.*) Foin de moi! le nom m'est échappé.

Dém. Hein? que marmottez-vous là?

Phor. (*bas à Géta.*) Géta, te souviens-tu du nom que je te disais? souffle-moi. (*Haut.*) Et si je ne veux pas le dire, moi? Faites bien l'ignorant pour me circonvenir.

Dém. Moi, vous circonvenir?

Géta. (*bas à Phormion.*) Stilphon.

Phor. Au fait, je n'y tiens pas. Il se nommait Stilphon.

Dém. Comment avez-vous dit?

·*Phor.* Stilphon, vous dis-je. Vous ne l'avez pas connu, n'est-ce pas?

Dém. Non, je ne l'ai pas connu; et de ma vie je n'eus parent de ce nom.

Phor. En vérité? N'avez-vous pas de honte? Ah! si le bon homme eût laissé dix talents de succession...

Dém. Que le ciel te confonde!

Phor. Comme vous auriez bonne mémoire! Comme vous seriez le premier à nous dérouler toute votre généalogie de père en fils!

Dém. Eh bien! je vous prends au mot. Il faudrait, dans ce cas, que j'établisse ma parenté. Mettez-vous à ma place : dites-moi comment je suis son parent.

Gét. Très-bien, monsieur. (*Bas à Phormion.*) Peste! prenez garde.

Phor. J'ai expliqué le fait, en son lieu, devant les juges, et clair comme le jour. Si mon dire était faux, votre fils était là pour me réfuter. Que ne l'a-t-il fait?

Dém. Mon fils? mon fils est d'une sottise qui n'a pas de nom.

Phor. Vous qui êtes si habile, demandez un peu au tribunal de réviser l'affaire. Un personnage de votre importance a bien le crédit de faire juger la même cause deux fois.

Dém. C'est une injustice criante. Mais pour évi-

G. Videas te atque illum, ut narras. *Pho.* I in malam crucem!
Nam ni ita eum existumassem, nunquam tam graves
Ob hanc inimicitias caperem in nostram familiam, 370
Quam is aspernatur nunc tam illiberaliter.
G. Pergin' hero absenti male loqui, impurissime?
P ho. Dignum autem hoc illo est. *G.* Ain' tandem? Carcer!
De. Geta.
G. Bonorum extortor, legum contortor. *De.* Geta.
Pho. Responde. *G.* Quis homo est? ehem! *De.* Tace. *G.* 375
Absenti tibi
Te indignas seque dignas contumelias
Nunquam cessavit dicere hodie. *De.* Ohe! desine.
Adolescens, primum abs te hoc bona venia expeto,
Si tibi placere potis est, mi ut respondeas.
Quem amicum tuum ais fuisse istum, explana mihi, 380
Et qui cognatum me sibi esse diceret.
Pho. Proinde expiscare, quasi non nosses. *De.* Nossem?
Pho. Ita.
De. Ego me nego; tu, qui ais, redige in memoriam.
Ph. Eho, tu sobrinum tuum non noras? *De.* Enicas.
Dic nomen. *Pho.* Nomen? *De.* Maxume : quid nunc taces? 385
Pho. Perii hercle! nomen perdidi. *De.* Hem, quid ais? *Pho.* Geta,

Si meministi id quod olim dictum 'st, subjice : hem!
Non dico : quasi non noris, tentatum advenis.
De. Egone autem tento? *G.* Stilpho. *Pho.* Atque adeo quid mea?
Stilpho 'st. *De.* Quem dixti? *Pho.* Stilphonem inquam; noveras? 390
De. Neque ego illum noram; neque mi cognatus fuit
Quisquam istoc nomine. *Pho.* Itane? non te horum pudet?
At si talentum rem reliquisset decem.
De. Di tibi male faciant! *Pho.* Primus esses memoriter
Progeniem vostram usque ab avo atque atavo proferens. 395
De. Ita ut dicis : ego tum quum advenissem, qui mihi
Cognata ea esset, dicerem : itidem tu face.
Cedo, qui sit cognata? *G.* En noster! recte. Heus tu, cave.
Pho. Dilucide expedivi, quibus me oportuit
Judicibus; tum id si falsum fuerat, filius 400
Cur non refellit? *De.* Filium narras mihi?
Cujus de stultitia dici, ut dignum 'st, non potest.
Pho. At tu, qui sapiens es, magistratus adi,
Judicium de eadem causa iterum ut reddant tibi;
Quandoquidem solus regnas, et soli licet 405
Hic de eadem causa bis judicium adipiscier.
De. Etsi mihi facta injuria 'st, verum tamen
Potius, quam lites secter, aut quam te audiam,
Itidem ut cognata si sit, id quod lex jubet

ter un procès , pour me débarrasser de vous, prenons qu'elle soit ma parente. La loi fixe la dot à
vingt mines ; je les donne. Emmenez-la.

Phor. (*éclatant de rire.*) Ha ! ha! ha! vous êtes
un homme délicieux!

Dém. Qu'est-ce à dire? est-ce que l'offre n'est
pas légale? Ne puis-je user du droit commun?

Phor. Comment l'entendez-vous , s'il vous plaît?
La loi vous permettrait d'en user avec une citoyenne
comme avec une courtisane qu'on paye et qu'on
renvoie? N'est-ce pas pour empêcher qu'une orpheline ne soit conduite par le dénûment au désordre,
qu'on a voulu son mariage avec son plus proche
parent, lui assurant par là un protecteur unique
et légitime? C'est que vous ne voulez pas de cela,
vous.

Dém. Avec son plus proche parent, je ne dis
pas le contraire. Mais comment , et de quel côté ,
sommes-nous parents?

Phor. Chose jugée, comme on dit, est sans
retour.

Dém. Sans retour? Je ferai si bien qu'on y reviendra.

Phor. Vous radotez.

Dém. Je vous le ferai voir.

Phor. Pour en finir, Démiphon, ce n'est pas à
vous que nous avons affaire. C'est contre votre fils
que nous avons pris jugement. L'âge vous avait
mis hors de cause vous, et depuis longtemps.

Dém. Ce que je vous dis, c'est comme s'il le disait lui-même, ou , par ma foi , je le chasse de chez
moi, lui et sa prétendue femme.

Gét. (*bas.*) Le voilà hors des gonds.

Phor. La réflexion vous conseillera mieux.

Dém. As-tu juré de me pousser à bout, misérable?

Phor. (*bas à Géta.*) Il a beau faire bonne conte-
nance, il a peur.

Gét. Bien débuté.

Phor. (*à Démiphon.*) Allons , prenez votre mal

en patience. Il ne tient qu'à vous que nous soyons
bons amis.

Dém. Est-ce que je tiens à votre amitié? Je me
soucie bien , vraiment, de vous voir ou de vous en,
tendre.

Phor. Tâchez de bien vivre avec cette jeune
femme. Ce sera le charme de vos vieux jours. Songez donc à l'âge où vous êtes.

Dém. Charme toi-même! Tu n'as qu'à le prendre
pour toi.

Phor. Là , tout doux.

Dém. Au fait, et trêve de paroles. Arrangez-
vous pour m'en débarrasser bien vite, ou je la
mets à la porte. Tel est mon dernier mot, Phormion.

Phor. Faites mine seulement de la traiter autrement qu'en femme libre, et je vous fais un procès dont vous ne verrez pas la fin. Tel est mon dernier mot, Démiphon. (*bas à Géta.*) Si l'on a encore besoin de moi, on me trouvera au logis. Entends-tu?

Gét. (*bas à Phormion.*) Bien !

SCÈNE III.

DÉMIPHON, GETA, HÉGION, CRATINUS, TRITON.

Dém. Que de soucis et de tourments m'a prépa-
rés mon fils avec ce maudit mariage où il est allé
s'embarquer, et moi avec lui ! S'il se montrait encore, je saurais du moins comment il prend la
chose, et quel est son sentiment. (*A Géta.*) Va-
t'en voir au logis s'il est rentré, ou non.

Géta. J'y vais.

Dém. (*à Hégion*). Vous voyez l'état des choses.
Que faut-il que je fasse?

Hég. Moi, si Cratinus, ne vous déplaise , voulait
parler le premier.

Dém. Parlez , Cratinus.

Dotem dare, abduce hanc ; minas quinque accipe.   410
Pho. Ha, ha, he! homo suavis. *De.* Quid est? num ini-
    quum postulo?
An ne hoc quidem ego adipiscar, quod jus publicum 'st?
Pho. Itane tandem quæso ? item ut meretricem ubi abusus
    sis,
Mercedem dare lex jubet ei , atque amittere? an ,
Ut ne quid turpe civis in se admitteret   415
Propter egestatem, proximo jussa 'st dari ,
Ut cum uno ætatem degeret? quod tu vetas.
De. Ita, proximo quidem ; at nos unde? aut quamobrem?
    Pho. Ohe,
Actum , aiunt, ne agas. *De.* Non agam? immo haud desi-
    nam,
Donec perfecero hoc. *Pho.* Ineptis. *De.* Sine modo.   420
Pho. Postremo tecum nil rei nobis, Demipho, est.
Tuus est damnatus gnatus, non tu : nam tua
Præterierat jam ad ducendum ætas. *De.* Omnia hæc
Illum putato, quæ ego nunc dico, dicere;
Aut quidem cum uxore hac ipsum prohibebo domo.   425
G. Iratus est. *Pho.* Tute idem melius feceris.
De. Itane es paratus facere me advorsum omnia,
Infelix ? *Pho.* Metuit hic nos, tametsi sedulo
Dissimulat. *G.* Bene habent tibi principia. *Pho.* Quin, quod
    est
Ferendum, fers ; tuis dignum factis feceris,   430

amici inter nos simus. *De.* Egon' tuam expetam
Amicitiam ? aut te visum , aut auditum velim ?
Pho. Si concordabis cum illa , habebis quæ tuam
Senectutem oblectet : respice ætatem tuam.
De. Te oblectet ! tibi habe. *Pho.* Minue vero iram. *De.* Hoc
    age :   435
Satis jam verborum 'st : nisi tu properas mulierem
Abducere, ego illam ejiciam. Dixi, Phormio.
Pho. Si tu illam attigeris secus quam dignam est liberam ,
Dicam tibi impingam grandem. Dixi, Demipho.
Si quid opus fuerit, heus ! domo me. *G.* Intelligo.   440

SCENA QUARTA.

DEMIPHO, GETA, HEGIO, CRATINUS, CRITO.

De. Quanta me cura et sollicitudine afficit
Gnatus, qui me et se hisce impedivit nuptiis !
Neque mihi in conspectum prodit, ut saltem sciam,
Quid de hac re dicat, quidve sit sententiæ.
Abi, vise , redieritne jam , an nondum domum.   445
G. Eo. *De.* Videtis, quo in loco res hæc siet.
Quid ago ? dic, Hegio. *H.* Ego? Cratinum censeo,
Si tibi videtur... *De.* Dic, Cratine. *Cra.* Mene vis?
De. Te. *Cra.* Ego quæ in rem tuam sint, ea velim facias :
    mihi

Crat. Vous le voulez?

Dém. Oui.

Crat. Moi, je suis d'avis que vous ne consultiez que votre intérêt. Faites-moi déclarer nul et non avenu tout ce qu'a fait votre fils en votre absence. Cela va de plein droit. J'ai dit.

Dém. Et vous, Hégion?

Hég. Moi, je conviens que Cratinus a parlé en conscience. Mais, comme dit le proverbe, autant de têtes, autant d'avis. Chacun a sa manière de voir. Je pense que là où la justice a passé, il n'y a pas à revenir, et qu'il serait mal de le tenter.

Dém. A votre tour, Criton.

Cri. Moi, je déclare que ceci mérite délibération. Le cas est très-grave.

Hég. (*à Démiphon.*) Notre présence vous est-elle encore utile?

Dém. C'est au mieux. Me voici plus incertain qu'auparavant.

Gét. Il n'est pas encore rentré.

Dém. Attendons mon frère. Je veux m'en rapporter à son avis. Il faut que j'aille au port m'informer de son arrivée.

Gét. Moi, je vais chercher Antiphon, et l'instruire de ce qui se passe, le voici qui rentre justement.

ACTE TROISIÈME.

SCÈNE I.

ANTIPHON, GÉTA.

Ant. (*sans voir Géta.*) Antiphon, cette pusillanimité n'est pas pardonnable. T'enfuir ainsi, et laisser à d'autres le soin de te défendre? as-tu pu croire que tes affaires en seraient mieux faites? D'ailleurs, n'as-tu pas là-dedans (*montrant la maison*) ce que tu ne devais confier à personne? Une infortunée qui s'est abandonnée à ta foi, qui n'a que toi pour tout espoir, pour toute ressource?

Gét. Ma foi, monsieur, nous en avons dit de belles sur vous, de vous être esquivé de la sorte.

Ant. (*se tournant vers Géta*). Ah! c'est toi que je cherche.

Gét. Nous avons tenu bon, nous.

Ant. Parle, je t'en prie. Où les choses en sont-elles? à quoi dois-je m'attendre? Mon père se douterait-il...

Gét. De rien jusqu'à présent.

Ant. Que puis-je espérer, enfin?

Gét. Je ne sais trop.

Ant. Ah!

Gét. Tout ce que je puis affirmer, c'est que Phédria vous a chaudement soutenu.

Ant. Je le reconnais là.

Gét. Phormion, de son côté, a montré cette fois comme toujours qu'il ne s'effraye pas aisément.

Ant. Qu'a-t-il fait?

Gét. Il a fait tête à votre père, qui était dans une belle colère.

Ant. Brave Phormion!

Gét. Moi, je me suis mis en quatre.

Ant. Mon cher Géta, que je vous suis obligé à tous!

Gét. Pour le moment, rien ne périclite. Votre père veut attendre le retour de votre oncle.

Ant. Ah! Géta, combien je vais craindre maintenant l'arrivée de mon oncle, puisqu'un mot de lui sera ma vie ou ma mort.

Gét. Ah! voici Phédria.

Ant. Où donc?

Gét. Tenez. Il sort de son académie.

Sic hoc videtur : quod te absente hic filius 450
Egit, restitui in integrum, æquum ac bonum est ;
Et id impetrabis : dixi. *De.* Dic nunc, Hegio.
H. Ego sedulo hunc dixisse credo; verum ita est,
Quot homines, tot sententiæ : suus cuique mos.
Mihi non videtur, quod sit factum legibus, 455
Rescindi posse, et turpe inceptu est. *De.* Dic, Crito
Cri. Ego amplius deliberandum censeo.
Res magna est. *H.* Numquid nos vis? *De.* Fecistis probe.
Incertior sum multo quam dudum. *G.* Negant
Redisse. *De.* Frater est exspectandus mihi. 460
Is quod mihi dederit de hac re consilium, id sequar.
Percontatum ibo ad portum, quoad se recipiat.
G. At ego Antiphonem quæram, ut quæ acta hic sint, sciat.
Sed eccum ipsum video in tempore huc se recipere.

ACTUS TERTIUS.

SCENA PRIMA.

ANTIPHO, GETA.

A Enimvero, Antipho, multimodis cum istoc animo es vituperandus, 465
Itane hinc abisse, et vitam tuam tutandam aliis dedisse?
Alios tuam rem credidisti magis, quam tete, animadversuros.
Nam, ut ut erant alia, illi recte, quæ nunc tibi domi 'st, consuleres,

Ne quid propter tuam fidem decepta pateretur mali.
Cujus nunc miseræ spes opesque sunt in uno omnes sitæ.
G. Equidem, here, nos jam dudum hic te absentem incusamus, qui abieris. 471
A. Te ipsum quærebam. *G.* Sed ea causa nihilo magis defecimus.
A. Loquere, obsecro; quonam in loco sunt res et fortunæ meæ?
Num quid patri subolet? *G.* Nihil etiam. *A.* Ecquid spei porro 'st? *G.* Nescio. *A.* Ah!
G. Nisi Phædria haud cessavit pro te eniti. *A.* Nil fecit novi.
G. Tum Phormio itidem in hac re, ut aliis, strenuum hominem præbuit. 476
A. Quid is fecit? *G.* Confutavit verbis admodum iratum senem.
A. Eu! Phormio. *G.* Ego quod potui, porro. *A.* Mi Geta, omnes te amo.
G. Sic habent principia sese, ut dico : adhuc tranquilla res est ;
Mansurusque patruum pater est, dum huc advenlat. *A.* Quid eum? *G.* Ita aibat, 480
De ejus consilio velle sese facere, quod ad hanc rem attinet.
A. Quantum metus est mihi, venire huc salvum nunc patruum, Geta!
Nam per eum unam, ut audio, aut vivam, aut moriar, sententiam.
G. Phædria tibi adest. *A.* Ubinam 'st? *G.* Eccum; ab sua palæstra exit foras.

SCÈNE II.

PHÉDRIA, DORION, ANTIPHON, GÉTA.

Phé. Dorion, écoutez-moi, de grâce.

Dor. Je n'écoute rien.

Phé. Un moment.

Dor. Laissez-moi tranquille.

Phé. Un seul mot.

Dor. Je m'ennuie d'entendre répéter cent fois la même chose.

Phé Cette fois vous serez content de ce que j'ai à vous dire.

Dor. Voyons, j'écoute.

Phé. Ne puis-je obtenir que vous attendiez trois jours? (*Dorion fait mine de s'en aller.*) Où allez-vous?

Dor. J'aurais été bien surpris d'entendre du nouveau.

Ant. (*à Géta.*) J'ai peur que le marchand ne s'attire quelque apostrophe

Gét. Et moi aussi.

Phé. Vous ne vous fiez donc pas à moi?

Dor. Vous l'avez dit.

Phé. Mais quand je vous donne ma parole!

Dor. Sornettes!

Phé. Vous seriez payé au centuple du plaisir que m'auriez fait.

Dor. Contes en l'air.

Phé. Croyez-moi, vous aurez lieu de vous en applaudir. C'est la vérité pure.

Dor. Chimères.

Phé. Mais essayez; ce n'est pas bien long.

Dor. Toujours même chanson.

Phé. Vous serez pour moi un parent, un père, un ami, un...

Dor. (*s'en allant.*) Jasez, jasez tout à votre aise.

Phé. (*le retenant*). Avez-vous le cœur si dur, l'âme si inexorable, que ni la compassion, ni mes prières ne puissent, rien sur vous?

Dor. Avez-vous la simplicité ou le front de croire que je me paye de belles paroles, et que vous aurez mon esclave pour un grand merci?

Ant. Il me fait pitié.

Phé. (*a part.*) Le drôle, hélas! n'a que trop raison.

Gét. (*à Antiphon.*) Ma foi, chacun d'eux est bien dans son caractère.

Phé. Et il faut que cela me tombe juste au moment où Antiphon a tant d'embarras pour son propre compte.

Ant. Qu'est-ce donc, Phédria?

Phé. O trop heureux Antiphon....

Ant. Moi?

Phé. Qui possèdes chez toi l'objet de ta tendresse, et n'as pas à te débattre contre un pareil tyran!

Ant. Je possède? Oui. Je tiens, comme on dit, le loup par les oreilles, également en peine de lâcher ou de retenir.

Dor. Voilà précisément où j'en suis avec votre cousin, moi.

Ant. (*à Dorion*). Avez-vous peur d'être trop complaisant? (*à Phédria.*) Que t'a-t-il fait?

Phé. Ce qu'il m'a fait? Le barbare a vendu ma Pamphile.

Gét. Comment vendu?

Ant. Vendu! est-il possible?

Phé. Oui, vendu.

Dor. Voilà qui est abominable! vendre une esclave à soi, qu'on a achetée de son argent!

Phé. Et je ne puis obtenir de lui qu'il se dédise et attende trois jours, seulement trois jours qu'il ne faut encore pour que mes amis puissent me faire la somme. (*à Dorion.*) Si je manque au terme, je ne veux pas une heure de plus.

Dor. Je suis rebattu de tout cela.

Ant. (*à Dorion.*) Dorion, le répit est court.

SCENA SECUNDA.

PHÆDRIA, DORIO, ANTIPHO, GETA.

Phæ. Dorio, audi, obsecro. *Do.* Non audio. *Phæ.* Parumper. *Do.* Quin omitte me. 485

Phæ. Audi, quid dicam. *Do.* At enim tædet jam audire eadem millies.

Phæ. At nunc dicam, quod lubenter audias. *Do.* Loquere, audio.

Phæ. Nequeo te exorare, ut maneas triduum hoc? quo nunc abis?

Do. Mirabar, si tu mihi quidquam adferres novi.

A. Hei! metuo lenonem, ne quid suat suo capiti. *G.* Idem ego metuo. 490

Phæ. Non mihi credis? *Do.* Hariolare. *Phæ.* Sin fidem do. *Do.* Fabulæ!

Phæ. Fœneratum istuc beneficium pulchre tibi dices. *Do.* Logi!

Phæ. Crede mihi, gaudebis facto; verum hercle hoc est. *Do.* Somnia!

Phæ. Experire; non est longum. *Do.* Cantilenam eamdem canis.

Phæ. Tu mihi cognatus, tu parens, tu amicus, tu... *Do.* Garri modo. 495

Phæ. Adeon' ingenio esse duro te atque inexorabili, Ut neque misericordia neque precibus molliri queas?

Do. Adeon' te esse incogitantem atque impudentem, Phædria,,

Ut phaleratis dictis ducas me, et meam ductes gratiis?

A. Miseritum 'st. *Phæ.* Hei! veris vincor. *G.* Quam uterque est similis sui! 500

Phæ. Neque, Antipho alia quum occupatus esset sollicitudine, Tum hoc esse mi objectum malum! *A.* Ah! quid istuc autem est, Phædria?

Phæ. O fortunatissime Antipho! *A.* Egone? *Phæ.* Cui, quod amas, domi 'st.

Nec cum hujusmodi unquam usus venit, ut conflictares malo.

A. Mihin' domi 'st? immo, id quod aiunt, auribus teneo lupum. 505

Nam neque quomodo a me amittam, invenio; neque uti retineam, scio.

Do. Ipsum istuc mi in hoc est. *A.* Heia! ne parum leno sies.

Num quid hic confecit? *Phæ.* Hiccine? quod homo inhumanissimus:

Pamphilam meam vendidit. *G.* Quid? vendidit. *A.* Ain'? vendidit?

Phæ. Vendidit. *Do.* Quam indignum facinus! ancillam eme emptam suo. 510

Phæ. Nequeo exorare, ut me maneat, et cum illo ut mutet fidem

Triduum hoc, dum id, quod est promissum, ab amicis argentum aufero.

Si non tum dedero, unam præterea horam ne oppertus sies.

Vovons, montrez-vous traitable. Phédria vous le revaudra au double.

Dor. Autant en emporte le vent.

Ant. Vous souffrirez qu'on nous enlève Pamphile, et qu'on rompe le nœud qui unit ces jeunes amants?

Dor. Je n'en puis mais, non plus que vous.

Gét. Puissent les dieux te servir selon tes mérites!

Dor. Voilà un siècle que je vous porte sur mes épaules, toujours promettant, pleurnichant, et ne finissant rien. Or, j'ai trouvé un amateur d'une autre trempe. Il paye et ne pleure point. Au bon chaland la préférence.

Ant. Mais, si j'ai bonne mémoire, vous aviez pris jour avec Phédria pour lui livrer cette jeune fille.

Phé. Eh vraiment oui!

Dor. Je ne dis pas le contraire.

Ant. Est-ce que le jour est passé?

Dor. Non; mais celui-ci est venu devant.

Ant. Vous n'avez pas honte de manquer ainsi à votre parole?

Dor. Point du tout, quand j'y gagne.

Gét. Ame de boue!

Ant. Dorion, est-ce là comme il faut agir?

Dor. On m'a fait comme cela. Il faut me prendre comme je suis.

Ant. Et vous tromperez ainsi mon cousin?

Dor. Le trompeur c'est lui. Il me connaissait très-bien pour ce que je suis. Moi, je le croyais un autre homme. C'est donc moi qui suis pris pour dupe. Je ne lui ai pas donné le change à lui. Mais laissons cela. Voici mon dernier mot. Le capitaine doit venir demain avec son argent; que Phédria me compte avant lui les espèces, et je suivrai ma maxime. Au premier payant. Bonjour.

SCÈNE III.

PHÉDRIA, ANTIPHON, GÉTA.

Phé. Que faire? Malheureux Phédria! où trouver cet argent pour demain, moi qui n'en ai pas la première obole? Si j'avais pu obtenir ces trois jours, j'avais promesse.

Ant. Géta, pouvons-nous abandonner ce pauvre garçon qui tantôt, disais-tu, m'a si galamment prêté son appui? Il est dans l'embarras; c'est à mon tour de l'en tirer.

Gét. Rien de plus juste assurément.

Ant. Eh bien! allons. Toi seul peux le sauver.

Gét. Que voulez-vous que j'y fasse?

Ant. Trouve-nous de l'argent.

Gét. Je ne demande pas mieux. Mais où le prendre? Faites-moi le plaisir de me le dire.

Ant. Mon père est ici.

Gét. Je le sais bien. Après?

Ant. A bon entendeur salut.

Gét. Oui-da?

Ant. Eh oui.

Gét. Joli conseil que vous m'insinuez là. Allez vous promener. Bagatelle, n'est-ce pas, que l'affaire de votre mariage? J'en sors sans une égratignure. Vous verrez maintenant que, dans l'intérêt de ma gloire, il faut que je me fasse prendre pour le cousin.

Ant. (à *Phédria*). Il a raison.

Phé. Géta, suis-je donc un étranger pour vous?

Gét. Non pas. Mais comptez-vous pour rien la colère du patron? Faut-il le pousser à bout, et nous ôter tout espoir de pardon?

Phé. Un autre va donc l'enlever, l'emmener je ne sais où? Tiens, Antiphon, je suis encore là. Parle-moi, regarde-moi encore une fois.

Ant. Que veux-tu dire? que vas-tu faire?

Do. Obtundis. *A.* Haud longum est quod orat, Dorio! exoret sine.

Idem hoc tibi, quod bene promeritus fueris, conduplicaverit.

Do. Verba istæc sunt. *A.* Pamphilamne hac urbe privari sines?   515

Tum præterea horunc amorem distrahi poterin' pati?

Do. Neque ego, neque tu. *G.* Di tibi omnes id quod est dignum duint.

Do. Ego te complures advorsum ingenium meum menses tuli,

Pollicitantem, nil ferentem, flentem; nunc contra omnia hæc,   520

Reperi qui det, neque lacrumet : da locum melioribus.

A. Certe hercle ego si satis commemini, tibi quidem est olim dies,

Quoad dares huic, præstituta. *Phæ.* Factum. *Do.* Num ego istuc nego?

A. Jam ea præteriit? *Do.* Non; verum hæc ei antecessit. *A.* Non pudet

Vanitatis? *Do.* Minume, dum ob rem. *G.* Sterquilinium. *Phæ.* Dorio,   525

Itane tandem facere oportet? *Do.* Sic sum : si placeo, utere.

A. Siccine hunc decipis? *Do.* Immo enim vero hic, Antipho, me decipit.

Nam hic me hujusmodi esse sciebat; ego hunc esse aliter credidi.

Iste me fefellit; ego isti nibilo sum aliter ac fui.

Sed utut hæc sunt, tamen hoc faciam : cras mane argentum mihi   530

Miles dare se dixit : si mihi prior tu attuleris, Phædria,

Mea lege utar; ut sit potior, prior ad dandum qui est : vale.

SCENA TERTIA.

PHÆDRIA, ANTIPHO, GETA.

Phæ. Quid faciam? unde ego nunc tam subito huic argentum inveniam? miser,

Cui minus nihilo est; quod, si hinc pote fuisset exorarier

Triduum hoc, promissum fuerat. *A.* Itane hunc patiemur, Geta,   535

Fieri miserum? qui me dudum, ut dixti, adjurit comiter.

Quin, quum opus est, beneficium rursum ei experimur reddere?

G. Scio equidem hoc esse æquum. *A.* Age vero, solus servare hunc potes.

G. Quid faciam? *A.* Invenias argentum. *G.* Cupio; sed id unde, edoce.

A. Pater adest hic. *G.* Scio; sed quid tum? *A.* Ah, dictum sapienti sat est.   540

G. Itane? *A.* Ita. *G.* Sane hercle pulchre suades. Etiam tu hinc abis?

Non triumpho, ex nuptiis tuis si nil nanciscor mali,

Ni etiam nunc me hujus causa quærere in malo jubeas malum?

A. Verum hic dicit. *Phæ.* Quid? ego vobis, Geta, alienus sum? *G.* Haud puto.

Sed parumne est, quod omnibus nunc nobis succenset senex,

Ni instigemus etiam, ut nullus locus relinquatur preci?   546

Phæ. Alius ab oculis meis illam in ignotum hinc abducet locum? hem,

Tum igitur dum licet, dumque adsum, loquimini mecum, Antipho,

Phé. En quelque lieu du monde qu'on la conduise, suivre ses pas ou mourir.

Gét. Le ciel vous conduise! Allez doucement toutefois.

Ant. Je t'en prie, vois si tu peux faire quelque chose pour lui.

Gét. Faire! quoi faire?

Ant. Cherche, je t'en conjure. Ne le poussons pas à quelque extrémité dont nous pourrions nous repentir.

Gét. Je cherche. (*Après un moment de réflexion.*) J'ai son affaire, je crois. Mais il peut m'en coûter gros.

Ant. Sois sans crainte. Nous sommes de moitié avec toi pour le bien comme pour le mal.

Gét. (à *Phédria*). Combien vous faut-il? Dites.

Phé. Seulement trente mines.

Gét. Seulement? votre belle est un peu chère, Phédria.

Phé. Chère? Eh! c'est la donner.

Gét. Allons, allons, on vous les trouvera vos trente mines.

Phé. Oh, charmant!!....

Gét. Laissez-moi donc tranquille.

Phé. Mais c'est de suite qu'il me les faut.

Gét. Vous les aurez. Mais j'ai besoin de Phormion pour second.

Ant. Il ne se fera pas prier. Emploie-le sans scrupule. Il ne refuse rien. Deux amis comme celui-là n'existent pas au monde.

Gét. Allons donc le trouver au plus vite.

Ant. Puis-je vous aider en quelque chose?

Gét. Non. Allez consoler la pauvre Phanie. Je gage qu'elle est en ce moment dans une inquiétude mortelle. Allez, allez.

Ant. Je ne me ferai pas prier. (*Il sort.*)

Phé. Comment vas-tu t'y prendre?

Gét. Je vous conterai cela chemin faisant. Venez.

Contemplamini me. *A.* Quamobrem? aut quidnam facturus,
  cedo?
Phæ. Quoquo hinc asportabitur terrarum, certum est per-
  sequi,   550
Aut perire. *G.* Di bene vortant, quod agas! pedetentim
  tamen.
A. Vide si quid odis potes adferre huic. *G.* Si quid! quid?
  A. Quære, obsecro,
Ne quid plus minusve faxit, quod nos post pigeat, Geta.
G. Quæro : salvus est, ut opinor; verum enim metuo ma-
  lum.
A. Noli metuere : una tecum bona, mala tolerabimus.   555
G. Quantum opus est tibi argenti? eloquere. *Phæ.* Solæ tri-
  ginta minæ.
G. Triginta ! hui, percara 'st, Phædria. *Phæ.* Istæc vero
  vilis est.
G. Age, age, inventas reddam. *Phæ.* O lepidum ! *G.* Aufer
  te hinc. *Phæ.* Jam opu'st. *G.* Jam feres.
Sed opus est mi Phormionem ad hanc rem adjutorem dari.
A. Præsto 'st : audacissime oneris quidvis impone, et feret.
Solus est homo amico amicus. *G.* Eamus ergo ad eum ocius.
A. Numquid est, quod opera mea vobis opus sit? *G.* Nil;
  verum ad domum,   562
Et illam miseram, quam ego nunc intus scio esse exanima-
  tam metu,
Consolare : cessas? *A.* Nihil est, æque quod faciam lubens.
Phæ. Qua via istuc facies? *G.* Dicam in itinere : modo te
  hinc amove,   565

ACTE QUATRIÈME.

SCÈNE I.

DÉMIPHON, CHRÉMÈS.

Dém. Eh bien! mon frère, vous voilà revenu de Lemnos! Et votre fille que vous y alliez chercher, l'avez-vous ramenée?

Chr. Non.

Dém. Non? Et pourquoi?

Chr. La mère a trouvé que je tardais trop à me décider, et que fille n'attend pas à l'âge où est la sienne; si bien qu'en arrivant là-bas j'ai appris qu'elle était partie avec toute sa maison pour venir me joindre.

Dém. En ce cas, pourquoi rester si longtemps à Lemnos?

Chr. Est-ce que je n'ai pas été malade?

Dém. Et qu'avez-vous eu?

Chr. Ce que j'ai eu? Et la vieillesse donc? C'est bien assez vraiment. Par bonheur, mes voyageuses sont arrivées à bon port. Je viens de le savoir du pilote qui les a amenées.

Dém. Et savez-vous ce que mon fils a fait en mon absence?

Chr. Vous m'en voyez tout déconcerté. S'il faut que je cherche un gendre hors de la famille, me voilà obligé de dire comment j'ai eu cette fille, et de qui. Dans vos mains mon secret est sûr autant que dans les miennes. Avec un étranger, ce sera tout autre chose. L'alliance lui convenant, il saura bien être discret, tant que nous serons bons amis. Mais s'il prend une fois le beau-père en grippe, j'aurai là un confident de trop. Alors je tremble que la chose ne vienne aux oreilles de ma femme. Il ne me resterait qu'à faire mon paquet et à décamper : car il n'y a que moi de mon parti chez moi.

ACTUS QUARTUS.

SCENA PRIMA.

DEMIPHO, CHREMÈS.

De. Quid? qua profectus causa hinc es Lemnum, Chreme?
  Adduxtin' tecum filiam? *Ch.* Non *De.* Quid ita non?
Ch. Postquam videt me ejus mater esse hic diutius,
  Simul autem non manebat ætas virginis
Meam negligentiam; ipsam cum omni familia   570
Ad me profectam esse aibant. *De.* Quid illic tamdiu,
  Quæso, igitur commorabare, ubi id audiveras?
Ch. Pol me detinuit morbus. *De.* Unde? aut qui? *Ch.* Ro-
  gas?
Senectus ipsa est morbus : sed venisse eas
Salvas audivi ex nauta! qui illas vexerat.   575
De. Quid gnato obtigerit me absente, audistin', Chreme?
Ch. Quod quidem me factum consili incertum facit.
Nam hanc conditionem si cui tulero extrario,
Quo pacto, aut unde mihi sit, dicundum ordine est.
Te mihi fidelem esse æque atque egomet sum mihi   580
Scibam : ille, si me alienus adfinem volet,
Tacebit, dum intercedet familiaritas;
Sin spreverit me, plus, quam opus est scito, sciet;
Vereorque, ne uxor aliqua hoc rescisecat mea.
Quod si fit, ut me excutiam atque egrediar domo, 585
Id restat : nam ego meorum solus sum meus.
De. Scio ita esse, et istæc mihi res sollicitudini 'st;

Dém. Je ne le sais que trop. Et c'est bien ce qui m'inquiète. Aussi vais-je mettre tout en œuvre pour faire ce dont nous sommes convenus.

SCÈNE II.

GÉTA.

Quel éveillé que ce Phormion! jamais je n'ai vu son pareil. J'arrive chez lui pour lui exposer notre besoin d'argent et mes expédients pour en trouver. Le gaillard, aux premiers mots, en savait autant que moi. Et de se frotter les mains, et de m'accabler d'éloges. Et vite il fallait le mettre aux prises avec le patron. « Grâces aux dieux, Phédria allait « donc voir qu'il ne lui est pas moins dévoué qu'à « son cousin. » Nous avons pris rendez-vous ici, où je dois amener son homme. Justement, le voici. (*Apercevant Chrémès.*) Eh mais! eh mais! qui vois-je là derrière? Le père de Phédria! Animal, ne vas-tu pas t'effaroucher de ce que le sort au lieu d'une dupe t'en offre deux? Est-ce qu'il ne vaut pas mieux avoir double corde à son arc? Commençons par mon maître. C'est là que j'avais jeté mon dévolu. S'il s'exécute, tout est dit. S'il est trop dur à la desserre, alors on exploitera le nouveau débarqué.

SCÈNE III.

ANTIPHON, GÉTA, CHRÉMÈS, DÉMIPHON.

Ant. (*qui reste à part pendant toute cette scène*). Géta ne peut tarder. Attendons ici son retour. Mais que vois-je? mon oncle avec mon père. Ah! que j'appréhende ce qu'il va lui conseiller.

· *Gét.* (*à part.*) Abordons mes gens. (*haut.*) Ah! notre cher Chrémès!

Chr. Bonjour, Géta.

Gét. Que je suis heureux de vous revoir bien portant!

Neque defetiscar usque adeo experirier,
Donec tibi id, quod pollicitus sum, effecero.

SCENA SECUNDA.

GETA.

Ego hominem callidiorem vidi neminem,   590
Quam Phormionem : venio ad hominem, ut dicerem,
Argentum opus esse, et id quo pacto fieret.
Vixdum dimidium dixeram, intellexerat.
Gaudebat, me laudabat quærebat senem,
Dis gratias agebat, tempus sibi dari,   595
Ubi Phædriæ ostenderet nihilominus
Amicum se esse, quam Antiphoni : hominem ad forum
Jussi opperiri : ego me esse adducturum senem.
Sed eccum ipsum! quis est ulterior? at at, Phædriæ
Pater venit : sed quid pertimui autem? bellua!   600
An quia, quos saliam, pro uno duo sunt mihi dati?
Commodius esse opinor duplici spe utier.
Petam hinc unde a primo institui : is si dat, sat est ;
Si ab eo nihil fiet, tum hunc adoriar hospitem.

SCENA TERTIA.

ANTIPHO, GETA, CHREMES, DEMIPHO.

A. Exspecto, quam mox recipiat huc sese Geta.   605
Sed patruum video cum patre adstantem : hei mihi!
Quam timeo, adventus hujus quo impellat patrem!

Chr. J'en suis persuadé.

Gét. Que nous direz-vous de nouveau?

Chr. Il y en a toujours pour qui revoit ses pénates. Et j'en ai trouvé de reste.

Gét. Eh! oui. Vous savez l'affaire d'Antiphon?

Chr. Que trop.

Gét. (*à Démiphon*). Ah! vous lui avez conté... (*à Chrémès.*) Quelle indignité! hein! Un guet-apens s'il en fut.

Dém. C'est de quoi nous parlions à l'instant même.

Gét. Moi, à force de ruminer, je crois avoir trouvé remède au mal.

Chr. Quoi, Géta?

Dém. Quel remède?

Get. En vous quittant, le hasard m'a fait rencontrer ce Phormion.

Chr. Qui, Phormion?

Gét. L'homme à la donzelle.

Chr. J'entends.

Gét. L'idée m'est venue de le sonder. Je le tire à l'écart. « Phormion, lui ai-je dit, est-ce qu'on ne « pourrait pas s'arranger à l'amiable, avant de lais- « ser les choses s'envenimer? Mon maître est cou- « lant en affaires ; il a horreur des procès. Mais il « ne voit personne qui ne lui conseille de jeter vo- « tre protégée par les fenêtres. Ils n'ont qu'un cri « là-dessus. »

Ant. (*à part.*) Quel est ce préambule? où va-t-il en venir?

Gét. « Vous me direz : La justice est là. Les voies « de fait lui coûteraient cher. Oh! nous sommes « ferrés sur ce point. Si l'on en vient à plaider, vous « aurez affaire à forte partie. Allez, c'est un rude « avocat que mon maître. Mais prenons qu'il ait le « dessous. Il n'y va que de la bourse, au pis aller, « et ce n'est pas mort d'homme. » Voyant alors mon homme qui mollissait: Il n'y a que nous ici.

G. Adibo hosce : o noster Chreme. *Ch.* O salve, Geta.
G. Venire salvum volupe 'st. *Ch.* Credo. *G.* Quid agitur?
Ch. Multa advenienti, ut fit, nova hic comparaia.   610
G. Ita : de Antiphone audistin'? quæ facta. *Ch.* Omnia.
G. Tun' dixeras huic? facinus indignum, Chreme!
Sic circumiri? *De.* Id cum hoc agebam commodum.
G. Nam hercle ego quoque id quidem agitans mecum sedulo,
Inveni, opinor, remedium huic rei. *Ch.* Quid, Geta?   615
De. Quod remedium? *G.* Ut abii abs te, fit forte obviam
Mihi Phormio. *Ch.* Qui Phormio? *G.* Is qui istam... *Ch.* Scio.
G. Visum est mihi, ut ejus tentarem prius sententiam.
Prendo hominem solum : « Cur non, inquam, Phormio,
Vides, inter vos sic hæc potius cum bona   620
Ut componautur gratia, quam cum mala?
Herus liberalis est, et fugitans litium.
Nam cæteri quidem hercle amici omnes modo
Uno ore auctores fuere, ut præcipitem hanc daret. »
A. Quid hic cœptat? aut quo evadet hodie? *G.* « An legi-   625
bus
Daturum pœnas dices, si illam ejecerit?
Jam id exploratum 'st : hela! sudabis satis,
Si cum illo inceptus homine : ea eloquentia est.
Verum pono esse victum eum ; at tandem tamen
Non capitis, at res agitur, sed pecuniæ.   630
Postquam hominem his verbis sentio mollirier,
Soli sumus nunc, inquam, hic : eho, quid vis dari
Tibi in manum, herus ut his desistat litibus.

« Dites-moi, combien vous faut-il, là, de la main
« à la main, mon maître se désistant, pour faire
« déguerpir la belle, et nous laisser en repos? »

Ant. Le malheureux devient fou.

Gét. « J'en suis certain. Pour peu que vous en-
« tendiez raison, avec un homme comme mon maî-
« tre, vous n'aurez pas quatre mots à échanger. »

Dém. Qui t'a donné charge de parler ainsi?

Chr. Mais il ne pouvait mieux dire.

Ant. Je suis perdu.

Chr. Poursuis.

Gét. Mon homme a d'abord battu la campagne.

Chr. Voyons. Qu'a-t-il demandé?

Gét. Bah! des folies. Tout ce qui lui a passé par
la tête.

Chr. Mais encore?

Gét. « Si l'on m'offrait, a-t-il dit, un bon talent.....

Dém. Une bonne fièvre qui le serre! N'a-t-il pas
de honte!

Gét. C'est ce que je lui ai dit. « Eh ! que comptez-
« vous donc, ai-je ajouté, que donnerait mon maî-
« tre s'il s'agissait de marier une fille unique? Bien
« lui a servi vraiment de n'en point élever : en voici
« une à doter qui lui tombe des nues. » Enfin, pour
couper court et vous faire grâce de ses imperti-
nences, voici sa conclusion : « Au commence-
« ment, a-t-il dit, je pensais à prendre pour moi la
« fille de mon ami. Affaire de conscience; car je
« prévoyais tout ce que la chère enfant aurait à
« souffrir. Fille pauvre à riche mari, autant dire
« esclave. Mais, à te parler franchement, j'ai quel-
« ques dettes. Il me fallait donc une femme qui
« m'apportât de quoi m'acquitter, et j'ai trouvé mon
« affaire. Néanmoins, si Démiphon me baille l'é-
« quivalent de ce que je dois recevoir de ma préten-
« due, ce n'est ni celle-là ni aucune autre que je
« préférerai à notre orpheline. »

Ant. Est-ce trahison, est-ce étourderie? A-t-il un
dessein? perd-il la tête? Je ne sais qu'en penser.

Dém. Mais s'il doit plus que sa peau ne peut
valoir?

Gét. « J'ai, m'a-t-il dit, un lopin de terre engagé
« pour dix mines. »

Chr. Allons, qu'il épouse. Je donne l'argent.

Gét. Item, une maisonnette grevée d'autant.

Dém. Là, c'est abuser.

Chr. Ne criez pas : je me charge encore de ces
dix mines.

Gét. « Il me faudra aussi pour acheter un petit
« bout d'esclave à ma femme; puis pour un petit
« surcroît de mobilier; pour les frais de la noce.
« Mettez, au bas mot, encore dix mines. »

Dém. Dix procès, s'il veut. Je ne donne pas un
sou. Le drôle se moque de nous encore.

Chr. Patience, patience. C'est moi qui paye.
Faites seulement que votre fils épouse qui vous
savez.

Ant. Malheureux Géta, tu m'as perdu avec
toutes tes fourberies.

Chr. C'est à moi que l'expulsion profite. Il est
juste que j'en supporte les frais.

Gét. « Surtout, m'a-t-il dit, que j'aie réponse le
« plus tôt possible. Je veux savoir sur quoi compter.
« J'ai à remercier de l'autre côté, si j'épouse du
« vôtre. Les parents tenaient la dot toute prête au
« moins. »

Chr. Il aura l'argent sur l'heure. Qu'il aille retirer sa parole, et revienne épouser celle-ci.

Dém. Oui, et puisse-t-il lui en cuire !

Chr. Fort à propos j'ai la somme chez moi. C'est
le revenu du bien de ma femme dans l'île de Lemnos. Je vais la quérir. Je dirai que c'est vous qui
en avez besoin. (*Chrémès sort avec Démiphon.*)

SCÈNE IV.

ANTIPHON, GÉTA.

Ant. Géta !

Gét. Plaît-il?

Hæc hinc facessat, tu molestus ne sies? »
A. Satin' illi di sunt propitii? *G.* « Nam sat scio,   635
Si tu aliquam partem æqui bonique dixeris,
Ut est ille bonus vir, tria non commutabitis
Verba hodie inter vos. » *De.* Quis te istæc jussit loqui?
Ch. Immo non potuit melius pervenirier
Eo quo nos volumus. *A.* Occidi ! *Ch.* Perge eloqui.   640
G. A primo homo insanibat. *De.* Cedo, quid postulat?
G. Quid? nimium quantum libuit. *Ch.* Dic. *G.* « Si quis daret
Talentum magnum. » *De.* Immo malum hercle : ut nil pu-
det!
G. Quod dixi adeo ei : « Quæso, quid si filiam ·
Suam unicam locaret? parvi retulit   645
Non suscepisse : inventa est, quæ dotem petat. »
Ad pauca ut redeam, ac mittam illius ineptias,
Hæc denique ejus fuit postrema oratio,
« Ego, inquit, jam a principio amici filiam,
Ita ut æquum fuerat, volui uxorem ducere.   650
Nam mihi veniebat in mentem ejus incommodum,
In servitutem pauperem ad ditem dari.
Sed mi opus erat, ut aperte nunc tibi fabuler,
Aliquantulum quæ adferret, qui dissolverem
Quæ debeo; et etiam nunc, si volt Demipho   655
Dare quantum ab hac accipio, quæ sponsa 'st mihi,
Nullam mihi malim, quam istanc uxorem dari. »
A. Utrum stultitia facere ego hunc an malitia
Dicam, scientem an imprudentem, incertus sum.   659

De. Quid, si animam advet? *G.* « Ager opposito 'st pignori
Ob decem minas, » inquit. *De.* Age, age, jam ducat; dabo.
G. « Ædiculæ item sunt ob decem alias. » *De.* Oi, ei !
Nimium 'st. *Ch.* Ne clama : petito hasce a me decem.
G. « Uxori emenda ancillula 'st; tum autem pluscula
Supellectile opus est; opus est sumptu ad nuptias.   665
His rebus pone sane, inquit, decem. »
De. Sexcentas proinde scribito jam mihi dicas.
Nil do : imparatus me ille ut etiam irrideat!
Ch. Quæso, ego dabo, quiesce : tu modo filius
Fac ut illam ducat, nos quam volumus. *A.* Hei mihi !   670
Geta, occidisti me tuis fallaciis.
Ch. Mea causa ejicitur, me hoc est æquum amittere.
G. « Quantum potes, me certiorem, inquit, face,
Si illam dant, hanc ut mittam; ne incertus siem.
Nam illi mihi dotem jam constituerunt dare.   675
Ch. Jam accipiat, illis repudium renuntiet;
Hanc ducat. *De.* Quæ quidem illis res vortat male!
Ch. Opportune adeo argentum nunc mecum attuli,
Fructum, quem Lemni uxoris reddunt prædia.
Inde sumam : uxori, tibi opus esse, dixero.   680

SCENA QUARTA.

ANTIPHO, GETA.

A. Geta! *G.* Hem! *A.* Quid egisti? *G.* Emunxi argento
senes.

Ant. Qu'est-ce que tu as fait?

Gét. J'ai soutiré de l'argent à nos barbons.

Ant. Rien que cela?

Gét. Dame! on ne m'a pas demandé davantage.

Ant. Comment, coquin, veux-tu bien répondre à ce que je te demande?

Gét. Eh! de quoi parlez-vous?

Ant. De quoi je parle? Grâce à toi, je n'ai plus qu'à m'aller pendre. La chose est claire. Puissent les dieux et les déesses, et le ciel et l'enfer, te confondre à jamais, pour l'exemple de ceux qui te ressemblent! Fiez-vous à ce maraud, reposez-vous sur lui de vos intérêts : dans le port même il va vous faire trouver un écueil. Qu'avais-tu besoin de mettre le doigt sur la plaie? A quoi bon parler de ma femme? Voilà mon père à présent qui a la tête montée de l'espoir d'une séparation. Voyons, parle donc; si Phormion touche la dot, il faut qu'il épouse. Et que deviendrai-je, moi?

Gét. Phormion n'épousera pas.

Ant. Il n'oserait! Et pour l'amour de moi vous verrez qu'il se fera plutôt mettre en prison?

Gét. En prenant les choses de travers on peut tourner tout en mal. Le bon côté, vous n'en tenez compte; le mauvais vous saute aux yeux. Laissez-moi un peu vous dire : La dot touchée, il faut prendre la femme. Je vous accorde cela. Mais on donnera bien le temps de se retourner. Il y a des apprêts de noces à faire, des amis à inviter, des sacrifices à offrir. Dans l'intervalle, votre cousin touchera l'argent promis, et mettra Phormion en mesure de restituer.

Ant. De restituer? et le prétexte?

Gét. Bagatelle! Il en est mille pour un. Il lui sera survenu des présages formidables : un chien noir, et qui n'est pas du logis, entré dans sa maison; un serpent tombé dans sa cour par la gouttière; et sa poule qui aura chanté. Et l'aruspice (*ceci est sans*

réplique) qui lui aura défendu de rien entreprendre avant l'hiver. Voilà ce qu'il peut dire.

Ant. Pourvu qu'il le dise.

Gét. Il le dira, je vous le garantis. Votre père sort. Allez et annoncez à Phédria que l'argent est à nous.

SCÉNE V

DÉMIPHON, GÉTA, CHRÉMÈS.

Dém. Soyez tranquille, vous dis-je, on ne m'en donne pas à garder. Je ne lâcherai pas un écu sans de bons témoins qui constateront à qui et pourquoi est fait le payement.

Gét. (*à part.*) La précaution est excellente. Il est bien temps.

Chr. Et vous ferez bien. Dépêchez-vous seulement, de peur qu'il ne se ravise. L'autre femme n'a qu'à revenir à la charge, notre homme pourrait nous planter là.

Gét. L'avis n'est pas mauvais.

Dém. Mène-moi donc chez lui.

Gét. A l'instant même.

Chr. Quand vous aurez terminé. Passez un peu chez ma femme, et priez-la d'aller trouver cette jeune personne avant qu'elle ne sorte de chez vous. Elle lui dira que nous la marions à Phormion; qu'elle ne peut s'en formaliser, ce parti lui convenant mieux à cause de la connaissance : enfin que nous avons bien fait les choses; que Phormion lui-même a fixé la dot que nous avons payée.

Dém. Que vous fait tout cela?

Chr. Beaucoup, mon frère.

Dém. N'est-ce pas assez de se conduire comme on doit? faut-il s'occuper de ce que le monde en pense?

Chr. Je tiens à ce qu'elle agisse de son plein gré, et ne puisse dire qu'on l'a mise à la porte.

A. Satin id est? *G.* Nescio hercle, tantum jussus sum.

A. Eho, verbero, aliud mihi respondes ac rogo.

G. Quid ergo narras? *A.* Quid ego narrem? opera tua

Ad restim mi quidem res rediit planissume.   685

Ut te quidem omnes di deæque, superi, inferi

Malis exemplis perdant! hem, si quid velis,

Huic mandes, qui te ad scopulum e tranquillo auferat.

Quid minus utibile fuit, quam hoc ulcus tangere,

Aut nominare uxorem? injecta est spes patri,   690

Posse illam extrudi : cedo, nunc porro Phormio

Dotem si accipiet, uxor ducenda est domum.

Quid fiet? *G.* Non enim ducet. *A.* Novi : cæterum

Quum argentum repetent, nostra causa scilicet

In nervum potius ibit. *G.* Nihil est, Antipho,   695

Quin male narrando possit depravarier.

Tu id, quod boni est, excerpis; dici quod mali est.

Audi nunc contra jam : si argentum acceperit,

Ducenda est uxor, ut ais : concedo tibi.

Spatium quidem tandem apparandis nuptiis,   700

Vocandi, sacrificandi dabitur paululum.

Interea amici, quod polliciti sunt, dabunt.

Id ille istis reddet. *A.* Quamobrem? aut quid dicet? *G.*

   Rogas?

« Quot res, post illa, monstra evenerunt mihi!

Introiit ædes ater alienus canis;   705

Anguis in impluvium decidit de tegulis;

Gallina cecinit; interdixit hariolus;

Aruspex vetuit, ante brumam autem novi

Negotii incipere; quæ causa est justissima. »

Hæc fient. *A.* Ut modo fiant. *G.* Fient : me vide.   710

Pater exit : abi, dic esse argentum Phædriæ.

SCENA QUINTA.

DEMIPHO, GETA, CHREMES.

De. Quietus esto, inquam : ego curabo, ne quid verborum duit.

Hoc temere nunquam amittam ego a me, quin mihi testes adhibeam.

Cui dem, et quamobrem dem, commemorabo. *G.* Ut cautus est, vel nihil opu'st!

Ch. Atque ita opus facto est, et mature, dum libido eadem hæc manet.   715

Nam si altera illa magis instabit, forsitan nos reiciat.

G. Rem ipsam putasti. *De.* Duc me ad eum ergo. *G.* Non moror.

De. Ubi hoc egeris,

Transito ad uxorem meam, ut conveniat hanc, prius quam hinc abeat,

Dicat eam dare nos Phormioni nuptum, ne succenseat;

Et magis esse illum idoneum, ipsi qui sit familiarior;   720

Nos nostro officio nil degressos : quantum is voluerit,

Datum esse dotis. *De.* Quid tua, malum! id refert? *Ch.* Magni, Demipho.

De. Non satis est tuum te officium fecisse, si non id fama approbat?

Dém. Mais pourquoi ne ferais-je pas la commission moi-même?

Chr. Les femmes s'entendent mieux entre elles.

Dém. Allons, soit. (*Il sort avec Géta.*)

Chr. (*seul.*) Il s'agit maintenant de trouver mes nouvelles débarquées.

ACTE CINQUIÈME.

SCÈNE I.

SOPHRONA, CHRÉMÈS.

Sop. (*sans voir Chrémès.*) Que faire? où trouver un ami dans cette extrémité? à qui faire une pareille confidence? à qui demander du secours? J'ai bien peur que ma maîtresse, pour avoir suivi mon conseil, ne se voie exposée à quelque indigne traitement. Le père du jeune homme est outré, dit-on.

Chr. (*à part.*) Quelle peut être cette vieille qui sort de chez mon frère, tout effarée?

Sop. Maudite misère qui m'a poussée là! Je savais bien que le mariage n'était guère valide. Mais quoi! il fallait ne pas mourir de faim avant tout.

Chr. Eh mais, je n'ai pas la berlue. Si mes yeux ne me trompent, c'est la nourrice de ma fille.

Sop. Quel moyen de le découvrir?

Chr. Que dois-je faire?

Sop. Cet homme à qui la pauvre enfant doit le jour...

Chr. Faut-il l'aborder de suite, ou la laisser un peu jaser?

Sop. Si je pouvais le rencontrer, nous serions sauvées.

Chr. C'est elle. Je vais lui parler.

Sop. Qui parle ici?

Chr. Sophrona.

Sop. Qui m'appelle?

Chr. Regarde-moi.

Sop. Grands dieux! ne vois-je pas Stilphon?

Chr. Non.

Sop. Comment, non?

Chr. Viens ici, Sophrona. Pas si près de cette porte. Et ne m'appelle jamais comme cela.

Sop. Quoi! n'êtes-vous plus l'homme que vous m'avez dit être?

Chr. St!

Sop. Qu'a donc cette porte qui vous fait peur?

Chr. Là-dedans est ma peste de femme. J'ai pris un faux nom dans le temps, parce que je craignais qu'on n'allât de chez vous caqueter dans le voisinage, et que, de proche en proche, elle n'eût vent de mon aventure.

Sop. Voilà donc pourquoi nous vous avons si inutilement cherché?

Chr. Quelle affaire as-tu dans cette maison d'où je t'ai vue sortir? Et que sont devenues tes maîtresses?

Sop. Ah! malheureuse!

Chr. Eh bien, quoi? Elles sont en vie, j'espère.

Sop. Votre fille, oui. Mais sa pauvre mère! le chagrin....

Chr. Quel malheur!

Sop. Moi, pauvre vieille, sans appui, sans argent, ne connaissant ici personne, je me suis tirée d'embarras comme j'ai pu, en mariant ma jeune maîtresse au fils de cette maison.

Chr. A Antiphon?

Sop. A lui-même.

Chr. Mais il a donc deux femmes?

Sop. Aux dieux ne plaise! Il n'a que celle-là.

Chr. Et celle qu'on donne pour sa parente?

Ch. Volo ipsius quoque voluntate hæc fieri, ne se ejectam prædicet.

De. Idem ego istuc facere possum. *Ch.* Mulier mulieri magis congruet. 725

De. Rogabo. *Ch.* Ubi ego illas nunc reperire possim, cogito.

ACTUS QUINTUS.

SCENA PRIMA.

SOPHRONA, CHREMES.

So. Quid agam, quem mi amicum misera inveniam? aut quo consilia hæc referam?
Aut unde mihi auxilium petam?
Nam vereor, hera ne ob meum suasum indigne injuria afficiatur:
Ita patrem adolescentis facta hæc tolerare audio violenter.

Ch. Nam quæ hæc anus est exanimata, a fratre quæ egressa 'st meo? 731

So. Quod ut facerem egestas me impulit, quum scirem infirmas nuptias
Hasce esse; ut id consulerem, interea vita ut in tuto foret.

Ch. Certe ædepol, nisi me animus fallit, aut parum prospiciunt oculi,
Meæ nutricem gnatæ video. *So.* Neque ille investigatur. *Ch.* Quid agam? 735

So. Qui ejus pater est. *Ch.* Adeo, an maneo, dum ea quæ loquitur, magis cognosco?

So. Quod si eam nunc reperire possim, nihil est quod verear. *Ch.* Ea 'st ipsa.
Conloquar. *So.* Quis hic loquitur? *Ch.* Sophrona! *So.* Et meum nomen nominat?

Ch. Respice ad me. *So.* Di, obsecro vos, estne hic Stilpho? *Ch.* Non. *So.* Negas?

Ch. Concede hinc a foribus paulum istorsum sodes, Sophrona. 740
Ne me istoc posthac nomine appellassis. *So.* Quid? non, obsecro, es,
Quem semper te esse dictitasti? *Ch.* St! *So.* Quid has metuis fores?

Ch. Conclusam hic habeo uxorem sævam; verum istoc me nomine
Eo perperam olim dixi, ne vos forte imprudentes foris
Effutiretis, atque id porro aliqua uxor mea rescisceret. 745

So. Istoc pol nos te hic invenire misere nunquam potuimus.

Ch. Eho! dic mihi, quid rei tibi est cum familia hac, unde exis?
Ubi illæ? *So.* Miseram me! *Ch.* Hem, quid est? vivuntne?

So. Vivit gnata.
Matrem ipsam ex ægritudine miseram mors consecuta est.

Ch. Male factum! *So.* Ego autem quæ essem anus, deserta, egens, ignota, 750
Ut potui, nuptum virginem locavi huic adolescenti,
Harum qui est dominus ædium. *Ch.* Antiphonine? *So.* Isti, inquam, ipsi.

Ch. Quid? duasne is uxores habet? *So.* Au! obsecro, unam ille quidem hanc solam.

Ch. Quid illam alteram, quæ dicitur cognata? *So.* Hæc ergo 'st. *Ch.* Quid ais?

Sop. Est votre propre fille.

Chr. Que m'apprends-tu là ?

Sop. C'était une invention pour que le jeune homme qui s'est épris de Phanie pût l'épouser sans dot.

Chr. Grands dieux , que le hasard parfois nous sert au delà de nos espérances ! Je trouve en arrivant ma fille mariée comme je voulais , à qui je voulais. Et tandis que nous étions, mon frère et moi, à suer sang et eau pour en arriver là , il se trouve que le mariage est conclu sans que nous nous en soyons mêlés, et que cette bonne femme seule a tout fait.

Sop. Vous avez néanmoins un parti à prendre. Le père du jeune homme est revenu, et l'on dit qu'il ne veut pas entendre parler du mariage.

Chr. Sois tranquille. Seulement, au nom des dieux et des hommes, qu'on ne se doute pas qu'elle est ma fille.

Sop. Ce ne sera pas par moi qu'on le saura.

Chr. Entrons. Là-dedans je te dirai le reste.

SCÈNE II.

DÉMIPHON, GÉTA.

Dém. Le métier devient bon pour les méchants . et c'est notre faute. On leur fait le jeu trop beau avec cette manie de trancher du grand, du généreux. De la vertu, pas trop n'en faut, dit le proverbe. Un coquin me viendra jouer un tour pendable ; et il faudra que j'aille encore le prier de prendre mon argent, afin que mon drôle s'en donne à mes dépens et recommence après !

Gét. C'est cela même.

Dém. Aujourd'hui qui fait le mal, on le récompense.

Gét. C'est la pure vérité.

Dém. Comme notre sottise a bien fait ses affaires !

So. Composito factum 'st, quo modo hanc amans habere
  posset   755
Sine dote. *Ch.* Di vostram fidem ! quam sæpe forte temere
Eveniunt, quæ non audeas optare! Offendi adveniens
Quicum volebam , atque uti volebam , filiam locatam.
Quod nos ambo opere maxumo dabamus operam , ut fieret,
Sine nostra cura maxuma, sua cura hæc sola fecit. 760
So. Nunc quid opus facto sit, vide : pater adolescentis
  venit ;
Eumque animo iniquo hoc oppido ferre aiunt. *Ch.* Nil pericli 'st.
Sed , per deos atque homines ! meam esse hanc, cave resciscat quisquam.
So. Nemo ex me scibit. *Ch.* Sequere me : intus cætera audies.

SCENA SECUNDA.

DEMIPHO, GETA.

De. Nostrapte culpa facimus , ut malis expediat esse, 765
Dum nimium dici nos bonos studemus et benignos.
Ita fugias , ne præter casam , quod aiunt. Nonne id sat
  erat ,
Accipere ab illo injuriam? Etiam argentum 'st ultro objectum ,
Ut sit qui vivat, dum aliud aliquid flagitii conficiat.
G. Planissume. *De.* His nunc præmium est, qui recta prava
  faciunt   770

Gét. Pourvu qu'il soit de parole encore , et qu'il épouse !

Dém. Y aurait-il du doute , par-dessus le marché ?

Gét. Dame ! du bois dont il est fait, je ne m'étonnerais pas qu'il se dédît.

Dém. Est-ce qu'il se dédit, à présent ?

Gét. Non pas que je sache. Je dis seulement qu'il se pourrait.

Dém. Occupons-nous de la commission de mon frère. Je vais amener sa femme ici , pour qu'elle parle à l'autre. Toi , Géta, va préparer la belle à cet entretien.

Gét. Phédria aura son argent. On veut étouffer l'affaire. Plus d'expulsion à craindre pour Phanie quant à présent. Le coup est paré. Oui , mais où tout cela aboutira-t-il ? Toujours dans le bourbier, Géta ! Tu fais un trou pour en boucher un autre. La catastrophe était imminente ; elle n'est qu'ajournée ; et les coups de fouet s'accumulent. Ton dos payera pour tout, si tu n'y prends garde. En attendant , hâtons-nous de rentrer, et prévenons Phanie de ne pas s'effaroucher de l'entrevue avec Phormion et de ce qu'il va lui débiter.

SCÈNE III.

DÉMIPHON, NAUSISTRATE, CHRÉMÈS.

Dém. Oui , Nausistrate, voici l'occasion de montrer votre savoir faire. Il s'agit d'endoctriner cette jeune femme, et de l'amener à faire de nécessité vertu.

Naus. Très-volontiers.

Dém. Vous m'avez aidé ce matin de votre bourse ; il faut maintenant payer de votre personne.

Naus. Comptez sur mon zèle ; et prenez-vous-en à mon mari, si ce matin je n'ai pas mieux fait les choses.

Dém. Comment cela ?

Naus. Allez , c'est un triste gérant d'une fortune

G. Verissume. *De.* Ut stultissime quidem illi rem gesserimus.
G. Modo ut hoc consilio possiet discedi , ut istam ducat.
De. Etiamne id dubium 'st? *G.* Haud scio hercle , ut homo
  'st , an mutet animum.
De. Hem ! mutet animum? *G.* Nescio ; verum , si forte, dico.
De. Ita faciam , ut frater censuit , ut uxorem huc ejus adducam,   775
Cum ista ut loquatur : tu , Geta, abi præ, nuntia hanc venturam.
G. Argentum inventum 'st Phædriæ : de jurgio siletur.
Provisum est, ne in præsentia hæc hinc abeat : quid nunc
  porro?
Quid fiet? in eodem luto hæsitas : vorsuram solves ,
Geta : præsens quod fuerat malum, in diem abiit; plagæ
  crescunt,   780
Nisi prospicis. Nunc hinc domum ibo, ac Phanium edocebo,
Ne quid vereatur Phormionem, aut ejus orationem.

SCENA TERTIA.

DEMIPHO, NAUSISTRATA, CHREMES.

De. Agedum , ut soles , Nausistrata, fac illa ut placetur nobis ;
Ut sua voluntate, id quod est faciundum , faciat. *N.* Faciam.
De. Pariter nunc opera me adjuves, ac dudum re opitulata
  es.   785

si laborieusement acquise. Mon pauvre père tirait de ce bien deux talents haut la main. Voyez un peu quelle différence d'un homme à un autre.

Dém. Deux talents, dites-vous?

Naus. Deux talents. Et alors tout était pour rien.

Dém. Oh! oh!

Naus. Qu'en dites-vous?

Dém. Eh! mais...

Naus. Que ne suis-je un homme! Je lui ferais bien voir....

Dém. Oh! je le crois.

Naus. Comment on s'y prend pour....

Dém. Là, ménagez vos poumons, s'il vous plaît; vous en aurez besoin avec cette jeune drôlesse.

Naus. Vous avez raison. Mais voici mon mari qui sort de chez vous.

Chr. Dites-moi, mon frère, l'argent est-il donné?

Dém. L'affaire est faite; j'en viens.

Chr. Tant pis. (*apercevant Nausistrate.*) Aïe! voici ma femme. J'ai failli en trop dire.

Dém. Pourquoi tant pis, mon frère?

Chr. Non, non, c'est bien fait.

Dém. Et vous, avez-vous pressenti cette jeune femme sur l'autre mariage que nous voulons faire?

Chr. J'ai arrangé cela.

Dém. Eh bien! qu'en dit-elle?

Chr. La séparation n'est pas possible.

Dém. Comment? pas possible?

Chr. Ils sont trop attachés l'un à l'autre.

Dém. Et que nous importe?

Chr. Il nous importe beaucoup. D'ailleurs j'ai découvert que la fille nous touche de très-près.

Dém. Allons, vous extravaguez.

Chr. Vous verrez. Je sais ce que je dis. Rappelez-vous que tantôt...

Dém. Êtes-vous dans votre bon sens?

Naus. Ah! prenez garde. Si c'est une parente cependant!

Dém. Quel conte!

Chr. Ne dites pas cela. Le père avait un autre nom. C'est ce qui vous a trompé.

Dém. Elle ne connaissait donc pas son père?

Chr. Si fait.

Dém. Comment s'est-elle trompée de nom?

Chr. Allons, c'est un parti pris. Vous ne voulez pas vous en rapporter à moi, vous ne voulez rien comprendre.

Dém. Mais vous ne me dites rien.

Chr. Il n'en démordra pas.

Naus. Je n'entends rien à tout ceci.

Dém. Ma foi, ni moi non plus.

Chr. Voulez-vous m'en croire? que Jupiter me protège, aussi vrai que cette jeune femme n'a pas de plus proche parent que vous et moi!

Dém. En voilà bien d'une autre! Allons donc tous ensemble la trouver. Je veux tirer cette parenté au clair.

Chr. Non pas.

Dém. Mais quoi?

Chr. Pouvez-vous me montrer si peu de confiance?

Dém. Ainsi il me faut croire sans aller voir. Soit, à votre aise. Mais cette fille-là... de notre ami, que deviendra-t-elle?

Chr. Dame!

Dém. Ainsi, nous la remercions?

Chr. Pourquoi pas?

Dém. Et nous gardons celle-ci?

Chr. Oui.

Dém. Cela étant, Nausistrate, vous pouvez rentrer chez vous.

Naus. Mon avis, dans l'intérêt de tous, serait de préférer la jeune fille que j'ai vue. Son air m'intéresse au dernier point. (*Elle sort.*)

Dém. Qu'est-ce que tout cet amphigouri?

Chr. A-t-elle bien fermé la porte?

N. Factum volo, ac pol minus queo viri culpa, quam me dignum 'st.

De. Quid autem? *N.* Quia pol mei patris bene parta indiligenter

Tutatur: nam ex his prædiis talenta argenti bina

Statim capiebat: hem, vir viro quid præstat? *De.* Bina, quæso?

N. Ac rebus viliorïbus multo, tamen talenta bina. *De.* Hui!

N. Quid hæc videntur? *De.* Scilicet. *N.* Virum me natam vellem! 791

Ego ostenderem... *De.* Certo scio. *N.* Quo pacto. *De.* Parce, sodes,

Ut possis cum illa; ne te adolescens mulier defatiget.

N. Faciam, ut jubes: sed meum virum abs te exire video.

Ch. Ehem, Demipho,

Jam illi datum est argentum? *De.* Curavi illico. *Ch.* Nollem datum. 795

Hei! video uxorem: pæne plus quam sat erat. *De.* Cur nolles, Chreme?

Ch. Jam recte. *De.* Quid tu? ecquid locutus cum ista es, quamobrem hanc ducimus?

Ch. Transegi. *De.* Quid ait tandem? *Ch.* Abduci non potest.

De. Qui non potest?

Ch. Quia uterque utrique est cordi. *De.* Quid istuc nostra?

Ch. Magni: præter hæc,

Cognatam comperi esse nobis. *De.* Quid! deliras? *Ch.* Sic erit. 800

Non temere dico: redi mecum in memoriam. *De.* Satin' sanus es?

N. Au! obsecro, cave ne in cognatam pecces. *De.* Non est.

Ch. Ne nega.

Patris nomen aliud dictum est: hoc tu errasti. *De.* Non norat patrem?

Ch. Norat. *De.* Cur aliud dixit? *Ch.* Numquamne hodie concedes mihi,

Neque intelliges? *De.* Si tu nil narras. *Ch.* Pergis? *N.* Miror, quid hoc siet. 805

De. Equidem hercle nescio. *Ch.* Vin' scire? at ita me servet Jupiter,

Ut propior illi, quam ego sum ac tu, homo nemo 'st. *De.* Di vostram fidem!

Eamus ad ipsam: una omnes nos aut scire aut nescire hoc volo. *Ch.* Ah!

De. Quid est? *Ch.* Itan' parvam mihi fidem esse apud te? *De.* Vin' me credere?

Vin' satis quæsitum mi istuc esse? age, fiat: quid? illa illa 810

Amici nostri quid futurum 'st? *Ch.* Recte. *De.* Hanc igitur mittimus?

Ch. Quidni? *De.* Illa maneat? *Ch.* Sic. *De.* Ire igitur tibi licet, Nausistrata.

N. Sic pol commodius esse in omnes arbitror, quam ut cœperas,

De. Quid istuc negoti 'st? *Ch.* Jamne operuit ostium? *De.* Jam. *Ch.* O Jupiter! 815

Di nos respiciunt: gnatam inveni nuptam cum tuo filio. *De.* Hem!

Dém. Eh oui.

Chr. O Jupiter ! le ciel est pour nous. C'est ma fille que je retrouve dans la femme de votre fils.

Dém. Ah ! Et comment ?

Chr. Le lieu est peu propice aux explications.

Dém. Eh bien ! entrons.

Chr. Un moment. Que nos enfants n'en sachent rien, au moins.

SCÈNE IV.

ANTIPHON (*seul*).

Quel que soit le sort que l'avenir me réserve , il m'est doux de voir mon cousin au comble de ses vœux. Ah ! qu'on fait bien de n'ouvrir son cœur qu'à des passions comme la sienne ! Si le sort vous traverse, le remède est bientôt trouvé. Voyez Phédria, il a suffi d'un peu d'argent pour le mettre hors de peine. Nul expédient ne peut me sauver à moi cette alternative : mourir de crainte, avec mon secret; mourir de honte, s'il se découvre. C'est au point que je n'oserais mettre le pied dans cette maison, sans l'espoir que j'entrevois de garder ma Phanie. Mais où trouver Géta, pour savoir à quel moment je dois me présenter à mon père ?

SCÈNE V.

PHORMION, ANTIPHON.

Phor. (*sans voir Antiphon.*) J'ai palpé les espèces , payé Dorion et emmené l'objet. Phédria peut en faire sa femme ; la belle est bien et dûment affranchie. A présent il ne me reste plus qu'une chose à faire : me donner du bon temps et mener joyeuse vie. Pour cela, il faut endormir nos deux barbons quelques jours seulement.

Quo pacto id potuit? *Ch.* Non satis tutus est ad narrandum locus.

De. At tu intro abi. *Ch.* Heus, ne filii quidem nostri hoc resciscant volo.

SCENA QUARTA.

ANTIPHO.

Lætus sum, ut meæ res sese habent, fratri obtigisse, quod volt.

Quam scitum 'st ejusmodi parare in animo cupiditates, 820
Quas, quum res adversæ sient, paulo mederi possis.
Hic simul argentum reperit, cura sese expedivit.
Ego nullo possum remedio me evolvere ex his turbis,
Quin, si hoc celetur, in metu; sin patefit, in probro sim.
Neque me domum nunc reciperem, ni mi esset spes ostenta   825
Hujusce habendæ. Sed ubinam Getam invenire possum?
Ut rogem, quod tempus conveniundi patris me capere jubeat.

SCENA QUINTA.

PHORMIO, ANTIPHO.

Pho. Argentum accepi , tradidi lenoni; abduxi mulierem;
Curavi , propria ea Phædria ut potiretur : nam emissa 'st manu.
Nunc una mihi res etiam restat, quæ est conficiunda, otium   830
Ab senibus ad potandum ut habeam : nam aliquot hos sumam dies.

Ant. Ah ! voici Phormion. Que disiez-vous donc là?

Phor. Ce que je disais?

Ant. Que devient l'heureux Phédria? Que va-t-il faire de sa bonne fortune?

Phor. Il va prendre votre rôle.

Ant. Quel rôle?

Phor. Jouer à cache-cache avec son père. En revanche, vous jouerez son rôle, vous. Il y compte ; vous vous constituerez son avocat pendant qu'il sera chez moi à faire bombance. Moi, je dirai aux deux vieux que je vais à Sanium pour y faire emplette de la petite esclave dont Géta leur a parlé tantôt. Il ne faut pas que les bonnes gens, ne me voyant plus, aillent se mettre en tête que je m'en donne avec leur argent. Mais on ouvre la porte chez vous.

Ant. Voyez qui sort.

Phor. C'est Géta.

SCÈNE VI.

GÉTA , PHORMION, ANTIPHON.

Gét. O Fortune! déesse tutélaire! de quelle faveur inespérée vous comblez mon maître en ce jour!

Ant. A qui en a-t-il donc?

Gét. Quelles craintes vous ôtez à ses amis! Mais à quoi vais-je m'amuser ? Prenons vite mon manteau, et courons annoncer à notre homme le bonheur qui lui tombe du ciel.

Ant. Comprenez-vous quelque chose à ce qu'il débite?

Phor. Et vous?

Ant. Pas un mot.

Phor. Moi pas davantage.

Gét. Il faut que j'aille chez Dorion ; c'est là qu'ils sont à cette heure.

Ant. Hé, Géta!

A. Sed Phormio 'st : quid ais? *Pho.* Quid? *A.* Quidnam nunc facturu 'st Phædria?
Quo pacto satietatem amoris ait se velle absumere?
Pho. Vicissim partes tuas acturu'st. *A.* Quas? *Pho.* Ut fugiet patrem.
Te suas rogavit rursum ut ageres, causam ut pro se diceres.   835
Nam potaturus est apud me : ego me ire senibus Sunium
Dicam ad mercatum, ancillulam emptum, quam dudum dixit Geta;
Ne, quum hic non videant, me conficere credant argentum suum.
Sed ostium concrepuit abs te. *A.* Vide, quis egrediatur. *Pho.* Geta 'st.

SCENA SEXTA.

GETA , ANTIPHO, PHORMIO.

G. O fortuna! o fors fortuna! quantis commoditatibus, 840
Quam subito, hero meo Antiphoni ope vestra hunc onerastis diem!
A. Quidnam hic sibi volt? *G.* Nosque, amicos ejus, exonerastis metu!
Sed ego nunc mihi cesso, qui non humerum hunc onero pallio;
Atque hominem propero invenire, ut hæc, quæ contigerint, sciat.
A. Num tu intelligis , quid hic narret? *Pho.* Num tu? *A.* Nil. *Pho.* Tantumdem ego.   845
G. Ad lenonem hinc ire pergam : ibi nunc sunt. *A.* Heus, Geta ! *G.* Hem tibi!

Gét. (*sans voir son maître.*) Hé! toi-même. Toujours quelqu'un pour vous arrêter quand vous êtes pressé.

Ant. Géta!

Gét. (*même jeu.*) Encore? Ne viens pas m'ennuyer; tu perds ta peine.

Ant. Veux-tu bien rester là?

Gét. Tu vas t'attirer un horion.

Ant. C'est ce qui t'attend si tu ne demeures, maraud.

Gét. Ho! ho! c'est quelqu'un de connaissance, à en juger par ce mot. Mais est-ce l'homme que je cherche, oui ou non? (*Il se retourne*). C'est lui-même.

Phor. Viens çà, sans plus tarder.

Ant. Qu'y-a-il?

Gét. O le plus fortuné mortel qui soit sur la terre; car il n'y a que vous à qui les dieux accordent de ces faveurs-là.

Ant. J'en accepte l'augure. Mais j'ai besoin que tu me dises en quoi et comment.

Gét. Voulez-vous que je vous fasse nager dans la joie?

Ant. Tu me fais mourir à petit feu.

Phor. Trêve de phrases, et voyons ce que tu as à dire.

Gét. Ah! vous étiez là aussi, Phormion!

Phor. Oui; et le temps se passe.

Gét. M'y voici, hem! (*à Phormion.*) Tantôt, après vous avoir remis l'argent là-bas à la place, je revins droit au logis. Votre père me donna une commission pour votre femme.

Ant. Quelle commission?

Gét. Passons là-dessus; cela ne fait rien à l'affaire. Comme j'allais entrer dans son appartement, le petit Midas, qui la sert, court après moi, me prend par mon manteau, et me fait pencher en ar-

rière. Je me retourne, et lui demande ce qu'il a à me tirailler ainsi. On n'entre pas, me dit-il. Sophrona vient d'introduire Chrémès chez ma maîtresse. Là-dessus, je m'avance doucement, à pas de loup, et le cou tendu, l'oreille au guet; je me colle à la porte, faisant de mon mieux pour ne rien perdre de ce qui va se dire.

Ant. Brave Géta, eh bien?

Gét. J'en ai appris de belles. J'ai pensé en crier de joie.

Ant. Qu'est-ce?

Gét. Devinez.

Ant. Je ne saurais.

Gét. Merveille des merveilles! votre oncle est le père de votre femme, de Phanie.

Ant. Comment? que dis-tu là?

Gét. Un mariage secret avec la mère... autrefois... à Lemnos.

Phor. Tu rêves. Phanie ne pas connaître son père?

Gét. Tout s'explique, Phormion, soyez-en sûr. Est-ce qu'au travers de la porte j'ai pu tout entendre?

Ant. Eh! mais vraiment j'ai déjà ouï parler de cela.

Gét. Voici qui est plus positif. Pendant ma station, j'ai vu votre oncle sortir, et rentrer un moment après avec votre père. Tous deux sont d'accord pour que Phanie vous reste, et m'ont chargé de vous chercher, et de vous amener devant eux.

Ant. Vite, vite! Qu'attends-tu?

Gét. Je suis à vos ordres.

Ant. Adieu, cher Phormion.

Phor. Au plaisir, Antiphon.

Num mirum aut novum est revocari, cursum quum institueris? *A.* Geta.

G. Pergit hercle : nunquam tu odio tuo me vinces. *A.* Non manes?

G. Vapula. *A.* Id quidem tibi jam fiet, nisi resistis, verbero.

G. Familiariorem oportet esse hunc : minitatur malum. 850

Sed iste est, quem quæro, an non? ipsu'st. *Pho.* Congredere actutum. *A.* Quid est?

G. O omnium, quantum est, qui vivant, hominum homo ornatissime!

Nam sine controversia ab dis solus diligere, Antipho.

A. Ita velim ; sed, qui istuc credam ita esse, mihi dici velim.

G. Satin' est, si te delibutum gaudio reddo? *A.* Enicas. 855

Pho. Quin tu hinc pollicitationes aufer, et quod fers, cedo.

G. Oh!

Tu quoque aderas, Phormio? *Pho.* Aderam ; sed tu cessas?

G. Accipe, hem!

Ut modo argentum tibi dedimus apud forum, recta domum

Sumus profecti : interea mittit herus me ad uxorem tuam.

A. Quamobrem? *G.* Omitto proloqui : nam nihil ad hanc rem est, Antipho. 860

Ubi in gynæceum ire occipio, puer ad me adcurrit Mida,

Pone apprehendit pallio, resupinat ; respicio, rogo,

Quamobrem retineat me : ait, esse vetitum intro ad heram accedere.

« Sophrona modo fratrem huc, inquit, senis introduxit Chremem,

Eumque nunc esse intus cum illis. » Hoc ubi ego audivi, ad fores　　　　　865

Suspenso gradu placide ire perrexi ; accessi, adstiti,

Animam compressi, aurem admovi : ita animum cœpi attendere,

Hoc modo sermonem captans. *A.* Eu, Geta. *G.* Hic pulcherrimum

Facinus audivi : itaque pæne hercle exclamavi gaudio.

A. Quod? *G.* Quodnam arbitrare? *A.* Nescio. *G.* Atqui mirificissimum :　　　　870

Patruus tuus est pater inventus Phanio uxori tuæ. *A.* Hem,

Quid ais? *G.* Cum ejus consuevit olim matre in Lemno clanculum.

Pho. Somnium! utin' hæc ignoraret suum patrem? *G.* Aliquid credito.

Phormio, esse causæ; sed me censen' potuisse omnia

Intelligere extra ostium, intus quæ inter sese ipsi egerint?　　　　875

A. Atque hercle ego quoque illam inaudivi fabulam. *G.* Immo etiam dabo,

Quo magis credas : patruus interea inde huc egreditur foras ;

Haud multo post cum patre idem recipit se intro denuo ;

Ait uterque tibi potestatem ejus habendæ se dare.

Denique ego sum missus, te ut requirerem atque adducerem. *A.* Hem!　　　880

Quin ergo rape me : quid cessas? *G.* Fecero. *A.* O mi Phormio,

Vale. Pho. Vale, Antipho : bene, ita me di ament! factum gaudeo.

SCÈNE VII.

PHORMION (seul.)

Quel coup de fortune pour mes jeunes gens, et quand ils y songeaient le moins! Bonne occasion aussi pour attraper les deux pères, pour tirer Phédria de peine, et le dispenser de tendre la main à ses amis. Cet argent lâché de si mauvaise grâce, mes deux barbons peuvent en faire leur deuil. Je sais comment le leur souffler maintenant. Il ne s'agit que de changer de rôle et de visage. Je vais me poster dans la ruelle à côté. Dès que je les verrai sortir, je vous les happe au passage. Quant au voyage de Sunium, eh bien! j'en suis revenu.

SCÈNE VIII.

DÉMIPHON, PHORMION, CHRÉMÈS.

Dém. Nous devons de belles grâces aux dieux, mon frère, de ce que les choses ont si bien tourné. Il s'agit maintenant de voir au plus vite ce Phormion et, s'il se peut, de rattraper nos trente mines avant qu'elles ne soient mangées.

Phor. (*feignant de ne pas les apercevoir.*) Je vais voir si Démiphon est chez lui, afin....

Dém. Phormion, nous allions chez vous.

Phor. Sans doute pour le sujet qui m'amène?

Dém. Très-probablement.

Phor. Je m'en doutais. Mais pourquoi vous déranger? C'est une mauvaise plaisanterie. Aviez-vous peur de me voir manquer à mon engagement? Allez, je ne suis qu'un pauvre hère, mais je ne tiens à rien tant qu'à ma parole.

Chr. (*bas à Démiphon.*) N'est-ce pas qu'elle a l'air distingué?

Dém. (*bas à Chrémès.*) Tout à fait.

Phor. Je viens donc vous dire que je suis tout prêt. Le mariage se fera quand vous voudrez. J'ai, comme de raison, ajourné toute affaire, quand j'ai vu que celle-ci vous tenait si fort au cœur.

Dém. C'est que voilà mon frère qui me donne des scrupules. Voyez, m'a-t-il dit, quelle clameur nous allons exciter contre nous! « Quand on pouvait la marier honnêtement, dira-t-on, on ne l'a « pas voulu. Et l'on a l'infamie maintenant de l'ar- « racher des bras d'un autre. » Enfin, à peu près ce que vous me disiez vous-même tantôt.

Phor. C'est se jouer de moi bien indécemment.

Dém. En quoi?

Phor. En quoi? est-ce que je puis maintenant épouser l'autre? De quel front irai-je me présenter devant une femme que j'ai refusée?

Chr. (*bas à Démiphon.*) Dites-lui qu'une séparation à cette heure serait un chagrin mortel pour Antiphon.

Dém. Une séparation à cette heure serait pour mon fils un chagrin mortel. Ainsi, Phormion, passez, je vous en prie, à la place, et faites-moi rendre cet argent.

Phor. Que je le fasse rendre à mes créanciers?

Dém. Comment faire, en ce cas?

Phor. Si vous me donnez la femme que vous m'avez promise, je l'épouse. Vous plaît-il de la garder? Moi, je garde la dot. Il n'est pas juste que j'en sois pour mes frais, après avoir manqué, pour vous complaire, un mariage également avantageux.

Dém. La peste soit du maraud, avec ses fanfaronnades! Crois-tu qu'on ne te connaisse pas, qu'on ne sache pas tes faits et gestes?

Phor. La patience va m'échapper.

Dém. Tu épouserais cette femme, n'est-ce pas, si on te prenait au mot?

Phor. Essayez, pour voir.

SCENA SEPTIMA.

PHORMIO.

Tantam fortunam de improviso esse his datam
Summa eludendi occasio 'st mi nunc senes,
Et Phædriæ curam adimere argentariam;   885
Ne cuiquam suorum æqualium supplex siet.
Nam idem hoc argentum, ita ut datum 'st, ingratiis
Ei datum erit : hoc qui cogam, re ipsa repperi.
Nunc gestus mihi voltusque est capiundus novus.
Sed hinc concedam in angiporium hoc proxumum.   890
Inde hisce ostendam me, ubi erunt egressi foras.
Quo me adsimularam ire ad mercatum, non eo.

SCENA OCTAVA.

DEMIPHO, PHORMIO, CHREMES.

De. Dis magnas merito gratias habeo atque ago,
Quando evenere hæc nobis, frater, prospere.
Quantum potest, nunc conveniendus Phormio est,   895
Priusquam dilapidet nostras triginta minas,
Ut auferamus. *Pho.* Demiphonem, si domi est,
Visam, ut, quod.... *De.* At nos ad te ibamus, Phormio.
Pho. De eadem hac fortasse causa? *De.* Ita hercle. *Pho.* Credidi.
Quid ad me ibatis? ridiculum! an veremini,   900
Ne non id facerem, quod recepissem semel?
Heus, quanta quanta hæc mea paupertas est, tamen
Adhuc curavi unum hoc quidem, ut mi esset fides.

Ch. Estne ita, ut dixi, liberalis? *De.* Oppido.
Pho. Idque adeo advenio nuntiatum, Demipho,   905
Paratum me esse : ubi voltis, uxorem date.
Nam omnes posthabui mihi res, ita uti par fuit,
Postquam, tantopere id vos velle, animadverteram.
De. At hic dehortatus est me, ne illam tibi darem.
« Nam qui erit rumor populi, inquit, si id feceris? 910
Olim quum honeste potuit, tum non est data.
Nunc viduam extrudi turpe 'st; » ferme eadem omnia,
Quæ tute dudum coram me incusaveras.
Pho. Satis pol superbe illuditis me. *De.* Qui? *Pho.* Rogas?
Quia ne alteram quidem illam potero ducere.   915
Nam quo redibo ore ad eam, quam contempserim?
Ch. Tum autem, Antiphonem video ab sese amittere
Invitum eam, inque. *De.* Tum autem video filium
Invitum sane mulierem ab se amittere.
Sed transi sodes ad forum, atque illud mihi   920
Argentum rursum jube rescribi, Phormio.
Pho. Quod? Quod ego discripsi porro illis, quibus debui.
De. Quid igitur fiet? *Pho.* Si vis mi uxorem dare,
Quam despondisti; ducam; sin est, ut velis
Manere illam apud te, dos hic maneat, Demipho.   925
Nam non est æquum, me propter vos decipi,
Quum ego vostri honoris causa repudium alteræ
Remiserim, quæ dotis tantumdem dabat.
De. In malam rem hinc cum istac magnificentia,
Fugitive! etiamnum credis, te ignorarier   930
Aut tua facta adeo? *Ch.* Irritor. *De.* Tune hanc duceres,
Si tibi data esset? *Pho.* Fac periculum. *De.* Ut filius
Cum illa habitet apud te, hoc vostrum consilium fuit.

Dém. Afin que mon fils continue de la voir chez toi? C'était le plan.

Phor. Répétez un peu, je vous prie.

Dém. Çà, notre argent tout à l'heure.

Phor. Çà, ma femme, tout de suite.

Dém. Viens devant la justice.

Phor. La justice? Si vous me poussez à bout...

Dém. Qu'est-ce que tu feras?

Phor. Ce que je ferai? Vous croyez peut-être que je ne plaide que pour les femmes sans dot? J'en ai de bien dotées aussi dans ma clientèle.

Dém. Qu'est-ce que cela nous fait?

Phor. Ah! rien. Seulement j'en connais une ici dont le mari avait....

Chr. Ah!

Dém. Avait quoi?

Phor. Une autre femme dans l'île de Lemnos.

Chr. Je suis mort!

Phor. Et dont il a une fille qu'il élève en cachette.

Chr. Je suis enterré.

Phor. Je vais de ce pas trouver la dame, et lui conter toute l'histoire.

Chr. N'en faites rien, je vous conjure.

Phor. Oh! oh! est-ce que vous seriez le personnage?

Dém. Comme il se joue de nous!

Chr. Nous vous tenons quittes.

Phor. Chansons!

Chr. Que voulez-vous de plus? l'argent que vous avez reçu, nous vous en faisons cadeau.

Phor. A la bonne heure. Mais pourquoi me lanterner ainsi? à quoi bon tant d'enfantillages? Je ne veux pas, je veux; je veux pas. Rendez, gardez; tout est dit, rien n'est dit. Voilà qui est fait, rien n'est fait.

Chr. Mais comment? et de qui a-t-il donc pu savoir...

Dém. Tout ce que je sais, c'est que je n'en ai dit mot à âme qui vive.

Chr. Les dieux me pardonnent! la chose tient du prodige.

Phor. Sont-ils intrigués!

Dém. Quoi! ce maître fourbe empochera notre argent et se gaussera de nous à notre barbe? J'y mourrai plutôt. Allons, mon frère, un peu de courage; usez de votre raison. Vous voyez que votre faute n'est plus un secret, et qu'il n'est plus possible que votre femme l'ignore. De façon ou d'autre, elle le saura, c'est inévitable. Prenons donc les devants. Vous aurez le mérite de la confidence; et nous pourrons ensuite à notre guise avoir raison de ce coquin.

Phor. (*bas.*) Ouais! attention. Mes gens se rallient, reprennent l'offensive.

Chr. C'est que j'ai bien peur qu'elle ne veuille rien entendre.

Dém. Allons, allons, je me charge de faire votre paix, moi, la mère n'étant plus un obstacle.

Phor. Le prenez-vous sur ce ton? le tour n'est pas maladroit. (*à Démiphon.*) Si vous me piquez au jeu, vous n'avancerez pas ses affaires. Oui-dà! On pourrait (*montrant Chrémès*) aller faire des siennes en pays étranger, se moquer d'une femme comme celle-là, lui faire l'affront le plus sanglant; puis, on en serait quitte pour venir pleurer et demander pardon? Que je vous entende souffler seulement, et je vous allume chez elle un feu que toutes les larmes du monde n'éteindront pas.

Dém. Que dieux et déesses confondent ce maraud! Vit-on jamais pareille audace? Et un bon jugement ne me relèguera pas ce coquin dans quelque île déserte?

Chr. J'en suis vraiment à ne savoir comment me tirer de ses mains.

Dém. Je le sais bien, moi. Il y a une justice.

Phor. Va pour la justice. (*Allant vers la maison de Chrémès.*) Elle est ici, ne vous déplaise.

Dém. Empoignez-le, et tenez ferme. Je vais appeler mes gens.

Pho. Quæso, quid narras? *De.* Quin tu mi argentum cedo.
Pho. Immo vero uxorem tu cedo. *De.* In jus ambula.   935
Pho. In jus? enimvero, si porro esse odiosi pergitis,...
De. Quid facies? *Pho.* Egone? vos me indotatis modo
Patrocinari fortasse arbitramini;
Etiam dotatis soleo. *Ch.* Quid id nostra? *Pho.* Nihil.
Hic quamdam noram, cujus vir uxorem... *Ch.* Hem! *De.*
Quid est?   940
Pho. Lemni habuit aliam. *Ch.* Nullus sum. *Pho.* Ex qua
filiam
Suscepit; et eam clam educat. *Ch.* Sepultus sum.
Pho. Hæc adeo ego illi jam denarrabo. *Ch.* Obsecro!
Ne facias. *Pho.* Oh, tune is eras? *De.* Ut ludos facit!
Ch. Missum te facimus. *Pho* Fabulæ! *Ch.* Quid vis tibi?
Argentum quod habes, condonamus te. *Pho.* Audio.   945
Quid vos, malum! ergo me sic ludificamini,
Inepti, vostra puerili sententia?
« Nolo, volo; volo, nolo rursum; cape, cedo. »
Quod dictum, indictum 'st; quod modo erat ratum, irritum 'st.   950
Ch. Quo pacto, aut unde hæc hic rescivit? *De.* Nescio;
Nisi me dixisse nemini, id certo scio.
Ch. Monstri, ita me di ament! simile. *Pho.* Injeci scrupulum. *De.* Hem!
Hiccine ut a nobis tantum hoc argenti auferat,
Tam aperte irridens? emori hercle satius est.   955

Animo virili præsentique ut sis, para.
Vides peccatum tuum esse elatum foras;
Neque jam celare id posse te uxorem tuam.
Nunc quod ipsa ex aliis auditura sit, Chreme,
Id nosmet ipsos indicare, placabilius est.   960
Tum hunc imparatum poterimus nostro modo
Ulcisci. *Pho.* Atat, nisi mihi prospicio, hæreo.
Hi gladiatorio animo ad me affectant viam.
Ch. At vereor, ut placari possit. *De.* Bono animo es.
Ego redigam vos in gratiam, hoc fretus, Chreme,   965
Quum e medio excessit, unde hæc suscepta 'st tibi.
Pho. Itane agitis mecum? satis astute adgredimini.
Non hercle ex re istius me instigasti, Demipho.
Ain' tu? ubi peregre, tibi quod libitum fuit, feceris,   970
Neque hujus sis veritus feminæ primariæ,
Quin novo modo ei faceres contumeliam;
Venias mihi precibus lautum peccatum tuum?
Hisce ego illam dictis ita tibi incensam dabo,
Ut ne restinguas, lacrumis si exstillaveris.
De. Malum, quod isti di deæque omnes duint!   975
Tantane adfectum quemquam esse hominem audacia?
Non hoc publicitus scelus hinc deportarier
In solas terras! *Ch.* In id redactus sum loci,
Ut, quid agam cum illo, nesciam prorsus. *De.* Ego scio.
In jus eamus. *Pho.* In jus! huc, si quid lubet.   980
De. Adsequere ac retine, dum ego huc servos evoco.

Chr. Je n'en viendrai pas à bout tout seul. Venez à mon secours.

Phor. (*à Démiphon.*) J'ai une plainte à former contre vous.

Chr. La justice, la justice!

Phor. (*à Chrémès.*) Et contre vous aussi.

Dém. Traînez-moi-le.

Phor. C'est ainsi que vous en usez? Il faut donc crier sur les toits. (*A haute voix.*) Nausistrate, venez ici, je vous prie.

Chr. Bâillonnez-le.

Dém. Le drôle est fort comme quatre.

Phor. (*se débattant.*) Nausistrate, Nausistrate!

Chr. Veux-tu te taire?

Phor. Et pourquoi me taire?

Dém. Une bourrade dans le ventre, s'il résiste?

Phor. Quand vous m'éborgneriez, voici de quoi prendre ma revanche.

SCÈNE IX.

NAUSISTRATE, DÉMIPHON, CHRÉMÈS, PHORMION.

Naus. Qui m'appelle?

Chr. (*éperdu.*) Ah!

Naus. Mon mari, pourquoi tout ce tapage?

Phor. (*à Chrémès.*) Ah! vous avez le bec clos maintenant.

Naus. (*à Chrémès.*) Qui est cet homme? Vous ne me répondez pas?

Phor. Lui, répondre? Est-ce qu'il sait où il en est seulement?

Chr. N'allez pas le croire au moins!

Phor. Tenez, touchez-le. Que je meure s'il n'est transi.

Chr. Ce n'est rien.

Naus. Qu'y a-t-il donc? et que dit cet homme?

Phor. Écoutez-moi, vous le saurez.

Chr. Allez-vous encore le croire?

Naus. Croire quoi? Il n'a encore rien dit.

Phor. Non; le pauvre homme a si peur qu'il extravague.

Naus. (*à Chrémès.*) Certes, ce n'est pas pour rien que vous vous montrez si effrayé.

Chr. Effrayé? moi?

Phor. C'est à merveille. Vous ne craignez rien. Ce que je dis n'est rien non plus. Dites donc ce que c'est, vous.

Dém. Te le dire à toi, drôle!

Phor. Allons, vous avez assez soutenu votre frère.

Naus. Eh bien! mon mari, ne parlerez-vous pas?

Chr. Mais...

Naus. Mais quoi?

Chr. Il est inutile.

Phor. Inutile pour vous; mais pour Nausistrate, il est bon de savoir. Dans l'île de Lemnos....

Chr. Ah! qu'allez-vous dire?

Dém. Te tairas-tu?

Phor. A votre insu...

Chr. Hélas!

Phor. Votre mari a pris une autre femme.

Naus. Mon bon ami, me préservent les dieux!

Phor. C'est comme je vous le dis.

Naus. Malheureuse! je suis perdue.

Phor. Il vous est arrivé, en dormant, une fille de plus dans votre ménage.

Chr. Que vais-je devenir?

Naus. Dieux immortels, quelle indignité! quelle infamie!

Phor. Voilà tout.

Naus. Vit-on jamais un tour plus noir? Oh! les maris! ils font les vieux avec leurs femmes Eh bien! Démiphon, (car c'est à vous que je parle; je rougirais de lui adresser un seul mot à lui) voilà donc la cause de ces voyages si fréquents à Lemnos, de ces absences sans fin, de ce bas prix des denrées qui réduisait à rien nos revenus?

Dém. Ma sœur, votre mari est bien coupable envers vous; je n'en disconviens pas. Mais son pardon ne peut-il...

Phor. Viens y voir.

Dém. Ce n'est point chez lui indifférence, encore moins éloignement pour votre personne. Le

---

Ch. Etenim solus nequeo : adcurre huc. *Cho.* Una injuria 'st Tecum. *Ch.* Lege agito ergo. *Cho.* Altera est tecum, Chreme. *De.* Rape hunc. *Cho.* Itan' agitis? enimvero voce 'st opus. Nausistrata! exi. *Ch.* Os opprime. *De.* Impurum vide, 985 Quantum valet. *Cho.* Nausistrata! inquam. *Ch.* Non taces? *Cho.* Taceam! *De.* Nisi sequitur pugnos in ventrem ingere. *Cho.* Vel oculum exclude : est ubi vos ulciscar locus.

SCENA NONA.

NAUSISTRATA, CHREMES, PHORMIO, DEMIPHO.

N. Quis nominat me? *Ch.* Hem! *N.* Quid istuc turbæ 'st, obsecro, Mi vir? *Cho.* Ehem, quid nunc obstipuisti? *N.* Qui hic homo 'st? 990 Non mihi respondes? *Cho.* Hiccine ut tibi respondeat? Qui hercle, ubi sit, nescit. *Ch.* Cave isti quidquam creduas. *Cho.* Abi, tange; si non totus friget, me eneca. *Ch.* Nihil est. *N.* Quid ergo est, quid istic narrat? *Cho.* Jam scies. Ausculta. *Ch.* Pergin' credere? *N.* Quid ego, obsecro, 995 Huic credam, qui nihil dixit? *Cho.* Delirat miser

Timore. *N.* Non pol temere 'st, quod tu jam times. *Ch.* Ego timeo? *Cho.* Recte sane; quando nil times, Et hoc nihil est, quod ego dico; tu narra. *De.* Scelus! Tibi narret? *Cho.* Eho tu, factum 'st abs te seculo   1000 Pro fratre. *N.* Mi vir, non mihi dicis? *Ch.* At. *N.* Quid at? *Ch.* Non opus est dicto. *Cho.* Tibi quidem; at scito huic opu 'st. In Lemno... *Ch.* Hem, quid agis? *De.* Non taces? *Cho.* Clam te. *Ch.* Hei mihi! *Cho.* Uxorem duxit. *N.* Mi homo, di melius duint! *Cho.* Sic factum 'st. *N.* Perii misera! *Cho.* Et inde filiam Suscepit jam unam, dum tu dormis. *Ch.* Quid agimus? 1005 *N.* Pro di immortales! facinus indignum et malum! *Cho.* Hoc actum 'st. *N.* An quidquam hodie est factum indignius? Qui mi, ubi ad uxores ventum 'st, tum fiunt senes. Demipho, te appello; nam cum isto distædet loqui.   1010 Hæccine erant itiones crebræ, et mansiones diutinæ Lemni? hæccine erat ea, quæ nostros fructus minuebat, vilitas? *De.* Ego, Nausistrata, esse in hac re culpam meritam non nego; Sed ea quin sit ignoscenda. *Cho.* Verba fiunt mortuo. *De.* Nam neque negligentia tua, neque odio id fecit tuo. 1015

hasard, il y a quinze ans environ, lui fit rencontrer la mère de cette fille. Il s'était un peu oublié à table. L'ivresse lui fit commettre une violence dont vous connaissez maintenant les suites. Mais cette faute a été la seule. La victime n'est plus, et avec elle a disparu pour l'avenir toute cause d'ombrage. Allons, je vous en conjure, encore une preuve de cette bonté qui vous est ordinaire!

Naus. Ma bonté! Ah! je voudrais en être quitte pour cette dernière folie : mais puis-je bien m'en flatter? comme si les hommes, en vieillissant, devenaient plus sages! Il n'était guère jeune alors. Voyez la belle garantie! Mes charmes auront plus de pouvoir à présent, n'est-ce pas? Voyons; qu'avez-vous à dire pour me convaincre, pour me faire espérer seulement qu'il a changé de conduite?

Phor. Qui veut assister à l'enterrement de Chrémès? Qu'on se dépêche. Voilà comme je traite mon monde. Autant viendront s'attaquer à moi, autant j'en accommoderai de la même manière... Qu'il fasse sa paix à présent, s'il peut. Pour mon compte, je lui fais grâce. Sa femme a de quoi lui corner aux oreilles pour le reste de ses jours.

Naus. Y a-t-il eu de ma faute? faut-il, Démiphon, vous dire de point en point tout ce que j'ai été pour lui?

Dém. J'en sais là-dessus autant que vous.

Naus. Non. Là, dites-moi, pensez-vous que je mérite de tels procédés?

Dém. J'en suis à cent lieues. Mais le mal est fait, et tous les reproches du monde n'y peuvent rien. Laissez-vous' fléchir. Vous le voyez suppliant, repentant, contrit; que voulez-vous de plus?

Phor. (à part.) Ouais! si l'indulgence s'en mêle, il faut vite prendre nos sûretés, Phédria et moi. (*haut.*) Nausistrate, avant de vous engager à l'étourdie, écoutez-moi.

Naus. Qu'est-ce encore?

Phor. J'ai soutiré, à votre mari que voilà, trente mines qui ont été par moi remises à votre fils; et, par votre fils, à certain marchand d'esclaves, pour prix d'une poulette dont mon jeune homme est amoureux.

Chr. Comment? qu'est-ce à dire?

Naus. N'allez-vous pas trouver mauvais à présent que votre fils, à son âge, ait une maîtresse, quand vous avez deux femmes? N'avez-vous pas de honte? De quel front le gronderiez-vous? Répondez.

Dém. Allons, il entendra raison.

Naus. Puisqu'il faut me prononcer, je ne veux accorder ni promettre mon pardon. Je ne dirai mot que je n'aie vu mon fils; mon fils sera notre arbitre. Quel que soit son arrêt, j'y souscris.

Phor. Vous êtes une femme de mérite, Nausistrate.

Naus. (à Chrémès.) C'est bien me conduire avec vous, j'espère?

Chr. On ne peut mieux. Votre indulgence a passé mon espoir.

Naus. (à Phormion.) Comment vous nommez-vous?

Phor. Phormion; ami dévoué de toute votre famille, et de Phédria en particulier.

Naus. Phormion, de ce moment disposez de moi en toute occurrence, soit qu'il faille agir ou parler pour vous.

Phor. C'est trop de bonté.

Naus. Ce n'est que justice.

Phor. Eh bien! voulez-vous faire aujourd'hui même, à moi, un grand plaisir, et une bonne pièce à votre mari?

Naus. Vous n'avez qu'à parler.

Phor. Invitez-moi à souper.

Vinolentus, fere abhinc annos quindecim, mulierculam
Eam compressit, unde hæc nata 'st; neque post illa unquam attigit.
Ea mortem obiit; e medio abiit, qui fuit in hac re scrupulus.
Quamobrem te oro, ut alia tua sunt facta, æquo animo et hoc feras.
N. Quid! ego æquo animo! cupio misera in hac re jam defungier.   1020
Sed qui sperem? ætate porro minus peccaturum putem?
Jam tum erat senex, senectus si verecundos facit.
An mea forma atque ætas nunc magis expetenda 'st, Demipho?
Quid mi hic adfers, quamobrem exspectem, aut sperem porro non fore?
Pho. Exsequias Chremeti, quibus est commodum ire, hem! tempus est.   1025
Sic 'dabo. Age, age nunc, Phormionem, qui volet lacessito :
Faxo tali eum mactalam, atque hic est, infortunio.
Redeat sane in gratiam : jam supplici satis est mihi.
Habet hæc ei quod, dum vivat usque, ad aurem obganniat.
N. At meo merito credo. Quid ego nunc commemorem, Demipho,   1030
Singulatim, qualis ego in hunc fuerim? De. Novi æque omnia
Tecum. N. Meriton' hoc meo videtur factum? De. Minume gentium.
Verum, quando jam accusando fieri infectum non potest, Ignosce : orat, confitetur, purgat; quid vis amplius?

Pho. Enim vero priusquam hæc dat veniam, mihi prospiciam et Phædriæ.   1035
Heus, Nausistrata! priusquam huic respondes temere, audi.
N. Quid est?
Pho. Ego minas triginta per fallaciam ab isto abstuli;
Eas dedi tuo gnato; is pro sua amica lenoni dedit.
Ch. Hem! quid ais? N. Adeon' hoc indignum tibi videtur, filius,
Homo adolescens, si habet unam amicam, tu uxores duas?   1040
Nil pudere? quo ore illum objurgabis? responde mihi.
De. Faciet ut voles. N. Immo ut meam jam scias sententiam,
Neque ego ignosco, neque promitto quidquam, neque respondeo;
Priusquam gnatum video : ejus judicio permitto omnia.
Quod is jubebit, faciam. Pho. Mulier sapiens es, Nausistrata.   1045
N. Satin' tibi est? Ch. Immo vero pulchre discedo et probe,
Et præter spem. N. Tu tibi nomen dic quod est? Pho. Mihin'? Phormio,
Vestræ familiæ hercle amicus, et tuo summus Phædriæ.
N. Phormio, at ego ecastor posthac tibi, quod potero, et quæ voles,
Faciamque et dicam. Pho. Benigne dicis. N. Pol meritum 'st tuum.   1050
Pho. Vin' primum hodie facere, quod ego gaudeam, Nausistrata,

Nous. Certainement je vous invite.

Dém. Allons, il faut rentrer.

Chr. Soit : mais où est Phédria, notre arbitre?

Phor. Dans l'instant je vous l'amène. (*aux spectateurs.*) Adieu, messieurs; applaudissez.

SCÈNE FINALE

Ajoutée au Phormion par un auteur inconnu.

PHÉDRIA, PHORMION.

Phé. (*sans voir Phormion.*) Il y a certainement un dieu qui préside aux choses d'ici-bas. Le proverbe a beau dire, « La fortune fait et défait tout « sur la terre, » je n'en crois pas un mot.

Phor. (*à part.*) Est-ce Phédria que j'entends ou Socrate? Allons lui parler. (*Haut.*) Vous voilà bien en train de philosopher aujourd'hui; et sans en être plus triste, à ce que je vois.

Phé. Ah! bonjour, mon cher Phormion, bonjour. Vous êtes l'homme que je désirais le plus rencontrer.

Phor. Voyons. Qu'y a-t-il de nouveau? Contez-moi cela, je vous prie.

Phé. C'est moi qui vous prie de m'écouter. Ma Pamphile est citoyenne d'Athènes, et noble autant que riche.

Phor. Qu'entends-je? N'est-ce pas un rêve?

Phé. Non, rien n'est plus réel.

Phor. C'est qu'il y a cet autre proverbe : « On « croit aisément ce qu'on désire. »

Phé. Apprenez la découverte la plus merveilleuse. C'est sous l'impression que j'en ai reçue moi-même que tout à l'heure il m'est venu à l'esprit cette belle sentence : « Une suprême intelligence et non le ha-« sard aveugle gouverne tout, hommes et choses. »

Phor. Vous me faites bien languir.

Phé. Connaissez-vous Phanocrate?

Phor. Comme je vous connais.

Phé. Cet homme à millions?

Phor. Celui-là même.

Phé. Il est le père de Pamphile. En deux mots, voici le fait. Phanocrate avait un esclave nommé Calchas, un garnement capable de tout, et qui de longue main méditait son évasion. Un beau jour le drôle disparaît emportant la fille de la maison, alors âgée de cinq ans, et qu'on élevait à la campagne. Ce coup fait, il passe dans l'île d'Eubée, et là vend sa jeune maîtresse à un marchand nommé Lycon. Celui-ci garda l'enfant quelques années, et la revendit à Dorion, déjà grandelette. La jeune fille ne doutait pas qu'elle ne fût de haute naissance, se rappelant fort bien le grand nombre de femmes qui la servaient autrefois, et tous les soins délicats prodigués à son enfance; mais elle avait oublié le nom de ses parents.

Phor. Comment donc a-t-elle été reconnue?

Phé. Patience; j'y arrive. Hier, cet esclave fugitif a été arrêté, et rendu à Phanocrate. C'est par lui qu'on a su toute cette singulière histoire ; comment l'enfant fut d'abord vendue à Lycon, puis revendue à Dorion. Phanocrate à l'instant envoie chez ce dernier réclamer sa fille, et, apprenant qu'elle était passée de ses mains dans les miennes, accourt en personne chez moi.

Phor. L'heureuse aventure!

Phé. Phanocrate est tout disposé à notre mariage, et je n'ai point à craindre d'objection, à ce que je crois, de la part de mon père.

Phor. J'en suis caution. Je vous donne l'affaire comme faite et parfaite. Et, s'il vous plaît, n'allez pas vous présenter en suppliant. Je vous constitue, moi Phormion, juge de votre père.

Phé. Mauvais plaisant.

Phor. Rien n'est plus sérieux. Tâchez seulement

Et quod tuo viro oculi doleant? *N.* Cupio. *Pho.* Me ad cœnam voca.

N. Pol vero voco. *De.* Eamus intro hinc. *Ch.* Fiat; sed ubi est Phædria,

Judex noster? *Ph.* Jam hic faxo aderit : vos valete et plaudite.   1054

SCENA ADDITA.

ACT. V, SC. X.

PHÆDRIA, PHORMIO.

Phæ. Est profecto deus, qui, quæ nos gerimus, auditque et videt.   1055
Neque id verum existimo, quod vulgo dicitur :
« Fortuna humana fingit artatque, ut lubet. »
Pho. Ohe, quid istuc est? Socratem non Phædriam
Offendi, ut video. Cesso adire et colloqui?
Heus, Phædria, unde tibi hæc nova sapientia,   1060
Idque in tam magno, quod præ te fers, gaudio?
Phæ. O salve, amice ! o Phormio dulcissime,
Salve. Nemo est omnium quem ego magis nunc cuperem
quam te :
Pho. Narra istuc, quæso, quid siet. *Phæ.* Immo ego te obsecro hercle, ut audias.
Mea Pamphila civis attica est, et nobilis,   1065
Et dives. *Pho.* Quid ais? Anne, obsecro, somnias?
Phæ. Vera hercle narro. *Pho.* Sed et hoc recte dicitur :

TÉRENCE.

Verum putes haud ægre, quod valde expetas.
Phæ. Immo audi, quæso, quæ dicam mira omnia,
Idque adeo mecum tacitus cogitans, modo   1070
Erupi in illam quam audisti sententiam :
Nutu deorum, non cæco casu regi
Et nos et nostra. *Pho.* Jam dudum animi pendeo.
Phæ. Phanocratem nosti? *Pho.* Tanquam te. *Phæ.* Illum divitem?
Pho. Teneo. *Phæ.* Pater est is Pamphilæ. Ne te morer, 1075
Sic se res habuit.‘Servus huic Calchas erat,
Nequam, scelestus. Is domo aufugere parans,
Hanc virginem', quam rure educabat pater,
Quinque annos natam rapit, ac secum clanculum
In Eubœam deportat, et vendit Lyco,   1080
Mercatori cuidam. Is longo post tempore
Jam grandiorem Dorioni vendidit.
Et illa claris se quidem parentibus
Norat prognatam, quum se liberaliter
Comitatam ancillis, educatam, recoleret ;   1085
Nomen parentum haud norat. *Pho.* Qui igitur agniti?
Phæ. Mane, illuc ibam : captus est fugitivus is
Heri, ac Phanocrati redditus : de virgine
Quæ dixi mira narrat; et illam emptam Lyco',
Tum Dorioni. Mittit Phanocrates statim,   1090
Sibique gnatam vindicat ; sed venditam
Ubi rescit, ad me adcurrit. *Pho.* O factum bene !
Phæ. Quin illam ducam in Phanocrate nulla est mora,
Neque in patre opinor. *Pho.* Me vide : totum tibi hoc
Factum transactum reddo; nee te supplicem   1095

que ces trente mines, comptées à Dorion.............

Phé. J'entends. Vous faites bien de m'en parler. Cet argent vous revient de droit; car il faudra bien que le drôle rende gorge, la loi défendant de vendre une personne libre. Et, ma foi, je suis enchanté d'avoir l'occasion de vous prouver ma reconnaissance, et de prendre une bonne revanche avec lui. Le monstre! quel cœur de fer!

Phor. C'est moi que vous comblez, Phédria, et je vous le revaudrai en temps et lieu, ou je ne pourrai. J'aurai fort à faire sans doute. Il faudra payer de ma personne, à défaut d'autres preuves. Mais, à force de zèle et de dévouement, je m'en tirerai. En fait de gratitude, un homme d'honneur ne doit jamais être en reste.

Phé. Mal placer un bienfait, selon moi, c'est mal faire. Mais je ne connais pas d'homme plus reconnaissant que vous, et qui conserve mieux la mémoire des obligations. Que me disiez-vous donc tout à l'heure au sujet de mon père?

Phor. C'est toute une histoire, et le lieu n'est guère propice aux narrations. Entrons chez vous, car votre mère m'a invité à souper; et je crains que nous ne soyons en retard.

Phé. Soit, venez. Adieu, messieurs; applaudissez.

Patri esse statuit Phormio, sed judicem.
Phœ. Garris. *Pho.* Sic, inquam, est. Tu modo quas Dorio
Triginta minas..... *Phœ.* Bene mones, intelligo :
Habeas : nam reddat oportet, quippe lex vetat
Vendi liberam : et hercle gaudeo tempus dari,   1100
Quum et te remunerer, et illum ulciscar probe :
Monstrum hominis, ferro duriorem animum gerit.
Pho. Habeo nunc, Phædria, gratiam; referam in loco,
Si liceat unquam. Grave onus imponis mihi,
Ut tecum officiis certem, quum opibus non queam;   1105

Et amore ac studio solvam quod debeo tibi.
Bene merendo vinci, turpe est forti viro.
Phœ. Benefacta male collocata, malefacta existimo.
Sed te haud quemquam novi gratum ac memorem magis.   1110
Quid istuc quod de patre narrabas modo?
Pho. Sunt multa, quæ nunc non est dicendi locus.
Eamus intro : nam ad cœnam Nausistrata
Vocavit me; et vereor ne simus in mora.
Phœ. Fiat, sequere me. Vos valete et plaudite.

NOTES SUR TÉRENCE.

L'ANDRIENNE.

v. 7. *Veteris poetæ.* Ces mots désignent le poëte comique Luscius de Lanuvium, qui n'était pas sans mérite, et qui, déjà vieux lorsque Térence débuta, se montra fort jaloux de ses succès et de sa gloire naissante.

v. 9. *Menander fuit Andriam et Perinthiam.* Ménandre, père de la nouvelle comédie, naquit vers 340 av. J. C. L'Andrienne et la Périnthienne étaient ainsi nommées de ce que le principal personnage de ces pièces était dans la première une femme de l'île d'Andros, dans la seconde, une femme de Périnthe.

v. 18. *Nævium, Plautum, Ennium.* Ces poëtes furent les prédécesseurs de Térence; il ne nous reste rien des pièces de Nævius et d'Ennius.

v. 51. *Ex ephebis.* Suivant la loi d'Athènes, on restait dans la classe des éphebes de 18 à 20 ans. Après avoir employé ces deux années à parcourir l'Attique, on entrait au service, et l'on allait combattre au dehors.

v. 105. *Factum bene.* L'auteur ne s'arrète pas longtemps sur la mort de Chrysis, pour deux raisons : afin de ne point sortir du genre comique, et de ménager les oreilles de ses auditeurs, qui n'aimaient pas à entendre prononcer les mots de *mort, mourir.*

v. 129. *In ignem imposita est.* Dans les premiers siècles, les Romains enterraient les morts; mais ils empruntèrent ensuite des Grecs la coutume de les brûler. Cet usage ne devint général que sous les empereurs : comme la scène se passe à Athènes, Térence a dù conserver les mœurs grecques.

v. 194. *Davus sum, non Œdipus.* Allusion à la fable d'Œdipe et du Sphinx.

v. 199. *In pistrinum.* On châtiait les esclaves de diverses manières : le fouet était la punition la plus ordinaire; on les marquait au front d'un fer chaud; on leur faisait porter au cou une fourche ou morceau de bois; on les enfermait dans une partie de la maison appelée *ergastulum*, prison, ou dans le *pistrinum*, où on les forçait à tourner la meule à moudre le blé.

v. 219. *Tollere.* Lorsqu'un enfant venait de naître, on le posait à terre. Si le père, après l'avoir considéré, ordonnait qu'on le levât, on le nourrissait; s'il se retirait sans rien dire, on le tuait, ou on l'exposait.

v. 221. *Civem Atticam.* Une loi de Solon obligeait tout homme qui avait violé une jeune fille de condition libre et citoyenne d'Athènes, à l'épouser, ou à lui fournir une dot.

Charinus, Byrrhia. Scène 1ʳᵉ, acte II. Ces deux personnages n'existent pas dans l'Andrienne de Ménandre.

v. 307. *Id velis quod possit.* C'est une maxime des stoïciens. Elle se trouve dans l'Enchiridion d'Épictète, chap. 8 : « Μὴ ζήτει τὰ γινόμενα γίνεσθαι ὡς θέλεις, ἀλλὰ θέλε γίνεσθαι τὰ γινόμενα ὡς γίνεται, καὶ εὐροήσεις. »

v. 616. *Ehodum, bone vir.* Molière a dit de même dans le Tartufe, act. IV, sc. 7 :

Oh ! oh ! l'homme de bien, vous m'en voulez donner.

v. 699. *Non Apollinis, etc.* Racine a imité cette pensée dans Iphigénie, act. III, sc. 7 :

Cet oracle est plus sûr que celui de Calchas.

v. 727. *Ex ara sume verbenas.* En Grèce, et particulièrement à Athènes, il y avait un petit autel devant chaque maison. La verveine était une plante sacrée, employée souvent dans les cérémonies, et dont on décorait les autels.

v. 982. *Plaudite.* A la fin de chaque pièce, un des acteurs priait le public d'applaudir.

L'EUNUQUE.

v. 9. MENANDRI PHASMA. *Le Fantôme.* Voici quel est le sujet de cette comédie de Ménandre. Un homme veuf, ayant un fils du premier lit, s'est remarié. Sa femme a eu des relations coupables avec un de ses voisins, et est devenue mère. La jeune fille qui est le fruit de cette faute est élevée chez le voisin. Pour la voir sans témoins, pour passer avec elle la plus grande partie de son temps, la mère a fait percer le mur mitoyen entre les deux maisons; puis elle a fait de l'ouverture pratiquée dans ce mur une espèce de sanctuaire, qu'elle orne de fleurs et de feuillages, afin de mieux tromper tous les regards. C'est là que, sous prétexte de prier les dieux, elle va souvent évoquer la jeune fille, et qu'elle a des entrevues avec elle. Son beau-fils la surprend un jour; il est frappé de la beauté de cette jeune fille, et croit à une apparition surnaturelle. Mais il découvre ensuite la vérité, devient amoureux de la jeune fille, et obtient sa main. Ce mariage forme le dénoûment de la pièce.

v. 10. THESAURO. *Le Trésor.* Mᵐᵉ Dacier a cru que le *Fantôme* et le *Trésor* n'étaient qu'une seule et même pièce, dont le *Trésor* formait un incident. Une courte analyse de cette dernière pièce suffira pour démontrer son erreur.

Un père, voyant son fils se ruiner par ses prodigalités, fait enfouir un trésor dans son mausolée, et par son testament il ordonne que son tombeau ne soit ouvert qu'au bout de dix ans. Après sa mort, l'enfant prodigue vend le terrain sur lequel se trouve le mausolée; puis, à l'expiration du terme fixé par le vieillard dans son testament, il envoie son esclave pour procéder avec l'acheteur à l'ouverture du tombeau. On y trouve le trésor, avec une lettre. L'acheteur le revendique comme son bien, et l'affaire est portée devant les tribunaux.

v. 20. *Postquam ædiles emerunt.* Les édiles curules, qui avaient entre autres choses l'intendance des jeux scéniques, faisaient représenter les pièces chez eux à huis clos, avant de les donner au public. Ce sont nos *répétitions* d'aujourd'hui.

v. 25. *Plauti veterem fabulam.* Ces mots font allusion au *Miles gloriosus* (le Fanfaron).

v. 264. *Gnathonici.* C'est une parodie des sectes philosophiques.

v. 381. *In me cudetur faba.* C'est moi qui payerai les pots cassés. La traduction littérale du proverbe latin ne serait pas intelligible.

v. 390. *Nunquam defugiam auctoritatem.* Ce passage a été fort controversé. Il nous paraît bien simple. Chéréa exige de Parménon une aveugle obéissance, et il ajoute, pour le décider : Je ne reculerai pas devant la responsabilité de mes ordres.

v. 397. *Vel rex semper.* Il s'agit du grand roi, et de la cour de Perse.

v. 426. *Lepus tute es, et pulpamentum quæris ? Voyez donc ce lapin, qui chasse sur mes terres.* Mot à mot : *Tu es un lièvre, et tu cherches quelques mets friands.* Les interprètes expliquent le mot *lepus* de diverses manières : suivant les uns, on désignait par ce mot les jeunes gens qu'on recherchait à cause de leur beauté; suivant les

45.

autres, le capitaine donne à entendre qu'il est difficile de dire à quel sexe appartient le jeune Rhodien.

v. 477. *In musicis.* Les anciens mettaient la musique au nombre des arts qu'il est honteux d'ignorer. Souvent on la faisait apprendre aux esclaves, afin de les vendre plus cher. Plaute n'oublie pas que Phédria a recommandé à Parménon de faire valoir son cadeau.

v. 479. *Vel sobrius.* Cette réticence est d'une grossièreté révoltante; aussi Térence n'a-t-il placé un tel propos que dans la bouche du capitaine.

v. 491. *E flamma cibum petere.* C'est dans le même sens que Catulle a dit : *Ipso rapere de rogo cœnam.* Ce proverbe exprimait le dernier degré de la misère et de l'abjection. Il fallait en effet avoir dépouillé tout sentiment de pudeur, pour aller recueillir sur un bûcher les restes des viandes qu'on y avait placées, suivant l'usage, en brûlant un corps.

v. 588. *Deum sese in hominem convertisse.* Il est à supposer que le tableau suspendu dans la chambre de Pamphile se composait de deux parties, qui représentaient l'un la pluie d'or, et l'autre Jupiter entrant sous forme humaine dans l'appartement de Danaé.

v. 589. *Per impluvium.* L'*impluvium* était un lieu découvert dans le centre de la maison; il était quelquefois surmonté d'une espèce de dôme soutenu par des piliers, qui permettait le passage de la lumière, mais garantissait de la pluie.

v. 598. *Cape hoc flabellum. Prends cet éventail.* Les Romains avaient des esclaves pour rafraîchir leurs appartements avec des éventails, et pour chasser les mouches.

v. 640. *Extrema linea amare. Faire l'amour à distance.* L'expression latine renferme une métaphore empruntée aux courses du cirque. On disait de ceux qui étaient le plus éloignés du but, qu'ils couraient *extrema linea*, à l'extrémité de la carrière.

v. 768. *Attolle pallium. Relevez votre manteau.* Chrémès est ivre; ses vêtements sont un peu en désordre.

v. 775. *Et manipulus furum*, mot à mot : *la bande de voleurs.* Ce mot désigne les esclaves qui servaient d'aides au cuisinier Sanga. Les esclaves étaient connus pour leur penchant au vol. Mais il convient de conserver au langage du capitaine tout ce qui peut lui donner l'apparence d'un général à la tête de son armée. C'est pourquoi nous avons traduit par *troupe légère.*

v. 782. *Idem hoc jam Pyrrhus factitavit.* Thrason imite les plus habiles tacticiens. Pyrrhus, roi d'Épire, était réputé le plus grand homme de guerre pour les campements et les siéges.

Dans la scène 4 du Ve acte, Pythias revient sur la scène à la fin du monologue de Parménon, et elle entend les dernières paroles de l'esclave.

v. 956. *Nunc minatur porro sese id quod mœchis.* L'adultère était puni de mort à Athènes. Voir dans Horace, sat. II, liv. Ier; dans Juvénal, sat. X; dans Plaute, *Miles gloriosus*, sc. dernière, et *Pœnulus*, act. IV, sc. 2, que c'était à Rome le châtiment ordinaire de ce crime.

v. 959. *In domo meretricia.* Une loi de Solon défendait d'arrêter comme coupable d'adultère l'homme surpris avec une femme dans une maison de prostitution.

v. 1027. *Commitigari sandalio caput.* Le mot latin *sandalio* signifie une chaussure de femme; il est synonyme de *solea.* C'était avec la sandale qu'on donnait le fouet aux enfants. L'exemple d'Hercule aux pieds d'Omphale, cité par le capitaine pour justifier sa lâcheté, a amené tout naturellement ce mot.

v. 1084. *Satis diu jam hoc saxum volvo.* Allusion au rocher de Sisyphe; le parasite compare le capitaine à ce rocher, et le trouve aussi lourd à porter.

L'HEAUTONTIMORUMENOS.

v. 1 et 2. *Cur partes seni Poeta dederit.* C'était ordinairement un jeune acteur qui récitait le prologue. Le vieillard qui parle était le directeur de la troupe, L. Ambivius Turpio lui-même.

v. 6. *Simplex.... ex argumento... duplici.* Il y a dans la pièce une double intrigue, sans que l'unité en souffre.

v. 20. *Bonorum exemplum.* Plaute, Nævius, Ennius ont, comme Térence, emprunté beaucoup aux Grecs.

v. 22. *Vetus poeta.* Ces mots désignent Lucius Lanuvinus.

v. 24. *Amicûm ingenio fretum.* Les amis de Térence · ses protecteurs étaient Lélius et Scipion. Voir la notice sur Térence.

v. 36. *Statariam.* On distinguait les comédies, à Rome, par le caractère et le costume des personnes introduites sur la scène : ainsi on appelait *togatæ* celles dont les personnages et les costumes étaient romains; *pretextatæ*, celles où l'on représentait des magistrats, des personnages vêtus de la prétexte; *tabernariæ*, celles où paraissaient des personnages d'un rang inférieur; *palliatæ*, les pièces grecques; *motoriæ*, celles dont l'action était animée, l'intrigue soutenue, et les passions vivement exprimées; *statariæ*, celles qui n'avaient ni mouvement ni action capable d'émouvoir les passions; *mixtæ*, celles qui réunissaient les deux genres.

v. 96. *E Corintho.* La ville de Corinthe, située sur l'isthme de ce nom, peuplait en quelque sorte la Grèce de courtisanes.

v. 124. *Soccos detrahunt.* Les Romains avaient deux sortes principales de chaussure : le *calceus*, qui couvrait la totalité du pied, et ressemblait à nos souliers; la *solea* ou sandale, qui couvrait seulement la plante des pieds. Le mot *soccus* est souvent employé dans les auteurs pour *solea.* Les *socci* étaient la chaussure particulière des comédiens. Les acteurs tragiques portaient le cothurne.

v. 125. *Lectos sternere.* Dans les premiers temps les Romains étaient assis en prenant leurs repas. La coutume de s'étendre sur des lits fut empruntée à l'Orient, et ne fut d'abord adoptée que par les hommes : les femmes l'adoptèrent plus tard. On ne se couchait que pour le souper; quant aux autres repas, on les prenait debout ou assis. Les jeunes gens au-dessus de dix-sept ans s'appuyaient au pied du lit de leurs parents et de leurs amis. Ordinairement trois personnes se plaçaient sur chaque lit, la partie supérieure du corps soutenue sur le bras gauche, la tête un peu élevée, et le dos appuyé sur des coussins. Un lit à trois personnes servait quelquefois pour deux convives seulement, et quelquefois aussi pour quatre; mais c'était une mesquinerie que d'en placer davantage.

v. 145. *Talenta quindecim.* Le talent était une monnaie grecque, valant 60 mines; la mine valait 100 drachmes ou une livre romaine; la drachme, un denier ou 0 fr. 81 c.

v. 162. *Dionysia hic sunt hodie.* Les fêtes de Bacchus se célébraient tous les trois ans, à deux époques différentes : elles avaient lieu dans la ville au printemps, dans la campagne, à l'automne. Il s'agit ici par conséquent des fêtes d'automne.

v. 171. *Monitore.* Lorsqu'un convive tardait à venir, on chargeait un esclave, appelé pour cette raison *monitor*, d'aller l'avertir qu'il était attendu.

v. 270. *Quæ est dicta mater esse....* Ces circonstances, qui paraissent futiles, ont une grande importance. La mort de la vieille tranquillise Clitiphon, qui craignait qu'elle ne jetât Antiphile dans la débauche : si cette vieille n'est pas la mère d'Antiphile, il faut lui en trouver une. Ceci prépare le dénoûment.

v. 335. *Ad tuam matrem deducetur.* Il y a ici une

bienséance et un art admirables. Antiphile, qui est une jeune fille chaste et honnête, ne peut se trouver à souper avec une courtisane. On la conduit chez Sostrate, qui doit la reconnaître pour sa fille.

v. 410. *Luciscit jam.* La nuit s'écoule entre le second acte et le troisième. L'unité de temps paraît n'avoir pas été respectée ici par Térence. C'est un fait curieux à remarquer. Selon quelques commentateurs, cet entr'acte eut réellement lieu aux représentations de la pièce. « Comme « elle fut donnée, disent-ils, aux fêtes de Cybèle, les deux « premiers actes furent joués le soir; la fête dura toute « la nuit, et la pièce fut continuée le lendemain au point « du jour. » Ils n'apportent aucune preuve à l'appui de leur assertion.

v. 460. *Relevi dolia.* Les tonneaux et vases dans lesquels on conservait le vin étaient scellés à leur ouverture avec de la poix ou du plâtre; de là l'expression *retincre* pour percer une pièce.

v. 521. *Aquilæ senectus.* Aristote et Pline le naturaliste disent que l'aigle dans sa vieillesse a le bec tellement courbé, qu'il ne peut plus se nourrir de la chair des animaux, et qu'il est réduit à boire leur sang.

v. 615. *Exposita est gnata.* Un père avait le droit de vie et de mort sur ses enfants. Il pouvait les exposer dans leur enfance : coutume barbare qui subsista longtemps à Rome, comme chez d'autres nations.

v. 628. *Sustulisti.* Un enfant nouveau-né n'était point légitimé avant que le père, ou quelqu'un en son nom, ne le prît à terre et ne le plaçât sur son sein; de là *tollere filium*, élever son fils.

v. 652. *Expers partis.* La loi athénienne excluait, dit-on, les filles de la succession, lorsqu'il y avait des enfants mâles; mais leur donnait à titre de dot la dixième partie des biens.

v. 1005. *Profecto, nisi caves.* L'intervalle qui s'écoule entre le moment où Clitiphon est sorti et le commencement de cette scène, n'est pas suffisant pour l'explication que le jeune homme est allé demander à sa mère. C'est un défaut que les commentateurs ont signalé avec raison.

v. 1047. *Enimvero Chremes*, etc. Ménédème a été prévenu par Syrus, qui est allé implorer son appui à la fin de la scène 3.

LES ADELPHES.

v. 6 et 7. *Synapothnescontes*, etc. La comédie de Diphile et l'imitation de Plaute sont perdues. Varron prétend que cette pièce, intitulée *Commorientes*, est de M. Aquilius et non de Plaute. Le poëte grec Diphile, né à Sinope, florissait au 3ᵉ siècle av. J. C.

v. 15. *Homines nobiles.* Voir la notice sur Térence, au sujet de leur collaboration de Lélius et de Scipion.

v. 57 et 58. *Pudore et liberalitate*, etc. La Fontaine a imité ce passage dans sa fable de Phébus et de Borée, en disant :

Plus fait douceur que violence.

v. 93. *Advenienti.* Déméa revient de sa campagne.

v. 110. *Ejecisset foras.* A Rome, dès qu'un citoyen était mort, le plus proche parent lui fermait les yeux et la bouche. On l'appelait ensuite par son nom à plusieurs reprises et à différents intervalles. Puis on étendait le cadavre par terre, on le lavait avec de l'eau chaude, on le parfumait, on l'habillait avec la plus belle robe que le défunt avait portée pendant sa vie, et on le plaçait sur un lit dans le vestibule, les pieds hors de la couche, pour indiquer qu'il était à son dernier voyage. Perse fait allusion à tous ces usages dans sa 3ᵉ satire, lorsqu'il dit :

Hinc tuba, candelæ, tandemque beatulus alto
Compositus lecto, crassisque lutatus amomis,

In portam rigidos calces extendit.....

v. 162. *Leno ego sum.* Les lois d'Athènes protégeaient la marchands d'esclaves; il était défendu de les maltraiter, sous peine d'exhérédation.

v. 176. *Regnum ne possides.* Sannion veut faire sentir à Eschinus combien sa violence était odieuse dans une ville comme Athènes, où l'on détestait jusqu'aux vertus qui pouvaient faire cesser l'égalité entre les citoyens.

v. 183. *Loris liber.* Les maîtres avaient un pouvoir illimité sur leurs esclaves; ils pouvaient les condamner au fouet ou à la mort. Le fouet était la punition la plus ordinaire. Il y avait dans la plupart des maisons une courroie ou sangle de cuir pendue sur l'escalier, et dont on faisait usage pour corriger les jeunes esclaves surtout. Le supplice du fouet était donc déshonorant, et ne pouvait être appliqué à un homme de condition libre.

v. 192. *Minis viginti.* Voir dans les notes sur l'Heautontimorumenos la valeur de la mine.

v. 195. *Quæ libera 'st.* Il était défendu à tout citoyen de condition libre, soit à Rome, soit chez les autres nations, de se vendre comme esclave, et à plus forte raison de vendre toute autre personne libre.

v. 225. *Proficisci Cyprum.* L'île de Chypre était consacrée à Vénus. On y faisait un grand commerce de courtisanes.

v. 229. *Injeci scrupulum.* Proverbe latin qu'on a traduit par un proverbe français équivalent. *Scrupulus* signifie petit caillou, gravier, qui entre dans la chaussure et blesse le pied.

v. 334. *In sui gremio... patris.* Mᵐᵉ Dacier remarque que c'était une coutume grecque. Les enfants nouveau-nés étaient mis par les pères dans le giron des grands-pères. Dans le chant IX de l'Iliade, Phœnix dit que son père fit plusieurs imprécations contre lui, et qu'il conjura les Furies de faire en sorte que jamais aucun enfant né de lui ne fût mis sur ses genoux.

v. 346. *Quæ secunda ei dos erat.* Cette idée se trouve exprimée par Plaute dans sa comédie d'Amphitryon, act. II, sc. 2 :

Non ego illam dotem mihi duco esse quæ dos dicitur,
Sed pudicitiam et pudorem, et sedatam cupidinem.

v. 400. *Ut quisque suum volt esse, ita 'st.* Molière a dit dans l'École des maris, act. II, sc. 4 :

Ma foi, les filles sont ce que l'on les fait être.

Plusieurs autres passages de cette scène ont été imités par lui.

v. 413. *Præceptorum plenus istorum ille.* Sganarelle dit aussi dans la scène 5 du même acte :

Va, ta vertu me charme et ta prudence aussi;
Je vois que mes leçons ont germé dans ton âme.

v. 440. *Tribulis noster.* Le peuple athénien était partagé en tribus. Cécrops, auteur de cette division, en avait établi quatre; plus tard, sous l'archontat de Clisthène, au VIᵉ siècle av. J. C., l'accroissement considérable de la population fit porter le nombre des tribus à dix; et deux siècles après, on ajouta deux nouvelles. Chaque tribu était divisée en trente familles.

v. 543. *A villa mercenarium.* Les personnes occupées à des travaux rustiques, sous les ordres du fermier ou régisseur *villicus*, étaient ou esclaves ou mercenaires, et surtout, dans les derniers temps, ceux qui travaillaient pour les fermiers.

v. 587. *In sole.* C'était la coutume à Athènes de souper en plein air l'été, et quelquefois même au printemps.

v. 589. *Silicernium.* Ce mot désignait une fête célébrée généralement aux funérailles. On déposait sur le tombe certains aliments, dont on croyait que les ombres venaient se nourrir. Le mot *silicernium* devint ensuite, par abus, un terme de mépris qu'on appliquait à un vieillard.

v. 656. *Huic leges cogunt nubere hanc.* Une loi de Solon, citée par Démosthène, portait que le plus proche parent d'une orpheline devait l'épouser, ou la doter.

v. 698. *Illam.... iri deductum domum.* Le mariage se célébrait dans la maison du père de l'épouse ou du plus proche parent. Le soir, on conduisait la mariée à la demeure de l'époux.

v. 703. *Deos comprecare.* On ne célébrait aucun mariage sans consulter les auspices, et sans offrir des sacrifices aux dieux, principalement à Junon, déesse qui présidait à l'accouchement. Primitivement on immolait un porc, dont on arrachait le fiel, pour signifier que l'aigreur et l'amertume devaient être bannies de la maison des deux époux.

v. 743. *Ludas tesseris.* Il y avait deux sortes de jeux en usage dans les repas, les dés (*tesseræ*) et les osselets (*tali*). Les dés présentaient six côtés marqués I, II, III, IV, V, VI, comme les nôtres. Les osselets n'avaient que quatre côtés marqués. L'une des faces portait un point, un as appelé *canis*; la face opposée portait six; les deux autres, trois et quatre. On jouait ordinairement avec trois dés et quatre osselets, qu'on plaçait dans un cornet plus large à la base qu'au sommet, et terminé par un col étroit. Le coup le plus heureux consistait à amener trois VI pour les dés, et des nombres différents pour chaque osselet.

v. 756. *Restim ductans.* Ces mots font allusion à une sorte de danse dans laquelle tous les danseurs se tenaient par une corde, et se tiraient en sens contraires.

v. 765. *Ipsa si cupiat Salus.* Molière a imité tout ce passage dans son École des maris, acte 1, sc. 4, où il fait dire à Sganarelle :

Oh! que les voilà bien tous formés l'un pour l'autre!
Quelle belle famille! un vieillard insensé,
Qui fait le dameret dans un corps tout cassé;
Une fille maîtresse et coquette suprême;
Des valets impudents. Non, la sagesse même
N'en viendrait pas à bout, perdrait sens et raison
A vouloir corriger une telle maison.

v. 909 et 911. *Hymenæum, turbas*, etc. La mariée était conduite à la maison de l'époux par trois jeunes gens dont les pères vivaient encore; deux d'entre eux lui donnaient le bras, et le troisième la précédait, tenant un flambeau. On portait encore devant elle cinq autres flambeaux, appelés *faces nuptiales*. Ses servantes la suivaient avec une quenouille, un fuseau et de la laine. Un jeune homme, appelé *camillus*, portait un vase couvert, renfermant les bijoux de noce et des jouets pour les enfants. Un grand nombre de parents et d'amis accompagnaient la pompe nuptiale. Des musiciens chantaient l'hymne nuptial, avec le refrain : *Io hymen hymenæe*, qui était répété par tout le cortège.

v. 970. *Apparare de die convivium.* C'était une honte et une preuve d'intempérance que d'assister à un festin en plein jour.

v. 975. *Liber esto.* L'affranchissement se faisait de diverses manières. Il n'y eut d'abord que trois sortes d'affranchissement légal. Mais par la suite on introduisit l'usage d'affranchir par lettre, entre amis, c'est-à-dire en présence de cinq témoins, ou en faisant asseoir l'esclave à sa table.

v. 978. *Uxorem meam.* Les esclaves ne pouvaient pas se marier; leur union était appelée *contubernium :* ce n'était qu'une simple cohabitation. En donnant ici à sa

compagne le nom d'épouse (*uxor*), Syrus semble anticiper sur la nouvelle faveur qu'il réclame de son maître; car il n'a pas été affranchi suivant les formes légales et solennelles, auquel cas il pouvait contracter mariage.

L'HÉCYRE.

v. 1. HECYRA.... L'*Hecyra* ou la *Belle-Mère* fut représentée trois fois, et trois fois elle fut mal accueillie du public. Nous n'avons pas le prologue qui fut récité à la première représentation.

v. 33. *Pugilum gloria.* Les combats de force et d'agilité, *cursus, saltus, pugilatus, lucta*, faisaient partie des jeux donnés dans le grand cirque, et qu'on appelait pour cette raison *ludi circenses*.

v. 40. *Gladiatores.* Les premiers combats de gladiateurs à Rome furent donnés à l'occasion de funérailles; mais ensuite ces spectacles eurent lieu pour amuser le peuple, surtout aux saturnales et aux fêtes de Minerve.

v. 171. *In Imbro.* L'île d'Imbros est située dans la partie septentrionale de l'Archipel.

v. 361. *Nequeo mearum* et suivants. Cette scène tout entière est le plus long des monologues qui se trouvent dans Térence. Mais il est, à vrai dire, le commencement de l'intrigue; car jusqu'à ce moment la pièce n'a roulé que sur une querelle de ménage, qui est peu intéressante. Pamphile commence ici à mettre le spectateur dans la confidence des faits.

v. 433. *Myconium.* Mycone, dans l'Archipel, est une des Cyclades.

v. 441. *Cadaverosa facie.* Les commentateurs se sont donné beaucoup de mal pour torturer le sens de ces mots. Il est tout naturel de supposer que Pamphile, qui ne songe qu'à faire courir son esclave, ne s'aperçoit pas qu'il se contredit dans ses indications, et que Parménon est lui-même si mécontent de la nouvelle course qu'on lui impose, qu'il ne remarque pas non plus cette contradiction.

v. 800. *Ædepol ne*, etc. Il est plus convenable de commencer ici l'acte v. Si, comme l'ont fait la plupart des éditeurs, on reporte le commencement des deux scènes plus haut, Bacchis n'a pas le temps d'avoir avec la mère de Philemère l'explication nécessaire au dénoûment de la pièce.

LE PHORMION.

Prologue. — v. 1. *Postquam poeta vetus.* Le poëte dont Térence se plaint ici est le même Lucius Lavinius dont il a repoussé les reproches dans les prologues précédents.

v. 32. *Quum per tumultum...* Peut-être Térence par le-t-il ici des contre-temps qui firent tomber l'Hécyre aux deux premières représentations.

Acte II, sc. 1. — Donat rapporte sur cette scène, que Térence faisant un jour répéter le Phormion, Ambivius Turpio entra ivre sur le théâtre, prononça les premiers vers de son rôle en balbutiant et en se grattant l'oreille; que Térence se leva en affirmant qu'il avait eu, en composant sa pièce, l'idée d'un parasite tel qu'était alors l'acteur, et que le contentement succéda bientôt à la colère que lui avait causée d'abord l'ivresse d'Ambivius.